ERABADUL

Von Bernhard Grendel-Grim

ERABADUL

Von Bernhard Grendel-Grim

Das Buch:

Düster, boshaft und gemein!

Als der Diener des mächtigsten Nekromanten in Erabadul plötzlich allein das dunkle Gemäuer des Meisters verwalten muss, steigt ihm die Macht die fortan in seinen Händen ruht bedenklich zu Kopf.

Nie gekannte Ambitionen werden in ihm wach und das Streben nach einer Krone, lässt ihm fortan keine Ruhe mehr.

Dies ist der Auftakt zu einem spektakulärem Abenteuer. Tornwart, der Diener lässt kein Fettnäpfchen aus, um seinen neu gewonnenen Herrschaftsanspruch durchzusetzen. Dazu muss er sich auf eine wilde Reise durch halb Erabadul begeben und den tödlichen Gefahren, vermeintlichen Freuden und sinnlichen Verführungen trotzen. Er trifft auf neuen Gefährten, die ihn unterstützen und er scheut sich nicht diese zu manipulieren und für seine ganz eigenen Zwecke einzusetzen.

Das "Tagebuch eines Aufschneiders" ist nichts für schwache Nerven und empfindliche Seelen. Erabadul ist kein Ort für Schönfärberei und heile Welt. Hier regiert die boshafte Brutalität ,giftige Intrigen und der Ekel schlechthin.

Der Autor:

Bernhard Grendel-Grim ist der Chronist des Nekromanten Arulapadura. Seine Leidenschaft für das Schreiben entstand bereits in den 90er Jahren. Geboren 1977 in einer sehr alten deutschen Stadt, verbrachte er seine Kindheit und Jugend oft in freier Natur auf dem Land. Er frönte schon früh der Ausübung von Musik in Form von Schlagzeugspielen. Den Unterricht dazu nahm er an den Nachmittagen wahr und nutzte die Wartezeiten im Bus und vor Unterrichtsbeginn, um Bücher zu lesen. Von Beginn an lag seine Begeisterung in der härteren Musik. Heavy Metal Platten übten einen starken Einfluss auf den Chronisten aus. So spielt auch in dem vorliegenden Buch ein Song der Band Metallica eine inspirierende Rolle, nämlich „King Nothing". Wer das Buch zu Ende liest, wird einen Zusammenhang herstellen können. Besonders die fantastischen Cover der damals noch üblichen Schallplatten zogen den jungen Grendel-Grim in ihren Bann. Filme wie „Der Zauberbogen" und „Time Bandits" weckten in ihm zusätzlich die Neugier auf diese fantasiereichen Welten. Mit der Lektüre von Tolkiens Meisterwerk „Der Herr der Ringe" setzte er dem Ganzen die Krone auf. Seit 2020 schreibt Grendel-Grim auf Instagram immer wieder Kurzgeschichten aus Erabadul. Diese hat er unter @blindmannsworld veröffentlicht. Ausschlaggebend war für ihn, dass er gleichgesinnte Autoren auf Instagram fand. Diese haben im „Self-Publishing" Ihre eigenen Werke veröffentlicht und der Chronist kam auf den Gedanken ein erstes Buch über Erabadul zu schreiben.

Mit seinem Debütroman "Erabadul-Tagebuch eines Aufschneiders" haltet Ihr hiermit sein erstes veröffentlichtes Werk in Händen.
Grendel-Grim lebt derzeit in der Nähe einer anderen sehr alten deutschen Stadt auf dem Land. Er verbringt seine Freizeit mit seiner Familie und dem Schreiben neuer Geschichten aus Erabadul.
Besuchen Sie ihn unter @grendel_grim oder @blindmannsworld auf Instagram, um über seine neuesten Veröffentlichungen und Projekte auf dem Laufenden zu bleiben.

ERABADUL

Tagebuch eines Aufschneiders

von

Bernhard Grendel-Grim

1. Edition, 2023

Cover Design by Melanie Steinke
Kunsthandwerk Steinke Illustrations
Instagram: @khs_illustrations
Innenillustration mit Bildern von pixabay.com

Kontakt: grendel-grim@web.de
Instagram: @grendel_grim
Fanclub Instagram: @blindmannsworld

Vorwort

„Wir werden den Erwartungen, die andere an uns stellen, nicht gerecht werden können, genauso wie wir niemals den eigenen Erwartungen an uns selbst gerecht werden.“

Bernhard Grendel-Grim Juli 2023

Tja, was soll ich sagen? »**Willkommen in Erabadul!**« Mit dem Erwerb dieser schmierigen Schrift hältst Du das Tagebuch eines Aufschneiders in Händen. Vorweg möchte ich dringend daraufhinweisen, dass dieses Werk nichts mit heilen Fensterscheiben oder Friede, Freude, Eierkuchen zu schaffen hat. Es handelt am Ende des Tages von Erabadul. Einer verkommenen, finsteren Welt in der sich Menschen, Orks, Elben, jede Menge Goblins und obendrein auch noch bärtige Zwerge gar nicht so wirklich einig sind. Kein Klosett, keine Teigrührmaschine, nicht einmal ein banales Smartphone wurde in Erabadul bereits erfunden. Fließendes Wasser in den vorhandenen Gemäuern? Fehlanzeige! Und stelle Dir erst gar nicht diese stinkende, raue und brutale Welt maßlos gastfreundlich vor. Zartbesaitete Wanderer sollten besser zu einer passenderen Lektüre greifen, denn in Erabadul tummeln sich finstere Gestalten. Beutelschneider, Halsabschneider und es ist denkbar, dass sich im Schloss des Grafen De Momiray auch Heckenschneider die Zeit vertreiben. Noch steht es Dir frei, diesen schmuddeligen Schinken wieder aus der Hand zu legen. Nicht? Na dann ... Tritt näher!

Im Grunde geht es, wie der Titel unschwer vermuten lässt, um einen Aufschneider. Ein Großmaul, ergo nichts Besonderem, da diese Art von Zeitgenosse, naturgemäß auch in unserer Welt vermehrt anzutreffen ist. Warum solltest also gerade Du jetzt, dieses Buch vor Dir weiter erforschen? Eine gute Frage oder nicht? Ich will es Dir sagen. Du bist neugierig! Voyeuristisch veranlagt! Schaulustig möchtest Du aus Deinem bequemen Sessel, Deiner extravaganten Liegestatt möglicherweise aber auch aus Deinem exquisiten Erste-Klasse-Zugabteil aus angemessen sicherer Distanz, dem Treiben in diesem Buch beiwohnen! Habe ich etwa recht?

Du hast Bedeutsames auf dem Buchcover gesehen. Etwas, was Dich insgeheim angesprochen hat. Korrekt? Waren es die Ratten? Die Beutel voller Gold oder hat Dich der Name »ERABADUL« in seinen Bann gezogen? Es war der Grompf, der bumsvoller Freude eben diese Ratten um sich scharrt. Der Aufschneider, dem die Raubgold-Säcke zu Füßen liegen und der glückselig und ungehörig einen Schlüssel in Händen hält? Ich weiß es nicht! Weißt Du es denn? ... Eine Möglichkeit bliebe da noch. Am Ende war es das Symbol der Macht, die Insigne der königlichen Herrschaft, welches Dein ausgewachsenes Interesse geweckt hat. **Die Krone**!

Wie dem auch sei, Du bist nun hier um Dir meine Geschichte zu Gemüte zu führen. Sie handelt von einem Aufschneider, den eine unerwartete Gelegenheit die Erkenntnis bringt, dass er zu mehr als nur zu einem kriecherischen Dienerdasein bei einem boshaften Nekromanten vor-

herbestimmt ist. Nie gekannte Machtgelüste verführen den Grompf zu einer gefährlichen, düsteren Reise durch die Ländereien Erabaduls. Abenteuer, die er sonst nur aus Erzählungen seines Meisters kannte, werden fortan bittere Realität für den Goblin-ähnlichen-Diener. Seinem Herrn ist er in den letzten Jahrhunderten allerdings mehr als Tunichtgut, Possenreißer und Aufschneider aufgefallen.
Als Chronist des verdorbenen Nekromanten Arulapadura ist es mir eine ganz besondere Freude Euch mit diesem, meinem ersten Roman in die dunkle, boshafte und oftmals widerliche Welt Erabadul einzuladen (oder hinein zu schubsen. Wo ist der Unterschied?)

Ein Auftakt der Euch mitten in die Geschehnisse hineinkatapultiert. Selbst wenn hier so einiges auf den ersten Blick verstörend und abstoßend wirkt, halte ich Erabadul für eine Welt, die nicht viel anders tickt als die unsere. Schaut mal genau hin und ihr werdet Begebenheiten erkennen, die unserer Zeit hätten entstammen können. Intrigen, Machtgier und Abnormitäten, sind nach meinem Dafürhalten, an der Tagesordnung auf unserem schönen Planeten.
Während ich diese düstere Geschichte niederschrieb, entstand eine (fast dann doch) einzigartige Welt, in der finsterer Humor eine Rolle spielt. Der Protagonist und sein Gefolge sind wahrhafte Stümper, die sich immer wieder in skurrilen Situationen verfangen. Fehler einzugestehen und Verantwortung für das eigene Handeln zu übernehmen, fällt dem Grompf nicht gerade leicht beziehungsweise es gelingt ihm einfach gar nicht. Dies führt zu Dialogen oder Aufzeichnungen in seinem Tagebuch, aus denen man die verschrobene Ethik des Dieners herauslesen kann.

Bevor ihr nun die düstere Reise antretet, möchte ich Euch

danken. Ohne Euer Interesse wäre dieses Werk nicht möglich. Ich hoffe, dass ihr von der dunklen Magie des Romans genauso gefesselt werdet, wie ich es beim Schreiben war.

Eine letzte Warnung gebe ich Euch auf die finsteren Pfade Erabaduls mit! Diese Geschichte enthält potenziell verstörende Elemente, darunter Gewalt, Traumata und düsteren Humor. Ach was rede ich lange, fangt endlich an, habt Spaß und erfreut Eure dunkle Seite an den Aufzeichnungen eines schäbigen Aufschneiders.

Euer Bernhard Grendel-Grim im September 2023

Ein ungewöhnlicher Fund

Der Hufschlag des fahlen Pferdes hallte bedrohlich durch den verwüsteten Hof von Barad Guul. Jeder Schritt des Tieres schlug einen finsteren Rhythmus, während es mit majestätischer Anmut voranschritt. Sein Gang war schwer und doch elegant, als ob es die unerträgliche Last einer düsteren Vergangenheit auf seinem Rücken trug. Der Gaul war von ungewöhnlicher Blässe. Jegliches Leben schien aus dem Fell verloren. Das Haarkleid von matten Grau, beinahe silbrig, schimmerte im armseligen Mondlicht. Es wirkte gespenstisch fast wie ein geheimnisvoller Schatten aus einer anderen Welt. Seine Augen, tief und finster wie die Nacht, obwohl sie in mysteriöser Intensität glühten, schienen bis ins Mark zu blicken, das Innerste eines jeden Betrachters zu erfassen und zu durchdringen. Die Mähne lang und wild, wehte sanft im Nachtwind und erinnerte an gierige Flammen in einem brennenden Wald. Sie bewegte sich wie ein betrüblicher Schleier um den Hals des Tieres und verlieh ihm eine schaudervolle Aura. Die kräftigen Hufe hinterließen tiefe Abdrücke im sandigen Boden. Mit jedem Schritt nahm es ein Stück der Erde auf und es wirkte, als ob die Tritte den Untergrund dabei zu verschlucken begehrten. Ein eisiger Hauch begleitete das Getrampel. Der Atem des Todes war übers Land gekommen und wollte sich selbst in der kleinsten Ritze breitmachen. Das fahle Pferd wirkte wie ein unheilvoller Bote, ein verhängnisvolles Symbol für die düsteren Ereignisse, die sich in der uralten Mansio abgespielt hatten. Der Hufschlag des Unheilverkünders verklang langsam, derweil der Reiter abstieg und seine staubigen Knochenstiefel auf dem verfluchten Gelände Halt suchten. Er schritt auffällig bedächtig über das von Zerstörung und Tod gezeichnete Terrain. Die schwarze Kapuze verhüllte sein Gesicht und ließ nur einen dürftigen Schimmer seiner Augen erkennen. Seine bloße Präsenz schien die Umgebung zu verdunkeln. Die Ankunft von ihm und dem befremdlichen Reittier verursachte eine bedrückende Stille,... die Art von Stille, die in Gräbern herrscht. Im Hof blieb er stehen und senkte langsam den Kopf. Sein Antlitz war in tiefe Schatten gehüllt, und die Pupillen glühten jetzt in einem unnatürlichen Farbton, der zwischen Blau und Violett changierte. Ein unheimliches Lächeln umspielte seine Lippen, solange er den Anblick der Zerstörung und des Chaos in sich aufnahm. Von der Dunkelheit der Nacht umhüllt und von einer Aura des Unheils umgeben, wanderte sein Blick über die unzähligen hingestreckten Körper und das teilweise verwüstete Gemäuer. Mit einem Ausdruck von unverhohlener Wut näherte er sich dem imposanten Eingangstor. Seine Schritte hallten lärmend auf dem besudelten Steinboden wider, indessen er den mächtigen Türklopfer, der wie die Fratze eines Dämons geformt war, kraftvoll ergriff. Mit einem ohrenbetäubenden Laut ließ er den eisernen Ring auf das massive Holz niederschlagen. Nichts geschah. Kein Geräusch, keine Bewegung folgte. Lediglich die Stille der Nacht wurde von einem leisen Echo des Aufpralls des betätigten Türbeschlages für einen flüchtigen Augenblick durchbrochen. Seine Augen verengten sich vor Zorn. Seine Fäuste ballten sich, und seine Geduld schwand dahin. Fassungslos ließ er erneut seinen Blick über die Leichen streifen und betrachtete die verstörende Szenerie vor sich. Er erkannte einige seiner Diener, viele seiner Minenarbeiter und zuletzt seine Wachen. Aufgewühlt stieß er den Türklopfer ein weiteres Mal auf das vorgegebene Ziel herab. Wieder blieb der Hof nach dem Abklingen des Klopfgeräusches, in unheimliches Schweigen gehüllt. Der Schwarzgekleidete ließ einen knappen Moment verstreichen, ehe er sich seiner eigenen dunklen Magie bediente. Er murmelte in einer verstörenden drohenden Sprache. Eine unheilvolle Aura umgab seine knochigen Hände, die von schwarzen Handschuhen verhüllt wurden. Abrupt beendete er die Formel und stieß mit Leichtigkeit das Tor nach innen auf. Er trat ein und der Geruch von Verwesung und Verderben schlug ihm entgegen. Eine atemberaubende Mischung aus Moder, Blut, Exkrementen und dem ordinären Jahrtausendjahre alten Mief. Das einst prächtige Foyer war zu einem finsteren und verlassenem Schauplatz verkommen. Der Nekromant schritt behutsam weiter, seine Tritte hallten durch den leeren Flur. Das blasse Licht des Mondes drang durch die verstaubten Fenster, und seine Silhouette wurde von den langen Schatten der zerbrochenen Möbelstücke verzerrt. Er hatte genug davon. Nach einem Jahr der Abwesenheit konnte er nicht verstehen, was hier in seinem Anwesen geschehen war. Verzweifelt, dennoch erbost schrie er in die Stille hinein: »*Tornwart, Du kleine dreckige nichtsnutzige schleimige Schabe, weshalb öffnest Du nicht Deinem großherzigen Meister die Tür, wenn Du ihn auf einem müden Gaul von einer beschwerlichen Reise nach Hause kommen siehst?*« Die Worte hallten in den kahlen, steinigen Fluren des Gemäuers wider, die Fackeln an den Wänden schien es dabei zu frösteln und sie drohten mit einem Fauchen zu erlöschen. Ein eisiger Luftzug hatte mit der Rückkehr des Nekromanten Einzug in den halbverfallenen Bau gehalten. Nichts geschah. Der Schwarzmagier schaute sich ungehalten um. Er erwartete, die tapsigen Schritte seines Leibdieners und obersten Grompfs auf den steinigen Wegen zum Eingang zu vernehmen. Außer dem bestehenden Fauchen des Feuers, welches in den Wandfackeln einen grotesken Tanz aufzuführen schien, war es still. Die Lohen schimmerten purpurfarben und wenn ein Beobachter genauer hinsah, erkannte er boshafte Fratzen, die üble Grimassen schnitten. »*Du ungewaschener, hammelbeiniger Nichtsnutz, schwing Deinen elenden verdreckten Hintern hierher, sonst wird die Strafe dieses Mal alles an Grauen übertreffen, was Du auch nur ansatzweise aus den unzähligen Verhören im Goblin Keller zu kennen glaubtest.*« Lauernd blickte er sich um. Nichts! Keine jämmerlichen Entschuldigungen, keine unehrlichen Schwüre des Bedauerns und keine geheuchelten Schmeicheleien. Er drehte sich mit offenen Armen im Kreis. Seine schwarze und verdreckte Kutte wehte dabei kraftlos um seine knöchernen Stiefel. Die grauen und stets gierigen Augen des Nekromanten suchten unaufhörlich die Gänge ab. Sein Blick schien durch die dicken Steinmauern hin durchzudringen, allerdings konnte er nicht aufspüren, wonach er forschte. Ein Fluch entwich seinen gräulich fahlen Lippen, als er ein Lebenszeichen in der Küche zu erkennen glaubte. »*Dieser gefräßige kleine Drecksack! Anstatt seinem Meister eine pompöse Rückkehr zu bereiten, sitzt das faule Aas in der Speisekammer und macht sich über meine Vorräte her. Na, warte Bursche, der Schinken soll Dir im Halse stecken bleiben!*« Entschlossen wandte er sich mit wehender Kutte den Versorgungskammern zu und schritt voran. Seine schwarz behandschuhten Finger ballten sich zu Fäusten und eine runzlige Ader trat drohend auf seiner Stirn hervor.

Mit einem Quietschen öffnete sich die Tür zur Küche. »*Du kümmerlicher schleimiger stinkender Abfallmolch, ich werde Dir zeigen, ...*« Er brach abrupt mit seiner verbalen Drohtirade ab. Sein Blick fiel auf den imposanten hölzernen Küchentisch, besser gesagt auf das, was darauf lag. »*Wind-*

risha???«, stellte er ungläubig und mit einem nicht gespielten Entsetzen in der Stimme fest. Die Orkin und verantwortliche Haussklavin Arulapaduras lag schier besinnungslos und fiebrig auf dem Tisch. Leer blickten ihre dunklen Augen durch den Meister hindurch und schienen irgendetwas zu sehen, was ihm noch hoffentlich lange genug verwehrt bleiben würde. Ein kunstreich gearbeiteter Drachendolch, welcher die Sklavin an die Tafel genagelt hatte, ragte aus ihrem aufgeschlitzten Bauch heraus. Diese Waffe hatte dort genauso wenig zu suchen, wie eine unschuldig farbenfrohe Blume auf einem steinigen, kargen Wüstenboden. Schwarzes Blut besudelte den Tisch und tropfte unaufhörlich auf den Steinboden. Eine ansehnliche Pfütze aus Lebenssaft und Gedärm hatte sich darauf ausgebreitet. Der Geruch war unerträglich und die gierigen Aasfliegen saßen zu hunderten auf oder um die Blutlache herum. Ein Wunder, dass überhaupt noch ein Funken Leben in ihr steckte. Das allerdings reichte dem Nekromanten. Er zögerte nicht länger und riss den Dolch mit irrsinniger Wucht aus seiner Leibeigenen heraus. Außer einem ungläubigen Stöhnen und einem Verdrehen der Augen brachte Windrisha nichts weiter zustande. Dafür hatte sie keine Kraft mehr. Arulapadura murmelte in einer finsteren Sprache unablässig vor sich her. Aus seinem Gürtelbeutel hatte er ein schummrig gräuliches und stinkendes Gewächs hervorgeholt und kaute während seiner Beschwörung darauf herum. Die letzten Lebensgeister seiner Dienerin wollten sich davonstehlen, als er die graue Pampe aus dem Mund hervorwürgte und auf den aufgeschlitzten Bauch der Orkin spuckte. Sofort reagierte der rotzige Klumpen mit dem Blut und den Eingeweiden. Schwarze dünne Wurzeln bildeten sich aus der übelriechenden Masse hervor und bauten neues Gewebe auf. Die Sklavin riss die Augen auf und ein gutturales Gurgeln entwich ihrem Hals. Unter unvorstellbaren Schmerzen schloss sich langsam, aber stetig der Leib. Der Meister beäugte mit seinem kalten, dennoch interessierten Starren das Geschehen. Es war nicht, als würde er hier einen geliebten Vertrauten das Leben retten. Nein, sein forschender Gesichtsausdruck war der, dem einem neu entdeckten Insekt entgegenbracht, wurde, wenn man es aufschnitt. Es war der boshafte Blick des Arulapadura. Windrisha bäumte sich mit einem entsetzlichen Aufschrei ein letztes Mal auf. Sie warf den Kopf in ihren muskulösen Nacken und aus weit aufgerissenen Mund kam eine grünlichschwarze Pestwolke hervor, dann fiel sie unsanft zurück und knallte mit dem Hinterkopf auf den harten Tisch. Sie verdrehte die Augen und verlor das Bewusstsein. Der Finster-Magus wendete sich ab. Er fragte sich erneut, wer es gewagt hatte, ihn den Meister der schwarzen Magie, ihn Arulapadura, den legendären Nekromanten in seinem eigenen Reich anzugreifen und seine Lakaien zu ermorden. Unter all dem ihm vertrauten Gestank von Blut und Eingeweiden hatte ihn beim Betreten der Küche etwas anderes gestört. Eine Note von Forst und Moos lag in der Luft. Er trat um den Küchentisch herum und er fand die Quelle des ihm so verhassten Duftes. Auf dem Boden lag ein Schönling des Waldes, ein elbischer Hurensohn in grünem Gewand. Sein Kopf in einer Blutlache, Windrishas Kartoffel-Messer ragte aus dem Hals des unglückseligen Helden. Der Nekromant spuckte aus. »*Elben unter meinem Dach! Dass sie es wagen, auch nur einen Fuß auf mein Land zu setzen, ist widerlichste Blasphemie!*« Er trat mit seinen Knochenstiefeln gegen den Kartoffeldolch, ein schmatzendes Geräusch ließ die Klinge beinahe gänzlich im Halse versinken. »*Du schöner Bengel wirst fortan nicht mehr mit den Vöglein des Waldes um die Wette singen.*« Mit einer herablassenden Geste fuhr er herum und eilte aus der

Küche heraus. Windrisha würde Stunden benötigen, bevor sie ihm davon berichten konnte, was hier vorgefallen war. Er steuerte auf Tornwarts schäbige Kemenate zu. Er fand sie erwartungsgemäß leer vor. Ein Strohbett, ein Hocker und ein wackeliger Tisch waren alles, was er zu sehen bekam. Zornig warf er die verlauste Strohmatte durch die Luft. Es wäre dem kleinen Scheißer zu zutrauen, dass er sich unter die Matte verkrochen hatte, um dem Gemetzel zu entgehen. Auf dem Weg zu seines Dieners Quartier fand er weitere erschlagene Haussklaven, Goblins, Schrate und einen Oger, der ihm früher treu das Feuerholz herbeigeschafft hatte. Sein Zorn war lange nicht verraucht. Er musste herausfinden, was hier vorgefallen war. Da fiel sein Blick auf ein schäbiges verdrecktes Buch. Es war bei seiner Aktion mit der Strohmatte aus dieser herausgerutscht. Neugierig trat er näher und hob es auf. Der Einband war aus Goblin Haut gefertigt. Er kannte diese Arbeit. Er ließ sie für sich von den Pergamentmachern herstellen, um seine Forschungsnotizen oder die Ergebnisse seiner Verhöre darin festzuhalten. Der niedere Bastard musste sich unzulässigerweise eines davon aus seiner Reserve im Arbeitszimmer gegriffen haben. Dreckige, fettige und klebrige Fingerabdrücke des Grompfs zierten den Einband. Hastig blätterte der Meister das Buch durch. Da waren Zeichnungen minderer Qualität aber auch jede Menge Text. Überrascht schaute er auf und sprach zu sich »*Wer hätte gedacht, dass dieser unfähige Schatten eines Hauskobolds lesen und schreiben kann?*« Fasziniert schlug er das Werk erneut auf und stellte fest, dass es sich um eine Art Tagebuch handelte. Die erste Seite lesend verfinsterte sich die Miene des Nekromanten zusehends. Die rechte Augenbraue wanderte höher nach oben, gleichwohl las er von der Neugierde getrieben weiter.

Freiheit

XX. Februcknash 667 n.Plmdr.

Es ist geschehen! Ja, er der ungeheuer boshafte und gnadenlose Nekromant ist weg! ... weg! weg! weg! Wie lange ich darauf gewartet habe. Ich kann es gar nicht glauben. Er ist heute in der Früh aufgebrochen und hinterließ uns fünf volle Beutel mit Goldmünzen. Er sagte, dies solle reichen um, solange er unterwegs sei, haushalten zu können. Windrisha, diese dumme Pute meinte, das würde ja für zwei Jahre ausreichen und sei viel zu viel. Pah, sage ich da, das reicht geradeso für einen Monat. Dieser alte Geizhals. Von Morgens bis Abends nur Wasser predigen, aber selbst ausschließlich kostbarsten Blutlikör saufen. Das kann ich auch! Bevor er es sich anders überlegen konnte, habe ich ihm die schweren Beutel abgenommen und mich zutiefst verneigt und ihm tausendmal für seine mannigfaltige Großzügigkeit gedankt. Möglicherweise habe ich übertrieben, als ich ihn einen Heiligen genannt habe. Ich kann es immer noch nicht fassen! Er faselte von einer wichtigen Mission, auf die er mich nicht mitnehmen könne. Ich würde es mit allergrößter Wahrscheinlichkeit vermasseln und das möchte er aufgrund der Dringlichkeit dieser überaus »sackralen Mission« auf gar keinen Fall dulden. Das waren die Worte, die der alte Stinkstiefel gebrauchte. Na, umso besser. Ich bin den ollen Narren geweiht und kann tun und lassen, was ich will. Ich... der oberste Grompf und Major Domus des Herrenhauses, stellvertretender Herr der Düstermine und oberster

Anbeter der Faulheit. Das werden die besten vier Wochen meines Lebens! Aus diesem Grund habe ich beschlossen, ein Tagebuch zu führen, damit ich mich immer wieder an diese kostbare Zeit des Müßigganges erinnern kann. Gott bin ich froh, dass ich nicht zu dieser Sackmission mit muss. Ich habe erst gar nicht nachgefragt, um was es dabei geht. Das klang nach irgendwelchen abartigen Torturen. Da soll er sich mal schön selbst mit besudeln, die alte Wildsau. Die Beutel mit den Goldtalern habe ich selbstverständlich unter meine Obhut genommen. Windrisha erhielt zwei Münzen, um in den kommenden vier Wochen den Haushalt damit zu führen. Bin gespannt, was ich mit dem Rest anstellen werde. Es ist zu anstrengend darüber nachzudenken, deshalb habe ich mir ein heißes Bad eingelassen und werde mich dort von dieser Schreiberei hier erholen. Ich kann es immer noch nicht glauben. Wochenlang werde ich die Stimme des alten Schinders nicht mehr vernehmen müssen. Kein: »*Tornwart tu dies, Tornwart mach das*«, keine üblen Beleidigungen oder schmerzhafte Züchtigungen mehr. Ich umarme die Welt.

XXI. Februcknash 667 n.Plmdr.

Ich habe gestern absolut nichts mehr getan! Nichts! Ich lag den ganzen restlichen Tag im Badezuber und ließ die Goblinas stetig behaglich warmes Wasser nachfüllen. Sie redeten mich mit »Herr« an. Zugegebenermaßen musste ich mich erst daran gewöhnen. Nachdem meine Wenigkeit es oft genug gehört hatte, fand ich, dass sie mich alle mit Domus anreden sollten. Das wäre angemessen. Nach geraumer Zeit suchte mich der Badeüberdruss heim. Ich ließ mich von dem Feuerholz-Oger aus dem Zuber heben und in die Speisekammer tragen. Dort habe ich ordentlich zugelangt und mir den Wanst vollgestopft. Im Anschluss an diese Völlerei trug er mich in die mir zugewiesene Kemenate. Als ich die verlauste Strohmatte erblickte, musste ich richtigerweise feststellen, dass diese auf gar keinem Fall standesgemäß für einen Domus ist! Ich legte meinen wohlgeformten Körper kurzerhand in das Bett, das einzig für des Nekromanten Mutter reserviert ist, wenn diese zu ihren durchaus seltenen Besuchen im Herrenhaus aufkreuzt. Es ist das behaglichste, kuscheligste und vor allem größte Bettstatt in ganz Barad-Guul. Vollgefressen schlief ich darin ein. Heute weckte mich Windrisha grob und fauchte... was mir denn einfallen würde hier in der »verbotenen Kammer« zu residieren und ob ich noch halbwegs bei Trost wäre? Selbstverständlich bin ich bei Trost. Ich rief den Oger, der sie zugegebenermaßen unsanft aus meiner Residenz entfernte.

Da ich nicht wieder baden wollte, rief ich den Botengnom. Ich schickte ihn in das erste Haus am Platze, wenn es, nun ja, um männliche Unterhaltung geht. Das Ergebnis konnte sich sehen lassen. Der Beauftragte war zu gebrauchen, kann ich da nur schreiben. Eine ganze Holzkarre voller Schönheiten kam gegen Abend in der Residenz an. Die Details werde ich hier nicht niederschreiben. Diese bleiben mir auch so in bester Erinnerung und wer weiß, wer dieses Geschmiere einmal in die Hände bekommt. Nach Mitternacht verlies der bunte Tross den Hof und ich ließ mir von meinem Leib-Oger viele Fressalien auf die Herrenstube bringen. Nachdem ich mich präzedenzlos der Völlerei hingegeben hatte, bin ich friedlich eingeschlafen.

XXII. Februcknash 667 n.Plmdr.

In der Früh klopfte es stetig an der Eingangspforte. Ein von mir beförderter Dienergoblin öffnete und führte einen untadelig gekleideten, besonders muskulösen und unrasierten Herren zu mir. Ich empfing ihn im Herrensaal und saß dabei auf dem Knochensessel des Arulapadura. Ich fühlte mich ganz fantastisch und folgte dem Begehr des Ankömmlings überaus aufmerksam. Ich war beeindruckt wie viele Goldketten der gute Mann um den Hals trug. Er erzählte mir, dass er gehört habe, dass ein potenter, reicher und mächtiger Fürst das Anwesen hier übernommen habe. Dies verleugnete ich nicht. Er fuhr fort damit, dass er mein Gold ansehnlich vermehren könne. Er sei Vertreter von der einflussreichsten Bank hier vor Orte. Zum Beweis legte er mir ein Schriftstück mit seinem Namen und der Örtlichkeit des Bankhauses vor. Ich tat, als kenne ich dieses Institut und mich bestens mit Goldanlagen aus, obwohl ich davon keinen blassen Schimmer habe. Der Meister erledigte solche Geschäfte bisher unter Ausschluss der Öffentlichkeit. Quasi ohne mich. Der Bankier erzählte mir, dass es ihm ein Leichtes sei zwei Beutel voller Goldmünzen innerhalb von drei Tagen zu verdoppeln. Er fragte, ob ich ihm diese zwei Beutelchen anvertrauen wolle. Selbstverständlich schüttelte ich energisch den Kopf. Ich gab ihm zur Antwort, ob er mich tatsächlich für so blöd halte, und gab ihm stattdessen alle fünf Goldsäcke mit. Nach drei Sonnenaufgängen werde ich ein gemachter Mann sein und das Gold reicht hierauf vielleicht sogar für zwei Monate ohne den Meister. Ein paar Silberlinge habe ich zurückgehalten, denn drei Tage können lang werden ohne das nötige Kleingeld. Der noble Herr bedankte sich für das Vertrauen und grinste dabei, so dass ich seine Goldzähne sehen konnte... diese Bänker haben einfach Stil und glänzen wo sie können. Für den Rest des Tages empfing ich niemanden mehr. Windrisha hörte ich toben. Sie forderte lautstark Einlass in den Herrensaal aber mein neuer Leib-Oger hatte klare Anweisungen, wie mit ihr zu verfahren sei.

Später ging ich einem jämmerlichen Schreien nach. Es führte mich in den Verhörkeller des Nekromanten. Er hatte einen De-Momiray-Soldaten auf der Streckbank vergessen. Bevor er losgeritten ist, musste er ein peinliches Verhör geführt haben. Ich habe die Jammerlaute des Bastards ignoriert und stattdessen am Räderwerk gedreht mit durchaus unterschiedlichen Ergebnissen. Von einer Entspannung konnte hierbei allerdings keine Rede sein. Ich verstehe nicht, was der alte Sadist damit meint, dass ihn die Abende im Verhörkeller furchtbar entspannend vorkommen. Mich machte das Geschrei des Mistkerls ganz krank und ich rief den Oger, er solle das zu Ende führen. Er folgte meiner Anweisung mit einer Gelassenheit, die ich ihm nicht zugetraut hätte. Seine gewaltigen Pranken mussten sich nur einmal schließen und es herrschte eine Stille, wie bei einer Schweigeandacht in einem dieser blasphemischen Gotteshäuser. Nachdem ich mich erneut in der Speisekammer vollgefressen hatte, schleppte ich meinen aufgeblähten Leib, nach einem außerordentlich erfolgreichen Tag zufrieden ins Bett.

XXIII. Februcknash 667 n.Plmdr.

Ich habe heute Nacht unerquicklich geträumt. Der Meister erschien mir und mahnte mich der Verantwortung, die er mir in meine klebrigen, dreckigen und dürren Finger übergeben hatte. Er zweifelte massiv daran, dass ich verlauster kleiner

Drecksack, so seine Worte, mit einer solchen Bürde partout umgehen könne. Der kann mich mal! Gegen Morgengrauen träumte ich etwas viel Besseres. Die Krönung des Domus! Mir wurde die seit unzähligen Jahren überfällige Krone auf mein Haupt gesetzt. Alle jubelten mir zu. Die Mehrzahl der Geladenen weinte, ich nehme an vor purem Glück einen unglaublich gutaussehenden Herrscher zu gewinnen. Niemand trauerte dem halbverwesten Meister nach oder waren die Tränen für ihn? Ach was, die alte Stinkmumie wird keiner vermissen. Als ich mein wohlfeingepolstertes Lager verließ, erfasste mich der Drang, mir eine Krone zu suchen. Ich wusste, dass Arulapadura an irgendeinem Ort in diesem Gemäuer die Schätze besiegter Feinde, verwahrte, darunter waren nicht wenige Monarchen. Da fiel mir ein, dass es für das oberste Turmzimmer ein uneingeschränktes Tabu vom Chef-Tyrannen gab. Noch kurz bevor er abreiste, befahl er eindringlich, dass niemand, absolut keine Sterbensseele dieses Zimmer, im Zuge seiner Abwesenheit betreten dürfe. Völliger Unsinn! Der hat dort oben mit Sicherheit die kostbarsten Schätze versteckt.... Und ich, oberster Domus und Herr über Guernica werde sie mir unter den Nagel reißen! So wahr ich Tornwart heiße!

Zunächst gestaltete sich die Suche nach dem passenden Schlüssel als, ja sagen wir, herausfordernd. Der monströse Schlüsselring des Meisters umfasste an die tausend Exemplare! Nicht nur dass dieser Ring scheiß schwer war, sondern auch vollkommen unhandlich. Der Oger trug mich und den exorbitanten Bund die unzähligen Treppen zum verbotenen Zimmer hinauf. Gut, dass er mir treu ergeben ist! Ich markierte mir die nicht geeigneten Schließwerkzeuge mit grüner Asselpampe. Ein ermüdendes unterfangen. Ich tobte, als alle durchprobiert waren und kein einziger davon passte.

Dieser alte Sausack hatte den passenden Schlüssel an ganz anderer Stelle versteckt. Da es später Nachmittag war, beschloss ich die zahlreichen mickrigen Drecksgnome das Gemäuer auf der Suche nach dem Verschollenen, einen Pforten-Öffner durchkämmen zu lassen. Ich ruhte mich zwischenzeitlich verdienter Maßen auf dem Knochensessel des Meisters aus. Ach was, auf meinem Knochen-Thron! Windrisha schrie wieder vor der Tür lautstark herum und forderte Einlass. Der Oger hielt Sie nach allen Regeln der nonverbalen Diskussionskünste davon ab. Nachdem sie mir den letzten Nerv geraubt hatte, ließ ich sie doch vortreten. Sie faselte etwas von unbezahlten Rechnungen und das ich ihr mehr Münzen geben müsse, damit sie das Haus bewirtschaften könne. Ich erzählte ihr von der über jeden Zweifel erhabenen Glanztat, welche mir bald viele weitere Goldmünzen in die Kasse spülen würde. Windrisha sah das anders. Sie schüttelte ungläubig den Kopf und zischte so etwas, wie ich sei der größte Vollpfosten unter der Sonne. Ich ließ sie daraufhin vom Oger abführen und wegen Herrscher Beleidigung vierundzwanzig Stunden im Kerker schmachten. Respektloses Luder, ihr werde ich die nötigen Manieren noch beibringen! Das hat mich alles in hohem Maße angestrengt, ich erwarte die erfolgreiche Rückkehr der Drecksgnome erst morgen früh, daher schließe ich für heute und gehe zu Bett.

XXIV. Februcknash 667 n.Plmdr.

Der Vormittag fing angemessen gut an. Einer der Drecksgnome hatte jeden Stein in der Mansio umgedreht und unter der Fußmatte des Meisters eigenem Gemach einen Schlüssel zu Tage gefördert. Ich belohnte den Gnom mit ein paar Silbermünzen. Er behauptete, sein Name sei »Langfingerus« und verbeugte sich zutiefst vor mir... dem Domus! So muss das sein. Noch bevor ich meinem königlichen Leib ein üppiges Frühstück spendieren wollte, ging ich die im Überfluss vorhandenen Treppen selbständig zum verbotenen Zimmer nach oben. Ich brauchte keine Zeugen, die mit mir die Schätze des Nekromanten durchwühlten. Der Schlüssel passte. Ich trat ein. Ein schummriges Zwielicht herrschte in dem Raum, welcher ohnehin düster gehalten war. Als sich meine Augen an diese seltsame Beleuchtung gewöhnt hatten, sah ich mich um. Es war eine Schatzkammer, kann ich freudigen Gewissens sagen. Überall lagen verschlossene Kisten und verzurrte Säcke. Ich konnte die Diamanten und Edelsteine förmlich riechen, keine Rede erst von den unzähligen Goldmünzen, die sich darin verbargen. Aber ich ging vorerst leer aus. Jeder Beutel, jedweder Sack und jegliches bescheidene Kistchen war mit einem teuflischen Schließzauber versehen. Nichts davon war zu öffnen. Die Enttäuschung breitete sich wie ein Lauffeuer in mir aus. Die Frustration hatte sich schier vollständig meiner bemächtigt, als mein geschulter Blick auf einen Tisch in der Mitte des Raumes fiel. Dort lag auf einem purpurnen Kissen eine Krone. Meine Krone! Ich hatte sie gefunden. Irgendetwas stand auf einem güldenen Schild in Alt-Erabadulisch, was ich nicht lesen konnte. Vielleicht war es auch in der verbotenen Sprache der Nekromanten verfasst. Was schert es mich? Nichts, denn das Symbol der Macht war schlüssigerweise für mich vorgesehen und für sonst niemanden. Wie könnte es auch anders sein? Ein Herrscher braucht eine angemessene Kopfbedeckung, das steht einleuchtend fest. Das Einzige, was ich entziffern konnte, war »Die Krone des Lichkönigs« oder so. Zugegeben, schön war sie nicht gerade. Eine unnatürliche Finsternis schien von ihr auszugehen. Es war, als stiegen schwarzviolette Dämpfe von ihr auf. Ein netter Effekt finde ich, um meinen Untertanen noch etwas mehr Ehrfurcht einzuflößen. Ich zog Sie kurzerhand vom Kissen herunter und krönte mich probehalber selbst. Sie sitzt wie angegossen, kann ich sagen. Ich werde ein festliches Bankett geben und der oberste Zeremonienmeister der Nachtschattengnome wird die Krönungszeremonie abhalten. Ich zog das Wahrzeichen des Herrschers, mit unerwarteter Kraftanstrengung, vom Haupt, mir war ein bisschen schwindelig. Das konnte nur der Ruhm verursacht haben, der mir wohl zu Kopf gestiegen war. Das würde sich legen, sobald ich die Krone erst einmal regelmäßig trug und mich daran gewöhnt hatte. Ich riss brutal einer Ratte, die mir beim Abstieg in den Weg trat, den Schädel vom Leib. Kenne ich so eigentlich nicht von mir, das war vermutlich der Tribut, den die Ungeduld forderte. Bald werde ich der gekrönte Herr von Guernica sein. Das neue Wahrzeichen der grompfischen Macht hatte ich samt dem Kissen und des Schildes in meinem stinkenden Wams eingewickelt, damit keiner sah, welch festliches Großereignis Ihnen in Kürze bevorstand. Ich versteckte die Krone im Herrensaal, ließ Windrisha aus dem Verlies frei und trug ihr auf das phänomenalste Bankett, das die Welt je gesehen hatte für morgen vorzubereiten. Sie fragte mich, mit welchen Münzen sie das bezahlen solle. Ich sagte, sie müsse anschreiben lassen, bald würde ich ja die mir zustehende Rendite von dem zuvorkommenden Bankier erhalten. Sie schüttelte nur mit dem Kopf, wagte es aber nicht mehr nach der Zeit im Verlies, meine göttlichen Anweisungen infrage zu stellen.

Ich bin richtig aufgeregt. Morgen empfange ich die Krönungsweihen und die Macht, die mir verliehen wird, ist in Guernica allumfassend. Niemand wird sich dann noch an die alte Stinkmumie erinnern wollen, die vor mir den Knochensessel, nein den Knochen-Thron innehatte. Nachdem ich kaum essen konnte (mir war flau im Magen und meine Augen schienen von schwarzen Schatten umzogen), gehe ich zu Bett. Selbst wenn ich vor unbändiger Vorfreude kein Auge zutun werde. Irgendwie fühle ich mich schwach und ausgelaugt. Eine Mütze schlaf sollte diesen Makel beheben. Denn nur ein fitter König, ist ein guter König!

Heute - Der Meister

XXII. Spektorius 668 n.Plmdr.

Arulapaduras Blick hatte sich, nach dem er die ersten Seiten dieses Pamphlets gelesen hatte, stetig verdüstert. Zwischenzeitlich klommen seine Augen nicht mehr Violett, sondern Rot wie Feuer aus den tiefsten Vulkanen Erabaduls. Sein Kopf glich einem Kessel, der unter zu hohem Druck stand und kurz vor dem Bersten war. Düstere schwarzgrüne Dampfwolken strömten aus den langen und spitzen Ohren des Meisters.

»*Diese kleine mickrige niedere Made, dieser Saubeutel, dieser absolut verblödete Fehlversuch der dunklen Künste! Wie kann er es wagen und sich anmaßen, der Herr zu sein? Wie viele Verbote hat er in fünf beschissenen Tagen einfach so missachtet? Mit diesem Geschmiere hat er seine eigene Anklageschrift verfasst! Alleine die Strafen für diese Vergehen in solch kurzer Zeit vollstrecken zu müssen, das ist nicht nur unfassbar, sondern auch gänzlich ohne Gleichen! Wie kann man innerhalb von nur fünf Sonnenaufgängen so viel Scheiße bauen???*« Erstaunt sah er, dass das Buch unzählige, vollgekritzelte weitere Seiten zu bieten hatte. Er holte tief Luft und ein schwarzmagisches arkanes Geschoss aus seinen dürren, knochigen Fingern, schlug mit verheerender Wirkung einen wuchtigen Krater in die meterdicke Wand. Der erste Dampf war abgelassen. Mit pochenden

Schläfen steckte er seine Nase wieder in das Tagebuch des Grompfs. Er erwartete zusätzliche Taten der bedingungslosen Schande durch seinen größenwahnsinnigen und fehlgeleiteten Diener.

Krönungszeremonie und andere Zwischenfälle

XXV. Februcknash 667 n.Plmdr

Ich fühle mich weiterhin schwach und ausgelaugt. Die Nacht verbrachte ich schlafend neben der schwarzen Krone. Sie unbehütet im Herrensaal zurückzulassen, kam nicht in Frage. Im Spiegel erkannte ich mich erst nach genauerem Hinsehen. Ich scheine mir etwas eingefangen zu haben. Meine Haut hat einen gräulichen Ton angenommen, die Pupillen sind stark geweitet, trotz des Lichteinfalls und ein grauer Schleier liegt über meinen Augen, der sich nicht fortblinzeln lässt. Die königlichen Fingernägel sind seltsam lang gewachsen, die herrschaftliche, ehemals zarte Hand gleicht jetzt mehr einer Harpyienklaue. Ich habe die Nägel wieder gekürzt und nahm einen kräftigen Schluck Blutlikör aus der eigens für den Nekromanten angelegten Reserve. Nach einem verheerenden Rülpser fühlte ich mich sofort besser. Mit neuem Schwung suchte ich den Hobgoblin-Schneider auf, der mir ein passendes Krönungsgewand bis zum heutigen Zeremoniell fertigstellen sollte. Einzig die edelsten Stoffe, die feinste Seide und den teuersten Pomp durfte er verwenden. Ich habe ihm gesagt, er soll es im Dorf anschreiben lassen. Dabei fällt mir auf, dass der nette Bankier mit meinen unzählbaren Säcken voller Gold noch immer nicht vorbeigeschaut hat. Na ja, der wird halt auch nicht immer Zeit für alles haben. Ich kümmere mich morgen darum. Den Schreiberschrat beauftragte ich damit die zahlreichen Einladungen zur Krönungszeremonie des absoluten Herrschers über Guernica, (... oder kurz gesagt: Die Zeremonie für mich), zu schreiben und zu verteilen. Bis hinab in die düstere Mine wurden auserlesene Kobolde, Orks, Dunkelgnome, Goblins und Oger zur Teilnahme an dieser prächtigen Feier erwählt. Die Krone trug ich verborgen dicht bei mir. Ein stechender Kopfschmerz plagte mich, nachdem ich den Schreiberling verlassen hatte. Da bahnt sich wohl eine üble Erkältung an. Kein Wunder, seit der alte stinkende Nekromant fort ist, fiel eine solche Last von mir ab, da kann man durchaus krank werden. Die Kräfte würden aber ausreichen, um die Weihe zum König über Guernica zu empfangen. Das werde ich sicherstellen.

Gegen Nachmittag duftete es wunderbar in den Hallen und Gängen meines Herrensitzes. Windrisha schien ganze Arbeit in der Küche zu leisten. Gut, dass sie mich endlich als ihren unfehlbaren Herren und Meister angenommen hat. Ich fieberte, im wahrsten Sinne des Wortes dem Abend entgegen, das schwarze Zeichen der Macht stets dicht bei mir, befiehl mich eine erhöhte Temperatur muss ich sagen. Das war mir egal! Heute ist mein Tag und selbst ein Fieber oder die zwei Beulen die sich merkwürdigerweise aus meinem Kopf herausdrücken, werden mich nicht davon abhalten, die Herrschaft anzutreten. Ich nutzte den kalten Stahl der Krone, um mir damit die Stirn zu kühlen. Ständig küsste und liebkoste ich sie. Sie belohnte mich mit einem eisigen Hauch, der von ihr ausging und mir heilsame Linderung verschaffte. Ungeduldig saß ich auf dem Knochen-Thron im Herrensaal und erwartete den Schneider mit dem prächtigsten Gewand, sodass ich die Glocken läuten lassen konnte. Das Signal für den Beginn der Feierlichkeiten. Die ersten geladenen Gäste erschienen, als der Schneiderling mir meine prachtvolle

Königsgarderobe brachte. Ungewaschen wie ich war, zog ich sie gleich an und sie passte wie angegossen. Windrisha ließ die Tafeln unlängst aufbauen und der Zeremonienmeister kam in goldener Gewandung und trug seinen mit grünen Smaragden und Peridot besetzten Zeremonienstab voller Stolz. Sein Haupt zierte der übliche »Saramanka-Turban« in bescheidenem Gold gehalten. Das Symbol der Nachtschattengnome, eine verfaulte, bereits schwarz gewordene Tomate, rundete das Gesamterscheinungsbild tadellos ab. Ich war sowas von gewillt, die Weihen des Königs über Guernica zu empfangen, als mich der Zeremonienmeister und Hohepriester nach der Krone fragte. Gierig holte ich Sie unter meinem jungfräulichen Königsmantel hervor und hob sie für alle sichtbar in die Höhe. Ein Raunen zog durch die Menge der Oger, Orks, Kobolde und Goblins. Die kleineren Gnome fingen an zu fiepen. Ja, das war genau richtig! Große Ehrfurcht befiel jeden von ihnen. Ihr neuer Herr würde nicht so ein jämmerlicher Lappen sein, wie der alte stinkende Nekromant. Aber ich hatte mich getäuscht, es war keine Bewunderung des Pöbels, die mir da entgegenströmte. Nachdem der Hohepriester einen gewaltigen Schritt zurückgetan hatte und am ganzen Leib zu Zittern begann, folgte ein weiterer Aufschrei. Einer der Dunkelgnome aus den Minen, ich glaube, Paxus hieß er, hatte mir diesen entgegengeschrien. Ich zweifelte an deren aller Zurechnungsfähigkeit. Hallo, der Tag meiner Krönung soll von Freude und Zustimmung geprägt sein, nicht von Angst und Zweifel. Ich hakte nach, was denn los sei. Der Angesprochene wurde bleich, aber ergriff das Wort. Er sagte, ich dürfe mich nicht damit krönen. Es würde den Weg für den Lichkönig ebnen. Er würde sich meiner bemächtigen und durch mich ewige Dunkelheit, Verdammnis und Verderben über ganz Erabadul bringen. Wo ich die überhaupt her hätte, fragte er noch frech. Das geht ihn nix an und die anderen genauso wenig, entgegnete ich ihm. Absoluter Unsinn, das ist eine stinknormale Krone und wenn dieser Lichkönig so grausam und schrecklich sei, wieso habe ich dann noch nie von ihm gehört? Fauchte ich erbost hinterher. Nein ich würde diese Gelegenheit nutzen, ein Mann der Tat, Tornwart der Macher und gleich König über ganz Erabadul ... äh Guernica. Mein Geist schien mich aufzupeitschen mir diese Würde selbst aufzusetzen und da der Zeremonienmeister vor Angst nicht mehr zurechnungsfähig war, gab ich Anweisung an den Knochenorgelspieler den Krönungstusch zu spielen. Dies tat er, aber auch er musste einen enormen Respekt vor MEINER Krone haben, denn er spielte zitternd und absolut disharmonisch. Das machte mich noch wütender und ich hob das Symbol der tadellosen Herrschaft übers Haupt und setzte an, mich selbst damit zu krönen. Alle schrien durcheinander und ein Tumult brach aus. »*Nein, tu es nicht! Rette sich, wer kann!*«Solche Ausschreie wurden getätigt. Diese Narren! Kleingeistige Geschöpfe, ohne jeglichen Sinn für das Richtige. Die Krone berührte fast meinen Schädel und ich verspürte ihre starke Macht, die nur darauf wartete in mich einzudringen. Aus dem Nichts heraus schlug mir der Feuerholz-Oger, mein persönlicher Leib-Oger, die Zähne ein. Die Krone des Lichkönigs flog quer durch den Raum, ohne mein Haupt nur gestreift zu haben. Ich spuckte Blut und ein paar Mitglieder meiner herrschaftlichen Kauleiste auf den Boden. Ich war außer mir vor Zorn. Wie konnte er es wagen mir, dem gottgleichen Grompf, aufs Maul zu hauen? Sabbernd kroch ich zur Insigne der Macht, ich hätte sie beinahe packen können, als die Goblinschmiede furchtbar heißes und geschmolzenes Gold darüber gossen. Ich verfluche den Tag, an dem Arulapadura angewiesen hatte, dass die Esse der Goblin-Schmiede rund um die Uhr Feuer zu führen hatte, sowie zu jeder Tag und Nachtzeit flüssiges Metall zur Verfügung stehen musste. Das mir zustehende Symbol der Herrschaftsgewalt war erstmal futsch. Komischerweise brandete tosender Applaus den Schmieden für ihren Frevel entgegen. Ich überließ das Festmahl den ganzen Aasgeiern, die ich selbst eingeladen hatte, und zog mich unter größter Enttäuschung in mein Gemach zurück. Zumindest die Kopfschmerzen, die Übelkeit und das Fieber sind wieder weg. Seltsam, die Beschwerden hörten sofort auf als diese Verbrecher am Metall, die Krone mit ihrem flüssigen Gold übergossen hatten. Nun muss ich mir eine neue Bedeckung für mein Hochwohl geborenes Haupt suchen. So ein Mist. Mir fällt da ein, mein großartiger Bankberater war immer noch nicht da, um mir die Früchte der intelligenten Investition vorbeizubringen. Ich werde morgen nach Grauschlund aufbrechen und das Gold persönlich holen, damit kann ich eine ganz nach meinen majestätischen Wünschen angefertigte Krone in Auftrag geben. Für heute reicht es mir. Was für ein beschissener Tag!

XXVI. Februcknash 667 n.Plmdr.

Als Erstes kam, mitten in der Nacht Windrisha in das fürstliche Gemach gestürmt. Wie konnte sie mich um diese unpässliche Zeit, es war zur zwölften Stunde, schon wecken??? Ich dachte ernsthaft darüber nach, sie wieder ins Verlies sperren zu lassen. Ich hatte allerdings gestern den Feuerholz-Oger aus meinen Diensten entlassen und bisher keinen passenden Ersatz gesucht. Gezwungenermaßen hörte ich mir ihr Genörgel an. Es ging ums Geld. Wie sollte es bei Frauen auch anders sein? Sie meinte den ganzen Zauber, den ich am vorangegangenen Tag veranstaltet hätte, habe mehr als nur die restlichen Silberlinge verschlungen. Überall musste sie Schulden machen, um das Fest in meinem Sinne auszurichten. Ich versicherte ihr, dass ich nach dem Frühstück gleich aufbrechen und unser Gold von der Bank zurückholen würde. Da der Oger weg war, benötigte ich eine andere Begleitung. Der Drecksgnom Langfingerus, der sich schon einmal als nützlich erwiesen hatte, sollte die Stelle des eidbrüchigen Feuerholz-Grobians einnehmen. Zusätzlich nahm ich noch einen Grottenschrat mit. Ich glaube, sein Name war Shrolock oder so ähnlich. Egal! Beim Verlassen des Herrenhauses fiel mir ein neu errichteter Podest am Ausgang direkt ins Auge. Darauf thronte, in einem metallenen Käfig, die mit goldüberzogene Krone des Lichkönigs. Eine Schrift in unübersehbaren Großbuchstaben verkündete jedem, dass dies das Ergebnis von epochaler Dummheit und Machtgier sei. Zugegeben, ich habe mich bei dieser Gelegenheit nicht mit Ruhm besudelt. Im Bett gestern Nacht, las ich in einem Buch aus der Bibliothek des Meisters über den ehemaligen Besitzer der verfluchten Kopfbedeckung. Da kann ich nur sagen: »*Hoppla*« , das hätte gut ins Auge gehen können.

Wir schritten durch die Eingangspforte und natürlich waren keine Zugtiere da, um mich mit dem Karren ins Dorf zu ziehen. So etwas einem fast gekrönten Herrscher zuzumuten grenzt an Majestätsbeleidigung! Zu allem Unglück fing es in Strömen an zu regnen. In der Eile hatte ich vergessen, mein prachtvolles Gewand und den königlichen Umhang aufzutragen. Aus Gewohnheit griff ich zum verlausten und verdreckten Wams. Darin befand sich noch das Schriftstück des Bankiers. Da wir auf halbem Wege zum Dorf waren, als der Regen einsetzte, kehrten wir nicht mehr um. Triefendnass kamen wir am Bankhaus von Knappus an. Nicht einer von diesen trotteligen Bänkern war in der Lage die Tür aufzuhalten und uns willkommen zu heißen. Ein in der üblichen Banktracht gekleideter Kobold rümpfte die Nase, als er an uns mit erhobenem Haupt vorbeischritt. Da eilte schon der Bankeigentümer Fredericus von Knappus auf uns zu. Endlich würden wir standesgemäß empfangen werden. Es kam anders.

»*Pack*«, hat er uns genannt und wie wir es wagen konnten, in sein ehrenhaftes Geldinstitut auch nur einen unserer dreckigen Füße zu setzen. Schon möglich das wir nicht wie die üblichen Bankkunden aussahen, die Pfade waren auf dem Weg hierher durch den Regen aufgeweicht und wir waren mehr als einmal im Schlamm ausgerutscht. Ich sagte ihm, dass es sich um einen Irrtum handelte. Er ließ mich nicht ausreden, sondern näselte »*Allerdings! Ein außerordentlich kolossaler Irrtum!*«, dann rief er nach Rutger. Rutger war an die sieben Fuß groß und musste aus den Nordlanden stammen. Schwer gepanzert an Armen, Wams und Beinen; sah er gar nicht wie ein Bänker aus. Seine zusammengezwirbelten Augenbrauen und der wilde Zottelbart flößten uns auch kein Vertrauen ein. Rutger meinte, wir sollten gehen. Ich widersprach und zog die Karte meines exklusivem Kundenbetreuers hervor. Fredericus nahm sie angewidert in die Hand und las von Ekel erfüllt: »Ewald von Untreu - Bankhaus Knappus.« Der Bankchef lupfte dabei die linke Braue und fügte knapp hinzu, dass so jemand nie für ihn gearbeitet hätte. Ich wollte gerade noch etwas anmerken, da schlug Rutger auch schon zu. Er war schnell für seine Größe. Zu schnell. Langfingerus und Shrolock gingen noch im gleichen Moment, wie ich selbst zu Boden. Es war ein Fehler den Feuerholz-Oger zu entlassen, das sehe ich auch so,.... Jetzt. Der vollbärtige Rausschmeißer, denn nichts anderes war er, packte uns und wir landeten äußerst unsanft in der dreckigen Pfütze vor dem Bankhaus. Langsam leuchtete mir ein, dass der Banktyp ein Hochstapler sein musste. Dieser Fredericus von Knappus könnte es sich kaum leisten den Herren von Guernica zu verstimmen. Verdammter Mist. Das Gold sind wir los. Shrolock und Langfingerus standen vor mir und gafften sehnsüchtig auf die Taverne »Zum erregten Stier«. Zweifelsohne das erste und einzige Haus am Platze, um sich zu besaufen und zu zerstreuen. Hier hatte der Botengnom meine weibliche Gesellschaft für die unvergessliche Nacht von vor fünf Tagen organisiert. Da wir im Bankhaus nichts mehr ausrichten konnten, Rutger verstellte uns mit verschränkten Armen den Eingang, beschloss ich, dass wir ein paar denkwürdige Stunden in dem Etablissement verbringen sollten. Der mühselige Heimgang durfte warten. Selbst Niederlagen müssen standesgemäß von einem König zelebriert werden. In der Taverne war wenig los. Doch plötzlich sah ich den Kerl hinterm Tresen, der dabei war Gläser zu polieren. Ewald von Untreu! Ich trat unerschrocken vor ihn und forderte eilends meine nunmehr fälligen zehn Beutel voller Goldmünzen zurück. Der Dreckskerl lächelte mich an, seine Goldzähne blitzten bedrohlich im Schummerlicht der Schänke auf. Ob ich betrunken sei, fragte er. Er hätte mich noch nie gesehen und was mir einfiele ihn in seinem Hause zu belästigen. Ich solle was zu trinken bestellen oder ganz schnell das Weite suchen. Shrolock und Langfingerus traten mir unterstützend zur Seite und ich forderte furchtlos lautstark erneut mein Gold. Die paar Lumpen, die an den anderen Tischen saßen, unterbrachen ihr Geschwätz und hielten den Atem an... bevor sie alle dröhnend losprusteten und das Bier über die Tafel spuckten. Einer rief: »*Wo soll ein zerlumpter Tagdieb wie Du Gold herhaben?*« Ich beanspruchte unbeeindruckt davon ein letztes Mal mein Eigentum zurück. Danach kann ich mich an nicht mehr viel erinnern. Irgendjemand muss uns ordentlich in die Mangel genommen haben und es war dieses Mal nicht Rutger! Das Ergebnis aber das Gleiche. Wir wachten Stunden später in der Gosse vor der Taverne auf. Wieder bereute ich zutiefst, den Oger rausgeschmissen zu haben. Shrolock konnte kaum sehen, seine Augen waren beide zugeschwollen. Langfingerus heulte nur, irgendein Aas hatte ihm sämtliche Finger gebrochen. Mich quälten ein paar blaue Flecke hier und dort, am meisten störte mich, dass sie mir meinen Wams genommen hatten und ich in Kleidern der angestellten Damen des Etablissements nach Hause gehen durfte. Die Kinder, die auf der Straße im Schlamm spielten, bewarfen uns mit Selbigem und wir wagten, nichts mehr zu unternehmen. Rutger hatte uns vom Treppenaufgang der Bank erneut ins Auge gefasst und zeigte uns mit unmissverständlichen Gesten, dass er uns den Garaus machen würde, wenn wir bocken.

Wieder ein beschissener Tag! Die Krone rückt kontinuierlich weiter weg. Geld haben wir nun überhaupt keins mehr. Den Beutel mit den Silbermünzen haben Sie mir auch vom Gürtel geschnitten. »*Für die Unannehmlichkeiten!*« Meine ich mich zu erinnern gehört zu haben. Morgen muss mir etwas einfallen.

XXVII. Februcknash 667 n.Plmdr.

Völlig erledigt kam ich in meinem verdreckten Kleid in Barad Guul an. Wir hatten uns, während einer unerwarteten Sonnenfinsternis, auf dem Nachhause-Weg in den angrenzenden Wald Flatulas verirrt. Nachdem uns dort ein paar Wegelagerer zu allem Unglück kräftig durch den Fleischwolf gedreht hatten, machten Sie sich auch noch über uns lustig. Ohne größeren Erfolg hatten sie unsere geschundenen

Leiber nach Wertgegenständen durchwühlt. Na gut, sie haben Shrolock einen Ohrring aus Katzengold aus seinem Ohrlappen herausgerissen, mehr war wirklich nicht zu holen gewesen. Ihr Anführer ein unerquicklicher Halsabschneider namens Knibbel höhnte »*Was seid Ihr nur für hässliche alte Goblinweiber. Ihr habt so potthässliche Gesichter, die kann nur eine Mutter lieben.*« Am meisten störte mich aber, dass sie mich, ob meiner weiblichen Gewandung auslachten. Sie nannten mich eine runzelige Gänse-Liesel. Mich den Herren über der Mine, den designierten König von Guernica. Ich werde mit einer Armee von Sklavenkobolden zurückkehren, den Flatula-Wald nach diesem respektlosen Gesindel durchkämmen und dann werden Sie den Zorn Tornwarts kennenlernen, darauf können sie Gift nehmen.

Als wir weiter durch das Unterholz irrten, trafen wir auf einen Dunkel-Elben. Dieser Vollidiot war in völliger Meditation versunken. Vor einem alten knorrigen Baum kniete er zusammengesunken und schien nicht mehr auf dieser Welt zu verweilen. Seine Augen waren nach oben weggetriftet und man erkannte ausschließlich das schwarz der Augäpfel. Gut für uns, Shrolock fackelte nicht lange und sammelte den Goldbeutel und den abgelegten Armschutz des Meditierenden ein. Langfingerus bedauerte zutiefst, nicht selbst die Taschen dieses Schwachkopfes leeren zu können. Seine gebrochenen Finger würden ihm noch eine ganze Weile zu schaffen machen. Bevor der Elbentrottel aufwachte, haben wir uns naturgemäß aus dem Staub gemacht. Das Unterholz gab den nötigen Schutz, denn kurz nachdem wir genommen hatten, was uns unstrittigerweise Zustand, schrillte ein typischer »Dunkel-Elben Grollschrei« durch den Wald. Wie es schien, war der gute Mann ein erstklassig betuchter Elb. Die Betonung liegt hier auf »war«... Der Beutel war zum Bersten mit Goldmünzen gefüllt und sein Armschutz verziert mit blauvioletten Saphiren, welche für sich ein imposantes Vermögen wert waren. Dagegen war der Münzbeutel fast nur schäbiges Beiwerk. Damit waren alle meine finanziellen Probleme vergessen. Allerdings machte mich Langfingerus auf etwas aufmerksam, was mir längst selbst hätte einfallen müssen. Da wir im Herrenhaus eine Goblin-Münzprägerei in den unteren Ebenen über der Mine betreiben, könnte ich doch eigene Goldmünzen prägen lassen. Gold sei schließlich genug vorhanden. Der Meister hatte dieses Edelmetall als »Abfallprodukt« seiner Grabungen in den Schächten bezeichnet. Ich weiß bis heute nicht, nach was er tatsächlich in der Tiefe graben lässt. Ich ärgerte mich über diese Schläue des Drecksgnomes Langfingerus. Also tat ich, als würde ich mich darüber freuen und reichte ihm die Hand. Fest packte ich zu und schüttelte sie so kräftig, es ging. Dies führte umgehend, zu schrillen, fiependen Schmerzlauten, die der gepeinigte Gnom seiner trockenen Kehle entfleuchen ließ. Tja, gebrochene Fingerchen sollte man ja auch schonen. Ich sagte ihm, dass es mir furchtbar leidtäte und ich vor Freude über seinen genialen Vorschlag, seine Verletzungen vollkommen vergessen hatte. Er nahm die geheuchelte Entschuldigung beglückt an… er kennt mich halt noch nicht lange genug. Wir kämpften uns weiter voran, langsam kamen wir zum Waldrand und die Ebenen Guernicas lagen vor uns. So weit das Auge reichte, freies Feld. Der Nekromant bestand darauf, die Plateaus von Bäumen und Büschen freizuhalten, so könne er rechtzeitig erkennen, wenn sich jemand seinem, jetzt meinem, Domizil nähern würde. Für uns boten die Flachlande dadurch kaum Schutz. Wo sollte man sich hier vor einem vermeintlichen Verfolger verbergen können? Die Sonnenfinsternis war glücklicherweise vorbei und der gleißende Himmelskörper zeigte sich von seiner prachtvollsten Seite. Nun, ich hasse die Sonne, da sie mich schwächt, sowie alle Geschöpfe der Finsternis sie verachten. Aber da wir zum kleinen Volk der Düsternis gehören, setzt uns das Licht nicht genauso eklatant zu, wie es dem Dunkel-Elben zusetzen würde, wenn er sich unter dem Schutz des Waldes hervorwagen sollte. Was er nicht tat. Nachdem wir die Hälfte des Weges zurückgelegt hatten, vernahmen wir nochmal einen scheußlichen Schrei dieses Dummbeutels. Er stand im Schatten des Waldrandes und verfluchte uns in der ihm eigenen dunklen Sprache. Shrolock zeigte mit eindeutigen Gesten seiner Hände und Finger, was er davon hielt. Langfingerus behielt seine Handglieder bei sich und in Schonhaltung. Dieser Narr! Hatte sich von drei kümmerlichen Goblins abziehen lassen und das in seinem beschissenen Wald. Hah, kein Wunder, dass ich bald gekrönter König von Guernica sein werde. Die beiden Edelsteine werden in meine Krone eingearbeitet und selbstverständlich werde ich den Münzpräger beauftragen Gold- und Silbermünzen, mit dem Antlitz Tornwarts des I. darauf prangend, zu prägen. Ich werde ganz Erabadul mit diesen überaus wertvollen Münzen überschwemmen und dem Grafen De Momiray wird dort oben in seinem piekfeinen Schloss schlecht werden, wenn er auf den Goldmünzen meine Visage bewundern darf. Ich werde auf der Welt, als der Schrecken von Guernica bekannt sein. Die mir zukünftig dienenden Goblin-Horden werden alles überrennen, was sich mir auch immer in den Weg stellen mag. Ich Tornwart der I. werde in Abwesenheit des boshaften Nekromanten Geschichte schreiben.

Wir kamen zu Hause an, ich verlangte für mich und Shrolock ein Schwein vom Spieß. Langfingerus erhielt irgendeine Grütze, die zwar aussah wie Grünfliegenmus, aber wohl eher Asselpampe war. Sein Gesicht zumindest drückte dies aus. Ich hieß Windrisha ihn damit zu füttern, er konnte seine gebrochenen Griffel ja nicht belasten. Bin ich nicht ein fürsorglicher Herrscher?

Danach gab ich meiner orkischen Haushälterin Goldmünzen aus dem Beutel des schusseligen Dunkel-Elben, im Zuge dessen sollte sie die Schulden bezahlen können. Sie konnte nicht glauben, dass ich das Geld von dem Bänker zurückerhalten hatte und noch zwei dieser wunderschönen Edelsteine obendrauf. In ihren listigen Augen schien Bewunderung für mich, Ihren Herren, aufzublitzen. Bald wird sie bestimmt freudig zu mir ins Lager steigen. Wie könnte sie da widerstehen? Einem solch noblen, potenten und gutaussehendem Grompf. Da fällt mir ein, ich muss das Kleid ablegen und mich zur heutigen wohlverdienten Ruhe begeben. Die Anweisungen für den Münzpräger können bis nach dem wohlverdienten Ausschlaf warten.

XXVIII. Februcknash 667 n.Plmdr.

Heute Morgen habe ich prompt den Münzpräger aufgesucht. Er folgte meinen Ausführungen mit allergrößtem Interesse. Endlich würde er das ganze Gold verarbeiten können. Der Meister Arulapadura habe ihm das bisher strikt verboten. Was weiß dieser alte Narr schon über Gold? Genau so viel wie ich über Nekromantie. Das Edelmetall wird mir sämtliche Türen in Erabadul öffnen und ich werde den Ton in unserer Welt angeben! Ich Tornwart, König der Münzen, bald Herrscher über Guernica und demnächst Regent von ganz Erabadul. Mit den Unmengen an Gold werde ich nicht zuletzt diesen aufgeplusterten Grafen De Momiray von seinem hohen Ross herunterstoßen. Vushnatz, der Häuptling der

Orks wird vor mir im Dreck kriechen. Die Karawanen von Asumerad werden ausschließlich meine Handelswaren transportieren. Die Märkte von Angkòr bis hoch oben im Norden in Skraath werden nur noch feilbieten, was ich befehle. Ich alleine werde die Insel Goblina von dem Joch der Herrschaft Moffrats befreien. Alle Goblins werden frei sein und mir dienen wollen. Mir, dem namhaften Erretter Tornwart der Herrliche, Tornwart der Siegreiche und sie werden mich den unübertrefflichen Tornwart nennen. Sie werden mich anbeten und mich lieben und sich vor Sehnsucht nach mir aufzehren. Aber wo war ich hängen geblieben? Ach ja, der Münzpräger versprach mir baldigst anzufangen, er brauche nur eine geeignete Prägeform mit meinem Antlitz. Ich ließ den goblinischen Bildhauer Srebnak antraben. Ein unangenehmer Zeitgenosse. Ich musste Modell stehen und andauernd hatte er was zu meckern. Ach, diese Künstler. Nach nervenaufreibenden Stunden, für mich, wie für Srebnak, war es endlich so weit. Er hatte mir ein zufriedenstellendes Ergebnis und nicht wenige Prägeformen geliefert. Ich ging damit zu Pauli, dem Münzprägegoblin. Der fing umgehend mit der Produktion an. Er meinte, er würde noch hunderte von diesen Formen benötigen, sodass er einigermaßen mit den zahllosen Massen von Abfallgold vorankäme. Srebnak wurde von mir daraufhin verdonnert gefälligst mehr dieser Prägegegenstände anzufertigen. Dann war unklar, was auf die Rückseite der Münze geprägt werden soll. Na ja, der Nennwert wäre zu banal, sagte ich. Ich wollte das Symbol der Grompf-Kreatur darauf sehen: *Den Nährer!* Pauli und Srebnak zuckten bei Erwähnung dieser merklich zusammen. Ob ich mir auch wirklich sicher wäre. Natürlich war ich das. Durch die pechrabenschwarze Magie, die mich erschuf und die dafür eingesetzten Nährer des Meisters, die aus nahezu allen Lebewesen einen Grompf machen konnten, wollte ich an meine Wurzeln erinnert werden. Jedes Mal, wenn ich eine Münze springen ließ. Die Sache war beschlossen und ich duldete keine weiteren Widerworte. Der Tag neigte sich schon wieder bald dem Ende und ich schob ungeheueren Kohldampf, also erwog ich, Windrisha in der Küche aufzusuchen. Sie sollte mir ein königliches Festmahl zubereiten. Doch als ich in der Kochstube eintraf, saß dort auf einem Stuhl, der für den Schälgnom vorgesehen war, ein Dunkel-Elb. Nein, nicht irgendein Dunkel-Elb, es war der meditative Schläfer von gestern. Windrisha war nirgends zu sehen. Ob er ihr etwas angetan hatte? Ich wusste es zu diesem Zeitpunkt nicht und hatte andere Gedanken. Bevor ich nach Shrolock rufen konnte, war der Elb schon bei mir und presste seine schwarzen verdreckten Finger auf meinen Mund, viel mehr stopfte er sie mir weit ins Maul hinein. Ich solle jetzt bloß ruhig sein und meine großmäulige Schnauze halten. Er wäre nur hier, um sein Eigentum zurückzufordern, und wenn ich kooperiere, würde er »Dunkelelbische Nachsicht« walten lassen. Was auch immer das sein sollte. Natürlich ließ ich, designierter König und glorreicher Lenker der Geschicke des Hauses Tornwart, mich nicht so leicht einschüchtern. Erst recht nicht von so einem dahergelaufenen Spinner und Abfall-Elben. Ich nickte und tat, als würde ich gehorchen (was mir ja nicht schwerfällt, da ich beim Meister auch stets nur so tat als ob) , das verschaffte mir ein wenig Luft. Er lockerte die Finger und zog sie aus meinem Rachen. Ich schwieg und schluckte, musste einen natürlichen Würgereflex unterdrücken, aber auch das gelang mir. Ich schaute mich unauffällig um und fand etwas, das mir bei meinem Vorhaben ungemein nützlich sein würde. Windrisha hatte den Darm eines Krakenkäfers ausgenommen und fachmännisch die Beute aus dem Verdauungsorgan in eine Schüssel, für die spätere Zubereitung des Bratfonds, platziert. Ich mag

Krakenkäferbraten nicht wirklich. Dieser Fraß ist was für Minenarbeiter. Nicht für großartige Herrscher wie mich. Jetzt allerdings kam mir diese abscheuliche Innerei oder besser gesagt dieses Verdauungsprodukt solch ekelhafter Viecher, (diese wären übrigens sehr nahrhaft, sagt man zumindest), gerade recht. Der trottelige Dunkel Elb wedelte mit seinem auffälligen Dolch vor meiner Nase herum und meinte, er müsse mir nochmal eindringlich sagen, was ich ihm zurückgeben sollte. Ich hörte nur mit halbem Ohr zu, denn auf der Waffe prangte ein weiterer blauvioletter Saphir von besonderer Reinheit. Den musste ich haben, er würde die anderen zwei Edelsteine auf der noch anzufertigenden Krone wunderbar ergänzen. Ich zitterte am ganzen Leibe, natürlich spielte ich das nur und ein überhebliches Grinsen breitete sich über das Gesicht dieses Narren aus. Gerade als er mir erzählen wollte, welch ein feiger, dreckiger armseliger Kobold ich sei, packte ich die Schüssel mit dem Krakenkäferkot und schleuderte ihm den Inhalt in den aufgesperrten Mund. Den Gesichtsausdruck werde ich nie vergessen. Zuerst blickte er überrascht, dann traf ihn die Erkenntnis darüber, was er da in seiner dunkel-elbischen Kehle gerade herunterschluckte. Ekel schien ihn zu packen und aufzuwühlen. Dunkel-Elben teilen eben nicht die Vorlieben der goblinischen Küche. Er würgte, spuckte und war zu sehr damit beschäftigt nach etwas Trinkbarem Ausschau zu halten, womit er sich scheinbar den Mund ausspülen wollte. Ich nutzte diesen Moment, um mir Windrishas-Schälmesser anzueignen, welches achtlos neben der Schüssel zurückgelassen wurde. Während die Haut des Dunkel-Elben langsam eine gelbliche Farbe annahm, näherte ich mich ihm von hinten, so wie Goblins das gerne tun. Er war immer noch dabei seinem Ekel Ausdruck zu verleihen und seine Würgegeräusche erschallten hörbar in der kalten Küche. Ich zögerte keinen Moment. Zwei gezielte Schnitte durchtrennten die Achillessehnen des Gourmets. Weitere zwei Stiche in die Kniekehlen dieses Kostverächters brachten ihn zu Fall. Gelobt sei Windrisha, die stets für geschärfte Messer in Ihrer Kochstube sorgte. »*Man weiß nie, was zu schneiden ist!*«, sagt sie immer. Wie recht sie damit hat. Eine Mischung aus schmerzvollen Schreien und Würgelauten begleiteten meinen Gang zur kostbaren Waffe dieses einfältigen Blödmanns. Er hatte sie im Fall verloren und sie war über den frisch gebohnerten Küchenboden außer Reichweite geschlittert. Entsetzt starrte er mich an, als ich seinen meisterhaft verzierten Dolch an mich nahm. Ich setzte mein boshaftestes Lächeln auf und erhob das edle Prachtstück, so als wolle ich dem Schwachkopf den Rest damit geben. Wie er sich wohl gefühlt haben muss? Ein kindgroßes Wesen würde ihm seinen Lebensfaden, mit seinem eigenen Messer, durchtrennen. Die Ironie des Schicksals, sage ich da nur. Natürlich bin ich nicht so gewissenlos. Ich schrie nach Shrolock und er solle gefälligst einen Oger mitbringen. Dies tat er und war erstaunt den Dunkel-Elben wieder zu sehen. Ich befahl ihm den Bastard Elben, der es ungeheuerlicherweise gewagt hat mich in meinem Hause zu bedrohen und nach MEINEM Eigentum zu trachten, in den Verhörkeller zu bringen. Shrolock sollte Gnaash den Folterschrat unterrichten, dieser hatte eine Woche Zeit um das hinterhältige Spitzohr zu brechen und für den Dienst in der Mine vorzubereiten. Gnaash war allemal lange genug Arulapaduras-Assistent bei den allabendlichen Verhören im Goblinkeller, so dass er zweifelsohne hinlänglich gelernt haben musste. Und dieser Einbrecher war nicht der Erste seiner Art, der Bekanntschaft mit dem Verhörspezialisten machen durfte.

Ach ja, ich befahl dem Torturen-Meister vor dem zu Bett gehen, dass er auf jeden Fall den Namen dieses elbischen Drecksacks der Dämmerung in Erfahrung bringen soll. Ein Dunkel Elb verrät nur ein einziges Mal im Leben seinen Namen und dies lediglich seiner einen wahren Liebe. Wenn Gnaash erfolgreich war, und das würde er sein, hätte ich damit die Möglichkeit unterbunden, dass dieser elbische Abfall jemals eine tiefere Bindung schließen konnte. Ich schätze, sobald er demnächst für den Rest seines beschissenen Daseins in der dreckigen Mine für mich schuftete, könnte er sowieso nur eine Beziehung mit einem schmuddeligen Schacht-Goblin eingehen, aber Strafe muss sein. Meine Güte war das wieder anstrengend heute, ich riss mir den Dolch unter den Nagel und werde morgen den neu gewonnenen Saphir aus diesem unnützen Zahnstocher herauspulen. Anschließend beauftrage ich die Schmiede mir zum guten Schluss, die Krone anzufertigen. Nachdem ich mir von Windrisha das Essen zu meinem Bettlager bringen lassen habe, lausche ich den Schreien des Dunkel-Elben. Selbst aus den Tiefen des Kellers vernahm ich das, vom Nekromanten, sogenannte Crescendo des Verhörs.

XXIX. Februcknash 667 n.Plmdr.

Unbegreiflich, welch ein Alptraum. So schlecht wie heute hatte ich lange nicht mehr geschlafen. Ich rechnete dies dem üppigen Mahl an, welches mir vor dem Schlaf gestern Abend vergönnt war. Schweißgebadet erwachte ich am Morgen. Ich erinnere mich daran, dass mich jemand aus dem Bett geholt und auf die Beine gestellt hatte. Wackelig und schlaftrunken stand ich auf dem kostbaren Läufer vor meiner Lagerstätte. Es roch nach abgestandener Luft und Verwesung. Das Licht war kümmerlich und ich konnte nur schemenhaft Umrisse erkennen. Eine Präsenz, die ich deutlich spürte, musste den Raum betreten haben, doch sah ich noch nichts. Der Schlaf hing mit seiner Hinterlassenschaft von gelblich - grünen Klümpchen in den königlichen Augen. Dann vernahm ich eine ruhige, aber umso bedrohlicher klingende Stimme. Wenn ich mich richtig entsinne, sagte sie: »*Na, wen haben wir denn hier? Einen kleinen dreckigen und stinkenden Grompf. Einen Taugenichts… einen der sich über alles zu erheben versucht! Einen Aufschneider und Hochstapler, kurzum ein Nichts!*« Nachdem es mir gelang ein Augenlid, von der matschigen Schlafkruste zu befreien, sah ich nur den Necro-Opal, der auf einem protzigen Siegelring angebracht war und auf einer dürren schwarzbehandschuhten Hand saß. Mit eben diesem Handrücken wurde mir mit voller Wucht ins Gesicht geschlagen. Mein Kopf fuhr unaufhaltsam zur Seite, bevor ich stürzen konnte, traf mich von der anderen Flanke eine Ohrfeige, die sich gewaschen hatte. Jetzt sah ich Sterne kreisen und hörte Raben singen. Ich konnte deshalb immer noch nicht erkennen, wer mich da so grausam misshandelte. Zuletzt folgte ein schmerzhafter Tritt, mit spitzen harten Stiefeln ausgeführt, in meinen Unterleib. Als ich zu Boden ging, vernahm ich die mahnenden gezischten Worte: »*Wage es nie wieder! Du siehst, wie Dir Deine Überheblichkeit bekommen wird. Fordere mich nicht heraus!*« Dann roch alles nach verfaulten Eiern und als ich die Augen aufbekam, lag ich im Bett. Anfangs dachte ich, es sei ein gewöhnlicher Alptraum dafür verantwortlich, doch das getrocknete Blut auf den Lippen und der gut sichtbare Händeabdruck auf der arg geröteten Wange, sagten mir etwas anderes. Auch die Schmerzen, die stechend von meinen Hoden in die Nieren zogen, behaupteten, ich hätte dies tatsächlich erlebt! Wer sollte das denn gewesen sein? Wer könnte sich erdreisten, mich den Herren über bald

»Alles«, in seinem intimsten Gefilde des Hauses anzugreifen? Da der boshafte Nekromant nicht da war und auch so schnell nicht zurückkehren würde (dafür würde ich, wenn nötig, selbst sorgen), schloss ich Arulapadura aus. Aber wer sonst könnte es wagen? Aus meinen düsteren Gedanken heraus vernahm ich die nur noch mit dünner, ausgemergelter Stimme und ausgetrockneter Kehle, ausgestoßenen erbärmlichen Schmerzenslaute des Dunkel-Elben. Gut, Gnaash hatte durchgemacht und sein Verhör, die ganze Nacht überhin fortgeführt. Ich ließ das Grübeln bleiben und beschloss, die geplanten Vorhaben, in die Tat, umzusetzen. Den Schmieden befahl ich mir mit den drei Saphiren meines Gefangenen und aus dem Abfallgold eine mir gerecht werdende unübertreffliche Krone zu schmieden. Danach machte ich einen Abstecher zu Pauli und überwachte den Vorgang der Münzprägung für eine Stunde in persona. Er sicherte mir zu, dass er in zwei Tagen das ganze Edelmetall verarbeitet haben wird und ich dann das reichste Geschöpf in Erabadul sein werde. Aber was ist ein in Gold schwimmender Herrscher ohne eine Armee? Nachdem ich ordentlich in der Küche zugelangt hatte, ließ ich zur Heerschau rufen. Das war zunächst ernüchternd. Ein paar hunderte abgehalfterte Goblins, in etwa vierzig altersschwache Warge und zwei Dutzend Oger sowie ein einarmiger Höhlentroll folgten dem Aufruf Ihres neuen Königs. Ich hieß die Oger mir die Schrate herbei zu holen. Diese waren stets aufmüpfiger als alle anderen Arten. Unter Murren und Flüchen kamen daraufhin an die dreihundert Grottenschrate aus den Minen herauf. Ich erinnerte mich an den alten Spruch: »*Wenn Du willst, dass jemand im Schlaf zu Tode geprügelt wird, nimm Grottenschrate, wenn Du fiese kleine Narren willst, dann nimm ordinäre Goblins*«. Da diese Ansammlung von Kreaturen bestenfalls als marodierende Banditentruppe durchgehen würde und in keiner Weise auch nur im Ansatz einer meiner durchlauchten Person würdigen Armee entsprach, beschloss ich, bescheiden anzufangen. Ich ließ ein Kommando der Grottenschrate ausbilden. Diese sollten zuerst den Wald von Flatula durchkämmen und mir die Wegelagerer, die uns vorgestern überfallen und Shrolocks-Ohr malträtiert hatten, bringen oder gleich totschlagen. Weiterhin bekamen Sie den Auftrag, diesen Hochstapler von Bänker, diesen Ewald von Untreu, um dessen gesamtes Vermögen zu erleichtern und ihn zu Gulasch zu verarbeiten. Ich Tornwart der Tiefsinnige, vergesse nichts! Gar nichts! Da ich bald unermesslich reich werde, befahl ich, mit den Aushebungen zu beginnen. Die Bergstämme der Goblins, erfahrene Krieger, werden sich darum reißen mein Heer zu unterstützen. Ein paar abtrünnige Söldner-Orks wollen sicherlich ihre treuen Dienste anbieten. Ettins und Drachen sind in den meisten Fällen sehr gut mit Gold zu überzeugen. Langfingerus wird das Recruiting dieser Geschöpfe durchführen. Er schafft das schon. Zuletzt ging ich zu Gnaash und wollte hören, ob er Fortschritte mit dem Dunkel-Elben gemacht hatte. Als ich die Verhörstube betrat, lief mir ein eisiger Schauer über den Rücken. Der Geruch nach Blut und Exkrementen war übermächtig. Ich hatte vergessen, welch abscheulicher Ort dieser Raum seiner Herkunft nach war. Ich sah den Verhörmeister mit blutbesudelter Schürze und eigenartigen Werkzeugen in Händen. In gebeugter Haltung ging er seinem widerlichen Geschäft nach. Das Opfer war auf einem speziell konstruierten Stuhl gefesselt. Seine einst stolzen schwarzen Augen hatten jeglichen Glanz verloren und schienen ins Nichts zu starren. Ich erschrak, als ich Gnaashs verzerrte Fratze erblickte. Jedwede Vernunft, jedes Mitgefühl, all seine Freude war einem irren, pflichtbewussten und scheinbar auch lustvollen Schimmern im Blick des Henkers gewichen. Mir wurde grottenschlecht, als ich sah, was dieser geisteskranke Schrat angerichtet hatte. Ich würgte und ergoss mein Mittagessen über den kalten steinigen Boden. »*Was habt Ihr Meister*« , fragte mich Gnaash. Ob ich etwas Schlechtes gegessen hätte? Es stellte sich die Frage, wer hier nicht ganz dicht war. Ich oder dieser bis aufs Letzte durchgeknallte Folterschrat. Das konnte nicht sein, das durfte nicht sein! Klar wollte ich den Dunkel-Elben bestraft haben, aber doch nicht so! Es scheint mir unmöglich diese Gräuel hier niederzuschreiben. Eine schreckliche Übelkeit ereilt mich, sobald ich mir diese Tat des unzurechnungsfähigen Kretins vor Augen führe. Vermutlich ist es besser, es nicht aufzuschreiben. Dann muss ich mich hoffentlich nie wieder daran erinnern. Ja, das wird es erträglicher machen. Ich packte ein Beil vom Tisch des Henkers und spaltete damit den Schädel des Dunkel-Elben. Eine Erlösung, die er mit Sicherheit willkommen hieß und glücklicherweise mit Freude den Tod umarmen konnte. Gnaash sah das anders. Er warf mir einen irren, drohenden und frustrierten Blick zu. Er erinnerte mich an ein Goblinkind, welchem man das heißgeliebte Spielzeug weggenommen hatte. Ich ging wortlos und werde mir künftig besser Abwegen, wen ich hier unten und vor allem von wem, verhören lassen werde. Krank... ganz krank macht mich das. Der abartige Torturen-Meister schrie mir hinterher, dass der Elb seinen Namen bisher nicht preisgab und dass er noch lange nicht fertig mit ihm gewesen sei. Mich fröstelte bei diesem Ausruf. Möglicherweise hatte der Elb vor geraumer Zeit seinen Namen bereits preisgegeben, nur eben nicht uns. Was, wenn er ein geliebtes Weib, und viele murkelige Dunkel-Elben Kinder ihn Vater genannt hatten? Ich versuchte, diese Gedanken abzuschütteln, es gelang mir nicht. Ich, der ich aus schwarzer Magie geboren und bald Herrscher über ein ungeheuer großes Volk sein werde, durfte mir Gefühlsduseleien wie diese einfach nicht leisten. Solche Grundhaltungen waren nicht für einen allmächtigen Regenten, wie ich einer bin, bestimmt. Nichtsdestotrotz nagt der Zweifel ob dieser abscheulichen Tat an meiner Seele, wenn ich denn gar eine habe. Mich würde es nicht wundern heute Nacht von weiteren Alpträumen heimgesucht zu werden. Die Bürde, die Arulapadura mir auferlegte, als ich die Schlüssel zum Herrenhaus von ihm in meine dreckigen Finger gedrückt bekam, war weitaus schwerer, zu (er-)tragen, als ich es mir je hätten vorstellen können. Morgen ist ein neuer Tag und ich werde versuchen, die grompfischen Herrschaft besser auszuüben, das gelobe ich Tornwart der Gerechte.

Erster und zweiter Maerzenius 667 n.Plmdr.

Gerechterweise suchte ich heute Morgen den Drecksgnom Langfingerus auf. Nachdem ich in der Nacht ungestört durchschlief, schien mir das ganze Grauen von gestern ausgesprochen weit weg und ich hatte Lust, Gutes zu tun! Langfingerus dessen Finger, dank Windrishas Heilkünsten, fast wieder wie neu waren, empfing mich freudig in dem Drecksloch, in dem er zu hausen pflegte. Eine andere Bezeichnung wäre unangemessen. Ich beschloss, ihn zu befördern und ihm ein größeres, seinem Range gerecht werdendes Drecksloch zuzuweisen. Der mickrige Gnom strahlte über alle Backen, als ich ihn zum königlichen Rekrutierer erhob. Bin ich nicht großzügig? Allerdings ließ dieses Strahlen alsbald nach, als ich ihm seinen ersten Auftrag erteilte. Er wurde nämlich von mir angewiesen, den schwarzen Pestdrachen von Laruuz für meine opulente Armee anzuwerben. Derweil seine Gesichtszüge entgleisten, stammelte er etwas wie, er sei doch viel zu klein, um einem solchen Untier gegenüberzutreten. Noch bevor er den Mund aufmachen könne, würde ihn das Monster mit seinem tödlichen Odem einhüllen und ersticken. Er kenne die Geschichten über dieses Ungetüm, wie jeder andere der in Guernica aufgewachsen ist. »*Ach was*«, sagte ich. »*Zeig ihm die vollen Säcke mit Gold und er wird sich uns entzückt anschließen. Er wird Dich dafür lieben, dass Du es warst, der ihn dazu brachte, im unübertrefflichen Heer des großen Königs Tornwart dienen zu dürfen.*« »*Sicher... wird er das.*«, stammelte der neu beförderte royale Rekrutierer nicht ganz so überzeugt. Gut, erwiderte ich und befahl ihm, aufzubrechen. Laruuz lag ungefähr drei Tagesmärsche entfernt. Ich teilte ihm mit, dass ich seine erfolgreiche Rückkehr in eben drei Tagen erwarte und dass er meinen neuen Hausdrachen gleich mitbringen und einreiten solle. Der einfältige Langfingerus meinte, dass das gar nicht ginge, wenn er schon drei Tage für Hinzukommen bräuchte, würde er genauso drei Tage für den Rückweg brauchen. Ach, diese kleingeistigen Narren. Ich erhellte ihn und gab ihm den Hinweis, dass er in wenigen Stunden zurück sei, denn er reite schließlich auf dem Drachen. Ungläubig starrte er mich an, aber nickte. Ich schüttelte ihm seine verheilten Hände und entsandte ihn zu Pauli, sodass er dort genug Goldsäcke abholte, um die neue Geheimwaffe damit zu bezahlen. Vorsichtshalber empfahl ich ihm, ein paar Oger und abgerichtete Schrate mitzunehmen. Man weiß nie, welches Gesindel einem unterwegs begegnet und lange Finger macht. Darauffolgend traf ich mich mit dem Zeremonienmeister, um die Vorbereitungen für meine, in Kürze stattfindende Krönung zu besprechen. Die Krone war nahezu fertig. Nur die geschicktesten Kunstschmiede der Goblins arbeiteten an dem prächtigen Stück. Beileibe es ist bald so weit ... , weidlich, nicht mehr lange und ich werde gekrönt. Ist das nicht sensationell? Trotz alledem schockierte mich der Zeremonienmeister mit seiner Aussage, dass jeder designierte König noch vor seiner Inthronisation die Weisen von Arlon in Ihrer Turm-Pagode aufsuchen müsse, um deren Segen und Ratschläge zu empfangen. Was war das wieder für eine unnötige Teufelei? Irgendwer, irgendeiner, ein Weißer zu allem Überdruss, solle mir, dem unfehlbaren Monarchen von Guernica seine Gnade geben und Fingerzeige muss, ich zudem von diesen überheblichen Vögeln auch annehmen? Mir erteilt niemand irgendetwas, nein es ist umgekehrt! Wenn hier jemand einen anderen belehrt, so bin ich das! Das steht schonmal fest. Der Zeremonienmeister sagte, dass er mich nur krönen darf, wenn ich das Kleeblatt mit den fünf Stielen von meinem Beratungs- und Segnungsbesuch in Arlon mitbringe und ihm zum Beweis aushändige. Argh! Arlon! Dahin zu reisen dauerte gleichermaßen mindestens drei Tage, nicht erst auszumalen, wie lange der Aufenthalt in dieser verflixten Pagode zusätzlich Zeit kosten würde. Der Tag der Krönung. Meiner Thronerhebung rückte einmal mehr weiter weg. Ein Gefühl der Enttäuschung legte seine unzulänglichen Arme um mich. Ich war ungelogen am Überlegen mich dieser entmutigenden Umarmung hinzugeben und von ihr engumschlungen in die Trostlosigkeit wiegen zu lassen.

Heute- Der Meister

Der Nekromant konnte gar nicht fassen, was er da zu lesen bekam. Sein Zorn war nicht verraucht, im Gegenteil, er wandelte mit dem aufgeklappten Tagebuch des Grompfs aufgepeitscht in dessen mickriger Zelle auf und ab. Die Wut, die wie eine dreckige Assel aus einem Grab heraus in der Zwischenzeit in ihm heraufgekrochen war, hatte ihn gepackt. Er hielt Ausschau nach etwas, was er zerstören konnte, doch außer der verlausten Strohmatte seines abtrünnigen Dieners, war kein weiteres Interieur in diesem Loch vorzufinden. Mit glimmenden Augen setzte er die Schlafstätte in Brand und verließ, wieder im Buch vertieft, den kargen Raum. Er wandelte in einer wutverzerrten Trance durch die langen Gänge seiner Mansio. Aus einer Nische heraus, die er so eben passiert hatte, stahl sich geräuschlos ein Schatten hervor. Der Angreifer, der sich in einer hervorragenden Position sah, um dem Nekromanten seine Klinge in den Rücken zu rammen, hatte keinen blassen Schimmer wen oder was er da angriff. Er war davon überzeugt, seine federleichten Bewegungen wären nicht zu vernehmen, schon gar nicht von jemanden, der in ein Buch vertieft zu sein schien. Dies war ein tödlicher Irrtum. Im selben Moment in dem er sein, von wahren Schmiedemeistern der Hochelben gefertigten, Dolch zum Stoß erhob, drehte sich die Gestalt, weiterhin in der Schrift lesend zu ihm um. Ohne den Blick von dem Geschmiere seines verräterischen Dieners abzuwenden, packte die dürre Klaue des Nekromanten, das Handgelenk des Attentäters, mit der anderen hielt er beharrlich die

Niederschrift fest. Ein wimmernder, langgezogener Schrei entwich dem Sohn des Waldes. Die elbische Klinge fiel mit einem Klirren auf den archaischen Steinboden, dann hörte man ein leises zischendes Wispern.

»*Du kompostierter Scheißhaufen, wagst es, mich in meinem eigenen Haus zu attackieren?*« Außer einem qualvollen Gewimmer blieb der Elb dem Meister eine Antwort schuldig. Die sehnigen alten Finger drückten mit der Kraft eines Spanneisens auf die Knochen des Überraschten. Unter einem üblen Knirsch-Geräusch vernahm man, das diese durch den fatalen Druck zerbarsten. Ein weiterer von purer Pein erzeugter Schmerzenslaut entrang dem Geschundenen. Mit seiner intakten Hand wollte er des Magiers Kehle fassen. Vergebens, hierzu war er nicht flink genug. Im gleichen Moment, wie er versuchte sie auszustrecken, hatte Arulapadura von dem zerschmetterten Handgelenk abgelassen und packte sich die Finger des Eindringlings. Er verbog sie mit unnatürlicher Kraft innerhalb eines Sekundenbruchteils. Wieder hörte man ein Krachen. Die Fingerknochen brachen. Der Elb gab nicht auf und wollte einen Schlag mit dem Ellbogen im Gesicht seines Gegners landen. Dieser wich aus und die Wucht, womit der Angriff geführt wurde, ließ den Elben zu Boden stürzen. Ein Versuch wiederum auf die Beine zu kommen, unterband der Meister mit einem Fußtritt des Knochenstiefels in das Kreuz des Unglücksseeligen. Der Hausherr las ungehemmt im Tagebuch des Grompfs, hatte mittlerweile keine Geduld mehr für weitere Sperenzien des ungebetenen Gastes. Er ließ das Skript zu Boden fallen und setzte sich auf den Rücken des Störenden, packte mit beiden Händen den Schädel des Elben und zog diesen mit unerbittlicher Härte zurück zu sich. »*Sag, Du elender Abschaum, was zur Hölle sucht ihr in meinem Haus? Rede du grüner Bastard!*« Schrie der Alte wie von Sinnen, dabei bemerkte er nicht, dass er den Kopf seines Gegners zu weit überstreckt, hatte. Das Knacken, welches den Genickbruch unterstrich, ging in seiner lautstarken Forderung nach Antworten, unter. Erst als er spürte, dass der Leib des Elben unkontrolliert zuckte, ließ er ab und der Schädel des Toten schlug hart zu Boden. Umständlich raffte sich der Nekromant wieder auf, klopfte den Staub von seiner Kutte und bückte sich nach dem Tagebuch. Er war erbost über seine eigene Unbeherrschtheit, schrieb dies aber Tornwart zu, der ihn zur Weißglut zu treiben suchte. Kurz hielt er inne und traf die Entscheidung, sich vor weiteren möglichen Überraschungsgästen, zu schützen. Er erhob sich und das weiße in seinen Augen, wich schleichend einem alles verschlingenden Schwarz. In der düsteren Sprache der Nekromanten rief er die Ratten aus ihren Löchern hervor.

»***Rotter! Gur rundt ub moat husa, kugan ufter da ubudne kuster, bid dum, krudser dum, bring tuat mad dune gule tentra. Dun Herror har tulk.***«

Aus den tiefsten Verliesen strömten sie herbei und empfingen ihren Befehl, der nichts Geringeres forderte, als dass sie das ganze Haus, auf allen Ebenen nach ungeladenen Gästen und Feinden durchsuchen sollten. Wenn sie welche finden, wären diese zu beißen, zu kratzen und zu guter Letzt, ihnen den Tod zu schenken. Die niederen Diener des Magiers ließen sich nicht zweimal bitten und strömten aus. Der Gang selbst schien sich zu bewegen. Es sah aus, als ob eine grau – schwarze Brühe hindurchfloss. Es mussten hunderttausende sein, die dem Ruf ihres Herren bereitwillig folgten. Jedem, der unerwünscht hier verweilte, würden sie mit ihren gelben Zähnen voller Zorn zerreißen. Erbarmen kannten sie nicht. Bevor er weiter in dem Pamphlet des Ungehorsamen las, setzte er seinen Gang fort und steuerte auf die Küche zu. Er hoffte, dass Windrisha ansprechbar sei und ihm Informationen darüber geben würde, was hier passiert war. Die Hoffnung wurde zerstört. Er wusste, das Ritual, das er an seiner Dienerin vollführt hatte, war enorm kräftezehrend und es bedurfte einer langen Erholungszeit, bis die Betroffene wieder zu Sinnen kamen. Da half kein dunkler Zauber. Er musste Geduld aufbringen und warten. Er setzte sich auf den Stuhl des Schälgnoms und schlug erneut das Tagebuch seines obersten Grompfs auf. Er benötigte viele Antworten. Erleuchtung, welche ihm derzeit niemand gab, außer vielleicht der Inhalt des Buches. Er versank wieder in den kritzelig geschriebenen Zeilen des Aufschneiders.

Die grüne Hölle

Es half nichts, ich rief Shrolock zu mir und erzählte ihm von einer geheimen Mission, auf die er mich begleiten müsse. Er war euphorisch, dass ich ihn dafür auswählte. Ich hatte das Gefühl, dass er mich umarmen wollte. Ich zeigte, die Herrschern angeborene Gefühlskälte und teilte ihm mit, dass ich mich mit ihm nicht ausreichend behütet auf dem Weg zur Pagode fühle. So beschloss ich zusätzlich, den einarmigen Höhlentroll mitzunehmen. Sicher ist sicher! Der Gigant hörte auf den Namen Kruulk. Ansonsten war er ziemlich dumm und sah nicht viel. Beste Voraussetzungen, um mich bei meiner göttlichen Mission zu unterstützen. Shrolock meinte wir sollen ihn dennoch mitnehmen, er würde uns sicherlich hilfreich sein. Ich stimmte nicht wirklich überzeugt zu, ließ uns massiv Proviant von Windrisha einpacken, welchen wir dem Troll auf den Rücken gebunden haben. Der Schrat rechts und ich links nahmen Platz auf der Schulter des monströsen Höhlentrolls. Wenigstens mussten wir so nicht zu Fuß gehen, da immer noch keine Zugtiere für meine Karren angeschafft worden waren. Etwas, um das ich mich gleich bei unserer Rückkehr kümmern würde. Kruulk konnte dank seiner Größe den Weg ein gutes Stück schleuniger zurücklegen. Doch wer hätte es gedacht? Wieder ging einiges schief. Es ist, als würde eine unsichtbare Macht, mit allen Mitteln verhindern, dass die Krone mein Haupt ziert. Es war noch dunkel, als wir am zweiten Marzianush 667 n. Plmdr. aufbrachen und zügig die Grenze nach Arlon erreichten. Wir überquerten die unsäglichen Gebirgspässe, die die natürliche Demarkationslinie nach Guernica bildeten ohne Zwischenfälle. Dann aber geschah, dass vermeidbare. Weder Shrolock noch mir war der Umstand bewusst, dass in Arlon tatsächlich tagsüber die Sonne scheint. Wir waren so eben auf einem Bergvorsprung angekommen und blickten auf den unter uns liegenden dichtbewaldeten Dschungel. Diesen galt es zu durchqueren, um zur Pagode der weißen Typen zu gelangen. Ich mahnte den Höhlentroll zur Vorsicht, so dass wir nicht von dem Vorsprung in diese grüne Hölle herabstürzten. Im selben Moment ging das Tagesgestirn auf. Gierig zog sie sich am Horizont langsam, aber unaufhaltsam an einem unsichtbaren Tau aus der Versenkung heraus. Und gleichzeitig trafen Ihre ersten Strahlen unseren Freund Kru-ulk. Dieser hob in einem Akt der Panik seinen einzig vorhandenen Arm, um sich vor dem blendenden und leider auch todbringendem Licht zu schützen. Es half nichts. Innerhalb eines Lidschlags verwandelte sich der Koloss zu Stein und verlor zu guter Letzt das Gleichgewicht. Er kippte mit uns und dem Proviant über den Abhang und wir wurden mit brachialer Wucht in den Dschungel geschleudert. Ich fand mich stark benommen wieder auf hartem wurzeligen Boden, von einer dampfenden schwülen üppigen Botanik umgeben. Seltsame Geräusche fremdartiger Tiere waren zu vernehmen. Von Shrolock war weit und breit nichts zu sehen. Dieser Idiot,…. Was war, jetzt genau daran nützlich gewesen einen Höhlentroll mitzunehmen, erst recht, wenn man an der Oberfläche und bei Tag wanderte? Hätte ich mich nur selbst näher damit befasst. Wenn man sich auf die Fähigkeiten anderer verlässt, Situationen richtig einzuschätzen, dann ist man, wie man zurecht sieht… verlassen! Der Sturz hatte an meinem königlichen Körper zum Glück nur Prellungen hinterlassen. Aber auch diese schmerzten erbärmlich.

Ich trottete geschwächt und hungrig durch das dichte Geflecht dieser nicht enden wollenden grünen Scheiße. Der Proviant war futsch. Keine Ahnung, wo die ganzen Vorräte gelandet waren. Die Hitze und das feuchte Klima, ließen mir die ausgedörrte Zunge aus dem Mund hängen und ich hechelte wie ein Warg. Für einen Tropfen abgestandenes Wasser war, ich bereit einen heimtückischen Mord zu begehen. Müde und ausgelaugt kletterte ich bis zur Spitze eines palmenartigen Gewächses, um Ausschau nach dem Ausgang aus diesem floralen Labyrinth zu halten. Als ich oben ankam, fiel mein Blick ringsumher auf eine endlos grüne, dampfende Hölle. Verzweiflung machte sich in mir breit und mit gesenktem Haupt begann ich den Abstieg. Immerhin hatte sich genügend Tau auf den Blättern des Baumes gesammelt, damit ließ sich der schlimmste Durst vorerst beseitigen. Außerdem wuchsen hier überall seltsam verbogene gelbe Früchte. Die Schale mundete mir zwar nicht, der Inhalt war umso besser. Ich steckte ein paar der schiefen Gewächse ein und trottete weiter durch das verhexte Grün. Nach einer Weile lief ich durch hohes Gras und konnte gerade so über die Halme schauen. Erschreckend und unerwartet hörte ich neben mir ein Knurren. Die grompfischen Ohren legten sich reflexartig an meinen Schädel. Ich tastete vergebens nach einer Waffe am Gürtel. Das Kartoffel-Messer, welches ich seit der Begegnung in der Küche mit dem Dunkel Elb, zu jeder Zeit bei mir trug, war nicht an seinem Platz. Lautlos fluchte ich in mich hinein, während das Grollen bedrohlich näher kam. Es stand fest, dass es sich um eine Blutkatze oder zumindest eine Abart davon handeln musste. Überall in Erabadul gab es diese sadistischen Geschöpfe. Sie waren dafür bekannt, dass sie ihre Opfer stundenlang mit ihren scharfen Krallen quälten, bevor sie ihnen zum guten Schluss dennoch den Garaus machten. Ein eisiger Schauer fuhr über meinen verschwitzten Nacken, als ich mich diese Erkenntnis ernüchternd ereilte. Mit einem Mal mischten sich andere Geräusche darunter. Hohe Töne, irres Gelächter und fiepende Laute, die einer mir unbekannten Sprache entstammten. Überall raschelte es im Gras. Das wahnsinnige Lachen nahm zu und das Knurren klang augenblicklich verunsichert. Dann geschah alles schnell. Vor mir bäumte sich eine monströse Kreatur aus dem Grün heraus auf und fauchte mich mit gebleckten Zähnen an. Das, was ich sah, ließ mir das Blut in den Adern gefrieren. Eine gewaltig abartig schwarze Großkatze. Behaftet mit rasiermesserscharfen Klauen und Beißern, die in mindestens drei Reihen im Maul der Bestie, auf etwas zu Schnappen warteten. Vier blutunterlaufene Augen, die mich ausgehungert angafften. Schützend hob ich die Arme vor mein Gesicht, auch wenn mir die Sinnlosigkeit dieser Geste im selben Moment bewusst wurde. Ich dachte kurz an Kruulk und dessen Ende. Welch beschissene Ironie. Ich werde mit derselben Gebärde wie der einfältige Troll abdanken. An diesem Punkt aber stürmten puppengroße, scheinbar mit Bast bekleidete Eingeborene auf diese Ausgeburt der Hölle zu. Ich senkte die Arme wieder und fragte mich, ob man das nicht vom Regen in die Traufe kommen, nannte. Diese zu kurz geratenen Bastarde trugen scharfe Messer, die beinahe so groß wie sie selbst waren. Sie hatten Zähne, die derer der Bestie ähnlich waren, nur feiner und spitzer. Tödliche Nadeln in unzähligen Reihen! Ging von ihnen eine intensivere Bedrohung wie von ihren Dolchen aus? Sie zerfetzten mit gezieltem Schnitt die Gurgel des Katzenraubtiers und fielen irre kichernd und schmatzend über das bedauernswerte Geschöpf her. Ich nahm meine Beine in die Hände und rannte bleich wie der Tod heulend davon. Eines der zierlichen brutalen Wesen hatte dies mitbekommen, währenddessen sich seine Artgenossen durch den Kadaver fraßen, zog er sein Messer aus dem Fleisch heraus und sprang ins hohe Gras und verfolgte mich. Sein irres Lachen begleitete ihn dabei. Die nackte Angst packte nach mir. »*Shrolock!!! Hilfe!!! So hilf mir doch!*«, schrie ich in den Wald voraus, eine Antwort blieb aus. Schweißgebadet spurtete ich weiter, doch diese kümmerliche Mistsau war schneller und gerade, wollte diese Bestie zum Sprung ansetzen, da brach sie unvermittelt im Waldboden ein. Darauf folgte ein schriller Schrei des Wesens, der von massivem Schmerz zeugte. Ich blieb stehen, drehte mich langsam um und trottete schwer schnaufend ein paar Schritte zurück. Mein Blick fiel in ein Loch im Boden. Eine Miniatur Fallgrube. »Wäre ich kürzer getreten, hätten diese grausamen Nägel die Fußsohle durchstochen und ein verkrüppelter Königsanwärter würde diese Zeilen zu Papier bringen oder ich wäre ausgeweidet und verspeist worden!«, dämmerte es mir, als ich in das Antlitz der aufgespießten jämmerlichen Kreatur starrte. Sie lebte noch und röchelte. Grünrotes Blut quoll aus dem Maul hervor. Ein Auge war durchbohrt. Elendig schien sie nach Erlösung zu flehen. Ich trat vor, griff mir das Messer des biestigen Scheusals, welches auf den Boden gefallen war, drehte um und ging. Japsend schrie das gequälte Wesen weiter. Ich ließ es hilflos und kläglich sterbend zurück. Mich kümmerte es nicht. Anders als bei dem Dunkel-Elben war es mir egal, ob diese zu kurz geratene irre Bestie Familie hatte. Auf der Hut kontrollierte ich fortan jeden meiner Schritte. Mit einem Ast stocherte ich auf dem Untergrund vor mir nach zusätzlichen Fallgruben. Eine gefühlte Ewigkeit später, sah ich mitten in der Botanik eine Art Mahnmal. Meine Ohren legten sich erneut an. Die wahnsinnigen Puppendinger waren daran aufgeknüpft. Sie waren fürchterlich verstümmelt und ihre kurzen Zungen hingen aus den Raubtiermäulern hervor. »Es gibt halt immer einen größeren Fisch, der die Kleineren frisst.«, musste ich für mich feststellen. Eingeschüchtert watete ich durch das folgende Dickicht. Ich hoffte das Übel, das vor mir lag, sei ein geringeres. Weniger schlimm wie das, was diese dreckigen erbarmungslosen Todespuppen bedeuteten. Nachdem ich stundenlang durch modriges und sumpfiges Gebiet gewatet war, kam ich völlig erschöpft bei einer Lichtung an. Da stand doch mitten in dieser beschissenen grünen Hölle ein hoher Turm! Eine Pagode! Ich torkelte auf den Eingang zu und erwartete, jemanden zu treffen, der mich aus diesem Albtraum befreite.

Die Pagode

Mit einem holzigen Knarren öffnete sich die Tür. Ich trat ein. Wie von unsichtbarer Hand bewegt, schloss sich die Tür wieder hinter mir, diesen faulen Zauber wendete der Nekromant ständig an. Mich, den künftigen Monarchen, konnte dies nicht beeindrucken, allerdings hatte ich hier in der grünen Hölle mit allerhand gerechnet, jedoch nicht mit dem, was mein Auge förmlich blendete. Der Raum schien tatsächlich zu einem gelehrten und weisen Meister zu passen. Es mochte ein Studierzimmer sein oder Ähnliches, dass diesem Zwecke dienlich war. Was mich störte, war die Wanne mitten in der Stube. Nichts gegen Badezuber, ich könnte darin Stunden plantschen, aber dieser Bottich war besetzt. Fasziniert blickte ich auf die bezaubernde Kreatur. Sie war das Kostbarste, das meine trüben Augen bisher im ganzen Leben erblicken durften. Stolz hob sie den Hals und schaute auf mich herab, so als wäre ich nichts wie ein weiteres Sandkorn in der Wüste. Bedeutungslos, nutzlos, belanglos ohne sich von all den anderen zu unterscheiden! Ein Wurm, der es verdient hatte, zerquetscht zu werden. Angesichts solcher Pracht und Vollkommenheit war ich bereit mich zertreten zu lassen. Meine verdorbenen Sehorgane waren es nicht wert, derlei Herrlichkeit zu schauen. Ich hatte es nicht verdient! Eine Träne suchte sich ihren Weg aus meinem Auge, trachtete herauszufließen, nahm etwas von mir mit ... etwas, dass ich erst jetzt, wo ich es versuche in Worte zu fassen, erkenne. Ich habe ein Teil meiner Seele in diesem Raum zurückgelassen. Und ja ich habe eine Seele, das war im Antlitz des hehren Geschöpfes zu spüren. Eine Vision überkam mich im selben Moment.

»Als sie von mir gezähmt und zu Willen war und ich um ihr Gefieder güldene Bande wand, stieg sie steil vor mir in die Lüfte und flog schlichtwegs davon.«

Ich wusste, es war Blasphemie sie besitzen zu wollen. Sie, diese abnorme Schönheit. Dieses vollkommene Wesen, welches die ganze Grausamkeit der Sehnsucht in mir entfachte. Jede Faser meines Körpers schrie nach ihr. Ich musste sie haben, koste es, was es wolle. Und gleichwohl, warnte mich im gleichen Augenblick eine innere Stimme, es gar nicht erst zu versuchen. Es steht DIR nicht zu! Trachte nicht nach dem, was man nicht besitzen kann, was man nicht besitzen darf und was sich nicht binden lässt. Dieses Geschöpf zog meine allumfassende Aufmerksamkeit auf sich und ich war wie weggetreten. Ich bemerkte nicht, dass jemand den Raum betrat. Eine ausnahmslos in Schwarz, so Schwarz wie das Gefieder meiner größten Begierde, gekleidetes Weib trat heran. Nur schwerlich konnte ich mich von dem Blick des grandiosen Wasservogels vor mir abwenden. Als es mir, gegen gefühlt tausende innere Widerstände, dennoch unter fast spürbarem Schmerz gelang, kam ich mir vor, als hätte das Schicksal mich erneut geschlagen. Wie konnte es sein, dass es jetzt und hier, in diesem Raum dazu kam, dass ich den mir bisher nicht vorstellbaren einen schwarzen Schwan in vermutlich ganz Erabadul erblicken durfte? Im selben Augenblick wurde mir gewährt das Weib zu schauen, welches der makellosen Schönheit dieser reizvollen Kreatur dort im Bottich in nichts nachstand. Ein heimeliges Gefühl wärmte mich von innen heraus. Die Frau schaute tief in meine Augen und ich fühlte, wie der Boden unter mir bedeutungslos wurde. Ich schien zu fallen, doch wohin? Würde ich in den Armen der betörenden Dame landen. Ihr Blick traf mitten in mein grompfisches Herz, das im selben Moment, aufhören wollte zu schlagen. Da öffnete Sie ihren Mund zu einem flüchtigen Lächeln. An den Mundwinkeln konnte ich plötzlich scharfe Eckzähne, kleine spitze Hauer entdecken, die meiner Pumpe neuen Schwung verliehen. Die Erkenntnis, dass Gefahr drohte, ließ meine in einen Strudel gerissene Gefühlswelt zerbersten und mich in der Realität hart zu Boden gehen. Ein hässliches, ja boshaftes Lachen, sorgte dafür, dass die wenigen verbliebenen Haare auf meinem Schädel zu Berge standen. Was zur Hölle war das hier? Willkommen bei Sehnsucht und Tod? Empört rappelte ich mich auf und stellte das Weibsbild zur Rede. Wie sie es wagen könne über den bedeutungsvollen Herrscher von Guernica, den unfehlbaren Regenten aller Lebewesen in und um die Mine herum sowie den Monarchen des Schicksals zu schmunzeln. Sie winkte ab und redete in einer Sprache zu mir, die ich schwerlich verstehen konnte, und dennoch schien sie in meinem Geist mehr als deutlich und verständlich sich mitzuteilen. Viele Beschimpfungen fielen ihr für mich ein, die ich hier nicht wiedergeben möchte. Zugegebenermaßen beeindruckt von diesen fremdartigen Ausdrücken konnte ich mein Vokabular mit mir bisher nicht geläufigen Beleidigungen um ein Vielfaches erweitern. Schließlich sagte ich gelangweilt, ob sie nun fertig sei. Ich bin hier, um ihren Meister zu sprechen, einer dieser weißen Typen müsste das sein. Sie lachte mich erneut aus und meinte, dass der, der mich geschickt hatte, mich hätte besser aufklären sollen. Hier gäbe es keine weißen Typen, wenn überhaupt nur weise Typen und warum ich vor allem in der Annahme sei, dass sie einen Meister nötig hätte. Da platzte mir der Kragen und ich befahl geradeheraus »*Bäue-*

rin tretet nun zur Seite, wenn Ihr mir den Sachkundigen nicht holen wollt, so werde ich die Pagode weiter nach oben erklimmen und irgendwo dort die vom Zeremonienmeister erwähnten Weißen treffen!«

Das brachte mir eine Ohrfeige ein, die sich gewaschen hatte. Hätte ich dem Weib gar nicht zugetraut, so zuzulangen. »*Du Ausgeburt eines Narren!*«, mahnte sie mich zur Aufmerksamkeit.

»*Du bist hier, weil Du das Kleeblatt mit fünf Stielen benötigst. Um dies zu erlangen, solltest Du Dir die Gunst der Meister nicht verspielen. Und dabei war es ein vielversprechender Auftakt. Dir ist im Angesicht des Schwanes bewusst geworden, dass Du nicht würdig bist, und zertreten lassen wolltest Du Dich auch! Jetzt aber gibst Du Dich wie der Großkotz, der Du bist! Ich lasse Dich erst zum nächsten Erleuchteten an mir vorbeiziehen, wenn Du mir eine Lektion erteilen kannst! Erkläre mir aber zuerst, was Du dort in dem Zuber siehst!*«, fuhr dieses hinterhältige Miststück fort.

Der schwarze Schwan starrte mich an, mir war, als ob er ein finsteres Lächeln aufgesetzt hätte. Dieser beschissene Zeremonienmeister! Nichts, gar nichts hatte er davon erwähnt. Jetzt stand ich völlig unvorbereitet gegenüber einer Meisterin und deren Federvieh, welche beide zugegebenermaßen immerfort die Gier in mir weckten. Wie konnte es sein, dass ein in schwarz gehülltes, derart begehrenswertes Weibsbild mit zu scharfen Eckzähnen, eine dieser Weißen sein sollte und sich Meisterin nennen durfte? Wo war ich da bloß reingeraten?

Es half nichts. Ich sammelte meinen ganzen grompfischen Grips, den mir der Nekromant bei meiner Erschaffung großzügigerweise überlassen hatte, und begann der Schwanenbraut zu erzählen, was ich dort im Zuber sah.

Mein Blick, der durch die Last unzähl`ger Tage,
so müd geworden, dass er nichts mehr fand.
Ihm war, als ob es unendlich Nebel sei,
dichter Dunst, verschleiert mein Verstand.

Doch dann ich entdeckte, dies dunkle Juwel,
der Kristall, den ich nie für möglich hielt.
Finsterste Reinheit, geboren aus Unendlichkeit,
den düsteren Opal, den ich gern stielt.

Ich bin nicht würdig, unwürdig blick ich dich an
Ich kann nicht anders, als dort hinzuschauen.
Dich zu bewundern, dich zu sehen,
diese Gnade, ist mir, dem Unwürdigen gescheh´n.

Woher diese Worte flossen, ist mir bis jetzt, wo ich diese Zeilen niederschreibe, nicht bekannt. Ich verbrachte beileibe keine Zeit mit den goblinischen Dichtern. Ihr Geschwätz und Geschreibsel über die Missstände in Arulapaduras Mine interessierten mich nicht. Garstige dreckige Goblins, die es nicht, wie ich zum obersten Grompf gebracht hatten, was scherte mich deren jämmerliche beschissene Welt? Einmal hatte mir ein solcher Schmierfink einen seiner Verse vorgetragen. Es war grauenvoll. Ich erinnere mich nicht mehr an den Inhalt. Ich hatte ihm eindeutig meine Meinung dazu gegeigt, dann hatte dieser kleingeistige Dichter doch tatsächlich nachgefragt, ob er mich richtig verstanden hätte. »*Ob er mehr Feuer in seine Gedichte legen sollte?*«. Ich korrigierte ihn, denn ich hatte gesagt, er sollte besser mehr seiner Gedichte ins Feuer legen! Ja das bin ich, geradeheraus und ehrlich. Na ja, oftmals oder öfter,... ja meistens halt. Ist ja auch Schnuppe, die schwarze Frau zog nach dem grandiosen Poem, die Augenbraue hoch und ich glaubte, sie beeindruckt zu haben. Langsam erhob sie die Hände und klatschte in diese. Ich solle diesen Schwan nie vergessen! Mahnte sie mich wieder. Wie könnte ich, das Vieh hat ein Stück meiner Seele genommen und das Weib wahrscheinlich auch. War das der Preis, den ein Anführer zahlen muss? Nun wollte sie zusätzlich eine Lektion erteilt bekommen. Na, da fiel mir so einiges ein, aber nichts davon würde sie überraschen können! Das flüsterte zumindest mein grompfisches Bauchgefühl. Was sollte ich denn bitteschön tun, um eine solche Meisterin in Erstaunen zu versetzen und ihr am Ende noch eine Lehre erteilt? Ich war ratlos. Ein Kampf würde ich mit den mir ganzeigenen bösen gemeinen Goblin-Tricks für eine gewisse Zeit bestreiten können, doch der Ausgang wäre bei dieser Kreatur ungewiss. Ich meine ein Meister zu sein, heißt ja nichts anderes, als etwas gemeistert zu haben und wenn das in diesem Fall eine Kampfkunst wäre, dann würde ich mächtig Prügel beziehen. Ich gebe es zu, ich bin faul und vermeide, wie alle halbwegs gescheiten Lebewesen gerne Schmerz. Ich tat das, was ich schon von jeher am besten konnte. Ich warf mich vor ihr in den Staub, jammerte, flehte, bettelte und kroch zu ihren Füßen. Ich bat sie kriechend mir zu dem Kleeblatt mit den fünf Stielen zu verhelfen. Zu meiner Überraschung gab sie mir den Weg frei und erhellte meinen majestätischen Geist. Ich wäre durchaus Weise und sie gab mir zu verstehen, dass ich diese Weisheit angewandt hätte. Sie sagte:

»Wenn Du nicht kämpfen kannst, dann fliege davon. Wenn Du nicht fliegen kannst, dann renne davon. Wenn Du nicht rennen kannst, dann gehe davon. Wenn Du nicht gehen kannst, dann krieche, aber was immer Du auch tust,

Du darfst nicht verharren!« Sie ließ mich passieren und warf mir hinterher »*Heute hast Du erfahren, dass nicht aus der Tatsache, dass Du bisher glaubtest alle Schwäne seien weiß, abzuleiten ist, dass dies für alle Zeit auch so bleibt. Nutze dieses Wissen, wenn Du wahrhaftig regieren wirst.*« Ich nickte ihr zu. Gut, dass diese Meisterin der Schläue, nicht wusste, dass mein Vorhaben nicht zu Ende vollführt war. Denn ursprünglich wollte ich ihr unter den Rock schauen, damit hätte sie eindeutig nicht gerechnet und sie wäre belehrt worden, dass man keinem Grompf trauen durfte. Nun gut, es war mir auch so recht und ich verließ den Raum, nicht ohne einen Blick auf den schwarz gefiederten Schwan zu werfen. Dieser schien mich durchschaut zu haben und verabschiedete mich mit einem verurteilenden Fauchen. Eine Bambusleiter sollte zur nächste Ebene der Pagode führen. Was folgte, war eine gänzlich andere Prüfung, meine lyrischen Fertigkeiten, halfen mir hierbei nicht weiter.

Gisbert

Das Zimmer, welches ich betrat, sah genauso aus wie das Schwanenzimmer, nur ohne Schwan. Ein Ort des Studiums. In einer Ecke kauerte eine jämmerliche Figur. Ein Mann. Ein rothaariger Mann. Er schien ausgezehrt, ausgelaugt und ausgemergelt. Unweit von ihm stand ein schlichter Tisch,

auf dem eine Karaffe mit Wasser und ein Kelch platzgefunden hatten. Der Rotschopf jammerte vor sich hin.

»*Ach weh, ich habe so einen Durst, so einen Durst habe ich, hätte ich doch nur nicht so einen Durst!*« Verständnislos schaute ich auf ihn herab und suchte nach Anzeichen dafür, dass er angekettet sei, oder verkrüppelt und nicht zu dem Tischlein gelangen konnte. Aber nichts! Ich sprach ihn an und wies den Kerl darauf hin, dass direkt vor seiner Nase zu Trinken stand. Er kuckte mich befremdet an und brabbelte weiter, dass er so einen Brand hätte. Er hörte nicht auf damit. Am liebsten wollte ich ihm eine scheuern, aber etwas in mir sagte, da ich in der Pagode der Weisen verweilte, dass dies nicht das richtige Verhalten sei. Wobei, wenn ich erstmal König bin, dann knall ich jedem eine, sollte mir danach sein. Das ist lediglich eines der unzähligen selbstverständlichen Privilegien, die ich mir als Monarch herausnehmen werde. Ich trat an das Wassergefäß und füllte einen kräftigen Schluck in den Kelch, reichte dem Jammerlappen diesen und sah zu, wie er gierig daraus soff. Ich dachte nun sei Ruhe, doch er enttäuschte. Anstatt mir zu danken, klotzte er mich an und fing ein neues Mantra an: »*Ach weh oh mir, was hatte ich für einen schlimmen Durst, wie war ich so durstig, oh was bin ich bedauernswert durstig gewesen.*« Ich drehte mich mit geöffneten Armen im Kreis, zog die Schultern empor und schaute, ob mein Tun jemand beobachtete. Dieser unzufriedene `Missling` konnte unmöglich der zweite Meister sein. Nichts, außer dem stetigen Klagelied dieses Schürzenkindes, war zu vernehmen. Ich sah mich weiter um. Gar nichts! Plötzlich unterbrach der Jämmerling seine Leier und stellte mir unerwartet eine Frage. »*Sag erlauchter Herr und großmütig erleuchteter Könner, was geschieht eigentlich mit Euch und mir nach unserem Tode?*« Ich fühlte mich zu Recht angesprochen, als der anerkannte Denker und Freigeist, der ich nun mal bin. Er, der nur ein Taugenichts und Waschlappen war, hatte aber erkannt, dass ICH der Meister bin, und erleuchtet dazu! Ich wollte ihm etwas über das Leben nach dem Tode auftischen. Anders wie der Nekromant war ich mir sicher, dass dann als allererstes das epochale Gelage mit den abschließenden orgiastischen Freveln stattzufinden hat. Wieder mahnte mich eine innere Stimme, dies nicht auszusprechen. Ein gelehrter und welterfahrener Grompf, wie ich würde einem solchen Wurm nicht meine Ansichten vermitteln. Ich entgegnete ihm stattdessen: »*Du hammelhirniger Schlappschwanz, wie sollte ich das denn wissen?*« Er stammelte verdutzt »*Du bist der Meister!*« Ich verleugnete das naturgemäß nicht und gab ihm knapp zur Antwort: »*Ja, der bin ich, aber eben kein Toter!*« Verwirrt starrte er mich einen Augenblick an und fing daraufhin wieder mit seiner Durstleier an. Erneut hätte ich ihn gerne geohrfeigt, aber widerstand dem Drang mit großer Mühe. Es geschah noch immer nichts. Ich suchte den Raum nach einem Ausgang ab. Nirgends war ein solcher zu erkennen. Ich nahm mir einen kräftigen Schluck Wasser aus der halbvollen Karaffe, was das Jammer-Mantra dieses, mir langsam ernsthaft auf den Geist gehenden, Tunichtguts, umso mehr verstärkte. Aus dem Nichts trat unversehens eine vollkommen in weiß gekleidete blendende Schönheit hervor. Selbstsicher baute ich mich vor ihr auf und zeigte ihr anhand einer Geste mit meiner Hand, dass sie Abstand halten solle. Kurz stellte ich mich ihr vor. Ich hatte mir einen angemessenen Titel zurechtgelegt. »*Gute Frau, ich bin König Tornwart, Bewahrer der Weisheit, Verteidiger der Güte, Beschützer der Ästhetik und der reichste Grompf von ganz Erabadul! Sag Weib, was kannst Du für mich tun?*« Ein süffisantes Lächeln umspielte Ihre tiefroten Lippen, von denen ich allzu gerne, spätestens zum großartigen Gelage nach dem Tod, kosten wollte. Aber dann ging die Prüfung los und meine lüsternen Gedanken zerstreuten sich gar ausnehmend schnell. Sie forderte mich auf ihr ehrlich zu sagen, was ich besonders gut beherrsche und in dem ich auch Beharrlichkeit an den Tag legen könne. Ich wollte mal wieder vom Leder ziehen und dick auftragen, aber etwas hielt mich davon ab in diesem Gemäuer den Aufschneider herauszulassen, der ich nun mal bin. Nach kurzer Überlegung sagte ich ihr stattdessen, dass ich sehr gut darin sei, zu Kreuze zu kriechen, und besonders der Faulheit frönen kann. Ich bin sogar in der Lage einen Furz im Dunkeln zu riechen (dies behauptet zumindest der Nekromant gelegentlich über mich). Sie rollte mit den Augen und fragte, ob das tatsächlich alles sei. Nun ja, ich erzählte ihr davon, dass ich auch das königliche Brettspiel beherrsche. Dafür hatte ich mich schon von jeher außerordentlich interessiert und gegen viele Sklaven Goblins gewonnen. »*Na also, das ist doch ein Anfang*«, sagte sie und strahlte. Sofort befahl sie Gisbert, das war wohl der Name des rothaarigen Versagers, ein Spielbrett und Figuren zu holen. Zu meinem Erstaunen stand er zielstrebig und vor allem ohne zu jammern auf, eilte zu einer wohl fein geschnitzten Kommode, aus der er die geforderten Utensilien hervorholte. Er baute das Brett auf und verbeugte sich vor der weißen Frau, dann fing er wieder an zu greinen. Das Weib sprach, dass ich mit diesem jungen Mann eine Partie spielen solle. Ein Schwert erschien aus dem Nichts in Ihrer Hand, während sie dies sagte. Erschrocken wich ich zurück. Sie fuhr fort und erklärte mir, dass wenn ich verliere, mein wohlgeformter Kopf mit eben jener Waffe abgeschlagen werde. Ich solle keine Angst haben, da ich mich in diesem Falle an einer Tafel zum frevelhaften Gelage nach dem Tod wiederfinden würde. Gedanken lesen konnte das Luder auch noch. Sollte ich aber gewinnen, so würde sie dem rothaarigen Plärrer den Kopf abschlagen. (Erheblich treffender und effizienter wie eine Ohrfeige, muss ich sagen.) Das Spiel wäre das Einzige, wobei dieser Jämmerling sich in seinem Leben jemals wirklich angestrengt hätte. Diese Idee fand ich außerordentlich interessant, mit einem Hieb wäre unterm Strich Ruhe mit diesem flennenden Bastard, wenngleich sie ihm besser die Zunge abschneiden sollte. Gleich totschlagen wegen einer Partie Schachgeplänkel? Ein hartes Weibsbild, stellte ich fest. Ich schaute die weiße Dame mit dem Schwert an und konnte erkennen, dass es ihr absolut ernst war. Wir begannen das Spiel. Bereits bei der Eröffnung lief mir der Schweiß in Strömen den ungewaschenen Nacken herab. Mir wurde bewusst, dass ich hier und jetzt um mein Leben, meine Zukunft als Gottkönig spielte. Das Spielbrett wurde vor meinen Augen zur ganzen Welt. Zuerst war es schlecht um mich bestellt, doch dann machte der Rothaarige einen ganz miserablen Zug und ich ergriff die Gelegenheit, einen starken Angriff einzuleiten. Als ich sah, wie die Verteidigung dieses Nichtsnutzes zerbröselte, blickte ich ihn verstohlen an. Überrascht stellte ich dabei fest, dass keine Spuren des Jammerns oder Unzufriedenheit sich in seinem Gesicht zeigten. Ich sah Intelligenz, Aufrichtigkeit und Bemühen. Ich dachte an mein faules, wertloses bisheriges Leben und von irgendwoher überkam mich eine Welle des Mitgefühls. Absichtlich beging ich einen Fehler nach dem anderen. Ich ruinierte mir bewusst die hervorragenden Stellungen, bis ich kaum mehr eine Verteidigung besaß. Plötzlich beugte sich der weiße Todesengel über das Brett und fegte es mit all seinen Figuren vom Tisch. Sowohl der Jammerlappen als auch ich waren verstört. Sie erleuchtete uns und teilte mit, dass es hier weder Sieger noch Verlierer gab, hier könne kein Kopf rollen! Nur zwei Dinge seien erforderlich. Sie wandte sich zu mir und sagte:

»*Völlige Konzentration und Mitgefühl! Du hast heute beides gelernt. Warst Du nicht vollkommen auf das Spiel konzentriert und hast dennoch Emphatie gezeigt? Warst Du am Ende nicht sogar bereit Dein eigenes Leben für diesen Jammerlappen zu opfern?*« Ich bejahte dies und erschrak darüber. Meine Pläne wären alle dahin gewesen, was hatte mich nur geritten? Zu allem Übel kauerte sich der Taugenichts wieder in eine Ecke und fing an ein neues Klagelied zum Besten zu geben. »*Ach hätte ich doch gewonnen, ich hätte doch gewonnen, ach wie hätte ich gewonnen ich armer Tropf…*«. Die weißgekleidete Frau zwinkerte mir zu und ließ mich passieren. Aus der Decke wurde eine Leiter herabgelassen. Ich schritt auf sie zu und konnte es mir nicht verkneifen, dem rothaarigen Klageweib namens Gisbert im Vorbeigehen doch noch eine zu scheuern. Dies brachte mir bis zum Aufstieg zur nächsten Stufe, das erstaunte Schweigen dieses Kerles und ein zufriedenes boshaftes Lächeln auf meinen Lippen ein.

Schatten

Ich lugte aus dem Loch im Boden, durch das mich die Bambusleiter zur dritten Etage der Pagode beförderte. Ich schaute mich um, ich der ich schon zwei Prüfungen tadellos gemeistert hatte, scheute auch nicht die nun folgende Herausforderung. Das muss ich hier noch einmal lobend erwähnen! Die Krönung durfte nicht länger, durch dieses unnütze und sinnlose auf die Probe stellen, des legendären und herrlichen Monarchen Tornwart dem I., verzögert werden. Entschlossen blickte ich mich um und hoffte inständig, dass hier nicht wieder ein weiterer Jammerlappen auf mich wartete. Mein Nervenkostüm war ein klein wenig angegriffen, zugegeben, die Ohrfeige, die ich dem Weichei verabreicht hatte, verhalf meiner Stimmung deutlich zur Besserung. Ich würde sie glatt als einen Befreiungsschlag bezeichnen! (Hehe, bin ich nicht ein meisterlicher Wortakrobat?) Allerdings wurde dieses Hoch allzu schnell pulverisiert. Ich wäre beinahe die Leiter wieder nach unten gerutscht. Aus einer rußfarbenen Wolke heraus materialisierte sich eine knochige, in einer schwarzen Robe gehüllte Gestalt. Das Antlitz des Albtraums blieb unter einer zu groß geratenen Kapuze verborgen. Das güldene Zingulum, das anklagend vor dem Gemächt der finsteren Kreatur hin und her pendelte, als diese auf mich zuschritt, war mir nur zu bekannt. Oft genug hatte ich damit meine »wohlverdienten Züchtigungen« erhalten. So bezeichnete es zumindest der Besitzer des Selbigen. Das konnte nicht sein! Das durfte nicht sein! Die Pest Wolke verschwand nicht gänzlich, sie hielt sich beharrlich um den Kopf der Figur allen Übels. Es wurde mir nicht gestattet, einen Blick auf das Gesicht unter der Kapuze zu werfen. Flink zog ich mich auf die Etage hoch und warf mich in den Staub. Ich küsste die verdreckten Knochenstiefel der Erscheinung und sprach kühn den Herren des Todes an. In etwa muss ich gesagt haben:

»*Eure allergrößte geistige Umnachtung, ich habe Euch letzten Endes gefunden. Ich muss der glücklichste Grompf in ganz Erabadul sein. Ich durchsuchte den gefährlichen Dschungel vollkommen alleine nach Eurer finsteren Heiligkeit und das seit Tagen. Ihr wisst, nicht wie schlecht es uns ergangen ist und wie sehr wir Euch und Eure allumfassende Ratlosigkeit benötigen, Eure Fernreisende Pestilenz.*« Er streckte mir eine dürre dunkel behandschuhte Hand vor die Nase. Ich sah den Siegelring, der von einem rabenschwarzen Necro-Opal gekrönt war, und küsste ihn. Im selben Moment war ich derjenige, der eine Art Ohrfeige erhielt. Als ich zu Boden ging, fiel mir der jammernde Gisbert wieder ein. Der Handrücken dieser Bestie, inklusive des verdammt harten Edelsteins, schlug erbarmungslos in meiner Visage ein. Die Hinterlassenschaft eines Schnittes, durch den Opal verursacht, zierte fortan meine rechte Wange. Beide Mundwinkel waren obendrein blutig geschlagen. Erwartungsgemäß folgte ein gehässiges, boshaftes Lachen. Als ich aufschaute, um weiter Speichel lecken zu können, war ich fest davon überzeugt, nun den Nekromanten zu erblicken. Es roch nach verfaulten Eiern und ich starrte ins Leere. Er war weg! Welch Teufelei! Langsam begann ich an meinem Verstand zu zweifeln. Mühsam schüttelte ich die unangenehmen Gedanken an die Erscheinung ab und wendete mich dem Umfeld zu.

Der Raum war ähnlich, gestaltet wie die beiden unteren Kemenaten dieser unseligen Pagode. Ich entdeckte in einer kaum beleuchteten Ecke eine weitere Gestalt oder waren es zwei? Ich rappelte mich auf, klopfte den Staub vom Wams (hier war alles total verstaubt, Windrisha hätte ihre wahre Freude daran, dem ein für alle Mal mit dem Feudel ein Ende zu machen). Ich schritt mit geradem, durchgedrückten Rücken und erhobenen Schultern, auf die finstere Ecke zu. Mit dem königsgleichen Gang strahlte ich sicher eine Aura der Unantastbarkeit aus. Zu meiner Überraschung konnte ich, beim Nähertreten, Shrolock erkennen. Mit einem Schlafzimmerblick lächelte er dummgeil eine sündig anziehende Dame an, die ihm gegenüber, am Tische saß. In einen Hauch von »Nichts« gehüllt, ließ sie mich so einiges erblicken und noch mehr erahnen. Sie fütterte ihn genussvoll mit köstlich anmutenden exotischen Früchten. Shrolock dieser kleine Penner! Ich machte mir die größten Sorgen um ihn, dachte, dass er diesen widerlichen puppenartigen Eingeborenen zum Opfer gefallen sei. Stattdessen saß er hier auf der dritten Ebene und ließ sich von diesem verführerischen Weibsbild füttern. Wer weiß, was er noch so alles bereits mit ihr angestellt hatte. Nicht nur der Zorn ereilte mein königliches Gemüt, eine weitere, viel tiefsitzendere Eigenschaft des glorreichen Grompfs trat zum Vorschein. Der Neid überkam mich und fegte den Groll aus meinem Kopf. Ich musste harte Prüfungen erdulden, gegen fürchterlich gar grausige Jammerlappen im königlichen Brettspiel bestehen. Zu Kreuze kriechen vor einer weisen Meisterin eines »Schwanenhalsigen Federviehs« und Shrolock dieser kleine stinkende Lustmolch, saß einfach so auf der dritten Ebene, lange vor mir und gab seinen schratischen Trieben nach. Das laszive Weibsbild machte auch mir schöne Augen. Verführerisch hauchte Sie zu mir, ob ich nicht auch von den verbotenen Früchten kosten wolle. Und ob ich das wollte, ich wollte vor allem von diesem verdorbenen Früchtchen da vor mir kosten! Um Shrolock würde ich mich später kümmern, dem würde ich seine erste königliche Standpauke halten, aber das musste warten. Ich ein fruchtbarer Grompf der Tat, schritt auf die verlockende, zu mir hoffentlich gnädige, Lustperle erwartungsfroh zu. Meine Vorfreude wuchs, im wahrsten Sinn des Wortes und sollte im selben Moment noch in sich zusammenfallen. Kaum war ich dieser Versuchung nähergekommen, packte mich ruckartig Ihre Hand, nein es war eine dürre alte Klaue, die sich erdrückend um meinen Hals legte. Ich versuchte zu schreien und von ihr fortzukommen, doch der eiserner Griff umklammerte die mir eigene majestätische Kehle brutal.

Ich riss die Augen auf und schaute in das Antlitz des Schreckens. Statt der sinnlichen Schönheit saß nun eine furchtbar alte, runzlige und hässliche Vogelscheuche vor mir. Sie hatte kein genüssliches Obst mehr in der freien Hand, sondern eine übelerregende, abartig stinkende breiige Masse troff zwischen ihren Fingern herab. Diese stopfte sie Shrolock in dessen Mund. Er sah auf einmal gar nicht mehr so dummgeil aus. Sein Blick glich blankem Entsetzen. Nun sah ich, dass er an den Stuhl gekettet war und ein Kartoffelsack ähnliches Lätzchen um den Hals gebunden hatte. Überall hingen darauf großflächige Kleckse dieser Pampe und etwas anderem. Ich nahm den Geruch von Erbrochenem wahr. Während mir langsam die Luft ausging, da diese erbarmungslose alte Hexe den Druck um meinen Hals nicht minderte, stieg mein Mageninhalt saumselig die Speiseröhre empor. Dies verursachte weitere Engpässe in der Sauerstoffversorgung und mein Gesicht musste zwischenzeitlich die ungesunde Farbe eines zyanotischen Blautones angenommen haben. Ich würde auf der dritten Ebene also elendig verrecken, ersticken, an einer Kompression der Atemwege oder durch Aspiration von halbverdauten Speiseresten. So hatte ich mir das alles gar nicht vorgestellt. Ein »Grompf-König« stirbt ehrenvoll in der Schlacht oder bei einem erlauchten Ritt in seinem majestätischen Gemach. Er erstickt doch nicht an seiner eigenen Kotze! Das geziemt sich nicht! Nun ja, an meinem Erbrochenen bin ich nicht erstickt, aber es war kurz davor. Plötzlich, als ich nur noch Schemen erkannte, ließ der unbarmherzige Griff dieser verfluchten alten Hexe um meinen Hals merklich nach und ich war zu Boden geglitten. Das Nächste, an was ich mich erinnern konnte, war, dass weder Shrolock, noch dieses hässliche Ungeheuer von einer boshaften Greisin an der Stelle zu sehen waren, wo ich sie zu wissen glaubte. Die Stühle und der Tisch waren am selben Platz wie zuvor. Ich drehte mich mit einem Ruck auf den Rücken, um den Rest des Raumes zu überschauen. Nichts und niemand war zu erkennen. Abgesehen von den beträchtlichen Mengen Staub, welcher mich im gleichen Moment zum Niesen brachte, gab es kein Lebewesen in dieser Kammer. Mein Hals, der furchtbar schmerzte, erzählte mir allerdings, dass das Erlebte keine Einbildung gewesen war. Genauso die Wunde auf der Wange, die blutverkrustet bezeugte, dass mich ein Jemand mit einem Edelstein besetzten Ring geschlagen hatte. Was hatte diese Ebene für eine Herausforderung parat? Wo war der Meister, der mich auf die Probe stellen sollte oder war ich bereits mittendrin? Aus dem Nichts überkam mich erneut eine Vision. Ich sah Shrolock, wie er in einem Käfig gefangen gehalten wurde. Der hölzerne Kerker stand mitten im Wald, im Dschungel besser gesagt. Der Schrat wurde gefüttert, mit einer breiigen Masse. Sein Leib war enorm aufgebläht und sein Gesicht aufgedunsen wie das Antlitz eines Wasserkranken. Wer ihn da mästete, konnte ich nicht erkennen. Ich erkannte ein halbverfallenes Haus im Urwald. Das musste hier irgendwo sein. Dann verschwand die Offenbarung genauso geschwind, wie sie erschienen war. Der leidende Ausdruck in Shrolocks Augen ließ das blanke Entsetzen in mir aufkeimen. Ich rappelte mich auf und rannte zum Loch im Boden. Die Leiter war weg, das spielte aber keine Rolle, ich sprang hinab. Der Aufschlag bekam mir nicht gut. Doch ein königlicher Grompf ist zäh und macht weiter, bis über den Tod hinaus. Gisbert, der bis jetzt noch in seiner Ecke saß, sah mich an und jammerte. »*Man hat mich geohrfeigt, ach herrje wie man mich geohrfeigt hat, ich armer Kerl, warum nur mich, warum hat man mich geohrfeigt?*« Ich konnte es nicht mehr hören, also verabreichte ich ihm einen grompfigen Faustschlag auf seine Schläfe. Endlich war Ruhe. Die Nervensäge fiel um, wie ein nasser Sack und blieb stumm auf dem Boden liegen. Von der weißen Frau war nichts zu sehen, sie hatte sich wohl zurückgezogen, um diesem Gewäsch nicht länger lauschen zu müssen. Sie hätte ihm den Kopf abschlagen sollen. Pah, vollends inkonsequent jenes hellhäutige Weibsbild. Ich näherte mich dem nächsten Abstieg. Wieder gab es keine Leiter und wiederholt schlug ich hart auf. Das war mir egal, Shrolock steckte, wie es aussah, tief in der Scheiße, und ich konnte ihn nicht einfach so aus meinen königlichen Diensten entlassen. Das schwarze Schwanenvieh hatte zwischenzeitlich den Zuber verlassen und attackierte mich unverzüglich mit gezielten Schnabelhieben. Dieses närrische Fauchen des Mistviehs werde ich nie vergessen. Beißen konnte diese Federbestie besonders gut. Ich hatte alle Arme und Hände voll zu tun, um mir das gefiederte Monster von der Kehle fernzuhalten. Dorthin zielten diese gemeinen, schmerzhaften Angriffe nämlich. Ich blutete bereits und schrie nach der schwarzen Frau. Nichts geschah.

Dann aber bekam ich den Hals dieser Ausgeburt der Hölle zu fassen und drehte den Spieß um. Jetzt war ich am Drücker! Mit Schnattern war nicht mehr viel und es half ihm keinen Deut, dass er seine Flügel einzusetzen suchte. Das machte mich nur grimmiger und ließ mich fester zudrücken. Zu guter Letzt warf ich diese Albtraumgestalt gegen den Zuber, extrem benommen blieb der Schwan dort liegen und schaute mich vorwurfsvoll an. Ich zeigte mit meinen blutigen Fingern auf ihn und sagte ihm, dass dies hier nicht zu Ende sei! Wenn ich zurückkomme und mir das verfluchte Kleeblatt hole und er weiterhin hier verweile, würde ich ihn in Assel Soße seiner Herrin, gegrillt und delikat gewürzt, zum Fraß vorsetzen. Vom schwarzen Schwimmvogel ging aber vorerst keine weitere Gefahr mehr aus, denn er senkte sein Haupt und schien seine Wunden zu lecken. War mir recht, ich musste raus aus der Pagode und den Wald nach Shrolock durchkämmen. Kurz bevor ich die Tür erreichte, vernahm ich stöhnende und ächzende Geräusche. Auf dem Tisch lag ein dreckiger verschwitzter Söldner auf der ehrbaren schwarzen Dame, die mich in diesem Tempel quasi willkommen geheißen hatte, und besorgte es ihr nach allen Regeln der Kunst. Ich schüttelte den Kopf und dann stöhnte sie eindringlich »*Nicht schwängern, denk daran Rudolph, nicht schwängern!*« Rudolph dachte daran und, als er zurückziehen wollte, versaute ich es Ihnen. Ich trat dem Begatter den Fuß ins Kreuz und er konnte nicht mehr zurück. Sie schrie wie am Spieß, als er seine Ladung platzierte. Hehe... kleine Boshaftigkeiten im Vorbeigehen sozusagen. Ich hatte eben einen durch und durch verkommenen Lehrmeister. Jetzt machte ich mich aber aus dem Staub, bevor ich meine monströsen Kräfte mit diesem ungewaschenen Söldner hätte messen müssen. Shrolock war wichtiger wie einen weiteren unbedeutenden Sieg davon zu tragen. Ich stürmte zur Tür hinaus und rannte blindlings in den Wald, ohne daran zu denken, dass hier alles gleich aussah und ich ja den Weg wieder zurückfinden musste, um das begehrte Kleeblatt einzuheimsen.

Heute - Der Meister

»Eine Pagode? Mitten im Dschungel von Arlon, das ist mir neu.« Ihm war auch nicht alles bekannt, was in Erabadul vorging. Wann war er zuletzt in diesem verlausten Urwald gewesen? Er konnte sich nicht mehr daran erinnern. Das allgegenwärtige Grün dort war ihm zuwider. Wenn man eine dunklere Farbe wie Schwarz herstellen könnte, dann würde er all seine Kutten und Roben darin einfärben. Andere Färbungen brauchte er nicht. Lediglich sein Zingulum durfte einen gewissen andersfarbigen Akzent an seinem Erscheinungsbild setzen. Er dachte über die Aufzeichnungen Tornwarts nach. Dabei musste er kurz über dessen angebliche Begierde schmunzeln. Damals, als er ihn erschuf, da hatte er große Pläne mit ihm. Er hoffte, dass es ihm gelungen war, einen Bullen zu züchten, der hochpotent für ständigen Nachwuchs sorgen konnte. Er brauchte Unmengen von Sklaven für seine Mine. Doch seine Erwartungen wurden mehr als enttäuscht. Er setzte in jenen Tagen den frischgeborenen Grompf in eine Laube voller brunftiger Goblin-Weibchen. Es mussten an die zwanzig gewesen sein. Bei dem Paarungsverhalten der Goblins entschied nicht allein der Faktor Männlein und Weiblein über eine erfolgreiche Vereinigung. Nein die durchaus dominanten Frauen legten außerordentlich Wert auf die Auswahl des Männchens. Es konnte nicht einfach jeder so aus dem Wald kommen und behaupten er sei der Förster. So lief das nicht. Auch wenn Tornwart davon überzeugt war, dass es genau so lief. Sein erster Versuch hätte ihn bereits eines Besseren belehren müssen. Er

schwänzelte um eine gut gebaute Goblina mit roten Haaren herum. Der Meister war hoch erfreut, als er dem Schauspiel, durch einen geheimen Sehschlitz, beiwohnen konnte. »*Ah, die Rothaarige, da bin ich gespannt, wie der Nachwuchs aussieht.*« Rieb er sich schon einmal die Hände. Der Grompf versuchte, die Auserwählte zu umgarnen. »*Na meine Teuerste, man sagt ja, niemand sei perfekt, aber hier bin ich.*« Arulapadura konnte sich ein Kichern nicht verkneifen. Die Angesprochene rollte mit den Augen und ließ ihn abblitzen. Sie drehte sich von ihm weg und versprühte pures Desinteresse. Der mit Vorschusslorbeeren oder besser gesagt weit überschätzte Zuchtbulle, ließ nicht locker. »*Hey Du Schönheit, Du verpasst was. Weißt Du nicht, dass ich über den Dingen stehe? Ich bin nämlich die Messlatte!*« Jetzt lachte die betörte Goblina auf und verpasste ihm einen verbalen Volltreffer. »*Du? Die Messlatte? Mich würde wundern, wenn Du überhaupt eine brauchbare Latte hast. Verpiss dich Kleiner! Ich werde mich nicht einem solchen Vollidioten hingeben.*« Sie ließ den Grompf wortlos zurück und suchte sich eine aufregendere Beschäftigung. Er fühlte sich wie ein frisch geputzter Salat, der mit Öl und Kräutern angemacht und einfach stehen gelassen worden war. Das konnte der Meister in seinen Gedanken lesen. Aber er ließ sich noch nicht unterkriegen und versuchte sein Glück bei einem langbeinigen und besonders aufreizend gekleideten Weibchen. »*Da geht doch glatt der Mond auf. Solch makellose Schönheit verdient mich, weil ich der lebende Beweis dafür bin, dass Deine Träume wahr werden können.*«, dabei klimperte er süffisant mit seinen Wimpern. Der Nekromant biss sich in seinem Versteck auf die Lippe, sonst hätte er einen Schreikrampf nachgegeben, der in ihm köchelte. Die Angeschmachtete musterte den Traum Ihrer schlaflosen Nächte, von Kopf bis Fuß. Dann schnüffelte sie und verzog das Gesicht zu einem Antlitz des Ekels. »*Bevor ich mich mit Dir paare, müssen alle, aber wirklich alle anderen männlichen Geschöpfe ausgerottet worden sein. Aber wenn ich darüber nachdenke... sogar dann würde ich Dich nicht ranlassen. Lieber mach ich es mir selbst oder bitte ein Weibchen darum, Hand anzulegen. Du bist widerlich! Hat Dir das noch keiner gesagt. Du bist so abgrundtief hässlich, dass nicht einmal Deine Mutter Dich ernsthaft liebhaben kann. Verschwinde, Du samenloser Wicht!*« Doch weiterhin ignorierte er die Schmach und belästigte sein nächstes Opfer. Er hatte irgendwas erklärt darüber, dass seine Anwesenheit allein nichts anderes als ein großartiges Geschenk für die Dame sei. Diese sah das allerdings nicht so und schlug ihm unverblümt aufs Maul. Dann kam aber die beste Abfuhr für den unbrauchbaren Charmeur. Immer noch nicht bereit einzugestehen, dass er völlig uninteressant für die Damenwelt war, schlich er lässig auf eine robust gebaute Schönheit mit kurzgeschorenem Haar zu. Sie lehnte an einem Tisch und hielt in ihrer Hand einen Kelch mit hochprozentigem Sud. Der Grompf zog aus seinem Wams eine ärmliche Tonpfeife hervor und startete einen Annäherungsversuch. Besser gesagt rückte er dem Weib stark auf die Pelle. Sie duldete erstaunlicherweise die Verletzung ihres persönlichen Raums und nahm einen kräftigen Schluck aus dem Gefäß. »*Entschuldige, meine Allerteuerste, aber stört es dich, wenn ich Pfeifenkraut neben Dir rauche?*« , wollte der hirnlose Stümper von der Goblina wissen. »*Mich würde es nicht einmal stören, wenn Du neben mir abbrennen würdest.*«, bekam der kleine Scheißer, mit einer zu ihr passenden Reibeisen Stimme, zur Antwort. Der Meister, der damals an einem Krug mit Blutlikör genippt hatte, spuckte die Brühe aus und konnte ein schallendes Lachen nicht mehr unterdrücken. Tornwart, der eine weitere persönliche Niederlage eingesteckt hatte, gab immer noch nicht auf. So zog sich dieses Schauspiel eines Vollversagers sehr lange hin, bis er von jedem Goblinweib im Raum eine ordentliche Abfuhr oder manchmal gar eine Abreibung bekommen hatte. Der Meister amüsierte sich zwar prächtig, war aber tief enttäuscht darüber, dass sein Grompf absolut untauglich für die Zucht war. Dessen Interesse an den niederen dunklen Geschöpfen hielt sich ohnehin in Grenzen. Tornwart hatte von jeher mehr Beachtung den menschlichen Weibchen entgegengebracht. Arulapadura erstaunte das nicht. Denn schließlich frisst ein Bauer auch nur das, was er kennt. Irgendwie kamen dem Nekromanten die zuvor gelesenen Seiten fast wie eine Selbstreflexion seines frevelhaften Dieners vor. Die Beschreibung dieses Jammerlappens Gisbert. Das hätte auch gut der Grompf sein können. Er konnte unterm Strich mindestens genauso gut jammern und flennen. Er dachte kurz darüber nach und stellte sich vor wie sein Sklavengrompf in einen Spiegel schaute und Gisbert darin erblickte. Ihm war auch klar, dass Tornwart in seinem Spiegelbild nicht Gisbert erkennen konnte. Was er sehen musste, war ein in Purpur gekleideter, hocherfolgreicher Herrscher. Einen Gott im schlimmsten Fall, denn was er bisher niedergeschrieben hatte, deutete auf einen solchen Komplex hin. Der Nekromant kam nicht umhin einzuräumen, dass sein vermeintlich unfähiger Diener lange genug überlebt und auch einiges zustande gebracht hatte. Die Aufgaben, die Tornwart in der Pagode hatte erfüllen müssen, erschienen ihm bislang nicht der Rede wert, auch wenn er andere Lösungswege eingeschlagen hätte. Der schwarze Schwan, davon sollte der Grompf doch wissen. Der Meister nutzte diese Masche ständig. Er erzählte gerne Geschichten über Wesen oder Ereignisse, die für die Bevölkerung nichts als Märchen waren. Die es nüchtern betrachtet nicht geben konnte. Dann aber belehrte er sie eines Besseren. Er ließ aus seinen Laboren neu gezüchtete oder wiederbelebte Krankheiten hinaus. Teils mit verheerenden Wirkungen auf das gesamte gesellschaftliche Gefüge. Solche hinterhältigen Aktionen führte er oftmals vor einschneidenden Veränderungen durch, die er mit seinem oder anderen Völker vorhatte. Durch diesen Trick konnte er in der Vergangenheit schon häufig die Zügel des Schicksals führen und in eigenem Interesse das Ziel bestimmen. Ebenso wurde er es nie müde, die seltsamsten Kreaturen zu erschaffen, die sich wiederum mit vorhanden Spezies paaren konnten. Dadurch breiteten sich solche »schwarzen Schwäne« oft in Erabadul aus. Damit wollte er seine Gefolgschaft lehren, besonnen zu sein und sich nicht in einer vermeintlichen Sicherheit einzulullen. Denn nur weil es heißt: »*Das gibt es ja nicht oder das wird niemals so kommen, bedeutet das noch lange nicht, dass dies dann auch stimmt.*« Er war ein Freund der Wissenschaft und strebte danach solche »Das geht nicht!« Sprüche zu widerlegen. Weitaus mehr beschäftigte ihn das Zusammentreffen mit diesem Schatten und der Hexe. Der erwähnte Necro-Opal, hatte etwas in ihm ausgelöst, aber er wusste nicht wie, wo und auch wann er es in seinem Gedächtnis einzuordnen hatte. Es war, als würde er in einen tiefen, unbeleuchteten Schacht seiner Erinnerungen blicken. Nichts wie die vollkommene Dunkelheit war darin zu sehen. Dieser Umstand beunruhigte ihn zutiefst. Ein Hauch in ihm fühlte, dass er ganz am Anfang eines schwierigen Rätsels stand und schon jetzt spürte er, dass dieses Mysterium ihm seine gesamte Aufmerksamkeit und Kraft abringen würde, wenn er es denn lösen wollte. Weitere Fragen zogen sich wie eine grauschleierige Wolke über dem kahlen Kopf des Nekromanten zusammen. Er vertiefte sich in die unsauber dahin geschmierten Aufzeichnungen im Tagebuch.

Shrolock

Ich brach durch das dichtbewachsene Unterholz. Äste, Auswüchse von Farnen und Dornen peitschten mir durchs Gesicht und zeichneten eine blutige Landkarte auf meiner Stirn. Der Intuition folgend wusste ich, dass ich richtig war. Immer der Nase nach, heißt es ja und der bin ich gefolgt. Der widerliche Geruch dieser Pampe, die Shrolock in der Pagode serviert bekam, führte mich quasi zu ihm. Ich war gut fünfzehn Minuten von dem Tempel des Kleeblattes entfernt, als ich vor mir eine überschaubare Lichtung erblickte. Ich erkannte, die Bruchbude aus meiner Vision sofort, auch der hölzerne Käfig war da. Shrolock saß allerdings nicht drinnen. Stattdessen hörte ich sein elendes flehendes Geschrei. Er musste hinterm Haus sein. Rauch zog dort in die Lüfte. Der Geruch eines frisch entfachten Feuers fiel mir in die Nase. Ich stürzte um die Ecke der verfallenen Bude und sah, wie zwei dieser Miniatur Puppenmonster, ihn an einen Spieß gebunden hatten. Sie waren dabei ihr Grillgut, auf einer speziellen Vorrichtung über der Feuerstelle zu positionieren. Ich war außer mir vor Zorn. Diese widerlichen dreckigen, perversen Kannibalen. Im Feuer lag schon ein Bratspieß mit einer ihrer eigenen Art. Möglicherweise sogar derjenige, der in die hinterhältige Falle zuvor getappt war und jetzt sollte er von Ihnen unerhörterweise verspeist werden. Mein Verstand setzte aus, ich holte das, ironischerweise von einer solchen Kreatur, erbeutete riesige scharfe Messer hervor und stieß einen ungrompfischen Schrei aus, während ich auf Sie zu stürmte. Als ich wieder bei Sinnen war, lag Shrolock immer noch am Spieß angebunden, im Dreck vor mir. Diese zwei Spezialköche waren nicht mehr als solche zu erkennen. Ich blickte auf meine Hände, auf das blutige Messer und schaute an mir herab auf einen blutüberströmten Wams. Ich warf die Waffe in den Staub, nach dem ich den königlichen Leibschrat von seinen Fesseln befreit hatte, und musste wieder zu Atem kommen, doch dazu blieb keine Zeit. Shrolocks Kehle entfuhr ein markerschütternder Schrei. Sein Blick fiel auf etwas hinter mir. Ich drehte mich erschrocken um und die runzlige Alte, die ich bereits in der Pagode gesehen hatte, stand da. In beiden Händen hielt sie Fußketten und mit einem entsetzlichen Grinsen legte sie mir eine davon an. Ich war gelähmt vor Schreck und konnte nicht den geringsten Widerstand leisten. Der Grottenschrat musste dem Wahnsinn an heimgefallen sein. Er hörte nicht mehr auf zu kreischen. Er entzog sich ebenso wenig den Ketten, wie ich es tat. Irgendetwas hinderte ihn daran, sich zur Wehr zu setzen. Dann troff diese ekelhaft, stinkende Pampe zwischen ihren knochigen Fingern hervor und nun schmierte sie diese mir um und in den Mund. Danach trübte mein Verstand ein. Als ich wieder erwachte, saßen wir in dieser zerfallenen Bude am Tisch. Ich öffnete die Augenlider, stellte erbost fest, dass ich auf einem Stuhl oder etwas Vergleichbaren angekettet war und sah meine Daumen in einer Vorrichtung eingespannt, die ich nur allzu gut aus des Nekromanten Verhörkellers kannte. Jetzt war ich es, der einen markerschütternden Schrei ausstieß, an dem nichts mehr grompfisches war. Aus den Schatten trat die alte Hexe hervor. Ähnlich wie mein auf Reisen gegangener Meister beherrschte Sie die Kunst der dunklen Magie. Dass sie eine Hexe war, war offensichtlich und sie schien es nicht verbergen zu wollen. Mit krächzender Stimme begrüßte sie mich in meinem ganz persönlichen Albtraum. So ihre Worte. Ob ich wüsste, warum ich hier sei. Natürlich war ich im Bilde, »*Um Shrolock zu retten, wozu auch sonst.*«, gab ich pampig die Antwort. Sie war darüber amüsiert, strich sich mit den langen verdreckten Fingernägeln über die Warze an ihrem Kinn und schenkte mir ein teils zahnloses Lächeln. Die paar Stummel, die sie noch als ihr eigenes Kauwerkzeug bezeichnen konnte, waren schief, krumm und von grau-schwärzlichem oder faulig gelblichem Aussehen. Das zerlumpte, versiffte Kleid und der alte plattgedrückte Hut erfüllten das Klischee, der gefährlichen bösen, alten schwarzmagischen Schachtel, die im Wald haust und kleine Kinder fängt, um sie dann zu braten. Wenn ich mich und Shrolock so betrachtete, bestand vielleicht durchaus die Möglichkeit, dass sie uns mit derartigen Bälgern verwechselt hatte. Zugegeben, ich habe nie zuvor solch hässliche Kinder, wie uns gesehen, aber eventuell waren die Augen der archaischen Druse ja auch nicht mehr die besten. Nachdem sie mich ausgiebig gemustert und sich ein wenig an meiner Situation erfreut hatte, trat sie näher. Sie schnüffelte am majestätischen ungewaschenen Haupt, sog das einzigartig grompfige Aroma, welches ich verströmte, in sich auf. So viel sei dazu gesagt: Ein Grompf riecht, wie ein Grompf! Die mir zugängliche natürliche Umgebung, welche von Ungeziefer und Dreck nur so wimmelt und die mangelnden Treffen mit dem Sonnenlicht außerhalb des Herrenhauses verfeinern diesen bizarren Eigengeruch. Ich versuche, diesen immer wieder durch längere Badeorgien im Zuber des Baderaumes abzuschwächen, aber da ich nun schon geraume Zeit unterwegs war, roch ich möglicherweise, nun ja, sagen wir besonders intensiv! Ihr schien das nichts auszumachen, im Gegenteil sie schnüffelte weiter an mir, an und unter den Armen und selbst bis hinunter zu meinen stark verschmutzen und mit Hornhaut überzogenen Käsefüßen, reichte ihre eigensinnige Aromatherapie. Als sie damit fertig war, sagte sie kurz und knapp: »*Ja, Du bist der Richtige!*« Natürlich bin ich das! Wer sonst sollte richtiger als der künftige König von ganz Erabadul sein? Ich bewahrte die Fassung und fragte sie in erlauchter Kühnheit, was sie von mir wolle. Ich bin es nicht gewöhnt von solch scheußlichen, unansehnlichen und unvorteilhaft gekleideten Frauenzimmern begehrt zu werden. Mir liegen für gewöhnlich nur die außerordentlichsten Schönheiten aus den Reihen der fruchtbarsten Goblinas zu Füßen. Auch wenn das nicht ganz der Wahrheit entsprach, musste ich gleich klarstellen, dass ich keinesfalls an einem Paarungsritual mit diesem alten Wrack interessiert war. Dies teilte ich ihr mit fester Stimme genau so mit. Erneut erscholl ihr finsteres, krähenartiges Gackern. Sie sagte mit einem anrüchigen Grinsen, dass ich so ein von mir erwähntes Ritual, mit ihr nicht überleben würde. Damit könnte sie Recht behalten. Ich würde vor Ekel sterben oder im Anschluss daran für den Rest meines Lebens dem Wahnsinn frönen. Sie wendete sich Shrolock zu und sprach zu ihm, in einem beängstigend vertraulichen Ton. Der Schrat saß mir am Tische gegenüber und er befand sich in der gleichen misslichen Lage, wie ich. Angekettet, die Fingerchen saßen fest verklemmt in den dafür extra angefertigten Vorrichtungen. »*Na mein kleiner, feister Bengel? Fühlst Du dich hinreichend gemästet?*« Tatsächlich musste Shrolock in der kurzen Zeit, in der ich ihn nicht gesehen hatte, immens zugenommen haben. Ein solch fetter Grottenschrat war mir mein Lebtag nicht unter die Augen gekommen. Zäh, drahtig und muskulös waren diese Burschen normalerweise, doch er sah aus wie ein orkisches Mastschwein. Das blanke Entsetzen stand ihm erneut ins Gesicht geschrieben, als die schwarzmagische Schlampe das Wort an ihn richtete. Er brachte keinen Ton heraus.

Seine Haare hatten sich von dem üblichen Schwarz der Schrate in ein eierschalenfarbenes Weiß verwandelt. Dann sah ich, warum der Grottenschrat solche Angst vor ihr hatte. An der Decke hing ein Behältnis von beachtlichem Ausmaß. Ein Schlauch ging davon ab. Das niederträchtige Miststück zog diesen heran, drückte erbarmungslos mit der freien Hand auf Shrolocks Kieferknochen unterhalb seiner Ohren, so fest, dass er unwillkürlich seinen Mund öffnen musste. Einen Wimpernschlag später hatte sie unsanft und begleitet von fürchterlichen Würgegeräuschen die flexible Röhre in den Hals des Bedauernswerten eingeführt. »*Ich glaube, Du könntest noch ein paar Pfunde mehr auf den Rippen gebrauchen*«, sagte das boshafte Dreckstück mit hämischen Grinsen und betätigte ein Ventil oder etwas Ähnliches an dem Behälter. Ich konnte erkennen, wie sich daraus eine zähe Masse langsam in den Rachen des entsetzten Schrates ergießen wollte. Dessen Augen wurden immer größer und er versuchte, panisch dieses Konstrukt loszuwerden, als er sah wie das Zeug gemächlich, aber unaufhaltsam durch den künstlichen Tunnel kroch. Ich schrie, dass sie das sofort sein lassen soll, und zu meiner Überraschung drehte sie das Ventil wieder zu. »*Gute Entscheidung Tornwart!*«, lobte sie mich. Ich fragte schaudernd, woher sie meinen Namen kenne und ihr Grinsen schien dabei von einem Ohr zum anderen zu reichen. »*Also habe ich tatsächlich Tornwart, den obersten Grompf Arulapaduras gefasst!*« Ich entgegnete ihr, dass ich diesen Titel abgelegt habe und jetzt selbst Herr über der Mine sei, aber sie ignorierte dies, als sei ich irgendein Niemand. Sie fuhr fort und kam zum Punkt. »*Hör zu Du kleiner Scheißer, es läuft so: Du bringst mir das dunkle Grimoire Deines Meisters bis morgen hierher oder Dein Freund wird mit dieser überaus ekelhaften, aber durchaus nahrhaften Pampe volllaufen lassen, und zwar genau, solange bis er platzt! Eine Riesensauerei ist das, aber ich scheue mich nicht davor, dies mit ihm zu veranstalten.*« Ob das klar wäre, fragte sie und war so frei meine Daumenschrauben etwas fester zu drehen. Natürlich sagte ich sofort ja oder besser gesagt schrie ich es. Unverzüglichst lockerte sie die fiesen Dinger wieder, ich kannte mich eben bestens mit Schmerzvermeidungsstrategien aus. »*Na, dann sind wir uns ja einig! Ich erwarte Deine Rückkehr mit dem Buch bis zum Einbruch der Nacht am morgigen Tage. So lange wird dem feisten Schrat nicht viel passieren. Solltest Du es aber vermasseln und zu spät erscheinen oder das Buch nicht mitbringen, so kannst Du ihn oder besser gesagt, das, was von ihm übrigbleiben wird, von den Wänden abkratzen!*« Wie konnte sie es wagen, mich den kommenden Großkönig so ungehörig respektlos zu behandeln? Ich fing an, meinen vermeintlichen Joker zu ziehen. Ich sagte ihr, dass sie wohl eine gute Freundin des Nekromanten sein müsse, wenn sie Kenntnis von der Schwarzen Schrift habe und er mit Sicherheit nichts dagegen haben würde, es ihr auszuleihen. Sollte dies allerdings nicht der Fall sein, so wäre sie äußerst dumm, denn NIEMAND in ganz Erabadul würde die grausame Vergeltung des Meisters auf eine solch einfältige Art und Weise herausfordern. Es half kein bisschen, sie meinte nur, dass dies ihre Sorge sei, und drehte an Shrolocks Daumenschrauben. Er kreischte auf und Tränen schossen in seine matten Augen. Das alte Miststück musste wahnsinnig sein, denn mein Einschüchterungsversuch beinhaltete einzig und allein die Wahrheit. Arulapadura würde sein Buch nicht ohne einen mächtigen Schutzzauber zurückgelassen haben. Sollte es jemals in andere Klauen als in die seinen fallen, so kann selbst ich mir nicht vorstellen, wie bestialisch seine Rache aussehen würde. Ich bezweifelte sowieso, dass es überhaupt im Herrenhaus war. Er würde es auf eine solch lange Reise mitgenommen haben oder an irgendeinem wirklich geheimen Ort versteckt haben. Wenn diese senile schwarzmagische Druse das nicht wusste, fragte ich mich wie bescheuert oder wahnsinnig das alte Weib tatsächlich war. Es half nichts, ich wollte beschwichtigend die Hände heben, stellte aber schmerzhaft fest, dass diese weiterhin in dieser höllischen Apparatur eingeklemmt waren. Also sprach ich, dass sie auf mich zählen könne und ich ihr das Objekt Ihres Verlangens pünktlich abliefern würde, auch wenn ich wusste, dass ein Tag dafür auf keinem Fall ausreichen würde. Sie befreite mich aus der unvorteilhaften Lage und ließ mich meiner Wege ziehen. Shrolock war wohl verloren, war mein erster Gedanke, als ich diese einsturzbedrohte Bruchbude verließ. Mir fiel dann aber ein, dass es wohl ein Leichtes für diese hinterhältige Waldschlampe sei, meiner habhaft zu werden und ich als Nächster mit einem Schlauch im Hals hier enden würde. Das durfte nicht sein! Ich musste noch so vieles erledigen und die Krönung des wunderbaren neuen Herrschers zog schon wieder, wie eine stinkende Rauchwolke davon und schien nicht mehr in greifbarer Nähe für mich. Hätte ich doch nur Langfingerus hier, dem Drecksgnom war es sicherlich in der Zwischenzeit gelungen, den Pestdrachen zu rekrutieren. Ich würde das alte boshafte Weibsstück von dieser schwarzen Bestie dann genussvoll zerreißen lassen. Aber dem ist nicht so. Es war an der Zeit nun auch einmal Glück zu haben. Immerhin befand ich mich auf der Suche nach einem königlichen Kleeblatt. Mein Weg führte durchs dichte Unterholz, ich versuchte wieder zur Pagode zu gelangen, doch wie sollte es anders sein, ich fand diesen verlausten Schuppen einfach nicht mehr. Hoffnungslos hatte ich mich im undurchdringlichen Gestrüpp verirrt. Shrolock, die Krone und auch ich selbst schien verloren. Der Tag neigte sich seinem düsteren Ende zu und ich wollte nicht wissen, was die Nacht in dieser grünen Hölle für mich bereithalten würde.

Die Muorai

Fürchte die Finsternis, fürchte die Nacht
Handle leise und äußerst´ Bedacht.
Versteck Dich schnell, mach Dich klein,
sonst endet für Dich hier der Reim.

Denn hallt des Warges Ruf in entsetzlich´ Pracht,
folgend allerschlimmst´ Grausamstes erwacht!
Scheint der Mond dazu in dunklem Rot,
dann ist´s der Moffrat und bringt Dir den Tod!

Genau dieser blöde Reim fiel mir natürlich passend zum Mondaufgang ein. Sehr beruhigende Zeilen, wenn man alleine in einem Dschungel des Nachts herumirren muss. Den kleinen Goblins wurde bereits in der Wiege vom Moffrat erzählt, aber nicht nur ihnen. Auch Orks, Menschen, Feen, Elben und selbst den mächtigen Drachen, sagt man, sei diese Albtraumgestalt bekannt. In jedem Volk gab es Reime, Gedichte oder düstere Lieder, die diese Bestie besangen. Sie wurde überall etwas anders beschrieben, nur eines hatten alle Variationen gemeinsam. Von einer Begegnung mit dem Moffrat konnte kein Lebender berichten. Man fand immer nur Überreste von seinen Opfern, die auf grausamste Art und Weise zugerichtet und oft auf gnadenlose Art zur Schau gestellt wurden. Scheiße, hier raschelte es überall im Unterholz. Ich dachte an die garstigen Puppenmonster in ihren Baströckchen mit den scharfen blutrünstigen Zähnen. Ich hoffte, dass diesen Kannibalen nicht einfiel des Nachts auf Jagd zu gehen. Da ich keine Zeit hatte, mich unter einem Stein zu verkriechen, irrte ich, weiter durch die Dunkelheit. Nervig und blutsaugend fielen immer wieder Moskitos über mich her. Sie hatten wohl einen Narren an mir gefressen, ging es mir durch den poetischen Königsschädel. Ich grinste dumm über dieses bescheuerte Wortspiel, als merklich nahe ein Warg oder ein ähnliches Geschöpf den Mond anheulte. Da erst bemerkte ich, dass der Himmelskörper wie in Blut getaucht aussah. Meine verklebten Nackenhaare richteten sich wider allen Gesetzen der Natur auf. Eine Gänsehaut zog mir über den Rücken. Die Blase meldete sich dringlich und wollte sich entleeren, und das, obwohl ich an allergrößtem Durst litt. Vielleicht wäre es nun doch angebracht sich unter einem Stein zu verkriechen, nur dummerweise war keiner da. Also schlich ich, auf jeden Laut achtend weiter. Die ursprünglichen Geräusche der Nacht und auch das »Warg-Geheul« verstummten plötzlich gleichzeitig. Todesstille, geisterte es durch meinen Verstand. Die sogenannte Stille vor dem Tod! War ich der Einzige hier im Wald, der in diesem geräuschlosen Zeitfenster des Todes gefangen war? Galt diese unerträgliche Ruhe etwa mir, fragte ich mich und sah im Geiste, wie mir meine Krone in den eigenen Händen zerfloss und die Erinnerungen an die Ereignisse im Dienste des Meisters zogen an mir vorbei. Bis hin zu dem kalten feuchten Boden im Herrensaal, auf dem ich von den Nährern des Nekromanten zum Leben erweckt wurde. Ich würde in diesem beschissenen Unterholz also mein gar nicht so königliches Ende finden. Ich starrte in die Dunkelheit. Mein goblinischer Fluchtinstinkt schrie in mir, dass ich rennen soll, soweit weg und so schnell ich konnte. Aber ich blieb bei Verstand, denn wenn eine erabadulische-Großkatze da vor mir lauerte, wäre diese, sobald ich mich umdrehen würde, mit einem Satz bei mir und würde mir den Rücken aufreißen.

Mich mit ihren todbringenden Hauern zerfleischen und ausdärmen. Aber es war nichts. Die nächtlichen Geräusche des Waldes waren unerwartet wieder da. Ich konnte durch die Äste und Farne eine Lichtquelle in einiger Entfernung ausmachen. Vielleicht ein Lagerfeuer. Vorsichtig achtete ich auf meine Schritte und näherte mich behutsam der vermeintlichen Rettung. Nachdem ich etlichen Wildwuchs sachte zur Seite geschoben hatte, konnte ich einen Blick in eine abschüssige Mulde vor mir werfen. Ich hörte Stimmen, dunkle Laute drangen an mein fürstliches Ohr, also schloss ich schon einmal aus, dass es sich um diese Miniatur Kannibalen handelte. Ich verstand sogar, was dort am Feuer gesprochen wurde. »*Weißt Du Thug`naff, was ein Goblin macht, der auf ein leeres Pergament starrt?*« »*Nein Rhakhattash, was macht er denn?*«. »*Er studiert seine Rechte!*« Ein grummelig, bösartiges Gelächter folgte diesem schlechten Witz, ich schob mich weiter vor, um besser sehen zu können. Orks! Ein popeliger Kommandotrupp im Dschungel. Ich entdeckte vier dieser hässlichen Muskelpakete und sah, wie sie um ein Feuer herumsaßen und erspähte, den Proviant, den sie abseits gelagert hatten. Blutwein in Schläuchen war mein Gedanke und ließ mich schmerzhaft meine ausgedörrte Kehle spüren.

»*Ucharak, ich denke, ich bin gegen Leder allergisch.*« »*Wie kommst Du denn darauf Artosh?*« »*Nun, immer wenn ich morgens aufwache, die Schuhe und den Lederwams noch anhabe, dann habe ich fürchterliche Kopfschmerzen.*« Wieder ein dröhnendes Gelächter. Diese beschissenen Orks. Stark, aber dumm wie Brot und landesweit bekannt für ihre miesen Witze. Dennoch dachte ich mir, es wäre besser in Begleitung von Uruks, als alleine weiter zu reisen, also beschloss ich auf mich aufmerksam zu machen und sie kühn und fordernd anzusprechen. Gerade als ich mich aufrichtete und dabei auf einen Zweig trat, packte mich von hinten jemand und mit hartem Griff wurde mir mein königliches Mundwerk zugehalten. Ich hörte ein leises Wispern in meinem Ohr. »*Keinen Laut oder wir sind gleich alle tot!*« Ich wurde sachte und nahezu geräuschlos in ein Gebüsch gezogen, sah aber ganz genau mit weit aufgerissenen Augen, was nun geschah. Die einfältigen Orks waren dumm genug, sich in einer Mulde ein Lager zu bauen. Strategisch die ungünstigste Geländewahl, wenn man sich vielleicht verteidigen musste. Dann ein Feuer, welches man sogar in diesem Unterholz gut sehen konnten und dann das orkische Gegröle und Gelächter. Was könnte man noch tun, um mehr Aufmerksamkeit auf sich zu ziehen? In den Bäumen oberhalb der Senke kam Bewegung in Blätter und Zweige. Die Orks brüllten weiter und bekamen nichts davon mit. Ich sah, was dem Kommandotrupp aufgrund ihres achtlosen Verhaltens entgangen war und wusste, dass mir jemand das Leben gerettet hatte. Mit erhobenen Messern sprangen unzählige dieser fiesen mörderischen Eingeborenen von den Bäumen herab und deckten die vier Orks mit einem Messerstichhagel ein. Die Uruks waren so perplex, dass sie nicht einmal mehr Zeit hatten, um nach ihren rostigen Schwertern zu greifen, geschweige denn, um noch einen letzten Schrei auszustoßen. Effizient zielten diese tückischen Ratten auf die Kehlen der rastenden Schwachköpfe. Dann begann das üppige Fressen. Mit schmatzenden und reißenden Geräuschen feierten sie ihr diabolisches Mahl, ohne dass sie das vorhandene Feuer zum Durchgaren des Fleisches benutzten. Das Ganze konnte nur ein paar längere Atemzüge gedauert haben, es blieben abgenagte Knochen zurück und selbst diese waren teils durchgebissen. Federleicht und nahezu geräuschlos hüpfte dieser unheilige Schwarm durchs Unterholz wieder davon. Mir wurde immer noch mein

Maul gestopft. Wie aus dem Nichts tauchte noch eine dieser widerlichen Bast tragenden Geschöpfe am Rande der Mulde auf und schnüffelte mit erhobener Nase in Richtung Gebüsch. Er musste etwas wahrgenommen haben, vielleicht mein grompfiges-Aroma, welches ich unter diesen leidlichen Umständen noch intensiver verströmte. Langsam näherte sich dieser Bastard mit gezücktem Messer unserem Versteck. Plötzlich war die Hand vor meinem Mund weg. Der Bast-Teufel schob die Blätter des schützenden Gewächses beiseite und ein dreckiges Grinsen breitete sich auf seiner hässlichen Visage aus. »*Inquinnzuwaotscha!*«, oder sowas Ähnliches sagte er mit bedrohlich fiepender Stimme und wollte mir sein Messer in den Bauch rammen. Doch es kam anders. Ein Dolch flog an mir vorbei und fand sein Ziel zwischen den abstoßenden Knopfaugen der Kannibalenpuppe. Der jämmerliche Teufel fiel im gleichen Moment rückwärts in die Mulde und rollte ins Feuer.

»*Beeil dich, wir müssen hier weg*«, zischte eine weibliche Stimme, packte mich bei der Hand und zog mich durch den dichten Dschungel davon. Im Dunkeln erkannte ich ausgesprochen wenig und folgte blindlings meiner Retterin. Irgendwann, gefühlt nach einer halben Ewigkeit der Hetze, warf mich das Weib gegen einen Baum. Erschöpft und mit schmerzendem Rücken, kam mein erlauchter Körper zum Erliegen. Der silberne Glanz des Mondes, ja er war seltsamerweise nicht mehr rot, fiel auf das Antlitz meiner persönlichen Heldin des Tages. Ihr Gesicht war stark verschmutzt, ihre langen Haarzöpfe, die geflochten an den Seiten ihres Kopfes, genauso dreckig herabfielen, mussten einmal goldfarben gewesen sein. Ihre Kleidung war mir nicht so geläufig. Ähnliche Fetzen trugen einst die Gefangenen des Meisters, die er im Norden einkassiert hatte. Es handelte sich um eine Nordfrau, eine Muourai. Sie schien kraftvoll und trainiert, vielleicht eine Kriegerin. Aber was suchte Sie so weit im Süden in diesem elenden Dschungel? »*Hör zu Du hässlicher Grottengnom! Du wolltest doch nicht ernsthaft diese Bande von hirnlosen Uruks ansprechen? Sag wer Du bist und was Du hier allein in dieser grünen Hölle machst! Rede sonst muss ich Dir weh tun!*«, forderte das rabiate Weibsstück mich auf. Ich beschloss, ihr zu verkünden, dass sie dem künftigen König von Erabadul soeben das Leben gerettet habe und sie sich meines immerwährenden Dankes gewiss sein konnte. Sie lachte ungewollt laut auf. »*Du armseliger Scheißer, willst König von ganz Erabadul werden? Der Witz ist ja noch schlechter als die blödsinnigen Sprüche dieser verblichenen Orkbande.*« Ich blieb gelassen, denn immerhin hatte mich diese Amazone gerettet. »*Ich bin auf der Suche nach dem fünfstieligen-Kleeblatt und mein Weg führte mich in diese ungemütliche Gegend. Mein treuer Diener wurde auf unserer heiligen Mission gefangen genommen und nun werde ich von einer alten Sudhexe erpresst. Wenn ich nicht tue, was sie von mir verlangt, wird sie Shrolock auf bestialische Weise töten.*«

Erstaunlicherweise wurde die nicht unattraktive Kämpferin vor mir, bei dem Wort Hexe ausgesprochen hellhörig. Sie packte mich am Kragen und schüttelte mich, den kommenden Monarchen unsanft. »*Wo finde ich dieses Dreckstück? Wo ist das magische Drecksluder?*«, fauchte sie mich an. Ich fand das gar nicht so unangenehm, denn ich konnte tief in ihren smaragdgrünen Augen, für einen sehnsüchtigen Moment, versinken. Wenn erst einmal der ganze Dreck von ihr abgewaschen war, so könnte sie durchaus eine würdige Gemahlin für einen vom Volke innig geliebten, verehrten und vergötterten großgrompfischen Alleinherrscher abgeben. Eine schallende Ohrfeige der nordischen Liebesgöttin holte mich aber schnell wieder in die Realität zurück. »*Rede, Du verlauster Königsverschnitt!*« Forderte das temperamentvolle Weibsstück nun eindringlich von mir. Um das Ganze zu unterstreichen, hatte sie einen weiteren Dolch gezückt und hielt ihn an meine ausgetrocknete Kehle. Ich krächzte »*Ist ja schon gut, ich rede ja. Wenn Ihr vielleicht einen Schluck Wasser für mich hättet?*« Unsanft ließ sie von mir ab und holte einen Schlauch hervor. Sie goss mir ein wenig daraus auf meine spröden Lippen und mahnte mich, langsam zu trinken, als sie mir das Behältnis reichte. Gierig setzte ich dieses an mein dehydriertes Mundwerk und soff es fast leer. Das bekam mir erst einmal gar nicht gut. Ich hasse es, wenn Weiber recht haben! Sie riss mir das Trinkbehältnis aus den Händen und erzählte mir etwas von Hirn- oder Lungenödemen, wenn man zu schnell in meinem Zustand trank. Mir war schwindelig. Ich sagte ihr, dass meine Anatomie eine andere sei, wie bei Ihr und ich gar kein Hirn hätte! Das war natürlich eine glorreiche Aussage, die ich aus der Verlegenheit heraus gestammelt hatte, doch sie musste tatsächlich schmunzeln. Zum Glück ließ sie es unkommentiert stehen. »*Nun sag, was Du weißt!*«, forderte sie mich unwirsch auf. Ich stellte mich der Etikette wegen zunächst vor. »*Ich bin Tornwart, ehemaliger oberster Grompf des Arulapadura, Herr über der Mine und designierter König von ganz Erabadul! Sagt mir bitte, wer Ihr seid, bevor ich Euch Rede und Antwort stehe*«, beharrte ich, unverblümt zu wissen. Wieder zog ein Lächeln über ihr schmutziges Gesicht. »*Na gut, Du Obergrompf, ich bin Ingrid, Tochter des Ullav aus den Landen der Muorai! Und jetzt pack endlich aus, denn meine Geduld hat Grenzen!*« Das machte mich neugierig. Was wollte die schöne Ingrid hier allein, so weit weg von zu Hause? Ich erzählte Ihr alles von Anbeginn meiner Reise mit Shrolock und dem einarmigen Troll namens Kruulk. Sie hörte mir aufmerksam zu und ließ mich ausreden. Ich schloss damit, dass Shrolock tief in der Scheiße sitzt und ich gar nicht genug Zeit hätte, um ihn noch zu retten. Das Prachtweib fackelte nicht lange, packte mich am Arm und zog mich mit sich davon. »*Weißt Du noch, wo diese Hexe zu finden ist? Du erwähntest einen halbverfallenen Bau. Dort müssen wir hin.*« Da in diesem gottverdammten Dschungel alles irgendwie gleich aussah und ein Grompf sich sogar in einer Verlieszelle verlaufen kann, sagte ich natürlich direkt »ja«. Ich fragte mich allerdings, was diese schwarzmagische Foltermagierin tut, wenn ich es wagen würde, ohne das Hexenbuch des Meisters zurückzukehren. Mein Bauch flüsterte mir aber, dass Ingrid schon Rat wusste.

Heute - Der Meister

»*Dieser Schwächling! Muss sich von einem Weibsbild helfen lassen, aber König von Erabadul werden wollen. Tssss…*«kopfschüttelnd dachte der Meister nach, er erinnerte sich an die Anfänge mit seinem Grompf. Er hatte erproben wollen, wie stark seine Schöpfung war. In Grauschlund, der größten Hafenstadt von Guernica fanden regelmäßig illegale Zweikämpfe statt. Hier konnte jeder ein nettes Sümmchen gewinnen, wenn man auf den Richtigen setzte. Hartgesottene Krieger, Raufbolde und verschlagene Assassinen aus allen Teilen Erabaduls übten sich hier, in der barbarischen Mann zu Mann, Frau zu Frau oder auch Frau zu Mann Auseinandersetzung. Alles war erlaubt. Schläge, Tritte, Beißen, Kratzen, Spucken und der Einsatz von Waffen jedweder Art, sofern man welche ergreifen konnte. Rings um den improvisierten Kampfplatz stellten sich die Glücksritter, die Gierigen, die Hoffnungsvollen und die Beutelschneider auf. Im Ring selbst war jegliches zulässig, aber an diesem Ort durften keine anderen Verbrechen begangen werden. Diese wurden nicht toleriert und unverzüglich mit dem Tode bestraft. Man wollte nicht mehr auffallen als unbedingt nötig, um in Ruhe dem einträglichen Geschäft dieser blutigen Prügelei nachgehen zu können. In nicht wenigen Fällen endeten die Auseinandersetzungen für einen der Kontrahenten ohnehin tödlich. Die Leichen mussten weggeschafft und den Hinterbliebenen eine halbwegs glaubwürdige Geschichte aufgetischt werden. Meistens wurde ihnen erzählt, dass der Verschwundene am Vorabend eine hohe Summe beim Wetten gewonnen hatte und sich, damit wohl aus dem Staub gemacht habe. Was in Grauschlund sehr mühelos war, da ständig Schiffe aus allen Ecken Erabaduls an- und ablegten. Der Organisator dieses Treibens war ein gewisser »Keiler«. Einst hatte er sich in der brutalen Arena selbst einen Namen erkämpft. Er galt als unbesiegbar und stieg klugerweise aus den aktiven Auseinandersetzungen aus, solange er es noch konnte. Er übernahm die Führung dieser Organisation auf ominöse Weise. Der bisherige Veranstalter des »Blutigen Tanzes«, wie er in Guernica auch genannt wurde, verschwand von einem auf den anderen Mondaufgang und Keiler war zur Stelle, als es darum ging die oft tödlichen Raufereien an diesem Abend stattfinden zu lassen. Seither war er der unangefochtene Boss. Arulapadura, als Herr über Guernica und deshalb auch Herr über Grauschlund, verurteilte diese Art der Unterhaltung nach außen aufs übelste, kassierte aber bei jedem Kampf eine ordentliche Provision von satten vierzig Prozent der Einnahmen. »Leben und sterben lassen!« War stets ein Motto, das er zu passender Gelegenheit sehr gerne aus seinen Ärmeln schüttelte. Immer, wenn ihm der Sinn danach stand, mischte sich der Nekromant, verkleidet und nicht zu erkennen unter die Zuschauer. Hie und da setzte er auch einmal ein paar Goldstücke, dass er nicht allzu sehr auffiel. Seit geraumer Zeit gab es einen Champion, der aus einem eingeborenen Stamm in Asumerad hervorgegangen war und erfolgreich sein Glück als Kämpfer in Grauschlund gesucht und gefunden hatte. Arulapadura hatte sich den Namen der Sippe und den des ungeschlagenen Raufboldes, nicht gemerkt. Sie waren austauschbar, wie Sklaven und es gab immer den einen, der irgendwann auftauchte und den Erstplatzierten vom Thron stürzte. Aber dieses Mal hielt sich dieser hünenhafte Kerl schon fast einen ganzen Umlauf an der Spitze. Dies beeinträchtigte natürlich auch die Geschäfte und versaute die Quoten. Dem Meister kam es sehr gelegen, dass er nun die Fähigkeiten seiner Schöpfung, nämlich dem ungebrauchten Grompf Tornwart, an einem wahren Kampfkunstmeister messen konnte. In Barad Guul hatte er den neuen Diener in seinen Herrensaal zitiert. Als dieser nichtsahnend eingetreten war und auf den leeren Knochensessel starrte, war der Nekromant von hinten an ihn herangetreten und hatte ihm ein in Betäubungssud getränkten Lappen auf Nase und Mund gedrückt. Wie gewünscht sackte Tornwart zusammen und verlor das Bewusstsein. Der Meister verpasste ihm eine Augenbinde, ließ ihn fesseln und setzte ihn in einen geflochtenen Korb, den er sich eigenhändig auf den Rücken schnallte und damit zu Fuß nach Grauschlund ging. Der Nekromant war verkleidet und hatte mit einigen faulen Zaubern sich recht ansehnliche Muskeln beigebracht. Seine beeindruckende Größe unterstrich die Gefahr, die von ihm auszugehen schien. Der Korb war mit einem stinkenden und verdreckten Tuch abgehangen. Irgendwann, kurz bevor die seltsame Gestalt ihr Ziel erreichte, wurde der Grompf wach und begann fürchterlich zu jammern und zu schreien, doch der Meister ignorierte ihn. Je näher er dem verbotenen Ort der Kämpfe kam, desto ruckartiger ging er und sein Diener im Korb wurde unsanft hin und her geschleudert. Die Schreie des Geplagten sorgten dafür, dass die Menge, die sich bereits um den Ring gebildet hatte, der imposanten Erscheinung platz machte. In der Ringmitte stand erwartungsfroh der ungeschlagene Champion und es wurden Freiwillige gesucht, die gewillt waren ihn herauszufordern. Um den theatralischen Auftritt auf den Gipfel zu treiben, stieß der Nekromant eine lange und spitze Nadel durch den Korbboden und diese bohrte sich schmerzhaft in das Gesäß seines Dieners. Dies wiederum hatte unsägliche Schmerzensschreie zur Folge, die die Anwesenden als Kampfschreie und eindeutige Provokation gegen den Champion deuteten. Ein Raunen ging durch die Menge, als der gewaltige neue Kämpfer seinen Korb vor dem zu Besiegenden abstellte. Keiler, der die Spitzenkämpfe selbst ankündigte, schritt auf Arulapadura zu und sprach »*Du forderst also unseren unbesiegten Kampfgott Nikodemus, heute, jetzt und hier heraus? Sag, wie ist Dein werter Name und woher stammst Du?*« Der angesprochene Nekromant schüttelte den Kopf und erwiderte mit tiefer und verächtlicher Stimme: »*Nein, nicht ich bin es, der nach dem Blut dieser unfähigen Made dürstet. Der wahre Herausforderer sitzt in diesem Korb.*« Er zeigte mit einem Finger auf das Behältnis und grinste boshaft. Die qualvollen Laute nahmen unter der dreckigen Decke weiter zu. Der Meister hatte einen Sinneszauber getätigt, der dem Grompf allerfurchtbarste Pein bescherte. Gleichzeitig steigerte die Magie den Zorn Tornwarts ins Unermessliche. Keiler räusperte sich, genau wie alle Anwesenden und der Champion selbst blickte eher verunsichert auf den bedeckten Weidenkorb. Er hüstelte und forderte den großen Kerl auf, den Leuten zu sagen, wen er denn da mitgebracht hätte. Theatralisch trat der Nekromant einen Schritt auf das verhüllte schreiende Geheimnis zu und übertönte den Lärm, den sein Diener verursachte, als er ihn ankündigte. »*Ich präsentiere Euch den wohl gefährlichsten Kämpfer ganz Erabaduls. Seine Heimat sind die finstersten Verliese Guernicas. Gnade hält er für einen madigen Brotaufstrich. Vergebung hat er nie erfahren und wird diese auch keinem anderen zu Teil werden lassen. Er ist die vollkommene Bestie. Eine Kampfmaschine, die nur zu einem Zwecke unter uns weilt. Zu vernichten, zu töten und auszulöschen. Ich gebe Euch Tornwart den Grausamen!*« Er riss das Tuch beiseite und ein erneutes Raunen, das mit dem Klang des Entsetzens gepaart war, wich schnell einer allgemeinen Erheiterung. In dem Moment, indem der Pöbel durch die nicht blickdichten Flechten des Korbes erkannte, welch unscheinbarer, verlauster Goblinverschnitt mit verbundenen Augen zum Vorschein kam, begann eine abwertende Belustigung. Pfiffe ertönten und forderten den »*Hofnarren*« auf, den Platz zu räumen, doch Keiler erfasste Geistes gegenwärtig, dass sich heute keiner mehr trauen würde, gegen den Champion anzutreten, also hob er die Hände und beschwichtigte die Masse.

»*Ihr wollt einen Kampf oder nicht? Ihr wollt Blut sehen, oder nicht? Und ihr wollt Euer sauer verdientes Gold loswerden, oder nicht?*« Das enttäuschte Raunen ging nahtlos in ein begeistertes Grölen über und ein Chor forderte ungeschönt »*Blut, Blut, Blut…*« Arulapadura grinste entzückt, öffnete den Korbdeckel und zog seinen Diener an den Ohren heraus. Er gab ihm einen Tritt in den Hintern und riss ihm noch im Fall die Augenbinde herunter. Der Grompf landete im Staub der Arena und war zunächst geblendet von dem Licht, welches von unzähligen Lampen und Fackeln herrührte. Ein schmieriges Grinsen breitete sich im Gesicht des Champions aus, als er sah, was man ihm da zum Fraß vorgeworfen hatte. Dürre Arme, schmächtige Beine und die zarten Hände eines Schreiberlings. Höhnisch lachte er ihn aus. Er zeigte mit seinem Finger auf den Grompf und mit folgender, eindeutiger Geste machte er unmissverständlich klar, dass Tornwart so gut wie Tod war. Dieser rappelte sich auf, aber er war keinesfalls verunsichert oder ängstlich. Der Meister hatte ihn rasend gemacht. Seinen Zorn auf ein nie gekanntes Niveau gebracht. Noch während die Wetten abgeschlossen wurden, sprang der vermeintlich jämmerliche Kerl in einer nie dagewesenen Raserei den doppelt so großen Champion an und biss in dessen Nase. Völlig überrumpelt, von dieser hinterhältigen und vor Wut überschäumenden Aktion, schrie dieser auf und ergriff den tapferen Angreifer an seinem verdreckten Wams. Mit seiner ganzen Kraft schleuderte er ihn gegen eine Mauer, die eine natürliche Begrenzung des Ringes bildete. Der Grompf hatte allerdings seinen Biss nicht gelockert und so hatte der Champion selbst dafür gesorgt, dass ihm die Nase vollends abgebissen wurde. Blut strömte aus der offenen Wunde, die die niederträchtige Attacke hinterlassen hatte. Jetzt tobte der Eingeborene aus Asumerad und er erlebte wohl einen ähnlichen Zorn wie sein Gegner zuvor. Überrascht folgten die Zuschauer nun besonders aufmerksam der Fortsetzung des Gemetzels. Der nasenamputierte Hüne wollte seine größere Reichweite nutzen, um den zu Boden gegangenen Herausforderer zu packen. Dieser rollte sich geschickt zur Seite und spuckte seinem vermeintlich übermächtigen Opponenten in die Augen. Fluchend wischte sich dieser den Speichel aus dem blutüberströmten Gesicht, dieser Augenblick reichte Tornwart aus, um wieder auf die Beine zu kommen. Er zögerte keine Sekunde und verpasste dem Kontrahenten einen gemeinen Tritt unter dessen Gürtellinie. Als sich der vor kraftstrotzende Champion vor Schmerzen krümmte, zog der Grompf ein schartiges, aber sehr scharfes Schälmesser aus seinem Wams hervor und ritzte skrupellos die Achillessehnen des perplexen Favoriten damit durch. Der scheinbar übermächtige Gegner schrie vor Qual, während sich, der mittlerweile blutrünstig gewordene Tornwart, köstlich darüber amüsierte. Er schien aber irgendwie noch nicht zufrieden, mit dem, was er bereits angerichtet hatte. Ungläubige Augenpaare verfolgten, was sich da abspielte. Einige fluchten, da sich ihr sicher geglaubter Gewinn, mit den unsauberen Aktionen dieses Hofnarren, in Luft aufzulösen drohte. Der Champion war auf seine Knie gesunken, doch der unerbittliche Grompf setzte nach. Er nutzte seine geringe

Größe und schlitterte einfach zwischen den Beinen des fast Besiegten hindurch. Mit einem hinterhältigen Biss in Nikodemus empfindlichsten Bereich verpasste er ihm eine neue Qual, welche dieser niemals wieder vergessen würde. Er brüllte vor Schmerzen und sank nun gänzlich zu Boden, während der Grompf triumphierend einen abgebissen Teil seines Lendenschurzes in Richtung des Meisters spuckte. Dann gab er ihm den Rest. Er holte aus seiner Wamstasche eine Handvoll Asseln hervor. Auch Arulapadura war davon überrascht. Scheinbar trug sein neuer Diener für alle Fälle eine schlichte Wegzehrung bei sich. Aber statt ihn zu sättigen, stopfte er sie dem entthronten Champion in seinen offenstehenden Mund. Von Ekel und Panik geplagt, schlug der wild um sich. Tornwart nutzte seine Verwirrung aus, um ihn mit einem brutal geführten Schlag mit einer Keule, die er sich in aller Seelenruhe hatte nehmen können, auf dessen Hinterkopf endgültig ins Reich der singenden Raben zu schicken. Es war totenstill. Keiner hatte damit gerechnet, dass eine halbe Portion, den sagenumwobenen Champion besiegen konnte. Der Korbträger, der diesen grausamen Schlächter hier angeschleppt hatte, begann aufgeheitert zu klatschen. Arulapadura war aber alles anderer als belustigt gewesen. Ihm wurde bewusst, dass er hier Zeuge geworden war, dass seine Schöpfung sich an Fertigkeiten bedient hatte, die aus seinem vorherigen Dasein stammen mussten. Reiner Überlebensinstinkt war das hier nicht, dazu waren die Attacken zu zielgerichtet und effizient ausgeführt worden. Das Maß an Zorn, was er ihm verpasst hatte, führte zur Entfesselung von etwas, das tief in ihm verankert war. Er dachte noch einen Moment darüber nach, dann kehrten seine Gedanken zum Chaos in seinem Herrenhaus zurück. Hatte er diese beschwerliche und herausfordernde Reise auf sich genommen, nur um bei seiner Rückkehr feststellen zu können, dass sein Lebenswerk vernichtet wurde. Er besann sich der unzähligen Leichen, die er bereits im übersichtlichen Gelände vor der Mansio erblickt hatte. Elben, Schrate, Goblins, Orks und Oger. Eine schwere Schlacht hatte getobt und seine Untergebenen hatten bis zuletzt bitteren Widerstand geleistet. Barad Guul war am Ende dennoch gefallen. Rauch zog aus den Fenstern und ihm war ein fremdes Banner auf dem östlichen Außenturm aufgefallen. Er hatte es schon einmal gesehen, konnte es aber nicht zuordnen. Noch nicht. Irgendein dunkler Fleck legte sich über seine Erinnerung, was dieses Wappen anbelangte. Ja, er war auch älter, nein alt geworden. Selbst an ihm, dem vermeintlich unsterblichen Nekromanten nagte der Zahn der Zeit. Seit mehr als nur ein paar Jahrhunderten wandelte er über die staubigen Böden Erabaduls. Er hatte Könige aufsteigen und wieder fallen sehen. Andere Magier wollten ihn von seinem unheiligen Knochen-Thron stürzen, den er immer nur als einen Knochensessel bezeichnet hatte. Keinem dieser Dilettanten war dies je gelungen. Doch genauso wie er wusste, dass ein Champion bei Keilers blutigen Spielen irgendwann seinen Meister finden würde, so würde auch ihn dieses Schicksal eines Tages ereilen. Oder war dies vielleicht sogar schon vor langer Zeit eingetreten? Er versank weiter in seinen blassen Erinnerungen. Er kehrte zu Ereignissen, die ihn an ein Leben vor seiner Epoche als übermächtigen Nekromanten erinnerten. Es waren unzählige volle Monde seither vergangen. Waren es Jahrhunderte oder gar Jahrtausende? Er wusste es in jenem Moment selbst nicht genau. Diese Spanne übertraf alles, was sich ein jämmerliches humanes Wesen nur ansatzweise hätte vorstellen können. Und war er das nicht einmal gewesen oder war er es immer noch? Ein lächerlicher Mensch. Getrieben von Angst, Macht, Habgier, Liebe und Schmerz. Geleitet von der Hoffnung, dem Glauben und dem Licht. »*Seltsam*«, dachte er. Dem Licht hatte ich zu allererst abgeschworen, als ich mich in die düsteren Fänge der Nekromantie begab und trotz all dem lodert doch eine kleine Flamme in jedem Geschöpf dieser Welt. Ein dürftiger Schimmer, der seine Nahrung in all dem findet, was um es herum passiert. Mal droht es von einem eisigen Windzug des Schicksals ausgepustet zu werden, aber widersetzt sich mit einem boshaften Fauchen. Mal scheint es von dem schmierig herabtropfenden Schleim des Verrates erstickt zu werden, ist aber im Stande die ranzige Substanz als Brennstoff zu verwenden. Nur die Farbe der Lohen ändert sich. Je nach dem, was unser Feuer gerade nährt. Das hier, das Gemetzel von Barad Guul, gab ihm Rätsel auf, die er schleunigst lösen musste. Er war zurückgekehrt, denn seine eigene Mission, die ihn von seinem Zuhause fortgeführt hatte, war noch nicht zu Ende gewesen. Vielleicht standen die Ereignisse in seiner Heimat Guernica sogar in unmittelbarem Zusammenhang mit dem Pfad, den er vor beinahe einem vollen Umlauf betreten hatte. Dieser Weg hatte dessen ungeachtet eingeschlagen werden müssen. Erabadul war bedroht. Das war es zweifelsohne jeden einzelnen verdammten Tag, aber der aufziehende Sturm, den er damals hatte, deutlich kommen sehen, war etwas Anderes gewesen. Es galt zu handeln und damit den Grompf in die Pflicht zu nehmen über Barad Guul zu wachen. Wie sich herausgestellt hat, war dies wohl nicht die glorreichste Idee, die der alte Nekromant je hatte. Es war zugegebenermaßen keine Zeit mehr verblieben, Tornwart in allem zu unterweisen, was ihm hätte weiterhelfen können. So blieb dem Meister nichts weiter übrig, als mit einem flauen Gefühl im Magen, den gefahrvollen Weg über den Pfad der Dunkelheit anzutreten und Barad Guul den Rücken zu kehren. Er verharrte in der Hoffnung, dass es gut ausgehen würde. Dieser Zukunftsglaube war trügerisch und blendete über manch Tatsache hinweg. Dies hatte er bei seiner Rückkehr einmal mehr auf bittere Art und Weise schmecken müssen, denn wer von der Hoffnung lebt, wird durch die Enttäuschung seinen Tod finden. So behauptete es zumindest damals vor unendlich langer Zeit sein eigener Meister und der hatte unzählige solcher Weisheiten stets parat gehabt. »*Das Leben der Sterblichen besteht darin, dass sie von der Hoffnung zum Narren gehalten, bereitwillig dem Tode in die Arme tanzen.*« War auch so eine Aussage. Arulapadura hatte seine bezeichnenden Erfahrungen mit der Hoffnung gemacht. Diese sah in kurzen Worten gemeißelt so aus: »*Es gibt etwas, dass man als das größte Übel ausgeben darf, es ist die Hoffnung. Sie allein ist imstande die Qual der Sterblichen zu verlängern.*« Er verscheuchte diese ineffizienten Gedanken. Er wusste, dass ihn zu viel grübeln nicht weiterbrachte. Er war ein Mann der Tat und agieren war seine Devise. Er hasste es reagieren zu müssen. Das, was er bisher gelesen hatte, brachte ihm aber noch lange nicht die gewünschte Erleuchtung. Was trieb dieser elende Abklatsch eines Thronanwärters eigentlich in diesem verlausten Dschungel? War es denn so schwer, der Macht zu widerstehen? Immer wieder rannten die verschiedensten Kreaturen blindlings in ihr Verderben, weil sie meinten zu Höherem berufen zu sein. Das Handeln Tornwarts, war mehr als außergewöhnlich. Zunächst hatte sich dieser ganz so Verhalten, wie der Nekromant es von ihm erwartet hatte. Aber der Faulheit zu frönen, war für den Diener nur ein kurzes Zwischenspiel gewesen, bevor er anfing, nach der Krone zu streben. Es war wie bei allem, konnte man etwas nicht haben, so sehnte man es mit jeder Faser herbei. Sobald man es aber in Händen hielt, wurde man dem Ersehnten allzu schnell überdrüssig und der unstillbare Geist erschuf wieder ein neues Verlangen. »*Eine grausame Spirale… wer auch immer diese den Kreaturen eingepflanzt hatte, musste ein großartiger Sadist gewesen sein.*« Dachte er laut. Ein irrer Schrei hallte durch die Gänge des Herrenhauses. Ein weiterer ungebetener Gast war vermutlich den gelben und äußerst gefräßigen Raffzähnen der Ratten zum Opfer gefallen. Dies trug leider nicht zur Erheiterung des Meisters bei, allein der Umstand, dass er zu solch drastischen Maßnahmen gezwungen war, hatte ihm die ohnehin schon lausige Laune, noch mehr verdorben. Er seufzte und beschwor kurzerhand einen Schattendiener, den er ebenfalls durch die zugigen Gänge und Hallen sandte. Er konnte es sich nicht leisten, dass die Ratten einen Fehler machten und jemanden übersahen. Wenn er diesen mit dunkler Essenz geweihten Ort, wieder so herstellen wollte, wie er ihn für seine Anbetungen, Rituale und Beschwörungen benötigte, dann musste er auch vollkommen frei von elbischen Ungeziefer sein. Er hätte jetzt zu gerne dem Grompf mit seinem Handrücken eine verpasst. So hatte er sich seine Rückkehr eigentlich vorgestellt. Der lausige Diener hätte die Tür nicht geöffnet, dann aber als der Nekromant eintrat, wäre er herbeigehechelt und hätte jämmerlich um Nachsicht gebeten. Diese wollte der dunkelherzige Schwarzmagier ihm konsequenterweise vorenthalten und stattdessen seinen Ungehorsam mit weiteren Schlägen ausbläuen. Mit außerordentlichem Bedauern seufzte er erneut. Die »Zusammenarbeit« (so nannte er den Umgang mit seinen Sklaven im Allgemeinen), mit Tornwart, hatte ihm auf seiner eigenen finsteren Reise gefehlt, mehr als er zugeben würde. Aber irgendwo tief in sich drin, hat er gespürt, dass er und der Grompf, wie ein zänkisches altes Ehepaar waren. Die vielen Jahre der Streitsucht, des Ungehorsams und der Bestrafung hatte die »Liebe« nicht ersticken können, die in jedweder

Maßregelung, jeder Beleidigung und Beschimpfung steckte, die er seinem Diener entgegenbrachte. War das Liebe? Der Meister wusste es nicht, es hörte sich wie ein Wort aus einer fremden Sprache an, die er nicht mehr verstand, dessen tatsächliche Bedeutung ihm vor Äonen entfallen sein musste. Seine Erinnerung daran war ein trüber, schlammiger Tümpel, dessen Zentrum einen gefräßigen Strudel aufwies, der Sämtliches in sich aufsog. Er sah, wie die Seerosen davon verschluckt wurden, Fische zerrissen und die Schwärze im inneren des Sogs allumfassend wurde. Ja, Liebe konnte verletzen, sie konnte sogar physischen Schmerz verursachen, aber vor allem konnte sie abgrundtiefen Hass gebären. Diese Erkenntnis nutzte der Nekromant immer wieder, um seine Manipulationen an den richtigen Stellen mit größtmöglicher Effizienz säen zu können. Aber was Liebe tatsächlich war, hatte er in sich selbst verlegt, wie einen Schlüssel, den man nicht mehr finden konnte und der auch niemals mehr auftauchen würde. Mit einem leeren Blick kehrten seine grauen Augen zurück ins Tagebuch des Wahnsinnigen. Der Nekromant las nachdenklich weiter und hoffte, das Geheimnis, um Barad Guul alsbald zu lösen.

Bernhard Grendel-Grim

Die Hexe von Arlon

Wir irrten eine geraume Zeit durch diese endlos immergrüne Botanik. Die beschissenen Moskitos fanden größten Gefallen an mir. Meine hübsche Begleitung ließen sie paradoxerweise in Ruhe. Ich tat, als kenne ich mich in diesem Wirrwarr genauso gut aus wie in meiner Wams-Tasche. Ich erzählte ihr davon, wie ich einst sogar ohne fremde Hilfe die berüchtigte Beilsteingasse gefunden hatte, was natürlich gelogen war. Ohne den Zauber des Meisters hätten mich die finsteren Straßen der Stadt Hallot vermutlich für immer und ewig verschluckt. Unerwartet packte mich die attraktive Nordfrau am Kragen und sagte mir, dass ich ein elender Aufschneider sei, und gar nicht wüsste, wo wir hingehen. Sie habe sehr wohl bemerkt, dass ich sie im Kreis herumführte. Sie stieß mit ihrem Fuß ein paar Blätter beiseite und ließ mich einen Blick auf die Feuerstelle der verblichenen Orks werfen. Der von ihr getötete Bastkannibale war zwischenzeitlich stark angebrannt und die Luft roch widerlich süß. Ich gestand, dass ich keinen blassen Schimmer hatte, wo das Versteck dieser boshaften Drude zu finden sei und das ich ein geographischer Versager ohne Gleichen bin. Mir gefiel, wie sich meine Begleiterin aufregte. Es verlieh Ihrer rauen Schönheit das gewisse Etwas, welches mich besonders ansprach. Auf ihrer Stirn trat eine Ader sichtbar hervor und ihre grünen Augen schienen sich vor Zorn in schwarze Löcher zu verwandeln. Fasziniert verfing ich mich in ihrem wilden Blick und hörte nicht richtig, was sie zu mir sagte. Irgendetwas mit einem absolut unbrauchbaren Vollidioten oder so ähnlich. Ich dachte an Kruulk und pflichtete ihr im Geiste bei. Sie wolle mir kein Wort mehr glauben, schloss sie ihre Ansage. Ich zuckte mit den Schultern, ein hässlicher grob klebriger, grüngelber Popel im Rechten Nasenloch störte mich beim atmen und ich förderte ihn gelangweilt zu Tage, um ihn danach an meinem Wams abzustreifen. Ingrid sah mich angeekelt an, wendete sich ab und begann nach Spuren zu suchen, die ich während des nächtlichen Waldlaufes hinterlassen hatte. Sie war gut darin und irgendetwas sagte mir, dass sie eine begnadete Jägerin oder ich absolut nicht in der Lage war meine Fußabdrücke zu verwischen. Darum würde ich mich kümmern müssen, denn ein König sollte politisch keine Hinterlassenschaften erzeugen, die ihn gegebenenfalls zu einem späteren Zeitpunkt zu Fall bringen könnten. Vielleicht würde ich ja einem weisen Meister auf der vierten Ebene der Pagode begegnen, der mich unterweisen konnte ihn diesem Talent. Da mir das fünfstöckige turmartige Gebäude in den Sinn kam, fühlte ich mich gleich wieder, wie der Optimist, der ich ja schließlich bin. Die Hexe war noch nicht besiegt und Shrolock nicht befreit und dennoch überkam mich ein Gefühl des Sieges, als ich an das legendäre Kleeblatt und die Krone dachte. Meine Weggefährtin verschwand im Unterholz und ich beeilte mich, um ihr hinterherzukommen. Sie hatte meine Fährte aufgenommen. Es wunderte mich, wie weit wir uns durch diesen dichten Dschungel quälten, bis wir unser Ziel erreichten. Zwischendurch machte dieses rabiate Weib kaum Pausen. Meine ausgedörrte Zunge glich der eines Warges, den man gnadenlos bei einer Treibjagd das Opfer hetzen ließ. Aus meinem furztrockenen Mund staubte es vermutlich längst, so elend fühlte ich mich. Irgendwann durfte ich an ihrem Wasserschlauch nuckeln. Sie riss in mir aber blitzartig aus den Händen, als sie sah wie gierig ich daran soff. Ich solle mich einteilen, es sei ein langer Weg zurück. Pah, ein König soll sich einteilen, wo hat man denn so etwas schon gehört? Die Nordfrau fing an mich an Windrisha zu erinnern. Die hatte auch des Öfteren an mir herum zu kritisieren. Kurz zuckte der Gedanke auf, dass ich Ingrid eine Nacht in meinem Verlies schmoren lassen sollte. Dies würde ihr den nötigen Respekt abringen, den sie dem zukünftigen Herrscher von Erabadul entgegenzubringen hatte. Bevor ich die Idee weiter verfolgen konnte, war das harsche Weibsbild bereits hinter den allgegenwärtigen grünen Büschen verschwunden und verfolgte verbissen ihr Ziel. Welches das war, wusste ich nicht. Sie hatte mir nicht gesagt, was sie mit der Hexe vorhatte. Ich hatte allergrößte Mühe, ihr zu folgen. Im Nachhinein würde ich sagen, sie hat gespürt, dass wir bereits sehr nahe bei dieser verfallenen Hütte sein mussten. Beinahe wäre ich blindlings auf die überschaubare Lichtung getapst, auf der dieses baufällige Anwesen stand. Aus dem nichts packten mich zwei starke Hände, hielten mir einmal mehr den Mund zu und zogen mich zurück ins Grün. Erst jetzt vernahm ich ein grauenvolles Jammern, welches aus dem Hexenhaus zu kommen schien. Dann folgte darauf eine boshafte, krächzende Stimme, die sagte »*Na mein feister Bengel, hast Du immer noch nicht genug?*« Erneut erklang dieses abartige Jaulen und es schlossen sich neuerliche Würgegeräusche an, im Anschluss vernahm man das lustvolle Gelächter dieser alten sadistischen Vogelscheuche. Ich wollte mich losreißen und die Tür der Hütte eintreten. Das Dreckstück schien sich wieder an Shrolock zu vergehen. Das war gegen jegliche Absprache und das durfte nicht toleriert werden, doch Ingrids unbeirrbarer Griff hielt mich gefangen. Sie schlug mir mit etwas Hartem auf den Schädel, kurz und brutal explodierte ein Schmerz hinter meiner Stirn und die Lichter gingen aus. Kurze Zeit später fand ich mich an einen Baum gefesselt wieder. In meinem Mund steckte ein alter dreckiger Lappen, der mich am Fluchen hinderte. Ingrid sah mich an und meinte flüsternd, dass es ihr nicht leidtäte, sie sich jetzt keine Fehltritte mehr leisten und sich schon gar nicht um ein solch hilfloses Wesen, wie mich noch kümmern könnte. Mein Einfall dieses Weib in das Verlies zu werfen, blitzte akut im königlichen Schädel auf. Wie konnte sie es wagen, mich den obersten Grompf, den designierten Alleinherrscher, den wunderbaren, allmächtigen Tornwart so zu behandeln? Ich wand mich und zerrte an dem Strick, aber außer, dass ich mich immer fester zu zurren schien, brachte es mir nichts als elende Druckschmerzen an den fürstlichen Handgelenken. Da es dämmerte, war die Szene, die sich mir bot in ein seltsam rotgelbes Licht getaucht. Dieses immerwährende Grün verlor an Farbe und wich einem unheilvollen Grauton. In der Ferne glaubte ich, wieder Jagdschreie der Kannibalenpuppen zu vernehmen, ebenso das Gewimmer ihrer Opfer. Dieser beschissene Wald war einfach kein Ort für einen König wie mich. Festgebunden bot ich zusätzlich ein wehrloses Angriffsziel für unzählige blutsaugende Mücken. Ich konnte zusehen, wie sie ihre gierigen Rüssel unter meine Haut schoben und sich den Ehrfurcht gebietenden Lebenssaft heraussogen. Ich sah ein, dass ich nichts tun konnte, und beschloss zu beobachten. Die Muorai hatte sich mit noch mehr Dreck im Gesicht beschmiert und ihre Waffen vor sich ausgebreitet. Sie verfügte über etliche Dolche, kleine, große, lange, kurze, zum Werfen, zum Schneiden und zum Ausweiden. Eine doppelschneidige Axt schien Ihre Hauptangriffswaffe zu sein, ein schlichter Schildbuckler zur Abwehr komplettierte ihre Ausrüstung. Ich zweifelte daran, dass dieses Kriegsgerät gegen Magie etwas ausrichten konnten. Ich hatte zu oft gesehen, wie mein ehemaliger Meister der Nekromant mit scheinbar unbesiegbaren

Kriegern kurzen Prozess machte. Da war sogar ein kleiner unscheinbarer Tanz mit einem Knochenmagier wie ihm, absolut tödlich. Ich ertappte mich dabei, wie ich Shrolock, Ingrid, die Krone und mich selbst abschrieb. Mein Hochgefühl des Sieges hatte mich verlassen. Wie sollte ich denn geknebelt und gefesselt das Zünglein an der Waage sein, um eingreifen zu können? Ich sah hilflos zu, wie die Muorai sich an die alte Hütte heranschlich, und bemerkte einen mickrigen Dolch, der vor mir auf dem Boden von ihr vergessen worden war. Ich begann, mit den mir gegebenen grompfischen Füßen, danach zu angeln. Der Vorteil, ein Grompf zu sein, spiegelt sich in absurd dehnbaren Gelenken und Gliedmaßen wider. Durch diese urgrompfische-Fähigkeit konnte ich den großen Fußzeh über die Maßen ausstrecken und es gelang mir damit, die Waffe näher heranzuziehen. Die Jägerin hatte zwischenzeitlich die klapprige Tür des Hauses erreicht. Ich mühte mich ab, das Messer, wenn man diese lächerliche Klinge überhaupt so nennen durfte, irgendwie an meine gefesselten Hände zu schaffen. Mit einer Art Kriegsschrei trat Ingrid die Eingangspforte ein. Dann verlor ich sie aus der Sicht. Ich vernahm entsetzliche Geräusche aus dem Inneren der Hütte, als ich nach einer gefühlten Ewigkeit die Fesseln lösen konnte. Ich verschluderte keine weitere Zeit, behielt die mickrige Klinge in der königlichen Faust stichbereit und eilte zu dieser Bruchbude mitten im Wald. Grelle, bunte Lichter suchten durch die unzähligen Löcher der schadhaften Außenwände den Weg ins Freie. Wieder Kampfschreie und der Klang von Metall auf Metall. Bediente sich die Hexe etwa herkömmlicher Hieb und Stichwaffen? Als ich eintrat, bot sich mir ein chaotischer Anblick. Shrolock hing noch an dieser Mastvorrichtung und schien kurz davor aus allen Nähten zu platzen. Aus fetten, mit diesem ekelhaften Zeug verklebten, Backen schaute er mich mit einem flehendem, widernatürlichen Grinsen an. Seine Augen waren derart weit aufgerissen, dass ich befürchtete, sie würden als Erstes explodieren. Der Schlauch hing in seinem Mund und immer noch lief langsam das abartige Gebräu hindurch. Unaufhaltsam ergoss es sich in seinen Rachen. Die Hexe hatte keine Waffe in der Hand, hatte aber ein halbes Dutzend dieser Bastkannibalen mit Ihren überdimensionalen Messern auf Ingrid gehetzt, die alle Hände damit zu tun hatte, deren blitzartige Angriffe abzuwehren. Ich zählte bereits fünf größere blutende Schnitte an ihrem Leib. Es sah nicht gut aus. Die runzlige Magierin unterstützte mit Beschleunigungs- und Verstärkungszaubern die Attacken dieser tückischen Bestien. Klein wie ich bin, hatte niemand meine Ankunft außer Shrolock wahrgenommen. Ich rannte auf die mit dem Rücken zu mir gewandte Hexe zu, sprang an ihr hoch und rammte ihr den schäbigen Dolch, der mir geblieben war, in ihren faltigen Hals. Damit hatte das fiese Stück nicht gerechnet. Da die Klinge sehr kurz war, beschloss ich schleunigst, weitere Stiche zu platzieren und dies lies die alte Drude zu Boden gehen. Mit dem Aufschlag auf den fauligen Holzdielen lösten sich die Bastkannibalen in einer stinkenden gelblichen Wolke auf. Ingrid schaute mich verdutzt an und humpelte auf die Schwarzmagierin zu. Diese lag mit gesenktem Haupte vor ihr. Ich ließ von ihr ab und eilte Shrolock zur Hilfe, riss ihm den Schlauch aus seinem Halse und drehte mich um. Die Muorai hatte versucht, das Hexenweib mit einem unerbittlichen Griff in deren Haare auf die Beine zu ziehen. Als die alte runzlige Schlampe nach oben blickte, hatte sie das boshafteste Grinsen im Gesicht, welches mir je untergekommen war. Die verfaulten, gammeligen Zähne traten dabei aus den Mundwinkeln hervor und schienen gelblichen Dampf zu verströmen. Es begann abartig nach Schwefel zu stinken. Ihre Augäpfel waren durchsichtig und die blutrote Pupille darin schwamm in klarem Wasser. Blitzschnell packte die verdorbene Magierin mit beiden klauenartigen Händen die Schienbeine der Nordfrau und zogen sie ruckartig zu sich, so das Ingrid rückwärts umfiel und sich ihren Kopf an dem hervorstehenden Kaminsims brutal anstieß. Blut quoll aus ihrem Hinterkopf und sie war ihres Bewusstseins beraubt worden. Nun beugte sich das alte Weib über sie und gelbschaumiger Geifer wie bei einem tollwütigen Hund troff dabei aus ihrem Maul, auch sie blutete. Auf unerklärliche Art und Weise schienen sich die Wunden bei ihr wieder zu verschließen. »*Na wen haben wir denn hier? Eine bildhübsche Muorai. Was macht denn ein schönes Kind wie Du so weit im Süden? Ist Dir dort oben in den Nordlanden die Möse zugefroren?*« Ein irres schrilles Gelächter entwich der Hexe. »*Aus Deinen Titten mache ich mir eine nette hautstraffende Salbe, damit schmiere ich mich dann ein und werde noch unwiderstehlicher für die Männerwelt Erabaduls,…. He, he, he, he. Na, was meinst Du, Du unbedeutende stinkende Spalte?*« Sie hatte ihren Kopf auf unnatürliche Art zu mir verdreht und starrte mich mit diesen entsetzlichen Augen an. »*Hast Du mein Buch dabei, Du kleiner Scheißer?*« Ich rannte mit einem Urschrei auf sie zu und nahm all die mir verbliebene Kraft zusammen, um ihr den blutigen kärglichen Dolch in ihr krankes Hirn zu rammen. Doch ein effizient ausgeführter Schlag mit dem Handrücken der alten Krähe ließ mein Vorhaben scheitern. Ich flog mit solcher Wucht gegen eine Wand der baufälligen Bude und durchbrach diese mühelos. Hart schlug ich draußen vor der Feuerstätte auf. »*Ich wusste, dass Du zu nichts taugst. Tornwart, Du bist ein einfältiger unnützer und vor allem überflüssiger Müßiggänger. Der Nekromant scheint an Dir kein Meisterstück vollführt zu haben. Dein Tod soll qualvoll und elend sein.*«, spie sie mir entgegen, dann lachte sie mit offenem

Mund und noch mehr dieser unheiligen schwefeligen Dämpfe traten hervor. Shrolock, den ich zwar vom Schlauch befreit hatte, der aber immer noch mit den Daumenschrauben am Tisch fixiert war, bekamen diese Ausdünstungen überhaupt nicht. Er würgte kurz und ein massiver Strahl aus seinem Rachen ergoss sich vor die Füße der Hexe, die schnelle Schrittes auf mich zu hastete. Dies wurde ihr zum Verhängnis, denn sie rutschte in der stinkenden erbrochenen Masse aus und schlug sich den Kopf an der Tischkante. Ich rappelte mich auf, packte mir den Spieß, an dem Shrolock vor kurzem zum Grillgut degradiert worden war, und rannte durch die zerborstene Wand wieder hinein. Ich trieb den Bratspieß durch ihre Schulter und nagelte sie am Boden fest. Ein furchtbares Jaulen ertönte und sie versuchte, mich zu packen. Ich entzog mich dem Zugriff und sprang auf den Tisch und löste dem Grottenschrat die Daumenschrauben. Im Eifer des Gefechtes drehte ich zuerst in die falsche Richtung, was das Gejammere der Hexe um das des Schrates erweiterte. Doch als dieser frei war, stieß er einen Schrei aus, der nichts mehr mit Jammern oder Schmerzen zu tun hatte. Es war ein Racheschrei. Die Alte probierte mit ihrer freien Hand den Spieß aus ihrer Schulter zu ziehen, was aber nicht zu machen war. Ich packte das längliche Instrument am Ende und drückte es, so fest es ging, nach unten. Das Weib schrie und riss das Maul dabei auf. Shrolock schnappte das Schlauchende und rammte es der Hexe in den Rachen, sprang auf den Tisch und öffnete das Ventil am Kessel... aber nicht nur ein wenig. Ich sah, wie die breiige Masse zügig durch den Schlauch ins Maul der Megäre floss. Sie versuchte, irgendeinen faulen Zauber zu murmeln, um das Ganze aufzuhalten. Dank der Röhre im Schlund kamen aber nur unverständliche Würgelaute hervor. Jetzt waren es ihre Augen, die immer größer wurden, und ihr Leib schwoll in

Sekundenschnelle an. Verzweifelt blickte sie sich im Raum um, ob es noch eine Möglichkeit gab, diesem schändlichen Ende zu entkommen. Ihr Blick, welcher nicht nur blankes Entsetzen widerspiegelte, sondern die Erkenntnis wiedergab, dass der eigene Tod unabwendbar bevorstand, zeigte mir, dass es nun aus war mit dieser garstigen alten Hexe. »*STIRB! STIRB! STIRB Du alte Drecksau!*«, brüllte Shrolock wie von Sinnen, der nachdem er sich übergeben hatte, schon etwas weniger fettleibig aussah. Das schleimig zähe Zeug lief unerbittlich in sie hinein und ich weiß nicht mehr wie lange wir dabei zugesehen haben, aber nun wusste ich, dass Menschen oder was auch immer diese Furie gewesen war, platzen können. Eine weitere Sauerei mitten im Dschungel. Mehr dazu möchte ich hier nicht niederschreiben, es wird vermutlich gar nicht möglich sein, dass ich dieses Erlebnis jemals, aus meinem grompfischen Hirn tilgen kann. Wir zogen Ingrid aus der baufälligen Bude heraus und kurz darauf fiel dieser unheilige Ort in sich zusammen.

Fetisch

Die Muorai hat es böse erwischt und sie hat viel Blut verloren. Wir fanden unter einer Bodenluke ein Kellerloch, das außerhalb der Hütte in den Boden getrieben war. Shrolock war taumelnd über den Griff der Luke gestolpert. Dieser Ort musste als Verlies genutzt worden sein. Wir entdeckten Kleidung und Knochen von Kindern oder Goblins. Das Grauen, dass hier vorherrschte, war deutlich zu spüren, wie eine Hand, die sich um eine Kehle legt und langsam aber unerbittlich beginnt zu zudrücken. Es nahm uns die Luft zum Atmen. Wir sammelten ein paar der gefundenen Kleider auf und zerrissen sie, so konnten wir Ingrids Wunden verbinden. Wir haben uns von diesem unseligen Ort entfernt und uns einen Unterschlupf aus Ästen und Blättern gebaut. Ein kleines Feuer, welches wir gut abgeschirmt haben, wärmt uns ein bisschen, während ich nachdenklich und immer noch entsetzt diese Zeilen zu Papier bringe. Ich hoffe, morgen wird ein besserer Tag und die Nordfrau erwacht wieder.

Vierter Marzianush 667 n.Plmdr.

Ingrid ist bisher nicht aufgewacht, ihr Atem geht flach, die Brust hebt sich nur leicht. Ich habe Ihre Verbände frisch gemacht. Ein kleines Rinnsal mit sauberem Wasser fließt nahe an unserem Lagerplatz vorbei, dort wasche ich die Bandagen regelmäßig aus und benetze ihre trockenen Lippen mit dem kühlen Nass. Shrolock ist mir bislang keine nennenswerte Hilfe. Er rennt ständig in die Büsche und scheißt sich die Seele aus dem Leib. Was auch immer diese

Pampe beinhaltete, mit der die dahingeschiedene Dschungelhexe den armen Teufel gemästet hatte, es förderte auf jeden Fall seine Verdauung. Er sah längst nicht mehr so fett und feist aus, langsam bekam er das Format eines muskulösen Grottenschrates zurück... allerdings eines von »Dünnschiss geplagten muskulösen Grottenschrates«. Ich habe ihm gesagt, er solle weiter weg vom Lagerplatz seine Notdurft verrichten, um nicht noch mehr dieser blutgierigen Moskitos anzulocken und auf keinem Fall in den Lauf des Wasserrinnsales kacken. Er meinte, wenn er muss, dann würde es ihn eilen... sehr eilen! Schlimmer als das sind die malignen Flatulenzen, die er permanent ausstößt. Ich könnte kotzen! Mit den beiden Opfern der Hexe komme ich so nicht voran. Ich müsste dringend zurück in die Pagode der Weisheit, um mir mein fünfstieliges-Kleeblatt zu besorgen. Stattdessen sitze ich hier mit einer Ohnmächtigen und einem von der Diarrhoe geplagten Schrat sinnlos in der grünen Hölle fest. Der Grottenschrat nervt mich mittlerweile, da er durchgehend über seinen wundgescheuerten Hintern jammert. Das Blattwerk hier scheint nicht zur Intimhygiene geeignet, es ist rau und oftmals sind nesselartige Ausschläge die Folgen des Gebrauchs. Allerdings muss ich auch schreiben, dass er mir die Hand geküsst und mir seinen schratischsten Dank ausgesprochen hat, dafür, dass ich ihn aus den Fängen dieses fiesen Miststückes gerettet habe. Er schwor mir ewige Treue und nannte mich König Tornwart der I. Endlich einer, der die Tollkühnheit und den majestätischen Mut, der mir innewohnt, zu schätzen weiß. Ich schaute mir heute oft die wunderschöne Besinnungslose an und frage mich, ob sie nicht doch an meiner Seite, die Regentin von Erabadul werden möchte. Ich befragte Shrolock nach seiner Meinung, wie ich Ingrid, denn am besten beeindrucken könnte, um ihr Herz zu gewinnen. Es scheint nicht ganz sein Thema gewesen zu sein oder seine Stärke. Er erzählte mir, dass ich auf gar keinem Fall irgendetwas tun sollte, um ihr zu imponieren. Etwas dass sie vielleicht von mir erwartete, aber ich dies gewöhnlich auch bei anderen nie tat. Er redete von verbiegen, um zu gefallen. Ich würde diese Maskerade nicht ewig aufrechterhalten können und dann würde sie früher oder später sehen, dass sie ein Trugbild geheiratet hätte. Wenn ich das Fantasiegebilde aber lange genug konservieren könne und ihr zu Willen und wohlgefällig sei, würde sie das Interesse an mir wieder verlieren. Denn dann wäre ich von ihr so geformt worden, wie sie es von Anfang an vorgehabt hatte. Wenn dies Ziel erreicht war, wäre ich uninteressant für sie und sie würde sich nach einer anderen formbaren Masse umschauen. Also dieser Shrolock ist schon ein komischer Kauz, aber was sollte auch er von solchen Dingen verstehen, ein gewöhnlicher Grottenschrat, der erst fünfmal den Bund der Ewigkeit mit den verschiedenen vermeintlichen Herzensschratinen in der Mine des Arulapadura eingegangen war. Ich würde einen Liebesdoktor in Hallot aufsuchen, der mir Ingrid gefügig machen würde. Sie hat nach einer solchen Behandlung nur noch Augen für mich und jeder andere Kerl wäre nicht einen schäbigen Blick wert. Ja, so werde ich, dass angehen. Aber dazu muss sie erst wieder aufwachen. Ich schließe für heute und begebe mich zur Ruhe und hoffe, dass meine zukünftige Regentin morgen erwacht. Ich sollte sie wachküssen, geistert es mir durch den rauchenden Kopf, aber dennoch traue ich mich nicht... noch nicht!

Fünfter Marzianush 667 n.Plmdr.

Es sind schon drei Tage vergangen, seit wir unser Lager aufgeschlagen haben und hier festsitzen. Die Langeweile und der Hunger treiben mich an den Rand einer deftigen Krise. Zum wiederholten Male fragte ich mich, ob ich die beiden nicht hier zurücklassen sollte, um auf eigene Faust mein Glück zu finden. Der Schrat könnte die Muorai pflegen. Er sieht wieder aus wie der Alte, rennt aber noch ständig ins Gebüsch. Ingrid frönt weiter der Bewusstlosigkeit. Ich sammle das Tauwasser an den Blättern und befeuchte weiterhin ihre Lippen. Ich musste mir heute ein neues Loch in den Gürtel machen. Es gibt hier gar nix Vernünftiges zu essen. Die Spinnen, Asseln und Käfer, die ich ab und zu fange reichen, um den schlimmsten Hunger fernzuhalten. Shrolock kann obendrein nichts zu sich nehmen. Er zehrt immer noch von dieser enormen Überdosis der ihm verabreichten Breipampe. Die Tage ziehen sich endlos dahin. Zu allem Überfluss hat seit gestern auch noch ein leichter, aber kontinuierlicher Dauerregen eingesetzt. Die Brühe, die von oben herab fällt, ist so warm wie Goblinpisse. Ich stritt mich heute mit meinem Leibschrat, er meinte, wir könnten doch weiterziehen und lassen das Weibsbild zurück. Die würde sowieso nicht mehr richtig im Kopf sein, wenn sie überhaupt noch aufwachen sollte. Da ich aber tief in Ihrer Schuld stand und sie außerdem auserkoren hatte, die Königin des grompfischen Erabaduls zu werden, verteidigte ich sie mit allem, was ich hatte. Argumentativ war ich eingerostet und so wälzten wir uns über den schlammigen Dschungelboden und ich beendete die Diskussion mit einem herzhaften Biss in Shrolocks Ohr. Ich glaube, wenn man ausgehungert ist, nimmt die Bisskraft zu. Der Attackierte schrie wie am Spieß, ließ aber von mir ab und kroch weiter weg. Schlammüberzogen saßen wir da, die warme Brühe troff von unseren Haaransätzen und suchte sich ihren Weg über die verlausten Kleider hinab zum schlammigen Boden. Bösartig funkelten wir uns noch eine Weile an, dann brachen wir in ein ungestümes Gelächter aus, rappelten uns wieder auf und fielen einander erschöpft in die Arme.

Der Geruch von Shrolocks Ausscheidungen hängt je nach Wind mal mehr, mal weniger über dem kläglichen Lager. Er scheint aber allseits präsent und lockt unzählige dieser grünen Fliegen an. Ja, ich rede von diesen fiesen, kleinen Moskitos, die mir ohnehin schon das Leben in dieser bizarren, von üppiger Vegetation vergifteten Welt, zu meiner ganz persönlichen Hölle machen. Ich habe den Grottenschrat zum wiederholten Male angewiesen, Löcher zu graben, in die er seine Notdurft verrichten soll. Er zuckte mit den Schultern und meinte, wenn er muss, dann muss er sofort und habe keine Zeit um noch Kuhlen auszubuddeln. Er sei ja schließlich keine Katze. Daraufhin befahl ich ihm, dass er weiter weg vom Lagerplatz kacken gehen soll. Mal sehen, ob das jetzt was bringt. Ingrid scheint von den stinkenden Dämpfen, die unsere Nasen umschmeicheln unbeeindruckt. Sie ist weiter nicht bei Sinnen und ich mach mir von Stunde zu Stunde immer mehr Sorgen um die wunderschöne Muorai`. Ich weiß auch nicht, was sie von dieser hinterhältigen, sadistischen Hexe eigentlich wollte. Ohne mich wäre sie tot und die gestörte Drude hätte aus ihrer Brust eine Verjüngungscreme gekocht. Warum gibt es nebenbei bemerkt in ganz Erabadul so viele durchgeknallte Irre? Wenn Sie alle so genügsam, bescheiden und zuvorkommend wären wie ich, Tornwart der Maßvolle, dann gäbe es überhaupt keine Probleme in dieser stinkenden Welt. Da fällt mir ein, dass ich zurück in die Pagode müsste, um mein Kleeblatt mit den fünf Stielen abzuholen. Wie es aussieht, kann ich weder den kackenden Shrolock noch die ohnmächtige Ingrid hier zurücklassen. Es bleibt zu hoffen, dass die schöne Nordfrau bald aufwacht und ihre Wunden gut verheilen.

Zehnter Marzianush 667 n.Plmdr.
(Denke ich ..., mein Zeitgefühl siecht dahin in diesem Elend)

Sie ist wach, Ingrid ist endlich aufgewacht. Ich habe es gewagt sie zu küssen. Zugegeben, ich kann nicht sagen ob es der beißend, stechende Geruch war, der aus dem Buschwerk von nebenan zu uns herüberzog oder ob es meiner langjährigen Erfahrungen mit dem anderen Geschlecht zu verdanken war. Wichtig ist, »*Sie ist wach!*« Leider kann sich meine Auserwählte an gar nichts mehr erinnern. Sie kennt weder Shrolock noch mich, noch weiß sie irgendetwas über sich selbst. Das war genau die Gelegenheit, die mir nicht einmal der Liebesdoktor in Hallot hätte verschaffen können. Ich sprach sie mit »*Mein geliebtes Weib*« an. Und fragte sie, ob sie ihren Göttergatten den baldigen Herrscher von Erabadul, Tornwart den I. nicht mehr erkenne. Shrolock, der sich aus dem angrenzenden Buschwerk hervorschälte, sah mich seltsam fragend an, wagte es aber nicht, etwas anzumerken, auch wenn es ihm auf der Zunge zu liegen schien. Verwirrt blickte sie in meine Augen und stammelte benommen »*Tornwart??? Ich weiß nicht recht... Welcher Tornwart?... Nie gehört!... Mein Kopf schmerzt höllisch.*« Ich klärte sie auf und berichtete blumig von dem Tag, an dem wir das Bündnis für die Ewigkeit eingegangen waren. Ich schilderte ein prächtiges Gelage, bei dem ich allein den Ton angegeben hatte, was die Speisenauswahl und das Arrangement der Dekoration anging. Ich erzählte von den goblinischen Spezialitäten, die wir den zahlreichen Gästen angeboten hatten. Feinste Asselpampe, leckerste Schneckenschleim-Marmelade, orkisches Grünfliegenmus extra eingeschifft über den Hafen von Laruuz und natürlich Rippchen vom Kloaken-Mull an einer delikat würzigen Soße aus den Innereien einer Jaucherschabe extrahiert. Mein Weib musste etwas würgen, während ich Ihr die Details zu unserem Festmahl erläuterte, aber sie schien sich langsam an den Gedanken zu gewöhnen, meine Königin zu sein. »*Ja richtig Tornwart der I., … mein Gefährte!?*« Fuhr sie noch leicht verunsichert fort. Um dies zu unterstreichen, zog ich sie an mich und küsste sie intensiv. Dies rief in ihr nur noch mehr Schwindel und Übelkeit hervor und sie musste sich kurzum übergeben. Ich zeigte volles Verständnis und verwies auf ihre Kopfverletzung, die diesen Brechreiz hervorgerufen hatte. Warum sollte man auch sonst erbrechen, wenn man sich in der Sicherheit seines geliebten Gemahls wähnen durfte? Dem Grottenschrat wurde es genauso übel, allein die Erwähnung von all den Köstlichkeiten, löste bei ihm einen Würgereiz aus. Die Hexe hatte mit ihrer Mast wohl den Gourmet in Shrolock getötet. Mir selbst lief das Wasser im Munde zusammen, wenn ich an das imaginäre Bankett dachte, denn es gab hier nur ein paar spröde ausgedörrte Käfer und wenige spinnenbeinige grüne Varianten der mir bekannten Laubschabe. An diesen Insekten war aber nicht viel dran und ich hatte Hunger. Gänsewein war ja zum Glück da. Ich wäre gar an so einem Bastkannibalen interessiert, denn der hatte immerhin etwas Fleisch zu bieten. Den Rest des Tages verbrachten wir in trauter Zweisamkeit. Shrolock und ich. Ingrid war wieder weggedämmert. Zumindest habe ich das Problem gelöst und die Suche nach einer Königin kann ich damit als beendet erklären.

Neuer Tag

Da der Grottenschrat sich nun wieder erholt hat, ging er sogleich auf die Jagd und brachte ein rattengroßes Schwein mit zurück. Viel Fleisch war nicht daran, aber der Schrat grinste schelmisch und zog hinter seinem Rücken, noch sechs Weitere dieser kleinen Appetithäppchen hervor. Gierig brieten wir uns das Festmahl über einem Feuer und verschlangen das wohlschmeckende Fleisch. Mit neuer Kraft und wiederaufkeimenden Tatendrang gesegnet, war es an der Zeit etwas zu tun. Ingrids Gedächtnis kehrte unglücklicherweise sehr schnell nach dem Essen zurück. Ich muss sagen, sie kann verdammt fest zuschlagen. Ein Weib ganz nach königlichem Geschmack. Nachdem Sie mir den kleinen Scherz (denn so legte ich mein Manöver aus) mehr oder weniger verziehen hatte, brachen wir unser dreckiges, versifftes Lager im Dschungel ab. Froh, dass uns keine dieser Bastrock tragenden Puppen überfallen hatte, versuchte ich herauszufinden, was Ingrid von dieser hässlichen Vogelscheuche aus dem Hexenhaus gewollt hatte. Irgendwann rückte sie mit der Sprache raus und es war beunruhigend zu hören, was dieses gestörte schwarzmagische Dreckstück in den Landen der Muorai` verbrochen hatte. Ihr Name sei Cloris Dred Tarffom und ob ich wirklich sicher bin, dass sie tot ist. Das war ich, denn mein letzter Blick in die zusammengefallene Bude gab mir eine unschöne Szenerie zu erkennen. Überall hingen Fetzen von Haut und Hirn an den Holzbalken und auf dem Boden. Das konnte das fiese Weibsbild nicht überlebt haben. Ich berichtete ihr, was wir in diesem Kellerloch bei der Hütte gefunden hatten, das schien sie kräftig zu betrüben. Die widerwärtige Hexe, war in den Nordlanden unterwegs gewesen und diese Reise diente nur einem Zwecke. Sie sammelte Kinder ein. Sie lockte sie zu Ihrer Kutsche, bot Ihnen Leckereien oder Spielzeuge an und verschleppte sie, sobald sie ihr nah genug kamen. Die Spur endete hier im erbärmlichen Dschungel von Arlon. Was das bösartige Weib aber genau mit den Kleinen vorgehabt hat, wusste keiner so recht. Gerade Shrolock, der allein beim

Erwähnen dieser hässlichen, faltigen Druse anfing am ganzen Leibe zu zittern, konnte sich nicht ausmalen, was sie mit den Kleinen angestellt hatte. Ingrid wollte nicht glauben, dass die zierlichen Knochen, die wir in diesem Erdloch gefunden hatten, von den gesuchten Kindern stammten. Sie bestand darauf, noch einmal zur zusammengefallenen Bude der Hexe zurückzukehren. Sie duldete keinen Widerspruch und zog mich an meinem königlichen Ohr hinter sich her. Der Grottenschrat wurde käsebleich, aber trottete verunsichert mit. Als wir dort ankamen, war das Haus auf wundersame Weise wieder aufgebaut. Gut, es bedurfte keinerlei handwerklichem Geschick, das mies konstruierte Bauwerk erneut aufzustellen, dennoch hatte sich jemand viel Mühe gemacht und ein gewisses Stück Liebe zum Detail steckte auch in der Arbeit. Es sah aus, als wäre es nie eingestürzt. Dem Schrat schwante Böses, mir auch. Die Muorai´ zog ihre Axt hervor und machte sich auf alles gefasst. Wir näherten uns angriffsbereit, dem Eingangsloch, welches es nicht verdient hatte Tür genannt zu werden. Ingrid ging voran, ich folgte ihr todesmutig, während Shrolock versuchte sich hinter der königlichen Rüstung, dem Wams, wie unter einem Rockzipfel zu verbergen. Eine unnatürliche Finsternis schien im Inneren vorzuherrschen. Man konnte schemenhaft erkennen, dass sich darin die alten Möbel befinden mussten. Da, als meine Angebetete vorsichtig ihren Kopf hineinsteckte, wurde sie von schattenartigen Händen gepackt und hineingezogen. Mit einem dumpfen Schlag flog mir das behelfsmäßige Türblatt vor der Nase zu. Dann vernahm ich nur noch, wie Shrolock schreiend zurück in den Wald lief. Aus der Hütte drang kein Laut an mein Ohr. Ich zog kampfeslustig mein übergroßes Messer hervor, das ich mir von einem toten Bastkannibalen genommen hatte, und stürzte gegen die Tür. Unerwartet hielt sie der Attacke stand und ich schlug schonungslos mit dem Schädel, auf das Türholz. Ich sah Sterne und hörte wieder die Raben singen. (Wieso höre ich eigentlich Raben singen???) Dennoch blieb ich aufrecht, wie es sich für einen König meines Schlages gehört und ein solcher traf mich dann auch mitten ins Gesicht. Die Tür ging auf und die mir schon gut bekannte schwarz behandschuhte Hand mit dem Necro–Opal-Ring hinterließ eine weitere hässliche Narbe im zarten blaublütigen Antlitz des kommenden Herrschers. Ich fiel nach hinten um, lag auf dem Boden und sah, wie mich dürre Griffel in die Düsternis der Hütte hineinzogen. Ich gebe zu, ich habe geschrien, ja und das wie eine elende Memme. Ich konnte nicht erkennen, wer mich denn da packte, mir war nur klar, dass ich auf der dritten Ebene der Pagode und in einem Traum diese Gestalt gesehen hatte. Nicht auszuschließen war, dass die dritte Plattform eine Vision gewesen war. Mir schien es, als ob das zu der Prüfung der Pagode gehöre. Ich erinnere mich gut an das Trugbild, in dem ich Shrolock erblickte. Die verfluchte Cloris Dred hatte ihn mit dem abscheulichen Brei gefüttert. Ich konnte nicht ausschließen, dass dies eine Falle war, und die Erscheinung mich zu diesem verwunschenen Ort des Unheils führen sollte. Und wozu? Damit ich in die dürren Klauen des behandschuhten Teufels gerate? Ich setzte die in mir natürlich verankerten goblinischen Verteidigungsmechanismen ein. Ich schrie hysterisch und versuchte in die Finger, den Handrücken oder den Arm dieser fiesen Gestalt zu beißen. Mit Erfolg. Ein unaussprechlich grauenvoller Laut entrang sich der Kehle meines Gegners. Es klang, als würde der Meister in seinem Herrensaal ein verbotenes Blutritual durchführen und dabei die schwarzen Schattenwesen herbeirufen. (Ich habe da schon öfter durch einen wohlplatzierten Riss in der Mauer zugesehen. Schockierend, was man da so alles sieht. Denn Schatten waren das kleinste

Übel, was der alte Sack dort heraufbeschwor). Ja der Meister fiel mir in diesem Zusammenhang ein. Aber der würde sich nicht hinter einer dunklen Kapuze und allumfassender Düsternis verstecken. Er würde mir mit allergrößter Freude seine hässliche Visage entgegenrecken und mich vor ihm im Dreck kriechen lassen, bevor er mir genüsslich die Haut vom Leibe schälte. Das hier passte nicht zu meinem ehemaligen Herren. Die ganze Zeit über ratterte es bei dem Namen Cloris Dred Tarffom in den mir eigenen winzigen vorhandenen Gehirnzellen. Just in dem Moment, in dem ich die Kreatur gebissen hatte, fiel es mir wie Schuppen von den Augen. Wenn ich Tarffom rückwärts buchstabiere, komme ich auf Moffrat! Verflixt... schon als ich in die Dunkelheit des Dschungels stolperte, kam mir dieser Reim über den Moffrat in den Sinn. Das konnte alles kein Zufall sein. Ich grübelte weiter, da mich die Klaue nicht losgelassen hatte und das Unwesen vor mir immer noch am Brüllen war, suchte ich zwischendurch nach anderen Stellen. Stellen, die ich mit meinen dreckigen kleinen Goblinzähnen erreichen konnte. Ich wurde erneut fündig. Ich riss mit höllischer Wut im Leib, die Haut vom inneren Handgelenk des fremdartigen Kuttenträgers. In der Dunkelheit sah ich nichts, doch spürte ich, dass ich durch die reißerische Grabungstätigkeit, die Venen freigelegt haben musste. Das Brüllen meines Opfers nahm eine neue Qualität an, als ich die majestätischen Beißwerkzeuge zum Zertrennen der Lebensader des Geschöpfes einsetzte. Erstaunlicherweise spritzte mir eine eiskalte klumpige Flüssigkeit ins Gesicht und lief zäh und stinkend aus meinem Mund. Ich hatte einen kupferartigen Geschmack erwartet, jedoch kostete ich kalten Schwefel mit einer Note von Hornochsen Kot. (Woher ich weiß wie Hornochsen Kot schmeckt? Nun, das weiß man eben, wenn man seit nunmehr 470 Umläufen im Dienste eines sadistischen Meisters steht. Die ganze Palette von Bestrafungen, dieses in jener Hinsicht doch sehr kreativen Nekromanten, die ich bereits durchmachen durfte, seien nur die Spitze des Eisberges. So zumindest, tönt Arulapadura nach jeder einzelnen meiner vielfältigen Pönalisierungen.) Die dunkle Erscheinung lies von mir ab. Ich schlug wieder hart auf dem Boden auf. Um mir Sicht zu verschaffen, stieß ich mit dem Fuß die alte Türe nach draußen auf. Die Sonne fiel herein, wie spitze Nadeln schossen die Strahlen auf den Schattenumhang der Kreatur. Dies löste neue Pein in meinem Gegner aus. Hastig schaute ich mich weiter um. Ingrid lag auf dem Grund vor mir, die eigene Axt ragte aus ihrem Oberschenkel und sie biss die Zähne zusammen und kroch zum Ausgang. Das boshafte Etwas tobte und riss theatralisch die Arme in die Luft, dabei sprudelte das schwarzviolette Blut der Bestie pulsierend aus der geöffneten Ader hervor. Die Wände wiesen enorme Verfärbungen auf, Tropfen und Rinnsale dieser ekelhaften Flüssigkeit liefen daran herab und hinterließen ein Gemälde, welches von Gnaash dem Folterschrat hätte stammen können. Ich packte Ingrid und zog sie aus der finsteren Hütte ins Freie, hielt im Zuge dessen die Tür offen. Als ich erneut ins Innere schaute, klotzen mich zwei schmerzverzerrte glasige Augen an. Das Gesicht drum herum konnte ich immer noch nicht erkennen. Geschärfte Fangzähne standen unterhalb der verrunzelten Nase aus dem Maul hervor. Ich meinte auch besudeltes fettiges schwarzes Haar erkannt zu haben. Ich schrie, als ich die abgrundtief hässliche Fratze dann doch zu sehen bekam. Shrolock war zurückgekehrt und hatte sich einen mächtigen Ast geschnappt und auf die Außenwand der Hütte eingedroschen. Da sie genauso instabil wie beim ersten mal war, schlug er problemlos mehr Löcher hinein und das Sonnenlicht konnte fast ungehindert eindringen. Die Haut begann zu dampfen und der Gestank war geradezu atemberaubend, als diese Ausgeburt der erabadulischen Höllen mit der Sonne in Kontakt kam. Eitrige Geschwüre zierten die Stirn und die Wangen des Monsters. Steter Eiterfluss aus jenen Wunden rundete das Erscheinungsbild leider noch nicht vollständig ab. Die Zunge war gespalten und die beiden Zungenteile züngelten unabhängig voneinander aus dem Maul hervor und schienen das purulente Zeug abzutasten. Dazu floss aus der faltigen Nase ein unerschöpflicher Strom aus grüngelblicher Rotze, die sich ohne Umwege, über die ausgedörrte Oberlippe in das Maul dieses Albtraumes ergoss. Die langgezogenen spitz zulaufenden Ohren bereiteten mir weitere Übelkeit, denn aus Ihnen troff etwas heraus, was ich so noch nie gesehen hatte. Asseln waren dagegen niedliche heimelige Tierchen. Ich würde diese klitschigen Viecher, die aus den Lauschern permanent hervorquollen, als eine Art Kreuzung zwischen Nacktmull und Stinkkäfer einordnen. Ich hoffte, dass die Sonne das endgültige Ende dieses Wesens, welches schlichtweg nicht sein durfte, einläutete, doch ich hatte mich getäuscht. Der unverletzte Arm schoss aus der Tür hervor, die krallenbewährte Hand packte mich am Hals und zog mich wieder in die Hütte. Ich hing da wie eine unartige Katze, die man im Genick fasst und ihr erklärt, dass sie etwas falsch gemacht hatte. Nur war ich keine Katze und falsch gemacht hatte ich gar nichts... mache ich im Übrigen nie! Allerdings sah das mein Kontrahent anders. Er rammte mir mit der blutüberströmten Hand seine Krallen in den Rücken. Ich spürte, dass etwas ganz und gar nicht Gutes passierte. Die Fingernägel gruben sich mit einem routinierten peinigenden Kalkül unter meine Haut und abrupt riss mir diese Bestie ein fußgroßes Stück Haut vom Buckel. Meine Schreie mussten in ganz Erabadul zu hören sein. Das hatte selbst der Meister nicht vollbracht, mir derartige

Schmerzen zu zufügen. Eine gnädige Ohnmacht wollte sich mir nähern, doch als sie mich zu umarmen schien, grub dieses boshafte Geschöpf erneut seine Fingernägel unter meine Dermis, diesmal am Oberschenkel. Eine ungekannte Panik stieg in mir auf, als ich die spitzen Nägel suchend innerhalb der Haut spürte. Dieser Dämon würde mich im wahrsten Sinne des Wortes in Fetzen reißen. Doch glücklicherweise kam es anders, sonst würde ich nicht diese Zeilen zu Papier bringen können. In dem Moment als die Krallen in mir erneut versenkt wurden, stob Shrolock brüllend heran. Er hatte sich kurzer Hand die Axt aus Ingrids Oberschenkel gerissen und schlug damit in einem Streich den ganzen Arm dieser sadistischen Bestie ab. Wieder suchte sich literweise Lebenselixier seinen Ausweg aus dem Blutkreislauf dieser unheiligen Erscheinung. Mit dem nächsten Axthieb, den Shrolock durchführte, spaltete er den Schädel, um diesen mit dem finalen Hieb dann vollständig vom Rumpf der Wahnsinnskreatur zu trennen. Die hässliche Visage rollte zur Tür hinaus und verdampfte stinkend im Sonnenlicht. Der Grottenschrat rannte geistesgegenwärtig zur Muorai, riss seinen Gürtel vom Leib und Band ihr den Oberschenkel damit ab. Denn sie hatte enorm viel Blut verloren. Die Aktion mit der Axt, die uns allen das Leben gerettet hatte, war daran schuld. Ich lag schreiend im Dreck und die abgeschlagene Pratze hing noch immer in meiner Haxe. Da sich die Krallen bereits im Gewebe verfangen hatten, genau wie es das Mistvieh geplant hatte, würde jeglicher Versuch, die Hand herauszuziehen scheitern. Am Ende wäre sichergestellt, dass mir am Schenkel ein gutes Stück geliebter Haut fehlen würde. Mein Rücken schmerzte abartig und Tränen schossen mir in die Augen, ich musste mich übergeben vor Schmerz. Shrolock wusste nicht so recht, was er denn tun konnte. Ingrid schien vorerst versorgt, aber was war mit mir? Ich lag noch immer im Halbdunkel der Hütte und konnte durch einen von Tränen verschleierten Blick erkennen, dass die Überreste der unheilvollen Kreatur in einer schwarzen bestialisch stinkenden Pfütze zusammenflossen. Hier war eindeutig die düsterste Magie am Werk, die mir bekannt war. Nur die fanatischsten Anhänger des Moffrat-Kultes beherrschten diese. Wäre doch der Meister hier, dachte ich. Er wüsste, was zu tun sei, um diesem unsäglichen Zauber, ein für alle Mal, ein Ende zu bereiten. Er hatte nichts übrig für die Jünger dieser Vergötzung und sagte stets, dass er sich mit diesen Mächten nicht einlassen würde, der Preis dafür sei zu hoch, den könne niemand bezahlen. Dennoch hatte er sich mit Gegenzaubern beschäftigt. Da ich ihm regelmäßig die schweren Folianten herbeischleppen musste, wusste ich das. Hätte ich doch mehr als nur den Titel der weisen Schriften gelesen. Meine Faulheit holte mich wieder ein. Aber es war keine Zeit um mich darüber zu ärgern. Ich sah, wie sich langsam etwas Neues aus der schlammigen Pfütze bildete. Die Nackenhaare sträubten sich und die Ohren legten sich an. Es schien als würde aus dieser Masse, die soeben getötete Kreatur neu erstehen. Ein ohrenbetäubender Schrei meines Gefährten riss mich vom Abgrund des Wahnsinns zurück in die Realität. Wie ein Irrer schlug Shrolock mit der Axt auf die Wände ein. Er hackte diesen elenden Unterstand kurz und klein. Immer mehr Sonnenlicht drang ein und am Ende fiel die Hütte über uns zusammen und nun lag die schwarze Pfütze der Sonne ausgehändigt im Freien. Zischend, brodelnd und mit markerschütterndem Gebrüll, welches nicht von dieser Welt stammte, löste sich das Grauen auf. Wir hielten uns alle die Ohren zu, es half nichts. Dieser letzte Schrei grub sich mit einer verheerenden Wirkung in unsrige Köpfe. Blut lief uns aus Nase und Gehörgängen. Ein dünnes

Rinnsal ergoss sich aus unseren offen stehenden Mündern. Der Schrat sank völlig erschöpft zu Boden, Ingrid zog mich aus dem Trümmerhaufen heraus und die in mir steckende Hand der verblichenen Bestie löste sich ebenfalls auf und verzog sich in einer düsteren Rauchwolke gen Himmel. Geschafft? Nein! Dieser letzte Urschrei hatte sämtliche Eingeborene angelockt und damit meine ich genau die Eingeborenen! Puppengroß, mit Bast bekleidet und massig nadelspitze Reißzähne im Maul. Ich dachte jetzt, sei es vorbei. Die ganze Pein und alle Verletzungen waren umsonst. Doch ich hatte mich getäuscht. Hunderte von diesen Miniaturfiguren standen um uns herum, führten ihre überdimensionierten Messer im Anschlag und starrten uns an. »*Nehmt sie mit und achtet darauf, dass Ihnen kein Haar gekrümmt wird!*«, befahl eine harsche Stimme, die überhaupt nicht zu irgendeiner dieser grantigen Kannibalen passen wollte. Ich schaute auf und entdeckte einen in grün gehüllten Menschen, der bestimmt sechs Fuß an Höhe bemaß. Seinem Auftreten und Aussehen nach zu urteilen, musste es sich um einen Zauberkundigen oder einen Heiler handeln. Er wendete sich ab und verschwand hinter dem immergrünen Mantel des Urwaldes. Die kümmerlichen Bastarde drückten sich unter unsere Gesäße und trugen uns wie Ameisen durch den Dschungel. Zielstrebig und flink steuerten sie auf einen Felsen zu, der sich vor uns in die Höhe reckte. Als wir näher kamen, sahen wir, dass es sich um einen geheimen Durchgang handelte, denn die Vorhut verschwand vor unseren Augen mitten im Gestein. Wir nahmen den gleichen Weg und als wir die steinige Öffnung passiert hatten, blieb mir erstmal die Spucke weg. Hier war zwar alles grün und von strahlender Botanik geprägt, doch diese Anlage konnte es mit den Gärten der De Momirays aufnehmen. Jegliches hatte Struktur, war geordnet, sauber und gepflegt. Wege waren angelegt und viele Bauwerke aus Stein waren mitten hinein in dieses versteckte Paradies gebaut worden. Die Architektur war mir absolut fremd, genau wie die fiepsige Sprache dieser Einwohner. Eine dieser unheimlichen Figuren lief permanent neben mir her und seine knopfartigen schwarzen Augen hafteten an mir wie gemeine Kletten aus dem Düsterwald. Immer wieder sagte er »*Inqwinnzuwoatschaaa!*« , oder so ähnlich und nickte sich beziehungsweise mir zu. Das konnte ich nicht zuordnen. Was er damit sagen wollte, weiß ich bis jetzt nicht. Wir wurden in ein ehrwürdiges Gebäude gebracht. An der Pforte zierten sowohl rechts, als auch links Skulpturen aus Bronze den Eingang. Es waren erabadulische Frostfangvipern und ich meine nicht diese kleinen gierigen und hinterhältigen Zipfelnattern. Es waren definitiv die meist gefürchteten Vipern in diesen unsäglichen Ländereien. Mit aufgerissenem Maul und heraushängender gespaltener Zunge, erinnerten sie mich an diese entsetzliche Bestie, die wir gerade besiegt hatten. Mir schauderte es, als wir sie passierten. Man sollte annehmen, dass es hier behagliche, für die Einwohner dieser seltsamen Stadt passende, Anwesen geben müsste. Nein, es war alles so erbaut worden, dass selbst Oger genug Platz gehabt hätten, um hier zu hausen. Den Raum, in den man uns nun brachte, war mit Betten und Vorhängen ausgestattet. Es war ein Lazarett. Ingrid war auf dem ganzen Weg sehr ruhig gewesen, ihr ging es absolut schlecht. Sie hatte Unmengen an Blut verloren. Shrolock war in gleicherweise schweigsam. Ihm stand das Entsetzen ungeschönt ins Gesicht geschrieben. Der arme Teufel hatte nicht gedacht, dass es in meinen Diensten zu solch grausigen Verwirrungen kommen könnte. Und doch war es ihm allein zu verdanken, dass wir alle weiterleben durften. Ich werde ihm den obersten Orden des Königs verleihen und mit Gold überschütten, sobald wir wieder zu Hause in Guernica sind. So viel Loyalität zur Krone bedarf allergrößter Belohnung. Da fällt mir ein, dass ich dem Kleeblatt nicht ein Stück näher gekommen bin, das musste wieder absolute Priorität haben. Entschlossen setzte ich mich auf und wurde im selben Moment von unerträglichem Schmerz, der seinen Ursprung in meinem gehäuteten Rücken gefunden hatte, meiner aktuellen Möglichkeiten belehrt. Behutsam, ja tatsächlich waren diese abstoßenden Wesen äußerst vorsichtig, betteten sie mich auf eine Schlafstatt um und lagerten mich auf den Bauch, damit mir weitere Pein erspart blieb. Mit Shrolock und Ingrid verfuhren sie genau so. Dann verschwanden sie, außer derjenige der mich die ganze Zeit schon nicht aus seinen hässlichen Knopfaugen gelassen hatte. »*Inqwinnzuwoatschaaa!*« , palaverte er zum wiederholten Male und nickte dabei, so als wolle er dadurch seine Aussage unterstreichen. Ich sagte, dass ich ihn leider nicht verstehen kann und er mir bitte die Ruhe lassen solle. Aber er wackelte weiter mit seinem hässlichen Kopf auf und ab und erneut kam sein Einwurf »*Inqwinnzuwoatschaaa!*« Ich seufzte und lupfte eine Augenbraue. Hinter den Vorhängen kamen wuselnd in Grün gekleidet, mit deutlich längeren Haaren, als die die wir aus dem Dschungel kannten, knopfäugige Kannibalenpuppen hervor. Es musste sich um die weibliche Variante dieser seltsamen Geschöpfe handeln. Sie schnitten mir den Wams auf und zogen ihn äußerst behutsam aus, dann reinigten sie mit einer lindernden Flüssigkeit die quälende Wunde auf meinem Rücken. Danach bedeckten sie diese mit einem ebenso schmerzlindernden Verband. Ein absonderliches Kribbeln und Jucken befiel die behandelte Stelle. Da ich mich nicht beschweren wollte, hielt ich es, einem Herrscher gebührend, aus. Das gleiche Procedere führten sie bei Ingrid durch und Shrolock bekam eine Tasse serviert. Gierig soff er daraus und war innerhalb von einem Augenblick eingeschlafen. Ich hoffte, dass er im Schlaf Ruhe fand und das Grauen ihn nicht in seine Träume verfolgen würde. Plötzlich streichelte etwas über meine Hand und tätschelte sie. Es war mein neuer Schatten, der knopfäugige-Aufpasser. »*Inqwinnzuwoatschaaa!*«, nickte er mir tröstend zu. Ich lächelte ihn überzogen an und nickte ebenfalls. Damit schien er zufrieden und ließ die Hand wieder los.

Ingrid war in der Folge der Wundbehandlung eingeschlafen, das Bett war unglaublich bequem. Nach Tagen im dreckigen Dschungel wäre selbst ein Nagelbrett komfortabel oder nicht? Ich blieb wach und sah, wie die Puppenpflegerinnen hinter den Vorhängen verschwanden. Jetzt waren wir fast allein. Die treue Seele, die mir soeben noch Trost spendete, verweilte weiterhin neben dem Bett und starrte mich aus diesen nichtssagenden Augen an. Ich fragte ihn, ob ich etwas für ihn tun könne. Doch er stand reglos da und glotzte weiter. Der Wicht ging mir langsam mächtig auf den Geist. Ich zeigte ihm mit eindeutigen Gesten meiner Hand, dass er sich trollen sollte. Er reagierte nicht. Ich versuchte es mit Lauten, wie ich sie zu Hause bei jeder Gelegenheit gebrauchte, um den Hauskater zu verscheuchen. »*Ksch Ksch Ksch*«, nichts geschah außer ein neuerliches »*Inqwinnzuwoatschaaa!*«. Frustriert ließ ich es sein und legte den Kopf auf dem weichen Kissen ab. Das Geschehene passierte Revue hinter meiner ausgeprägten Denkerstirn und da fiel mir auf, dass ich meinen Gedanken im Eifer des Gefechtes nicht zu Ende gebracht hatte. Mir war aufgefallen, dass Cloris Dred Tarffom den Namen Moffrat versteckt in sich trug. Dies deutete darauf hin, dass sie Anhängerin des Moffrat-Kultes gewesen sein musste. Sie hatte sich einen Schattendämon oder Ähnliches herbeibeschworen, der nach Ihrem Ableben weiterhin in Ihrem Sinne tätig geblieben war.

Aber was half mir dieses Wissen? Die Anhänger des verbotenen Kultes gab es in ganz Erabadul. Verbote waren grundlegend nur für eins gut, das Interesse an der untersagten Sache zu wecken, und allein deshalb fanden sich unzählige Jünger des Kultes überall und unter allen Rassen der Bevölkerung dieser Welt. Langsam wurde mir klar, dass die geraubten Muorai-Kinder ausschließlich für die teuflischen Rituale der Moffrat-Beschwörungen benötigt wurden. Allein das würde für mich ausreichen, um diese perverse Truppe für ewig zu ächten und zu Vogelfreien zu erklären. Brennen sollen sie. Die Scheiterhaufen würde ich dafür persönlich mit trockenen Holzscheiten aufstapeln. Aber in Erabadul ticken die Uhren anders oder vielleicht doch ähnlich wie in allen Welten. Die Gesetze sind löchrig und bieten diesem erlauchten Zirkel immer wieder Möglichkeiten, jenes Recht sich zurechtzubiegen. Ich musste dringend mit der Muorai´reden, sie sollte wissen, wer oder was sich an ihren Kindern vergriffen, hatte. Mit dieser Erkenntnis schwand die Hoffnung immens, die vermissten Gören der Muorai`lebend zu finden. Mit diesem Gedanken schlief ich ein. Ich erwachte und lag auf meinem Kreuz. Ich dachte, dass grauenvoller Schmerz mich wecken würde, sobald ich mich auf den selbigen drehte, doch nichts. Ich fühlte mich wie neu geboren. Nichts tat weh, selbst mein alter Rücken, der von unzähligen Verbeugungen und kriechen geplagt war und mir immerfort seine ganz eigenen Freuden bereitete, hielt, sich das erste Mal seit Jahren in Schweigen gehüllt. Mit einem gewagten Sprung hüpfte ich aus dem Bett heraus. Mein knopfäugiger Freund stand weiterhin da und sprang zur Seite, als ich jubelnd landete. »*Inqwinnzuwoatschaaa!*«, sagte er und ich meinte ein Lächeln in dieser mimiklosen Fratze erkannt zu haben. Ich nickte ihm grinsend zu und deutete einen Hofknicks an. Damit konnte er nichts anfangen und versteifte sich wieder auf seinen starren, emotionslosen Blick. Bevor ich Ingrid wecken konnte, wurden die Vorhänge zur Seite geschoben und der hünenhafte, grün gewandete Mensch von gestern lugte herein. »*Du bist wach, Tornwart.*« Sagte er kurz, ohne mich einer größeren Musterung zu unterziehen. Ich fragte mich, ob mein tadelloser Ruf mir einmal mehr vorausgeeilt war, da dieser Kerl meinen Namen bereits kannte. Ich wollte nachfragen, doch dann forderte er: »*Zieh Dir was an!*« Und ich bemerkte erst jetzt, dass ich so nackt war, wie mein ehemaliger Meister mich schuf. Ich schaute verlegen auf meinen Aufpasser und wieder meinte ich ein Grinsen in seiner starren Visage entdeckt zu haben. Ich nahm mir vor ihn dafür zu bestrafen, es würde sich eine Gelegenheit hierzu finden, da war ich mir sicher. Mein Blick fiel auf einen Stuhl. Enttäuscht darüber, dass es keine königlichen Gewänder waren, die dort auf mich warteten, sondern nur ein Wams, schnappte ich mir diesen und warf in mir über. Der Fetzen glich dem alten Zerrissenen bis ins kleinste Detail. Ich forderte in herrschaftlich forscher Art, zu wissen, mit wem ich es überhaupt zu tun hätte. Mir sei klar, dass mein unbefleckter Ruf mir in ganz Erabadul vorauseile, aber das mir seine Erscheinung nichts darüber sage, wer er denn eigentlich war. Er stellte sich vor als » *Robert De Brizac`, Klostervorsteher des Clotrin du Destin.*« Das besagte Kloster ist eine Enklave, die im südlichen Gebiet der Muorai liegt und zu den Ländereien des bescheuerten Grafen De Momiray zählte. Man munkelt, dass diese Abtei enorm viel Geld in die Kassen des Landesherren spülen würde. Die Geschäfte, die dort getätigt wurden, boten allerhand Nährboden für die fantastischsten Geschichten. Ich kenne nur das Klosterbier und da muss ich sagen, etwas Besseres wird in ganz Erabadul nicht gebraut. Damit lässt sich bestimmt auch die ein oder andere Geldkatze verdienen. Aber was machte der Abt hier in Arlon, mitten im Dschungel und was hat er mit diesen Baströcken zu schaffen? Fragte ich mich nun verwirrt. »*Dein Ruf als Sünder vor dem Herren eilt Dir tatsächlich voraus Grompf! Deine Faulheit, Trägheit und vor allem Dein Hochmut sind mir hinreichend bekannt. Ich kenne den eigentlichen Zweck Deiner Reise zur Pagode der Weisen. Du strebst nach der Macht, nach der Herrschaftsgewalt über Guernica und am Ende nach der absoluten Autorität über Erabadul. Solch bescheidene Ziele hätte ich Dir gar nicht zugetraut. So faul bist Du scheinbar gar nicht! Oder etwa doch? Mir dünkt, Du bist da in etwas reingeraten, dass Du bisher nicht ansatzweise verstehst. Du bist ins Netz der Spinne geraten. Cloris Dred hatte es gezielt auf Dich abgesehen. Sie stellte Dir sogar in der Pagode der Weisen eine Falle. Sie lockte Dich immer tiefer in ihr Netz. Da fragte ich mich, was ist denn an einem kleinen, dreckigen und größenwahnsinnigen Goblin so interessant, dass er die Aufmerksamkeit einer solch` mächtigen Hexe auf sich zieht. Du musst wissen, als Abt muss man gut vernetzt sein und ich habe meine Fühler ausgestreckt, um zu erfahren, wer Du bist und wem Du dienst. Dabei kam etwas zu Tage, was Dich am Ende auf den Scheiterhaufen bringen wird, Du schleimiger Kratzfuß eines Nekromanten!*«, fauchte er mich verbissen an. Ich wollte antworten, aber er fuhr mit seiner Strafpredigt fort. »*Solltest Du nicht mit der geliebten heiligen Mutter Kirche fortan kooperieren, so werde auch ich Dich nicht vor den Klerikern und Ihren Häschern der göttlichen Inquisition schützen können. Dunklem Abschaum, wie Du es bist, ist es unabänderlicherweise nur in Ausnahmefällen gestattet zu unserem einzig wahren Glauben zu konvertieren. Also wirst Du sehr kooperativ sein, so dass ich Dir das entsprechende Zeugnis ausstellen kann. Allein damit wirst Du nicht in der Hölle schmoren. Ich hoffe, das geht in*

Deinen einfältigen Schädel, Grompf.« Der einzig wahre Glaube, pah, das behaupten unzählige Religionen und Kulte in Erabadul. Jede für sich meint diesen Anspruch, für sich gepachtet zu haben. Tsssss, da bleib ich doch lieber bei meiner einfachen goblinischen Eusebie, die nicht viel mehr Trost bringt, als das nach dem Ableben das fulminante frevelhafte Gelage stattzufinden hat und so ist das und nicht anders! Ich wollte es nur noch einmal hier erwähnt haben. Die heilige Kirche von der De Brizac sprach, glaubte daran, dass der Geist nach dem Tode auferstehe, der Leib aber liegen bleiben und verwesen müsse. Den Vertretern dieser Religion verbot man sich, mit Frauen zu paaren, denn dies wäre für einen reinen Diener Gottes nicht standesgemäß. Da frag ich mich, mit was dürfen die sich denn überhaupt kreuzen? Da braucht mir auch niemand erzählen, dass diese Kerle in ihren Kutten alle asexuell sein sollen. Das stinkt zum Himmel und verdammt nach abartigen perversen Ritualen, die unter dem Deckmantel dieser ach so heiligen Religion zelebriert werden. So etwas regt mich einfach auf und jetzt, wo ich es niederschreibe, noch viel mehr. Aber dennoch war dieser Robert nicht ganz fertig mit seiner Ansprache und ich lauschte erneut seinen strengen, mahnenden Worten. »*Du möchtest doch ein treuer Diener Gottes werden, Tornwart? Um Dir das zu ermöglichen, will ich nicht weniger von Dir, als dass Du mir das Grimoire deines Herren beschaffst, damit ich dieses blasphemische Werk den Flammen zum Fraß vorwerfen kann!*« Lauernd blickte er mich an. Es ging hier also wieder um das dunkle Buch des Meisters. Tja, warum überraschte mich das nicht. Jeder wollte scheinbar, diesen düsteren Schinken für sich wälzen. Von wegen heilige Kirche und Reinheit... blah blah. Die wussten genau, welche Macht sie in Händen halten würden, hätten Sie das Grimoire des Nekromanten. Keiner von diesen Scheinheiligen würde das

Buch verbrennen, nein sie würden versuchen dadurch Stärke zu erlangen und selbst Anwender der Dunklen-Künste werden. Ja da war der Gott, den mein ehemaliger Herr anrief, doch zu verführerisch im Gegensatz zu diesem keuschen Gott der heuchlerischen Bischöfe und deren Kirche, der ihnen nicht einmal die Begattung eines Weibchens zugestand. Wenn diese Idioten wüssten, dass man sich niemals mit den Mächten des Verdorbenen-Buches einlassen sollte, dann würden sie schön ihre raffgierigen Griffel davon lassen. Mir selbst kam schon die Idee, als meine Ambitionen zur Krone in mir aufkeimten, mich der Magie des Meisters zu bedienen, um mein Vorankommen zu beschleunigen. Doch sah ich, zu oft, wie es dem alten Stinker nach seinen Beschwörungen und Kulthandlungen erging. Der Preis war mir eindeutig zu hoch und ich verwarf den unseligen Gedanken verflucht schnell. »*Nun Grompf, wirst Du mir die unheilige Schrift beschaffen?*«, fragte er mich abschließend. Ich sagte nur »*Natürlich, Eure allmächtige unfehlbare Heiligkeit. Es ist ein Leichtes für mich, Euch diese Hexerschrift herbeizuschaffen, denn nur ich weiß, wo sie mein ehemaliger Herr verwahrt, allerdings würde ich dafür etwas Unterstützung benötigen und einen gefüllten Magen für mich und meine Gefährten.*« »*Der Esel nennt sich immer zuerst! Du bist ein schmieriger egoistischer Aufschneider, so viel ist mir klargeworden, dennoch sag mir wie der Beistand aussehen soll, den Du hierzu verlangst.*«, erwartete der Raffgierige, zu wissen. Er hatte angebissen, wie ein dummer Fisch im Tümpel, dem man einen Köder an einem Haken vor die Nase hielt. Ich verlangte das von ihm benannte Schriftstück, welches mich auf Lebzeit vor dieser boshaften Inquisition schützen sollte. Ferner forderte ich eine adäquate Armee, da der Meister sein Buch von ähnlichen Wesen bewachen ließ, wie die Schattengestalt, die wir besiegt hatten. Das sei kein

Problem sagte er. Die Eingeborenen wären mir auf ewig dankbar dafür, dass ich den Moffrat Schatten ausgelöscht habe, denn er hätte des Nachts gnadenlos in ihren Reihen gewütet. Nur in der Dschungel Enklave, die der heilige Affe De Prizac geschaffen hatte, hätten sie sich noch sicher gefühlt. Gut zu wissen, dachte ich. Wenn die Knopfaugen mir folgten, dann wäre ich schon ein gutes Stück weiter in der Angelegenheit eine Eroberungsarmee zusammenzustellen. Für den Fall, dass Langfingerus ebenso erfolgreich war mit dem Pestdrachen von Laruuz, dann konnten sich die Landesfürsten in ganz Erabadul warm anziehen. Ich hielt meinem neuen Gönner die Hand hin und er schlug tatsächlich ein. Ich verneigte mich, wie ich es eine Million mal vor dem Meister getan hatte, und forderte das versprochene Mahl. Ich weiß nicht, wie es dieser Drecksack geschafft hatte, aber es gab hier alle Köstlichkeiten, die man sich Wünschen konnte. Gebratene Enten, fette gegrillte erabadulische-Mastschweine (nicht die dünnen, sehnigen aus Bagrunk Badul), nein nur das allerbeste Fleisch kam auf den Tisch. Klöße, Erdäpfel, Nüsse, Beeren, Gemüse mit fetttriefender Sauce. Es war unglaublich, die Tafel, die uns hereingetragen wurde, war so schwer beladen, dass sie sich enorm in der Mitte durchbog. Shrolock, dem es viel besser zu gehen schien und auch Ingrid, die auf wundersame Weise geheilt war, bekamen ebenfalls große Augen. Die Tage der Käfer und Spinnenbeine waren damit gezählt, jetzt gab es eine Völlerei, die wir mehr als verdient hatten. Wir stärkten uns und unser Gastgeber leistete dabei Gesellschaft. Mit einem wohlwollenden Grinsen meinte er zu mir, ich solle nicht auf die Idee kommen, meine neue Eingeborenen Armee auf ihn zu hetzen. Zugegeben der Gedanke war nicht abwegig und ich hatte früh daran gedacht, genau das zu tun. Ehe ich mich auf den Weg zur Pagode machen wollte, sollten die frischen Puppenkameraden sich am Fleische des Abtes gütig tun. Aber er war der Ansicht sie seien ihm genauso verbunden wie mir, da er sie monatelang durch seine Zuflucht hier beschützt hätte. Da könnte was dran sein, also werde ich meinen ursprünglichen Gedanken, nicht umsetzen können. Ich sagte De Brizac, dass ich, bevor ich nach Guernica zurückkehren würde, um das Dunkle-Buch zu holen, einen kurzen Halt an der Pagode der Weisen machen müsste. Diese Mission sei ebenfalls elementar für mich. Er rang mit sich, denn es dauerte eine geraume Zeit, bis er sich damit einverstanden erklärte. Später als er sich dann in seine eigenen Gemächer zurückgezogen hatte, teilte ich meinen Begleitern mit, was ich mit dem Abt vereinbart hatte. Ich schmückte die gastfreundlichen Worte des heiligen Kaspers mit meinem grompfischen Verständnis aus. Ich behauptete, dass er uns überaus dankbar für die Vernichtung des schwarzen Schattens war und uns dafür die glorreiche Armee der Knopfaugen-Brigade überließ. Morgen würden wir zur Pagode weiterziehen und das Kleeblatt einfordern, danach würde ich in einem phänomenalen Triumphzug zurück nach Guernica kehren und noch am selben Tag die Königsweihen in Empfang nehmen. Shrolock war beeindruckt und froh, dass er bald wieder nach Hause konnte. Ingrid schaute sehr skeptisch, als ich ihr meine Variante der Abmachung mit der heiligen Kirche unterbreitete. »*Robert De Brizac ist ein durch und durch berechnender Stratege. Er tut nie etwas, ohne dass er für sich selbst einen Mehrwert daraus ziehen kann. Sag Tornwart, was will er von Dir? Ich kenne diesen Bastard, ich komme aus den Landen der Muorai`. Allein, dass er hier unten in Arlon ist, lässt mich mehr als misstrauisch werden. Bei uns verschwinden unzählige Kinder und zufälligerweise ist der heilige Herr genau an dem Ort, wo die Spur der Kleinen endet? Das ist doch zu viel des*

Zufalls, oder? Und lüg mich nicht an, ich bin nicht zum Scherzen aufgelegt.«, forderte das temperamentvolle Weib. Ich liebe Sie, das wurde mir in diesem Moment erstmals wirklich bewusst. Dem Weib kann ich rein gar nichts vormachen. Wenn Sie mit ihren smaragdgrünen Augen mich, den Gottkönig mustert, weiß ich, dass sie jede Faser des grompfisch durchtrainierten und wohlgeformten Körpers durchschaut. Jede einzelne Blähung in meinem Gedärm, jedwedes Rinnsal Rotz in den fürstlichen Nebenhöhlen, jeder Pfropfen Schmalz der in den majestätischen Gehörgängen verankert ist... nichts bleibt ihr verborgen. Sie schüttelte mich, als ich nicht reagierte, und riss mich aus den Schwärmereien heraus. Nein, nein, alles gut, beteuerte ich. Du täuschst Dich, er ist ein guter Kerl, er hat den kleinen lustigen Knopfaugen hier Unterschlupf gewährt und gebetet für die Seelen der Sünder. Er ist ein wahrer Mann Gottes. Sie trat mir gegen das Schienbein und meinte, sie hätte mir gerade etwas gesagt. Ja, ich konnte ihr wirklich nicht das Geringste vormachen.

Heute - Der Meister

Der Meister ging aufgepeitscht hin und her. Diese alte Waldschlampe, wie der Grompf sie schon einmal abfällig genannt hatte, war ihm bekannt. Nur der Name schien falsch zu sein. Er suchte in seinen Erinnerungen nach dieser Schwarzmagischen-Druse. Doch irgendetwas blockierte seinen Geist. Er fluchte und hexte ein Buch herbei, dass ihm möglicherweise die Antwort geben konnte. Es war ein Foliant, Arulapadura hatte ihn eigenhändig verfasst und im Laufe seines langen Lebens immer wieder Eintragungen über mächtige Magier darin getätigt. Diese bestanden aus Augenzeugenberichten, Geschichten, die man sich über diese Zauberkundigen erzählte oder aus Protokollen, die der Meister aus eigens beobachteten Ereignissen, niedergeschrieben hatte. Er bemühte sich, den dicken Wälzer durchzublättern. Da Geduld nicht zu einer seiner Stärken gezählt werden konnte, griff er auf einen Suchzauber zurück. Dazu musste er seine Gedanken auf die Worte, die der Grompf für Cloris Dred gefunden hatte im Geiste Revue passieren lassen. Augenblicklich wurde er im Folianten fündig. Es begann mit einer Legende. *»Im fahlen Licht des Mondes lag das Schattenmoor still und geheimnisumwoben. Die junge Duskara schlüpfte leise aus ihrem Bett und stahl sich hinaus in die Nacht. Ihr Herz schlug wild vor Aufregung und Angst zugleich. Ihr Großvater hatte ihr von den alten Mächten erzählt, die in den undurchdringlichen Wäldern lauerten, und von den Gefahren, die denjenigen heimsuchten, die sie* *suchten. Aber das kleine Mädchen war fasziniert von den Geschichten über Hexen und Magie, die in den Legenden von Erabadul überliefert wurden. Und so trug es sich an diesem nebligen Abend zu, dass sie beschloss, den verbotenen Pfad zu beschreiten. Das Knirschen von Zweigen und das Rascheln von Blättern begleiteten ihre leisen Schritte. Die Finsternis umfing sie, und ihr Herz klopfte so laut, dass sie fürchtete, es würde jeden Augenblick von den verhängnisvollen Wesen in der Dunkelheit gehört werden. Dann erblickte sie ihn - einen uralten Tempel, der von den Geistern der Vergangenheit bewohnt war. Die Wände waren mit verwitterten Symbolen bedeckt, und die Fenster waren von Staub und Spinnweben überzogen. Doch das Innerste der Basilika war seltsam beleuchtet, als ob ein Geheimnis darauf wartete, enthüllt zu werden. Duskara trat zögerlich ein. Die Luft war dick und schwer, und ein kalter Hauch strich ihr über die Haut. In der Mitte des Raumes stand ein uraltes Buch - ein Buch der schwarzen Magie, das in jahrhundertelanger Verbannung gefangen gewesen war. Ihre Neugier überwältigte ihre Angst, und sie näherte sich dem Band mit zitternden Händen. Als sie die Schrift entzifferte, verstand sie die Worte nicht, aber die Zeichen fesselten sie wie hypnotisierende Schlangenaugen. Ihre Finger glitten über die verbotenen Seiten, und plötzlich fühlte sie eine unbeschreibliche Macht in sich aufsteigen.*

Doch die Dunkelheit hatte ihre Sinne betört. Ein Fluch, der seit Äonen auf dem Tempel lastete, wurde entfesselt. Aus den Schatten stiegen schreckliche Kreaturen empor, die von Verzweiflung und Rachsucht gezeichnet waren. Sie umringten das Mädchen, dessen kindliches Staunen nun von tiefer Angst durchdrungen war. In ihrer Not flüsterte Duskara eine uralte Bannformel, die sie gerade erst gelernt hatte. Die

Worte rollten über ihre Lippen, und eine unsichtbare Barriere schien die Kreaturen aufzuhalten. Doch sie wusste, dass der Fluch, den sie ausgelöst hatte, nur vorübergehend abgewehrt war. Mit einem schlechten Gewissen rannte sie aus dem Tempel hinaus und floh in den Schutz ihres Dorfes. Ihr Großvater spürte die dunkle Aura, die sie umgab, und erkannte die Gefahr, in die sie geraten war. In den folgenden Monaten bemühte er sich, die Dunkelheit aus ihrem Herzen zu vertreiben und sie auf den rechten Pfad zurückzuführen. Aber das Erlebte hatte das junge Mädchen für immer verändert. In ihren Träumen verfolgten sie die schrecklichen Kreaturen und flüsterten ihr finstere Versuchungen ein. Die Neugier, die sie in den Tempel geführt hatte, verwandelte sich in ein obsessives Streben nach Macht und Rache. So begann die düstere Reise der noch kindlichen Hexe Duskara, die einst von unschuldigem Staunen erfüllt war, aber nun von den Schatten des Schreckens gezeichnet wurde. Und während sie ihre Ziele des Bösen mit gnadenloser Entschlossenheit verfolgte, konnte niemand ahnen, welch schauerliche Gewalt sie bald im Stande sein sollte zu entfesseln. Großes Unheil würde über Erabadul kommen, wenn sie dem finsteren Pfad weiterhin folgte. Genau das aber tat sie. Ihre Kindheit verbrachte sie mit dem Studium der dunklen Künste. Die Stimmen in ihrem Kopf flüsterten ihr zu, wo sie mehr magische Artefakte finden konnte. Ebenso zeigten sie ihr den Weg zu weiteren schwarzmagischen Schriften, damit sie ihr Wissen erweitern konnte. Dann stand sie als erblühende Frau eines Tages auf einem düsteren Felsen, der sich über dem tosenden Ozean erhob. Der Wind peitschte ihr sinisteres Gewand wild umher, während sie mit finsterem Blick auf das verfallene Gebäude hinabschaute, das einst der Unterschlupf und zugleich der Tempel der Moffrat-Jünger gewesen war. Lange war der alte Kult ver-

gessen, doch nun sollte er wiederauferstehen - und Duskara würde diejenige sein, die ihn aus der Asche emporsteigen ließ. Es war eine einsame Nacht, in der die Sterne von dichten Wolken verdeckt wurden. Der Geruch von Salz und Verderben lag in der Luft, als sie ihre Schritte auf den steinigen Pfaden vorwärts lenkte, begleitet von dem Flackern einer pechschwarzen Kerze in ihrer Hand. Die Zeichen und Symbole der schwarzen Magie, die sie einst in ihrem unheilvollen Studium erlernt hatte, waren in roter Tinte oder war es gar Blut, auf ihre Haut gezeichnet. Sie war bereit, ihre Macht zu nutzen, um das Erbe des alten Kultes wiederzubeleben. Tief im Inneren des verfallenen Gebäudes, das sich durch die Erosion und das vergangene Desinteresse der Welt verändert hatte, entzündete die mächtige Hexe weitere schwarze Kerzen. Ihre schummrigen Flammen warfen gespenstische Schatten an die Wände und enthüllten die Umrisse von uralten Artefakten und Büchern, die seit Äonen unberührt gewesen waren. `Du sollst wiedererstehen du allmächtiger Kult. Der Moffrat soll wiederauferstehen!, flüsterte sie mit fester Stimme und begann, verbotene Beschwörungen und Rituale auszusprechen, die sie in den staubigen Schriften entdeckt hatte. Der Boden bebte, und ein unheimliches Wispern erfüllte die Luft, als ob die Geister der Vorzeit auf ihre Worte antworteten. Mit jedem Augenblick wurden die Zeichen stärker - eine unsichtbare Macht schien die verlorenen Energien des vergessenen Kultes zu sammeln. Duskara konnte die Präsenz einer finsteren und mächtigen Aura spüren, die sich um sie herum manifestierte, als die Linien zwischen Vergangenheit und Gegenwart verschwammen. Es war, als würde sie in eine andere Zeit gezogen, zu der die alten Hexen und Zauberer ihren düsteren Glauben in ihren schwarzmagischen Fähigkeiten praktizierten. Doch sie wusste, dass sie diesen Kult nicht einfach wiederherstellen *konnte, ohne ihm ihre eigene Vision zu verleihen - eine Phantasmagorie, die ihre boshaften Ziele widerspiegelte. Die Hexe begann, treue Anhänger zu rekrutieren, die an ihre schauerliche Mission glaubten. Sie fanden sie in den Schatten, wo sie sich verborgen hielten, gezeichnet von Verlust, Gier und Rache. Duskara schürte ihre Ängste und Hoffnungen und lockte sie in die Arme des wiederauferstandenen Kultes. In den tiefen Gewölben ihres Herzens hallten die finsteren Einflüsterungen wider, wie ein leises, aber stetes Echo. Die trostlosen Kreaturen, die sie einst im uralten Tempel entfesselt hatte, hatten ihre Seele gefangen genommen und lebten als Schatten in ihrem Innern. Ihre Neugier war zu Begierde geworden, und die Macht, die sie einst angestrebt hatte, war zur Obsession erblüht. In ihren Träumen umschmeichelten sie die blassen Gestalten, die sie damals heimgesucht hatten, und flüsterten ihr obskure Versprechen von mächtigem Einfluss und Unsterblichkeit zu. Duskara war hin- und hergerissen zwischen dem Wunsch, den düsteren Wertschätzungen zu widerstehen, und der Faszination, die sie wie eine fragwürdige Geliebte in ihren Bann zog. Ihre sexuelle Identität geriet in einen Strudel aus verbotenen Begierden, die von den Schatten befeuert wurden. Ihre abgründigen Gelüste flammten in Momenten leidenschaftlicher Schwäche auf, als sie die sündigen Künste der Liebe und Lust erlernte, die der verborgene Kult praktizierte. Im Schutz des nächtlichen Schleiers versammelten sich die Anhänger des Kultes, um ihre Körper und Seelen in den geheimen Riten zu verschmelzen. Die sexuellen Ausschweifungen, die ihren Ursprung in den Erfahrungen der Hexe hatten, wurden zu einem Teil ihrer finsteren Praktiken. Es war eine schamlose Messe, bei der ihre animalischen Triebe und Begierden in einem Wirbelsturm der Leidenschaft aufbrausten. Die attraktive Hexe frönte der*

Leibesvermischung mit dunkelster Freude. Die unvorstellbarsten Orgien zu Ehren des Moffrats erwuchsen zur abartigen Realität. Schwitzend und stöhnend gab sich Duskara auf den Altären, der überall in Erabadul neu entstehenden geheimen Tempeln, den Kultisten hin. Doch nach dieser Phase der sexuellen Zügellosigkeiten erhob sie sich, gestärkt von den neu gewonnenen Kräften aus den verkommenen Ritualen, in den obersten Kreis. Dies war nicht selbstverständlich, denn der Kult hielt an den Überlieferungen fest, welche es den Weibern untersagte, die höchsten Priesterämter zu bekleiden. Die verbotenen Praktiken hatten sie geformt und ihre magischen Fähigkeiten gesteigert, so dass sie die Grenzen zwischen Leben und Tod zu überschreiten vermochte. Keine der männlichen Führer konnte eine solche Macht für sich nachweisen. Sie brachen die Vorgaben der Altvorderen und Duskaras finstere Stärke wuchs mit jeder Zeremonie, die sie leitete, und bald schon hatte sie ganze Länder mit dieser unheiligen Religion verpestet. Die Menschen fürchteten und begehrten die Hexe und ihre Schergen, die wie Schatten in der Nacht erschienen und ihre schreckliche Macht über die Unschuldigen ausübten und sie verführten. Sie gebot über eine Armee aus finsteren Wesen, die ihr treu ergeben waren und jeglichen ihrer Befehle ausführten. Viele Gegenden Erabaduls versanken in Dunkelheit und Verzweiflung, als der Moffrat-Kult das Land in seinen Klauen hielt. Der düstere Einfluss war wie eine schwarze Seuche, die sich unaufhaltsam ausbreitete und alles Leben erstickte. Die einstige Neugier der jungen Duskara hatte sich in eine unersättliche Gier nach Macht und Herrschaft verwandelt, und die Schatten, die sie einst aus der Vergangenheit gerufen hatte, hatten sie vollkommen verschlungen. Erabadul lag im Würgegriff der

Hexe, und ihre finsteren Pläne versprachen noch weit größeres Unheil.«

Der Nekromant schloss das Buch. Er erinnerte sich an diese Duskara und er wusste, wie ihr Ende gekommen war. In ihrem Größenwahn, der alle unvorsichtigen Schwarzmagier früher oder später einholte, beschloss, sie ein Portal für den Moffrat selbst zu schaffen. Sie wollte, dass er in die Welt eintrat und sie in dem finstersten aller Rituale schwängerte. Der Moffrat sah das aber anders. Die Warnungen, die es den Frauen nicht gestattete, die höchsten Ämter zu begleiten, waren damals nicht ohne Grund ausgesprochen und sogar niedergeschrieben worden. Sie hatte es tatsächlich vollbracht das dunkle Portal zu erschaffen und räkelte sich willig auf dem Altar vor dem finsteren Tor zur diabolischen Welt des Moffrats. Ob er selbst kam oder einen seiner niederen Erfüllungsgehilfen gesandt hat, konnte keiner belegen. Den von Duskara so schmerzlich herbeigesehnten Akt der Vereinigung mit dem durch und durch verdorbenen Dämon war ihr eigener qualvoller Untergang. Nachdem das Etwas, dass aus dem Portal gekommen war, sich an ihr vergangen hatte und kurz darauf durch die unheilbringende Pforte wieder entschwand, begann ihr Zerfall. Sie war nach dieser abartigen Begattung gezeichnet von der absoluten Finsternis. Ihr Haar war noch während des Aktes schlohweiß geworden und in größeren Büscheln einfach ausgefallen. Nur mit größter Mühe konnte sie sich vom Altar erheben und mit tief eingesunkenen Augen erblickte sie sich im Spiegel. Was einst ein stolzes und schönes Gesicht war, zeigte nun die Spuren von Verfall und Zerrüttung. Der dunkle Schatten, dem sie sich so gierig hingegeben hatte, forderte seinen Tribut. Ihr Geist war fortan gezeichnet von allerfinstersten Gedanken und schrecklichsten Visionen. Die Flüsterstimmen der verbotenen Künste waren zu einem ohrenbetäubenden Lärm geworden, der sie nicht mehr zur Ruhe kommen ließ. Die Grenzen zwischen Realität und Illusion verschwammen, und sie begann, die Fähigkeit zur Unterscheidung von Freund und Feind zu verlieren. Immer öfter kam es vor, dass sie sich in ihren Träumen verlor, gefangen in einem Strudel aus Albträumen und Wahn. Die Dämonen ihrer Vergangenheit jagten sie durch die Finsternis und trieben sie an den Rand des Wahnsinns. Ihr Verstand war ein zerbrechliches Geflecht, das langsam zu zerfallen schien. Auch ihr Körper zeigte weitere Auswirkungen der schwarzen Empfängnis. Ihre einst blühende Gesundheit war dahin, und ihr Leib begann von innen heraus zu verrotten. Ihre Lebenskraft entwich, und ihre Haut wurde bleich und schrumpelig wie die eines Leichnams. Ihre Hände, die früher einmal geschickt Zauber gewirkt hatten, zitterten nun vor Erschöpfung und Schwäche. Ihre ehemals leuchtenden Augen waren stumpf und leer. Die verdorbene Saat des Moffrats war nicht in ihr aufgegangen. Das, was er ihr geschenkt hatte, war nicht zu gebären, nein er hatte in ihr den Verfall, das Verderben selbst gesät. Die Hexe spürte, wie sie vom Samen des boshaften Dämons verzehrt wurde und ihre Seele in den Abgrund der Verdammnis stieß. Die maßlose und eigene Gier nach Macht hatte sie in die endlose Dunkelheit ihrer eigenwilligen Entscheidungen hineingetrieben. Zu schwach für das Geschenk, welches ihr der Prophet des Kultes durch das Portal gemacht hatte, traf sie eine letzte Wahl. Sie stürzte sich von der hohen Klippe herab und suchte Erlösung im Freitod. Damals brachte das den Kult dem endgültigen Untergang nahe. Die Stätten der Anbetung zerfielen. Die Angst der Anhänger war zu groß davor, dass ein weiterer Durchgang zum Prinzen der Finsternis geöffnet wurde, und der Unheilsbringer würde hindurchschreiten, um in dieser Welt zu verweilen. »*Ha, diese klemmärschigen Narren! Nicht mal ansatzweise werden sie je verstehen, welche Mächte bei der schwarzen Magie am Werke sind.*« Stieß der Nekromant sarkastisch aus und schüttelte den Kopf. Für ihn war klar, dass diese Cloris Dred der verblichenen Duskara nacheiferte und den alten Kult neu erstehen lassen wollte. Er war aber nicht so dumm, dies zu unterschätzen. Auf seiner eigenen Reise waren ihm genug Zeichen, des neu erstarkenden Kultes begegnet. Er las unbeirrt weiter im Tagebuch um die Erlebnisse des Grompfs in Einklang mit dieser Geschichte bringen zu können.

Kleeblätter und Blendwerk

Später, ohne das Shrolock und De Prizac zuhörten, berichtete ich meiner zukünftigen Gemahlin von den wahren Bestrebungen des verdorbenen Abtes. Sie war nicht im Geringsten überrascht von den machtgierigen Plänen dieses Unsympathen. Nach dem Gelage wurde uns gestattet etwas auszuruhen, am kommenden Morgen müssten wir aber aufbrechen, empfahl uns der Geistliche mit eindringlichen Worten. Die Nacht bescherte mir einen üblen Traum. Es muss wohl an der schwerverdaulichen Kost gelegen haben. Mein ehemaliger Meister erschien mir und warnte mich vehement vor den Menschen. Zuerst lief ich unbeschwert über eine Wiese, folgte den Schmetterlingen und trällerte ein fröhliches Lied. Ich pries Robert De Prizac, der mich mit einer eigenen Armee ausgestattet hatte in einer Hymne der Dankbarkeit. Die Sonne strahlte und schien auf mich, den künftigen Herrscher herabzulächeln. Dann verfärbte sich plötzlich alles in ein tristes Grau. Aus meinem schwungvollen Tanz heraus prallte ich gegen etwas Hartes, Knochiges, Altes und nach Verwesung Stinkendes. Es war eine in schwarzgekleidete Erscheinung. Mitten im Nichts. Es war er. Der Nekromant. Arulapadura fuhr langsam herum. Seine dunkle Kutte wehte dabei leicht um seine dürren Knöchel. Er musterte mich und trat einen Schritt näher. Seine grauen Augen schienen an Glanz zu verlieren, als er mir die wahrhaftigen Erkenntnisse über die Sterblichen ungeschönt entgegen spie: »*Du kannst nicht an die Menschen glauben Tornwart, denn in den Schatten der Zeit versunken, enthüllt sich die Wahrheit über die Staubgeborenen. Das vermeintliche Leuchten ihrer Macht ist nur ein flüchtiger Hauch, ein verzerrtes Abbild der Realität. Sie tanzen im Rausch der Illusionen, gefangen in einem klebrigen Netz aus falschen Versprechen und den Lügen, die sie sich Tag für Tag gegenseitig auftischen. Doch ihre Seelen sind dem Verderben geweiht, in einem ewigen Kreislauf des Untergangs und des Leids. Blindlings streben sie nach einem Feuer, das sie selbst verzehrt. Die Stärke, nach der sie verlangen, ist ein Trugbild, eine düstere Fiktion. Die Menschen, ich habe Sie gesehen und beobachtet. Tage, Monate, Jahrhunderte. Sie sind nichts weiter als Marionetten der Dunkelheit, gefangen im Schatten ihrer eigenen Gier. Sie stolpern seit eh und je in die Arme der Finsternis, während ihre großartigen Träume zu Staub zerfallen. Verloren in der Leere des Seins. Ihre Hoffnungen sind weniger als ein vergifteter Hauch in den Gezeiten der Ewigkeit. Ich, als Zeuge der Verdammnis, erhob mich aus dem Abgrund, um ihre Schwäche zu nutzen. Ihre Seelen waren meine Beute, ihre Schicksale waren nichts anderes als ein albernes Spiel in den knochigen Fingern des alten, aber weisen Nekromanten. Damit bin ich selbst gemeint, Grompf.«* , fügte er seltsam lächelnd hinzu. *»Seit Anbeginn der Menschheit war es so und wird bis zu ihrem endgültigen Untergang weiterhin so bleiben. Die Macht, nach der sie so sehr streben, wird sie immer wieder in den Niedergang führen, während ich im Dunkeln throne und ihnen ein ums andere Mal, dabei zu sehe. Mein Blick wandelt nicht nur im hier und jetzt, nein kalt und unerbittlich dringen meine Augen in die kahlen Schatten der Vergangenheit. Die Menschen, einstmals stolz und hoffnungsvoll, sind zu Sklaven ihrer eigenen Begierden verkommen. Ihr einst strahlendes Licht, nur noch ein erloschenes Feuer, verblasst im eisigen Atem der Verzweiflung. Sie tragen die blen-*

denden Ketten der Illusion, gefesselt an den Glauben an ihre vermeintliche Stärke. Doch ihre Macht ist wie ein krankhafter Wahn, der sie bisher allzeit in den Abgrund getrieben hat. Ich, der nachgefolgte Nekromant, habe ihre Schwäche studiert, ihre verdorbenen Seelen gesehen, wie sie schutzlos im Strudel der Dunkelheit, wie in einem Fischernetz zappeln und gefangen sind. Ihre Herzen sind von Grauen erfüllt, ihre Hoffnung gebrochen und ihr Verstand zerfetzt von den nimmersatten Krallen der Verführung. Zu allen Zeiten folgen sie den Verlockungen der Macht, ohne zu erkennen, dass sie nur Marionetten sind, deren unsichtbare Fäden von einem, vor langer Zeit vorherbestimmten Schicksal gezogen werden. Sie sind nichts als blinde Narren, die sich ihre eigenen Gräber schaufeln, während das Verderben in den Schatten lauert, hungrig nach ihrer Verzweiflung dürstend. Die kalten Finger der Gier streifen über die Herzen, packen sie und umklammern sie mit eisernem Griff. Meine alten, trüb gewordenen Augen sehen die Endlichkeit ihrer Existenz. Der Irrglaube erhebt sich aus dem scheinbaren Nichts, um der Menschen Seelen zu zermalmen, ihre Träume zu verschlingen und ihre Hoffnung zu erdrosseln. Die Sterblichen sind gefangen in einem einzigen Tanz der Verderbnis, ein höllisches Karussell des Untergangs. Sie wissen nicht, dass die Vergänglichkeit ihr Richter ist, der Henker ihrer unerfüllten Ambitionen. Ihre Schreie hallen in den grausamsten Grotten meiner Gedanken wider, während sich der Tod, ihr ganzes Leben lang an ihrer Schwäche labt. Die Stärke, von der sie einst träumten, ist längst verblasst, ein flackerndes Kerzenlicht im schwarzen Ozean der Dunkelheit. Und solange sie weiter um Macht ringen, stolpern sie in die Kluft der Bedeutungslosigkeit. Ihre Geschichte ist ein grauenvolles Mahnmal des Versagens, ein verfluchtes Grabmal der Hoffnung. Ich, Arulapadura werde geduldig warten, auf ihren unausweichlichen Fall in den Schlund der ewigen Verdammnis. Ihre Zungen sind seit jeher gewandt, mit Honig bestrichen, doch ihre Worte bargen den bitteren Geschmack des Verrats. Sie verkaufen die Träume der Unschuldigen, wie die skrupellosen Händler auf einem Sklavenmarkt. Die Herzen der Menschen wurden von Beginn an zu Spielbällen ihrer eigenen Machtgelüste, während sie mit kalter Berechnung ihre Taschen füllten. Ich sah die Hände der Herrscher, die mit eiserner Faust regierten, derweil sie das Volk erstickten, um ihren extravaganten Sitz auf dem Throne zu festigen. Sie sprachen schlangenzüngig von Gerechtigkeit und Freiheit, doch ihre Handlungen waren von roher Gewalt und unerbittlicher Unterdrückung gezeichnet. Die Menschen wurden zu Puppen in ihrem eigenen tödlichen Schauspiel der Macht, gefangen in einem Labyrinth aus hinterhältigen Lügen und perfidester Manipulation. Die Herrscher der Zweibeiner, ob frei gewählt oder durch das Anrecht des Blutes gekrönt, priesen ihre Taten als große Opfer für das Wohl des Volkes. In Wahrheit war es nur die Hingabe für den ihnen innewohnenden verderbten Ehrgeiz und ihre unstillbare Gier nach noch mehr Einfluss. Ihre angeblich grenzenlose Loyalität war so vergänglich wie der Rauch, der von den Trümmern ihrer unzähligen Täuschungen aufstieg. Das beeinflussbare Volk, geblendet von ihrer falschen Gloriole, versank immer tiefer in einem Strudel aus trostloser Hoffnungslosigkeit und Verzweiflung. Könige, Fürsten, Politiker all die vermeintlichen Führer in guter Sache waren nichts anderes als Großmeister des Betrugs, ihre Worte wie Dolchspitzen, die ins Herz der Unschuldigen donnerten. Sie opferten das Leben ihrer Landsleute für einen Hauch von persönlichem Gewinn. Und während das Volk in Ketten gelegt wurde, genossen sie ihre prunkvollen Feste, schwelgten in Luxus und Überfluss. Doch der Schleier des Verrats wird nicht für immer unentdeckt bleiben. Das Volk wird erkennen, dass sie von den eigenen Herrschern hintergangen wurden, dass sie Marionetten in einem Spiel der Macht waren, dessen Ausgang vorherbestimmt war. Der Zorn wird sich erheben und wie ein unerbittlicher Sturm unter den sogenannten Eliten wüten. Furcht wird sich wie ein eisiger Wind in die Herzen der ehemaligen Gebieter einschleichen. Die Angst wird sie bis zu ihrem eigenen Ende am Galgen oder auf dem Scheiterhaufen verfolgen. Keine ruhige Minute werden sie mehr für sich finden. Auf ihrer Flucht werden sie sich unentwegt umdrehen müssen. Verfolgt von Ihren frevelhaften Taten und intriganten Lügen, die sie am Ende in einem flammenden Meer aus Blut und Tränen ertränken werden. Das Unerträgliche daran ist die unumstößliche Wahrheit, dass danach neue Figuren aus den Schatten treten und mit scheinbar hehren Zielen die Macht erlangen. Ein undurchdringlicher Kreislauf um das gleiche Elend der Dominanz. Ich war dort Tornwart, als vor gar nicht langer Zeit diese Spirale der unfähigen Gerechtigkeit erneut ihren Lauf nahm. Nach dem letzten großen erabadulischen Krieg, als die Menschen den Orks, Goblins, Zwergen, Elben und selbst den kleinsten Feen ewigen Frieden, immerwährende Freundschaft versprachen und dies mit einem königlichen Siegel sogar amtlich machten. Ich stand im Schatten und sah, wie sie lächelnd aufeinander zutraten und Eide sprachen, die von einer nie mehr enden wollenden friedlichen Zeit für Erabadul kündeten. Sie umarmten sich und ich hatte es damals längst gewusst, wie falsch und trügerisch das Lächeln eines Herrschers sein kann. Bei den erst besten Gelegenheiten begingen die Menschen Eidbruch. Grenzen anderer Ländereien wurden nicht mehr beachtet. Warentransporte in Länder der Orks mit zu hohen Zöllen belegt oder vollständig geplündert. Immer so, dass es rein zufällig aussah und irgendwelche Strauchdiebe daran schuld wären oder schlimmer noch, sie lenkten den Verdacht auf das Volk der Elben und der Zwerge. Inquisitoren wurden durch die Landstriche geschickt, die den Andersgläubigen auf brutalste Art und Weise den Garaus machten. Die Flammen der Paranoia und des Misstrauens kamen zum Vorschein und die Sterblichen schürten sie, während die neuen Anführer im Schutz ihrer Paläste vor jeglichem Leid sicher waren. Sie nutzten Krankheiten als Mittel der Manipulation, um die Menschen gefügig zu machen. Sie verbreiteten Falschinformationen über Seuchen, um ihre eigenen Interessen zu wahren. Die Angst vor dem Unsichtbaren wuchs zur Waffe in ihren Händen heran, unterdessen sie im Verborgenen agierten und das Volk im Dunkeln tappen ließen. Diejenigen, die einst beschworen wurden, das Volk zu schützen und zu führen, entwickelten sich wieder zu Tyrannen, die ihre Untertanen wie Schachfiguren über das Spielbrett zogen. Sie nahmen das Leid des eigenen Volkes in Kauf, um ihre Machenschaften voranzutreiben. Sie waren, wie ihre Vorgänger in kürzester Zeit zu Meistern der Täuschung, der Lügen und der Manipulation herangewachsen. Die Menschheit ist ein Spielball ihrer selbstverschuldeten Unzulänglichkeiten geworden. Sie leben in einer Welt der Illusionen und Selbsttäuschungen, in der sie sich gegenseitig belügen und betrügen. Ihre Gesellschaft ist geprägt von Korruption, Intrigen und einem unstillbaren Durst nach Macht und Reichtum. Ich selbst wandelte durch Schatten und Dunkelheit, meine Seele vom Verderben gezeichnet. Die Welt um mich herum erlosch im Glanz des Untergangs, während ich mich von einer Düsternis zur nächsten bewegte. Die Leidenschaft für Gewalt und Zerstörung erfüllte damals auch meinen Geist, als ich den Pfad des Unheils beschritt. Nun bin ich der Fluch, der auf den Herzen der Menschen lastet, der Albtraum, der ihre Nächte durch-

dringt. Meine Schritte hallen wider, solange ich über den schrecklichen Pfad der Verwüstung ziehe. Ich werde ihnen die nötigen Lektionen erteilen, ich werde sie brechen und zerstören. Meine Rache wird wie ein Feuer durch ihre Reihen lodern, ihre Stärke wird sich in Asche verwandeln. Ich werde ihre Hoffnungen zerschmettern und ihre Träume in Alpträume wandeln. Ich werde ihren stolzen Anführer, den Grafen De Momiray entthronen und dessen glorreichen Handlangern bis ins Mark demütigen. Einer seiner vermaledeiten Helden ist Robert De Prizac. Sie werden beide erkennen, dass ihre so genannte Macht nur ein Trugbild ist, eine Illusion, die in den Tiefen der Dunkelheit vergeht. Ihre Gesetze und Regeln bedeuten mir nichts, denn ich folge nur den Edikten des Abgrunds, den uralten Geboten der Verdammnis. Ihre Schreie werden meine Symphonie der Zerstörung sein, ihre Tränen werden mich nähren. Die ewige Dämmerung bricht an, und mit ihr kommt die Herrschaft der Verzweiflung. Die Nacht wird zum Zeugen ihres Triumphes, und Erabadul wird in beständiger Finsternis versinken.«

Er schaute mich herablassend mit seinen stahlgrauen, grässlichen Augen an und lupfte dabei eine Augenbraue. Meine Nasenflügel bebten und ich glotzte ihn fassungslos an. Arulapadura lächelte boshaft und vollendete seine Aussagen über diese prachtvollen Exemplare der Menschheit. »*Nicht doch Tornwart, solange mein Name noch in den Schatten geflüstert und die Menschen sich in ihren Alpträumen vor mir fürchtet, besteht noch Hoffnung für Erabadul. Auch wenn mich mein Weg auf den Pfad der Erlösung, der tief in die Unzierde des Vergessens führt, leitet, so werde ich, wenn nötig den Berg der Verdammnis erklimmen. Dort finde ich, die Größe all meine boshaften Taten zu gestehen, zu bereuen und um Vergebung zu flehen. Oh ja, das wird ein verdammt langes Geständnis werden, aber es wird Erabadul vom Sündenfall reinigen, auch wenn dies meinen Untergang einleitet.«* Ich fand endlich die Sprache wieder und schrie ihn an, ob er noch bei Trost sei. Wie konnte er es wagen, zu erscheinen, um mir zu sagen, wen ich meiden sollte. Am Ende stellte er sich auch noch als Erlöser der Welt da. Das ich nicht lache. Dieser alte verkommene Sack ist nicht besser, als die die er da gerade so ermüdend ausführlich beschrieben hatte. Ich beschimpfte ihn in übelster Grompf-Manier. Ich, der kommende Herrscher und glanzvoller Vernichter aller Sorgen und Nöte. Nein, ich hatte keine Angst mehr vor diesem alten Scheusal. Seine Erscheinung löste sich langsam in eine stinkende Pestwolke auf und ich belegte den boshaften Schatten, den er hinterließ, mit den degoutantesten Verwünschungen. Ich hielt es für angemessen ihm einen Senkhoden Maldescensus testis anzuhexen und eine okkulte Darmblutung sollte er erleiden. Wie konnte er sich nur anmaßen, meinen neuen Gönner, so in Frage zu stellen? Ich hatte dies bereits lange vor diesem Traum selbst getan. Zumindest hatte ich es nach dem Gespräch mit Ingrid in Betracht gezogen. Immer wieder der alte Nekromant. Ich wurde ihn nicht einmal im Schlaf los. Schweißgebadet schlief ich weiter. Die folgenden Zukunftsträume fand ich schon sehr viel besser. Sie handelten von Ingrid und mir. Details bleiben hier außen vor. Ein Grompf genießt und schweigt.

Neuer Tag

Wir erhielten, nachdem wir unsanft von einer fremdartigen Musik geweckt worden waren, etwas Proviant, welcher für unsere Rückkehr nach Guernica ausreichen sollte. Ich fragte nach meiner Armee der bestialischen Knopfaugen. Der Abt verwies auf den steten Begleiter, den ich nur noch in Verbindung mit dem Laut »*Inqwinnzuwoatschaaa*« bringe. Dies sei Ke, Anführer und großer Häuptling der Fetische, behauptete De Prizac. Ich erwiderte, dass dies ja vollkommen unangemessen für ein Stammesoberhaupt sei. Ein Name mit nur zwei Buchstaben. Mit dieser Schmach mussten die unteren der untersten Goblins leben. Sie durften nicht mehr als zwei Schriftzeichen im Namen führen und jeder wusste, dass sie zum letzten Abschaum gehörten, sobald ihr Name preisgegeben wurde. Ke schien davon unbeeindruckt, er starrte mich mit seinen gefühlskalten schwarzen Augen durchdringend an und sagte »*Inqwinnzuwoatschaaa!*« An den Abt gewandt wollte ich von diesem wissen, wie ich denn meine Armee befehligen soll, wenn diese mich nicht versteht. Der Klostervorsteher legte seine klobige Hand auf das Haupt des Häuptlings und murmelte unverständlich in einer gar nicht heilig klingenden Sprache. Plötzlich kam etwas Leben in die düsteren Augen des Fetisches. Es schien, als hätte De Prizac einen Glanz darin erweckt. Ke sagte zu mir »*Du Gebieter, kommandieren mein Tun*«. Der kleine Bastard konnte also doch sprechen und was er da deklamierte, war geradezu Musik in meinen Ohren. Wohlklingende Laute, nicht die disharmonische Arie, mit der man uns aus den Betten jagte. Ich hatte also eine erste richtige Armee. Wie viele denn mitkommen würden, fragte ich Ke. Dieser meinte, sein Kampftrupp würde aus zweitausend Kriegern bestehen. Langsam bekam ich eine klarere Vorstellung von meiner bald beginnenden Herrschaft über Guernica und später dann über ganz Erabadul. Es würde mit den Puppen anfangen, dann würde das Elitekommando der Schrate zu meiner persönlichen Leibarmee erklärt werden. Der Pestdrache von Laruuz, den mir Langfingerus sehr bald übergeben wird, sei mein mir höriges abgerichtetes Reit- und Flugtier, mit dem ich Verderben über alle meine Feinde bringen werde. Ich sah mich wieder ganz deutlich in allerfeinstes Tuch gehüllt und mit den Insignien des Königs bestückt auf dem herrlichen Knochen-Thron sitzen. Ein Hochgefühl machte sich in mir breit. Ingrid holte mich mit ihrer Frage aus der glückseligen Vision zurück. »*Was werden diese kleinen Monster auf der Reise denn essen? Habt Ihr Ihnen alle eine Wegzehrung eingepackt?*« Der Abt winkte ab und meinte, die Fetische seien die gnadenlosesten Jäger und würden sich durch den reichlich von der Natur gedeckten Tisch versorgen. Dies stimmte die Muorai nicht unbedingt zufrieden. Ein gewisses Unbehagen entnahm ich ihrem Blick, den sie mir zuwarf. »*Nun Ke, dann wollen wir aufbrechen. Ich möchte allerdings unauffällig reisen, sag Deinen tapferen Kämpfern, das sie sich unsichtbar machen sollen, wenn wir lautlos durch den Dschungel zur Pagode zurückkehren!*«, ordnete ich herrisch an. Ke nickte nur und brüllte einen Befehl in einer Frequenz, die uns alle in den Ohren Schmerzen verursachte, selbst der Abt verzog sein Gesicht und steckte sich die Finger in die Gehörgänge. Aus allen Ecken der Dschungel Stadt ertönte eine Rückmeldung »*Huaaawoatscha!*« Allerdings konnte ich hier nicht annäherend zweitausend Fetische sehen, aber Ke versicherte mir, dass sie da sind. Dabei zog er eine Grimasse, die ich nicht recht zu deuten wusste. Na ja, bei all den scharfen spitzen Zähnchen, die er mit dieser Geste entblößte, fühlte ich mich nicht wirklich geborgen und gut aufgehoben. Mir fiel ein, was mein Auftraggeber zu mir sagte. Das ich nicht die Fetische gegen ihn versuchen sollte aufzuhetzen. Wenn sie nun sich aber von ihm auf mich hetzen ließen? Was dann? Ich wischte den unwillkommenen Gedanken schnell beiseite. Ich wusste, er würde mich in den Wahnsinn treiben, wenn ich mich länger damit befassen würde. Ke nickte mir zu und schien zu signalisieren, dass sie nun bereit waren. Wir marschierten von dannen. De Prizac stand mit einem falschen Lächeln zwischen den Statuen der Frostfangvipern und ich meinte hinter ihm einen Schatten gesehen zu haben. Ich drehte mich nach vorne und bevor wir das getarnte Steintor betraten, fiel mein Blick auf einer der Bauten links von mir. Eigentlich war nichts Bemerkenswertes daran, doch etwas, dass ich gut aus Arulapaduras Verliesen kannte, weckte meine Neugier. In den Boden vor dem Haus waren stählerne Gitter vor dort eingelassenen Löchern zu sehen. Im Vorbeigehen dachte ich, mich hätten die traurigsten Augen der Welt daraus angestarrt. Es waren keine Knopfaugen. De Prizac musste hier noch jemand anderen beherbergen, besser gesagt gefangen halten. Ich behalte dieses Wissen erstmal für mich, denn der Ruf der Pagode war jetzt das Wichtigste. Alles Weitere würde warten müssen.

Tatsächlich liefen wir unauffällig durch den Dschungel. Shrolock, Ingrid, Ke und ich. Meine Armee folgte oder begleitete uns dezent von dem Buschwerk verborgen. Während Shrolock seinen Gedanken nach hing und Ingrid angespannt und aufmerksam die Gegend im Auge behielt, war ich mir noch nicht sicher, ob diese Knopfaugen Regiment überhaupt da war oder ob ich betrogen wurde. Als wir an der Pagode ankamen, Ke kannte den Weg dorthin bestens, fragte er mich, wie die Befehle lauten » *Alle totmachen?*« Ich sagte nein, dass ich nur mit Ingrid und Shrolock hinein gehen würde. Er und die Fetische sollen hier warten und beobachten. Wenn ich ihn benötigen würde, so würde ich nach ihm rufen. Das behagte dem kleinen hässlichen Kerl nicht, das konnte ich spüren. Lauernd blickte er mich an und bestimmte in schrillem Ton » *Ke mit!*«. Diese Aussage duldete keinen Widerspruch, also gestattet ich ihm, aber nur ihm mit in die Pagode zu marschieren. Das genügte dem Häuptling der Baströcke. Er gab einem seiner Männer, der wie aus dem Nichts plötzlich vor mir stand, Anweisungen die ich nicht verstand. Gehorsam nickte der untergebene Fetisch und verschwand unter den Farnen, die hier allgegenwärtig waren. Ich schritt voran und drückte die Tür nun zum Dritten und hoffentlich auch letzten Male auf. Das Schwanenvieh, welches ich erwartete, war da, allerdings verharrte es auf dem Tisch, auf dem zuletzt `Rudolph der Potente` und die Schwarze Frau heftig zu Gange gewesen waren. Es klotzte uns aus toten Augen an und war auf einem goldenen Tablett serviert worden. Dazu gab es Klöße und blutfarbenes Kellergemüse, das ebenfalls in kostbaren Gefäßen angerichtet war. Ein mir unbekannter Kerl saß an der Tafel und Schnitt sich ein Stück aus dem Schwan heraus, welches er umgehend in den Mund stopfte und darauf schmatzend kaute. Dann fragte er mit vollgestopften Backen. »*Möchtest Du auch etwas davon ab haben? Du siehst hungrig aus, Du hässlicher Krötenschiss!*« Das nenne ich Majestätsbeleidigung vom Feinsten. Dies war die Gelegenheit, Ke zu entfesseln und zu sehen, was er konnte. Ich nickte ihm zu, doch Ingrid war schneller. Ihre Faust schlug dem Schwanenverkoster unbarmherzig auf sein Kinn. Sie hatte wohl seine empfindliche Stelle getroffen, er verlor die Besinnung und fiel kopfüber in sein delikates Mahl, ein paar Zähne waren vorher aus seinem Mund gefallen und ergaben eine völlig neue Dekoration des Festmahles. Ich war beeindruckt und auch Ke sah mit seinen kalten Puppenaugen erstaunt auf. »*Wir haben keine Zeit!*« Bemerkte Ingrid und wir gingen auf die Leiter zu, die uns zur nächsten Ebene bringen sollte. Wir krochen hinauf und natürlich war Gisbert, der Jammerlappen wieder wach und jammerte ein neues Mantra. »*Ach warum hat man mich nur hier allein gelassen, warum nur mich… oh weh, oh weh ich armer, armer Mann!*« Es zuckte in meinen Fingern, ich hätte ihm gerne mit dem Messer selbst die Zunge abgeschnitten, doch als er mich sah, schwieg er von jetzt auf gleich und rutschte in das hinterste Eck im Raume. Ich ließ es gut sein und wir gingen zur nächsten Leiter. Shrolock wollte nicht den Anfang bilden, also ließ ich Ingrid den Vortritt. Frauen immer zuerst, hatte mir der Meister beigebracht, ergo hielt ich mich auch daran. Diese Ebene war komplett verwaist. Alles war so, wie ich es verlassen hatte. Hier hatte ich damals die Vision von Shrolock und brach meinen Besuch in der Pagode ab. Ein Loch in der Decke, welches der Eingang zur vierten Stufe zu sein schien, war vorhanden. Leider fehlte hier eine Leiter oder Treppe, um dort hinzugelangen. Shrolock und ich bildeten die Stiege und die Frau, der stets der Vortritt gewährt werden muss, nutzte uns dazu, um hinauf zu gelangen. Natürlich nicht ohne mir ihre verdreckten Stiefel ins Gesicht zu drücken. Was soll ich sagen, ich liebe dieses Weib! Sie zog uns rauf. Ke schaffte es sogar aus dem Stand heraus, ohne fremde Hilfe zur Plattform zu springen. Immer wieder für eine Überraschung gut. Es herrschte ein schummriges Licht und es roch nach... es war der Geruch von Liebenden. Und nicht nur ein wenig. Überall auf dem mit Kissen ausstaffierten Boden räkelten sich Körper und verloren sich im Liebesspiel. Zugegeben, ich hätte sehr gerne dabei mitgemischt, doch der Blick meiner Gefährtin mahnte mich, mich eines besseren zu besinnen. Schade, aber ich deutete das als Versprechen, dass niemand außer ihr Anspruch auf den herrlichen Monarchen hat und Hand an ihn legen darf. Der Gedanke tröstete mich. Meine sinnliche Belohnung würde sie mir mit größtem Hochgenuss persönlich bescheren. Spätestens nach der Krönungszeremonie wird sie dafür sorgen dieses Versprechen, schleunigst in eigenem Interesse einzulösen.

Wir bahnten uns einen Weg durch die zuckenden, stöhnenden Leiber. Ke schien als Einziger unbeeindruckt von all dieser Lust. Kalt und gefühllos wie immer blickte er aus seinen starren Augen und scheinbar war er nicht im Geringsten daran interessiert, was hier vor sich ging. Am anderen Ende des Raumes befand sich diesmal eine Leiter, die wir zum Aufstieg auf die letzte Fläche nutzen konnten. Die Neugierde trieb mich an und jetzt war ich der Erste, der die neue Ebene betrat. Kaum war ich angekommen, flog eine Luke zu und meinen Gefährten wurde damit der Zugang verwehrt. Ich sah mich um. Der Raum besaß eine riesige Öffnung nach draußen. Ich würde es fast als einen Dachgarten bezeichnen. Kein Baum war hoch genug, um der Sonne den Weg hierher zu verwehren. Geblendet sah ich mich weiter um. Da lag jemand am Boden. Auf dem Rücken, beide Beine gespreizt und weit von sich nach oben gestreckt. Unter seinem Gesäß lag ein mächtiges Kissen. Er hatte sich dem hellen Himmelsgestirn zugewandt. Als er mich bemerkte, zog sich ein freudiges Lächeln über sein Gesicht. Ich trat näher und da sah ich, dass der Kerl splitternackt war. »*Ah Du musst der Grompf sein, den es nach dem fünfstieligen-Kleeblatt verlangt*«, sprach er, ohne seine Position zu verändern. Ich fragte ihn, was er denn da macht, und er lächelte erneut. »*Ich lasse mir die Sonne in den Arsch scheinen, solltest Du auch ausprobieren. Das steigert Deine Potenz, Deine Kreativität und Deine Kraft. Zieh Dich einfach aus und leg Dich neben mich!*« Wieder stellte sich mir die Frage, ob es tatsächlich nur noch Irre in Erabadul gab und das Einzige, was das alles anheizte, war die Strapazierfähigkeit meiner Lachmuskeln. Das also waren die Weisen, die mir gute Ratschläge erteilen sollten. Die Sache mit dem Schwan war ja noch halbwegs nachvollziehbar, auch das königliche Brettspiel mit Gisbert lass ich mir noch gefallen. Die Suche nach Shrolock hingegen war gar nicht lustig und diese Orgie, die ich eben passiert hatte, war auch nicht schwer zu bewältigen. Ich konnte eben enthaltsam sein, wenn ich nur wollte und unter Aufsicht meiner Angebeteten stand. Dennoch behielt ich die hoheitsvollen Manieren und lehnte das Angebot des Sonnigen-Gemütes dankend ab. Ich sagte ihm, »*Ich bin froh, dass ich so ein glückseliger Grompf bin und mir die Sonne nur aus dem Arsch scheint!*« Dies ließ sein Lächeln zusammenfallen. Er schien enttäuscht darüber, dass ich nicht blankzog. »*Dir ist doch klar, dass Du hier das größte Opfer bringen musst, um an das Kleeblatt zu gelangen?*«, fragte er mich mit strengem Blick. »*Welches soll das denn sein?*«, erwiderte ich nicht, ohne schon das Schlimmste zu befürchten. Erneut zog sich ein schmieriges Grinsen durch seine Visage. Jetzt da ich mich an das grelle Licht gewöhnt hatte, erkannte ich ihn auch besser. Er war ein Mensch, die Anatomie war mir geläufig, von den unzähligen Verhören, bei denen ich dem Meister assistieren musste. Er war nicht gerade eine Augenweide, sein Bauch war fett und er war überall stark behaart. Er hatte große Ähnlichkeit mit einem Gorillum, einem erabadulischen Primaten. Allerdings waren diese muskulös und nicht so wabbelig gebaut, wie diese Gestalt vor mir. Hässlich, würde es am ehesten treffen, absolut hässlich. Er roch auch nicht gut, durch die Sonneneinstrahlung schwitzte er massiv und verströmte ein schlimmeres Aroma, wie ich selbst. »*Nun, Du musst Dich mir hingeben! Das sollte Dir doch leicht fallen, nachdem Du soeben die Höhle der Laster durchschritten hast, oder?*« »*Hingeben? Ich? Wozu?*«, schrie ich empört. »*Na, danach erhältst Du das hochbegehrte Kleeblatt.*«, hechelte der Scheißkerl. Ich schaute ihn entsetzt an und fragte mich plötzlich, wie wichtig mir eine eigene Krone ist.

Ich wünschte, Ke wäre da und würde diesem Ekel erklären, was man mit perversen Weisen macht, die es wagen, sich an einem Herrscher zu vergehen. Aber selbst ist der König oder nicht? Ich setzte ein anderes Gesicht auf und heuchelte Interesse. Ich erkundigte mich, ob ich mir ihn von vorne anschauen dürfe, das könnte mich vermeintlich in die passende Stimmung versetzen. Ein noch anzüglicheres Grinsen und ein entzücktes Nicken seines Kopfes, ließ mich also vor ihn treten. Er meinte, er wäre auch ganz vorsichtig, wenn er es mir besorgen würde. Ihn machte das wohl an, denn sein scheinbar winziges Geschlechtsteil bäumte sich auf, als ich vor ihm stand, und erreichte eine beachtliche Endgröße. Nun, da ich freien Blick auf alles hatte, da der Idiot immer noch mit erhobenem Arsch und weit gespreizten Beinen vor mir lag, blieb mir nichts anderes übrig, wie mit größtmöglicher Wucht in seine sonnigen Hängehoden zu treten. Der Schrei, der folgte, war gar schauerlich. Vor Aufregung und Schmerz schien er vergessen zu haben eine schützende Haltung einzunehmen, was mich zu einem weiteren deftigen Tritt einlud. Ich packte ihn bei den Knien und drückte sie mit ganzer Kraft weiter auseinander und trat aber und abermals zu. Ich schrie dabei und verlangte, von ihm endlich das Kleeblatt herauszurücken. Wie von Sinnen war ich, plötzlich ergriff mich von hinten jemand und zog mich zurück. Ich wollte bereits anfangen, zu beißen, während ich durch einen Schleier der Wut Ingrid erkannte. Es war ihnen schlussendlich gelungen, die verschlossene Luke zu öffnen. »*Es reicht Tornwart, Du bringst ihn ja um!*«, mahnte sie. Ich schrie darauf »*Der Tod ist zu gut für diesen Vergewaltiger! Er soll das Kleeblatt an mich ausliefern, sonst fällt mir noch viel Schlimmeres für diesen dummgeilen Meister der verbrannten Ärsche ein!*« Der Maestro der Pagode wand sich in seiner Pein und er heulte wie ein Baby. Shrolock schlug ihm mit der Faust aufs Maul und schickte ihn damit in eine gnädige Ohnmacht. Ich tobte weiter, war außer mir und verlangte, von Neuem auf dieses ekelhafte Geschöpf eindreschen zu dürfen. Doch auch Ke, hielt mich zurück, berührte sanft meine Hand und irgendwie beruhigte mich das. »Inqwinnzuwoatschaaa!«, sagte er und ich war völlig ruhig. Ich hatte mich wieder im Zaum, als der schmierige Drecksack erwachte. Er erbrach sich zwei, dreimal bevor er ansprechbar war. Wie er sich so umringt von der grompfischen Schlagkraft, also meinen Gefährten sah, war er gar nicht mehr so derb und erregt. »*Gib mir das Kleeblatt, dann lass ich Dich am Leben.*«, teilte ich ihm kurz und knapp mit. »*Das kann ich nicht.*«, antwortete er bibbernd vor Angst. »*Wieso nicht, ich werde nicht mit Dir vögeln, das ist ausgeschlossen. Du wirst dieses verschissene grüne Blatt sofort herbeiholen und mir übergeben, sonst werde ich Dich eigenhändig von hier oben in den Dschungel hinabwerfen. Da bleibt nur noch ein hässlicher Fettfleck von Dir übrig! Verstehst du?*«, setzte ich nach. Daraufhin kam die Krönung, leider nicht die, die ich gerne erhalten hätte. »*Es gibt kein fünfstieliges-Kleeblatt!*«, brachte er greinend hervor. »*Dies ist eine Legende, die man Leuten erzählt, die man loswerden oder in die Irre führen will! Wer hat Dir gesagt, dass du, dass mystische Gewächs benötigst? Derjenige wollte Dich zumindest für eine geraume Zeit aus dem Weg haben. Du bist nicht der Erste, der diesen Irrweg beschritten hat.*« Ich war entsetzt, sprachlos, erzürnt und das Gefühl hintergangen worden zu sein, war übermächtig und befeuerte meinen verrauchten Zorn auf ein Neues. Ich schlug auf ihn ein, schnappte mir einen Hocker, der in greifbarer Nähe stand und zertrümmerte diesen auf dem fetten Leib des Lügners. »*Das darf nicht sein! Das kann nicht sein! Du lügst.*«, schrie ich. Nochmals war es Ingrid, die mich zurückhielt. In meinem Hirn ratterte es. Der Zeremonienmeister der Nachtschattengnome hatte mich hereingelegt. Aber warum? Was hatte er davon, dass ich nicht da war? Oder war das in Wahrheit ein Komplott, das Windrisha ausgeheckt hatte, um mich loszuwerden? Es war als würden meine Gedanken wie Blitze durch mein kleines Hirn wüten, nun war es Ke, der mich mit seinem Griff an der Hand erneut beruhigen konnte. Ich fragte den Betrüger, ob er den Zeremonienmeister oder Windrisha kannte und ob diese ihn dafür bezahlten mich hier aufzuhalten. Er verneinte dies. Die Legende vom Kleeblatt war in gewissen Greisen von Verschwörern publik. Eigentlich wäre die Pagode der Weisen in Arlon nur unter dem Namen die »Pagode der Laster« bekannt und würde sich darüber finanzieren. Jeder vernünftige Kerl, wusste, dass dies hier ein Puff sei, meinte er nun wieder für meinen Geschmack etwas zu überheblich. Aus diesem Grund tat ich gelassen, aber nutzte die Gelegenheit, wie er sich mühsam erhob, um ihn mit voller Wucht anzurennen und ihn dadurch über die ohnehin nicht hohe Brüstung zu schubsen. Ein nicht enden wollender Schrei begleitete den letzten Weisen in seinen sicheren Tod. Dachte ich zumindest, doch sein Sturz wurde von dem nahe stehenden Baum und dessen Ästen und Blättern gebremst. Entsetzt schaute ich ihm nach und stellte mit erschrecken fest, dass er am Boden angekommen, sich aufrappelte und sich sortierte. Nackt wie er da stand, schenkte er mir ein weiteres ordinäres Grinsen. Allerdings ging dies in den folgenden, nun doch letzten Schreien des Pagodenmeisters unter. Aus dem umliegenden Busch ergoss sich die Armee der Bastrockpuppen und fiel über den arroganten Fettleibigen her. Innerhalb von wenigen Lidschlägen ließen sie nur noch ein Skelett an Ort und Stelle von ihm übrig. Ja, der Dschungel deckte tatsächlich den Tisch für diese kleinen Biester. Die

Erkenntnis, dass mir diese Truppe durchaus loyal gegenüber stand, weckte neuen Tatendrang in mir.

Travinkal

Ich gab den Befehl zum Aufbruch. Ingrid hielt mich am Arm und zog mich zur Seite. Sie erklärte mir, dass sie hier in Arlon noch nicht fertig sei und dass sie nicht zufrieden war mit dem Knochenfund im verborgenen Keller des Hexenhauses. Ein Gefühl würde ihr sagen, dass die Kinder noch am Leben seien und sie sie immer noch retten könne. Nichts wühlte mehr in mir wie der Gedanke des Verrats durch Windrisha und den Zeremonienmeister. Ich kannte nicht einmal seinen Namen, fiel mir da auf. Ich redete auf die Muorai ein, dass ich keine Zeit zu verlieren hatte. Meine Krone stand schließlich auf dem Spiel. Ich würde ihre Dienste auch weiter benötigen und vermochte sie nicht aus Ihrer Fron mir gegenüber zu entlassen. Dies brachte mir ein ungläubiges Lachen ein. »*Wann sie mir, denn ewige Treue geschworen hätte?*«, fragte sie erbost. Ich antwortete, dass sie tief in meiner und Shrolocks Schuld stehe, da wir sie vor dem Moffrat Schatten gerettet hatten. Tatsächlich schien das kein Scheinargument für die tapfere Kriegerin zu sein. Sie versuchte, zunächst weiter auf mich einzuwirken, hier im Dschungel nach den Nachkommen ihrer Sippe zu suchen, aber ich ließ mich nicht erweichen. Stattdessen befahl ich Ke, einen Spähtrupp auszusenden, der den Aufenthalt der Kinder bestimmen sollte. Ke schaute mich emotionslos aus seinen kalten Knopfaugen an und teilte mir seelenruhig mit, dass er wüsste, wo die Plagen seien. Ich war entsetzt und forderte ihn auf mir umgehend mitzuteilen, worin er Einblick gehabt hatte. Er sagte »*Kinder spielen im Dunkeln. Kleine Menschen gefangen von großem Abt und Erbauer von Travinkal.*« Das mit dem Abt verstand ich auf Anhieb. Robert De Prizac hatte die Würmchen gefangenhalten, aber was war Travinkal? Ke erleuchtete mich und bedeutete mir, das Travinkal die verborgene Stadt im Dschungel sei, in der wir gesund gepflegt worden waren. Jetzt erinnerte ich mich an unseren Aufbruch. Aus der Dunkelheit, der vermeintlichen Kellerlöcher hatten mich traurige Augen angestarrt. Es musste eines der verschwundenen Kinder gewesen sein. Ingrid war außer sich und forderte mehr, darüber zu wissen. »*Rede Du kleiner Widerling!*«, fauchte sie Ke böse an. Dieser blieb davon völlig unbeeindruckt und schaute mich mit diesem dauernden nichtssagenden Blick an. »*Ja rede Ke, Du darfst ihr Auskunft geben!*«, befahl ich nun leicht genervt. Er erzählte in seinem gebrochenen Erabadulisch über die Tatsache, dass die Kinder vor etwa einem Mond nach Travinkal gekommen waren. Seither hielt der Abt sie in den Katakomben gefangen. Er würde sie aber gut mit reichhaltigem Essen versorgen. Mir kam die zähe Pampe in den Sinn, mit der Shrolock gemästet wurde. Ein seichter Würgereiz überkam mich, als ich dies in Erwägung zog. Niemand durfte den Kleinen ein Haar krümmen, so der Befehl des Abtes gegenüber den Fetischen. Sie sollten sie sogar mit Ihrem Leben verteidigen, fuhr Ke ungerührt fort. Das gab mir neue Rätsel auf. Für was brauchte De Prizac die Kinder? In Verbindung mit dem Grimoire des Meisters gesehen, offenbar für keinen guten Zweck. Ich fragte mich auch zum wiederholten Male, ob der Abt mit dieser Cloris Dred nicht gemeinsame Sache gemacht hatte. Hatte er sie gar entsendet, um die Nachkommen der Muorai zu fangen? Langsam gestaltete sich ein größeres Bild in meinem kleinen Hirn, welches Ingrid zu einem fertigen Gemälde machte. Sie folgte den königlichen Gedanken und erhellte auch Ke. Sie behauptete, dass De Prizac ihnen den Moffrat Schatten eingebrockt hat. Das Wüten dieser unnatürlichen Bestie hätte die Fetische unter seinen angeblichen Schutz getrieben. Damit hatte er die Oberhand im Dschungel und konnte ungestört etwas vorbereiten, was auch immer er mit den Kindern vorhatte. Ihr war aber auch nicht klar, was das war. Es musste mit dem Moffrat-Kult zu tun haben. Leider war niemand von uns darin im Geringsten bewandert. Wir kannten, die alten Schauer-Geschichten vom Moffrat, aber wer kennt die nicht? Ke kam nun auch ins Grübeln, ich meinte ein Flackern in den starren Augen des Häuptlings erkannt zu haben. War er betrogen worden? Das gleiche Gefühl, dass mich vor kurzem in die Raserei getrieben hatte, war nun auch ihm vertraut. Ich war mal wieder hin- und hergerissen. Die Krone und der Hochverrat an dem rechtmäßigen Thronerben von Erabadul, also von mir, nagte unerbittlich an meinem Stolz. Allerdings sah ich einen mindestens ebenbürtigen Vertrauensbruch in den Missetaten des Klostervorstehers aus Destin. Dieser Abt konnte uns Antworten geben, die uns alle noch nicht offenlagen. Außerdem würde Ingrid, die Kinder befreien können. Aber was dann? Würde sie mich verlassen, um die Nachkommen der Muorai wieder sicher nach Hause zu bringen? Ich hatte keine Zeit, sie zu begleiten, und dennoch wollte ich, dass sie meine Königin wird. Warum muss immer alles so beschissen kompliziert sein? Wieso kann es nicht so einfach sein, wie das Faulenzen, dem ich vor Kurzem noch so zugetan war? War mein Leben mit dem Meister nicht eigentlich doch erfüllt gewesen? Hatte ich mich da in etwas verstrickt, das vielleicht eine oder auch zwei Nummern zu groß für den kleinen Grompf aus Guernica war? Papperlapapp, Zweifel sind für armselige Scheißer wie Langfingerus. Entschlossenheit und Tatendrang, das sind die Attribute eines Königs. Eines wunderbaren Herrschers, so wie ich einer bin! Während es in Ke immer noch arbeitete, traf ich einen wohl weisen Entschluss. Wir würden mit Hilfe der Bastrock Armee Travinkal überrennen und De Prizac seiner gerechten Strafe zuführen, nachdem wir ihn ausgiebig verhört hatten. Die Kinder sollten befreit werden und Ingrid würde sie zurück in das Land der Muorai bringen. Unterdessen würde ich mit meiner Truppe und Shrolock heimwärts in mein Zentrum der grompfischen Allmacht zurückkehren und die Verräter zu Rechenschaft ziehen. Anschließend würde ich mit dem Pestdrachen von Laruuz ins Land der Muorai fliegen und dort um die Hand der künftigen Gattin des erlauchten Herrschers Tornwarts dem I. anhalten. Das nenn ich mal ein wohl fein ausgearbeitetes strategisches Meisterwerk. Ich schaute nach Ke und überzeugte mich davon, dass er mein Vorhaben unterstützen würde. Er sagte entschlossen: »*Inqwinnzuwoatschaaa!*« Der kleine Häuptling übersetzte mir dies grob so, als könne ich daraufhin Gift nehmen. Da wir weiterhin auf der Dachterrasse der unseligen Pagode standen, gab ich den Befehl zum Abstieg. Wir durchstreiften die verschiedenen Ebenen und es fiel uns auf, dass niemand mehr in diesem Lasterhaus verweilte. Lediglich Gisbert, saß wie gewohnt jammernd in seiner Ecke »*Wer kümmert sich denn nun um mich, wer hilft mir in meiner großen Not? Ach weh, ich armer, armer Mann.*« Ich ohrfeigte ihn und erklärte, dass er nun frei sei und tun und lassen könne, was er wolle. Daraufhin schaute er mich entzückt an, stand auf und schüttelte mir die Hand, verneigte sich und machte einen freudenreichen Luftsprung und schrie »*Frei! Ich bin frei! Endlich frei!*« Erneut sprang er in die Luft und achtete nicht darauf, wo er hinsprang. Er fiel in das Loch im Boden, fand keinen Halt an der Leiter und brach sich bei diesem Sturz beide Beine. Als wir im folgten, lag er jammernd, mit schmerzverzerrtem Gesicht und unnatürlich verdrehten Gliedmaßen vor uns. »*Ich armer Mann, ich armer, armer Mann! Niemand hilft mir, keine Sterbensseele ist für mich da! Was habe ich mir die Beine gebrochen, wieso nur ich, weswegen immer ich?*« Das Mantra des Elends nahm kontinuierlich mehr an Fahrt auf und ich gab den Befehl, diese Stätte zu räumen und den Jammerlappen an Ort und Stelle zurückzulassen. Ich stellte ihm von dem gebratenen Schwan in Reichweite und sagte, er solle es sich munden lassen, aber er jammerte lieber weiter. »*Selbst ist der Mann*«, gab ich ihm als guten Rat mit auf den Weg.

Wir machten uns auf den Rückweg nach Travinkal. Es war selbstredend, dass Ke ungesehen seine Fetische in der verborgenen Dschungelstadt warnte und sie über unseren Angriff auf De Prizac informierte. Also schlich er zuerst durch den mysteriösen Eingang. Es dauerte eine Weile, bis er wieder zurückkam, wir hatten uns unterdessen unter dem dichten Buschwerk versteckt gehalten. Ich nutzte die Zeit, um meine künftige Königin etwas näher kennenzulernen. Ich umgarnte sie, wie es nur ein Schmeichler, wie ich vermag. Ich erzählte ihr, dass ihre smaragdgrünen Augen, mir bereits die kühnsten Träume beschert haben und ich darin tagtäglich ertrank. Außerdem teilte ich ihr mit, dass irgendetwas mit meinen Glupschern nicht stimmen musste, denn ich kann nicht damit aufhören sie anzustarren. Dann wagte ich mehr und sagte ihr, dass ihre Kleidung nicht so sauber sei und dringend gereinigt werden müsse. Ich würde ihr selbstverständlich aus diesen alten Lappen heraushelfen. Dies brachte leider nicht den gewünschten Erfolg. Im Gegenteil, sie schien von mir und meinen kuriosen Ideen überfordert, stattdessen fragte sie, was ich denn eigentlich ständig in dieses verdreckte Buch hineinschreiben würde? Ich wollte nicht mit der Sprache herausrücken, ersatzweise wollte ich von ihr wissen, ob sie meine Sünde sein wolle. Ich ging ihr wohl ziemlich auf den Geist, denn sie verrollte die Augen. Ich würde mir mehr einfallen lassen müssen wie sie mit unübertrefflichen Komplimenten zu erheitern. Aber sie begehrte erobert zu werden, schloss ich aus ihrem Verhalten und dies befeuerte mein Verlangen zusätzlich. Gerade als ich sie an mich ziehen wollte, um ihr zu zeigen welch ein tatkräftiges Männchen sie da vor sich hatte, kam Ke mit starren Augen und den Worten »*Es sei getan*«, aus dem Zugang nach Travinkal hervor. Ich ärgerte mich über die unpassende Störung. Mein vorzügliches Eroberungsgebaren schien kurz davor, den gewünschten Erfolg zu erzielen. Pflichtbewusst erinnerte ich mich jedoch zugleich unserer Mission. Da alles vorbereitet war, um De Prizac zu übertölpeln, gab ich das Signal zum Angriff. Die unzähligen Fetische reagierten allerdings erst auf den schrillen Pfiff von Ke und stürmten los. Sie überrannten mich und ich blieb erst einmal im Staub liegend zurück. Ingrid zog mich auf die Beine und wir folgten der Puppenarmee durch den Zugang. Tatsächlich erwartete uns keine Gegenwehr, als wir den Weg ins Zentrum der kleinen stadtähnlichen Siedlung, einschlugen. Vor dem Gebäude, das uns damals als Lazarett gedient hatte, kam der Ansturm der Fetische abrupt ins Stehen. Da wir die Nachhut bildeten, konnte ich nicht gut sehen, was da vorne vor sich ging. Ich vernahm fiependes Gemurmel unter den Baströcken und beschloss, an Shrolock hochzuklettern, um mir einen fürstlichen Überblick zu verschaffen. Nachdem ich auf seinen Schultern Platz genommen hatte und meine Sehschlitze gegen die grellen Sonnenstrahlen abgeschirmt hatte, sah ich den Grund für den Stillstand. Am Eingang des Gebäudes, welcher von den Schlangenstatuen verziert war, erhob sich, der Abt. De Prizac wirkte überrascht über unseren Ansturm, reagierte aber schnell. Die beiden Statuen der Schlangen waren zu unheiligem Leben erwacht, die Leiber dieser Reptilien glänzten in der Sonne und präsentierten sich in unablässiger geschmeidiger Bewegung. Aus Ihren Mäulern züngelten sie hervor und unterstrichen mit ihrem Zischen, dass es keine gute Idee war, hier weiter vorzupreschen. Dieser fromme Kerl schien doch eher ein Magier als ein Geistlicher zu sein. Seine Augen fingen bedrohlich an zu glühen. Das konnte ich selbst aus dieser Entfernung erkennen. Geistesgegenwärtig schrie Ke. »*Wuaaaatschaaaa!!!*« Die Fetische sprangen zur Seite, ein paar Speerträger unter Ihnen schleuderten dabei ihrer Speere auf den Abt, jedoch schützte ihn eine unsichtbare Sphäre vor den mörderischen Waffen. Sie prallten einfach daran ab und fielen zu Boden. Mit einem unmenschlichen Schrei hob De Prizac seine Hände und entfesselte ein flammendes Inferno über meiner Armee. Flammenzungen erfassten die ersten Fetische und aufgrund ihrer sehr unvorteilhaften Kleidung, brannten diese direkt lichterloh. Die schrillen Schreie der Bastrockarmee erfüllte die Umgebung. Weitere Versuche der tapferen kleinen Krieger, De Prizac zu schädigen blieben erfolglos. Diejenigen der Fetische, die es bis zu ihm schafften, wurden von den Schlangen geradezu durchbissen und im Nachgang zerfetzt. Mit einem absonderlichen Lachen schoss der Wahnsinnige zusätzliche arkane Feuergeschosse in die Menge, die in dieser Straße kaum Deckung finden konnte. Uns musste schleunigst etwas einfallen, sonst wäre meine ganze Armee von zweitausend Kriegern in kürzester Zeit Geschichte. Aber nicht mir, dem heldenhaften Grompf, oblag es, dem irren Abt Einhalt zu gebieten, nein mein künftiges Weib war die Zunge an der Waage. Kurzentschlossen zog sie eine Wurfaxt aus ihrem Gürtel und schleuderte sie auf eine der Reptilienwächter. De Prizac hatte vergessen, diese mit einer Sphäre zu schützen, das Beil spaltete den Schädel des blutgierigen und zu groß geratenem Wurmes. Mit einem überraschten letzten Zischen ging die erste Schlange zu Boden. Der Abt bemerkte seinen Fehler und wollte seine zweite Leibwächterin mit einem Schutzzauber versehen, doch Ke war schneller. Er hatte den Flug des Wurfbeiles genau verfolgt und war direkt auf das übriggebliebene Reptil zugesprintet. Er duckte sich, sprang hoch, rollte sich ab, um den feurigen Geschossen des wahnsinnigen Abtes zu entgehen, und mit einem finalen Sprung und erhobenem Dolch, flog er auf den Schädel der Wächterschlange zu. Diese riss ihr Maul weit auf, um den heranfliegenden Häuptling verschlingen zu können, doch Ke schaffte es vorher nach unten. Während die Schlange ins Leere biss, riss er mit seinem Messer eine tiefe Wunde unterhalb des Kiefers in das Fleisch des vollends irritierten Kriechtieres. Als Sie zischen wollte, flog die ganze Zunge aus dem Maul heraus und der klebrige Lappen blieb anklagend vor De Prizacs Füßen liegen. Weitere Fetische fielen nun über das Monstrum her und gaben ihr den Rest. Der teuflische Scheinheilige beschwor einen letzten Feuerball und flüchtete sich ins Innere des Gebäudes. Eine heraufbeschworene Flammenwand schützte seinen Rückzug. Ängstlich wichen meine Elitekrieger vor den Flammen zurück. Ich würde noch für alle adäquatere Kleidung beschaffen müssen, die sagen wir angebrachter ist, um in eine Schlacht zu ziehen. So würde jeder noch so mickrige Goblin-Stoßtrupp ihnen den Garaus machen können. Goblins lieben Feuer und verehren es wegen seiner verheerenden und todbringenden Wirkung. Scheinbar hatten diese kleinen Narren, hier im Dschungel diese Erfahrung noch nicht machen dürfen. Shrolock holte einen Eimer aus dem nahegelegenen Brunnen und schüttete dessen Inhalt in die Feuerwand, doch ohne Erfolg. Die Flammen waren magisch und hatten keinen nährenden Boden in der Steinhalle. Wir mussten warten, bis dieser unheilige Zauber endete. Wo auch immer der Abt hin geflüchtet war, wir konnten ihm vorerst nicht folgen und sammelten uns. Ke gab Befehle in seiner Sprache und die Krieger trugen die Verletzten zusammen. Ich war erstaunt, wie diszipliniert sie dabei vorgingen. Sie nahmen eine Einschätzung vor, wer wie stark verwundet war, und sortierten sie entsprechend. Die hoffnungslosen Fälle wurden erschreckenderweise an Ort und Stelle von den Überlebenden verspeist. Die Restlichen wurden von eintreffenden, überwiegend weiblichen Exemplaren ihrer Art versorgt. Wie ich das alles so beobachtete kamen mir Bedenken, ob meine Armee aus diesen doch sehr speziellen Kriegern, so vertrauenswürdig waren, wie ich es gerne hätte. »*Man muss mit dem arbeiten, was man hat.*«, sagte der Nekromant immer. Der hat auch gut reden, im Zweifel verfügt er über magische Fertigkeiten, die die von De Prizac bei weitem übertreffen. Ich werde dennoch die Hilfe der Fetische benötigen, um aus diesem ganzen Schlamassel wieder herauszufinden. Mein Orientierungssinn ist nicht gerade der Beste. Arulapadura behauptet, dass ich mich selbst in einem Scheißhaus verlaufen würde! Ganz Unrecht hat er damit nicht. Ke hatte aber bewiesen, dass er sich im Dschungel auskennt, und er sollte mich zurück nach Guernica bringen.

Nachdem die Fetische ihr grausiges Mal beendet hatten, löste sich die Feuerwand in Rauch auf und der Weg war frei. Diesmal gingen wir voran. Shrolock, Ingrid, Ke und ich. Den Weg, den der Abt genommen hatte, war eindeutig. Über den Gang auf dieser Seite gelangte man zu einer Treppe, die in die Katakomben Travinkals führten. So ein verdammter Krötenschiss! Hier unten sah alles gleich aus. Steine, Säulen und jede Menge Ratten und Dreck. Ich fühlte mich sofort wieder wie zu Hause. Der Nekromant nutzte seine Verliese auch, um sich für Notfälle Fluchtwege offen zu halten. Selbst ich, der ich, nun seit Jahrhunderten dem Meister gedient hatte, kannte nicht alle unterirdischen Pfade, die der alte Stinker angelegt hatte. Hier unten könnten wir vermutlich Tage damit verbringen, um nach diesem gierigen Klostervorsteher zu suchen. Ingrid aber suchte nicht mehr nach De Prizac. Sie hatte sich eine der Fackeln, die hier an den Wänden hingen, geschnappt und lief zielstrebig in eine Richtung. Sie hatte im Gegensatz zu mir einen ausgezeichneten Orientierungssinn. Sie rief nach uns und wir folgten ihr zu einer metallbeschlagenen klobigen Tür. Sie rüttelte an dem eisernen Ring, der über dem Schlüsselloch angebracht war, doch natürlich war sie verschlossen. Jetzt könnten wir den einarmigen Höhlentroll gebrauchen. Der hätte die Tür eintreten können, doch von uns hatte niemand eine solche Kraft. Ich schaute ratlos in die Runde. Ke sah im flackernden Licht der Fackel aus wie die hässliche Strohpuppe, die er auch war. Mit starrem Blick erhob er sein Messer und begann auf die Tür einzuhacken. Doch das würde Stunden oder Tage dauern, bis wir dieses schwerfällige Türblatt durchstoßen hätten. Ingrid hackte mit ihrer Axt ebenfalls auf die Tür ein. Shrolock beaugapfelte mich mit seinem dämlichen Grinsen und ich erwartete, einen seiner bestialisch stinkenden Fürze ertragen zu müssen, die er gelegentlich von sich gab. Ich hatte mich getäuscht, während die zwei Krieger sich mit der Tür abmühten, hatte der Schrat sich in unmittelbarer Nähe umgesehen und an einem Haken, welcher in der Wand eingelassen war, einen Schlüssel entdeckt. Weiter unpassend grinsend hielt er mir diesen vor die Nase und meinte amüsiert, ich solle doch den ausprobieren. Ich trat auf seinen großen Fußzeh, als ich auf ihn zuging und entschuldigte mich umgehend, aber es sei zu Dunkel hier, teilte ich ihm mit und nahm den Schlüssel aus seiner Hand. Anerkennend tätschelte ich ihm (vielleicht etwas zu fest) die Wange. Ich schrie Ke an, weil man durch das Gehacke und den steten Axteinschlag sein eigenes Wort kaum noch hörte. Sie hielten beide gleichzeitig inne und ich schritt mit erhobenem Schließwerkzeug in Händen zwischen den zweien auf das Schlüsselloch zu. Glücklicherweise war dieses von den ungestümen Attacken verschont geblieben. Der Schlüssel passte, ließ sich aber nicht drehen. Ich versuchte es wiederkehrend, doch das Mistding rührte sich nicht. Shrolock trat hervor und meinte, ich solle doch in die andere Richtung leiern. Ich wollte ihm gerade mal ordentlich den Kopf waschen. Ihm geigen, dass ich ja nicht blöd sei, doch zeitgleich drehte ich den Gegenstand in meinen Händen andersrum und die Tür öffnete sich mit einem missfallenden Knarren. Wieder dieses dämliche Grinsen im Gesicht des Grottenschrates findend, überlegte ich mir, wie ich nun vor Ingrid dastand. Auch sie lächelte, zog mich aber direkt zur Seite und betrat mit der Fackel den vor uns liegenden Raum. Wir folgten und was wir sahen, ließ uns erstmal erschaudern. Durch kleine Öffnungen an der Decke strahlte etwas Sonnenlicht herein und gab der Szene einen unwirklichen Schein. Ein feuchtkaltes Gewölbe mit faulem Stroh ausgelegt, wie ich es aus den Verliesen meines ehemaligen Herren kannte, erwartete uns. Nur hier lagen keine gefangenen Männer, Goblins oder Orks. Nein, hier kauerten Kinder, mit Dreck und Läusen verkrustete Kinder. Zwischen den schimmeligen Strohmatten tummelten sich unzählige Ratten und Ungeziefer jeglicher Art. Selbst ich, der ich früher als ich nur Grompf war, auf einer solchen Matte nächtigte, sorgte stets für frisches und vor allem trockenes Stroh. Damit hielt ich die Plagegeister, die mir sonst ein unschönes Jucken beibrachten, im Zaum. Aber hier kümmerte sich wohl niemand um diese Wichte. Was hatte dieser widerliche Abt nur vorgehabt. Ich sah immer mehr die Verbindung zu dieser alten Hexe Cloris Dred. Ingrid holte ihren Trinkschlauch hervor und gab diesen jämmerlichen Geschöpfen frisches Wasser und mahnte, sie langsam zu trinken. Sie verwendete die Sprache der Muorai, was zweifelsohne von den Kindern überraschend und wohlwollend aufgenommen wurde, denn einige antworteten in derselben Weise. Wir hatten also die verschleppten Opfer der Hexe gefunden. Ob es tatsächlich alle waren, konnte selbst Ingrid nicht sagen. Wir führten und trugen sie teilweise von diesem Ort des Grauens an die Oberfläche. Sie waren dermaßen geschwächt, dass sie kaum noch Kraft hatten zu stehen. Ke wies seine Versorgungskräfte an, die Kinder aufzupäppeln. Seltsamerweise hatten die Jungen und Mädchen keine Angst vor den puppenartigen Wesen. Sie schienen nicht die Kerkermeister der Kleinen gewesen zu sein. De Prizac musste sie eingesperrt und sich selbst überlassen haben. Er hatte Ke angelogen, als er ihm gegenüber behauptete, die Kinder würden gut ernährt werden. Doch was war der Sinn dahinter? Es erschloss sich niemandem von uns, auch Ke konnte nicht wirklich erklären, wozu das alles gedient haben sollte. Er habe sich eines Nachts in die Katakomben geschlichen, um zu sehen, wer da diese wimmernden Laute hervorbrachte, die man oben auf der Straße durch die Öffnungen zum Verlies hören konnte. Doch der Schlüssel hatte zu dieser Zeit nicht an der Wand gehangen und somit musste er unverrichteter Dinge wieder gehen. Er wusste nur durch einen Blick in eine größere Spalte an der Oberfläche, in die er hineingespäht hatte, dass dort unten Kinder waren. Er hatte aber selbst nicht viel erkennen können. De Prizac hätte nie mit ihm über seine Absichten gesprochen. Einige seiner Leute seien aber ab und an spurlos verschwunden. Der Abt schrieb dies dem garstigen Moffrat-Schatten zu, doch ich glaube, zu wissen, dass sich die Hexe der Hilfe weniger Fetische bedient hatte. So wurde Shrolock von diesen kleinen Baströcken an den Spieß gebunden, die ihn über das Feuer hängen wollten. Ingrid war glücklich, dass sie die Bälger gefunden hatte, und eine schwere Last schien von ihr abzufallen. Sie wirkte erleichtert und gelöst. So kannte ich sie ja noch gar nicht, doch kurz darauf traf mich eine bittere Erkenntnis. Ihr Ziel war fast erreicht, sie musste nur noch die Kinder zurück nach Skraath bringen und dann würde sie in ihrer Heimat bleiben. Das durfte nicht sein! Ich konnte doch die künftige Königin nicht einfach so davon kommen lassen. Ich hatte das Gefühl von feinem Sand, der durch die Finger rieselte, als ich einen Versuch startete sie zu einer Reise an meinen Hof zu ermuntern. Sie lächelte mich an und umarmte mich. Mein Herz raste, als sie mich an ihre füllige Brust drückte. Sie bedankte sich bei mir, dem kleinen Grompf (das grenzte schon wieder an Majestätsbeleidigung), aber sie meinte es ehrlich und sagte, dass sie ohne unsere Hilfe niemals die Kinder hätte befreien können. Shrolock dem alten Grinse-Schrat gab sie einen schmatzenden Kuss auf die faltige Backe, was in meinem Inneren einen stechenden Schmerz hervorrief, den ich nicht so recht zuordnen konnte. Mein Zorn auf den Grottenschrat war in diesem Moment wahrhaftig. Ich wollte ihn vormals mit Gold überschütten, aber ich stellte mir just vor, dass er mit geschmolzenem heißem Gold überschüttet wurde. Ein boshaftes Grinsen musste mir über die Visage gelaufen sein, denn Shrolock blickte etwas verunsichert zu mir, so als habe er die eifersüchtigen Gedanken seines erhabenen Gebieters erahnen können. Auch Ke drückte sie an sich und ich befürchtete, er würde in der Mitte einfach durchbrechen, aber er war ein robuster kleiner Kerl und hielt Stand.

Heute - Der Meister

Arulapaduras Stirn zierten runzlige Sorgenfalten, gemeinsam mit den unschönen Grübchen um seine Mundwinkel, bildete sein Anblick eine Fratze der Ratlosigkeit. Er war besorgt über das Gelesene. War er denn nicht nahezu einen ganzen Umlauf unterwegs gewesen, um diversen Mächten Einhalt zu gebieten? Wie konnte der Moffrat-Kult nur überall in Erabadul so erstarken? Er erinnerte sich, an seinen letzten Kontakt mit dem Kult und seine ohnehin schon gerunzelte Stirn, wurde von weiteren faltigen Linien durchzogen. Seine Reise hatte ihn bis zum Ursprungsland des Kultes gebracht. Passenderweise hieß das Land Moffrat. Die ihm selbstauferlegte Mission führte ihn zu einem halbverfallenen Tempel. Ein Ort, an dem er ein anderweitiges Geheimnis hatte lüften wollen oder war das eine mit dem anderen verbunden gewesen? Vor seinem inneren Auge erlebte er die vergangene Szene erneut. Er hatte mit Hilfe seiner Magie den Ort aufgespürt, war durch dichtes Gestrüpp, trügerische Sümpfe und durch den verfluchten Wald gewandelt. Die Gefahren, die dieser Weg für ihn bereitgehalten hatte, stellten auch für ihn oftmals mehr als nur lapidare Herausforderungen dar. Erabadul hatte ihm seine tödlichen Klauen gezeigt, doch Moffrat war tatsächlich einer der boshaftesten Landstriche, die man in dieser Welt aufsuchen konnte. Als er endlich an der alten Kultstätte angekommen war, herrschte bereits die Finsternis und die Nacht schien hier auf unerklärbare Weise noch dunkler, als sie eigentlich sein konnte. Er hatte aus seinem Versteck, einem knorrigen Busch, herausgespäht und in den verfallenen Gemäuern des Tempels einen morbiden Altar ausgemacht, auf dem düstere Opfergaben dargebracht wurden. Er hatte nicht damit gerechnet, hier auf eine Menschenseele zu treffen, schon gar nicht auf unzählige Mitglieder des Moffrat-Kultes. Sie waren in schwarze Roben gehüllt und trugen maskenhafte Gesichtsbedeckungen, die ihre Identität verschleierten und sie in Abscheulichkeiten der Finsternis verwandelten. Der hohe Priester trug keine Maske. Sein Gesicht war bemalt und zeigte das Antlitz eines Dämons. Es sollte der Moffrat sein, den man darin erkennen mochte. Fakt war, dass es sich um eine grauenvolle Fratze handelte, die er mit seinen durchdringenden Augen zu einem unheiligen Leben erweckte. In seiner pechschwarzen Robe gehüllt, trat er vor die Menge und begann mit einer Stimme voller bösartiger Überzeugung zu sprechen. Arulapadura gefiel die Aufmachung der armseligen Wurst und er hatte sich vorgenommen, nachdem er diesen angeblichen Priester getötet hatte, sich dieses prächtige Kleidungsstück unter den Nagel zu reißen. Doch so weit war es noch nicht. Der Meister lauschte den Worten, die wie eine Hymne an das Chaos, an die Zerstörung und an die Verderbnis waren. Der bepinselte Kultist verkündete die Ideologie des Moffrats, welche auf der Überzeugung basierte, dass Erabadul von den Schwachen gereinigt und von der Finsternis erobert werden sollte. Arulapadura hatte andere Ansichten dazu. Trotz seiner nekromantischen Machenschaften gab es für ihn stets die Frage des Gleichgewichtes, die sich jede Welt stellen musste. Davon war er überzeugt. Kein Licht ohne Dunkelheit, keine Schatten ohne Helligkeit... das war seine Ideologie. Gespannt beäugte er die folgenden Rituale. Die Anhänger entzündeten schwarze Kerzen, deren düstere Flammen emporloderten und den Ort in einen unheimlichen Lichtschein tauchten. Sie versammelten sich um den Altar und begannen, sich im Takt der unheilvollen Musik, die von einer nicht auszumachenden Stelle herrührte, zu wiegen. Das Blutopfer spielte dabei eine zentrale Rolle in diesem Ritual. Eine Gefangene, die außer einem Knebel und ein paar alterabadulischen Schriftzeichen nichts weiter auf dem Körper trug, wurde vor den Opfertisch geführt, gefesselt und mit dem Stigma des Moffrats gezeichnet. Der auserwählte Ritualführer nahm sich einen Opferdolch vom Altar und öffnete damit die Halsvene der Unglücklichen. Arulapadura schüttelte in seinem Versteck nur den Kopf. Für diesen Ritus hätte es seiner Ansicht nach ausgereicht, einen schmierigen Lappen mit drei Tropfen Blut aus einer lapidaren Nasenblutung zu verwenden. Welch Verschwendung. Mit einem solchen Opfer, wie diesem hier, hätte er selbst den obersten der Höllenfürsten hierher lotsen können. Während die Geopferte langsam ihr Leben aushauchte, erklangen Beschwörungsformeln in der vergessenen Sprache der Dämonen, die die Tore zur Unterwelt öffnen sollten. Die Worte wurden mit einer Mischung aus Verzweiflung und Euphorie ausgesprochen, währenddessen die Anwesenden eine Verbindung zur finsteren Energie der Hölle herstellen wollten. Immer lauter wurde ein unheilverkündender Choral, den die verblendeten Anhänger nun zum Besten gaben. Die Dunkelheit schien sich zu verdichten und in den Reihen der Kultmitglieder manifestierten sich unheimliche Schattenwesen, die in einem albtraumhaften Tanz umherwirbelten. Die Luft war erfüllt von einem Hauch des Verderbens, während die Irrgeleiteten die Macht der Finsternis spürten und in einem ekstatischen Rausch der Boshaftigkeit verfielen. So kultiviert man also den Wahnsinn. Der Nekromant wusste, dass diese Rituale in ganz Erabadul erneut wieder vermehrt Anwendung fanden. Er hatte zu diesem Zeitpunkt aber noch nicht herausgefunden, wer oder was genau dahintersteckte.

Er sah nur, wie der Einfluss das ganze Land wie eine Seuche vergiftete. Die Mitglieder dieser Sekte waren bereit, ihre eigenen Seelen dem Bösen zu verschreiben und sich in den Abgründen ihrer dunklen Begierden zu verlieren. Sie hatten keine Skrupel, ihre Mitmenschen zu manipulieren, zu töten und zu quälen, um ihre Ziele zu erreichen. Der Moffrat-Kult flüsterte seinen Anhängern Versprechungen der Macht und des ewigen Lebens zu, doch in Wahrheit wurden sie von einer unaufhaltsamen Spirale des Verfalls und der Verdammnis verschlungen. Sie waren Sklaven ihrer eigenen Obsessionen und ihrer düsteren Ideologie, gefangen in einem Netz aus Wahnsinn und Gier. Eine Ära des Schreckens und der Verzweiflung würde folgen, wenn sich niemand diesen Geisteskranken in den Weg stellen würde. Gerade als er dachte, er würde an diesem Ort derjenige sein, beobachtete er wie ein hünenhafter Kuttenträger sich von dieser befreite und ein typisch orkisches Scimitar im schummrigen Kerzenlicht aufblitzte. Mit gewaltigen Hieben wütete der Ork unter den Anhängern Moffrats. Er zerteilte Körper, schlug Gliedmaßen ab, bevor er vor dem hohen Priester zum Stehen kam und dem mit einem mächtigen Fausthieb, die Nase zertrümmerte. Arulapadura war beeindruckt. Ihm kam dieser Ork bekannt vor, zweifellos ein Hauptmann. Die Geschmeidigkeit, die seinen Attacken innewohnte, war nicht das Werk einer einfachen Ork-Made, nein hierbei handelte es sich um ein besonders gut ausgebildetes Exemplar der Uruks. Er schaute genauer hin und ihm wurde klar, dass es sich um Addrag handeln musste. Auch wenn dieser noch die lächerliche Maske, der Kultisten trug, erkannte der Nekromant an der durchtrainierten Gestalt und dem entscheidungsfreudigen Kampfstil, dass er recht hatte. Aus den Schatten trat ein weiterer Ork. Dieser war kleiner und rundlicher, hatte sich aber seiner Ritus-Maske entledigt und rollte eine Peitsche aus, die er zuvor am Gürtel getragen hatte. Die gequälten Schreie, der am Boden liegenden verstümmelten Opfer von Addrags Klinge, zogen den hässlichen Kerl geradezu magisch an. Statt gnädig mit einem rostigen Dolch dem Elend aller ein Ende zu bereiten, ließ er die Knute sprechen und schlug völlig besinnungslos mit einem freudigen Grinsen auf die nun selbst zum Leidtragenden gewordenen ein. Addrag stoppte ihn nach geraumer Zeit mit den Worten: »*Es reicht Bazuur! Steck Deine beschissene Peitsche weg und erlöse diesen Abschaum. Ich habe Kopfschmerzen und das Gekreische geht mir auf die Nerven!*« Knurrend und enttäuscht folgte der kleine sadistische Ork dem Befehl des Hauptmannes nur widerwillig. Der Moffrat-Priester schaute völlig verstört, in die Augen seines Gegenübers, während sich dieser mit seiner freien Hand die Schläfe massierte. »*Wasch willscht Du von mir?*«, röchelte er schockiert hervor, sein Gesicht war blutüberströmt und der rote Saft schien nicht nur nach außen abzufließen. Addrag blickte ihn überrascht an, so als hätte er vergessen, dass der Kerl überhaupt noch vor ihm stand. Im selben Moment, in dem er antwortete, fuhr das Schwert nach oben und schlitzte den Hohepriester bis hin zum Schädel auf. »*Nichts!*«, hatte Addrag geantwortet. »*Von Dir will ich nichts.*« Er wendete sich ab. Während der oberste Kultist zwiegespalten zu Boden ging, verschwanden auch die zuvor beschworenen Schatten. Er warf einen verächtlichen Blick auf Bazuur, der es immer noch genoss, mit seinem verrosteten Stahl in den noch lebenden Moffrat-Jüngern herumzustochern. Der Ork-Anführer war es leid diesem unsäglichen Treiben länger zuzusehen und seine Faust fuhr von oben herab auf den Schinder-Ork. Sie schlug erbarmungslos auf der rechten Wange ein. Bazuur spuckte Blut und ein paar Zähne, dann ging er zu Boden. Wieder war Arulapadura über die immense Kraft des Ork-Hauptmanns erstaunt. Der fette Peiniger lag bewusstlos auf dem steinigen Untergrund. »*Ich hatte gesagt, dass ich Kopfschmerzen habe! Hatte ich, oder hatte ich nicht?*«, fuhr der Elite Uruk den teilnahmslos Daliegenden vorwurfsvoll, aber mit einem sarkastischen Unterton an. Nun führte er seinen eigenen Befehl selbst aus und bereitete der Qual der Kultisten ein schnelles Ende. Der Nekromant beschloss seinerzeit, den Orks zu folgen, auch wenn dieser Addrag ihm die sichergeglaubte Robe, mit seinem Schwertstreich zerfetzte, mit Blut und Gedärm besudelte und somit unbrauchbar zurückließ. Es war gewiss eine illustre Gemeinschaft, die auch auf einer Mission zu sein schien, und es würde ihn nicht wundern, wenn dieser Addrag ihm nicht am Ende noch nützlich sein konnte.

Seine Gedanken kehrten zurück zum Tagebuch und die aufgezeichneten Fakten ließen ihn Schlimmeres befürchten. Tornwart hatte von Kindern geschrieben. Entführten Kindern. Der Moffrat-Kult hatte dabei seine dreckigen Finger im Spiel gehabt und Cloris Dreds Absichten waren ihm keine Unbekannten. Langsam fügte sich in seinem Kopf ein Puzzle zusammen. Er erkannte das Vorhaben des Kultes. Die Bälger waren ohne Frage für ein Großopfer angedacht. Ein Opfer, das in solchem Umfang nur eine einzige Gottheit forderte und überhaupt annehmen würde. Ihn schauderte es. Es widersprach allem, was der Moffrat-Kult darstellte. Der Schwindel hatte ihn befallen, als er ganz klar sehen konnte, wer hier die Jünger des Moffrats manipulierte. Dumm und gierig, wie sie alle waren, würden sie am Ende nicht dem Moffrat dienen und sein Chaos über Erabadul verbreiten. Nein Sie würden die Pforten mit einem grausamen Ritual für etwas viel Boshafteres öffnen. Einem Grauen, das schon vor Jahrhunderten vergessen schien. In Anbetracht dessen, dass die Kinder in Travinkal glücklicherweise gerettet worden waren, zögerte der Nekromant nicht länger und las in den Aufzeichnungen Tornwarts weiter.

Schmatz Schattenmantel

Nachdem uns Ingrid Richtung Norden verlassen hatte, fühlte ich eine Leere in mir, wie ich sie nicht kannte. Wir schritten schweigend durch den Dschungel nebeneinander her. Shrolock und sogar Ke schienen ähnlich betrübt darüber, dass die tapfere Muorai ihrer eigenen Wege ging. Ich war innerlich zerrissen. Liebend gerne hätte ich sie auf ihrem weiten Weg durch Wuurtang über Baap und das Arrag-Gebirge begleitet. Späterhin würde sie gefährlich nahe am Kloster Du Destin vorbeiziehen, um ins Land ihrer Ahnen zurückzukehren. Hinlänglich wohl, war mir bei der Sache nicht. Der hinterhältige Abt war uns in Travinkal entkommen. Seine Spur verlor sich in den Katakomben. Wir hatten lange dort unten nach ihm gesucht. Eine beträchtliche Anzahl an Fetischen durchkämmte das Gewölbe. Sie fanden unzählige verborgene Ausgänge, die in den Dschungel führten. Fußstapfen hatte der unheilige Priester keine hinterlassen. Seine schwarze Magie hatte dafür gesorgt, dass wir nichts finden sollten. Ke befahl seinen Spähtruppen ganz Arlon nach ihm abzusuchen bis an die Grenzen von Thur, Scinera und Guernica. Obwohl wir uns alle sicher waren, dass wir hierbei keinerlei Erfolg mehr vorzuweisen hatten. Sein Weg hatte ihn mit hoher Wahrscheinlichkeit in den Norden zurückgeführt. Er würde durch das Land der Herrscherfamilie der De Momirays zu seinem Kloster zurückkehren, welches in einer Enklave im Gebiet der Muorai liegt. Möglicherweise würde er in Crathorie rasten um seine, für uns verborgenen Absichten mit der Unterstützung der Baronesse de Rochefort strategisch zu überdenken. Durch die Briefe des alten Nekromanten, in denen ich aufgrund meiner vorherigen Stellung bei ihm, in unbeobachteten Momenten herumschnüffelte, war mir da allerlei bekannt geworden. Das Freifräulein de Rochefort schien eine Verbündete des Grafen De Momiray zu sein. Das Augenmerk des Meisters war sehr intensiv auf sie gerichtet. Immerfort las ich von Verschwörungen gegen die Orks sowie die freien Westländer. Dieses Weibsstück stand mit fragwürdigen Mächten im Bunde. Es ist für mich glasklar, dass dieser Widerling eines unheiligen Klostervorstehers nach dem Grimoire des Nekromanten strebt. Die Verbindung mit der verblichenen Hexe Cloris Dred und zum Moffrat-Kult, lässt auch ansatzweise keinen positiven Rückschluss, auf die Ziele des ominösen Zirkels zu. Es ging, wie sollte es anders sein, um Macht. Zwischen den Orks und dem westlichen Reich der De Momirays bahnte sich seit Jahren ein neuer Krieg an. Das konnten selbst die blinden Minen-Maulwürfe unter meiner Mansio erkennen. Ich schlussfolgere daraus, dass demjenigen, dem es gelingen wird, dem Grimoire habhaft zu werden, damit eine omnipotente Waffe für den Großkonflikt in Erabadul in die schmierigen Finger fällt. Zum Glück weiß ich von diesem alten zerfledderten Buch und seinem Verbleib nichts. Warum auch hätte er mir sagen sollen, wo das verflixte Zauberbuch versteckt ist? Würde er mir jemals seinen ausgedienten, schlaffen, baumelnden und grauhaarigen Hoden anvertrauen? Nein, so schlau war er dann doch. So viel zu meinen glorreichen Erkenntnissen und dennoch rennen mir die Gedanken immer wieder davon. Wohin? Zu Ingrid. Ich mache mir, je weiter wir uns voneinander entfernen, mehr und mehr Sorgen. In Erabadul gibt es kein einziges Land, wo keine tückischen Gefahren lauern. Überall gibt es boshafte, perfide und selbstsüchtige Wesen. Wesen, die vor ihrer eigenen Skrupellosigkeit nicht zurückschrecken. Wesen, die immer nur ihr selbstsüchtiges Ziel vor Augen haben und denen das Wohlergehen der anderen scheißegal ist. Wesen, wie mich! Das machte mir Angst. Wie hatte ich sie nur allein mit den Kindern losziehen lassen können? Zugegeben, ich habe ihr die Hälfte der Fetische mitgegeben, was Ke nicht besonders erfreute, aber diese würden ihr nur bis nach Baap Geleitschutz geben. Dort sollte meine Angebetete auf Leute aus ihrem Volk treffen. Diese würden sie bis hoch in den Norden nach Skraath bringen. Die Baströcke hatten Befehl, dann wieder kehrtzumachen und nach Guernica umzukehren. Wir würden uns vor den Ebenen sammeln und einen Angriff auf die Mansio ausführen, wie ganz Erabadul noch keinen gesehen hatte. Weiterhin hege ich Hoffnung, dass der Drecksgnom Langfingerus seine Mission erfüllt hat und mir den Pestdrachen von Laruuz für mein königliches Heer übergibt. Dieser Zeremonienmeister der Nachtschattengnome würde die schlimmste aller Strafen erhalten. Ich werde ihm eine einzige, unendlich lange Nacht voller Schmerzen und Qualen mit Gnaash schenken. Der Folterschrat würde mein Werkzeug der Rache sein und diese ungnädig an ihm vollführen. Er würde das Vollenden, wozu mir einfach die Fantasie fehlt. Ja, so war die Zielvorstellung und dennoch wollte mein grompfisches-Herz am allerliebsten, dass ich alles stehen und liegen lasse und meiner Königin hinterherjage. Ich würde sie rufen, wenn ich hinter ihr hergerannt käme. Sie dreht sich dann um, eilt auf mich zu und sagt mir, dass sie nur auf dieses Zeichen königlicher Begierde gewartet hätte. Dann schmeißt sie mich in den Staub, reißt sich und mir die Lumpen vom Leib und nimmt mich an Ort und Stelle in einem Gebüsch. Geistesgegenwärtig veranlasst sie zuvor ein geselliges Spiel der Kinder mit den Fetischen, damit die unschuldigen Seelen nichts von meinen niederträchtigen Trieben mitbekommen. Shrolock holte mich aus den Tagträumen in die staubige Realität von Erabadul zurück. Während ich diesen Traum in allen Varianten den ganzen Tag über durchgeträumt hatte, war mir gar nicht aufgefallen, dass wir bereits am Grenzgebirge nach Guernica angekommen waren. Wir waren an der Stelle, an der mein bedauernswerter Freund, der einarmige Troll Kruulk, von seinem tödlichen und sonnigen Schicksal ereilt worden war. Von ihm selbst war nichts mehr zu sehen. Er war hinabgestürzt in die grüne Hölle von Arlon und hatte uns in dieses Abenteuer geschleudert. Aber nicht das war der Grund dafür, dass der Grottenschrat mich aus meiner Ingrid-Fantasie, herausriss. Zwischen den Felsen schlängelte sich der Pfad, der uns in die Heimat führen würde. Aber dieser enge Weg war verstopft. Eine abgehalfterte Bande von Goblins, Schraten und Ogern kam uns entgegen. Kreaturen von übelstem Aussehen und schlechten Manieren. Alte, Kranke und Kinder schoben einen Holzkarren mit verschmutzten und wertlosen Habseligkeiten vor sich her. Während die Goblinmänner Nase bohrend, gesund und munter, nebenher marschierten. Dieses Gebaren kam mir nur allzu bekannt vor. Ich sah genauer hin und erkannte unter dem hässlichen abgerissenen Pöbel, einen Schrat. Es war ein Grottenschrat, einer den ich zuletzt noch verteufelt hatte. Es war Gnaash, der Verhör-Assistent und Henker des Nekromanten. Doch was machte er hier, mitten im Nirgendwo und wer waren seine meist schwächlichen und kranken Begleiter? Schnell stellte ich mich mit erhobener Hand vor diesen Tross des Elends und befahl ihnen, sofort stehenzubleiben. Gnaash, der wohl in seine ganz eigenen Tagträume vertieft war, schreckte auf und hob kampfeslustig seine Metall gespickte Keule. Als er mich und Shrolock sah, senkte er diese und verbeugte sich vor mir. So ists recht, der

Schrat der mich als seinen unumstrittenen Herrscher anerkannte und nun loyal vor mir im Dreck kriecht. Doch es war die Erschöpfung, die ihn dazu veranlasste, dem Ruf der erabadulischen Gravitation Folge zu leisten. Geschwächt bat er um Wasser. Nachdem wir ihm und seinen elenden Begleitern ein paar Vorräte überlassen hatten, vor allem die gebogenen gelben Früchte erwiesen sich als unentbehrliche Kraftquelle, erzählte Gnaash uns, was in Guernica in meinem Herrenhaus geschehen war. Der hundsföttische Zeremonienmeister der Nachtschattengnome hat wie erwartet nach der mir zustehenden Krone getrachtet. In einem Staatsstreich hat er über Nacht die Mansio eingenommen. Ich war kaum mit Shrolock und Kruulk ausgezogen, da hatte der machtgierige Gnom seine Verbündeten um sich geschart. Gnaash berichtete davon, dass er die vergoldete Kopfbedeckung des Lichkönigs aus seinem Schaukasten hervorgeholt hatte und die Schmiede damit beauftragte, dieses Artefakt wieder vom Edelmetall freizulegen. Diese aber weigerten sich und der gnomartige Tyrann hätte an ihnen ein beispielloses Exempel statuiert. Die unzähligen Minen-Sklavenarbeiter, die der Zeremonienmeister in ihrer Mehrheit zu seinen Gefolgsleuten zählen konnte, schlugen die Goblin-Handwerker nieder. Dann ließ der machtgierige Gnom neues Gold einschmelzen. Seine barbarischen Truppen zwangen alle Schmiedekünstler in die Knie, rissen ihre Häupter nach hinten und als Nächstes ließ dieses Monstrum ihnen das flüssige Gold in den Rachen gießen. Der Foltermeister erwähnte, dass dies alles sehr langsam vonstattenging. Jeden der Unfolgsamen, zumindest die, die er dafürhielt, ließ diese regierende Bestie sich den unglückseligen Handwerkern anschließen. Den qualvollen und entsetzlichen Todeskampf hätte man in ganz Guernica gehört, meinte Gnaash, als er mit seinem Bericht schloss. Ich fragte ihn, wie er entkommen sei. Daraufhin fuhr er fort. Schmatz Schattenmantel, so der Name des Zeremonienmeisters, habe die in Ehren ergrauten und Schwachen, sogar die Kinder aussortiert. Sie wurden verpflichtet, zu einem Appell im Innenhof der Mansio anzutreten. Dort stand dieser mit Unrat beladene Karren, den wir fortwährend mit uns führen müssen, da er die Alten und ein paar Missgestaltete von uns daran festgekettet hatte. Nach einer Hasspredigt über die Nutzlosigkeit dieser Kreaturen sprach er einen Landesbann über sie aus. Er meinte, er würde hier schon genug Mäuler zu stopfen haben, da bräuchte er nicht noch für die Krüppel und ohnehin dem Tod geweihten Scheintoten zu sorgen. Dies hätte zu einem Aufbegehren verschiedener Goblins und Schrate geführt, da diese ihre Eltern oder Verwandten nicht in der Verbannung sehen wollten. Doch Schattenmantel griff eisern durch. Statt die protestierenden jungen und kräftigen unter Ihnen gleich des Landes zu verweisen, ließ er stattdessen Scheiterhaufen errichten, auf denen die Aufrührer an Ort und Stelle bei lebendigem Leibe verbrannt wurden. Es waren unzählige Haufen. Sie hatten diese bis zum Waldrand nach Flatula aufgehäuft. Selbst die Dunkel-Elben aus dem Hain verstummten in Anbetracht dieser Grausamkeit, gegen das eigene Volk. Danach stand er in seinem samtenen schwarzen Mantel auf dem Hofgalgen und schrie: »*Hat noch jemand Zweifel an der Rechtmäßigkeit meiner Herrschaft? Niemand? Scheinbar nicht. Wenn doch, werde ich den Nächsten, der es wagt, mich anzuzweifeln auf das Rad binden und bis hinauf nach Thur rädern lassen!*« Gnaash selbst hatte sich unbemerkt der Karawane der Aussätzigen angeschlossen. In eine verlauste Decke eingewickelt, war er humpelnd den Schwachen gefolgt. Diese berichteten mir davon, dass sie ohne den Folterschrat alle längst tot wären. Er hätte mit seiner Keule im Gebirge zuerst zwei Schattenwürger und im Übrigen ein ganzes Rudel Fleischjäger der Bergstämme zermalmt.

Ich war außer mir vor Wut. Dieser falsche Prediger hatte von Anfang an nichts anderes vorgehabt wie die Herrschaft über meine Mansio und die Mine an sich zu reißen. Von wegen des Kleeblatts mit den fünf Stielen und die geheuchelte Furcht vor der Krone des Lichkönigs. Nun griff er selbst nach ihr. Schmatz Schattenmantel ... allein der Name ließ mir die Haare auf Armen, Beinen und Füßen zu Berge stehen. Jemand, der so heißt, musste einfach ein hinterhältiger Drecksack sein. Ich würde ihn Tag und Nacht auspeitschen lassen, jetzt wo Gnaash wieder bei mir war, würde er mich fortan in der finsteren und grausamen Kunst des peinlichen Verhörs unterrichten. Ich war so erzürnt, dass es für mich gar nicht mehr in Frage kam seine Bestrafung irgendeiner anderen Person außer mir selbst in die Hände zu legen. In all dieser Aufregung fragte ich, ob Langfingerus bereits mit dem Drachen in Guernica eingetroffen war. Der Folterschrat schüttelte nur den Kopf und wollte wissen, ob ich noch nichts von dem neureichen Drecksgnom in Hallot gehört hatte. Mir stellten sich weitere Haare, an den von mir bisher unerwähnten Körperpartien, zu Berge. Hatte mich also dieser kleine feige Bastard auch noch hintergangen. Es hätte mir klar sein sollen. Statt dem Drachen gegenüberzutreten und ihn mit meinen Goldstücken anzuwerben, hatte dieser niederträchtige diebische Gnom sich die eigenen Taschen gefüllt. Ich schrie, als wäre die glühende Zange des Nekromanten, über mich gekommen und der alte Peiniger benutzte diese erheitert, um mir genüsslich damit die Haut vom Rücken zu reißen. Ich war umgeben von Betrug und Verrat. Wer wusste denn schon, ob dieser kleine garstige Drecksgnom nicht auch plante, den Knochen-Thron von Guernica einzunehmen? Vielleicht kaufte er sich von meinem Gold in Hallot eine Armee. Genug abgehalfterte Soldaten, Söldner und zwielichtige Oger trieben sich allemal in den düsteren Gassen, dieser einstmals blühenden Handelsmetropole, herum. Ich musste wieder eine weitreichende Entscheidung treffen. Ich der künftige König über Erabadul, Lichtgestalt der Unterwelt, Großherzog der Schatten und Verlierer seiner einzig wahren Liebe, würde ebenfalls Exempel statuieren müssen. Ich beschloss, kurzerhand nach Hallot zu marschieren. Vielleicht war es noch nicht zu spät und Langfingerus hatte den Großteil meines Goldes nicht ausgegeben. Ich würde ihn für seine Blasphemie in der Stadt eigenhändig an eine Hauswand nageln. Da dies entschieden war, ließ ich den Zug der Flüchtlinge von ein paar Fetischen durch den Dschungel zur leerstehenden Pagode eskortieren. Dort würden sie einen Unterschlupf finden und hätten genug Nahrung, um sich von der schweren Reise zu erholen. Shrolock und Ke sprengten die Ketten der angebundenen Alten und Schwachen. Gnaash gesellte sich zu unserer Reisegesellschaft. Mir war zwar nicht ganz wohl dabei, ihn unter uns zu wissen, so war er doch ein loyaler Diener und ich konnte zurzeit jede Keule an meiner Seite gebrauchen. Ke schickte Ingrid einen Boten hinterher. Die Schutztruppe der Fetische sollte nicht nach Guernica zurückkehren, sondern uns vor den Toren Hallots erwarten. Die Nord-Fetische, wie ich den Teil der Bastrock Armee nannte, da sie der Nordfrau folgten, würden von Baap aus schneller in Hallot sein als wir. Ich stellte mir vor wie die knopfäugigen puppenartigen Killer im Hafen von Resista als blinde Passagiere nach Hallot übersetzten. Ich wollte mir nicht ausmalen, wie viele Mitglieder der ursprünglichen Besatzung bei der Ankunft übrig sein würden. Die Stadt lag im Osten von Scinera, in der Bucht von Resista. Das bedeutete für uns einen verflixt langen

Fußmarsch durch das Gebirge und durch Thur hindurch, dann durch Scinera, bis wir letzten Endes die düstere und einstmals prächtige Handelsstadt erreichen würden. Jede Menge Zeit, um meine Rachepläne bis ins letzte Detail zurecht zu schmieden. Der Hass glomm in mir wie ein nicht mehr zu löschendes Feuer. Ich gab umgehend den Befehl zum Aufbruch.

Unsere Reise durch Thur blieb weitestgehend ruhig. Wir durchstreiften die vielen Kornfelder, des Landes. Hier wurden alle möglichen Getreidearten angebaut und es gab unzählige Mühlen. Windmühlen, Wassermühlen und Mahlwerke, die von Eseln, Ochsen oder Sklaven angetrieben wurden. Das gewonnene Mehl ging mit Hilfe von Karawanen seinen Weg in alle Himmelsrichtungen. Die Herren dieser Breiten waren Menschen. Wir hielten uns tunlichst verdeckt, während Shrolock, Gnaash, Ke und ich eingewickelt in alten Fetzen, eher aussahen wie aussätzige Bettler, verstanden es die Fetische, unentdeckt im hohen Gras uns zu begleiten. Die Handelskarren oder auch manche Patrouillen von thurischen Landsknechten machten einen weiten Bogen um uns. Keiner wollte sich hier mit irgendeiner Krankheit anstecken, die möglicherweise tödlich endete. Es gab alle Erdenkbaren davon, die mit Geschwüren, Eiterbeulen oder Blattern einhergingen. Am gefürchtetsten waren allerdings die Geschlechtskrankheiten, die man sich zuziehen konnte, die neben dem körperlichen Verfall auch zu geistigem Ruin und Wahnsinn führten. Die Bekannteste unter ihnen scheute sich auch nicht davor Orks, Oger, Trolle oder gar Riesen zu befallen. Die »feuchte Lisiphys« war allgegenwärtig. Auch wenn, jeder wusste, dass er sich in den Hurenhäusern Erabaduls damit anstecken konnte, so achteten oftmals die männlichen Kreaturen im Suff nicht darauf, wen sie sich in ihre Schlafstätten einluden. So konnte sich diese verabscheuenswerte Krankheit ungehindert verbreiten. Noch ein Grund, warum ich mich so oft als möglich in den Badezuber begebe. Allein beim Niederschreiben dieser Zeilen, beginnt es mich im Schritt zu jucken, wenn ich an die Opfer der feuchten Lisiphys denke. Natürlich hatte sich mein forschender ehemaliger Meister mit dem Studium dieser ekelhaften Erkrankung befasst. Ich musste ihm hin und wieder bei seinen illegalen Obduktionen assistieren oder bei der Entnahme von Gewebeproben von befallenen Genitalien. Er untersuchte auch die Auswirkungen der Krankheit auf das Gehirn der infizierten Kreaturen und entdeckte dabei Veränderungen in verschiedenen Segmenten. Er hatte mich einmal brutal gequält, als er nach einem kontaminierten Hirn verlangte und ich nicht ein einziges zur Verfügung stellen konnte. Er schnappte mich am Hals und drückte mich auf die Liege. Er zog eines seiner Schneideinstrumente hervor und meinte, ich soll stillhalten. Er würde mir den Schädel öffnen und mein Denkorgan zum Vergleich heranziehen. Danach wollte er die nutzlose Rübe wieder sauber verschließen. Ich solle mir bloß keine Gedanken machen. Er wäre sowieso verwundert, wenn er in diesem Kopf überhaupt ein Hirn finden würde. Mit einem barbarischen, hässlichen Gelächter fuhr er mir mit seinem Skalpell über die Wange und ich schrie wie am Spieß. Dann schleuderte er mich, fortwährend am Halse gepackt, gegen die Steinmauer im Verlies. Nachdem ich von der Wand in den Dreck herabgeglitten war und mir die Luft zum Atmen fehlte, lachte er mich mit einem grotesken, boshaften Prusten aus. Der Sadist meinte, ich hätte meinen Blick sehen sollen, als er das Seziermesser zückte. »Köstlich, ganz köstlich ... «, waren seine Worte. Wenn ich so darüber nachdenke, wäre es eigentlich längst an der Zeit den ehemaligen Herren, für seine Jahrhundertelange

Ungerechtigkeiten mir gegenüber, zur Rechenschaft zu ziehen. Ich werde, nachdem ich die Mansio, mein Land und die ersten weiteren Ländereien erobert habe, nach den mächtigsten Zauberern in ganz Erabadul suchen lassen. Illusionisten, Feuermagier, Wassermagier, Eismagier, Naturmagier, Weißmagier, Graumagier und von mir aus auch andere Schwarzmagier oder Nekromanten. Es musste jemanden geben, der Arulapadura gegenübertrat und ihm seine eigenen Grenzen aufzeigte. Ich weiß der Tag seiner Rückkehr wird mein Fall sein, wenn ich bis dahin nicht in der Lage bin gegen diesen boshaften alten Stinker etwas auszurichten. Über was sich ein designierter Herrscher alles Gedanken machen muss! Furchtbar, ganz furchtbar. Ich denke, dass langsam mein Geist gar nicht mehr zur Ruhe kommt.

Shrolock hielt einen dürren Ast mit einem am oberen Ende daran gebundenen schwarzen Tuch, das Zeichen der Aussätzigen, in die Höhe. Ein mit Kreide darauf gekritzeltes »L« warnte, dass wir an der feuchten Lisiphys erkrankt waren. Je nach Fortschritt der Krankheit litten die Opfer unter irrationalen und gewalttätigen Verhalten. Sie beißen und kratzen und infizieren damit andere. Diese Tarnung, die ich mir da ausgedacht hatte, war genial. Aber ich hatte nichts Geringeres von mir erwartet. Von wegen kein Hirn. Es gehört einfach zu meinen königlichen Attributen, dass mir allzeit eine brillante Lösung einfällt. Als wir dann unweit von einem Dorf eine kurze Rast eingelegt hatten, war diese hervorragende Idee, allerdings nicht mehr so beachtlich. Wir grillten uns über einem kleinen Feuer ein paar Stachelmäuse, die Ke für uns erlegt hatte. Ein paar Bauern, die vom Felde zurückkehrten, hatten uns dabei gesehen und befürchteten, dass wir in ihrer Siedlung rasten würden. Nachdem wir gegessen hatten und uns auf etwas Gras gebettet ausruhten, verfehlte eine Mistgabel nur knapp ihr angedachtes Ziel. Dieser anvisierte Punkt war ich. Der künftige Herrscher, auch über Thur. Diese Wahnsinnigen, wie konnten sie es wagen, mich anzugreifen. Ich wollte sie zur Rede stellen und rappelte mich auf. Ein aufgebrachter Mob, den ich in einer solchen Größe nicht erwartet hatte, eilte auf uns zu. Das ganze Dorf schien auf den Beinen, selbst die Alten und Lahmen kamen wütend herangewackelt. Ich duckte mich weg. Sie bewarfen uns mit faulem Gemüse und ranzig gammeligen Fisch. Dann flogen die ersten Steine in unsere Richtung, die sie vom Boden aufgerafft hatten. Ke wollte seiner Bastrock-Armee ein Zeichen geben, doch ich hielt ihn zurück. Wir mussten noch viele Meilen und vermutlich mehrere Tage durch dieses Land ziehen. Thur ist eines der größten Länder in Erabadul, das wusste ich aus den Aufzeichnungen des Kartographen meines verhassten ehemaligen Meisters. Wir konnten es uns nicht leisten von den Landsknechten gejagt zu werden. Zwar wären wir ohne größere Anstrengungen in der Lage, diesen aufgebrachten Pöbel niederzumetzeln, doch warum hätte ich diesen Befehl erteilen sollen? Nur weil ich uns wie Aussätzige geschmückt hatte? Sie schrien uns an, spuckten nach uns und verlangten, dass wir schleunigst verschwinden und zum Teufel scheren. Im Nachbardorf sei seit geraumer Zeit der Dünnschiss eingekehrt und viele seien am begleitenden Fieber gestorben. Mich traf eine faule Tomate am Kopf, sie zerplatzte und verteilte ihr weiches, modriges Fleisch über mein fetzenbehangenes Gesicht. Shrolock wurde von einem größeren Stein an der Schulter getroffen und Ke wurde um Haaresbreite von einem Kürbis erschlagen, den ein Berg von einem Mann auf ihn geschleudert hatte. Immer mehr Gegenstände, ob essbar oder nicht, flogen uns um die Ohren. Weitere Forken wurden auf uns geschmissen und so rannten wir, wie die feigen Mäuse, die wir kurz zuvor vertilgt hatten, davon. Auf Gnaashs Kopf schlugen zwei Eier ein. Der verdorbene Inhalt lief ihm in die Augen und er stolperte mehrmals, bevor er wieder einigermaßen etwas sehen konnte. Diese elende Landbevölkerung. Abergläubig, gottesfürchtig und dumm wie das Mehl, welches aus ihrem angebauten Korn gemahlen wird. Das waren also meine künftigen Untertanen. Hätten die alle einen eigenen Badezuber und würden sich nicht in der gleichen Dreckbrühe waschen wie ihre Nachbarn, dann würden diese Seuchen erst gar nicht mehr ausbrechen. Aber die persönliche Reinlichkeit, wird in Erabadul nicht besonders großgeschrieben. Wir flüchteten, so schnell wir konnten zu einem Waldrand. Die wütende Meute folgte erzürnt und deckte uns mit den verschiedensten Wurfgeschossen ein. Seltsamerweise blieben sie abrupt stehen, als wir die ersten Bäume erreichten. Sie beschimpften uns mit Worten, die selbst mir nicht geläufig waren. Wir wären »*Drecktrantscher, Grabenscheißer, Kotvögel, Saubesen, Bettprunzer und meineidige Zipfeler.*« Es waren noch Unzählige mehr, aber die konnte ich mir nicht alle merken, obwohl ich viele davon durchaus originell fand. Langsam kehrten sie alle in ihr Dorf zurück. Keiner von ihnen hatte Lust, uns weiter in den Wald zu folgen. Einige lachten sogar, als sie sahen, dass wir uns dorthinein zurückzogen. Ich hörte, dass einer meinte »*Lass diese Lumpen nur dort hineingehen, dieses Lepra-Pack wird ebenda bestimmt nicht mehr herauskommen.*« Von dieser Aussage gewarnt, befahl ich meinen Begleitern, nicht tiefer in den Wald vorzudringen. Wir hielten uns in Sichtweite zum Rand des Hains auf und versteckten uns hinter Gebüschen und Baumstümpfen. Als keiner dieser dumpfen und schäbigen Pflanzer mehr zu sehen war, wagten wir uns wieder aus dem Wald heraus. Es wurde dunkel und wir setzten unseren Weg fort. Am Waldrand entlang suchten wir nach einer brauchbaren Behausung für die Nacht. Vielleicht hatten diesen Stoffel irgendwo eine Scheune auf ihren Feldern, die wir besetzen konnten. Tatsächlich fanden wir eine halbverfallene Hütte. Der hauseigene Fundus war beträchtlich mitgenommen und das Dach hatte Löcher vorzuweisen. Dies störte uns nicht. Shrolock und Gnaash schlugen ein paar Tannenäste vom nahegelegenen Wald und bedeckten damit die undichten Stellen. Ein bescheidener Ofen in der Behausung spendete uns Wärme. Wir mussten den Kamin erst freiräumen, da dieser mit Unrat zugeschüttet war. Ke besorgte uns wieder etwas Essbares. Er hatte ein paar gelbliche Knollen aus dem Boden herausgegraben, die er als »*Patata-Huawoatscha*« bezeichnete. Wir kochten diese in einem alten Topf, der sich in unserer Unterkunft gefunden hatte. Einen seltsamen Vogel den Gnaash mit einer selbstgebauten Zwille erlegt hatte, warfen wir dazu. Shrolock hatte ein paar bekannte Kräuter entdeckt, die wir zum Würzen verwendeten. Ich muss sagen, es hat besser als Asselpampe geschmeckt, auch wenn wir das Vöglein hätten von seinem Gefieder befreien sollen, bevor wir es in den Topf gaben. Aber egal. Wir hatten ein Dach über dem Kopf, die Bäuche waren prall gefüllt und es gab sogar trockenes Stroh, auf dem wir schlafen konnten. Zwar geziemte diese Residenz sich in keiner Manier dem künftigen Prachtherrscher, dem vorzüglichen und sympathischen Tornwart dem I., annähernd gerecht zu werden. Es war aber besser, als draußen zu nächtigen. Ein Gewitter war bei unserem Abendmahl aufgezogen und wir waren froh, dass wir diese Bude gefunden hatten. Der Wind pfiff durch die Ritzen und der Regen prasselte auf das nicht restlos dicht gewordene Dach. Der Kamin funktionierte und ebendarum war es erträglich. Gnaash berichtete mehr aus Guernica. Er hatte lauschen können, als

Schmatz Schattenmantel seinen Vertrauten, überwiegend andere Nachtschattengnome aus den Minen Arulapaduras, seine Befehle auftrug. Er wollte einen Krieg anzetteln. Nicht so klug wie ich, denn ich hatte vor Schritt für Schritt, die umliegenden Ländereien zu unterwerfen. Dazu sollten nicht nur meine Armee und der Drache sorgen, nein etwas Diplomatie und hier und dort die richtigen Hände geschmiert, würden mir die allumfassende Macht sichern. Schattenmantel allerdings, hatte vor die Bergstämme der Goblins unter seinem Banner zu vereinen, ebenso wollte er im Gebirge nach Höhlentrollen Ausschau halten. Da es ihm nicht an Magie mangelte, ließ er nach der geheimen Bibliothek des Meisters Arulapadura suchen. Diese könnte er dann zu seiner eigenen Bildung missbrauchen. Er wolle mit einem Zauber dafür sorgen, dass sich die Trolle tagsüber bewegen konnten, ohne sich in Stein zu verwandeln. In den Verliesen züchtete er robustere Rassen, der heimischen Nachtschattenwölfe. Er würde sie mit den größten Raubkatzen aus dem Dunkelhain in Flatula kreuzen. Was daraus bisher hervorgegangen sei, wäre das Aggressivste und Wildeste, was Gnaash bis zum heutigen Tag gesehen hätte. Mit Beschleunigungszaubern würde der Herrscheraspirant, die Tragezeit und den Wachstum dieser Geschöpfe, massiv steigern. Ebendeshalb könnte er in zwei bis drei Wochen, ein schlagkräftiges Heer auf die Beine gestellt haben. Die Oger und Schrate, wie die einfachen Goblins würden mit speziellen Tinkturen, Suden und Tränken versorgt, die ihre Muskelkraft und ihre Bestialität um ein Vielfaches erhöhen würden. Nachdem er die Schmiede hatte alle töten lassen, ließ er in sämtlichen umliegenden Siedlungen den Dorfschmied entführen. Die neu versklavten Handwerker mussten ab sofort in den Essen unter Barad Guul in die Waffen- und Rüstungsanfertigung einsteigen. Ork und Oger Aufseher sorgten dafür, dass sie das tägliche Pensum erreichten und wenn die Schmiede dies nicht schafften, ließ der Tyrann sie zu Tode peitschen. Tagtäglich kamen neue Sklaven aus ganz Erabadul an. Ob er diese primitiv entführte oder mit den Goldreserven, die Tag für Tag wuchsen, auf den Sklavenmärkten einkaufte, war dabei unerheblich. Sein unheilvoller Schattenmantel breitete sich bereits aus. Gnaash berichtete über Scharmützel mit den Dunkel-Elben aus den angrenzenden Gebieten Flatulas. Die ersten dunkelelfischen Sklaven-Kolonnen waren in den Minen tätig. Das war nicht eben mal so über Nacht entstanden. Dieser Zeremonienmeister hatte auf diesen Augenblick wohl nur gewartet und längst sein Ansinnen zur Machtübernahme bis ins letzte Detail ausgearbeitet in seiner Schublade liegen gehabt. Ich bin darüber mehr als verärgert, er ist mir um unzählige Schritte voraus und hat mich, den Unfehlbaren, mit einer beschissenen Geschichte über ein Kleeblatt mit fünf Stielen, zum größten Narren von Erabadul gehalten. Für mich ist klar, dass ich die Zeit, in der wir unterwegs sind, nutzen will, um einen perfiden Racheplan zu schmieden. Für die Schlacht um Guernica und Barad Guul muss ich mehr aufbieten wie zweitausend Fetische. Sie mögen für eine schmerzhafte Überraschung geeignet sein, aber den zahlenmäßig überlegenen Truppen dieses Schmatz, können wir nicht lange Paroli bieten. Wenn nicht zusätzlich der Verrat durch den Drecksgnom meine Lage schier aussichtslos werden ließe und ich über den Pestdrachen von Laruuz gebieten könnte, ja dann sehe das allemal anders aus. Aber hätte-wäre-wenn nützt mir hier nichts! Selbst ist der Grompf und ich werde dem von mir erdachten Plan folgen. Immerhin ziehen wir durch breite Landstriche, dann werde ich diese Umstände nutzen, um Söldner und kriegslustige Rabauken anzuwerben. Leider habe ich nicht massig Münzen parat, um solche Wüstlinge zu bezahlen. Während ich tief in düsteren Gedanken versunken war, schnarchte Shrolock bereits. Das Unwetter hatte glücklicherweise die Behausung stehen lassen und war dabei sich langsam, aber sicher zu verziehen. Als nur noch das gleichmäßige Plätschern eines leichten Regens auf dem behelfsmäßig geflickten Dach zu hören war, erscholl ein schockierendes, markerschütterndes Kreischen. Gnaash war sofort auf den Beinen und erhob mit gefletschten Zähnen seine Keule. Ke war nicht minder flink und hatte sein übergroßes scharfes Messer gezogen. Ich hatte so etwas noch nie zuvor gehört, es klang, als würde irgendein Dämon auf die düsteren Anrufungen, die der Nekromant stets mit der Totenwelt führte, antworten. Es konnte nicht von dieser Welt sein. Wieder erklang dieses unerträgliche Kreischen. Es kam aus dem naheliegenden Wald und näherte sich unserer fürstlichen Nachtfestung. Die Bastrockarmee hatte sich draußen verkrochen, wie so oft hatte ich mich gefragt, wo sich die kurzen Scheißer verborgen hielten. Einzig Ke schien zu wissen, wo seine Gefolgschaft sich herumtrieb. Ich hoffte, dass noch genug da waren, um uns zu schützen, vor was auch immer. Selbst der Moffrat Schatten hatte nicht solche Laute ausgestoßen. Nun war es so dicht bei uns, dass man auch das nach dem Kreischen folgende Röcheln vernahm. Dies wiederum kam mir sehr bekannt vor. Der Meister belebte öfter die Toten. Diese röchelten in ähnlicher Art und Weise, wenn sie über die scheißkalten Platten im Herrensaal schlurften und nach etwas suchten, was sie zu ihres Gleichen machen konnten. Aber Untote gab es nur dort, wo ein Nekromant sein Unwesen trieb. Mir fiel alles ein. Sollte Arulapadura etwa hier unterwegs sein, hier in Thur? Ich konnte es nicht ausschließen, letzten Endes ließ er mich über seine Reiseziele im Unklaren. Ein weiteres irres Kreischen ertönte, gefolgt von einem dumpfen Aufprallgeräusch direkt vor unserer Hütte. Ich griff mir einen Ast, der als Feuerholz hätte dienen sollen, hielt ihn in die Glut des Ofens und wagte es mit meiner Fackel in der Hand, die schäbige Tür zu öffnen und hinauszutreten. Vor mir lag ein etwa zwölf Fuß großer Waldtroll. Seine Haut hatte eine ungesunde bläuliche Färbung angenommen, als würde sein Blut nicht richtig zirkulieren können. An einigen Stellen waren blutige Geschwüre und Nekrosen zu erkennen, die sich langsam auszubreiten schienen und die Dermis zerstörten. Aus trüben, glasigen und ausdruckslosen Augen starrte mich dieses Geschöpf an. Anstelle der üblichen Pupillen waren ein unheilvolles Glimmen wahrzunehmen, welches mir außerordentliches Unbehagen bereitete. Ich fuchtelte mit meiner Fackel vor seinem Kopf hin und her, doch der Troll reagierte kaum auf diese visuellen Reize und schien stark desorientiert. Er stammelte undeutlich und schien keine Notiz von uns zu nehmen. Es war als ob diese Kreatur in einer Welt gefangen war, die nur sie selbst sehen konnte. Gnaash stand mittlerweile mit erhobener Keule dicht neben mir. Ke hatte sich direkt am Kopf postiert und seine Waffe hielt er zum Stich bereit. Aus dem Nichts überkam das Ungetüm einen Krampf. Unkontrollierte Zuckungen schüttelten das Wesen brutal durch. Seine mächtigen Muskeln verkrampften sich in unregelmäßigen Intervallen. Dies führte zu verrenkten und unnatürlichen Körperhaltungen. Schmerzerfülltes Schreien und Stöhnen unterstrich die Qualen, die das Monster erlitt. Es war, als ob der Troll von unsichtbaren Fesseln gequält wurde. Dann grabschte dieses Scheusal wild um sich, versuchte zu beißen und zu kratzen. Wenn dieser Waldtroll einmal über ein zurückhaltendes und scheues Wesen verfügt hatte, war dies nun einem irrationalen und gewalttätigen Verhalten gewichen. Von dem ehemals vorhandenen Verstand schien nicht mehr viel übriggeblieben. Ein scharfer, erdiger Geruch lag schwer in der Luft. Ein unverkennbares Zeichen für die Ursache des abartigen Leidens. Etwas hatte den Waldtroll befallen und sich in jedem Winkel seines Körpers ausgebreitet. Wir konnten die Präsenz von jenem Ding förmlich spüren. Aus meinen langjährigen Erfahrungen im Dienste des Nekromanten war mir bewusst, was wir da vor uns hatten. Es war eine Vergiftung. Keine, die vermutlich absichtlich hervorgerufen wurde. Dieser Gigant musste das Toxikum über seine Nahrung aufgenommen haben. Thur war ein Land, das überwiegend für den Getreideanbau bekannt war. Wenn ein Waldtroll nicht gerade unvorsichtige Wanderer auf seinem Speiseplan vermelden konnte, dann war er gezwungen sich an der üppigen Vorratskammer der Gegend zu bedienen. Ein hinterhältiger Pilz verbarg sich oftmals und nicht erkennbar im Korn. Wenn Menschen oder kleinere Geschöpfe von diesem Schwamm befallen wurden, dauerte es meist nur eine Woche, bis diese elendig zugrunde gingen. Ich hatte aber noch nie einen Troll gesehen, der darunter litt. Bei dieser Körpergröße musste er schon sehr viel länger damit infiziert sein. Umso qualvoller und grausamer war sein Siechtum. Wir konnten nichts mehr für ihn tun. Wäre der Nekromant da gewesen, hätte er eine Tinktur verwendet. Er hatte es in wenigen Fällen geschafft, die Symptome zu lindern, aber die bereits eingetretenen Schädigungen blieben stets irreversibel. Schwer keuchend lag das bemitleidenswerte Wesen zu unseren Füßen. Ein markerschütternder Schrei entwich den Tiefen seiner infizierten Kehle. Qualvoll versuchte die Kreatur, zu schlucken. Ich wollte mir das Bild des Elends nicht länger ansehen und gab Ke mit einem Blick zu verstehen, dass er diesem Leiden ein möglichst schmerzarmes Ende setzen soll. Er nickte nur angedeutet und rammte im selben Augenblick seinen unverhältnismäßig großen Dolch mit größtmöglicher Wucht bis zum Schaft in das Hirn des Leidenden. So gezielt, wie er diesen Stich anbrachte, war mir klar, dass Ke bereits gegen Trolle gekämpft hatte. Auch wenn ich dies in Anbetracht seiner geringen Größe vorher eher ausschloss. Seine Klinge hatte präzise den schwächsten Punkt des Schädels durchstoßen und damit für ein schnelles und gnädiges Ende gesorgt. Der Waldtroll war sofort tot, sein mächtiger Leib zuckte zwar eine geraume Zeit, aber er war endlich erlöst. Wie aus dem Nichts tauchte um uns herum die Bastrockarmee auf, die sich wie immer im Verborgenen gehalten hatte. Sie wollten sich über den gigantischen Fleischberg hermachen und sich sattfressen. Ich kreischte grell auf: »*Gift! Ihr dürft das Fleisch nicht fressen!*« Ke schrie »*Inquinzuowuotschaaaaaaa!!!*« , doch für mindestens zehn dieser ausgehungerten Monster kam der Befehl zu spät. Sie hatten längst ihre gierigen spitzen Reißzähne in den vergifteten Leib gegraben. Ihr Anführer brüllte noch etwas und sie spuckten aus, was sie in ihrem Maul hatten. Jetzt musste sich zeigen, ob es nicht zu spät war. Dieser Pilz hatte sich im ganzen Körper des Giganten ausgebreitet. Blieb zu hoffen, dass die Fetische sich nicht infiziert hatten. Ich wollte keine Verluste unter den königlichen Kriegern wegen einer Fressorgie hinnehmen. Nun hieß es warten. Da die lebendigen Götzenbilder sehr klein waren, würde im Fall einer Infektion, es nicht einen Tag dauern, bis die ersten Symptome auftreten. Der Rest der Nacht war ruhig und wir bekamen alle eine gute Mütze Schlaf. Ich hatte allerdings große Mühe, diesen zu finden. In meinem grompfischen Hirn bildeten die Gedanken ein einziges Wirrwarr. Sie kreisten ständig um Schmatz Schattenmantel und seine ruchlose Machtergreifung in Guernica. Gnaash hatte mir mehr von den Opfern dieses brutalen Scheusals erzählt und die meisten der Verbrannten kannte ich gut. Ich versuchte, die düsteren Tatsachen zu sortieren, sie in eine Richtung zu bringen, doch mein Hass, den ich gegen diese mistige Zecke empfand, hielt mich davon ab. Zu später Stunde fiel ich in einem unruhigen Schlaf und mein Traum führte mich in die Finsternis unter der Mansio. In die Minen des Arulapadura. Ich irrte allein durch die Gänge. Verschiedene Wegweiser, die in krakeligen Handschriften mit Kreide an die Wände geschmiert waren, dienten mir zur Orientierung. Ich lief mit einer Fackel durch die immerwährende Schwärze und konnte mich nicht daran erinnern, je an diesen Stellen gewandelt zu haben. Aber das konnte nicht sein, ich kannte die Mine wie meine Wamstasche. Ich überwachte tagtäglich die Tätigkeiten der Sklaven und der Aufseher. Einmal am Tag musste ich die Runde machen und das tat ich auch. Trotz des in mir tief verankerten Hanges zum Nichtstun kam ich dieser Pflicht stets nach. Ich hatte es einst gewagt, dies nicht zu tun und stattdessen faul im Badezuber zu ruhen. Das war kurz, nachdem mich der Nekromant erschaffen und in seine Dienste aufnahm. Ich hatte damals noch nicht gewusst, dass es ein essentielles Naturgesetz in der Mansio gab. »*Der Meister weiß alles und sieht alles!*« Die dafür fällige Bestrafung ließ mich das bitter spüren. Was Schmerzvermeidung doch für eine Motivation sein kann. In meinem Traum war ich allerdings allein in der Mine, keine Kobolde, Goblins, Schrate, Orks oder Oger. Nein, nicht eine Seele war gegenwärtig und dennoch spürte ich eine Präsenz, eine finstere, düstere und boshafte Teilnahme an diesem obskuren Irrlauf durch diese verfluchten Katakomben. Es war nicht der Nekromant. In der mir aufgebürdeten Dienerzeit hatte ich zackig gelernt, wie es sich anfühlt, wenn der Meister einem, sagen wir... im Blick behält. Es war ein ähnlich unangenehmes Gefühl, aber was ich nun zu verspüren glaubte, war etwas, dass mir anhaftete wie ein Jahrtausend Jahre alter Fluch, den man nicht abschütteln konnte, der allgegenwärtig zu sein schien. Ich eilte hastiger durch diese Finsternis, in der Hoffnung eine mir bekannte Stelle auszumachen, ohne Erfolg. Dann, als ich vor einem Schacht Zugang stehen blieb, aus dem mir ein Dunkel entgegenschlug, welches alles um sich herum zu verschlucken drohte, zog ein eisiger Lufthauch über meinen Rücken. Die Flamme der Fackel fauchte unruhig auf und die Lohen schienen aus angsterfüllten feurigen Fratzen zu bestehen. Ich wollte rasch vorbei an diesem unheilverkündenden Loch, aber verharrte, wie angewurzelt davor und starrte in die Finsternis. Dann nahm ich ein Flüstern wahr. Ich verstand nicht, was da gewispert wurde, aber es war grauenvoll. Eine schwarze Sprache, deren Aussprache allein schon bestialische Schmerzen in den mir eigenen prachtvollen Lauschern und in meinem Hirn verursachte. Ich erstarrte weiter und eine Gänsehaut zog sich von den Füßen über den gesamten Körper und glitt zuletzt über den Nacken bis hin zur Stirn. Es war, als würde ich einen Schemen in der vollkommenen Finsternis ausmachen. Aber wie soll ein Schatten existieren, wo es kein Licht gab? Die garstige Fackel war längst erloschen, als mir eine schaurige Stimme, die direkt ihren Ursprung neben dem exquisiten grompfischen Ohr zu haben schien, in einem unerträglichen Alterabadulisch befahl in die endlose Dunkelheit einzutreten. Die vollständige majestätische Körperbehaarung richtete sich an mir auf. Mir war eiskalt und ich drohte von einem inneren Fieber zu verglühen. Ein Schrei wollte aus meiner Kehle entweichen, doch ich blieb stumm. Das Grauen, dass seine schauderhaften Fesseln um mein kleines hochadeliges Herz gelegt hatte, hielt mich in einem Zustand der Paralyse gefangen. Ein weiteres Mal vernahm ich die letale Aufforderung, dorthinein zu gehen. Dort wo es mir nie wieder gestattet werden sollte, einen einzigen jämmerlichen Funken Freude oder Hoffnung zu empfinden. Dort wo selbst die Schatten sich nie mehr zeigten. Dort wo die Ewigkeit der Qual, die Vorherrschaft innehatte. Dort wo sogar ein Dämon der verfluchten Dunkelheit auf Gedeih und Verderb ausgeliefert war. Ich sollte gezwungen werden diesen Ort, von dem kein Lebender je berichten konnte, zu betreten. In Äonen war es niemandem gelungen, aus dieser allumfassenden Nacht wieder aufzuerstehen. Das wusste ich in dem Moment, als ich hineinstarrte. Dann explodierte in meinem Kopf erneut der schaudervolle Befehl einzutreten. Endlich entwich der staubtrockenen Kehle, die mir anhaftete, der längst überfällige Schrei, der die Grundfesten meines Verstandes vor dem endgültigen Wahnsinn schützen sollte. Der ohrenzerreißende Laut, den ich ausstieß, konnte, man nicht als Aufschrei bezeichnen. Während das Echo von links, rechts und hinter mir diesen, aus umfänglicher Angst geborenen, Urschrei durch die Mine warf, verschluckte der Stollen vor mir jeglichen Hall. Dieser Schacht nahm mein gigantisches Fracksausen wie eine düngende Nahrung in sich auf. Ich sah, dass sich die Dunkelheit daran zu weiden schien und sofern dies überhaupt möglich war, verfinsterte sich die Schwärze unaufhaltsam. Ein malignes Lachen, das boshafteste Gelächter was ich je vernommen hatte, schlug mir aus dem Loch entgegen. Meine Augen weiteten sich, bis es nicht mehr ging. Etwas raste auf mich zu. Es kam aus der allerschwärzesten Düsternis und ich fühlte, dass dieses Ding, das unsagbar Böse selbst sein musste. Eine Essenz, die verborgen in jenem mit purer Lebensverachtung gefüllten Schacht, jetzt nach mir griff, um mich in sich aufzunehmen. Mich gnadenlos absorbiert. Alles, was mich ausmacht, würde für alle Zeit in dieser allumfassenden Finsternis begraben bleiben. Ich schrie, kreischte, weinte und das gehässige Lachen erfüllte meinen vor Angst bebenden Körper als mich eine gehörige Ohrfeige in die Realität von Thur zurückholte. Shrolock hatte mir ordentlich eine verpasst. Zum ersten Mal war ich glücklich darüber, dass mich jemand geschlagen hatte. Ke, Gnaash und mein Leibschrat standen um mich herum und schauten mich an, als wäre ich ein Gorillum, dass man hinter Gitterstäben in einem zoologischen Erabadulium bewunderte. Ich wischte mir über das Gesicht und bemerkte, dass zahlreiche Tränen geflossen waren. »*Geht es Euch gut?*«, fragte erstaunlicherweise Ke. »*Ihr habt fast einen halben Tag da gelegen und geschrien. Das war nicht die erste Ohrfeige, die Euch Shrolock und Gnaash verabreichte.*« Ich tastete nochmal über meine Wange und spürte, dass diese auffällig heiß und angeschwollen war. »*Den halben Tag?*«, erwiderte ich vollkommen verwirrt. Shrolock nahm mich völlig unerwartet in die Arme und drückte mich an seine breite Brust. Dann ließ er mich unmittelbar wieder los und stammelte verlegen mit seiner tiefen rauen Stimme »*Entschuldigt Herr, ich war besorgt.*« Das verstörte mich noch mehr. Ich konnte mich gut an den Traum erinnern und brachte ihn gleich zu Papier. Aber die Emotion Shrolocks rührte mich und stand in einem surrealen Kontrast zu meiner Vision. Mir fiel daraufhin auf, dass ich kaum etwas über den Schrat wusste. Er war mir absolut loyal gegenüber, das hat er mehr als einmal auf unserer Reise unter Beweis gestellt, aber wer ist er überhaupt? Ich hatte ihn aus verschiedenen Grottenschraten ausgewählt, weil der Feuerholz-Oger eine gewisse Renitenz aufwies, als er mir bei meinem Krönungsversuch die Krone vom Haupt geschlagen hatte. Aber ich hatte willkürlich einen der Schrate auserwählt. Warum war er mir so verbunden? Weil ich ihn nicht aufgegeben habe und ihn aus den Klauen dieser gestörten Walddruse befreit hatte? Gut möglich, aber macht das nicht einen guten König aus, für sein Volk da zu sein? Ich habe zugegebenermaßen bisher immer nur über meine eigenen Ziele nachgedacht. Die Krönung, mein begehrtes Weib Ingrid und natürlich Herrscher über alles und jeden in Erabadul zu werden. Doch wusste ich rein gar nichts über Ke, Shrolock und nicht wirklich viel über Gnaash, außer dass er ein perfekt ausgebildeter Handlanger der Tortur war. Aber was waren solche Henker eigentlich für Kreaturen? Welches Wesen hatte ein Fetisch? Fragen auf die ich keine Antwort kenne. Auf was für Gedanken einem ein Albtraum brachte. Ich nehme mir vor, mehr über meine Begleiter in Erfahrung zu bringen.

Es war an der Zeit weiterzuziehen. Wir hatten einen weiten Fußmarsch, durch dieses vom Korn regierte Land, vor uns. Während wir über die ausgetrampelten Pfade, die rechts und links von diesen goldenen Feldern gesäumt waren, trotteten, gab es genug Zeit, die wir nicht nur schweigend verbrachten. Ich beschloss, eine Konversation mit Ke zu beginnen, was natürlich eine der größten Herausforderungen überhaupt darstellte. Seine kleinen Füße waren unaufhörlich damit beschäftigt in Bewegung zu bleiben, um Schritt halten zu können. Seine Beine waren gerade mal halb so lang wie meine eigenen. Ich fragte oberflächlich, wie es ihm denn ginge. Er starrte mich aus seinen winzigen knopfartigen Augen an, als hätte ich ihn darüber befragt, wie seine Entjungferung vonstattengegangen sei. Wobei ich mich frage, ob dieser kleine Fetisch nicht sogar der Unberührbarkeit frönt. Statt einer Antwort gab er mit einer eindeutigen Geste seiner kümmerlichen Finger zu verstehen, dass alles in Ordnung sei. Dann schaute er wieder starr gerade aus und konzentrierte sich auf das Lauftempo. Das war für mich eine abgeschlossene Aussage, also der zu kurz geratene Häuptling wollte wohl nicht mit mir reden, leitete ich daraus ab. Warum Ke treu an meiner Seite stand, war auch nur teilweise nachvollziehbar. Natürlich hatten wir die Fetische von dem grausam wütenden Moffrat Schatten befreit, aber ich hatte ihre eigene Gnadenlosigkeit erlebt. Jedes Mal, wenn ich diese unzähligen spitzen gierigen Zähne in Kes Maul aufblitzen sehe, bin ich mir immer noch nicht sicher, ob er integer ist. Es gab bisher keinen Grund, dies anzuzweifeln. Die Bastrockpuppen haben mir stets hervorragend gedient. Ich lief gemächlich weiter, ließ bewusst zu, dass wir schweigend nebeneinander hergingen, und hing meinen Gedanken nach. Als die Sonne am höchsten stand, ließen wir uns unter einem imposanten knorrigen Baum nieder, der wie ein Relikt aus uralter Zeit am Wegesrand emporragte. Umgeben von den nicht enden wollenden Kornfeldern stach er weithin sichtbar aus dieser eintönigen Landschaft hervor. Wir beschlossen im Schatten des Gewächses ein Feuer zu entfachen. Ke wies ein paar Fetisch-Kundschafter an, nach den erdigen Knollen zu suchen, die wir gestern verspeist hatten. Hierzu würden sie durch die hochstehenden Felder zu den außen angrenzenden Äckern ziehen. Dort gab es diese Frucht, die Ke Patata-Huawoatscha nannte in irrsinniger Auswahl. Von dem Korn hielten wir uns fern, nachdem wir gesehen hatten, wie es dem Troll von letzter Nacht ergangen war. Ich versuchte, erneut Konversation zu betreiben, und beschloss in meiner königlichen Weisheit, dass Eis nicht mit direkten Fragen zu brechen. Dies wäre vermutlich wie bei Ke geendet, befürchtete ich zumindest. Ich entschied, die Runde zu eröffnen, und fragte die würdigen Gefährten, ob sie schon etwas über den Schattenfänger gehört hatten. Shrolock fing unwillkürlich an zu lachen. Er meinte, er hätte einen gekannt, wie er noch in der Mine schuftete. »*Als endlich die Glocke das Signal zum Schür-*

fende eingeläutet hatte und sich alle Sklaven in Gruppen an die Feuer setzten, kamen die Aufseher mit dem Essen. Manchmal war es nicht genießbar und es war faules Gemüse dabei. Dann haben wir einen Stümper-Kobold namens Luki damit beworfen. Meist waren es gammelige Kohlköpfe. Dieser Luki wollte sie oftmals auffangen, da ihn die Ungenießbarkeit dieser Nahrung nicht davon abhielt sie dennoch zu fressen. In den seltensten Fällen gelang ihm das, denn er war so kurzsichtig wie ein Mull. Deshalb nannten wir ihn Schattenfänger, denn mehr konnte er gemeinhin nicht erhaschen.« Schloss Shrolock weiterhin amüsiert seinen Bericht. Es tat gut ihn Lächeln zu sehen, denn er hatte verdammt viel durchgemacht, seit er getreulich für meine Krone kämpfte. Gnaash lachte. Er freute sich sogar darüber. »*Diese dummen Stümper-Kobolde. Nur Scheiße im Kopf und von Natur aus mit den geistigen Fähigkeiten eines Kieselsteins gesegnet. Im Gegensatz zu den größeren Kobolden sind sie einfach blöd wie Stroh. Wenn ich es nicht besser wüsste, entstammen die aus einem missglückten Experiment des Nekromanten.«*, grunzte er fröhlich hinterher. Tatsächlich waren die Stümper-Kobolde kein Stück für irgendwas zu gebrauchen. Fast für nichts. Denn der Meister Arulapadura hatte ihr einziges Potential erkannt. Sie waren sehr beharrlich in dem, was sie taten. Also drückte er ihnen Grabungswerkzeuge in die Hand, ließ sie in den Minenschächten scharren und versprach den einfältigen Wesen dafür Nahrung. Leider kam es gehäuft zu Unglücken, denn sie hörten nicht auf, zu buddeln, wenn sie auf Anzeichen von Wasser trafen. Die eindeutigen Merkmale konnten sie aufgrund ihrer wenigen Gehirnzellen und vielleicht auch, weil sie fast blind sind, nicht erkennen. So sind bereits Unzählbare von Ihnen ersoffen, als sie zu einer Wasserader durchbrachen. »*Nein Ihr Wanderer Pack, ich meinte das Monster der Mine! Den Düsterschleicher, den man auch Schattenfänger nennt.«* Nahm ich meinen Faden wieder auf. Shrolock sah nun ernster aus und fuhr etwas beunruhigt fort. »*Wer kennt ihn nicht, der dort unten geschuftet hat? Die Kreatur, die in den finsteren Minenschächten ihr Unwesen treibt. Es ist ein furchteinflößendes Wesen, das aus den düsteren Schatten geboren wurde. Sein Äußeres ist eine perfekte Anpassung an die finstere Umgebung, in der es lebt. Der Düsterschleicher ist von schlanker Gestalt und von einer morbiden Schönheit. Seine Haut ist von einem blassen Grauton, beinahe transparent, so als würde er aus Nebel und Dunkelheit bestehen. Sie scheint im schwachen Licht der Schächte zu schimmern und gibt ihm eine unnatürliche Erscheinung. Über seinen ganzen Körper erstrecken sich filigrane Maserungen aus leuchtendem Blau, die wie verästelte Adern aussehen. Diese Muster pulsierten und flackern in unregelmäßigen Abständen, als wäre der Düsterschleicher ein Lebewesen aus schimmerndem Schatten. Seine Augen sind tiefgründig und von einem glanzvollen Grün, welches in der Dunkelheit wie winzige smaragdfarbene Glutpunkte hervorsticht. Seine Sehorgane blicken durchdringend und voller Intelligenz, doch zugleich bedrohlich und geheimnisvoll. Ein langer, schmaler Kopf mit spitzen Ohren und einer leicht geschwungenen Nase beschert ihm ein reptilienartiges Aussehen. Diese Bestie hat einen schlanken, geschmeidigen Körperbau, der ihm eine unglaubliche Beweglichkeit und Anpassungsfähigkeit in den engen Minenschächten verleiht. Seine Gliedmaßen sind dünn und enden in scharfen Klauen, die er geschickt zum Klettern und Jagen einsetzt. Von seinem Rücken erstrecken sich schmale, schattenhafte Flügel, die es ihm ermöglichen, lautlos und geschmeidig flink durch die Dunkelheit zu gleiten. Seine Herkunft bleibt ein düsteres Geheimnis, das die Allerwenigsten kennen. Die Legenden besagen, dass der Düsterschleicher einst ein normaler Mensch war, der in den Tiefen der Minen nach Reichtümern und Macht suchte. Doch er stieß auf eine uralte und verbotene Magie, die es vermochte, dass er in den Schatten verschmelzen konnte und ihn in diese schreckliche Kreatur verwandelte. Von diesem Moment an wurde er zum beherrschenden Jäger der Minenschächte, ein Wesen der Finsternis, das Fallen stellt und seine Beute mit gnadenloser Präzision jagt. Die Goblins, Gnome, Menschen und Orks in der Umgebung der Schächte erzählen sich Schauergeschichten über den Düsterschleicher. Sie fürchten sich vor seinem unheimlichen Auftauchen und dem Tod, der in seinen Klauen lauert. Sie wissen, dass er in den Schatten verharrt und nur darauf wartet, erneut seine tödliche Jagd fortzusetzen. Seine Präsenz in der Mine ist ein ständiger Schrecken für die Bergleute und Abenteurer, die nach Reichtümern suchen oder ihre Pflicht erfüllen. Der Düsterschleicher nutzt die Dunkelheit und die unübersichtlichen Gänge der Minen zu seinem Vorteil, um seine Opfer zu überraschen und gefangen zu nehmen. Denn er ist kein einfältiger Jäger, sondern ein Geschöpf von tückischer Intelligenz. Er verwendet sein Wissen über die Minenschächte und ihre Geheimnisse, um seine Beute in die Enge zu treiben. Seine Bewegungen sind geschmeidig und lautlos, seine Angriffe gezielt und präzise. Er verschmilzt nahezu mit den Schatten und taucht aus dem Nichts auf, um seine Opfer mit seinen scharfen Klauen und Zähnen zu zermalmen. Die Legenden erzählen von einem weiteren unstillbaren Hunger des Düsterschleichers. Es wird gesagt, dass er die Seelen der Verlorenen und Verirrten in den Minen verschlingt, um seine eigene dunkle Macht zu stärken. Manche behaupten, dass er selbst ein Werkzeug eines noch mächtigeren und finstereren Wesens ist, das in den Tiefen der Erde auf seine*

Befreiung wartet. Die Mythen über dieses Monster werden von einer Generation zur Nächsten weitergegeben und dienen zur Mahnung, vorsichtig zu sein und die Geheimnisse der Minen mit Respekt und Achtsamkeit zu behandeln. In den Minenschächten herrscht eine unheilvolle Atmosphäre, begleitet von den Geräuschen der fallenden Steine, dem geheimnisvollen Echo der dunklen Gänge und dem Flüstern des Windes. Diejenigen, die sich in diese schwarze Welt wagen, sollten vor dem Düsterschleicher auf der Hut sein und ihre Sinne scharf halten. Denn nur die Tapfersten und Klügsten haben eine Chance, seiner tödlichen Präsenz zu entkommen.« Schloss der Grottenschrat seinen Bericht. Ich war beeindruckt und fragte ihm nach seiner ausführlichen Schilderung dieses Gute-Nacht-Gespenstes, ob er ihn schon leibhaftig erblickt hätte. Ich erwartete ein Grinsen, stattdessen starrte Shrolock an mir vorbei und stammelte: »*Da war etwas. Ich habe was gesehen in den alten Schächten dort unten. Ich habe eine Anwesenheit gespürt und doch nichts erkennen können. Ich kann es nicht sagen. Ich habe was erspürt.*« Ich klopfte ihm auf die Schulter und meinte, dass alles gut ist und er nicht mehr in dieses dreckige Loch hinein muss. Ich würde ihn zu meinem persönlichen Berater und Kommandeur der grompfischen Leibwache machen. Eine Eliteeinheit, die nur aus handverlesenen verdienten Kriegern bestehen würde. Das hob seine Laune direkt. Er schien aus seinen düsteren Gedanken zurückgekehrt. Ich konnte es nachfühlen, ich selbst war im letzten Albtraum etwas Dunklem und Grausamen begegnet. Auch Gnaash und Ke schwiegen. Zumindest Gnaash, der auch die Minen des Arulapadura kannte, hatte vermutlich Ähnliches erlebt. In seinen Augen war Verstehen zu lesen. Ich beschloss, die Runde noch mehr aufzuheitern, und berichtete über ein um einiges schlimmeres Monster, zumindest behauptete ich das. »*Wie Ihr wisst, ist das unsrige Reiseziel eine der meistverdorbenen Städte Erabaduls. Ihr vermögt zu begreifen dass da, wo eine Metropole steht, es oftmals auch Gossen gibt. Mit Glück hat unser Bestimmungsort noch eine unterirdische Kanalisation. Denn Hallot war einst eine blühende Handelsmetropole. Sie verfügte über die modernsten Errungenschaften in Architektur und war ein Vorbild für den Städtebau. Aber nun ist sie dem moralischen Verfall anheimgefallen. Man munkelt, in den tiefsten Abgründen der Finsternis und Verkommenheit, dort, wo der Gestank der Fäulnis die Luft erfüllt, haust eine abscheuliche Kreatur, bekannt als der Unrat. Dieser Bursche ist eine monströse Bestie von ungeheurer Größe und verstörender Erscheinung. Sein Körper ist von verdorbenem Fleisch bedeckt, welches von grotesken Wülsten und Warzen überzogen ist. Seine Haut ist schmutzig und von Schlamm und Exkrementen besudelt, eine auffällige Erinnerung an seine Existenz in den tiefsten Abgründen der Kloaken und Misthaufen. Sein Kopf gleicht einer Fratze aus Alpträumen. Er ist massiv und von grober Struktur, mit einem breiten, klobigen Schädel und einer furchteinflößenden Menge von Zähnen, die aus seinem schiefen Maul hervorragen. Seine Augen sind glühendes Gelb, in denen der Wahnsinn wohnt, und sie leuchten in der Dunkelheit wie bösartige Sterne. Der Körper dieser Kreatur ist bullig und dennoch gedrungen, mit muskulösen Gliedmaßen, die mit Schmutz und Dreck bedeckt sind. Sein Gang ist schwerfällig und doch unglaublich schnell, wenn er in der Nacht auf Beutejagd geht. Aus seinem Rücken ragen stachelige Auswüchse hervor, die bei jeder Wendung des Unrats knarren und knacken. Die Kreatur ist für ihre grausame Jagdtechnik bekannt. Sie lauert in den dunklen Ecken der Kanalisation und den verrottenden Hinterhöfen, wo sie mit unheimlicher Behändigkeit durch das versiffte Wasser und den fauligen Müll gleitet. Mit raschen und präzisen Bewegungen springt dieses stinkende Monster aus dem Nichts hervor und reißt seine Beute mit seinen scharfen Klauen und seinem tödlichen Gebiss in Stücke. Die Herkunft des Unrats ist von finsteren Legenden umwoben. Man erzählt sich, dass er einst ein einfacher Mann war, der von den Göttern für seine Gräueltaten verflucht wurde. In einem Moment des Zorns und der Verzweiflung wurde er in eine abscheuliche Kreatur verwandelt, verdammt dazu, in den stinkenden Tiefen zu hausen und in der Dunkelheit sein Unwesen zu treiben. Sein Schicksal ist seither untrennbar mit den Schatten und der Verderbnis verbunden. Der Anblick des Scheusals lässt das Blut in den Adern gefrieren, und sein Name wird bloß im Flüsterton ausgesprochen. Jeder, der sich in die Nähe seiner Brutstätten wagt, kann nur geistesgestört sein. Denn die Nacht gehört dem Unrat, einer Bestie aus den dunkelsten Abgründen, deren Zorn und Hunger unstillbar sind.*« Damit schloss ich mein Schauermärchen. Gnaash schaute erst Shrolock, dann Ke und wieder mich an. Als er den Blickkontakt zu mir herstellte, prustete er los. »*Tornwart Du spinnst doch! Der Unrat… so einen Blödsinn habe ich ja noch nie gehört!*« Auch Shrolock lachte sich schräg und die kleinen Nasenflügel des Fetisch-Häuptlings bebten. Doch ein Lachen brachte er nicht zustande. Ich beschloss, einen obendrauf zu setzen: »*Natürlich gibt es ihn, er ist sozusagen allgegenwärtig. Vielleicht kennt Ihr diese Albtraumgestalt unter einem anderen Namen. Man nennt ihn in den nördlicheren Ländern Kothgar, der Verderber der Kloaken.*« Jetzt kringelten sie sich und hielten sich die Bäuche. Die Nase des kleinen Ke, vibrierte und er gab massive Grunz-Laute von sich, aber er vermochte nicht ein Lachen auszustoßen, während Shrolock sich auf dem Boden wälzte. »*Kothgar!!! Kothgar der Ver-*

derber!!! Wie bescheuert ist das denn! Welches Monster sollte sich in einer Kloake einnisten? Einen beschisseneren Ort kann man sich ja gar nicht aussuchen!«, grölte Gnaash hinterher. Wir lachten Tränen und endlich brachte Ke einen schrillen fiependen Laut hervor, der mich entfernt an ein Lachen erinnerte. Gelöster setzten wir unseren Weg fort. Unbehelligt von den Dorfbewohnern konnten wir ein gutes Stück vorankommen. Wir redeten weiter über alles Mögliche. Was mir für den Eintrag ins Buch wichtig erscheint, ist die Tatsache, dass Shrolock irgendwann gefragt hat, wie denn der Nekromant so gewesen sei. Welche Orte der Mansio, die nur mir und Arulapadura zugänglich waren, es überhaupt gab. Ich würde ihn wohl am besten gekannt haben, da ich ihm als sein oberster Grompf und Leibdiener eine halbe Ewigkeit gedient hatte. Das regte mich zum Nachdenken an. Wie oder besser gesagt was, war der undurchsichtige Magier? Etwas, über das ich nie zuvor in all den Jahrhunderten groß nachgedacht hatte. Da wir genügend Zeit hatten, beschloss ich, ihm von meinem ehemaligen Meister zu berichten.

»*Der alte Nekromant ist eine zwiespältige Figur, die mit ihrem boshaften und sarkastischen Auftreten alle Kreaturen in Erabadul, die ihm je begegnet sind, gleichermaßen fasziniert und abschreckt. Mit seinem hageren und faltigen Gesicht, das von wirren weißgrauen Haaren umrahmt wird, strahlt er eine unheimliche Präsenz aus. Seine Augen liegen tief und sind von einem eisigen Grau, dass den Betrachter bis ins Mark durchdringt. Er trägt stets eine Kutte. Gebunden mit einem goldenen Zingulum. Auf große Pracht legt er keinen Wert. Seine Kleidung ist von den Spuren der Zeit und der Dunkelheit gezeichnet. An seinem Gürtel hängen obskure Werkzeuge der Nekromantie, darunter ein uralter Kno-*

chenstab und eine Schatulle mit mysteriösen Pulvern und Tränken. Seine Hände sind knochig und von unzähligen Narben übersät, Zeugnisse seiner langjährigen Erfahrung mit den Kräften des Todes. Sein Wesen ist von einer tiefgründigen Boshaftigkeit durchzogen, die er gerne mit seinem sarkastischen Humor und spöttischen Bemerkungen zum Ausdruck bringt. Er liebt es, die Sterblichen mit seiner überlegenen Intelligenz und Kenntnis der dunklen Künste zu provozieren. Seine Worte sind wie dolchspitze Witze, die tiefe Wunden in den Egos der Menschen, Goblins, Ogern, Orks und Elben hinterlassen. Trotz seiner scheinbaren Bösartigkeit ist Arulapadura jedoch ein Bewahrer des Gleichgewichts zwischen Leben und Tod. Er erkennt die Notwendigkeit der Nekromantie als eine uralte und mächtige Form der Magie, die die Balance unserer Welt aufrechterhält. Seine Motivation liegt nicht darin, Unheil zu stiften, sondern die Schrecken des Todes zu verstehen und das Dasein vor den Überschreitungen der Sterblichen zu schützen. Ich lernte ihn als einen unermüdlichen Forscher kennen, der stets auf der Suche nach verlorenem Wissen und verborgenen Geheimnissen ist. Er studiert die Schriften der alten Nekromanten und führt Experimente durch, um die Grenzen zwischen Leben und Tod zu erforschen. Obwohl er von Unzähligen gefürchtet und verachtet wird, finden sich dennoch jene, die seine Weisheit und Macht respektieren und nach seinem Rat suchen. Tief im Herzen trägt der Meister die Last der Verantwortung für das Gleichgewicht der Welt. Er kennt die Gefahren, die von einer unausgewogenen Nutzung der Nekromantie ausgehen, und versucht, die Sterblichen vor ihren typischen Fehltritten zu warnen. Sein Ziel ist es, den Einfluss des Todes zu hüten und zu lenken, damit dieser weder das Leben noch die Existenz der Welt bedroht. So ist der alte Nekromant, eine zwielichtige Figur, die in ihrer bos-

haften und sarkastischen Art die Stabilität wahrt. Hinter dem ihm eigenen raubeinigen Äußeren verbirgt sich tiefe Weisheit und ein Verständnis für die verborgenen Geheimnisse der dunklen Künste. Seine Motive und Absichten bleiben oft im Dunkeln, während er in den Schatten der Vergangenheit und des Unbekannten eintaucht. In seinem düsteren Anwesen Barad Guul offenbart sich die Essenz von Arulapaduras Wesen. Die Räume sind erfüllt von einem dezent modrigen Geruch, der von den zahlreichen Büchern, Artefakten und geheimnisvollen Tränken herrührt, die überall verstreut sind. Die Wände sind mit dunklen Mustern und obskuren Symbolen verziert, die das Mysterium der Nekromantie widerspiegeln. Ein Raum, den er besonders pflegte, ist seine Studierstube. Hier türmen sich staubige Folianten auf den Regalen, in denen das Wissen vergangener Zeitalter schlummert. Der Raum ist in ein schwaches, grünliches Licht getaucht, das von den verfluchten Kerzen auf dem Schreibtisch stammt. In der Mitte der Stube steht ein großer, von Runen umgebener Altar, auf dem der Nekromant seine düsteren Experimente durchführt. An den Wänden hängen morbide Gemälde erloschener Zeiten, die Szenen von Tod, Verwesung und Auferstehung darstellen. Skelette und schattenhafte Gestalten sind auf den Bildern zu sehen, während gespenstische Nebel den Raum zu durchdringen scheinen. Die Kammer ist erfüllt von einer Aura des Geheimnisvollen und Verbotenen, die jeden Besucher erzittern lässt. Wenn man dem Meister in seinem Anwesen begegnete, wurde man von seiner Präsenz erfasst. Sein Blick durchbohrte die Seele und ließ einem den Hauch der Ewigkeit spüren. Sein Lächeln ist ein spöttisches Spiel mit den eigenen Ängsten und Hoffnungen. Seine Worte sind scharf wie Klingen, aber hinter seiner harten Schale verbirgt sich eine tiefe Einsicht in das Wesen des Lebens und des Todes. Der alte Nekromant bleibt ein Rätsel, das in den Schatten der Zeit gehüllt ist. Seine Boshaftigkeit und sein Sarkasmus sind Mittel, um die Balance zu bewahren und die Sterblichen vor ihren charakteristischen Begierden zu warnen. In einer Welt voller Dunkelheit und Verführung ist er ein Wächter des Gleichgewichts, der zwischen dem Diesseits wandelt und die Macht des Todes beherrscht. Er alleine ist der Inbegriff eines alten, sardonischen und sarkastischen Nekromanten. Sein Äußeres spiegelt seine dunkle Seele und seine jahrhundertelange Erfahrung in den Schattenreichen wider. Seine eigene Existenz sucht er in den Abgründen der Magie und des Todes. Aber dennoch muss ich feststellen, dass er weder vollkommen böse noch absolut gut ist, sondern er befindet sich in einem ständigen Kampf mit sich selbst und den Kräften, die er beherrscht.« Als ich endete, war ich erstaunt über die Analyse, die ich da erhoben hatte. War der alte Stinker am Ende gar nicht das Monster, dass ich in ihm stets gesehen hatte? Meine Zuhörer konnten den Ausführungen über den Meister nicht erwähnenswert zustimmen. Sie sahen in ihm, einen herzlosen Tyrannen, der sie unterdrückte, wo es nur ging. Sie ausbeutete, bestrafte und quälte. Tag ein, Tag aus. Ein Gedanke durchzog mein majestätisches Hirn. »*Musste er so sein, um Barad Guul führen zu können, um die Balance in Guernica zu halten?*«

Schweigend schritten wir weiter. Langsam änderte sich die Umgebung, das allgegenwärtige Korn, bereitete Platz für eine bewaldete und wiesenreiche Landschaft. Ich glaubte, dass wir bereits die Grenze nach Scinera überschritten hatten. Thur und sein Nachbarland lebten so weit mir bekannt, im Einklang und Frieden. Damit waren umfangreiche Grenzbefestigungen obsolet geworden. Da wir uns abseits der Zivilisation bewegten, war auch mein Zeitgefühl nicht mehr intakt. Waren es Tage oder gar Wochen, die wir durch Thur gelaufen waren? Ich weiß es nicht. Dummerweise hatte ich damit aufgehört, die Tagesdaten meiner Niederschrift mit den Kalendertagen zu überschreiben. Ich halte es für unwichtig. Wir haben ein Ziel und müssen uns sputen, doch da ich nicht über Zugtiere und Karren oder gar Pferde verfüge, wird es so lange dauern, wie es eben dauert.

Irgendwann, kamen wir in einen abgelegeneren Flecken. Mitten in der gastronomischen Diaspora dieses Landes erhob sich ein heruntergekommenes Anwesen, das dem traurigen Namen »Schliwaners Zuflucht« gerecht wurde. So stand es in großen Lettern auf einem halbverwitterten Schild. Während wir gehofft hatten, endlich eine Taverne mit fettigem Essen und einem halbwegs verträglichen Bier gefunden zu haben, fanden wir einen Ort des Verfalls und der Vergessenheit. Die porösen Mauern und der bröckelnde Putz kündeten von längst vergangenen, vielleicht besseren Tagen. Das Gebäude, wenn man es überhaupt noch so nennen konnte, thronte auf einer kleinen Anhöhe, umgeben von einem maroden Zaun, der einst stolz gewesen sein mochte, nun aber nur noch ein Schatten seiner selbst war. Der Garten vermochte vor einigen Jahren als eine blühende Oase in Erscheinung getreten sein, doch nun waren die vernachlässigten Beete von wildem Gestrüpp überwuchert. Der Eingang zur Zuflucht wurde von einem knarrenden, korrosionsgeschädigtem Tor bewacht, das nur widerwillig seine rostigen Scharniere erklingen ließ. Hinter dieser Pforte führte ein schmaler Pfad durch ein düsteres Wäldchen, dessen knorrige Bäume ihre kahlen Äste wie boshafte Finger gen Himmel reckten. Das Knistern von fallendem Laub, welches gar nicht vorhanden war, und das Flüstern eines nicht spürbaren Windes verliehen dem Ort eine gespenstische Atmosphäre. Die sogenannte Zuflucht selbst war eine zerfallene Hütte. Kunstvolle, aber verwitterte Schnitzereien von eindeutigen Paarungsritualen und anderen Sauereien kündeten von einstig verdorbener Pracht. Die grauen Steine des Hauptgebäudes waren vom Zahn der Zeit angenagt, und die Fenster von zerschlissenen Gardinen bedeckt. Einige waren sogar zersplittert und boten Einlass für die eisige Kälte der Nacht. Im Inneren der Zuflucht herrschte der unabdingbare Eindruck von Verlassenheit und irgendeiner nicht greifbaren Verzweiflung. Die Dielen knarrten unter unseren schweren Schritten, während der Geruch von Moder und verstaubten Büchern in der Luft lag. Aber da war noch ein anderer, dominanter Duft. Es roch nach... tranigem Öl. Das Licht drang nur sehr spärlich durch die verdunkelten Fenster, und die wenigen Kerzen, die nur schwach gegen diese vorherrschende Trübsal anleuchteten, tauchten den Raum in ein gespenstisches Halbdunkel. In einem der verfallenen Räume befand sich des Hausherren Domizil. Die Wände waren mit abblätternder Farbe bedeckt, und die Möbel von der Zeit in Mitleidenschaft gezogen. Ein schäbiger Schreibtisch diente als Ablage für Stapel von vergilbten Papieren und zerbrochenen Federhaltern. Ein schmaler Kamin, der vielleicht vor langer Zeit, ein Ort der Behaglichkeit gewesen sein mochte, war nun ein trister und frustrierender Anblick. Die Glut erloschen, der Rauch seit Ewigkeiten verzogen. Nachdem ich dieses Bild des Elends ausgiebig in mich aufgesogen hatte, fiel mein Blick auf das Zentrum des Raumes. Dort befand sich ein hölzernes Fass, von welchem der tranige Geruch nach abgestandenem Öl herrührte. Doch inmitten des Behältnisses, das früher einmal einen guten Tropfen beherbergt haben mochte, stand ein nackter, hässlicher alter Kerl. Sein fast kahlköpfiger Schädel wurde von spärlichem Haar gekrönt, während sein greiser, runzliger Kopf von einem langen, ungepflegten grauen Bart umrahmt war, der bis in die schmierige Brühe des Fasses hinein hing. Der große Trog selbst war von Moos und Algen überzogen, und das Holz, aus dem er einst kunstvoll gefertigt wurde, hatte seine einstige Pracht gänzlich verloren. Die stummelartigen Zähne dieser Kreatur offenbarten einen Lebensstil des Verfalls und der Vernachlässigung, als er diese präsentierte wie er uns damit schief anlächelte. Shrolock fuhr etwas zurück. Vielleicht erinnerte ihn dieses befremdliche Wesen an die sadistische Hexe Cloris Dred. Mich beeindruckte der Kerl kein bisschen, denn natürlich erkenne ich einen Aufschneider, wenn er vor mir steht, und so riss ich das Wort an mich. Ich forderte ihn auf, seinen Namen zu nennen und zu wissen, was er hier für einen Unsinn trieb. Der schmierige Mensch patschte ein wenig mit seinen dürren Fingern in der stinkenden Brühe, bevor er der königlichen Aufforderung gehorchte. »*Ihr kennt mich nicht?*«, fragte er ernsthaft erstaunt. »*Ich bin der größte Schwerenöter aller Zeiten! Ich bin der, den die Frauen vergöttern. Sie werfen sich mir an den Hals und ich ziehe sie stärker an, wie das Hinterteil eines Mastschweins Fliegen. Ich betöre sie und einmal meinem Charme erlegen, folgen sie mir selbst in die entlegensten Wälder, nur um mit mir zwei Augenblicke im dichtesten Gestrüpp verbringen zu können. Na, macht es nun klack in Deinem minderbemittelten Goblinhirn?*«, fragte er grinsend und klimperte dabei mit seinen Augen. Wir schauten uns alle an und schüttelten zeitgleich die Köpfe. »*Ich bin der großartige, begehrenswerte Giacomo Schliwaner! Ihr müsst doch von mir gehört haben?*«, etwas enttäuscht verzog er sein Gesicht, als wir weiterhin die Schädel hin und her bewegten. Ich dachte kurz nach und entgegnete ihm, dass ich nur einen Schlawiner kenne und dass ich eben genau dieser Schlawiner bin. Er schaute mich verächtlich an und erwiderte »*Du ein Schlawiner? Pah, Dir ist doch nicht einmal der Unterschied zwischen Mann und Frau geläufig. Du hast doch erst vor kurzem durch Zufall entdeckt, dass es Männlein und Weiblein gibt. Vielleicht im Spiegel, als Du nackt nach unzähligen Umläufen erstaunlicherweise den stinkenden Wams gewechselt hast. So wie Du aussiehst, scheinen Dir die Rituale der Körperpflege fremd zu sein. Du denkst doch, dass das Ding zwischen Deinen verkümmerten Beinen nur dem Zwecke des Wasserlassens dienlich ist.*« Ich blieb betont ruhig und nahm eine alberne Vase von einer halbverfallenen Anrichte. Ich warf sie ungeduldig in meinen Händen hin und her, vielleicht drei oder viermal, dann fing ich sie absichtlich nicht, so dass sie mit einem lauten Klirren zu Boden flog und in unzählige Teile zerbarst. »Hoppla!«, sagte ich übertrieben erschrocken, während ich mir diese traurige und verwunschene Kulisse, in der Giacomo Schliwaner sein trostloses Leben fristete, näher ansah. Ein trübsinniger Schatten vermeintlich glanzvoller, aber längst vergangener Tage. Jetzt nur noch umgeben von den unzähligen Anzeichen der Flüchtigkeit und eingehüllt in den Nebeln einer nie mehr enden wollenden Einsamkeit. Diese Zuflucht war sein Zuhause, ein Ort des Verfalls und der melancholischen Erinnerungen, an dem er seine Tage in Abgeschiedenheit und Sehnsucht nach lang verblichenen Abenteuer verbrachte. »*Du elender Kretin kannst Du nicht aufpassen?*«, fuhr er mich an und die stinkende Brühe im Fass brodelte dabei über den Rand. »*Das war ein Geschenk einer Nymphchen-Liebesgöttin namens Sandrine. Die hat Dinge mit mir angestellt, davon kannst Du nur unerfüllbare Visionen haben und selbst für einen solchen Traum, fehlt Dir eindeutig die Fantasie.*« Ich wollte wieder ins Gespräch mit ihm kommen, denn sein erzürnter puterroter Kopf schien mir kurz davor zu explodieren. Ich tat, als wäre mir sein zweifelhafter Ruf bekannt. »*Wer kennt ihn nicht? Den Mann, der für seine unstillbaren Begierden nach Frauen und sein ausschweifendes Liebesleben in ganz Erabadul berüchtigt ist. Aber sag mir, was treibst Du unwiderstehlicher Schönling in diesem alten stinkenden Jauchefass?*«, fragte ich neugierig. Meine überzogene Schmeichelei zeigte Wirkung und die Zornesröte war aus seinem Gesicht gewichen. Mit einem erfreuten Lächeln über das entgegengebrachte Interesse antwortete er auf die Frage. »*Nun mein wissbegieriger kleiner Freund.*« (Welch eine zweifellos unangemessene Anrede für mich, den baldigen Vorgesetzten über alle Könige, Herrscher und zweifelhaften Stammesführer in ganz Erabadul). »*Da ich auch im Alter von zarten einhundertundeins Jahren konstant über eine Potenz verfüge, die Ihr Halbwesen nicht einmal annähernd versteht, habe ich, um diese Triebe zu zügeln, die vom Glauben des heiligen Ulkus vorgeschriebenen Reinigungsrituale erforscht und perfektioniert.*« Ich musste da gleich nachfragen: » *Du hast Dir diese eigenartigen Bäder in dem Fass selbst auferlegt, in der Hoffnung, von Deinen düsteren und schamlosen Gelüsten gereinigt zu werden? Das erscheint mir eher grotesk als effektiv. Soweit mir bekannt besagen die Rituale des von Dir benannten Propheten, dass das Wasser oder Öl, in dem man badet, regelmäßig gewechselt werden muss. So wie das hier stinkt, magst Du wohl schon einen Umlauf oder länger dadrinnen stehen.*« Ich konnte mir nicht vorstellen, dass dieses Ekel, dass Fass verließ, um seine Notdurft zu verrichten. Zumindest dem Geruch nach zu urteilen, konnte das nicht der Fall sein. Wieder war er erbost, als er mir antwortete. »*Ich sagte bereits, dass ich die Riten perfektioniert habe. Das Öl ist mit weiteren Zusätzen versehen, es schrumpft meine Männlichkeit und ebendarum stillt es dauerhaft angewendet mein*

Verlangen. Aber sagt mir, liebe Gäste, Ihr habt nicht zufällig ein paar Frauen in Eurer Reisegesellschaft?«, fragte er mich mit einem anzüglichen Blick. »*Nein, Du wollüstiger Kauz. Die wollten nicht mitkommen, als sie hörten, dass wir bei Dir rasten wollen.*« Gab ich zurück. Betrübt und etwas traurig nickte er. »*Nun gut, wenn Ihr hier ausruhen möchtet, dann könnt Ihr das gerne tun, allerdings wie Ihr seht, habe ich nichts anzubieten. Ich bin auf die Almosen meines Nachbarn angewiesen. Er kommt dankenswerterweise jeden Abend vorbei und reicht mir mein Essen, welches er auch mitbringt. Wenn Ihr gehobenere Gastfreundschaft verlangt, so solltet Ihr zum Landgut Ungemach weiterziehen. Dort werdet Ihr auf weichen Betten ruhen und das offene Haus des Herren über Ungemach ist legendär und über alle Grenzen bekannt. Zumindest war dies seinerzeit so. Ihr müsst euren Weg fortsetzen, meine Freunde, lautet die Devise. Es ist nicht mehr weit. Auf dem ausgedehnten Anwesen gab es stets willige Weiber. Ich erinnere mich gut. Da war diese Veronique, sie stammte aus den Ländereien der De Momiray. Gott war ich damals gut!*«, fuhr er mit einem lüsternen Grinsen fort. Mir erschien der Gedanke hier bei diesem Schliwaner zu übernachten, als unpassend, ja als sehr unerquicklich. Dieser Geruch allein, ließ mir die Fußnägel aufrollen. Ich hakte nach und forderte zu wissen, wie wir zu benannten Ort gelangen konnten, den er soeben erwähnt hatte. Aus seinen zweifellos schmierigen Erinnerungen zurückgeholt starrte er mich böse an, sprach dann weiter. »*Dort drüben in der Schublade unter dem Eichentisch liegt eine Karte, dort ist auch das Landgut Ungemach eingezeichnet. Ihr dürft einen Blick darauf werfen und Euch den Weg einprägen. Ich kann sie Euch…*« weiter kam er nicht, denn ich war bereits an der Lade und zog die Landkarte daraus hervor. Vor seinen Augen steckte ich sie mir mit einem fiesen Lächeln ein. »*Da*

Du diese Fasskur hier nicht in absehbarer Zeit beenden wirst, habe ich beschlossen, dass Du keine Karte brauchst. Wir aber umso dringender. Wenn ich es mir recht überlege, sollten Deine stinkigen Bäder nun doch ein Ende haben!« Ich nickte Gnaash zu, der sich hinter dem Fass von Giacomo Schliwaner aufgestellt hatte. Er zog sein Bein an und mit einem gewaltigen Tritt brachte er das Behältnis zum Umkippen. Schliwaner wurde mit der widerlichen Brühe herausgespült. Jetzt stank es noch abartiger, da wir den Sud des Unheils aufgewirbelt hatten. Shrolock musste sich übergeben, mir hob es auch und Gnaash hielt sich kichernd die Nase zu, derweil Ke mit unveränderter Mimik auf den mit Gülle überzogenen Giacomo starrte. Ein lautes Gelächter erklang, als wir uns über diesen »Absonderling« lustig machten. Sein verschmiertes Gesicht und sein vom Pech verfolgtes Schicksal ließen uns vor Freude juchzen. Noch unterdessen wir unsere Schadenfreude genossen, verschwanden wir wieder aus dieser miefenden Zuflucht, mit der alten Karte des Wüstlings in der Hand, um das Landgut Ungemach zu suchen. Ich blickte mich noch kurz um. Giacomo Schliwaner blieb zurück, triefend von der übelriechenden Brühe und von uns verspottet. Seine einstigen Bemühungen, seine Begierden in Schach zu halten, schienen wie ein schlechter Scherz. Während er sich mit mühsamen Bewegungen aus der klebrigen Flüssigkeit befreite, fluchte er leise vor sich hin, wohlwissend, dass seine ruhmreichen Tage des Liebeslebens längst vorbei waren. Dennoch schrie er uns plötzlich hinterher: »*Was wisst Ihr schon von einem exzentrischen Lebensstil? Im Gegensatz zu Euch impotenten Wichten habe ich mich freiwillig dazu entschlossen, in diesem Fass zu residieren. Es ist meine Art der Buße, die absolute Reinigung von den fleischlichen Verlockungen, die mich einst vollkommen beherrschten. Die Schliwanersche lasterhafte Ver-*

gangenheit ist reich an schamlosen Eskapaden und verbotenen Freuden. Von den düsteren Hinterzimmern bis hin zu den prachtvollen Palästen der Dekadenz habe ich keine Gelegenheit ausgelassen, mich in den Armen der Versuchung zu verlieren. Weiber, Wein, Musik und all die Laster, die das Leben süß machen – ich war ihr Diener und sie meine unwiderstehliche Herrin.« Ich kreischte zurück: »*Ihr scheint ein echter Kenner der Verführung zu sein, Giacomo, aber ich habe wahrlich genug von Euren erfundenen Geschichten und angeblichen amourösen Abenteuern. Sie mögen Euch vielleicht Freude bereiten, doch ich sehe keinen Nutzen darin, dem Eurigen Geschwafel weiterhin zu lauschen. Seht Euch doch an, ein mit Öl und Scheiße-überzogener Lurch. Wer soll Euch diese erlogenen Prahlereien abkaufen. Ihr seid ein Spinner, ein Schürzenjäger ohne Schürze. Ein Fasssitzer, ohne Fass. Selbst der unhygienischste Drecksgnom lebt hygienischer als Ihr.*« Er rappelte sich aus der stinkigen Pfütze auf und wischte sich den Schmutz vom Leib. Was nun zum Vorschein kam, ließ mich an allem zweifeln, was ich bisher gehört oder gesehen hatte. Er deutete auf sein Geschlechtsteil und schrie, »*Siehst Du, was Du angerichtet hast? Du hast eine ehemals gezähmte Bestie erweckt. Großes Unheil wird über das Weibsvolk von Thur und Scinera kommen. Ihre Männer werden sich wundern, wo von jetzt auf gleich all die vielen Schwangerschaften herkommen. Die Damen werden jeden Preis zahlen, um eine Nacht mit dem erstarkten Schliwaner verbringen zu können.*« Mit einem lüsternen Grinsen endete er. Ich starrte ihn an oder besser gesagt seine Erektion. Das war doch nicht normal, nein das konnte es nicht sein. Irgendwie schaffte ich es mich von diesem Anblick zu lösen und schaute auf in sein Gesicht. Erschrocken stellte ich die Veränderung fest. Er sah nicht mehr kahlköpfig, bärtig und alt aus. Keine Falten und Flecken mehr, nur unbändige männliche Schönheit. Auch sein schwabbeliger, runzliger Bauch war verschwunden. Muskulöse starke Arme und Beine rundeten das Gesamtbild des Weiberhelden ab. Schlimmer noch, seine strahlenden himmelblauen Augen und das nun laszive Lächeln, hätten die Keuschheit selbst dazu gebracht, sich diesem Adonis hinzugeben. Unsere Blicke trafen sich. Ich erschrak, als ich kurz darüber nachdachte, mit dem abnorm attraktiven Bengel in die Federn zu kriechen. Und das, obwohl es in meiner Vorstellung bisher nie eine Rolle gespielt hatte, wenn sich Männchen paaren und ich darüber nie wohlwollend nachdenken konnte, hatte dieser Wimpernschlag des Schwerenöters ausgereicht, um all die Bedenken hinfort zu fegen. Das Lachen, das er darauf anstimmte, enthielt etwas, was mich an ein Grauen erinnerte. Ein Entsetzen, welches ich nicht zuordnen konnte. Ich verfluche den Tag, an dem mich der Nekromant zu einem Grompf gemacht hatte. All meine Erinnerungen an mein vorheriges Dasein waren in jener Zeit ausgelöscht worden und dennoch überkamen mich seltsame Eindrücke, Gefühle und Gerüche, die mir ein saftiges Déjà-vu beibrachten. Ich schüttelte ungläubig den Kopf, zwickte mich selbst in den Arm, doch Schliwaner ging ihn Sprunghaltung und im nächsten Augenblick jagte er durch ein zerbrochenes Fenster davon. Das Letzte, was ich von ihm hörte, war: »*Wenn sich unsere Wege noch einmal kreuzen sollten, dann habt ihr besser Weibsvolk bei Euch! Ihr wisst gar nicht, welch großen Dienst Ihr mir erwiesen habt.*« Ein irrsinniger Lustschrei beendete seine Ansage und er rannte, wie Gott ihn einst schuf zur Pforte der Schliwanerschen Zuflucht. Gott? Was für ein Gott? Das brachte mich zum Nachdenken. Er hatte von den Reinigungsritualen des »Heiligen Ulkus« gesprochen. Diese Religion war ein geöffnetes Geschwür, dessen Inhalt vom

Grafen De Momiray in ganz Erabadul breitflächig verteilt wurde. Robert De Prizac war auch ein angeblicher Diener dieses Heilsbringers. Ich dachte weiter scharf nach und überlegte, was ich alles über diesen Glauben wusste, aber es schien nicht wirklich in Einklang mit den Geschehnissen hier vereinbar zu sein. Als ich eines schönen Tages die Bibliothek abstauben und einer Grundreinigung unterziehen sollte, zog ich es vor, den schmierigen Putzlappen beiseitezulegen und mir ein paar alte Folianten des Meisters zu Gemüte zu führen. Dabei griff ich zu einer Abhandlung über die fromme Eiterbeule. In dieser Religion wird Ulkus als der auserwählte Messias verehrt. Sie hat ihre Wurzeln in einer düsteren Vergangenheit und bietet ihren Anhängern Erlösung und Hoffnung in einer von Leiden und Dunkelheit geprägten Welt. Die Gläubigen sind der Überzeugung, dass er der Sohn eines göttlichen Wesens ist, welches die Macht hat, Krankheiten und Schmerzen zu heilen und zu lindern. Sie sehen in ihm den Erretter, der durch seine erlittenen Qualen und Opfer die Sünden ganz Erabaduls auf sich genommen hat. Seine Tortur wird als Weg zur Erleuchtung und zur spirituellen Reinigung angesehen. Die Gläubigen versammeln sich in Tempeln, die von düsterer Pracht geprägt sind. Die Wände sind mit Bildern und Fresken geschmückt, die die Pein des heiligen Ulkus darstellen. In den festgelegten, wiederkehrenden Zeremonien werden Gebete gesprochen, Lieder gesungen und Rituale vollzogen, um die Nähe und Gnade dieses Erlösers zu erlangen. Eine wichtige Symbolik in dieser Religion ist das vergötterte Zeichen des frommen Messias, welches ein hölzernes, blutüberströmtes Rad darstellt. Es wird von den Gläubigen getragen und gilt als Kennzeichen ihrer Hingabe und ihres Glaubens an den einen Heiland. Dieser wurde, vor keine Ahnung wie vielen Umläufen, bestialisch zu Tode gerädert.

Die Mörder waren Hohepriester des seinerzeit weit verbreiteten Bekenntnisses des Mystischissimus. Zumindest meine ich, dass es so hieß. Sie ließen Ulkus von einem Trupp Schläger niederknüppeln und im Anschluss daran aufs Rad flechten. Die Legende sagt, dass es ganze drei Tage gedauert haben soll, bis er endlich seinen Geist ausgehaucht hätte. Welch Irrsinn, wer kann schon drei Tage am Stück gerädert werden und diese Tortur so lange überleben? Ich denke mal, dass man hier mal wieder ordentlich übertrieben hat. Aber damit nicht genug, nachdem man sein geschundenes Fleisch vom Rad abgekratzt und in einer finsteren Grube verscharrt hatte, soll der himmlische Messias kurz darauf nochmals unter den Lebenden gewandelt sein. Pah, da hat bestimmt ein dreckiger Nekromant seine knochigen Finger im Spiel gehabt, kann ich da nur sagen. Wenn dem so war, so kann der heilige auferstandene Ulkus keine ansehnliche Kreatur mehr gewesen sein, sondern ein wandelnder untoter, faulender und stinkender Leichnam. Alles andere ist Unsinn, den man dem Pöbel erzählt, damit man ihm etwas Hoffnung gibt. Aber wer will schon als gärender Körper nach seinem Tode weiterleben. Diese Menschen haben Ideen. Mir gefällt immer noch das große frevelhafte Gelage nach dem Ableben als vernünftigere Theorie oder hieß es Theologie? Egal. Im Widerspruch zu der fauligen Wiederauferstehung legt diese Sekte beachtlichen Wert auf die Pflege der Kranken und Leidenden. Die Anhänger sind davon überzeugt, dass durch die Fürsorge und Unterstützung von Bedürftigen die Nähe zum heiligen Ulkus gestärkt wird. Sie sehen es als ihre Pflicht, anderen Trost und Heilung zu bringen, im Glauben, dass dies den Segen des Messias herbeiführt. Wie heuchlerisch! Der Graf De Momiray, der diesen Schwachsinn verbreitet, soll Mitglied dieser Sippschaft sein? Er verursacht doch das größte Leid und das schlimmste Elend. Das ist eine Doppelmoral, die ich nicht teilen kann. Aber die Lehren dieser Religion betonen auch die Bedeutung von Reue und Buße. Die Gläubigen werden ermutigt, ihre Sünden zu erkennen, zu bereuen und Vergebung anzustreben. Sie glauben an die transformative Kraft der Umkehr und sehen darin den Weg zur spirituellen Erneuerung. Dann verkaufen sie Ihnen irgendwelche Urkunden, wenn sie denn nur genug bereut und Buße getan haben. Damit wären sie erlöst und können weitermachen... Bis zur nächsten Beichte, die nur ein geweihter Hohepriester entgegennehmen darf und eine Lizenz für den Vertrieb dieser Erlöser Dokumente besitzt. Ich muss sagen, ein gutes Geschäftsmodell, hätte von mir sein können. Ich habe aber leider noch nicht die Zeit gefunden, mir Gedanken über weitere Einnahmequellen zu machen, die mein pompöses Reich stabilisieren. Das kommt später! In einem anderen staubigen Buch las ich von einer kritischen Stimme hineingeschmiert, dass die Priester des heiligen Ulkus ein korruptes Pack seien. Der Handschrift erinnerte mich an die Schrift des Meisters. Vermutlich hatte er seine Erkenntnisse in jüngeren Jahren dort hineingeschrieben. Da ich immer noch keinen Gefallen an meinem Putzlappen hatte finden können, drängte mich die Neugierde, weiterzulesen. Wenn ich mich recht entsinne, stand dort sinngemäß: *»Ich war dort gewesen, ich habe sie beobachtet und ihr schändliches Treiben mit eigenen Augen gesehen. Es war noch viel Schlimmer, als ich vorher angenommen hatte! In den tiefen Gewölben des Zirkels des Ulkus, der Institution der Prediger dieses verderbten Glaubens, lauert nichts Geringeres als die dunkle Versuchung. Sie ruft die Geistlichen auf, ihre Macht zu missbrauchen. Unter dem Deckmantel der Religiosität und der spirituellen Führung haben sich nicht wenige der Priester den Verlockungen der himmlischen Autorität* *ergeben und ihre ursprüngliche Mission der Fürsorge und des Dienstes an den Gläubigen hinter sich gelassen. Dieses korrupte Pack nutzt ihre Positionen, um persönliche Ziele zu verfolgen und ihren eigenen Einfluss zu sichern. Sie manipulieren die Lehren und Rituale der Religion, um ihre Ambitionen voranzutreiben und ihre Macht zu festigen. Sie schrecken nicht davor zurück, diese auszunutzen und die frommherzigen Anhänger zu täuschen. Sie häufen materiellen Reichtum an, um ihre luxuriösen Lebensstile zu finanzieren. Sie missbrauchen die Spenden der Gläubigen und missachten die ursprüngliche Bestimmung dieser Mittel, die den Armen und Bedürftigen zugutekommen sollten. Stattdessen fließen die Münzen in ihre eigenen prunkvollen Paläste und den Erhalt ihrer dekadenten Lebensweise. Diese angeblichen Seelenhirten haben eine Atmosphäre der Angst und Unterdrückung geschaffen. Kritische Stimmen werden von ihnen mit den Mitteln der Folter und der Hinrichtung zum Schweigen gebracht. Widerspruch wird nicht geduldet, und jeder, der ihre Autorität in Frage stellt, wird mit falschen Anschuldigungen konfrontiert. Die Tempel, die einst ein Ort der Hoffnung und des Trostes waren, sind zu einem Instrument der Maßregelung und des Machterhalts geworden. Diejenigen, die die Macht der korrupten Priester erkannt haben, leben in ständiger Furcht vor Repressalien und Verfolgung. Sie müssen ihre reinen Überzeugungen verstecken und im Verborgenen handeln, um sich vor den Augen der Kleriker zu schützen. Doch in den Herzen der Gläubigen wächst der Wunsch nach Veränderung und nach einer Wiederherstellung der wahrhaftigen Werte des heiligen Ulkus.«* So in etwa stand dies geschrieben, dann war vieles unleserlich geworden. Ich stellte mir damals vor, wie der Zorn meinen alten Meister übermannt hatte, wie er diese Eintragungen vornahm. Er musste diese Wut am Buch selbst ausgelassen haben. Scheinbar verweilte ich zu dieser Zeit noch nicht in seinen Diensten. Welch Glück. Er hätte mich gerufen und seinen Frust an mir ausgelebt. Ich kannte dies nur allzu gut. Was das anging, konnte der Nekromant ein wahres Genie der qualvollen Kreativität sein. Ein Fazit war damals dennoch lesbar geblieben: *»Eine Revolution der spirituellen Reinheit und Aufrichtigkeit ist unausweichlich, um den einstigen Glanz des heiligen Ulkus wiederherzustellen und die Institution von ihrem korrupten Einfluss zu befreien. Ich werde mich dafür einsetzen, dass Gleichgewicht wieder herzustellen. Mit dem Großinquisitor Josef von Moffrat, wird es beginnen.«* Danach war das Buch leer. Eine Weltreligion war der Glauben an den frommen Herrn Ulkus definitiv. Meine Erinnerungen brachten mich zu dem Schluss, dass auch in Angelegenheiten des Robert De Prizac, die Korruption eine gewichtige Rolle spielte. Es blieb keine Zeit weiter darüber nachzudenken. Wir sahen aus der Ferne den Rauch, welcher aus den Kaminen des Landgutes emporstieg. Ich deutete dies als göttliches Zeichen und dass unser Gott des frevelhaften Lasters ein Einsehen hatte und uns zu einer prächtigen Oase der Erholung und der Zerstreuung führte. Die Karte des Weiberhelden hatte sich wahrhaftig bewährt.

Heute - Der Meister

Arulapadura ging weiter aufgebracht hin und her, als er die vorangegangenen Seiten studiert hatte. Er wusste nicht, ob er beeindruckt sein sollte im Angesicht der Thesen, die sein abtrünniger Diener aufgestellt hatte. Ihm war zwar nie entgangen, dass der Grompf immer wieder in seinen Unterlagen und Aufzeichnungen herumgeschnüffelt hatte, doch dass er auch die Fähigkeit besaß, solch intelligente Rückschlüsse daraus zu ziehen, überraschte ihn immens. Plötzlich nicht mehr ganz so unzufrieden mit seiner Schöpfung, dachte er darüber nach, was er des Weiteren in Tornwarts Ausarbeitungen soeben gelesen hatte. Die Verbindung von Crathorie und De Momiray und deren Rolle im aufziehenden Krieg war näher an der Wahrheit dran, als ihm genehm sein konnte. Die Baronesse de Rochefort, ein scharfsinniges und überwältigend düsteres Weib. Ein Frauenzimmer, dass auch er, der vermeintlich asexuelle Nekromant begehrte, war seinem Diener aufgefallen. Er hatte anhand von Briefen und Aufzeichnungen erkannt, dass eine folgenreiche Bedrohung von ihr ausgehen könnte, eine belangvollere als vom Grafen De Momiray selbst. Die Reise, die den Meister veranlasst hatte, die Schlüssel von Barad Guul an seinen obersten Grompf zu übergeben, stand nicht zuletzt in Zusammenhang mit den Machenschaften De Momirays und der Baronesse. Er ärgerte sich kurz darüber, dass der Tross seines großmäuligen Dieners diesen verkommenen Witwentröster befreit hatte. Er erinnerte sich an ihn, denn er selbst hatte ihn in dieses Fass gesteckt, anders als dieser Schwerenöter es gegenüber dem Grompf behauptete. Er war vor Zeiten zu einer echten Bedrohung des Friedens emporgekrochen, denn Schliwaner trieb sein sexuell geprägtes Unwesen nicht nur in Thur. Nachdem seine Handlungen die Grenzen überschritten und er die Weiber von Guernica als seine neue, ihm zustehende Beute betrachtete, hatte Arulapadura nicht lange zugesehen. Seine Bauern lieferten nicht mehr ihre Abgaben, denn sie waren zu sehr damit beschäftigt, sich gegenseitig die Köpfe einzuschlagen. Sie bezichtigten ihre Nachbarn dem Beischlaf mit ihren Gattinnen. Der einzige der aber fremd begattete, war dieser Schliwaner und so hielt es der Nekromant für angebracht ihn in ein Fass zu verbannen, aus dem er aus eigener Kraft nicht mehr herauskommen konnte. Im Nachgang dachte er daran, dass es besser gewesen wäre, wenn er ihn gänzlich vom Antlitz Erabaduls getilgt hätte. Er würde sich zu gegebener Zeit erneut um Giacomo kümmern müssen, das schien unvermeidbar. Doch er verweilte nicht allzu lange bei diesen Gedanken. Seine Erlebnisse der letzten Monde reichten aus, um ein eigenes Buch darüber zu verfassen. Er wusste bisher nicht, was sich hier in Barad Guul zugetragen hatte. Das wollte er herausfinden und weiterlesen, er dachte über die völlig irrsinnige Idee der Anwerbung des Pestdrachen von Laruuz nach. Im Grunde wäre es für jeden Herrscher die allergrößte Bereicherung seiner Macht über einen Lindwurm gebieten zu können, doch hier hatte Tornwart wohl seine Nase nicht in die diesbezüglichen Folianten und Schriftrollen gesteckt. Er hätte sonst gewusst, dass kein Drache sich einfach so in die Dienste von wem auch immer begibt, der Gewalt über ihn ausüben konnte. Nein, es war nur den allerwenigsten Geschöpfen vergönnt ein solch widerspenstiges Wesen zu zähmen und die Unterwerfung dieser mächtigen Kreatur zu erfahren. Nie hatte der Meister davon gehört, dass dies einem unscheinbaren Drecksgnom gelungen war. Diese kleinwüchsigen Lebewesen waren oftmals einfältig, gutgläubig und es fehlte ihnen zeitlebens der Mut für Großes. Nein der Pestdrache von Laruuz würde sich nicht mit ein paar Geldkatzen kaufen lassen. Er musste überzeugt werden und dafür schickte man keinen verlausten und tumben Langfingerus. Da würde sich der ehrbare Herr Thronanwärter schon selbst bemühen müssen. Dessen war sich Arulapadura sicher. Allerdings war er genauso der Ansicht, dass der Drache Tornwart nicht ansatzweise ausreden ließ, bevor er ihm mit großer Belustigung den Garaus gemacht hätte. Ein schmutziges Grinsen breitete sich bei diesem Gedanken über das Gesicht des Nekromanten, doch ein anderer Eintrag in dem grompfischen Tagebuch nagte an der boshaften Ergötzung, die er empfand. Schmatz Schattenmantel. Etwas, das er nicht hatte, kommen sehen. Er kannte den Zeremonienmeister nur oberflächlich. Bisher hatte er ihn für einen integren Nachtschatten-Gnom gehalten, dessen Amt es ihm erlaubte, den Glauben und die Riten seines Volkes, in den Minen und der Mansio am Leben zu halten. Der Meister war der Meinung, ihm damit alles gegeben zu haben, nachdem es diesen Schmatz gedürstet hatte. Aber Macht, war wie ein Gift, wie eine Droge, die einem in einen Rausch versetzen konnte. Wenn man einmal Geschmack daran gefunden hatte, brauchte man immer mehr davon, um das Hochgefühl wieder erleben zu können. So wurde der Verstand des Zeremonienmeisters vergiftet und Tornwart hatte nicht unrecht. Dieses Vorhaben war nicht von jetzt auf gleich entstanden, nein, es bedurfte einer gründlichen Vorbereitung. Dieser Tyrann musste sich sicher sein, dass er genug Anhänger hatte, um diese Meuterei zu gewinnen. Das Maß an Brutalität, dass er dabei anwendete, da war Arulapadura überzeugt, kam nicht von Ungefähr. Es war zwar in einem jedem verankert, doch es brauchte einer verruchten Bildung aus den Folianten der Führung, um derart strategisch perfekt zu agieren. Er rügte sich selbst, dass er dem Zeremonienmeister Zugang zu seiner allgemeinen Bibliothek gewährt hatte. Auch wenn dort nicht die wichtigsten und gefährlichsten Bücher verwahrt wurden, befanden sich hier hinlänglich Werke, die zu solchen Fertigkeiten verhelfen konnten. Ihm war entgangen, dass sich unter den vermeintlichen versklavten Narren, hoch ambitionierte Kreaturen aufhielten. Wie hatte er diesen eindeutigen Makel, bei Schmatz Schattenmantel übersehen können? Wieso war er auf diesem Auge blind gewesen? Er wusste keine Antwort darauf. Verfügten Nachtschattengnome über eine Art Blender-Magie, die es Ihnen erlaubte, ihre wahren Gedanken vor ihm, dem allwissenden Nekromanten zu verbergen? Das war die einzige Möglichkeit, die der Meister im Moment in Betracht zog. Er nahm sich vor, sobald dies alles vorüber war, die Gattung dieser Gnomart genauer zu studieren. Wenn es notwendig werden sollte, würde er dafür sämtliche Grenzen überschreiten. Er hatte dieser Spezies nicht genügend Aufmerksamkeit gewidmet. In den Jahrhunderten des Studiums hatte er anderen Rassen goblinischer Abstammung mehr Beachtung geschenkt, doch das würde sich wandeln. Wieder zog ein finsteres, wissendes Lächeln über seine faltige Visage, als er sich vorstellte, Schmatz Schattenmantel in einem Verhör zu brechen. Erneut flogen seine Gedanken weiter, denn etwas beunruhigte ihn noch mehr, wie dieser aufgeblasene Gnom oder die Absicht Tornwarts, Magier anzuwerben, die ihn zu Fall bringen sollten. »*Pah Magier! So ein Unfug!*« In Erabadul gab es niemanden, der sich ansatzweise mit ihm messen konnte. Alles alberne Gestalten, die mit ihren betrügerischen Taschenspielertricks vielleicht den Pöbel beeindrucken konnten, doch gegen seine Fertigkeiten wäre auch der Drache nicht dazu in der Lage ihm nur einen winzigen Kratzer zuzufügen. Nein das, was ihn wahrhaftig aus der Fassung zu bringen drohte, war etwas, dass der Grompf in seinem Traum erlebt hatte.

»Dort wo es mir nie wieder gestattet werden sollte, einen einzigen jämmerlichen Funken Freude oder Hoffnung zu empfinden. Dort wo selbst die Schatten sich nie mehr zeigen konnten. Dort wo die Ewigkeit der Qual, die Vorherrschaft innehatte. Dort wo sogar ein Dämon der verfluchten Dunkelheit auf Gedeih und Verderb ausgeliefert war.«

Arulapadura fröstelte es, als er diesen Eintrag gelesen hatte. Er konnte und wollte seinen Gedanken hierzu nicht nachgehen. Es durfte, einfach nicht sein und deswegen beschloss er die Lektüre im Tagebuch des fehlgeleiteten Dieners fortzusetzen. Erneut schlug er das verdreckte Buch auf und vertiefte sich in das Geschmiere seines vom rechten Wege abgekommenen Lakaien.

Bernhard Grendel-Grim

Landadel und verblichene Adelstitel

Er war unglaublich fett. Von den verführerischen Schönheiten, die Giacomo Schliwaner erwähnt hatte, gab es keine Spur. Ich hatte erwartet, einen typischen Gutsherrn vom Landadel anzutreffen, wirklich er war alles andere als eine ansehnliche Kreatur. Eine Mischung aus einem Menschen und einem Oger würde es am ehesten treffen. Er saß, vielmehr lag er auf verschmutzten klebrigen Kissen in einer Art Empfangshalle. Wir schritten durch haufenweise Dreck und Abfall. Ein süßlich vergammelter Geruch lag in der Luft. Nein, der Gestank von Verwesung und eitrigen Wunden war allgegenwärtig und das Atmen wurde zu einer einzigen Qual. Die ehemals prachtvollen Gemälde hingen schief oder waren zu Boden gefallen. Die eigentlichen Motive waren nicht mehr erkennbar. Jemand hatte sie mit Schmutz und Fäkalien verschandelt. Die Wände waren ebenfalls beschmiert. Ich konnte Beleidigungen und tiefste Missachtung gegenüber den Herrschern von Thur erkennen. Dem Verfasser der Nachrichten musste die Politik dieses Landes zutiefst missfallen. Unzählige Fliegen surrten eifrig zwischen undefinierbaren Haufen auf und ab. Hier schien mehr als nur einmal jemand seine Notdurft auf dem Gang verrichtet zu haben. Das war also das Landgut Ungemach. Ein Ort, an dem wir Zuflucht, Erholung und nach unserer letzten Begegnung mit diesem Fasssitzer, auch etwas Zerstreuung zu finden gehofft hatten. Das hatte ich mir anders vorgestellt. Ich erwartete einen befestigten Hof, der für einen durchreisenden König mit einer standesgemäßen Bleibe aufwarten konnte, aber hier würde sogar ein garstiger Drecksgnom sein Lager nicht aufschlagen. Dieses erbärmliche und vor allem stinkende Gehöft war schlichtweg inakzeptabel und der Hausherr schien nicht mehr als ein fettes grunzendes Schwein zu sein, dessen Tagwerk aus Saufen, Fressen und Scheißen bestand. Er unterstrich meinen Gedanken mit einer lang gezogenen Flatulenz, die er mit einem widerlichen Grinsen, von dannen schickte. Dabei biss er in eine Hammelkeule, deren Fleisch im Zwielicht in einem ungesunden Grünton schimmerte. Die Fliegen umkreisten den Kerl, der einzig und allein mit einem offenstehend vollendet verschmierten Hemd bekleidet vor uns lag. Eine Hose trug er nicht und ich erkannte warum. Die ekelhafte Kreatur fraß und schiss am selben Ort. Shrolock, der bis jetzt unter den Masterfahrungen der bösartigen Cloris Dred litt, musste sich bei dem Anblick des verwahrlosten Dreckschweins übergeben. Mir ging es ähnlich und ich entleerte ebenfalls meinen Mageninhalt auf den Boden. Ke schien unbeeindruckt, ob diesem widerlichen Scheusal. Ich fragte mich, ob er mit seiner zu kurz geratenen Nase überhaupt etwas riechen konnte. Die zusätzliche Verunreinigung des verschissenen Ortes durch uns fiel nicht weiter auf. Es waren zwei Pfützen mehr unter unzähligen anderen. Der allgegenwärtige Gestank hatte durch den Darmwind des ogerartigen Geschöpfes an neuer Qualität gewonnen. Shrolock hielt sich vehement die Nase zu und stellte das Luftholen schier ein, während ich kühn hervortrat und sprach: » *Nobler Herr über Ungemach, man sagte uns, Ihr wäret bereit, ein Obdach für zahlende Gäste zu gewähren. Bedeutet mir, wo Eure wohl feinen Unterkünfte zu finden sind, und wir werden Euch königlich entlohnen.*« Er schaute uns an, begann zu grunzen, dann bebte sein schwabbeliger Leib und er fing hüstelnd an zu lachen. Ich beäugte ihn verständnislos und erwartete eine Antwort. Eine weitere Flatulenz entwich dem schäbigen fetten Kerl, gefolgt von einer gerülpsten Rückmeldung. »*Was seid Ihr denn für kleine Scheißer? Ein Grompf, ein zu dürftig und ein zu feist geratener Grottenschrat und ein äh, was ist das überhaupt?*« Er blickte aus seinen gelblich verklebten Augen auf Ke. »*Eure Puppe zum Spielen?*« Wieder lachte er schmierig und grunzend. Die verkrusteten Fettreste und Eiterbeulen auf seiner schmerbäuchigen Wampe lösten und öffneten sich. Wundsekret floss tränend in den Bauchnabel, aus dem längst grauweißes Unkraut wuchs. Ich konnte unter seiner teils entzündeten verdreckten Haut Bewegung wahrnehmen. Er musste von Ungeziefer besiedelt sein, was ihn nicht im Geringsten störte. »*Nun hört mal gut zu Ihr unbedeutenden Ratten! Ihr werdet hier den Laden auf Vordermann bringen und mich für eine Woche von hinten bis vorne bedienen.*« Ein weiterer Furz unterbrach seine Ansage. »*Dann, aber auch nur dann, werdet Ihr hier übernachten dürfen. Und glaubt mir, das werdet Ihr wollen. Nachts in den Wäldern von Thur zu schlafen ist nämlich eine ganz, ganz miserable Idee. Für vier zu kurz geratene Schädlinge, wie Ihr es seid, wäre, der nächtliche Aufenthalt unter freiem Himmel spätestens nach einem Wimpernschlag auf ewig vorbei.*« Zufrieden streichelte er über seinen mit Schorf und Dreck verkrusteten fetten Bauch. »Wenn ich mich aber den Herren vorstellen darf, mein Herold ist leider unabkömmlich mit dem Heranschaffen von Fräsalien beschäftigt und deshalb muss ich notgedrungen selbst zu Euch sprechen.«, wieder entwich ihm lautstark eine übelriechende Wolke aus dem Arsch. »*Ich bin Frohlich von Thur, Vetter des herrlichen und über alles geliebten Königs Edgar dem Einundzwanzigsten von Thur. Ich bin der Herr hier über Gut Ungemach, ich habe es umgetauft in Smirnsheimen, ich hielt dies für angebracht.*« »Fetter« hätte es besser getroffen. Wir waren also immer noch in Thur und ich hörte wieder von einem Monarchen. Es wurde allerhöchste Zeit, dass ich Alleinherrscher über Erabadul wurde. Jeder Landstrich hatte einen eigenen Regenten, so schien es mir zumindest. Doch dieser verlauste und stinkende Gutsherr war mit seiner Ansprache zu einer weiteren Hürde geworden, die es zu überwinden galt. Nicht, dass dies eine besondere Herausforderung darstellte. Dieser dickleibige Fettsack war vermutlich so schnell wie ein Troll Greis und wer wusste schon, wann dieser Kerl zuletzt auf seinen angeschwollenen Füßen gestanden hatte. Ich beschloss, ihm ordentlich die Meinung zu geigen. »*Werter `Fetter` des Königs, von dem wir noch nie etwas gehört haben. Wir werden sicherlich nicht diesen Schweinestall ausmisten und Euch zu Diensten sein. Ihr werdet uns Obdach gewähren und wir sehen davon ab, Euren schmierigen Leib aufzuschneiden. Was haltet Ihr hiervon, Ihr stinkender Jaucher? Ein verblichener Adelstitel, wie Ihr ihn tragt, ist in Erabadul genau so viel wert, wie Eure moderigen Ausscheidungen, in denen Ihr Euch zu fläzen pflegt.*« Erstaunt schaute er mich an und musterte mich von Kopf bis Fuß. Er grunzte und spuckte mir einen schleimigen gelblichen Rotzklumpen ins Gesicht, dann lachte er und sein fülliger Leib erbebte dabei erneut. Seine Brüste, die wie Schläuche, schlaff und untrainiert von ihm herabhingen und im Takt des Bebens hin und herschwangen, wirkten geradezu lächerlich. Abrupt hörte er auf zu wiehern und brüllte einen Befehl, den ich nicht recht verstanden hatte. »Packt sie, oder greift sie.« Ich weiß es nicht mehr es ging alles verflucht rasch. Die Tür flog hinter uns zu und wir waren im nächsten Augenblick von übelriechenden Speerträgern umringt, die uns mit ihren Spießen bedrohten. »*Jetzt wollen wir sehen, wer hier wem den Leib aufschneidet. Ihr kleinen Narren. Wenn Ihr ausgenommen und verarbeitet seid, werdet Ihr in meinem Suppentopf* *landen und ich werde jeden Schluck daraus genießen und Euch in einer Durchfallorgie, die Ihr mir unzweifelhaft verursachen werdet, wieder heraus scheißen. Wie findet Ihr das?«* Wir fanden das unerhört. Wie konnte dieser abartig schleimige Ochsenfrosch es wagen, mir zu drohen? Mir, dem designierten König, dem herrlichen Grompf? Befreier der Kinder der Muorai, Sieger über den Moffrat-Schatten von Arlon, auch die Zerschlagung einer ruchlosen Pagode zählte ich zu meinen legendären Glanztaten. Barden werden Lieder über mich singen. Theaterstücke wird es in ganz Erabadul über Tornwarts Abenteuer geben, jedoch über einen Frohlich von Thur wird sich in den Geschichtsbüchern kein einziges Wort wiederfinden. Die garstigen Speerträger, die uns in ihren zerlumpten Kleidern versuchten in Schach zu halten, schienen alle nicht hinlänglich gesund zu sein. Sie hatten ihre Körperhygiene genauso vernachlässigt wie ihr jauchiger Gebieter. Sie standen diesem in nichts nach dabei. Ihr abartiger Körpergeruch unterstrich diese Feststellung vehement. In ihren Augen fanden sich deutliche Anzeichen des Wahnsinns und unter ihrer Haut konnte ich Bewegung wahrnehmen. Sie waren von Parasiten befallen. Gnaash, der von uns allen, der Kräftigste war, schien sich besonders von der stinkenden Garde bedroht und eingeengt zu fühlen. Ich bemerkte, dass er gleich aus der Haut fahren würde, und nickte Ke zu. Dieser fauchte ein lang gezogenes »*Inquinzuwoatschaaaaaa!*«, hervor und zog seinen übergroßen Dolch. Die Tür flog wieder auf und eine kreischende Flut von Fetischen strömte herein. »*Huawoatschaaaaa!*«, schrien sie und attackierten die acht Wächter des Gutsherrn. Dieser saß mit aufgerissenen Augen in seiner eigenen Notdurft und setzte vor Schreck einen weiteren dünnflüssigen Haufen hinzu. Die hinterhältigen Bastardpuppen machten kurzen Prozess mit den verlausten Wachen und fielen gierig über sie her. Ich hoffte inständig, dass sie sich nicht ihren Magen mit derartig vergammelter Nahrung verstimmten. Es war Zeit, mit Frohlich von Thur abzurechnen. Dieser versuchte, vermutlich das aller erste Mal seit unzähligen Monden aufzustehen, mit dem Ergebnis, dass er in seinen eigenen Ausscheidungen ausrutschte und in selbigen unverzüglich zum Erliegen kam. Wie ein Stinkkäfer lag er auf dem Rücken und schaffte es nicht, sich über die Seite zu drehen. Ich wollte mich nicht mehr wie nötig an ihn heranwagen. Der Boden war überall feucht und rutschig und mir widerstrebte es, meine ungewaschenen Füße in die Hinterlassenschaften dieses Schweins hineinzusetzen. »*Nun Frohlich von Thur oder sollte ich besser sagen Frohlich von Kot, was gedenkst Du jetzt zu tun? Deine irren Wachen sind alle tot, Du bist ziemlich allein hier. Ich habe mir überlegt, ja ich bin eben ein Schnelldenker, dass Du heute Nacht im Wald nächtigen wirst. Wir werden Dir gnädig ein paar kulinarische Leckerbissen mitgeben, damit Du nicht verhungerst. Meine treu ergebenen Fetische, werden Dich geradewegs in den Wald schleifen. Das heißt, Du musst Dich nicht einmal eigenhändig bemühen. Ist das nicht unheimlich gütig von mir?*« Der Gutsherr war kaum in der Lage seinen Kopf zu heben. Sein besudeltes Doppelkinn erschwerte seinen tollpatschigen Versuch zusätzlich. Er schnaufte nach Luft und grunzte unentwegt, bis er letztlich herausbrachte: »*Gnade Euer Hochwohlgeboren, ich bitte Euch, nicht in den Wald! Nicht in der Nacht!*« Wieder schiss er sich ein und seine Blase entleerte sich ungehemmt. Angewidert wendete ich mich Ke zu und gab ihm Zeichen meinen Befehl schleunigst auszuführen. Er nickte seinen Soldaten zu und sofort schoben sich die Hartgesottensten unter den fülligen Frohlich und beförderten ihn, wie mickrige Ameisen ihre Beute, aus dem abscheuerregenden Saal heraus. Begleitet von seinen quiekenden und flehenden Lauten, steuerten sie auf den nahegelegenen Waldrand zu. Shrolock, Gnaash und Ke erkundeten die umliegenden Gebäude, wenn man diese überhaupt als solche bezeichnen konnte. Dieser stinkendfaule Sack hatte hier alles dem Verfall preisgegeben. Mich wunderte, dass der König von Thur nicht längst Abgesandte geschickt hatte und nach den ausbleibenden Ernten forschen ließ. Denn zu welchem Zweck sonst diente ein Landgut? Ich selbst schaute, dass ich diesen stinkenden Ort verließ. Als ich die Tür hinaustreten wollte, packten mich zwei rutschige Hände an meinem linken Bein. Erschrocken schaute ich nach unten. Zwischen undefinierbarem Geröll und einer Lache aus ebenso nicht zu zuordneten Flüssigkeiten, kroch ein von Dreck und Krätze verkrusteter Leib auf mich zu. Ich konnte nicht mehr erkennen, ob es sich um eine männliche oder eine weibliche Kreatur handelte. Der Geruch, den diese Albtraumgestalt verströmte, war abartig und raubte mir erneut die Luft zum Atmen. Das Ding öffnete seinen Mund und bevor die krustigen und blutigen Lippen ein Wort formen konnten, flogen etliche grün schimmernde fette Fliegen aus dem Maul heraus. Ich stieß einen schrillen Schrei aus und trat mit dem freien Fuß gegen den Kopf dieses Monsters. Es lies ab von mir, allerdings krabbelten nun rötlich glimmende Käfer an den wohlgeformten und durchtrainierten Stelzen des kommenden Herrschers empor. Dort wo mich das Wesen gepackt hatte, verfärbte sich mein Bein bereits gelblich. Es durfte nicht sein, dass der König sich etwas eingefangen hatte. Ich schnickte diese Krabbelviecher panisch vom Oberschenkel, bevor sie ihr mutmaßliches Ziel erreichen konnten. Sie waren zielstrebig auf das fürstliche Gemächt zugesteuert. Da die grompfische-Monarchenlinie zurzeit nicht gesichert ist, ist dieser Teil meines luxuriösen Körpers vor allen anderen Dingen besonders schützenswert.

Ich blickte mich nochmal um. Die Gestalt lag jammernd im Dreck und überall unter den weiteren undefinierbaren Haufen nahm ich plötzlich noch mehr Bewegungen wahr. Unzählige, jener Pest-Träger krochen stöhnend aus dem Abfall und den Ausscheidungen hervor. Ich sprang zur Tür heraus und verriegelte diese hinter mir. Ich pfiff nach Ke und schrie, er solle das Fass mit Lampenöl bringen, das wir bei unserer Ankunft in einer der Baracken gesehen hatten. Eiligst brachten mir dies ein paar Fetische und ich goss um das Zentralgemäuer die brennbare Brühe aus. Aus dem Inneren wurde das Stöhnen und Jammern immer unerträglicher und ich wollte dem Elend ein Ende bereiten. Ich rieb ein Schwefelhölzchen an meinen verhornten Fußsohlen in Brand und entfachte die zerstörerische Kraft des Feuers. Ich hastete zu Ke und Shrolock, die vor der abgelegensten Baracke standen. »*Meint Ihr nicht, dass man ein solches Flammenmeer über große Distanzen wahrnehmen wird?*«, fragte mich mein Leibschrat. Stimmt wohl, daran hatte ich nicht gedacht, aber die Vorstellung heute Nacht Besuch von einer untoten Pestbeule zu bekommen, ließ mich alle Vorsicht vergessen. Da es bald Nacht wurde, mussten wir in dem Verschlag absteigen. Ke befahl seinen Mannen, die baufällige Bude zu befestigen. Die kleinen Bestien schafften es sogar eine Art, Wachturm zu bauen, den sie bemannten. Trotz meiner beachtlichen Zündelei blieb die Nacht beschaulich. Einzig die Schreie, die vom Waldrand herrührten, unterbrachen ab und an das Zirpen der Grillen. Es war eben eine ausgesprochen glanzvolle Idee von mir, den Walddämonen ein solch wahrhaft großes Opfer darzubieten. Während ich darüber nachdachte, wie ich Langfingerus in Hallot gegenübertreten würde, schnarchte Shrolock seelenruhig neben mir. Ich benötigte unbedingt den Drachen von Laruuz in meinen Diensten. Die verbliebenen Fetische mochten eine gewisse Schlagkraft an den Tag legen, doch Schattenmantel ließ bereits alle Trolle, Kobolde, Goblins, Schrate und selbst die Drecksgnome unter Waffen stellen. Einer Schlacht gegen diese Horde wären wir nicht gewachsen. Mein Hass auf Schmatz Schattenmantel wuchs von Herzschlag zu Herzschlag. Diese Nachtschattengnome waren nicht nur geschickte Diebe, nein sie waren verschlagene Hunde! Tölen die, die Hand bissen, welche sie fütterte. Meine Rache wird furchtbar werden und den Kopf dieses falschen Königs, werde ich auf den Zinnen Barad Guuls aufspießen. Vorher lasse ich seinen Schädel von einem Schamanen behandeln, auf das er niemals verwese und auf ewig als Mahnmal dort hängen soll. Mit weiteren ähnlich grimmigen Gedanken musste ich eingeschlafen sein.

Mein folgender Traum führte mich etwa einen Mond vor Arulapaduras Abreise. Ich sah mich faul und sorglos auf der ausgefransten Strohmatte ruhen. Einen Halm im Mund aus meiner Liegestatt sinnierte ich über irgendeinen belanglosen Vergleich zwischen Asselpampe und Grünfliegenmus. Ich war damals kurz vor dem Einschlummern, denn der Alte hatte mich den ganzen lieben langen Tag von hier nach dort und wieder zurückgejagt. Ich hatte ihm die seltsamsten Kräuter, Sude und Pulver besorgen müssen. Wohlverdient ließ ich mit einem schäbigen Grinsen die Augenlider herabfallen. Ich malte mir aus, wie ich den bevorstehenden freien Tag verbringen wollte. Da flog die Tür zu dem mir gehörenden kärglichen Reich auf und das Klacken der Knochenstiefel auf dem harten Steinboden, gebot mir hochzuschnellen. Mein Herz jagte. Ich wähnte mich ertappt, wusste aber gar nicht warum. Ich hatte alles aufgetrieben, was der fiese Nekromant gefordert hatte. Es lag nicht an mir, er war es. Ihm war es möglich, dass sich jedes Wesen in seiner Gegenwart schlecht fühlte, sobald er einem nur aus seinen hässlichen gierigen Pupillen anstarrte. Ich riss mich zusammen und fragte: »*Eure spätkehrende Umtriebigkeit, was führt Euch zu solch unsäglicher Stunde in mein bescheidenes Heim?*« Diese tollkühne Anrede brachte mir nicht nur einen vernichtenden Blick ein, sondern auch den peinigenden Schmerz, der sich entlang meines Schädels unerbittlich ausbreitete, als der Meister mich am Haaransatz über den Ohren packte. Unter größtem Schmerz zog er mich daran auf die Füße. Ich jammerte, was das Zeug hielt, übertrieb und schrie wie ein erzürntes Goblinwaschweib, das nach einem harten Tag heimkehrte und ihren nichtsnutzigen, sturzbesoffenen Goblin Gemahl, auf einer dahergelaufenen Koboldschlampe reitend, vorfand. »*Halt Dein dreckiges Maul Grompf! Ich weiß, dass Du schamlos übertreibst. Wenn ich Dir solide Schmerzen hätte zufügen wollen, würdest Du nicht mehr schreien wie ein Weibsstück aus Goblina, dass erkennen musste einen unbrauchbaren Volltrottel wie Dich geehelicht zu haben.*« Damit war er näher an meinen Gedanken, als mir wieder einmal lieb sein konnte. Man war genötigt unentwegt auf der Hut zu sein und das eigene Denken abzuschirmen, wenn man sich in Sichtweite zum Nekromanten aufhielt. Der alte Drecksack las sonst in einem, wie in einem aufgeschlagenen Folianten. Ich hörte natürlich unmittelbar auf mit der jahrelang einstudierten Jammertirade und signalisierte Gehorsamkeit. Ein Schlag in mein ungewaschenes Genick befreite die kläglichen, teils längst ausgerissenen Kopfhaare aus den Pranken dieses gnadenlosen Ungeheuers. »*Wie darf ich Eurer einfühlsamen Verständnislosigkeit zu Diensten sein?*«, fragte ich gleichwohl provozierend. Arulapadura überhörte diesen Affront. Er hatte es wohl eilig zur Sache zu kommen. Als er mich über meinen Auftrag, den ich prompt zu erfüllen hatte, aufklärte, spuckte er beim Sprechen feuchte Bläschen in mein

Gesicht. Er schien äußerst aufgewühlt und erregt zu sein. Als er endete, trat er mir mit seinen spitzen Stiefeln in den Hintern und beförderte mich folglich aus der schäbigen Kemenate hinaus. Er drückte mir eine rostige Schaufel in die Griffel und wies mich an, den alten Schubkarren mitzunehmen. Er erwartete meine Rückkehr vor Sonnenaufgang. Dies hieß nichts anderes, als dass ich es ja nicht wagen sollte, auch nur einen Hauch später, und schon gar nicht mit leeren Händen wiederzukehren. Hundemüde und dennoch rundum verärgert machte ich mich, mit der ollen Karre und dem Grabungswerkzeug auf den Weg nach Schwarzacker. Das ärmliche Dorf lag erfreulicherweise nicht allzu weit von Barad Guul entfernt. Doch mein Auftrag, den ich nicht zum ersten und vermutlich auch nicht zum letzten Mal durchzuführen hatte, widerstrebte mir. Ich hatte eine Abneigung gegen diese Art der Arbeit entwickelt und fragte mich, warum ich diese Aufgabe nicht an ein paar niedere Drecksgnome delegieren durfte. Wenn ich den Nekromanten darum bat, dies tun zu dürfen, fuhr immerwährend ein dreckiges, aber bedrohliches Grinsen durch seine runzlige alte Fresse. »*Du wirst schön selbst buddeln gehen. Ich möchte, dass Du es erledigst, und zwar nur Du allein!*«, waren die Worte, die er mir zur Antwort gab. Der Mond warf genug Licht in dieser Nacht ab, um mir den Weg zu erhellen. Während ich so dahin polterte, versuchte ich meinen Ärger zu schlucken und dachte wieder über den bald anstehenden freien Tag nach. Vielleicht könnte ich diese kurze Auszeit, die mir in jedem Umlauf einmal gestattet wurde, nutzen, um in der Hafenstadt Grauschlund die schäbigen Tavernen und Freudenhäuser unsicher zu machen. Ich verwarf den Gedanken, denn in mir kochte ungebrochen die Wut über die anmaßende Störung mal eben vor dem Einschlafen. Ich war durch diesen unappetitlichen Auftrag genötigt, die ganze Nacht wach zu bleiben, und wusste, dass ich nach der Rückkehr zu Assistenzzwecken parat stehen musste. Meine zarten, vom Nichtstun weichen Hände, würden nach der bevorstehenden Schinderei mit Blasen überzogen und mit Bissen der gemeinen Gruftschabe übersät sein. Es half nichts. Für seine schändlichen Experimente benötigte er immer ganz frische, wie er zu sagen pflegte. »*Frisch ist aber anders!*«, fluchte ich in die Finsternis, während der gelerchsartige Transportkarren sein rumpelnd, humpelndes und knarzendes Gejohle ununterbrochen zum Besten gab. Die Kunde vom Ableben einer ollen Frau in Schwarzacker hatte sich gestern in Barad Guul wie ein Lauffeuer verbreitet. Ich hätte es wissen müssen, bevor ich zu Bett schritt, dass er sie haben wollte. Aufgrund der Seuchengefahr wurde die Alte aller Voraussicht nach am selben Tag verscharrt, an dem sie das Zeitliche gesegnet hatte. In dem verdammten Dorf lebten überwiegend Menschen, die nicht der Feuerbestattung entgegen eiferten. Ihre Religion verbot es Ihnen in die Flammen zu gehen. Ich fragte mich warum. Nach dem Sterben kam das berauschend frevelhafte Gelage und es war vollkommen egal, wie man dort hinkam, denn es fand ja gar nicht mehr in dieser Welt statt. Narren! Sie glaubten an etwas anderes, mit dem ich mich nicht länger befassen wollte. Die armseligen Häuser lagen alle im Dunkeln, als ich schließlich ankam. Die Bevölkerung hier lebte von der Viehzucht und vom Getreideanbau, auch wenn der Boden Guernicas nicht als besonders fruchtbar galt. Jeden verdammten Tag mussten sie früh hinaus, die Viecher füttern und den Grund bestellen und pflegen. Das kam mir zugute, denn diese Leute waren immer zeitig in ihren Betten und so konnte ich unbeobachtet mit meiner mühsamen Arbeit beginnen. Ich suchte das Feld ab, in dem sie gewöhnlich die Toten verscharrten, und entdeckte einen frisch aufgeworfenen auffälligen Erdhügel. Hier war ich richtig. Schon nach den ersten Schaufeln fing ich an zu fluchen und zu schwitzen. Diese Kerle hier nahmen es ausgesprochen ernst mit dem Seuchenschutz. Ich hatte gehofft, nicht tief graben zu müssen, aber dieser Irrglaube wurde prompt zerstört. Die Muskeln schmerzten und die elenden Gruftschaben mit ihren zangenartigen Fresswerkzeugen hatten sich bereits mehrmals an meinen Beinen vergangen. Es war mir ein Rätsel, wie die Natur so hurtig dafür sorgte, dass totes Fleisch zersetzt und aufgefressen wurde. Die erwarteten Blasen auf den Händen traten eiliger auf, als ich es für möglich erachtet hatte. Ich war eben nichts gewöhnt, zumindest war der Meister dieser Auffassung und er hätte es mir mit einem freudigen, aber boshaften Lachen mitgeteilt, wenn er dabei gewesen wäre. Endlich stieß ich auf etwas Weiches und hörte unverzüglichst auf, mit der Schaufel zu graben. Der Nekromant wollte sie eher unbeschädigt erhalten. Ich grub deshalb mit meinen geschundenen Griffeln weiter. Ich bemerkte, dass dies länger als erwartet dauern würde, denn der Leichnam schien unglaublich fett zu sein. Auch das noch. Als ich sie dann vorbildlich freigelegt hatte, starrten mich vorwurfsvoll zwei milchtrübe Augäpfel aus tiefliegenden Höhlen an. Ich wendete den Blick hurtig ab, denn man sagte, »*Schaue nicht in die Augen der Toten, Du könntest Dein eigenes Ende erblicken*«. Albernes Geschwätz, dennoch zog mir ein eisiger Hauch über den Rücken und ich dachte, etwas oberhalb der Grabungsstätte vernommen zu haben. Da saß ich nun mit diesem hässlichen, aufgedunsenen Weib in einer stinkenden Grube. Sie war alles andere als erst kürzlich verblichen. Der Zersetzungsprozess bestätigte das und mir blieb keine Zeit weitere Grabungen vorzunehmen. Wenn mich die Bauern hier finden, würden sie mich an Ort und Stelle aufknüpfen und mir vorher mein

Gemächt abschneiden. Woher sollten sie auch wissen, dass die Intention, aus einer ganz anderen Richtung kam, besser gesagt von jemandem ganz Anderem verlangt wurde. Gezwungenermaßen musste ich diese Grabschändung gegen meinen Willen ausführen, aber das würden sie einem schäbigen Aufschneider wie mir niemals abkaufen. Ich lugte vorsichtig aus dem Loch heraus, drehte mich im Kreis und erblickte einen rosa Kussmund, der mir gefährlich nahekam. Dann, als ein übelriechender Strahl mir völlig unerwartet ins Gesicht schoss, wurde mir mein fataler Irrtum deutlich. Ein elendes Katzenvieh hatte das bereits ausgehobene Erdloch, als perfekten Ort zur Verrichtung dringender Angelegenheiten ausgemacht. Sozusagen konnte sich das Miststück erleichtern, ohne sich dabei die Pfoten schmutzig zu machen. Ich wischte mir die warme, stinkige Brühe aus dem Gesicht, verscheuchte das haarige Biest und stieg wieder hinab zu meiner schwerwiegenderen Aufgabe. Müde und schwächlich, wie ich war, bedurfte es einem gewaltigen Kraftakt, die Verblichene aus dem Loch heraus zu wuchten. Ich konnte nur hoffen, dass die Ächz- und Stöhnlaute, die ich dabei ausstieß, niemanden aufweckten. Am Ende blieb ich unentdeckt und hatte es irgendwie geschafft, sie auf die Schubkarre zu manövrieren. Das Bild war abstrus. Die Alte saß mit an den Seiten herabhängenden Armen und Beinen in dem Fuhrwerk, ihr Kopf war nach hinten überstreckt, so dass sie mich unfreiwillig anglotzte. Die Krönung aber bildete der aufgeblähte Bauch, der wie ein anklagender Grabhügel ein epochales Zentrum des bereits eingetretenen Gärungsprozesses darstellte. Nach einer kurzen Verschnaufpause sah ich zu, dass ich verschwand. Da die Zeit vorangeschritten war, füllte ich das Grab auch nicht mehr auf. Sollten sie doch glauben, dass unter ihnen ein Irrer lebte. »*Sie werden selbst für Gerechtigkeit sorgen*«, grinste ich in mich hinein.

So sanft wie möglich schaukelte ich das unheilige Gefährt vom Dorfe hinfort. Ich erhöhte mein Tempo, als ich weit genug entfernt und mir sicher war, außer Hörweite zu sein. Der steinige Weg und das herum Gepolter sorgten dafür, dass sich die ersten Gase ihren Weg durch diverse Körperöffnungen suchten. Maligne Flatulenzen und rülpsende Laute begleiteten mich. Stets zogen mir die gar nicht erlesenen Gerüche in die Nase und ich musste mir alsbald ein Tuch um den Mund binden, um den natürlichen Würgereiz zu bändigen. Es war schlichtweg atemberaubend, kann ich nur sagen. Meine Kräfte und die mich zu übermannen drohende Müdigkeit ließen mich langsamer werden. Mir wurde schwindelig und ich stellte den Karren ab. Als der Mond hinter einer dunklen Wolke verschwand, fing es an: »*Tornwart, mein Süßer. Wieso hast Du mich aus dem wohligen Erdloch herausgeholt?*« Ich öffnete die Augen, die ich wegen der Benommenheit geschlossen hatte, und sah nur wenig in der Finsternis, nahm aber sehr wohl wahr, dass sich der Kiefer der alten Leiche bewegt haben musste. Das Gebiss klapperte ein bisschen, als das Mondlicht erneut einen Weg durch die Wolken gefunden hatte und die skurrile Szene ausleuchtete. Ein schriller Aufschrei entfleuchte meiner trockenen Kehle. Das war unmöglich, noch hatte der stinkende Nekromant nicht seine dürren, knochigen Finger an sie gelegt. Eine Untote? Einfach so? Das gab es nicht! Das konnte gar nicht sein. Ich schrieb die Halluzination der extremen Müdigkeit zu und langte an die Griffe des Karrens und polterte ein gutes Stück weiter. Da sprach das tote Weib erneut zu mir: »*Grompf, möchtest Du ein lustvolles Tänzchen, mit einem alten Mädchen wie mir wagen?*« Erschrocken ließ ich die Totenkutsche hastig wieder los, war aber gerade auf einem nicht unbedeutenden Abhang unterwegs gewesen. Das Gefährt machte sich selbständig und schlitterte ein paar Fuß hinab, gewann an Geschwindigkeit und blieb zu guter Letzt an einem größeren Findling hängen und überschlug sich kurzerhand. Die aufgedunsene Fracht wurde im hohen Bogen herausgeschleudert und kam mit einem unschönem, gurgelnden und furzendem Geräusch unsanft auf dem kargen Boden zum Liegen. Die Gliedmaßen waren nun doch etwas obskur verdreht. »Unbeschädigte Lieferung.« War mein erster Gedanke. Ich schluckte und eilte der Beute entgegen. Das Genick musste unglückseligerweise in Mitleidenschaft gezogen worden sein, denn nun schauten mich diese ekelhaften milchigen Augen aus einem aufgeblähten Kopf an, der in einem sehr unnatürlichen Winkel vom Halse abstand. Mir fiel alles ein. Ich sah schon, wie der Nekromant seine Peitsche für besondere Anlässe hervorholte und er mir mindestens ZEHN damit verpasste. So pflegte er sich auszudrücken. »*Ich gebe Dir zehn!*«, dann kicherte er meist und korrigierte sich »*Nein, zwanzig, wären wohl in Anbetracht Deiner allumfassenden Unfähigkeit angemessener.*« Es blieb keine Zeit über meine Strafe nachzudenken, denn das vermeintlich tote Weib fing an, mich fürchterlich zu beschimpfen. »*Du Trottel, wie konntest Du zulassen, dass mein wohlgeformter Leib, so verunstaltet wird. Du bist inkompetent, zu nichts zu gebrauchen! Nicht einmal einen solch schnöden Transport vermagst Du durchzuführen. Ach, ich hätte bei den Maden und Würmern verweilen sollen, statt von einem Taugenichts wie Dir an die Oberfläche gezogen zu werden. Meine Mutter hatte mich immer schon vor dünnarmigen, dürren und großmäuligen Faulpelzen wie Dir gewarnt. Geh auf gar keinem Fall mit einem solchen Aufschneider mit, Hella. Die haben eine große Klappe, nichts in der Hose und außer das Du sie den ganzen Tag auslachen kannst, sind sie nicht im Mindesten zu irgendetwas zu gebrauchen. Am Ende denken sie noch, dass sie König werden können. Jammerlappen, Spinner, Tranfunzel, Hornochse…«.* Das monströse Weib schien nicht mehr aufhören zu wollen und warf mir unzählige weitere Beleidigungen gegen den Kopf. Ich hatte noch gut eine Stunde Zeit, um die geschundene Fracht pünktlich abzuliefern. Da sie aber sehr aufgebracht war und die Schubkarre nach der irren Abfahrt nur noch ein Schatten ihrer selbst war, musste mir etwas einfallen. Ich näherte mich der echauffierten Leiche äußerst vorsichtig. Ihre Arme gestikulierten wild, während sie weitere Schimpftiraden über mich ergoss. Ich duckte mich immer wieder vor den scheinbar unkoordinierten Gesten weg, um nicht verletzt zu werden. Schließlich packte ich sie unter den Achseln und versuchte, sie mir über die Schulter zu werfen, wie einen Sack würde ich sie nach Barad Guul tragen, genau wie ein Bauer seine Töften ausliefert. Das war zumindest der Plan, der aber nicht aufging. Als das Ungetüm auf der Hängeschulter lastete, versagten meine Jahrhunderte alten Knie und ich brach haltlos zusammen. Es kam aber noch besser, die »Ware« wog vermutlich noch mehr, als ich im ersten Moment angenommen hatte. Sie begrub mich mit ihrer Körperlast unter sich und mir blieb der Atem aus. Weiches, kaltes Fleisch drückte sich auf mich herab. Es war stockfinster und außer dem steten Grummeln im Inneren des Leichnams, war nichts mehr zu hören. Ich würde elendig verrecken, von einer fetten, wabbeligen Leiche erstickt. Man würde mich nicht mehr wieder finden, denn die Sonne würde am nächsten Tag heiß auf Guernica herabbrennen und dafür sorgen, dass meine Überreste mit der alten Dunsel verschmelzen würden. Ich bekam Panik, denn in diesem Zustand, würde ich vermutlich doch keinen Einlass zum großen frevelhaften Gelage erhalten und man würde mich für immer vereint mit dieser runzligen Gestalt in die ewige Verdammnis schicken. Irgendwie schaffte ich es, einen grompfischen Urschrei auszustoßen, der zumindest von mir wahrgenommen werden konnte. Aber das vom Zerfall bedrohende feiste Fleisch dämpfte vermutlich enorm die Außenwirkung und musste ungehört verhallt sein. Mit einem gewaltigen Kraftakt, der nur mit dem Mut der Verzweiflung vonstattengehen konnte, drückte ich mich unter dem massigen Leib hervor. Wie ein Elendswurm schob ich mich mit minimalen Bewegungen der Rettung entgegen, dabei stieß ich schrille, grummelnde und wohl auch die verzweifeltsten Schreie aus, die man je in Erabadul vernommen hatte. Als mir ein einigermaßen frischer Windhauch die Nase umschmeichelte, wähnte ich mich endlich in Sicherheit. Ich bestimmte noch benommen meine Position und stellte mit entsetzen fest, dass ich zwischen den Beinen der Verblichenen hervorlugte und in das Antlitz eines Strauchdiebes blickte. Dieser musste von dem Lärm der vorangegangenen Abfahrt angelockt worden sein und in der Hoffnung etwas Brauchbares stehlen zu können, unseren Standort ausfindig gemacht haben. Er wurde kreidebleich als ich mit pfeifenden und keuchenden Geräuschen weiter aus dieser zweideutigen Lage hervorkroch. Seine Beine zitterten und einen Schrei, den er ausstoßen wollte, blieb ihm in der Kehle stecken. Es war schmerzhaft, mich von dieser Last vollständig zu befreien, also stieß ich mit der mir verbliebenen Luft meinen ganzen Schmerz heraus, was allerdings in einer hohen kreischenden Tonlage vonstattenging. Der Kerl vor mir führte mit seinen Fingern ein Zeichen zur Abwehr von Dämonen aus und konnte letztlich seine Zunge lösen. »*Beim heiligen Ulkus, die Geburt des obersten Verderbers! Es ist so weit, der Untergang steht unmittelbar bevor.*«, stotterte er, dann fuhr er fort: »*Du bist noch weit aus hässlicher, als ich Dich mir jemals vorstellen konnte. Bitte verschone mich ungnädiger Fürst des Abgrundes.*« Er schien dem Wahnsinn bedenklich nahe zu sein. Als ich vollends frei war, war es leider unabwendbar, dass ich mich über die Füße des neuen ersten Untertans, übergab. Das Aroma, welches meine vermeintliche Mutter verströmte, hatte mir keine andere Wahl gelassen. Ich spuckte, spie und fluchte. Da mein Mund voll mit einer galleartigen Masse hing, musste mich der Beutelschneider nicht verstanden haben und deutete den grompfischen Zorn wohl als Vorbote seines eigenen grausamen und schmerzhaften Todes. Er fiel auf die Knie, mitten in die von mir verursachten Geburtslache und flehte um Gnade. Nachdem er mit gebeugtem Haupt auf etwas wartete, beruhigte ich mich unwesentlich. Mir kam da eine Idee. Ich befahl dem Trottel »meine Mutter«, die schwer erschöpft von der überaus anstrengenden Geburt zu sein schien, zum Ort meiner Wahl zu tragen. Ich versprach ihm zudem einen äußerst qualvollen Tod, falls er sich weigern sollte. Als Brut der Finsternis musste ich wohl sehr überzeugend gewesen sein, denn er folgte ohne Widerstand. Da er kräftiger gebaut war wie ich, hatte er weitaus weniger Mühe, das tote Weib zu schultern. Er war sichtlich vom Ekel gepackt, aber die Angst vor dem neugeborenen obersten Verderber, ließ ihn diesen vergessen. So scheuchte ich ihn in die Mansio und tapste hinter ihm her, währenddessen schien mich das verblichene Weib anzugrinsen, denn ihr Kopf hing so, dass sie mich ungehindert anstarren konnte. Kurz bevor die Sonne ihre gruselig gleißende Fratze zeigen konnte, traten wir durch die Eingangspforte von Barad Guul und liefen dem Meister direkt in die Arme. Missgestimmt von der fast erreichten Verspätung, beäugte er den Fleischberg vor ihm und wunderte sich darüber, wieso ich so groß geworden war, und das Weib schulterte, statt es in der Schubkarre abzuliefern. Ich löste den Irrtum auf und trat hinter meinem Packesel hervor. Beinahe erschrocken, wich er einen Schritt zurück und musterte mich strafend. »*Na wen haben wir denn hier? Sagte ich nicht, kein delegieren, nur Du allein! Sagte ich es oder sagte ich es nicht, Du wurmzerfressenes Grompfhirn?*«, fauchte er erbost. Mein Träger-Diener erschrak und war wohl mit seinen Kräften am Ende. Er konnte nicht anders und warf die schwere Last dem Nekromanten vor die Füße. Der nun noch mehr verunstaltete Leichnam quittierte den erneuten Aufprall mit einer missfälligen Rülps-Parade, auch aus dem Hinterteil stiegen die gasigen Dämpfe von Neuem lautstark empor. Der Beutelschneider schnaufte wie ein Warg beim Paarungsakt und konnte seinen Würgereiz nicht mehr in Zaum halten. Er ergoss sich über sein Mitbringsel. Angewidert verzog Arulapadura die Nase, nahm den »Erbrecher« zur Seite und schlug freundschaftlich einen Arm um dessen Schulter. »*Mein lieber Freund, wie heißt Ihr eigentlich? Was hat Euch denn in meine bescheidene Residenz verschlagen und sagt mir, warum Ihr die schwere Last meines unfähigen Dieners auf Euch genommen habt.*«, fragte er mit täuschend echt wirkendem Interesse. Der Fremde schien verlegen, antwortete aber: »*Mein Name ist Frido…*« weiter kam er nicht, seine Augen weiteten sich in völliger Ungläubigkeit und versuchten, ihren Blick nach unten zu richten. Sie erfassten das Geschehene, und das Entsetzen vertrieb das Unfassbare. Ein Griff eines Knochendolches in des Meisters behandschuhter Klaue zeugte vom Eindringen der zugehörigen Klinge in den Leib des Gutgläubigen. Er stammelte nur kurz: »*Ihr seid der Nekromant… ich hätte niemals herkommen dürfen.*«, dann zog der Meister den Dolch nach oben, grinste dabei und vermeldete »*Du bist ein schlaues Kerlchen Frido. Du hättest auf gar keinem Fall die Drecksarbeit von diesem Abschaum dort übernehmen dürfen.*« Er zog das Knochenmesser aus dem erschlaffenden Körper und deutete mit der blutgetränkten Klinge auf mich. Daraufhin verschwand die Mordwaffe in einem weißen mehligen Nebel. Der Meister stieß meinen Begleiter neben die andere Leiche zu Boden und tönte »*Mein lieber Tornwart, heute hast Du Dich tatsächlich selbst übertroffen. Frischer geht es ja gar nicht. Aber, da Du ja zu faul warst, deinen Auftrag alleine auszuführen, schenke ich uns einen neuen Diener.*« Er hob seine Arme und unter seiner Kutte strömten unzählige Nährer hervor. Sie sahen aus wie kärgliche schleimige schwarze Pfützen und krochen unaufhaltsam auf Frido zu. Sie saugten sich an ihm fest. Der Größte von Ihnen besetzte Nase und Mund. Ein schmatzendes klitschiges Geräusch erklang, als die pfannkuchenförmigen Monster ihr abscheuliches Werk begannen. Inmitten ihres Saugens und Pressens zuckte der befallene Leib unwillkürlich hin und her. Ich wendete meinen Blick ab. Auch wenn ich diesem Schauspiel bereits unzählige Male hatte beiwohnen dürfen, konnte ich mich einfach nicht daran gewöhnen. Nach schier endlosen Augenblicken beendeten sie ihre grauenvolle Arbeit und kehrten schlürfend unter die Kutte des Nekromanten zurück. Ich fragte mich seit dem ersten Mal, als ich diese unheilige Zeremonie hatte beehren dürfen, ob er diese parasitären Viecher an seinen faltigen, langgezogenen Eiern hängen hat. Ich würde es wohl nie erfahren. »*Nun zu Dir.*«, unterbrach er meine ungehörigen Gedanken. Er murmelte etwas in der dunklen Sprache und ich sah, wie Leben in die veränderte Form hineinfuhr, die die Nährer zurückgelassen hatten. Es war nur eine schmierige, schwarze Öllache übrig und aus genau dieser wurde ein Geschöpf geformt, dass in Größe und Aussehen, mit mir konkurrieren wollte. Nachdem die Transformation abgeschlossen war, stand ein neuer Grompf mit tiefschwarzem Haar und verschlagenem Blick vor mir. Er bleckte seine Zähne und sah mich bedrohlich an. »*Darf ich vorstellen mein jungfräulicher Diener und oberster Grompf:*

FRIEDWART.«, verkündete der Meister mit einem gehässig strahlenden Lächeln. Ich wusste, was zu tun war, denn dieses abartige Spiel trieb der Nekromant schon viele Jahrhunderte mit mir. Nur der beste und stärkste Grompf durfte dem Meister dienen und wer das war, musste bei jeder Geburt eines neuen Exemplares festgestellt werden. Ich fauchte diesen Friedwart ebenso an, setzte das boshafteste meiner verschlagenen Gesichter auf und veränderte die Mimik urplötzlich zum freundlichsten Wesen in ganz Erabadul. Ich sprach meinen Kontrahenten an. »*Bevor wir kämpfen, sollten wir uns ehrenhaft die Hand schütteln. Was denkst Du?*« Der Neugeborene, in seiner Drohposse unterbrochen, schien aus dem Konzept geraten, kratzte sich an seiner Rübe und streckte mir die Pratze entgegen. Ich zögerte keinen Lidschlag, packte seinen Arm, zog ihn mit aller Kraft an mich heran und rammte ihm mit der vermeintlich freien Hand, den schärfsten Kartoffeldolch Erabaduls in den Leib. Das Schälmesser von Windrisha, erfüllte seine Zwecke. Friedwart riss erneut die Augen auf, wie zuvor als sein Vorgänger-Körper auf die gleiche Weise ein Ende gefunden hatte. Es war aber schwieriger für mich, mit der kurzen Klinge ihm ein zügiges Ableben zu bereiten, also ging die Sauerei los. Die Details will ich hier nicht näher benennen. Als er, nach scheinbar endlosen weiteren Attacken von mir seines grompfischen Daseins beraubt worden war, stand der Meister verhaltend klatschend neben mir. »*Bravo Tornwart, ganz ausgezeichnet und wie immer eine der langweiligsten Darbietungen, die ich je von Dir gesehen habe. Du wirkst einfallslos. Deine Kreativität lässt ausgesprochen zu wünschen übrig, mein Bester. Aus Dir wird nie ein anständiger Künstler des Todes. Ich gebe Dir zehn, was meinst Du?... Nein, zwanzig sind angemessener für Deine anmaßenden Verfehlungen.*«, kicherte er los, während er seine spezielle Karbatsche irgendwo unter der alten Robe hervorzog. Ich dachte kurz darüber nach, wo die Peitsche da drinnen noch Platz finden konnte, wenn doch schon diese ganzen Nährer im muffigen Schritt des Ergrauten alles vereinnahmten. Dann traf mich der erste Hieb, begleitet von dem freudigen Juchzen des debilen Kahlkopfs. Als er endlich die zwanzig erreicht hatte, erfreut zählte mein Peiniger jeden einzelnen Schlag laut mit, machte er ungestüm weiter. Einundzwanzig, zweiundzwanzig, dreiundzwanzig, vierundzwanzig… ich erhob flehend mein Haupt und bat um Gnade. Der Nekromant aber schien mich nicht zu hören, schweißgebadet fuhr er unbeirrt mit seinem blutigen Werk fort. Etwas hatte sich verändert. Ich konnte plötzlich seine boshaften stahlgrauen Augen nicht mehr erkennen, ich konnte sein Gesicht nicht mehr sehen. Es war verschmolzen mit einem undurchdringlichen Schatten in seiner Kapuze, das Blut lief mir über die ganze Visage und meine Sicht verschwamm immer weiter. Das Letzte, was ich sah, war einen Ring an den behandschuhten Fingern des Meisters. Ein schwarzer Necro-Opal prangte düster schimmernd oben auf. Ich schrie und jaulte vor Schmerz und blankem Entsetzen, welches mich eisern umklammert hielt, dann fuhr ich kurzatmig aus diesem beschissenen Albtraum auf. Die treuen Gefährten starrten mich besorgt an und eilten zu mir. »*Was hast Du?*«, fragte Shrolock beunruhigter, als er ohnehin aussah. »*Nichts, ich habe gar nichts. Nur ein weiterer dummer unangenehmer Traum.*«, antwortete ich wenig überzeugend. Mein Rücken fühlte sich an, als hätte er tatsächlich diese unzähligen Peitschenhiebe kassiert. Der Geruch, den ich verströmte, ähnelte doch sehr der eigentümlichen Note des alten Leichnams, welchen ich im Traum aus der sanften Umarmung der Erde geborgen hatte. Ich musste unbedingt einen Traumdeuter aufsuchen. Meine Zukunft als Großkönig

Erabaduls, wollte ich dringend ohne solch Schrecken der Nacht antreten. Ich fragte mich, was dieser nächtliche Wahnsinn zu bedeuten hatte. Zunächst hatte ich angenommen, dass mit dem Tode des Moffrat Schatten, diese unseligen Albträume aufhören würden, doch immer wieder suchte mich das unsagbar Böse im Schlaf auf. Bestimmt gibt es in Hallot einen brauchbaren Experten, der meine nachtdunklen Trugbilder erklären kann.

Wir verbrachten keine Zeit mehr auf dem Landgut Ungemach, dessen Zentrum der Widerwärtigkeit bis auf die Grundmauern niedergebrannt in der aufgehenden Sonne schwelte, und setzten unseren Weg fort. Ich grübelte eine Weile über diese Visionen, die mich im Schlummer immer wieder aufsuchten, als wir dann unweit vor den Toren Hallots auf einen Herold des Fürsten von Scinera trafen. Dieser erzählte allen Wanderern, dass heute ab der zehnten Stunde nicht mehr in den Bach geschissen werden dürfte. Dies sei Anordnung des Regierenden. Morgen soll Bier gebraut werden und der Regent dulde keine Überbleibsel in seinem Gerstensaft. Wir befragten den royalen Verkünder, ob er aus Hallot käme und ob er etwas über einen neureichen Drecksgnom wusste. Er bejahte Ersteres und verwies uns an eine Taverne mit Namen »Zum lüsternen Molch«. Dieser Ort sei eine wahre Goldgrube für Informationen. Anschließend schritt er davon und verbot lautstark bei Strafandrohung die Defäkation in den Bach des Fürsten. Mir zog es plötzlich im Leib und ich konnte nicht anders ... Aber lassen wir das. Das von mir entweihte Gewässer führte uns direkt vor die Tore Hallots. Es dämmerte, als wir endlich ankamen. Trotz des ruinösen Zustandes der Stadtmauern bot diese Stadt einen beeindruckend, faszinierend morbiden Anblick. Ich versuche diesen hier in Worte zu fassen: »*Die einst majestätischen Türme und prächtigen Paläste ermatteten, von Efeu und Moos überwuchert in den gierigen Klauen des Zerfalls. Die Straßen sind schmal, versaut und von Fäulnis und Zersetzung gezeichnet. Der Gestank von verrottendem Holz und abgestandenem Wasser, sowie von den nicht mehr gereinigten Kloaken, lag schwer in der Luft, während ein unerklärbarer Nebel in der ungewöhnlichen Dunkelheit die Gassen durchdrang. Es war, als würde ein verderbnisbringender Odem eines boshaften Gottes, die schmalen Straßen beatmen. In den schummrigen Ecken von Hallot wimmelte es nur so von Schattenfiguren und Gestalten, die in der Finsternis lauerten. Scharlatane, Betrüger und Aufschneider haben sich hier ein Nest gebaut, immer dazu bereit, ihre nächsten Opfer auszunehmen. Die Diebe der Stadt sind Meister ihres Fachs, geschickt in der Kunst des Taschendiebstahls und der ruchlosen Trickserei. Sie agieren im Schatten, wie hasserfüllte Schlangen, die ihre Beute unbemerkt vergiften. Die Straßen sind bevölkert von einem bunt gemischten Volk, das eine düstere Allianz aus Menschen, Goblins, Kobolden, Orks, Oger und Elben bildet. Selbst gefallene Zwerge tummeln sich in diesem Reich der Häresie. Ihre Gesichter sind von Härte und Misstrauen gezeichnet, ihre Augen voller List und Gier. Sie handeln mit gestohlenen Waren, erfreuen sich ihrer dunklen Machenschaften und verkaufen ihre Loyalität an den Höchstbietenden. An jeder Ecke lauern die Dirnen, deren schamlose Angebote den moralischen Verfall der Stadt offenkundig für alle sichtbar machen. In ihren zerlumpten Gewändern locken sie die Verlorenen und Verzweifelten an, versprechen Vergessenheit und kurzzeitige Erlösung von der bitteren Realität. Ihre Augen sind leer und ihr Lächeln falsch, doch sie sind ein fester Bestandteil des morbiden Charmes dieser heruntergekommenen Metropole. Die Dunkelheit von Hallot ist allgegenwärtig, nur durchbrochen von dem schwachen Flackern der schäbigen Laternen, die ihre düsteren Schatten auf die Mauern werfen. Geheimnisvolle Geräusche durchdringen die Nacht - das Klimpern von Diebeswerkzeugen, das Flüstern von Intrigen und das gequälte Stöhnen der Verlorenen. Das Grauen liegt wie ein unsichtbarer Schleier über dieser Stadt, während die Bewohner in einer ständigen Spirale des Überlebens und der Versuchung gefangen sind.«*

Ich musste endlich meine Probleme lösen und eins davon hieß Langfingerus, der mich ebenso wie Schmatz Schattenmantel verraten hatte. Es war Eile geboten, da ich nicht umhinkam nach Guernica zurückzukehren, um auch dem verräterischen Zeremonienmeister Einhalt zu gebieten. Ich schlug vor, dass wir uns aufteilten und uns beim kommenden vollen Glockenschlag auf dem Marktplatz wieder treffen sollten. Dann würde derjenige, der die Taverne gefunden hatte, den anderen den Weg deuten. Eine durchaus königliche und vor allem weise Entscheidung. Sie war ja auch von mir.

Bernhard Grendel-Grim

Hallot

Ich streunte mit verhülltem Kopf allein durch die verruchten Straßen von Hallot. Ich musste schleunigst die Taverne »Zum lüsternen Molch« finden und nahm eine Glocke wahr. Gewohnheitsmäßig stand ich stramm und fragte automatisch »*Meister, Ihr habt geläutet, wie kann ich Euch zu Diensten sein?*« Gleich darauf bemerkte ich meinen laut ausgesprochenen Irrtum. Ich war kein Faktotum mehr, ich bin Tornwart, oberster Thronanwärter und Überlebender des Landgutes Ungemach, Bezwinger der Trübsal und Erfinder Kothgars des Verderbers, auch bekannt als der Unrat. Wieder ertönte die Glocke, nun begleitet von einer höchst emotional betonten Rede. Es war ein düsterer Untergangsprediger, seine Worte waren erfüllt von Verachtung und Verzweiflung. Er predigte von einem kommenden Unheil, von einem schicksalhaften Untergang, der über die Stadt hereinbrechen wird. Doch die Bewohner des Sündenpfuhls gingen gleichgültig an ihm vorbei, ihre Gesichter übel gezeichnet und entstellt von einem Lebensstil, der jegliche Moral und Vernunft verloren hat. »*Volk von Hallot, hört meine Worte!*«, rief der Prediger mit einer Stimme, die im Lärm, der hier allgegenwärtigen Ausschweifungen kaum zu hören war. »*Euer sündiger Pfad führt Euch in den Abgrund! Die Strafe für Eure Verderbtheit ist unausweichlich.*« Die Passanten, von Lust und Gier geblendet, zuckten kaum mit der Wimper. Sie setzten ihre hedonistischen Feierlichkeiten fort, ignorierten die düsteren Prophezeiungen des Homileten. Ihre Herzen waren verhärtet, ihre Gewissen abgestumpft. Für sie war Hallot längst zu einem Abbild des moralischen Verfalls und der grenzenlosen Zügellosigkeiten geworden, indem sie sich suhlten und ihre abartigen Triebe auslebten. Der Prediger wanderte wohl schon geraume Zeit einsam durch die Straßen, seine Worte verhallten ungehört. Er sah scheinbar die Verlorenheit der Menschen, ihre tauben Ohren und ihre blasierten Blicke. Doch er ließ sich nicht entmutigen. Das erstaunte mich. Er musste davon überzeugt sein, dass die Abgründe, in die Hallot versunken waren, unausweichliche Konsequenzen mit sich zogen. Ob das Volk es hören wollte oder nicht, der Untergang naht, und sie werden es am eigenen Leib erfahren. Das sah selbst ich, der solche Sünden nur aus den schamlosen Erzählungen des unmoralischen »Kodex Abnormis« kannte. In diesem blätterte ich gelegentlich, wenn der Meister nicht im Haus war und ich nach Zerstreuung suchte.

Aus einem baufälligen Hauseingang trat ein verkommener Kobold, mit einer enorm auffällig hässlichen Warze am Mundwinkel, hervor. Er schaute höhnisch auf den Prediger und ein Pfiff, den er ausstieß, führte eine wilde Horde herbei. Oger, Orks und Menschen von der Sünde gezeichnet überwältigten den Mann der finsteren Prophezeiungen. Als er im Kot lag, der übrigens überall auf den Straßen dieser verlotterten Metropole zu finden ist, beugte sich der fiese warzige verruchte Drecksack über ihn und zischte ihm spöttisch ins Ohr: »*Prediger der Verdammnis, Deine Worte sind nur ein Klappern der Knochen in der ewigen Finsternis. Was willst Du hier denn erreichen? Sieh Dich um, sieh die verkommenen Seelen von Hallot. Sie suchen gewiss keine Erlösung. Sie feiern ihre Sünden, ... sammeln sie wie Trophäen, derweil sie unaufhaltsam dem Verderben entgegentaumeln.*«
Der mahnende Verkünder spürte wohl den Schmerz von den

verachtenden Blicken, die auf ihm ruhten. Doch trotz seiner Niederlage blieb eine Spur Hoffnung in ihm, ein Funken, der, so denke ich, von dem Glauben an eine bessere Welt genährt wurde. So interpretierte ich das Blitzen in seinen Augen. »*Kobold, Du magst Dich über mich lustig machen....*«, erwiderte der Prediger mit zitternder Stimme. »*... aber ich werde nicht aufhören, die Wahrheit zu verkünden. Auch wenn die verdorbenen Kreaturen dieser verruchten Stadt mich überwältigen, so bleibt doch die Hoffnung, dass in ihren Herzen noch ein Funken Sittlichkeit lodert, bereit, entfacht zu werden.*« Der frevlerische Kobold lachte boshaft, grinste ihn schadenfroh an und deutet auf die Menge, die sich um den gefallenen Moralapostel versammelt hatte. »*Ethik? In Hallot? Ein Witz, nichts weiter. Hier regieren die abartigen Gelüste und das Vergessen aller Moral. Deine Worte dringen nicht durch die Schatten Ihrer Seelen, Prediger. Du bist hier ein ungehörtes Vakuum, nicht mehr als ein Spielball ihrer Verachtung.*« Mit diesem Versprechen erhob sich der Kobold und rief anderen Abschaum herbei. Es kamen abgehalfterte Menschen, drei nackte Goblins, die nur mit dem Schmutz der Straße bekleidet waren. Ihnen folgte eine Vielzahl unbekleideter Koboldfrauen, die nicht einmal, einen dünnen Lederstreifen besaßen, um damit ihre Scham zu bedecken. Ich dachte zwischenzeitlich, die Armut wäre hier so immens, dass ich bereit war, diesen jämmerlichen Geschöpfen ein paar Silberstücke zu spenden, so das sie nicht frieren mussten. Aber sie fanden scheinbar Gefallen daran, sich frei von einengendem Stoff zu tummeln. Sie betatschten sich gegenseitig, überall. Sie umgarnten ihn erst, dann zogen sie den Untergangspropheten in eine Lasterhöhle, in der jegliche Moral verloren schien. Ich trat an das offene Fenster und sah, wie sie ihn verführten an den Orgien teilzunehmen und er fand nach erschreckend kurzer

Zeit Geschmack an der Sache. Die ruchlosen Gestalten, die ihn umgaben, lockten ihn immer tiefer in den Abgrund der unzüchtigen Verdorbenheit. Das schamloseste Fest der Sünde, welches da gefeiert und bei dem alle Hemmungen fallen gelassen wurden, war selbst einem so erfahrenen Kronprinzen wie mir, einfach zu viel des Guten. Ich muss zugeben, dass ich ernsthaft überlegt hatte, in dieses schmuddelige Etablissement einzutreten und kräftig mitzumischen. Aber wie erwähnt, ich sah Dinge durch das Fenster, die ich besser nie gesehen hätte. Der einst so entschlossene Prediger, der die wohl letzte Stimme der Hoffnung in dieser ethisch maroden Metropole gewesen war, fand nun Vergnügen an den exzessiven Ausschweifungen. Inmitten des Lasters und der Verkommenheit verlor er sich selbst und vergaß seine Mission. Die dunkle Stadt Hallot, oder sollte ich besser sagen, der Moloch, hat eine weitere Seele verschluckt. Der Untergangsprophet war nun ein fester Teil des abgründigen Chaos, das sie beherrscht. Die schamlosen Kreaturen der Nacht feierten ihre triumphale Verführung und tauchten den Prediger immer tiefer in den Schlund der Dunkelheit. Die letzten Überreste seiner verflossenen Moral wurden von den zügellosen Gelüsten und den verführerischen Verlockungen, die man hier finden konnte, im Keime erstickt. Die Seele des keuchen Homileten, einst voller Glauben und Hoffnung, versank vor meinen Augen in einem Ozean der Verderbtheit. Ein neuer Arrestant, gefangen in den Abgründen der Lust und der Ausschweifung. Ich musste weiter, auch wenn ich das alles so schnell nicht aus meinem anständigen grompfischen Kopf bekommen sollte. Die königlichen Gedanken fuhren durch die wildesten Fantasien und endeten mit Ingrid. Sie stand in dem folgenden Tagtraum vor mir, groß, schön und begehrenswert in ihrer allumfassenden Pracht. Ihre Brüste waren nur von einem Hauch von nichts bedeckt. Es musste sich um Seide aus Angkor handeln. Da war ich mir sicher. Mein Blick ging auf eine Erkundungstour und ich begann sie von ihren wunderschönen smaragdgrünen Augen an abwärts zu erforschen. Als meine hervorgetretenen gierigen Glupscher bei ihrem faszinierenden Bauchnabel angekommen waren und ich geneigt war, den zweifellos wollüstigen Blick, der mir anhaftete, etwas tiefer anzusetzen, packte mich Ingrid an den Ohren und zog mich rückwärtig zurück! »*Wie sollte das funktionieren?*«, fragte ich mich, sie stand ja vor mir. Die Schmerzen an meinem Kopf, die sich an besagter Stelle ausbreiteten, machten mir zunächst zu schaffen. Ich schrie, wehrte mich und dann vernahm ich eine schreckliche Ankündigung. Ein stinkender Odem streifte rücklings meine Wange und flüsterte, »*Da bist Du ja Schackholeon, Gnade Dir Gott! Mutti ist stinksauer und Du weißt, wie sie ist, wenn sie nicht bekommt, wonach es sie verlangt!*« Danach fuhr eine Keule auf den königlichen Schädel herab. Ich hörte Raben singen und glitt in die Umarmung der Besinnungslosigkeit. Als ich wieder zu Bewusstsein kam, befand ich mich in einem finsteren Loch. Ich konnte kaum etwas sehen und spürte einen pochenden Schmerz in meinem Kopf. Langsam erinnerte ich mich an den Angriff von hinten und die Worte des Angreifers. Wer war dieser Aggressor? Und wer war Mutti? Ich versuchte aufzustehen, doch der Schwindel befiel mich. Plötzlich hörte ich eine Tür aufgehen und Kerzen wurden entflammt. Vor mir stand ein boshaft dreinblickendes Weib. Sie musterte mich mit strengem Blick von Kopf bis Fuß. Es musste sich um jene »Mutti«, vor der mein Entführer gewarnt hatte, handeln. »*Du hast uns enttäuscht*«, sagte sie gefühllos. »*Wir haben viel Zeit in Dich investiert, aber Du bist ein Schwächling. Ein Wurm, ein Taugenichts und Versager!*« Ich verstand nicht ganz, was sie damit meinte, da ich der herrliche Thronanwärter bin, wusste ich nichts mit diesen infamen Verleumdungen anzufangen, aber bevor ich fragen konnte, schlug sie mir hart ins Gesicht. »*Du wirst jetzt tun, was wir sagen*«, fuhr sie gereizt fort. »*Sonst wird es noch schlimmer für Dich.*« Ich begriff langsam: Ich musste gefangen genommen worden sein von einer Diebesbande oder Sektenmitgliedern – Figuren ohne Skrupel oder Moralvorstellungen. Doch trotz meiner Bedenken angesichts der bescheidenen Lage beschloss ich innerlich stark zu bleiben; denn nur so würde es mir gelingen, aus diesem obskuren Chaos herauszukommen. Ich war angehalten dringend zu dieser Taverne zu eilen und nun saß ich in der Patsche. Ich ging davon aus, dass ich in die Fänge dieser dominierenden Sekte Hallots geraten war. Überall in den Straßenecken, waren mir bereits Schmierereien über diese Gesinnungsgemeinschaft ins Auge gefallen. Dieses Gesudel ließ nichts Gutes erahnen. Ich hoffte darauf, dass Shrolock, Ke und Gnaash mir zur Hilfe eilen würden und mich aus den Krallen dieser »Mutti« befreiten. Aber zunächst kümmerte sich diese sadistische Anführerin mit ausdauernder Freude um mich. Sie nannte mich dabei »Schackholeon«. Offenbar musste es sich um eine Verwechslung handeln. Der so Benannte war wohl ein Dieb, der im Auftrag dieser Furie diverse Angelegenheiten regeln sollte. Es war sehr verstörend, was sie mich da alles fragte. Ich versuchte, ihr zu erklären, dass ich nicht dieser Schackholeon sei und nichts mit ihren niederträchtigen Machenschaften zu tun habe. Doch sie glaubte mir nicht und schlug mich wieder und wieder mit einer Peitsche. »*Halt Dein schändliches Maul Schackholeon! Noch ein Wort und ich prügele Dir die Scheiße aus Deinem dürren Leib!*«, versprach sie mir liebevoll und verpasste mir mit dem Peitschengriff einen gezielten Schlag in die Magengrube. Mir entwich die Luft und ich pfiff auf dem letzten Loch, während sie ihr Verhör fortsetzte. Sie redete unentwegt über die »Ware«, die ich unterschlagen haben soll. Die Droge sei kein Spielzeug und der Maestro würde solch betrügerisches Gebaren nicht ungestraft lassen. Ich solle doch besser reden, wo ich das Zeug versteckt hätte. Bei mir klingelte nichts. »*Welches Zeug, welches Spielzeug und welche Droge? Ich nehme nur gelegentliche Bäder und nippe ab und an am Blutwein des Nekromanten, wenn er nicht hinsieht. Sonst habe ich mit Rauschsuden oder Ähnlichem rein gar nichts zu schaffen.*«, brachte ich wohl wenig überzeugend und schwer keuchend hervor. Ein weiterer Schlag quer durch mein Gesicht, bestätigte die Annahme, dass mir diese grausige Mutti kein Wort glaubte. Ich überlegte, wie ich aus dieser unvorteilhaften Gemengelage entkommen konnte. Ich wusste jedoch, dass die Chancen hierzu, mehr als mies standen. Wie konnte ich gegen diese gestörte Bande allein etwas ausrichten? Schlagartig hörte ich ein ohrenbetäubendes Krachen von draußen. Die Tür wurde eingetreten und finstere Gestalten stürmten in meinen Kerker. Es waren Shrolock, Ke und Gnaash. Sie hatten mich aufgespürt. Die Sektenmitglieder versuchten, sich zur Wehr zu setzen, aber die drei treuesten Gefährten des künftigen Allmachtherrschers ließen ihnen keine Chance. Die königstreuen Vasallen kämpften sich durch den Raum, denn es waren in den Schatten mehr verlauste Kerle versteckt, als ich bisher wahrgenommen hatte. Shrolock schwang eine Axt, während Gnaash seine mit Nägeln gespickte Keule, blutige Ernte halten ließ. Ke war völlig außer Kontrolle geraten. Es war, als hätte man einen »Blut-Warg« von der Kette gelassen. Er hatte seinen riesigen Dolch im Getümmel verloren und biss mit seinen unzähligen messerscharfen Reißzähnen Gliedmaßen ab, zerriss Adern, die er mit seinem garstigen Gebiss erreichte und selbst Fußzehen blieben nicht verschont. Er war in wahnsinnige Raserei verfallen, ein brutaler Blutrausch, eine Symphonie des Gemetzels. Die Schreie der Opfer hatten nichts mehr Menschliches. Gnaash befreite mich von den Fesseln und ich trat glorreich dem Kampf bei. Da ich unbewaffnet war, blieben mir nur Tiefschläge, Bisse und Beine wegziehen. Die wahren Angriffstechniken eines Königs eben. In Blut getränkt, metzelten wir immer weiter, bis wir endlich an der Tür standen. Doch bevor wir fliehen konnten, trat das böse Weib höchstpersönlich vor uns hin: »*Ihr werdet hier nicht lebendig rauskommen. Du wirst Deine gerechte Strafe erhalten, Schackholeon.*«, sagte sie irre grinsend. Shrolock zögerte einen Moment und fragte mich »*Kennst Du diesen Schackholeon?*« Ich schüttelte den Kopf und spuckte vor dem garstigen Weibsstück aus. »Nie von ihm gehört, klingt wie ein besoffener Profisöldner aus Asumerad!«, meinte ich ihm mitgeteilt zu haben. Daraufhin fackelte Shrolock keinen Lidschlag länger und sprang auf sie los. Er rammte ihr seinen steinharten Schädel gegen die Nase. Ein unschönes Geräusch zeugte davon, dass das Riechorgan gebrochen war, aber der Grottenschrat war noch nicht fertig mit ihr. Während sie blubbernd und fassungslos versuchte Luft zu holen und dabei einen nicht mehr stillbaren Blutschwall ausspuckte, riss der Schrat ihr bei lebendigem Leibe beide Arme aus. Ein Aufschrei des Wahnsinns entwich unterdessen seiner Kehle, derweil ein ungläubiger Todesschrei dieser Mutti, dass ganze grausige Massaker beendete. Ke nutzte die Zwischenzeit, um einen Feuerzauber zu beschwören. Gnaash schleppte mich aus der finsteren Kammer heraus. Wir rannten hastig davon, als mir nichts, dir nichts eine Explosion hinter uns ertönte. Anscheinend hatte Kes Zauber alles zum Einsturz gebracht. Ich war erstaunt darüber, dass der Häuptling die Magie des Feuers beherrschte. Aber was war mit Shrolock? Er musste noch in dem Gebäude geblieben sein. Doch ehe wir uns vor Sorge ins Hemd machten, trat er mit einem breiten Grinsen, aus einer Staubwolke hervor und hatte den Kopf der Sektentante in seiner rechten Hand. Mit der Linken klopfte er sich den Staub vom Wams. »*Das war knapp*«, sagte er und zwinkerte uns zu. Wir alle atmeten erleichtert auf und freuten uns, dass wir es geschafft hatten. Gnaash führte uns durch die Straßen der Stadt, während wir versuchten, so unauffällig wie möglich zu bleiben. Ich rügte Shrolock endlich den Kopf wegzuschmeißen. Er schaute mich zunächst völlig verständnislos an, gehorchte dann und schleuderte das makabere Relikt in einen Obststand. Dies wiederum verursachte eine unschöne verbale Auseinandersetzung mit dem Standbesitzer. So viel dazu, dass wir im Verborgenen bleiben wollten. Mit ein paar Silbermünzen konnten wir den Händler davon überzeugen, dass er den Schädel für uns entsorgt. Es hat schon etwas für sich in einer Stadt zu sein, in der nicht viele Fragen gestellt wurden und die Moral der Bevölkerung am Boden lag. Hier zählen klimpernde Münzen mehr als Anstand und Ehre. Zu guter Letzt erreichten wir die Taverne »Zum lüsternen Molch« und betraten den abgedunkelten Raum. Der Name war Programm in diesem Schuppen. Es war eine Spelunke, die mit dem Abschaum der Gossen angereichert war. Raue Sitten und tabuloses Treiben herrschten hier. Gnaash führte uns zu einem Tisch in der Ecke. Meine Blicke blieben wiederkehrend auf den fast nackten Leibern hängen, die jede kleinste Nische nutzten, um ihren niederen Trieben nachzugehen, während zwielichtige Gestalten ihre boshaften Geschäfte an den elenden Tafeln bei einem Humpen dünnem »Schimmelpils«, besiegelten. Gegenüber, in einem finsteren Winkel, saßen zwei Elben. Dies weckte angesichts der Tatsache, dass hier ansonsten nur verlauste Menschen, Goblins, Oger und ein paar Orks verkehrten (im wahrsten Sinn des Wortes), meine Neugierde. Wir taten, als würden uns diese sagenumwobenen Schönlinge nicht die Bohne interessieren und johlten passend mit den anderen Gästen dieses erbärmlichen Drecklochs. Die Elben mit ihren sattgrünen Anzügen und ihrem goldenen Haar wollten gar nicht hierherpassen. Sie hatten sich nicht die Mühe gemacht, ihre altehrwürdige Herkunft unter einem verdreckten Mantel zu verstecken. Stattdessen trugen sie ihre typische Arroganz und Hochnäsigkeit zur Schau. Ich konnte mir vorstellen, dass es sich um zwei elbische Raufbolde handeln musste, denn dieses Gebaren konnte an einem Ort, wie der Taverne zum lüsternen Molch beileibe nicht gut gehen. Vermutlich war ihr Ziel eine handfeste Schlägerei in der Kaschemme vom Zaun zu brechen. Kein Ork würde sich diese weibischen Schnösel länger ansehen als absolut nötig. Ich schüttelte nur den Kopf und schickte Gnaash zur Theke, um uns ein paar Humpen von der Ogerpisse zu besorgen, die sie hier Bier nannten. Diese spitzohrigen Widerlinge hielten es nicht für angebracht ihre Anliegen, in angemessener Lautstärke zu besprechen. Die halbe Spelunke musste mitbekommen, was diese zwei Stümper in ihrer goldenen Lockenpracht ausheckten. Wir belauschten ihr Gespräch und ich möchte es hier wiedergeben. Ihre Namen fielen ständig, so dass jeder wusste, wer an dem Tische saß. Der eine hieß Celebrian, obwohl er nicht aussah, als hätte er irgendwann einmal in seinem schnöselhaften Dasein richtig gefeiert und die Sau rausgelassen. Der andere, ein ungewöhnlich muskulöser und herrisch wirkender Elb, war Mandir. *»Mit einem Lächeln auf den Lippen und Schmeicheleien auf der Zunge verbirgt Barabbas sein wahres Gesicht unter einer Maske der Freundlichkeit. Seine Worte sind wie Honig, doch sein Herz ist kalt wie Eis. Er spinnt Intrigen, schmiedet düstere Ränke und duldet keinen*

Widerspruch auf seinem Weg zur Herrschaft über Hallot. Hinter seinen zuckersüßen Gelöbnissen verschleiert sich ein eiskaltes Kalkül, das vor nichts zurückschreckt.«, sprach Celebrian erbost. *»Barabbas hat Hallot in seinen Klauen und nutzt jede Möglichkeit, um seine Macht auszubauen. Er rekrutiert die verzweifelten Seelen der Stadt und verspricht ihnen eine Hoffnung auf Befreiung und Erlösung. Doch in Wahrheit sind sie nur willenlose Marionetten in seinem teuflischen Spiel. Die Huren, die er für sich arbeiten lässt, sind seine Werkzeuge der Verführung. Sie bieten den Freiern eine vermeintliche Flucht aus der düsteren Realität an - eine Droge, die Barabbas aus den Nordlanden bezieht.«*, gab Mandir daraufhin zurück. Celebrian, dem dieser Umstand wohl längst bekannt war, erwiderte: *»Dieses Rauschgift ist ein übler Fluch, der die Seelen der Opfer verdunkelt und unendliche Verzweiflung in ihre Herzen säht. Einmal zu sich genommen, sind sie für immer gefangen in einem endlosen Strudel aus Elend und Abhängigkeit. Sie sind Barabbas willenlose Marionetten, bereit, alles zu tun, um die nächste Phiole der Droge zu erhalten. In den Straßen von Hallot breitet sich der Schwermut wie eine Pest aus, während die Stadt zu einem Hort des Verfalls und der Lasterhaftigkeit zerfällt.«*
» Ja, Du hast recht!«, fuhr Mandir fort *»Barabbas thront über seinem dunklen Reich und spielt mit den Ängsten und Sehnsüchten derer, die er kontrolliert. Seine Sekte wächst stetig, und er verfügt über eine Armee von Gehorsamen, die ohne Zögern seine schändlichen Befehle Folge leisten. Sie sind Sklaven der Droge, gefangen in einem endlosen Albtraum, den der ehrlose Drecksgnom mit grausamer Freude geschaffen hat. Allein der Umstand, dass er erst vor wenigen Monden hier aufgetaucht ist und ihm in dieser kurzen Zeit bereits die halbe Stadt zu Füßen liegt, kann nicht mit rechten Dingen zugehen. Ich habe noch nie gesehen, dass*

ein Drecksgnom, es in vergleichbarer Weise zu überhaupt irgendetwas gebracht hätte!« Jetzt wurde mir schwindelig. Konnte es tatsächlich sein, dass der neureiche Barabbas Langfingerus war, der sich mit meinem Gold hier einen Platz an der Adelstafel gesichert hatte? Neugierig lauschte ich weiter. *»Mandir, das Auftauchen dieses Schurken und die Vorgänge in Guernica, Elara, der Grafschaft Momiray und den Ländereien der Orks, das sind keine Zufälle mehr. Die Anhänger des Moffrat-Kults erstarken in diesen boshaften Zeiten, schneller als das Unkraut wächst. Der Nekromant hat seine Festung verlassen und nur die Götter allein Wissen, was er im Schilde führt. Uns bleibt keinerlei Zeit mehr! Wir müssen jetzt handeln, nach Guernica ziehen und das `dunkle Buch` des Meisters Arulapadura in unsere Gewalt bringen. Denkt doch daran, welch großen Schaden für das elbische Reich und für ganz Erabadul daraus hervorgehen wird, wenn dieser staubige Foliant in die falschen Finger gerät. Wer weiß, welch weitere mächtige Artefakte dieser alte Narr, unbeaufsichtigt in seiner unheilvollen Behausung zurückgelassen hat.«* Aufgebracht schloss Celebrian und mein Blick kreuzte den seinen. Es ging also um das Grimoire meines Meisters. »*Nicht schon wieder!*«, dachte ich entsetzt. Ganz Erabadul scheint dieses beschissene Zauberbuch zu suchen. Leider bemerkten die Elben, dass wir sie belauschten, und Mandir erkannte mich als den Leibdiener des Arulapadura. Woher er mich kannte, ist mir schleierhaft. Ich musste davon ausgehen, dass mein tadelloser Ruf mir einmal mehr vorausgeeilt war. Sie sprangen auf und zogen ihre verflucht scharfen Schwerter. Aus anderen Ecken kam mehr von diesem schnöseligen Abschaum hervorgekrochen, die sich allerdings nicht so unvorsichtig zu erkennen gegeben hatten, wie die beiden Helden am Tisch gegenüber. Auch sie zerrten prunkvoll geschmiedete Waffen hervor und wollten uns den Weg zur Tür abschneiden. Ich riss Shrolock und Ke mit und zog Gnaash mit den vollen Bierhumpen in der Hand von der Theke weg. Die spülwasserfarbene Brühe ergoss sich auf den fleckigen Fußboden und der Folterschrat setzte zum Protest an, doch er erfasste die Gesamtlage innerhalb eines Augenblicks und folgte widerspruchslos. Sie jagten uns durch die stinkende Taverne und quer durch die Gassen Hallots. Ich konnte nicht ausmachen, wie viele dieser Bastarde uns nachstellten, es kamen wohl mehr und mehr aus den Schatten hinzu. Mandir schrie: *»Ergreift den Grompf, ihn brauchen wir lebend, die anderen sind freigegeben zum Enthaupten!«* Jetzt mochte ich diesen muskulösen Fatzke noch weniger als zuvor. Wir waren auf der Flucht und sie drängten uns zurück auf die Felder vor den Toren Hallots. Dummerweise hatten sich unzählige weitere Spitzohren der Verfolgung angeschlossen, die lautstark nach unseren Köpfen verlangten. Ich hatte nicht damit gerechnet, an diesem verlotterten Ort überhaupt eine widerliche Kreatur des Spitzohren-Stammes anzutreffen. Doch hier stand uns ein ganzer militärischer Trupp gegenüber. Es sollte zur Schlacht von Hallot kommen. Wir waren in der absoluten Unterzahl und hatten keine Chance gegen die übermächtigen Elben. Ich wusste, dass wir uns dem Kampf stellen mussten. Davonlaufen würde hier draußen nicht mehr viel bringen. Ich zog meinen Dolch und stellte mich den Angreifern entgegen. Mein Herz pochte wild vor Aufregung, während ich versuchte, die Furcht zu unterdrücken, die an meinem adeligen Herz nagte. Ich erhob die Stimme, die Stimme eines Grompfs der niemals aufgeben würde, die Stimme eines gottgleichen Königs, der sich keiner dieser eitlen Maden jemals unterwerfen würde. Ich schrie die Worte *»Tot dem elbischen Abschaum!«,* und erntete tosende Beifallsschreie. Erstaunt drehte ich mich um. Die Fetische waren da! Ihre kleinen strubbeligen Köpfe oder das, was sie als Bedeckung dieser trugen, ragte ringsum aus dem hohen Gras hervor. Mit neuem Mut führte ich die grausam königlichen Legionen in die Schlacht. Die Elben deckten uns mit einem gezielten Pfeilhagel ein, doch die Wendigkeit, dieser zu klein gewachsenen Bastrockpuppen, stellte sich als unbezahlbar heraus. Vielleicht fiel gerade mal eine Handvoll dieser kurzen Bestien einem Pfeil zum Opfer. Für eine zweite Salve der Spitzohren genügte die Zeit schon nicht mehr, denn einen Wimpernschlag später hingen diese blutrünstigen kleinen Monster an den Hälsen der völlig überrumpelten Elben. Das Blut spritzte in Fontänen der Verderbnis über das Schlachtfeld. Röchelnde Todesschreie und ungläubige Blicke der Leidtragenden folgten. Ke schrie immer wieder »*Destruhuawoatschaaaaa!*«, und seine Fetische gerieten in einen regelrechten Blutrausch. Die arroganten Gecken versuchten zu fliehen, doch ich konnte beobachten, wie einige Speerträger aus den Fetisch-Reihen gezielt auf deren Kniekehlen ihre schmerzbringenden Waffen warfen. Weitere qualvolle Schreie der Getroffenen erreichten unsere Ohren, während sie elendig zu Boden gingen. Bevor sie auf diesen prallten, saßen andere meiner königlichen Leibgarde bereits auf ihnen und zelebrierten ihr unheiliges Mahl. Zum allerersten Mal in meinem betagten Leben sah ich die nackte Angst in den Augen eines Elben. Fassungslos rannten sie. Das Entsetzen in ihren Blicken werde ich nie wieder vergessen. Nicht wenige schissen sich auf ihrer panikartigen Flucht ihr grünes Höschen voll. Es mussten dennoch ein paar Entkommen sein, denn ihre Schreie, die von einem Wahnsinn geprägt waren, den ich hier nicht in Worte fassen kann, waren noch geraume Zeit deutlich in der Nacht zu vernehmen. Ich riss erneut den Dolch in die Luft und schrie *»Tornwart Victor!«* Alle schauten mich an und stimmten mit

ein. Wir feierten unseren Sieg, währenddessen die unglückseligen Verlierer, unter grauenvollem Stöhnen ihren Geist aushauchten. Wir kehrten beschwingt in die Stadt zurück und plünderten ein Gärhaus. Maßlos stießen wir auf unseren glorreichen Sieg an und verschliefen den Rest der Nacht in dieser Brauhütte. Mit pochenden Kopfschmerzen und einer unbeschreiblichen Übelkeit erwachten wir am späten Vormittag. *»Nie wieder Schimmelpils und Eiterbräu.«*, befanden wir einstimmig und gaben uns den Rest des Tages unsrigem ganz persönlichen Kater hin. Nach ein paar Eimern Wasser aus dem Braubach, die wir uns über die Köpfe gegossen hatten, beschlossen wir meinem Plan zu folgen. Im Schutz der Nacht war es an der Zeit, den Palast von Hallot aufzusuchen, um dem neureichen Drecksgnom Barabbas oder besser gesagt Langfingerus gegenüberzutreten und zur Rede zu stellen. Ohne weitere Zwischenfälle und schweigend erreichten wir alsbald unser Ziel. Hoch über den verfallenen Straßen von Hallot erhob sich der alte Prachtbau, einst ein Prunkstück der Stadt, nun jedoch ein schattenhafter Rückzugsort für die finstersten Gestalten dieser elenden Stadt. Die Fassade des ehemaligen Prunkbaus war von der Zeit gezeichnet, dass ehedem prächtige Mauerwerk von Verwitterung und Moos überzogen. Die einstmals strahlenden Fenster waren zersplittert und von Spinnweben besiedelt, ihre Schönheit glich einer bereits verblassten Erinnerung.
Die Tore des Herrscherhauses, früher einmal majestätisch und einladend, standen halb geöffnet und knarrten bedrohlich im Wind. Hinter diesen Pforten erstreckte sich ein verwildertes Atrium, in dem vormals prächtige Brunnen und Statuen sich erhoben hatten, heutigentags jedoch von Unkraut und Verfall umgeben waren.
Der Eingangshalle des Palastes fehlte jeglicher Glanz. Der Marmor war stumpf und spröde, und die Wandgemälde

waren alle verblasst. Die Halle wurde von einem Kronleuchter erhellt, dessen funkelnde Kristalle nun trüb und gebrochen sind, doch das fahle Licht verstärkte nur den düsteren Charakter des Raumes.
Der Thronsaal, einst das Zentrum der Macht, hatte sich gewandelt in einen verwunschenen Ort der Dunkelheit und Verderbtheit. Der prachtvolle Thron lag dort in Trümmern, von Moos überwuchert und von Ratten bevölkert vor uns. An den Wänden hingen verblasste Banner und zerfetzte Teppiche, die vor nicht allzu vielen Umläufen die Herrschaft symbolisierten, nun jedoch nur noch morbide Überreste vergangener Größe darstellten. Die Korridore des Palastes sind ein einziges Labyrinth des Vergessens. Sie sind von dunklen Schatten erfüllt, die aus den Nischen und Ecken hervorkriechen und sich in den geheimnisvollen Windungen des Gebäudes verlieren. Die Wände waren von Feuchtigkeit durchzogen, und der Geruch von Moder und Verfall lag bedrückend in der Luft. Der Fürst über dieses Reich musste sich seiner Sache mehr als sicher sein. Wir trafen nämlich auf keine Wachen, die uns davon abhielten weiter vorzudringen. Im Herzen des Palastes verbarg sich das Gemach des Herrschers. Es war ein Raum der Finsternis und der Geheimnisse. Hier hingen düstere Vorhänge, die das wenige Licht daran hinderten einzudringen und dadurch eine Aura der Beklemmung erzeugten. Ein alter Spiegel stand in einer Ecke, sein Glas war verfärbt und verzerrt, als würde es die verdrehte Natur dieses Ortes widerspiegeln. Ich hielt die anderen vor dem Gemach zurück und fand ein Loch in der Wand, dass ich zum Spähen nutzte. Nachdem ich den herrschenden Drecksgnom ausmachen konnte und geraume Zeit belauscht hatte, ist es mir ein Anliegen Folgendes über diesen skrupellosen Despoten zu notieren.
Barabbas hatte sich wie eine Schattenklaue in den alten

Palast von Hallot gekrallt. Sein Reich, ein Labyrinth aus Luxus und Verderben, eine Zuflucht für die Schurken und Verstoßenen, die er die »Rechtmäßigen« nannte. Von den verwüsteten Gemächern des Palais aus hält er seine finstere Sekte fest in seinen Klauen, während er skrupellos seine Ziele verfolgt. Mit einem Lächeln auf den Lippen und Schmeicheleien auf der Zunge verbirgt Barabbas sein wahres Gesicht unter einer Maske der Freundlichkeit. Seine Gelöbnisse sind wie Honig, doch sein Herz ist kalt wie Eis. Er spinnt Intrigen, schmiedet düstere Pläne und duldet keinen Widerspruch auf seinem Weg zur Macht. Hinter seinen zuckersüßen Worten verhüllt sich ein eiskaltes Kalkül, das vor nichts zurückschreckt. Erleichtert stellte ich aber fest, dass es nicht Langfingerus war, der in diesem Gemach residierte. Er hatte zwar eine gewisse Ähnlichkeit mit ihm, aber irgendwie gleichen sich doch alle Drecksgnome. Ich wurde Zeuge eines Dialoges, die das zuvor Geschriebene nur bestätigen können. Eine leicht bekleidete Dame menschlicher Abstammung lag winselnd am Boden, während Barabbas auf einem gutgepolsterten Kissen vor ihr thronte. Dann begann er sein grausames Spiel: »*Du kleine aufmüpfige Hure! Wie kannst Du es wagen, Dich gegen meinen Willen zu stellen? Bist Du so töricht, zu glauben, dass Du Deine Pflichten gegenüber den `Rechtmäßigen` ignorieren darfst? Du bist nur ein Stück Dreck in meinem Reich des Verderbens, ein Spielball meiner Launen und nun Zeugin Deines bevorstehenden Untergangs.*« Erbarmungslos ließ er seinen kalten Blick über die Dirne gleiten. Sie stammelte *»Ich kann nicht ... Ich kann nicht weitermachen. Diese Droge,... sie zerstört die Menschen. Ich will nicht mehr mitansehen, wie sie in endloser Verzweiflung versinken.«* Barabbas erwiderte daraufhin mit einem lehrerhaften Ton: *»Du verstehst es nicht, nicht wahr? Du glaubst, Du könntest*

Dich über meinen Eid erheben, mich herausfordern und Deinen eigenen Weg gehen. Aber lass mich Dir eine Lektion erteilen, mein liebes Spielzeug: Dein Ungehorsam hat Konsequenzen, die weit über Deine Vorstellungskraft hinausgehen.« Barabbas näherte sich der Dirne mit einem teuflischen Lächeln auf den Lippen und fuhr fort.*»Strafe muss sein, meine Liebe. Züchtigung für Deinen Eidbruch, für die Frechheit, die Du besitzt gegen mein Wort zu handeln. Ich werde Dich in den Abgrund stürzen, wo Du Dich in endloser Qual und Reue wiederfinden wirst. Du wirst betteln und flehen um Erlösung, aber sie wird Dir verwehrt bleiben.«* Das Weib versuchte, sich von Barabbas zu lösen, doch er hielt sie mit eiserner Hand fest.*»Oh, Du denkst, du könntest fliehen? Dass Du Dich dem Griff der Rechtmäßigen entziehen kannst? Aber ich kenne jeden Schatten, jedes Versteck dieser verdammten Stadt. Du bist in meinen Fängen gefangen, mein kleines wertloses Miststück.«* Sein höhnisches Lachen erfüllte den Raum und er fuhr mit seinem Exempel fort: *»Du wirst sehen, wie Dein Widerstand gebrochen wird. Du wirst lernen, dass niemand sich gegen mich auflehnen kann. Ich bin der redegewandte Teufel, der über die Seelen dieser verdorbenen Provinz regiert. Ich spiele mit den Schwachen und lasse sie durch meine Hand zu Grunde gehen.«*

Der Raum erfüllte sich mit einem unheimlichen Schweigen, während Barabbas die Frau mit kalten Augen weiter fixierte. *»Dein Schicksal ist besiegelt, meine Teuerste. Die Dunkelheit wird Dich verschlingen, und Du wirst für immer in Deinem eigenen Albtraum gefangen sein. Bereite Dich auf die Qualen vor, die Dich erwarten. Dein Widerstand wird gebrochen, und Dein Flehen wird vergeblich sein. Du bist nur ein Spielzeug in den göttlichen Händen Deines Herren, und ich werde mit Dir spielen, bis du kaputt bist.«*

Nachdem Barabbas seine bedrohlichen Worte ausgesprochen hatte, ließ er die Dirne los und drehte sich langsam um, während sein finsteres Lachen in dem Gemach widerhallte. Die am Boden Liegende, von Angst erfüllt, versuchte einen verzweifelten Fluchtversuch, doch ihre Beine zitterten vor Furcht und sie gehorchten ihr nicht. Plötzlich erschienen zwei Gestalten, vermummt und in dunkle Roben gehüllt, aus den Schatten des Raumes. Es waren vermutlich Mitglieder der »Rechtmäßigen«, die loyal zu Barabbas standen. Mit eiserner Entschlossenheit und einem Hauch von Grausamkeit in ihren Visagen näherten sie sich der Geschundenen. Diese lag noch immer zitternd am Boden. Sie blickte den Häschern des Drecksgnoms direkt in die Augen und erkannte den blinden Gehorsam in deren Blick. Ich konnte erkennen, dass sie wusste, dass Widerstand zwecklos war und dass sie den Strafen nicht entkommen konnte, die der Tyrann für sie vorgesehen hatte. Die beiden Vermummten packten das Weib grob und führten sie auf der mir gegenüberliegenden Seite aus dem Raum, während ihre Schreie in den einsamen Korridoren des Palastes verklangen. Barabbas, der das alles mit einem kranken Genuss betrachtete, kehrte zu seinem edlen Sitzkissen zurück und nahm darauf Platz. Er winkte. Ich dachte zuerst, er hätte mich durch das Loch, durch das ich spähte, entdeckt. Direkt nach dem Zeichen trat aber ein schmieriger Koboldgoblin hervor. Eine hässliche Kröte. Er musste seine Haare mit einer schleimigen Substanz bestrichen und nach hinten gelegt haben. Außerdem trug er ein Monokel, welches ich nur von den Gebildeten, den Alchemisten oder den Zauberern kannte. Seine dürren, knochigen Finger tippelten unablässig an seinen Hüften, während er vor seinem Herren Spalier stand und seine Befehle empfing. *»Ed, Du wirst nun hinunter in die Verliese gehen und dieser ungehorsamen Hure*

Manieren beibringen. In dieser erbarmungslosen Umgebung wird dieses Luder bis ins kleinste Detail den Schrecken von Barabbas Rache erfahren. Du wirst sie foltern und quälen, sowohl körperlich als auch seelisch. Als wahrer Meister der Grausamkeit kennst Du keine Gnade, mein lieber Ed. Du wirst ihr Schmerzen zufügen, die sie an den Rand des Wahnsinns treiben werden. Sie wird von Dir an die Grenzen ihrer physischen und psychischen Belastbarkeit gebracht! Schenke ihr eine düstere Zeit des Schreckens und der Verzweiflung, in der die Hoffnung auf Erlösung ein weit entferntes Flüstern sein wird. Hast Du das verstanden?« Ed nickte daraufhin mit einem lüsternen Grinsen im Gesicht. Dieser ekelhafte Typ schien voller Freude über den soeben empfangen Auftrag zu sein. Schon wieder so eine kleine, kranke sadistische Bestie. Aber Ed sollte nicht dazu kommen, sein Werk vollbringen zu können. Noch ehe er freudig verkünden konnte, dass er sich der Sache direkt annehmen wollte, denn das wollte er gewiss, ging die Tür auf und die Wächter kamen mit der Frau zurück. *»Wir haben die Droge gefunden Meister!«*, gab einer der beiden bekannt und präsentierte mit einem verschlagenen Lächeln eine Phiole mit milchtrüber Füllung. Barabbas entriss sie ihm und betrachtete das Fläschchen mit einem hungrigen Blick. *»Dieses Zeug aus den Nordlanden ist meine mächtigste Waffe der Kontrolle und der Unterwerfung.«* Ein teuflisches Grinsen breitete sich auf seinem Gesicht aus, als er wohl an die verheerende Wirkung dachte, die sie entfalten konnte. Ohne zu zögern, gab der Drecksgnom den Befehl, die Dirne vor ihn zu bringen. Er zwang sie, die Droge einzunehmen, indem er ihr den Trank gewaltsam in den Mund goss und ihr dabei die Nase zuhielt. Ich sah, wie die wohl bittere Flüssigkeit ihre Kehle hinabfloß und sofort begann die Veränderung. Sie verlor nach einem kurzen inneren Aufbäumen, den Kampf gegen die furchtbaren Auswirkungen dieses Teufelszeugs. Ihre Augen füllten sich mit Leere, ihr Körper zitterte in qualvollem Schmerz. Der einstige Widerstand, den sie gezeigt hatte, war beängstigend schnell gebrochen, während sie in die Abwärtsspirale der Verzweiflung und des Gehorsams geriet. Barabbas beobachtet das ganze Spektakel mit perversem Vergnügen. Er wusste, dass er eine weitere Seele seinem Willen unterworfen hatte, eine weitere Marionette in dem seinigen perfiden Spiel, war dem willigen Dienerheer hinzugefügt worden. Die verlorene Seele war nichts weiter mehr als ein willenloses Werkzeug, genötigt, die Befehle ihres Herrn auszuführen und andere in den Abgrund zu stürzen. »*Und nun mein lieber Ed, darfst Du Dich an der neuen Dienerin erfreuen. Bereite sie ordentlich vor, für ihre künftige Tätigkeit in meinen Hurenhäusern. Zeig ihr, wo es lang geht.*« Barabbas lachte zynisch auf und fuhr fort »*Ach ja Ed, richtig, es ist ja allseits bekannt, dass Du dieser Aufgabe nicht gewachsen bist.*«, lächelte er nun boshaft. »*Deine Standhaftigkeit, ist in diesen Dingen, nun ja, sagen wir,... nicht gegeben.*« Wieder zierte ein fieses Lächeln die Visage des Drecksgnoms. Ed dagegen lief puterrot an und wollte wohl etwas in Worte fassen. Aber außer einem gestotterten »*ja, wo..h..ol Mem.. , Mem.. Meisss..ter*« kam aus dem impotenten Lurch nichts hervor. Ich sah, wie seine schweißnassen Griffel aufgehört hatten zu tippeln und der Zorn im inneren des sadistischen Koboldgoblins wohl brodelte wie der Kessel einer orkischen Sudhexe. Ich konnte mir ein Grinsen nicht verwehren. Das hier war aber nicht meine Angelegenheit und wir sollten uns schleunigst aus dem Staub machen und weiter nach dem Verbleib von Langfingerus forschen. So dachte ich zuerst, dann erkannte ich aber die Gefahr, die von diesem Barabbas für meine Krone ausging. Würde es dem Kerl genauso schnell gelingen auch andere Landstriche und Städte einzunehmen, so wäre auch Guernica und möglicherweise ganz Erabadul bald in den Klauen eines absolut Irren. Das musste ich verhindern. Hier und jetzt. Ed verbeugte sich zutiefst und zog sich zurück. An seinem Gürtel machte ich neben ein paar Zangen und spitzen Messern auch einige Phiolen mit der milchigen Flüssigkeit aus. Nun kam uns gelegen, dass Ed den Ausgang wählte, vor dem wir lauerten. Kaum hatte er untertänig den Raum verlassen und die Tür hinter sich geschlossen, bereitete Gnaash mit seiner nagelgespickten Keule, dem Koboldgoblin ein viel zu gnädiges Ende. Ohne auch nur einen Todesschrei ausstoßen zu können, hatte die Wucht des Schlages den kleinen Schädel des Sadisten zu Brei zerschlagen. Shrolock hatte ihn aufgefangen, damit keine Geräusche im Gemach zu vernehmen waren. Ich hatte eine Idee. Die Fetische verfügten über eine interessante Waffe. Sie nannten sie »Paatscha«, was Ke mir als »Spuckrohr« übersetzte. Mit dieser genialen Waffe konnte man spitze Pfeile auf seine Gegner über kürzere Distanzen abfeuern. Während die Geschosse an sich keine größeren Verletzungen hervorrufen konnten, so waren sie, wenn sie in Gift getaucht wurden, tödliche Projektile. Ich schnappte mir eine Phiole von Eds Gürtel und beauftragte Ke einige seiner Pfeile mit der Droge zu tränken. Danach führte der Fetisch-Häuptling, der im Umgang mit dieser Distanzwaffe mehr als geübt war, meinen Auftrag mit Freude aus. Barabbas saß immer noch auf seinem Thronkissen und räkelte sich. Er hatte wohl beschlossen, selbst Hand an der gequälten Seele, die hilflos vor ihm lag anzulegen und den Befehl den Ed nicht erfüllen konnte, eigenhändig zu übernehmen. Umständlich legte er seinen Oberkörper frei, gerade als er sich an seiner Hose zu schaffen machen wollte, schlug Kes drogengetränkter Spuckrohr Pfeil in seinem Hals ein. »*Was zum…*« mehr brachte er nicht mehr hervor. Ke war so schnell, dass er innerhalb kürzester Zeit den beiden Wächter ebenfalls mit den Rauschnadel-Geschossen einen Schuss verabreichte. Der Fetisch hatte meinen Guckspalt als Schießscharte verwendet. Die drei Getroffenen gingen zu Boden. Nun schnappte ich mir eine weitere Phiole von Eds Gürtel und betrat das Gemach. Ich entkorkte die Pulle mit den Zähnen, während ich auf Barabbas zuschritt. Ungläubig starrte er mich an. »*Wer bist Du?*«, würgte er hervor, bevor ich ihm die Nase zuhielt und das Fläschchen in seinen Rachen rammte. »*Ugh, Ugh, Ugh,…*.« Ich setzte ein widerliches Grinsen auf und erklärte ihm, dass ich als König von Erabadul, solche Machenschaften nicht dulden werde. Verstanden hat er es nicht mehr, denn sein Leib bebte und der gierige Glanz in seinen Augen, war einer alles verschlingenden Leere gewichen. Sicherheitshalber flößte ich ihm auch noch die restlichen drei Phiolen von Eds Gürtel ein. Ich musste sichergehen, dass von diesem Idioten keine Gefahr mehr ausging. Zuckend lag er nun neben seiner Sklavin. Galle-farbener Schaum trat vor seinen Mund und kurz darauf begann er zu krampfen. Wir dachten, er krepiert elendig an seiner eigenen Droge. Doch er schien nicht sterben zu wollen. Nachdem er sich relativ schnell von dem Spasmus erholte, riss er sich die Kleider doch noch vom Leib und rannte nackt und schreiend durch den Palast. Wir traten den Rückzug an. Als wir im Hof des ehemaligen Prachtbaus ankamen, hörten wir vom obersten Turm die irren Rufe des wahnsinnig gewordenen Drecksgnoms. Kurze Zeit darauf verstummten diese nach einem langgezogenen Schrei und einem dumpfen Aufprallgeräusch. Ein paar Schritte weiter, entdeckten wir die Überreste Barabbas. Vielleicht hatte Hallot nun die Chance erhalten, doch wieder zu einer besseren Stadt zu werden. Wer weiß, wenn ich Herrscher bin, könnte ich hier durchaus einen grompfischen Ort entstehen lassen, der den Ansprüchen eines herrlichen Aufschneiders wie mir gerecht würde.

Wir hatten das Land von einer furchtbaren Plage befreit, doch dafür fehlte von Langfingerus jegliche Spur. Ich habe die Hoffnung aufgegeben, dass er den Pestdrachen für mein glorreiches Heer rekrutieren konnte. Ich befürchte fast, dass der kleine Narr es tatsächlich gewagt hat, in den Drachenhort vorzudringen und dem todbringenden Odem dieser Bestie zum Opfer gefallen ist. Dieser Gedanke erfüllt mich mit Trauer, aber auch mit Ehrgefühl. Ja ich bin stolz darauf, solch tapfere Anhänger in den königlichen Reihen zählen zu dürfen. Ich werde ihn in meiner Erinnerung immer bei mir tragen und seine aufopferungsvolle Hingabe darf nicht umsonst gewesen sein.

Irgendwann im Rashnack 667 n.Plmdr.

Unsere glorreiche Bande verließ Hallot wieder, als der Morgen graute, und wir trafen auf den Fetisch-Trupp, welcher Ingrid in den Norden geleitet hatte. Ke hatte seine Mannschaft im Griff, aber was sie zu berichten hatten und mir von Ke übersetzt wurde, ließ meine Stimmung ein weiteres Mal in den Keller sinken. Der Anführer der Nord-Fetische, ein Hauptmann namens Ki (wieso haben die alle keine ordentlichen Rufnamen? Das werde ich ändern, sobald sie am grompfisch-königlichen-Hofe die Speerspitze der hoheitsvollen Streitmacht bildeten.) , erzählte von einem Hinterhalt des niederträchtigen Abtes De Prizac. Bevor sie Baap erreichten, hatten sich bereits weitere Kämpferinnen, wie Ingrid selbst eine war, der Muorai angeschlossen. Sie waren entsendet worden, um nach den vermissten Kindern zu suchen. Ein freudiges Ereignis war dieses Zusammentreffen. Ki sollte mit seiner Mannschaft eigentlich kehrtmachen. Ingrid drängte darauf, da sie nun genug Unterstützung aus ihrer Heimat hätte. Zum Glück gehorchte der kommandierende Fetisch ihren Anweisungen nicht, sondern machte sich im Wald von Wuurtang mit seiner Truppe »unsichtbar«. Im Unterholz und Dickicht folgten die Baströcke weiterhin ungesehen den Muorai. Ihr Auftrag war es sie nach Baap zu geleiten und diesen Befehl haben sie glücklicherweise sehr ernst genommen. An einer unübersichtlichen Stelle passierte es dann. Aus dem Gestrüpp brachen sie hervor. Die Anhänger De Prizacs stürzten sich mit wilder Entschlossenheit auf die ahnungslosen Muorai, die sich hastig zur Verteidigung um die Kinder formierten. Ein tödlicher Tanz aus Stahl und Blut begann. Der Abt selbst führte die Attacke an, seine Augen hätten vor bösartiger Freude gefunkelt. Er stürmte auf die tapferste der Schildmaiden zu, die mit ihrem beeindruckenden Schild und dem geschickten Schwertkampf ihre Gefährten beschützte. Der Kampf war erbarmungslos, die Schreie der Verwundeten erfüllten die Umgebung. Die Klinge des Abtes fand jedoch keinen wirklichen Gegner in der Schildmaid, die mit letzter Kraft um ihr Leben kämpfte. Ihr Blut benetzte bereits den Untergrund, während der Abt seinen finalen Angriff einleitete. Mit einem eiskalten Lächeln trieb er seine Schneide in das Herz der tapferen Muorai. Ich war am Boden zerstört. Wie hatte ich sie nur allein losziehen lassen können? Meine Königin, meine geliebte Ingrid! Tot! Geschlachtet von einem wahnsinnigen Abt. Ich heulte in allertiefster Trauer los, schrie wie das goblinische Waschweib, dass ich in diesem Moment war, als Ki mich an der Hand zog und Ke übersetzte, was er dabei sagte. Es war nicht Ingrid, die dem Abt zum Opfer gefallen war. Sie hieß Sigrid und war eine taffe Schwertkämpferin, ohne deren Mut, die Fetische nicht genügend Zeit bekommen hätten, um in den ungleichen Kampf entscheidend einzugreifen. Die Anhänger des Abtes jubelten triumphierend, als sie den Tod der Schildmaid mit ansahen. Ihr Körper fiel zu Boden, indessen ihr Tross verzweifelt versuchte, sich gegen die Übermacht zu behaupten. Der Abt, berauscht von seinem Sieg, erhob sein blutverschmiertes Schwert und verkündete seine grausame Botschaft des Todes und der Unterwerfung. Doch seine Freude währte nur kurz. Unerwartet durchdrang der schrille Jagdschrei der Fetische die Luft und eine Klinge aus dem Hinterhalt durchbohrte den Leib des Abtes. Der Tod hatte ihn gefunden, besser gesagt Ingrids nach Rache dürstende Schneide hatte ihn eingeholt und seine verachtenswerte Existenz kam zu einem jähen Ende. Die Anhänger des hinterlistigen Klostervorstehers waren verwirrt und gerieten in Panik, derweil der Tross der Muorai mit neu gewonnenen Mut euphorisch weiterkämpfte. Die Eiferer des Abtes waren in die Zange geraten. Keiner dieser Moffrat-Hörigen überlebte den Ansturm der Fetische oder entkam den nach Blut dürstenden Blättern der Muoraischen Kriegsäxte. Nachdem die letzten Überlebenden des Robert De Prizac besiegt waren und die Stille langsam zurückkehrte, lag der Leichnam des grausamen selbstherrlichen Reichsabts vor den Augen der Schildmaid. Sein Gesicht, einst gezeichnet von Bosheit und Verachtung, war nun erstarrt in einem Ausdruck des Scheiterns und der Niederlage. Das erfüllte mich mit großer Freude, denn das bedeutete nicht nur, dass der impertinente Abt tot war, sondern es Ingrid gut ging. Das Hochereignis meiner Regentschaft konnte also noch immer stattfinden.

Ki quatschte einfach in meine Gedanken hinein. Er hatte mehr zu berichten. Er faselte weiter von einer anschließenden Mission, die er selbst auf Geheiß von Ke vollendet hatte. Seltsam, dass Ke dies vorab nicht mit mir besprochen hatte. Aber sind die Befehlshaber von königlichen Truppen nicht stets von eigenmächtigen Handlungen befallen, da sie taktisch mindestens drei Züge vorausdenken müssen? Ich war erstaunt, wie weit der Fetisch-Häuptling gedacht hatte. Er hatte Ki beauftragt, sich in Crathorie einzuschleichen, um dort falls möglich Informationen über die Baronesse de Rochefort einzuholen. Diese stand im Verdacht mit dem Abt De Prizac, gemeinsame Sache zu machen. Vor allem war ihre Beziehung zum Grafen De Momiray nicht schlüssig. Wie ich hier bereits berichtete, beäugte der Meister Arulapadura diese Verbindung mit umfänglicher Skepsis und sah darin eine gravierende Gefahr für Erabadul, wie ich seinem Schriftverkehr ungezogener Weise entnehmen konnte. Der Hauptmann Ki fuhr mit dem überaus ausführlichen Bericht fort. Er war erfolgreich und ungesehen in Crathorie angekommen. »*Die Baronesse war aufs äußerste erzürnt, als sie vom Ableben des Robert De Prizac erfuhr und ihre Raserei entlud sich auf ein orkisches-Siedlungsdorf. Dieses grenzte an die Ländereien der Grafschaft De Momiray an und an dem, bedeutungslosen Grenzland Nagaronk. In ihrer unbändigen Wut brachte sie die Verdammnis der Hölle selbst über die Siedler der Uruks. Ihr düsteres Mysterium offenbarte sich im Schein des Vollmondes. Als das gemeingefährliche Weib das Dorf erreichte, breitete sich eine unheilvolle Stille aus. Die Orks, arglos und ahnungslos, hatten keine Chance, ihrem brutalen Schicksal zu entkommen. Unerwartet durchzuckte ein Blitz den Himmel, gefolgt von einem grollenden Donner. Die Baronesse streckte ihre Hände aus, und aus ihren Fingerspitzen entfesselten sich schwarze Energien, die sich um sie herum zu dämonischen Klauen formten. Mit einem boshaften Lächeln auf den Lippen entblößte dieses diabolische Weib ihre spit-*

zen, blutrünstigen Hauer. Ihr düsteres Geheimnis offenbarte sich im Antlitz eines roten Vollmondes. Ihr Gesicht, vorher von nobler Schönheit, hatte sich verzerrt und glich nun einer grausigen Mischung aus abgrundtiefen Hass und teuflischer Verdorbenheit. Schreie der Verzweiflung und des Schreckens erfüllten die Luft, als die beschworenen Klauen der Baronesse in die Orks einschlugen. Das Blut spritzte in hohen Fontänen, währenddessen die Kreaturen des Siedlungsdorfs hilflos gegen die gnadenlose Gewalt der grausamen Adeligen ankämpften. Sie genoss jeden Moment des Leidens, ihr irres Lachen hallte über das zerstörte Dorf und vermischte sich mit den Schreien der Opfer. Der Boden bebte unter ihrem Zorn, und die Luft war erfüllt von einem schweren, süßlichen Geruch nach Blut und Tod. Als die letzte Seele erloschen war und das Siedlerdorf in Flammen aufging, verblasste das Lächeln auf ihren Lippen. Sie betrachtete das Werk ihrer Zerstörung mit einer kühlen Genugtuung. Alsdann wandte sie sich ab und schritt davon, ihr roter Umhang flatterte dabei im Nachtwind und umschmeichelte sie wie eine aufspritzende Blutfontäne. Das Dorf lag in Schutt und Asche, als Zeugnis ihrer unbarmherzigen Rachgier.«

Ki war es gelungen, ihr wieder unbemerkt zu folgen, und erzählte uns von den weiteren Machenschaften dieses durchtriebenen Miststücks. »*Sobald die Baronesse ihr prächtiges Chateau betrat, erblickte sie den Grafen De Momiray, wie er in einem kostbaren Sessel saß und auf sie wartete. Sie lächelte süffisant. Mit einer geschmeidigen Bewegung trat sie näher und ließ ihre Finger lasziv über sein Haupt gleiten. Ein Hauch von Verführung lag in der Luft, als sie ihm einen tiefen Blick zuwarf. Behände begann sie damit, ihre kniehohen Lederstiefel vor ihm auszuziehen. Jeder*

Reißverschluss wurde langsam geöffnet, und ihre grazilen Beine wurden nach und nach enthüllt. Der Graf verfolgte jedwede Bewegung mit seinen erwartungsvollen Augen, während er noch immer kein Wort gesprochen hatte. Als sie schließlich ihre Stiefel ausgezogen hatte, stand sie vor ihm in ihrer ganzen sinnlichen Pracht. Ihr Lächeln war voller Überlegenheit, solange sie den Adeligen intensiv ansah. Mit einem verführerischen Schmunzeln und einem sanften Hauch von Verheißung trat sie näher an den Grafen heran. Die Luft war erfüllt von Spannung und Erwartung, als sie sich auf das Spiel einließen, das zwischen ihnen entfacht war. Mit geschickten Fingern begann sie, die Knöpfe an seiner edlen Weste zu öffnen, während ihre Augen ihn herausfordernd fixierten. Mit jedem Knopf, der sich löste, drangen ihre Blicke tiefer in seine Seele ein. Langsam entblößte sie seine Brust, obschon sie ihn mit ihren Berührungen sanft erregte. Ihre Fingerspitzen glitten über seine Haut und ließen wohl ein prickelndes Gefühl der Lust in ihm aufsteigen. Der Landesfürst war gefangen in seiner eigenen Lust.« Ich war erstaunt über die detailreichen Beschreibungen und fragte mich, ob Ke auch wirklich richtig übersetzte. So viel Begierde und diese Hingabe mit der Ki in seiner Muttersprache berichtete, hatte ich diesen Fetischen gar nicht zugetraut. Als ich allerdings das emotionslose Gesicht von Ke sah, dass sich bei seiner Übersetzung nicht veränderte und seine Knopfaugen gefühlskalt wie eh und je durch mich hindurchschauten, war dieser ganze Bericht von Ki sehr surreal. Ich lauschte weiter, denn es wurde ja gerade irgendwie spannend. Nicht das ich mich für Schmuddelkram interessieren würde, aber die Situation, die Ki da so gekonnt beschrieb, zog mich so oder so in ihren Bann.

»Sie lächelte boshaft, als sie sah, wie er sich nach ihren Berührungen verzehrte. Sein Verlangen nach ihr war kaum

zu übersehen, und sie genoss es, diese Macht über ihn zu haben. Sie hatte ihn in ihrer Gewalt und konnte tun, was immer sie nur wollte. In diesem Moment des Zögerns und der Verletzlichkeit, die sich auf seinem Gesicht widerspiegelte, konnte sie erkennen, wie seine Kontrolle langsam schwand. Er war ein Spielzeug in ihren Händen, bereit, ihr jeden Wunsch zu erfüllen. Die Baronesse beugte sich zu ihm hinunter, ihre Lippen nur knapp von seinen entfernt. Sie flüsterte ihm, mit einer Stimme voller Versprechen und Drohungen zu. Du gehörst mir, Gerard Didier! Du wirst mir dienen und tun, was ich von Dir verlange. Andernfalls werde ich Deine dunkelsten Geheimnisse offenbaren und Dich in den Abgrund stürzen. Der Graf war gefangen, von der Anziehungskraft die, die Baronesse besaß, und seiner eigenen Furcht, die ihn umgab. Er schien zu denken, dass er ihr nichts entgegenzusetzen hatte und dass sein Schicksal in ihren Händen lag. Er stammelte `ja, ja, ich gehöre Dir allein`, und probierte sie, mit seiner Hand an einer intimen Stelle zu berühren, doch das sündige Weib entwich diesem Versuch geschickt. Mit einem zufriedenen Lächeln auf den Lippen trat sie einen Schritt zurück und betrachtete ihr Werk. Der Graf De Momiray war ihr hörig, und sie würde ihn nach Belieben lenken. Nun richtete sie sich auf und strich sich eine Strähne ihres dunklen Haares aus dem Gesicht. Sie ließ ihren eisigen Blick über De Momiray gleiten und blieb bei seiner abstehenden Männlichkeit hängen. Diese war nicht mehr zu verbergen und seine Begierde konnte selbst ein blinder Mull nicht mehr übersehen. Die Baronesse trat einen Schritt auf den Grafen zu und legte sanft ihre Hand auf seine Wange. Ihre Augen blitzten vor List und Entschlossenheit auf. Wir werden gemeinsam Großes erreichen, mein lieber Graf, flüsterte sie mit einem Hauch von Versprechen in ihrer Aussage. Du wirst mir dienen und ich werde Dich belohnen. Doch sei *gewarnt, jeder Verrat wird mit eiserner Hand bestraft. Meine Teuerste, antwortete er mit einem eindeutigen Laut der Unterwürfigkeit in seiner Stimme, ich bin Euch ergeben und werde Euch treu von Vorteil sein. Lasst mich Eure Pläne unterstützen und ich werde mein Bestes geben, um Euch zu helfen. Das verführerische Weib nickte zufrieden und entfernte ihre Hand von seiner Wange. Sie ließ ihre Finger verlockend über seine Brust gleiten und hauchte ihm zarte Küsse auf die Lippen. Seine Fleischeslust war weiterhin sichtbar, und sie genoss es, seine Gier nach ihr zu entfachen. Ihre Berührungen waren wie flüchtige Versprechen, ihre Blicke wie geheime Einladungen. Sie nahm seine Hand und führte sie behutsam über ihren Körper, ließ ihn die Hitze ihres Verlangens spüren. Der Graf De Momiray war gefangen in einem Netz aus Lust und Begierde. Er wollte mehr von ihr, wollte sich in ihren Armen verlieren und alle Hemmungen fallen lassen. Die Baronesse spielte geschickt mit seinen Sehnsüchten und trieb ihn bis an seine Grenzen. Sie erfüllte sein größtes Bedürfnis aber nicht und ließ ihn sich weiter nach ihr verzehren. Diese Dämonin genoss die Kontrolle, die sie über den Grafen De Momiray hatte. Sie wusste, dass er bereit war, für sie alles zu tun, und sie würde diese Macht ausnutzen, um ihre Position zu stärken. Doch in all dem Spiel der Verführung und Manipulation konnte sie nicht leugnen, dass auch sie von einer gewissen Lust erfasst wurde. Es gab Momente, in denen sie die Übersicht verlor und sich seinen Berührungen hingab. In einem Augenblick intensiver Leidenschaft und Verlangen, als der lustdurchströmte Graf sich der Erlösung nahe fühlte, geschah etwas Unerwartetes. Die Baronesse, die bisher so verführerisch und hingebungsvoll gewesen war, änderte abrupt ihre Haltung. Ein boshaftes Lächeln erschien auf ihren Lippen, indessen sie ihre scharfen Fingernägel tief in seine Brust*

grub. Ein schmerzhafter Aufschrei entwich dem Lüsternen, als er die schlagartige Pein spürte. Seine Augen weiteten sich vor Schrecken und Verwirrung, während er versuchte, ihre Hände von sich zu lösen.
Die Baronesse aber hielt ihn fest und genoss seine Qual. Sie betrachtete sein Leiden mit einem kaltblütigen Vergnügen, wogegen ihr Lächeln immer breiter wurde. Sie hatte ihn getäuscht, seine Begierde ausgenutzt und ihn dann abrupt abgewiesen. Für einen Moment hatte der Graf De Momiray geglaubt, dass er endlich das bekam, wonach er sich so sehr sehnte. Doch das berechnende Miststück hatte ihm eiskalt gezeigt, dass sie diejenige war, die über sein Schicksal bestimmte. Sie war die Manipulatorin, die ihn benutzte und fallen ließ, wie es ihr gefiel. Mit einem letzten spöttischen Blick wandte sich die Baronesse von ihm ab, ließ ihn mit schmerzender Brust und einer in sich zusammengefallenen Erregung zurück nur um ihn im nächsten Moment in ihr Schlafgemach zu ziehen. Gierig und willig folgte der alte Narr. Sie warf ihn auf das Bett und setzte sich rittlings auf den völlig aus dem Konzept geratenen Gauch. Sie rieb sich an ihm und seinem noch verhüllten Geschlecht. Nun dachte dieser vollkommen hörige Dummkopf, dass er endlich die Glückseligkeit feiern dürfte. Doch wieder geschah etwas für den Grafen Unvorhergesehenes. Die Baronesse änderte übergangslos ihre Haltung. Mit einem boshaften Lächeln auf den Lippen ließ sie von ihm ab und hielt ihm eine scharfe Klinge an den Hals, die sie unter dem Bettlaken heraus zu Tage förderte. Der Graf erstarrte vor Schrecken und es war ihm nicht mehr richtig möglich, zu atmen. Der Anblick seines eigenen Blutes, das auf das kostbare Bettzeug tropfte, verstärkte seine Panik. Die so sehr Begehrte drückte den Dolch fest an seinen Hals und sprach mit einer eisigen Stimme zu ihm. Sie tadelte ihn für sein vermeintliches Versagen, für

seine Unbeherrschtheit und seine Hingabe an seine animalischen Triebe. Sie konfrontierte ihn mit wüsten Vorwürfen wegen der Besudlung ihres edlen Bettes und wies ihn auf seine niedere Natur hin. Der Graf De Momiray konnte zuerst nur stumm und beschämt zuhören, während sein Körper zitterte und sein Geist von Scham erfüllt schien. Daraufhin führte das männermordende Geschöpf schlangenzüngig fort, dass er ihr seinen Sohn Guy als Gemahl überlassen sollte, dies würde zu einer starken Verbindung zwischen Crathorie und dem Geschlecht der De Momiray führen. Wenn er diesem Schachzug zustimmen würde, dürfe er es ihr so oft besorgen, wie er nur konnte und wollte. Sie versprach ihm, ihn in seinem Jagdschloss, im Pferdestall, wenn es sein musste auch im Schweinestall oder vor den Augen seiner Gemahlin Cecil zu beglücken. Immerfort und jederzeit würde sie ihm zu Diensten sein ... im Bett, auf dem Teppich, im Stroh, in den Gesindekammern, in seiner gräflichen Kutsche…« Ich unterbrach Ki: »*Ist ja gut jetzt, wir wissen, was gemeint ist.*« Aber er sprudelte begeistert weiter: »*In der Speisekammer, auf seinem Arbeitstisch, im Verlies vor den Gefangenen, mit seiner rechten Hand De Gallimar gemeinsam, und und und. Ich erinnere mich nicht mehr an alles. Der Graf lag mit schaumigem Maul vor ihr und nickte nur, unterdessen seine Erektion eine neue Qualität erreicht hatte. Mit einem Lächeln, dass einem sündigen Versprechen glich, verließ sie den nun vollends verwirrten Grafen und sendete ihm ein paar Blutjungfern ins Gemach, die sich seiner Not annahmen.*« Damit schloss Ki seinen doch sehr ausführlichen Bericht noch nicht vollends. Die Details über die Handlungen der Blutjungfern möchte ich hier nicht niederschreiben. Ich dachte, in Hallot herrsche die Sünde, doch Kis Beschreibungen konnten dies noch übertreffen. Ich starrte eine Weile den emotionslosen Berichterstatter an und versuchte, ihn zu ergründen. Doch genau wie Ke hatte Ki diesen nichtssagenden, hohlen Blick der aus den Knopfaugen starr, durch mich hindurch, zu fallen schien. Ich lief einmal um ihn herum. Er stand da wie eine in Bronze gegossene Statue. Ich konnte kaum glauben, dass der soeben gehörte Bericht, aus dem Munde dieser Mumie entsprungen war. Einen besseren Vergleich fiel mir dazu nicht ein. Diese Fetische waren ein sonderbares Volk. Wie auch immer, sie sind pflichtbewusst und effizient. Ich stellte mir unpassenderweise vor, wie unsere Siegesfeier aussehen würde und sah, Ke und Ki dabeistehen und Humpen leeren, die größer waren wie sie selbst. Ich vermochte mir aber nicht vorzustellen, wie ein Fetisch im betrunkenen Zustand agieren würde. Bei unserer Feierlichkeit nach dem Sieg in Hallot, hatte Ke zwar auch getrunken, jedoch war sein Verhalten nicht anders wie gewohnt gewesen. Ich musterte beide auffällig lange, bevor ich meine Gedanken erneut sortierte und diese zurück zu De Momiray lenken konnte. Jetzt war klar, dass der Graf in einem Teufelskreis der Lust und der Erniedrigung gefangen war, ein Spielball der Baronesse, der scheinbar nur noch nach ihrem sadistischen Willen tanzen musste. Er würde seinen Sohn mit ihr vermählen, nur um endlich sein Verlangen stillen zu können. Dies bedeutete aber auch ein weiteres Erstarken des gräflichen Bündnisses. Schade, dass mein ehemaliger Meister nicht hier war. Diese Informationen wären sicherlich wichtig für ihn und sein Vorgehen. Andererseits: Was schert es mich? Dieser De Momiray würde bald mein Problem werden, da er in Verbindung mit der Baronesse eine noch größere Bedrohung für meine Krone bilden würde. Dagegen ist Schmatz Schattenmantel ein buckliger Jaucher, den ich mit Leichtigkeit in der Kloake ersäufen werde, aus der er hervorgekrochen kam. Die Schilderungen von Ki hatten meine grompfischen Fantasien beflügelt. Ich hatte nun lange damit zu tun, die lüsternen Gedanken aus dem anständigen Grompfkopf herauszuwaschen. Um mich abzulenken, versuchte ich mich an einer Analyse der Situation um De Momiray. »*Die Begegnungen zwischen dem Grafen und der Baronesse werden zu einer verstörenden und süchtig machenden Abhängigkeit führen, das war eindeutig klar. Immer wieder wird sie sich dem von seiner Begierde getriebenen Comte in letzter Sekunde entziehen und ihn in den Wahnsinn treiben. Eine explosive Mischung nenne ich das. Er hatte geglaubt, dass er derjenige war, der die Fäden in der Hand hatte, der über ihre Begehrlichkeiten und ihre Handlungen bestimmte. Doch nun musste er die bittere Realität erkennen. Er war nur ein Werkzeug in den Klauen dieses grausamen, aber wohl sehr gut aussehenden Weibsstücks. Die Baronesse genoss sicherlich ihre Macht über ihn, ihre Kontrolle über seine Lust und ihren kaltblütigen Umgang mit seinen Gefühlen in vollen Zügen. Sie ließ ihn spüren, wie jämmerlich und unbedeutend er war, wie leicht sie ihn brechen konnte. Sie spielte mit ihm wie eine Katze mit einer Maus.*« Diese latent sadistischen Geschöpfe sind mir suspekt, sie genießen die Verzweiflung und kosten von der Angst ihrer Opfer. Dennoch erregte mich diese Erkenntnis erneut. Wie konnte man jemanden begehren, den man gar nicht kannte? In diesem Fall schien die Baronesse über eine düstere aber enorm anziehende Ausstrahlung zu verfügen, die selbst weit über die Landesgrenzen reichte. Ich wurde immer geilreiziger, doch ein bekanntes Geräusch, in Verbindung mit einem strengen Geruch, riss mich aus den zügellosen Gedanken heraus. Shrolock hatte sich in einem naheliegenden Gebüsch verkrochen, um seine Notdurft zu verrichten. Ich dachte an unsere Zeit im Dschungel von Arlon zurück und verdrehte die Augen als weitere Laute des finalen Verdauungsvorgangs meine blaublütigen Ohren beleidigten. `Kothgar der Verderber` gäbe es gar nicht … tsss, so viel dazu. Er saß vor mir im Gestrüpp und drückte sich seine Glupscher vor den Kopf. Dank dieses wunderschönen Bildes verflogen meine lüsternen Gedanken allzu hastig von ganz alleine, denn in die geweiteten Augen eines kackenden Grottenschrats, sollte wirklich niemand blicken müssen. Es war an der Zeit die Heimreise anzutreten. Mein Heer war wieder vereint, die Schlacht von Hallot geschlagen und es galt den grausamen Tyrannen Schmatz Schattenmantel zu stürzen.

Heute - Der Meister

Nachdem Arulapadura, den letzten Abschnitt gelesen hatte, schweiften seine Gedanken an einen Ort, der eigentlich nichts mit den von Tornwarts berichteten Ereignissen zu tun hatte. Nun, fast nichts. Er erinnerte sich an die Zeit, als er selbst noch am Anfang seiner Reise als Nekromant stand und es ihn nach Erkenntnis und Weisheit dürstete. Sein eigener Meister hatte ihn in eine Kaverne geschickt, um dort nach verborgenen Lehren zu suchen und neue Reife zu erwerben. Er hatte eine beschwerliche nicht ungefährliche Wanderung unternommen, um in der nicht enden wollenden Finsternis Ashnochs nach unbekanntem Wissen zu forschen. Ashnoch war ein unbedeutendes, aber düsteres Land. Unweit von Moffrat zog es sich in die Länge und bestand überwiegend aus Bergen und Hügeln. Hier gab es viele Höhlen und Kavernen, die uralte Weisheiten in sich verbargen. Arulapadura war aufgebrochen, um manche dieser Geheimnisse zu ergründen. Sein eigener Meister hatte ihn gemahnt, Vorsicht walten zu lassen, denn nicht jedes Loch in der Erde beherbergte Nützliches. Einige dieser Pforten in die Dunkelheit hielten nichts anderes wie den Tod für diejenigen bereit, die es wagten hinabzusteigen in die immerwährende Finsternis Ashnochs. Nach einem qualvollen Aufstieg auf einen steilen Berg fand er den Eingang, genau wie es ihm sein Meister beschrieben hatte. Er trat ein und entzündete eine Fackel, die ihm spärlich den Weg erleuchtete. Die Wände schienen aus Schatten gemeißelt zu sein, in einem matten Dunkelgrau, welches selbst das schwächste Licht zu verschlucken drohte. Arulapadura wagte sich tiefer in die labyrinthartigen Gänge hinein. An verschiedenen Stellen glänzten winzige Kristalle wie sterbende Sterne, ihre fahle Glut warf zarte Reflexionen auf den schimmernden, schlickbedeckten Boden. Ein schmaler Pfad führte in die Unterwelt, dem der Nekromant nur allzu bereitwillig folgte. Trotz eines sanften Windes, der getränkt mit dem metallischen Beigeschmack von Erz und etwas anderem, was ihm noch nicht gelang zu zuordnen, ihm zu flüstern schien, er solle besser umkehren, tastete er sich unbeirrbar weiter voran. Der noch junge Magier, seinerzeit schon eine Gestalt von düsterem Antlitz und in einen Mantel der Nacht gehüllt, trat mit behutsamen Schritten in die Kaverne. Seine Augen leuchteten im fahlen Licht auf, als er sich von der Aura der Höhle umfangen fühlte - ein Gefühl, das ihm düngte die Zeit selbst hier würde in einer entrückten Starre verweilen. Die zitternden Schatten tanzten um ihn herum, ein stummes Ballett der Finsternis, in das er sich stetig tiefer hineinwagte. Über den gewundenen Gängen hingen mysteriöse Lianen, glitzernd wie funkelnde Tränen hangelten, sie den Weg hinunter in ein Reich, welches dem Nekromanten fremd und verstörend vorkam. Seltsame Pilze glühten in phosphoreszierendem Blau und betteten die Umgebung in ein unirdisches Licht, das ihn mehr an den Mond als an die Sonne erinnerte. Der dunkle Novize wagte sich verwegen weiter in die Tiefe. Ein fernes Murmeln drang in seine Ohren - ein geheimnisvolles Flüstern, das aus der unbekannten Finsternis der Kaverne zu kommen schien. Er dachte es seien die Stimmen der Alten, die vergessene Weisheit und seit Jahrtausenden verblasste Geheimnisse in einem leisen Refrain preisgaben. Die mit schwarzem Moos und unzähligen Spinnenweben überzogenen Wände der Kaverne, kamen ihm vor, als wären sie im Stande, das Wissen der Jahrhunderte aufzusaugen und in der Höhle widerhallen zu lassen. Arulapadura konnte nicht anders, als sich von dieser Bizarren, gleichzeitig fesselnden und verstörenden Welt hypnotisiert zu fühlen. Er empfand sich in diesem Moment wie ein Eindringling in eine Sphäre jenseits der Menschheit, ein Beobachter eines geheimen Tanzes zwischen der Zeit und den Geheimnissen, die in dem düsteren Loch ruhten. Die Luft hier drinnen fühlte sich an, als sei sie elektrisch aufgeladen. Er drang dennoch weiter in die Eingeweide der Finsternis vor. Unversehens verspürte er eine sanfte Berührung auf seiner Schulter, eine federleichte Hand, die ihn zu streicheln suchte. Er wirbelte herum, doch es war nichts zu sehen außer den flackernden Schatten. Ein leises Lachen, das klang, als hätte es seinen Ursprung in den Wänden selbst, erfüllte die Kaverne. »*Willkommen Du nach Wissen dürstender Geck, in den Hallen des Balkens*«, flüsterte eine Stimme, die sich in seinem Kopf manifestierte. Der schwarzmagische Schüler atmete tief ein und aus, derweil er sich bemühte, seine Fassung zu bewahren. »*Wer seid Ihr? Zeigt Euch!*«, stammelte er. Das Selbstbewusstsein, dass ihn heutzutage nie im Stich lassen würde, war zu jener Zeit noch ein flüchtiger Schatten in der Unendlichkeit eines naiven Gemüts. Nichts geschah. Er drehte sich ruckartig mit seiner auffauchenden Fackel und stolperte über einen Stein. Ein verhängnisvolles Ereignis, denn er fiel in eine Art Schacht, der senkrecht nach unten verlief. Dank seiner vorhandenen magischen Fähigkeiten war er in der Lage den Sturz zu mildern und schwere Verletzungen zu vermeiden. Er war tief gefallen, der Absturz dauerte lange, sehr lange. Die Zeit schien stehen geblieben zu sein, während sein langgezogener Schrei seinen Fall untermalte. Mühsam rappelte er sich ein wenig benommen wieder auf und klopfte den Staub von seiner Robe, die Fackel war erloschen und eine allumfassende Finsternis umgab ihn. Er murmelte etwas in der schwarzmagischen Sprache. Ein alter Beinknochen manifestierte sich in seiner behandschuhten linken Hand. Die seltsame blaugrüne Flamme am Ende der eigensinnigen Leuchte erfüllte den ganzen Raum mit bizarren Lichtspielen. Hier, wo sich nie zuvor ein Sonnenstrahl hin verirrt hatte, lag vor ihm ein kristallklarer überschaubarer See. Neugierig schritt er darauf zu. Die Oberfläche ruhte still, so als wäre das geheime Wissen, dass er suchte, darunter verborgen. Ob es erforderlich sein sollte, hier einzutauchen, um die Weisheit zu erlangen, nach der ihn so sehr dürstete? Fragte er sich, aber irgendetwas hatte ihn gestört, als er diesen wundersamen Anblick gerade zu genießen begann. Die Duftnote, die er bereits beim Betreten der Kaverne neben dem Metallgeruch nicht hatte zuordnen können und sie zunächst für den typisch salzigen, erdigen Geruch solcher Löcher hielt, war nun einem alles übertönendem Gestank gewichen. Er fühlte sich an die Gossen und Kloaken einer größeren Stadt erinnert. Angespannt murmelte der Nekromant einen Verstärkungszauber für seine magische Fackel und die Höhle erschien nun vollends erhellt. Da fiel sein Blick auf das gegenüberliegende Ende des kleinen Gewässers. Dort thronte eine finstere Gestalt. Als Nekromant verfügte er über das geschärfte Augenpaar eines Raubvogels und sah mehr. Gewandet in Lumpen, war diese Kreatur vielleicht einst ein Dämon gewesen, doch einer der von der Dunkelheit verzehrt und in den Abgründen der Finsternis verloren schien. Der Körper war gezeichnet von Narben und verdorbenen Wunden. Es erweckte in ihm den Eindruck, als ob dieser Höhlenschreck in einem ewigen Kampf gefangen wäre, aus dem er niemals als Sieger hervorgehen würde. Die Haut war blass und von einem grünlichen Schimmer durchzogen, als würden die inneren Qualen, die darunter tobten, sich sichtbar machen wollen. Der Kopf dieses

Wesens war von struppigem, wirrem Haar umgeben, das in allen möglichen Richtungen abstand. Aus ihren tiefliegenden Augen glühte ein schimmerndes, fiebriges Rot, das einen unheilvollen Glanz in der Dunkelheit der unterirdischen Kathedrale verströmte. Denn so war ihm die Höhle mit einem Mal vorgekommen. Wie ein Tempel, der einzig und allein diesem verkommenem Dämonen geweiht war. Dennoch war die Neugierde größer als die Vorsicht, die ihm sein Meister angemahnt hatte. So schritt Arulapadura auf das Wesen zu, ohne seinen Blick von der Gestalt abzuwenden. In ihren zitternden Händen hielt die Kreatur zerschlissene Lumpen, die einst prächtige Gewänder gewesen sein mussten. Doch nun waren sie nur noch Fetzen, die, die Verdorbenheit des Geschöpfes unterstrichen. Die Erscheinung wirkte zusammengesunken, fast schon gebrochen, von der Last der Dunkelheit erdrückt, die scheinbar einsam auf ihren Schultern ruhte. Ein widerliches Flüstern schien den Lippen dieses Wesens zu entweichen, ein gequälter Laut, der den unerwarteten Zuhörer erschaudern ließ. Es war, als ob die dunklen Gedanken und Seelenqualen des unnatürlichen Geschöpfes in den Schall ihrer Worte eingeschlossen, sich den Weg in das Gehirn des Nekromanten bahnten. Ein grässliches Lächeln zerrte an ihren verzerrten Mundwinkeln, enthüllte dabei faulige Zähne, die in einer grotesken Anordnung noch mehr verstörten. In ihren unbeholfenen und krampfhaft wirkenden Bewegungen schien dieses kleine Monster gegen unsichtbare Fesseln anzukämpfen, die sie an jenem einsamsten aller Orte gefangen hielten. Sie stolperte über ihre eigenen Füße, taumelte voran und hinterließ einen bizarren Anschein von Verfall und Verzweiflung. Die Kreatur erweckte fast den Eindruck, dass sie einst eine wichtige Rolle in einer düsteren Saga gespielt hatte, doch jetzt von ihrer Vergangenheit und ihren charakteristischen Dämonen heimgesucht wurde. Die Luft war erfüllt von einem modrigen, stinkenden Geruch, der sich in die Sinne schlich, geschwängert von Verwesung, Verderben und Exkrementen unterstrich sie die Absurdität des bizarren Ortes. Er dachte damals, dass die Existenz dieses verkümmerten Dings nur ein trauriges Echo ihrer erloschenen Größe war, ein Symbol für den unaufhaltsamen Abstieg in die düsteren Klauen der Finsternis. »*Du bist gekommen. Der Erste seit Jahrtausenden, der sich zu mir herab gewagt hat. Erstaunlich, dass Du Dich nicht auf dem Weg hierher verirrt hast.*«, entfuhr es der missratenen Figur. »*Ich kann in Dir lesen, wie andere in einem Folianten schmökern, Nekromant!*«, fuhr er mit einem schäbigen Grinsen fort. »*Die Suche nach Wissen und Macht hat Dich zu mir geführt, wie viele Sterbliche vor Dir. Doch ich sage Dir gleich, der Weg dorthin, wird Dir nicht gefallen Jüngling.*« Arulapadura sah dem Wesen in die Augen, doch er nahm auch wahr, dass tatsächlich hier die bereits zu Staub zerfallenen Knochen vorhergehender Eindringlinge die Erde um den vermeintlichen Thron dieser Kreatur genährt hatten. »*Willkommen in der Kaverne des Balkens.*« Das Gesicht des Dämonenwesens zierte ein boshaftes Grinsen, als er fortfuhr: »*Besser gesagt in der Kaverne des Donnerbalkens.*« Ein höhnisches, grollendes Gelächter entwich diesem wahnsinnigen Wesen. Der junge Schwarzmagier blickte auf den angeblichen Herrscherstuhl des Geschöpfes und stellte mit Erstaunen fest, dass dies wohl der besagte Donnerbalken sein musste. »*Du residierst auf einem Abort?*«, fragte er mit kräftiger Stimme und einem verächtlichen Unterton sein wohl schwachsinnig gewordenes Gegenüber. »*Ja, ja mach Dich nur lustig über einen armen alten Schattendämon. Du wurdest ja nicht verpflichtet, Äonen lang existentes Wissen zu bewahren und vor neugierigen Nasen, wie Du eine bist, zu schützen.*« In Anbetracht des ekelhaften Geruches hielt der Nekromant die Bezeichnung seiner selbst als Nase für mehr als unangebracht. »*Hörzu, ich bin hierhergekommen, um neue Erkenntnisse zu erlangen und nicht einem armseligen Wicht wie Dir beim Scheißen zu zuschauen. Also sag mir, wo Du die geheimen Schriften der Weisheit verbirgst, dann werde ich Dir einen qualvollen Tod ersparen!*«, drohte der Magier unverhohlen. »*Als ob der Tod eine Erlösung für einen wie mich bereithalten würde.*«, prustete der verkommene Wächter der Reife daraufhin los. »*Ich kann Dir nicht geben, wonach Dir der Sinn steht Jüngling. All die, die hier herunterkamen, um nach eben jenem Wissen zu streben, wussten zwar mich zu finden, aber die Weisheit, nach der es sie verlangte, hat niemand erlangt. Sag mir, warum Du besser bist wie sie und wieso Dir dieses Privileg zu Teil werden sollte?*«, forderte er, mit einem missbilligenden Blick von dem Störenfried zu erfahren. Arulapadura schaute sich erneut um. In dem bizarren Licht konnte er nicht mehr ausmachen als zuvor. Diese Kathedrale des angeblichen Wissens barg keine Möglichkeit, staubige Folianten sicher vor dem Zahn der Zeit zu verwahren. Den See schloss er aus, die bloße Anwesenheit des Elements Wassers, war diesem traurigen und stinkenden koboldartigen Dämon gewiss ein Graus. Ringsherum gab es nur die kargen Höhlenwände und Düstermoos. Nischen oder geheime Türen waren aufgrund seiner magischen Fertigkeiten nicht sichtbar geworden. Nein dieser kleine Scheißkerl hatte es dort verborgen, wo niemand danach suchen würde, und erst recht keiner drinnen herum wühlen wollte. Er saß auf seinem Wissen, das war ihm in dem Moment klargeworden, als er ihn darauf thronen sah. »*Ich werde den gehüteten Schatz aus Deinem Donnerbalken hervorholen und wenn es das Letzte ist, was ich tue, so wahr ich Arulapadura heiße!*«, grollte er dem verblüfften

Dämon entgegen. »*Das vermagst Du nicht,... niemandem ist es gelungen, meine Weisheit zu stehlen. Die Verderbnis und die Gülle werden Dich umfangen und hinab zu weitaus schlimmeren Teufeln stürzen.*«, brachte er nicht ganz so überzeugend hervor. »*Nicht, wenn ich Ihnen ein größeres Opfer darbiete.*«, lachte der Nekromant auf und zog seinen Dolch. Er beschwor den Kadaver Spruch, jenen der die Verstorbenen an diesem Ort sich erneut materialisieren ließ. Nicht um den Dämonen damit anzugreifen, nein, nachdem die bereits Zerfallenen wieder auferstanden waren, nutzte er die Untoten, um sie mit einem dröhnenden Knall in unmittelbarer Nähe des koboldartigen Geschöpfes zur Explosion zu bringen. Die zersplitternden Knochen durchschossen den Wächter der Weisheit und schwächten ihn stark. Mit ungläubigem Blick sah er den Nekromanten auf sich zu eilen. Dieser packte ihn und stieß ihn kopfüber den Donnerbalken hinab. Er sah, wie finstere Klauen nach dem überrumpelten Dämon aus der brodelnden Brühe griffen und ihn in diesen widerwärtigen Sud hinabzogen. Mit weit aufgerissenen Augen schrie der Maestro des Kackbalkens. Ein qualvoller Schrei der Verzweiflung, erstickt in seiner eigenen Jauche. Auf wundersame Weise wurde ein schmieriger Foliant hervorgespült, der sich seinen Weg aus den Tiefen dieser Kloake herausgesucht hatte. Arulapadura war froh, dass ein See mit klarem Wasser zur Verfügung stand, um das Artefakt zu reinigen. Nachdem er hatte, was er wollte, verließ er diesen unheiligen Ort. Er drehte sich um und ging, doch ein Geräusch, welches vom Donnerbalken zu kommen schien, ließ ihn schleunigst herumfahren. Da saß er wieder, er hatte erneut Platz auf dem harten Holz genommen und war bestrebt seine ungewöhnliche Sitzung fortzusetzen. Als wäre nichts geschehen, als wären die vergangenen Augenblicke schon Jahrhunderte her gewesen. Nur der olfaktorische

Schleier der Erinnerung an das Chaos, das gerade noch herrschte, hing schwer in der Luft. Aber der Dämon blieb davon unbeeindruckt. Mit starrem Ausdruck sammelte er all seine Konzentration, um den fragwürdigen Moment der Erleichterung zu suchen. Seine Hand glitt zu seiner Nase, während sein Blick in die Ferne schweifte. Sein Geist schien abwesend, gefangen in einer Welt der Obsession und der eigentümlichen Bedürfnisse. Er förderte etwas kleines Grünes aus seinem Riechorgan. Der Popel war für ihn zu einem Objekt der irrsinnigen Faszination geworden. Der übernatürliche Kobold beäugte das ekelhafte Relikt, als wäre es der Schlüssel zu einem der größten verborgenen Geheimnisse in Erabadul. Dann murmelte er zunächst fast unverständlich vor sich hin, doch je mehr er von sich gab, desto deutlicher kamen ihm die Worte über seine Lippen: »*Die Kunst der Erleichterung ist eine, die nur die Allerwenigsten verstehen können. Eine Symphonie der entfesselten Darmwinde und der exquisiten Gerüche. Sie liegt jenseits Deiner Vorstellungskraft, Du armseliger Wurm. Du kennst doch nur die Oberfläche des Banalen und des Verzichts.*« Sein sanftes Murmeln war wie ein dunkles Flüstern aus den tiefsten Abgründen der Abyss eine Botschaft der Verachtung für eine Welt, die seine wahre Größe nicht erkennen konnte. Er setzte seine intime Beschäftigung fort, verborgen vor den Blicken der anderen, als ein Fürst seines eigenen obskuren Reiches, ein Herrscher über die Niederungen des Körpers. »*Die malignen Flatulenzen sind meine Kunstform, mein Vermächtnis. Sie erfüllen die Luft mit dem betörenden Gestank der Rebellion. Diejenigen, die sie fürchten, sind jene, die in ihrer eigentümlichen Beschränktheit gefangen sind, unfähig, die befreiende Kraft des Unkonventionellen zu verstehen.*« Seine Worte hallten wider in den stinkenden Ecken seines vermeintlichen Reiches. Er musste ein Künstler des Wahnsinns, ein Verfolger der absurden Ekstase sein. Und während er murmelte und sich der ihm auferlegten Passion hingab, sah er aus wie ein verdammter König über eine Welt des Verdorbenen und Unverständlichen. »*Ach was weißt Du schon von der Kunst der Erleichterung, der Kunst der bösartigen Blähung, den Geheimnissen des inneren Darmchaos. Nur durch diese Lehre wirst Du Erkenntnis erlangen, Weisheit gewinnen.*«, brummelte er weiter. Der Nekromant verließ kopfschüttelnd endgültig dieses wahrlich beschissene Reich eines verrückt gewordenen Dämons. Nicht viel länger wollte er Teil des absurden Wahnsinns bleiben und in die besessenen Abgründe dieser verlorenen Seele blicken. Er hatte, was er benötigte, und überließ den stinkenden Wächter der Kloake sich selbst. Ob dieser wusste, dass er nur auf einem Donnerbalken thronte, der keine Weisheit mehr in sich trug? Die Zeit schien in dieser desaströsen Höhle einfach stillzustehen. Während dieser Fäkal-Dämon weiterhin nach Befriedigung und Erleichterung strebte, ging doch die Welt außerhalb des Abtritts ihren gewohnten Gang, unwissend um die seltsame Obsession, die diesen widerwärtigen Stinker hier in ihren Klauen gefangen hielt. Später erinnerten ihn des Öfteren die Schmierereien verkannter Scheißhaus-Philosophen auf den Abtritten Erabaduls an das Erlebnis in dieser verfluchten Kaverne.

»*ZEITVERSCHWENDUNG, REINSTE ZEITVERSCHWENDUNG!*«, brüllte der Meister und hielt das Tagebuch des aufschneiderischen Grompfs, fest in seinen dürren Fingern an sich gepresst. »*Wie konnte ich gedanklich nur so abschweifen? Dieser ganze Mist, den ich hier drin lese, bekommt mir nicht! Ich muss mich auf das Wesentliche konzentrieren! Dieser Shrolock mit seinem ewigen Geschiss. Immer wieder... Ich muss wissen, was hier in Barad Guul passiert ist!*« Arulapadura, der weiterhin durch Tornwarts schäbige Kemenate watete, schrie vor Zorn einen Jahrtausende alten Fluch aus. Ein unerwartetes Fauchen schlug ihm von der Tür her entgegen. Urplötzlich wandelte sich seine Stimmung. Zuckersüß formte er die freudigen Worte: »*Herr Pasouso, Du lebst.*« Ein klägliches Maunzen bestätigte die Annahme des Meisters. Eine rabenschwarze Katze trat ein und suchte sich den Weg in Arulapaduras Arme. »*Mein kleiner, hinterhältiger, latent sadistischer Freund. Ich habe Dich vermisst. Den langen Pfad, den ich hinter mir gelassen habe, konnte ich aber nur allein bewältigen. Keine Reise für eine Samtpfote. Zumindest hat Dich Tornwart, wohl gut genährt und auf Dich aufgepasst.*« Mit einem für den Nekromanten sehr ungewöhnlich freudigem Grinsen, streichelte er dem Kater sanftmütig über das Fell. Dieser begann umgehend damit eine Schnurrtirade zum Besten zu geben. »*Du bist der Einzige, der es vermag, mir etwas Beruhigung in all diesem Chaos zu spenden. Ich bin gespannt, was Deine Katzenaugen für mich gesehen haben.*« Herr Pasouso, schloss genießerisch die Augen und zeigte sein eigenes Wohlbefinden weiterhin mit dem für Katzen signifikanten Geräusch. »*Es tut mir leid mein kleiner pelziger Freund, aber ich muss in Dein Gehirn eindringen und in Deinen Erinnerungen kramen. Es wird nicht wehtun, Du wirst Dich für einen Moment lang, wie ein Beobachter, hinter einem kunstvoll farbig gearbeiteten Glas, Deiner eigenen Gedanken fühlen.*« Der Kater schien gleichgültig gegenüber der Ankündigung des Nekromanten und zelebrierte seine Freude unbeeindruckt weiter. Arulapaduras stahlgraue Augen verschwanden und machten, einem allumfassenden Schwarz seiner Augäpfel Platz. Dieses Phänomen trat auf, wenn er sich in die Köpfe anderer Wesen hineinstahl. Abrupt brach Herr

Pasouso seinen gurrenden Wohlfühlgesang ab. Die Katzenaugen des Felltieres weiteten sich und die grünen Seher kamen abhanden. Sie räumten den Weg für die stechenden Sehorgane des Meisters, die nun die Umgebung neugierig musterten. Der Nekromant pflügte durch die Erinnerungen seines Haustiers. Er sah zuerst ein Paar relativ kleine Ratten beim Liebesspiel. Der Gedanke aus dem Hirn des Katers war bittersüße Vorfreude auf ein Festmahl, dass ihm gleich zu Teil werden würde. Ein leicht arrogant klingendes Eigenlob blitzte ebenfalls auf. »*Diese dummen Nager, hören und sehen nicht, wenn tödliche Gefahr droht. Wie sollten sie auch? Ich bin der Herr der ungehörten Schritte. Ich allein vermag es kein verräterisches Geräusch zu erzeugen, wenn ich mich als Richter über Leben und Tod, meinen todgeweihten Opfern nähere.*« Arulapadura wischte die Erinnerung mit einem amüsierten Grinsen beiseite. Ja, Katzen waren sehr eitle und überhebliche Geschöpfe, deswegen mochte er sie wohl auch so gerne. Er durchforstete weiter das Gedächtnis des vierbeinigen Jägers. Da waren endlose Hetzjagden durch die düsteren Verliese von Barad Guul. Herr Pasouso schien hinter allem her zu sein, was nicht wesentlich größer wie er selbst war. Er sah Mäuse, Ratten, Käfer (auch die fetten Schleimkäfer), Spinnen, kleinere Echsen, obendrein diese putzigen schweineartigen Hamster, die er einst von einer Reise nach Goblina mitgebracht hatte. Dort wurden sie in Massen von den einheimischen Goblins verspeist. Sie vermehrten sich schneller als die in Guernica ansässigen Lepusrammler, fellbesetzte langohrig mümmelnde, garstige Geschöpfe. Herr Pasouso jagte und fraß alles Mögliche, was die Mansio zu bieten hatte. Ab und zu sah der Meister, wie Windrisha dem Kater seinen Teller füllte und ihm ihre Zuneigung entgegenbrachte. Regelmäßig kraulte sie seinen Kopf und hatte stets ein paar gute Worte für ihn übrig. Dann fand er Erinnerungen an seinen unnützen grompfischen Diener. Herr Pasouso musste in den Baderaum geschlichen sein, dort lag der Müßiggänger Tornwart in einem Zuber und gab sich einmal mehr hinlänglich der Faulheit hin. Das verzweifelte Gefühl von Hunger war in Hr. Pasousos Gedanken, als er vor den Badetrog schritt und ein klägliches Maunzen zustande brachte. Der stinkfaule Lakai im Badezuber störte sich zunächst nicht daran, er sagte lediglich: »*Verschwinde, Du elender Fellfetzen, bevor ich aus der Brühe steige und aus Dir ein Paar ansehnliche Handschuhe machen muss!*« Der Kater aber, blieb davon unbeeindruckt und setzte sein anklagendes Miauen munter fort. Der Grompf zog einen warmen Lappen, den er sich über die Augen gelegt hatte, beiseite und blitzte gefährlich in Richtung des fordernden Geschöpfes. »*Verstehst Du mich nicht Du kleingeistige Nervensäge? Ich werde herabsteigen und Dir den Garaus machen, wenn Du nicht gleich das Weite suchst. Ich hatte einen schlechten Tag und bemühe mich um Zerstreuung in einem Bad und Du darfst Dich nun zurückziehen, um die Geduld des herrschaftlichen Grompfs nicht noch länger auf die Probe zu stellen.*« Tatsächlich drehte sich der Kater in Richtung Tür um, doch nur um eine markante Duftwolke aus seinem Hinterteil herausströmen zu lassen, die ihren Ursprung in einem Strahl der männlichen Reviermarkierung hatte. Dies führte zu einem Tobsuchtsanfall des Badenden. Er hielt sich die Nase zu und schleuderte den zwischenzeitlich mit verdrecktem Badewasser vollgesaugten Lappen auf den Kater. Er verfehlte sein Ziel, denn Herr Pasouso war mit einem eleganten Sprung auf eine sieche Kommode gehüpft. Dieses Manöver reizte Tornwart noch mehr. Mit einem ungeschickten Satz seinerseits, verließ er den Zuber. Das Wasser schwappte an allen Seiten über und bildete, bevor seine Füße den Boden erreichten, überall schmierige, glitschige Pfützen. Das Unheil nahm seinen Lauf. Als er vermeintlich auf festen Beinen stand, jagte er auf die Anrichte zu und rutschte in einer der seifigen, überbordeten Lachen aus. Er knallte dabei mit dem Schädel an das anvisierte Möbelstück. Das typische Tornwart Jammern erklang. Er heulte auf und verfluchte den höllischen Kater. »*Wenn ich Dich erwische, werde ich Katzenragout aus Dir zubereiten. Ich werde anschließend diesen Fraß konservieren und ihm höchstpersönlich Deinem Gönner, dem stinkenden Nekromanten am Tag seiner Rückkehr, mit allergrößter Freude servieren!*« Herr Pasouso ließ dieses Versprechen absolut kalt und er schaute mit einer wohligen Genugtuung von seinem Logenplatz auf den Verunglückten herab. Mit einem weiteren Markierungsstrahl in Richtung des fluchenden Geschöpfes, welches sich eigentlich um ihn hätte kümmern sollen, sprang er davon und verließ den Baderaum. Er war zwar noch immer hungrig, aber seine Tat bestätigte ihm seine kätzische Überlegenheit gegenüber dem trotteligen Diener. Arulapadura lachte schadenfroh auf, nachdem er die Erinnerung des Katers ausgiebig studiert hatte. Aber genug von diesen Alltagseskapaden seines Mansio-Tigers. Er benötigte Antworten auf Ereignisse, über die er nicht schon längst ohnehin Bescheid wusste. Er konzentrierte sich auf die kürzlich entstandenen Eindrücke des putzigen Kuschelfreundes. Eine Szene interessierte ihn besonders. Herr Pasouso musste in einer dunklen Ecke gelauert haben, als durch die Pforte nach Barad Guul die ersten Elben das Gemäuer betreten hatten. Ihr Anführer namens Mandir war Arulapadura bestens bekannt. Er hatte ihn nie gemocht, so wie er alle Spitzohren verabscheute, aber dieser Elb war ein Dorn im Auge des Nekromanten. Er hatte ihm bereits vor unzähligen Monden ins Herz blicken können. Was er dort gefunden hatte, war mehr als außergewöhnlich für einen

Elben des Lichts. Herrscherambitionen und sadistische Neigungen, Attribute die er bisher ausschließlich bei Menschen, Orks und Zwergen hatte erkennen können. Dieser Mandir war das, was man umgangssprachlich einen Warg in einem Schafspelz nannte. Er gab seinen Mannen eindeutige Befehle: »*Lasst keine Gnade an diesem Ort der allergrößten Blasphemie walten, mit nichts und niemandem. Ihr seid in den finsteren Hallen des Nekromanten, einem uralten Geschöpf, das die Pervertierung des Todes zu seiner unheiligen Mission erklärt hat. Ihr werdet hier einzig auf fanatische Anhänger dieses Wahnsinnigen treffen, deren Seelen für immer verloren sind. Keiner von Euch ist in der Lage dies zu ändern. Sie sind verdorben für alle Zeiten und deshalb dürft Ihr nicht die kleinste Schwäche zeigen. Tötet sie, hört nicht auf ihr Flehen und Betteln. Zerhackt sie, bevor sie durch einen Todeszauber erneut wiedergehen und Euch in den Rücken fallen. Vernichtet sie alle und sucht nach dem grausigen Grimoire des alten schwarzmagischen Unheilstifters. Wenn Ihr das Buch habt, bringt es ohne Verzug zu mir, werft keinen Blick hinein. Ich kann Euch davor nur warnen. Die Verderbnis selbst wird über Euch kommen und es wird keine Rettung mehr für Eure unsterblichen Seelen geben. Wir müssen diese verkommene Schrift in das heilige Loch werfen und sie damit vom Antlitz Erabaduls ein für alle Mal tilgen.*« Die umstehenden Elben nickten und nahmen den Befehl an. Unverzüglich strömten sie aus. Mandir und ein weiterer Elb blieben in der Eingangshalle zurück. Dieser berichtete knapp: »*Herr Mandir, die speziellen Vorrichtungen sind aufgestellt und einsatzbereit.*« Der Anführer lächelte zufrieden und gab seinem Lakaien einen schweren Beutel. Gib das den Bogenschützen. Sie sollen damit Ihre Brandpfeile präparieren. Ich traue den Geschützen nicht recht. Ein Drache ist wendig und die Spezial-Ballisten könnten zu langsam sein für dieses grausame Geschöpf. Der Beauftragte nahm ehrfürchtig den ihm gereichten Sack und ebenso ehrerbietig brachte er hervor »*Unlöschbares Koboldfeuer aus Ashnoch.*« Mandir zuckte abfällig mit den Schultern »*Es wird selbst dem gigantischen Flugreptil aus Laruuz, die Haut vom Leibe brennen!*«, bemerkte er trocken und griff fast beiläufig, aber blitzschnell nach seinem Bogen und feuerte einen Pfeil auf den im Schatten sitzenden Herr Pasouso ab. Dieser folgte seinen Instinkten und rettete sich zum Abgang zu den unteren Ebenen Barad Guuls. Dann sah Arulapadura die dunklen Gänge und Kammern in seinen Verliesen, die sein neugieriges Haustier durchquerte. »*Verflixt!*«, stieß er enttäuscht aus, als er sich aus dem Geist des Katers zurückzog. Ein freudiges Maunzen erklang, als dieser gewahrte wieder selbst Herr über seine Erinnerungen zu sein. »*Es bleibt mir wohl nicht erspart, weiter in diesem Pamphlet meines fehlgeleiteten und idiotischen Dieners nach Antworten zu suchen!*« Missmutig runzelte er die Stirn, kraulte seinen haarigen Freund kurz über dessen Fell und vertiefte sich einmal mehr in die krakelige Schrift Tornwarts.

Nach Hause

XXIV. Sargastor 667 n.Plmdr.

Wir beschlossen unseren Rückweg übers Meer anzutreten. Es lagen genug Schiffe im Hafen vor Hallot, so dass wir passenderweise zu Freibeutern werden konnten. Allerdings bevorzuge ich nicht das Wort kapern, sondern sehe es als die Konfiszierung von königlichem Eigentum an. Na ja, zumindest werde ich das so auslegen, wenn ich später diese erbärmliche verlauste Metropole meinem Reich hinzugefügt habe. Wir haben tatsächlich eine grompfische-Flotte aufgestellt. Es hat gedauert. Aber diese Vorbereitungsphase war unabdingbar. Wir waren zwischenzeitlich im Monat Sargastor angekommen. Ein Kalender auf meinem erbeuteten Flaggschiff erhellte mein abhandengekommenes Zeitgefühl. Mit zehn Schiffen machten wir uns auf den Weg. Die nötigste Besatzung verleibten wir der majestätischen Armee ein. Die Fetische hatten unschlagbare Argumente. Ihr Reißzahn bewährtes Lächeln, duldete keinen Widerspruch und so folgten die Seeleute freiwillig. Also mehr oder minder. Ich will sagen, sie hatten eine Wahl. Aber lassen wir das. Die Schiffsreise begann verheißungsvoll. Schönes Wetter, notwendiger Wind war vorhanden und der nervtötende Gesang von Meeresvögeln begleitete unsere Überfahrt nach Guernica. Hier fand ich endlich ein wenig Ruhe (mal abgesehen von den Vögeln) und Zeit, um meine Einträge in diesem Tagebuch vorzunehmen. Verzeiht mir, wenn ich in den fürstlichen Ausführungen manchmal etwas zu genau oder an anderer Stelle ungenau geworden bin. Das lag an den doch erheblichen Störungen durch Shrolock. Wenn ich gewusst hätte, dass der Grottenschrat nicht seetauglich ist, hätte ich ihn auf ein anderes Schiff gesetzt. Er musste aber auch unbedingt die Kombüse erkunden und sich mit allem essbaren Vorräten vollstopfen. Danach konnte ich ihm, aus der von mir beschlagnahmten, Kapitänskajüte zuhören, wie er sich die Seele aus dem Leib kotzte. Das beeinträchtigte meine Konzentration immens. Wir waren extra dicht an der Küste gesegelt, damit wir nicht allzu raue See erdulden mussten, aber das reichte aus, um Shrolock ins Elend zu stürzen. Gnaash stand ihm bei. Er gab nützliche Ratschläge, wie er der Seekrankheit entgegentreten konnte. Shrolock nahm diese würgend und röchelnd an. Es ist immer wieder erstaunlich, welche Hautfarben ein Grottenschrat alle so haben kann. Als es ihm dann einigermaßen gut ging, kam er zu mir unter Deck und ich bot ihm einen Schlafplatz an. Er willigte dankbar ein, betonte aber ausdrücklich, dass er mir nicht zur Last fallen wolle. Ich war froh über die Gesellschaft. Gnaash und Ke hatten eigene Kajüten und beschäftigten sich mit anderen belanglosen Dingen wie Schlaf. Mein treuer Diener Shrolock kam ins erzählen und meinte, was ich über Arulapadura gesagt habe, sei gar nicht so verkehrt. Er wollte es nur nicht vor der Gruppe bestätigen. Er selbst sei froh, dass ihn der Meister, wie er schlicht von allen genannt werden wollte, in dunkelster Stunde aufgenommen hatte. Das machte mich hellhörig, zwar habe ich über viele Jahrhunderte dem ollen Stinker gedient, aber ich wusste noch nicht mal ansatzweise alles über diesen sagenumwobenen Spinner. Im Folgenden erzählte mir Shrolock seine Lebensgeschichte und danach dachte ich, wir würden uns bereits eine Ewigkeit kennen. Dabei ist es noch keinen vollständigen Umlauf her, dass Shrolock mit mir und Kruulk gemeinsam auf die Suche nach dem Kleeblatt aufgebrochen war.

Ich will seine Geschichte hier niederschreiben. Ein Zeugnis für die Nachwelt oder möglicherweise veranlasst mich meine grompfische-Gefühlsduselei dazu.

Shrolock wurde in den tiefen Höhlen eines düsteren Berges in den Grenzlanden von Guernica geboren. Seine Kindheit verbrachte er in den engen Gängen und dunklen Abgründen, wo er von klein auf mit den rauen und gefährlichen Lebensbedingungen, die dort vorherrschten, vertraut wurde. Seine Eltern, Grullock und Trishallock, waren erfahrene Grottenschrate und lehrten ihn die Überlebenskünste in dieser unwirtlichen Umgebung. Schon früh merkte Klein-Shrolock, dass er anders war als seine Artgenossen. Er war neugieriger und wollte die Welt außerhalb der Höhlen erkunden. Bei einer seiner geheimen Expeditionen in den verlassenen Tunneln stieß er auf ein altes Buch über die Mysterien der Oberwelt. Diese Entdeckung war ein prägendes Ereignis in seiner Jugend, welches in ihm ein Verlangen nach Wissen und Abenteuerlichkeit entfachte. Auch wenn er das Buch nicht lesen konnte, so wurde ihm anhand der Zeichnungen klar, dass es noch so viel mehr geben musste. Mehr als die kühlen Gänge, die harten Steine und die weiten Grotten unter dem Berg. Eines Tages belauschte er ein paar Menschen, die sich auf der Suche nach Edelmetallen und Erzen in einen der von den Schraten angelegten Korridoren gewagt hatten. Darunter befand sich ein wissbegieriger Abenteurer, er nannte sich selbst einen Forscher. Dieser Kerl erzählte unentwegt seinen Kameraden von den Wundern und Gefahren der Oberwelt, von glitzernden Seen und schimmernden Sternen. Er ließ die anderen kaum zu Wort kommen. Er berichtete von unzähligen Reisen durch Erabadul. Auch im hohen Norden sei er gewesen, mit eigenen Augen habe er Frostriesen im tödlichen Kampf mit den Eiszwergen beobachten können. Eine Landschaft so weiß, dass, wenn man zu lange in den nimmer endenden Schnee starrte, sein Augenlicht verlieren konnte. Schlimmer noch die Orientierung. Auf dem Meer habe er ebenfalls die Vielfalt der erabadulischen Natur entdecken können. Es gäbe herrliche Inselparadiese, die noch keiner der Gelehrten kartografiert habe. Dort lebten die wundersamsten Tierarten. In allen Farben hätte er Schmetterlinge und sprechende Vögel gesehen. Krustentiere, die vorzüglich schmecken würden, wenn sie denn nur richtig zubereitet wurden. Das Wunder des Lebens sei in Erabadul allgegenwärtig und ihn würde es nicht erstaunen, wenn er auch in diesem finsteren Gang eine neue Spezies entdecken könnte. Shrolock wurde durch diese Berichte von einer unbändigen Sehnsucht erfüllt und wollte unbedingt die Oberwelt mit eigenen Augen sehen. Den Geschichten und Legenden musste er selbst auf den Grund gehen, um mehr über die Gepflogenheiten zu erfahren, die sich an der Oberfläche abspielten. Motiviert von seinem Ansinnen und dem Wunsch nach Abenteuer, begann Shrolock heimlich die Gänge zu verlassen und sich in die Oberwelt zu wagen. Er erkundete zuerst ihm unbekannte Wälder, kletterte auf schroffe Felsen und lauschte der Sprache der Tiere. Dabei entwickelte er neue Fähigkeiten. Sich nahezu lautlos zu bewegen und sich an jede Umgebung anzupassen, gehörte dazu. Die Augen an das grelle Tageslicht zu gewöhnen, war eine besondere Herausforderung. Das helle Ding, dass die meisten Oberflächen Bewohner schlicht Sonne nannten, machte ihm, einem Geschöpf der ewigen Finsternis, enorm zu schaffen. Aber mit der Zeit konnte er sich mit dem gemein blendenden Licht vertraut machen. Er hielt sich in den Schatten verborgen, wann immer dies möglich war. Mit dieser einfachen, aber effizienten Strategie konnte er weiter und weiter durch die

Wälder streifen. Stets kehrte er wieder in die Gänge zurück, die sein zu Hause waren. Er lernte von seinem Vater, die Schrift der Grottenschrate und notierte seine Erkenntnisse in einer Art Buch. Er sammelte Geschichten und Erzählungen, die er in der Oberwelt aufschnappen konnte, darin. Doch eines Tages, Shrolock war noch keine dreizehn Umläufe alt, geschah etwas, dass sein Leben grundlegend verändern sollte. Als er wie gewohnt abends von seinen Erkundungstouren von der Oberfläche zurückkehrte, musste er mit ansehen, wie einer der Tunnel von oben eingeschlagen wurde. Gierige Trolle und Oger hatten sich brutal in den Gang gehackt. Trishallock, Shrolocks Mutter war herbeigeeilt, um die Eindringlinge zu vertreiben, doch sie hatte keine Chance. Es waren zu viele. Einer der Oger schlug Trishallocks Kopf gegen den harten Fels, benommen japste sie, leistete aber erbitterten Widerstand und schrie nach Shrolocks Vater. Dieser spurtete aus der Ferne eines anderen Schachtes herbei. Es war zu spät. Er konnte nicht mehr eingreifen. Im Moment als die messerscharfen Klingen in den Leib seines Weibes getrieben wurden, raste er wutentbrannt auf die diebische Bande zu. In einem nicht mehr enden wollenden Blutrausch tötete er die Hälfte der Störenfriede, bevor er auf den Höhlentroll prallte. Anfangs sah es sogar so aus, dass Grullock den Giganten bezwingen würde, aber durch einen hinterhältigen Angriff eines Ogers, wurde der Vater des kleinen Schrates gefällt. Er schlug hart zu Boden. Das Letzte, was Shrolock sah, war, wie sein geliebter Vater unter den mächtigen Fuß des Trolls geriet. Das unglaubliche Gewicht des Monsters hatte ihn einfach zerquetscht. Wie eine lästige Fliege zertreten, hauchte Grullock sein Leben endgültig aus. Shrolock, der dies alles mitansehen musste, fehlten die Kräfte eines ausgewachsenen Grottenschrates, um gegen die weiterhin zu starke Übermacht antreten zu können. Verstört irrte er tagelang durch die finsteren Gänge und Schächte. Die Trauer raubte ihm fast seinen Lebenswillen. Seine Gedanken, die einst dem Erkunden der Welt galten, drehten sich nur noch um abgrundtiefen Hass und Rache. Er vergaß zu essen und zu trinken. Er wurde von Tag zu Tag schwächer und in seinen Irrungen und Verwirrungen torkelte er irgendwann auf einen Ausgang des unterirdischen Höhlenlabyrinthes zu. Er stolperte hinaus und geriet in die Fänge eines berüchtigten Sklavenhalters, den manche den Herren über der Mine nannten. Andere wiederum gaben den Namen Arulapadura nur im Flüsterton wieder, denn es sei ein verkommener und bösartiger Nimbus, der für Tod und Verderben stehe. Die grausamsten Geschichten erzählte man sich über den Meister, wie er auch sehr oft genannt wurde. Er würde seit Jahrtausenden, über die steinigen Wege Erabaduls wandeln. Einmal in seiner Gewalt, würde man bis zu seinem Todestag nichts anderes mehr sehen wie seine verfluchten Minen. Es gäbe ausschließlich allerhärteste Schürfarbeit. Keine Freude würde einem das Herz erwärmen. Die verdorbene Seele des Nekromanten würde sich in jedem seiner Sklaven einnisten und ihnen jegliche Lebensfreude entziehen. Shrolock berichtete, dass ihm dieses Geschwätz egal gewesen sei, denn was sollte ihm denn ein betagter Nekrologe wegnehmen, was nicht längst durch den Troll und das Ogerpack genommen war. Er bedauerte einzig, als er wieder bei klarem Verstand war, dass er seiner Möglichkeit zur Rache beraubt worden war. Doch dann erzählte mir Shrolock, dass die Dienste im Herren über der Mine, gar nicht das Schlimmste war, das ihm hätte passieren können. Ich war erstaunt, dies zu hören. Der Grottenschrat berichtete mir, dass Arulapadura sich Zeit für ihn nahm. Anfangs als er noch vom Wahnsinn gezeichnet war, besuchte ihn der

Nekromant täglich für etliche Stunden in seinem Verlies. Zuerst nur, um da zu sein, er redete nichts, sondern brachte ihm das Essen. Gutes Essen nahrhaft und in großen Mengen. Shrolock, der nicht gewillt war mit dem Scheusal zu reden, hielt sich weiterhin in unbändigem Zorn und abgrundtiefen Hass gefangen. Die Mauern des Gefängnisses bekamen dies mit aller Härte zu spüren. Er verletzte sich nicht selten bei seinen unkontrollierten Wutausbrüchen, doch jedes Mal, nachdem er tags darauf erwachte, waren seine Blessuren bereits verheilt oder zumindest sauber verbunden. Irgendwann richtete Arulapadura das Wort an Shrolock. Er sagte nicht viel, sondern nur, dass er ihm Sizzler schenken würde. Daraufhin warf er eine Ratte durch den Schlitz in der massiven Verlies Tür und verschloss diesen wieder. Shrolock wollte nach dem Nager schlagen, als dieser begann zu reden. Er meinte zuerst, der alte Meister habe ihn mit einem irren Fluch belegt, doch dann akzeptierte er Sizzler, denn so hieß die Ratte. Sizzler redete zu Beginn nicht viel, sondern gab sich damit zufrieden Shrolock zuzuhören. Am Anfang den Schreien, die er in seinem Schlaf ausstieß, dann trocknete er die Tränen, die sich ebenfalls im Schlummer ihren Weg aus den traurigen Augen des Grottenschrates suchten. Vielleicht waren es nur Tage, möglicherweise aber auch Wochen, die es dauerte, bis Shrolock sich öffnete und irgendwann Sizzler seine ganze Geschichte offenbarte. In all der Zeit kam weiterhin täglich der Nekromant hinab ins Verlies, um persönlich dem Schrat das Essen zu bringen. Nicht mehr und nicht weniger. Sizzler wurde zu einem Freund in der Enge des Verlieses, denn er war es, der Shrolock neuen Lebensmut brachte. Seine Wut- und Zornausbrüche verebbten und es gab immer mehr Tage, an denen ein freudiges Lachen des Grottenschrates durch die dicken Mauern zu vernehmen war. Sizzler war eben nicht nur ein guter Zuhörer, sondern auch ein prima Geschichten- und Witze Erzähler. Die Ratte habe eine graue Strähne in ihrem sonst schneeweißen Fell gehabt und allerhand gesehen und gehört. Der sprechende Nager hatte in einigen Häusern und Kellern sein Unwesen getrieben, so nannte er es zumindest. Für Shrolock stellte sich dies aber ganz anders da. Er glaubte das er eine hochgebildete und an allem interessierte Ratte vor sich hatte. Dann kam der Tag, als der Nekromant das Verlies betrat und Shrolock mit sich nahm. Mit den Worten: »*Ich möchte Dir etwas zeigen, dass von äußerst großem Interesse für Dich sein wird.*« , zog er ihn hinab in die Minen, die unterhalb seiner Mansio Barad Guul liegen. Zu seiner Überraschung hatte Arulapadura dem Grottenschrat ein grobschlächtiges Beil in die Hände gedrückt. Schweigend folgte er dem Meister in einen abgelegenen Schacht. Von Weitem hörte der Schrat schon den Hohn und Spott den mehrere Stimmen über einen Kobold oder Goblin verteilten. Sie bogen um eine Ecke und da erblickte Shrolock drei Oger, die einen kleinen Kobold quälten und malträtierten. Er erkannte in ihnen die Schlächter seiner Mutter wieder. Der Meister nickte ihm zu und mit einer Handbewegung deutete er ihm den Weg frei. Mit einem grottischen Ur-Laut des abgrundtiefen Hasses stürzte sich der Schrat nun auf die drei Halunken. Er berichtete mir, dass er sich an kaum etwas erinnere. Am Ende war er gänzlich mit Blut besudelt und die Mörder seiner Mutter lagen bis zur Unkenntlichkeit verstümmelt in ihrem Blut. Der Nekromant erlöste ihn aus seinem Schreien und legte ihm die Hand auf die Schulter. »*Es ist gut Shrolock. Lass alles raus. Die Rache war Dein und der dunkle Schatten, der sich über Dein Herz gelegt hat, kann weiterziehen. Es ist gut so. Es ist gut.*« Dann umarmte ihn der Meister und er spürte, wie all die schwere Last, die er seit jenem Tag in der Grotte mit sich herumgetragen hatte, von ihm mit einem Schlag abfiel. Ich war erstaunt. Das klang für mich gar nicht nach dem alten Stinksack oder vielleicht doch? War nicht auch ich schon Zeuge von solchen Gegebenheiten im jahrhundertelangen Dienste des exzentrischen Nekromanten geworden? Mir will nichts einfallen, aber tief in mir weiß ich, dass Shrolock die Wahrheit gesagt hat. Von diesem Tag an arbeitete er in den Minen des Arulapadura. Er beschrieb mir die durchaus annehmbaren Arbeitsbedingungen, die dort herrschten. In der Gemeinschaft der Minenarbeiter fand der Grottenschrat einen gewissen Halt. Gemeinsam teilten sie ihre Geschichten und Ängste, und trotz ihrer harten Arbeit gaben sie sich Trost und Unterstützung. Shrolock schätzte die Solidarität, die unter den Sklaven in der Mine bestand, und erwarb mit ihnen eine Art Ersatzfamilie.

Mit der Zeit begann er, seine Stärken und Fähigkeiten in den Stollen einzusetzen. Er war geschickt darin, verborgene Schätze zu entdecken und geheime Wege in den Tiefen der Mine zu finden. Diese Potentiale brachten ihm zunehmend den Respekt seiner Mitgefangenen und den des Nekromanten ein, wobei sich der Schrat stets fragte, ob Arulapadura ihn nicht genau deswegen versklavt hatte.

Trotz der widrigen Umstände fand Shrolock in der Gemeinschaft der Minenarbeiter eine Art Heimat. Die gegenseitige Unterstützung und der Zusammenhalt halfen ihnen, ihre harten Tage zu überstehen und ein bisschen Licht in die Dunkelheit der Gefangenschaft zu bringen. Sogar Sizzler kam ab und an in die Mine. Er besuchte den Schrat nach dem Schürfende, wenn alle Sklaven sich an die Feuer setzten und die Aufseher, dass jederzeit reichhaltige Essen verteilten. Der Grottenschrat schloss seinen Bericht mit den Worten: »*Es mag komisch klingen Tornwart, aber ich bin dem Meister zu größtem Dank verpflichtet. Er hat sich meiner angenommen, als alles um mich herum ins Chaos stürzte. Er hat mich wieder aufgerichtet, als ich gebrochen und voller Hass, dem eigenen Ende entgegen schlurfte. Er gab mir einen Sinn, als nichts mehr sinnvoll gewesen war.«*

Ich nickte Shrolock zu und begann erneut über den alten Mann in seiner Kutte nachzudenken. Ich erinnerte mich zurück an den Tag, an dem er mir die Schlüssel zu seinem Herrenhaus Barad Guul übergeben hatte. Ich Trottel sah damals nichts weiter darin wie die einmalige Gelegenheit, endlich frei von diesem Nekromanten handeln zu können. Mein Bestreben galt in keiner Weise, das Vermächtnis des großen Magiers zu bewahren oder gar zu verteidigen. Nein, stattdessen wollte ich eine Krone auf meinem Haupt sehen. Eine herrschaftliche Kopfbedeckung, die der Meister niemals getragen hätte, eine Würde, die er sich um keinen Preis der Welt anmaßte. Ich sah nicht wie Shrolock, das Vertrauen, dass mir Arulapadura entgegenbrachte. Die Bürde der Verantwortung, die er mir übergab, begreife ich erst jetzt. Die unbändige Macht, die in Barad Guul ruht, darf niemals in die falschen Hände geraten, das wurde mir nach dem Gespräch mit Shrolock schmerzhaft bewusst. Die Läuterung des Aufschneiders kann ich wohl dazu sagen. Die Krone ist für mich von keinem Interesse mehr, denn nun ist nur wichtig diesen Nachtschattengnom in seinem Wahnsinn zu stoppen. Etwas anderes zählt nicht mehr. Mit Gefährten wie Shrolock an meiner Seite werde ich dies schaffen. Davon bin ich überzeugt. Der Grottenschrat schlief danach seelenruhig ein und schnarchte, dass sich die Blanken bogen. Durch das monotone Geräusch musste ich wohl selbst über den grompfischen Aufzeichnungen eingenickt sein und wurde erst wach, als mich eine äußerst unsanfte Welle vom Sessel geworfen hatte. Es war zwischenzeitlich spät in der Nacht. Ich schaute besorgt aus dem Fenster der Kajüte und konnte den stürmischen Wellengang erblicken, der unser Schiff wie ein Spielzeug des Meeres in dessen gewaltigen Klauen hin – und her zu werfen wusste. Die Begleitschiffe, die ich immer wieder im Aufblitzen des Mondlichtes wahrnehmen konnte, schienen alle in der gleichen Bedrängnis zu stecken. Die Wolken jagten über den finsteren Nachthimmel und stetig zuckten mächtige Blitze auf uns herab. Ich hörte, wie Befehle oben an Deck gebrüllt wurden und sah, wie ein Schiff unserer Flotte von einem monströsen Donnerfunken in Brand gesteckt wurde. In dem unwirklichen Licht vernahm ich, zumindest glaubte ich das, wie brennende Fetische schreiend und panisch über Bord sprangen. Keuchend weckte ich Shrolock. Blankes Entsetzen stand in seinen Augen geschrieben. Er war genauso ratlos wie ich. Für uns beide war dies unser erster Ausflug über das Meer. Kaum zu glauben. In all meiner Zeit in Diensten des Meisters war es nie erforderlich gewesen, dieses tückische Gewässer zu überqueren. Ich ärgerte mich darüber, dass wir nicht den Landweg genommen hatten. Andererseits hätte uns dies enorm viel Zeit gekostet und dem barbarischen Fürsten Schmatz Schattenmantel musste dringend Einhalt geboten werden. Wir wackelten an Deck. Gnaash schaute mich vollkommen durchnässt an und eilte torkelnd zu uns, er warf mir ein Seil um und fesselte mich direkt an einen der Masten. Ich protestierte, doch dies ging in der tosenden und tobenden Urgewalt des Meeres ungehört unter. Wieder schlug eine Welle hart auf Deck ein, riss eine Handvoll Fetische mit sich und spülte sie von Deck. Gnaash hielt Shrolock mit seiner Hand fest, sonst wäre auch er hinfort geschleudert worden. Ich hatte das Gefühl zu ertrinken. Noch mehr dieser grausigen Fluten schossen über mich hinweg. Bis ich endlich begriffen hatte, dass ich besser nicht schreien sollte, hatte ich schon den halben Ozean leergesoffen. Salzig-fischiger Geschmack liebkoste meine Kehle, während diese Brühe, wie das Feuer der Schmieden Bagrunk Baduls unbarmherzig in meinen Glupschern brannte. Von dem mir zugestandenen unfreiwilligen Platz hatte ich die beste Aussicht, zumindest wenn nicht gerade neue Wellen über mir zusammenschlugen. Wir segelten nicht allzu weit Weg von der Küste. Ich konnte in der Ferne die Lichter eines Fischerdorfes ausmachen. Der Plan war gewesen, dass eher ruhigere Gewässer der Küstennähe zu nutzen, um Komplikationen mit dem Wetter auszuschließen. Dies war ein tückischer Irrtum, denn nun sah ich Schiffe der grompfischen Armada, die mit Urgewalt auf die felsigen Klippen geschleudert wurden und zerbrachen wie diese Schwefelhölzchen, mit denen die Feuerkobolde so gerne zündelten. Erneut schrie ich wider den Sturm, begehrte auf gegen die Ungerechtigkeit und Unbarmherzigkeit des grollenden Meeresgottes. Dieser widerliche Wasserplantscher riss die mir gegebene Armee in Stücke, ohne dass diese überhaupt eine Schlacht austrug. Ich wollte all den Zorn herausbrüllen, der in mir loderte wie die Flammen eines Scheiterhaufens. Abyssus, Gott der Feuchtigkeit und aller unseligen Tümpel in Erabadul, stopfte mir mein vorlautes Maul mit noch mehr tranigem Salzwasser. Zur Untätigkeit verdammt konnte ich nur zusehen, wie ein Schiff nach dem anderen verschwand. Gnaash und Shrolock hatten es geschafft, sich selbst an die Leine zu legen, und sahen genauso tatenlos zu, wie ich. Dem Untergang geweiht fiel mir ein, dass ich einen mir bestimmt wohlgesonnenen Gott um Hilfe anflehen könnte. Den Gott der Aufschneider, Betrüger und Halunken. Den Gott der Glückspieler, Falschspieler und der Würfelspiel-Süchtigen. Den Gott der Laster, der entehrten Jungfrauen und der Herr über alle gezinkten Spielkarten. Ich rief ihn in meiner Verzweiflung bei seinem wahren Namen an, obwohl ich wusste, dass dies einen Preis haben würde. Aber deshalb war er der Gott der Verzweifelten und ich war mir nicht sicher, ob er nicht selbst seine Gläubigen in die pure Hoffnungslosigkeit drängte, um diesen Tribut einzukassieren. »*Marrowan - Herr der Täuschung, steh uns bei in der Stunde unserer größten Not. Segne uns mit dem notwendigen Glück um aus diesem Sturm, den die Boshaftigkeit persönlich über uns ergossen hat, lebendig hervorzugehen. Wir bitten Dich, gib uns Deine ungeteilte Aufmerksamkeit und halte uns am Leben!*« Statt einer Antwort erhielt ich geradewegs eine weitere, salzige Mundspülung verpasst, an der ich fast erstickt wäre. Hustend und keuchend musste ich weiterzusehen, wie das Unwetter über uns hinweg wütete. Irgendwann flog mir ein Fass oder zumindest ein Teil davon gegen meinen Grompfkopf und ich verlor das Bewusstsein. Später fiel mir ein, dass ich Marrowan gar kein Opfer angeboten hatte. Na ja, möglicherweise war es besser so. Vielleicht hätte er mir ein Ohr genommen. Manchmal geschieht das, wenn man sich zu selbstsicher ist und meint, man würde am längeren Hebel sitzen. (Ich hatte da noch so einen Traum, in welchem ich jemanden kennengelernt hatte, der seit geraumer Zeit mit nur einem Ohr durch die Gegend tapst. Das andere trägt er an einer Kette um seinen Hals bei sich. Ich habe aber keine Zeit, um über diesen Abfall Halb-Goblin Abschaum zu schreiben. »Golmo« soll in der Hölle der Ohrlosen verfaulen!)

Ich wurde unschön geweckt. Das Wetter war klar und es herrschte Flaute. Die Sonne musste hoch am Himmel stehen und ein abstoßend schmieriger weißer Klecks von oben landete direkt auf meiner Nase. Ein weiterer auf dem Kopf. Untermalt wurde das alles von einem gehässigen

Gekrächze, das mehr an ein boshaftes Gelächter erinnerte. Ich öffnete die Augen und durfte feststellen, dass der Vogelschiss schlimmer in den Glupschern brannte wie das Salzwasser der vergangenen Nacht. Ich schrie, da ich dachte, ich sei nun erblindet und Marrowan, hätte sich einfach selbst ausgesucht, was er als Opfer von mir akzeptieren wolle. Glücklicherweise war Shrolock zugegen und rieb mir mit einem öligen Lappen den schleimigen Schiss aus dem Gesicht. Vielmehr verteilte er das weißgrüne Zeug großzügig darauf. Allerdings konnte ich durch diesen unappetitlichen Schleier getrübt, wieder ein wenig sehen. Noch im selben Moment, in dem er mich losgebunden hatte, steckte ich meinen Kopf, den bereits eine ausgereifte Beule zierte, freiwillig in einen Bottich voller Meeresbrühe. Nach diesem kompromisslosen Aufwachritual forderte ich die verbliebene Mannschaft auf, mir einen Schadensbericht zu geben. Neben Gnaash und Shrolock erfreute mich der Anblick von Ke. Ich hatte mit dem Schlimmsten gerechnet und mir irgendwie ausgemalt, wie der kleine Fetisch-Häuptling von einer heftigen Welle einfach über Bord gespült wurde. In meinen Lauschern hallte schon ein langgezogenes *»Ahhhhhhhhuawatschaaaaaa!«*, mit dem der murkelige Kerl für immer von meiner Seite wich. Aber der zähe Bastard schaute aus seinen nichtssagenden Knopfaugen und schien mich damit zu mustern. Dann rannte er auf mich zu und umarmte mein linkes Bein. Ich tätschelte seinen klitschnassen Federkopfschmuck und teilte ihm mit, dass ich ebenfalls große Freude darüber empfand ihn wohlauf zu sehen. Wie konnte dieser Kopfschmuck nach einem solch katastrophalen Sturm immer noch sein Haupt zieren? Ich schob den Gedanken beiseite und genoss die Zuwendung meines obersten Heerführers. Gnaash grinste mich schief an. Ich gab wohl ein reichlich albernes Bild zur Schau. Der frisch beschissene Grompf, der einst König sein wollte und dessen Bein nun von einem puppengroßen Häuptling eng umschlungen wurde. Ich musste zurückgrinsen und zwinkerte ihm zu, was sein Grinsen nur noch breiter ausfallen ließ. Da waren wir also, die tapferen Streiter, die nach der grünen Hölle auch die raue See überwunden hatten. Die Verluste auf unserem Schiff waren verheerend. Es blieben uns nur ein paar Fetische und ein Matrose namens Finnigan Lowbottom. Dieser schien nicht der hellste seiner Zunft, denn er fing an, wie ein Irrer das Deck zu schrubben. Meinen Ansagen, die Segel zu hissen, ignorierte er. Ke hatte gut aufgepasst während der bisherigen Fahrt und instruierte seine Restmannschaft, was zu tun sei. Ich konnte so schnell gar nicht schauen, wie die kleinen Kerle kuschten und ein Focksegel hochzogen. Es war das einzig Verbliebene. Die anderen waren dem Sturm zum Opfer gefallen. Aber das war ausreichend und wir segelten gemächlich weiter über eine See, die ruhiger als ein hinterhältiges Katzenvieh bei seiner Intimpflege war. Ich besprach mich mit Shrolock, Ke und Gnaash. Wir mussten den ursprünglichen Plan überdenken, denn uns stand keine Armee mehr zur Seite. Wie sollten wir den fehlgeleiteten Tyrannen nun stürzen? Es war erforderlich, jede Menge Hirnschmalz aufzuwenden, um eine zielführende Strategie zu entwickeln. Ich war überzeugt, dass wir dies auch schaffen würden, jedoch unterbrach uns kurze Zeit später der Matrose Lowbottom durch seinen Ausruf »*Land in Sicht! Vor uns liegt Grauschlund.*«

Abgründe des Wahnsinns

XXI. Spektorius 667 n.Plmdr.

Der Sturm hatte unsere Schiffe getrennt. Ich weiß nicht, was aus der Armee der Baströcke geworden ist. Möglicherweise wurden sie alle bei diesem katastrophalen Seegang über Bord geschleudert und fanden ihr feuchtkaltes Grab im Meer. Meine Speerspitze ist damit abgebrochen und entsprechend gebrochen legten wir im einzigen Hafen Guernicas an. Gnaash, Shrolock, Ke und zwei Dutzend Fetische, die die eigentliche Mannschaft bildeten, waren übrig von einstmals fast zweitausend der kleinen, aber schlagkräftigen Geschöpfe. Wie nur sollte ich jetzt die Mansio Barad-Guul zurückerobern und diesen grausamen Despoten stürzen? Wieder blieb keine Zeit zum Überlegen, da man uns bereits in der Hafenstadt Grauschlund erwartete. Nichteinmal die Waffen konnten wir mehr ziehen, denn wir waren umstellt von Orks, Drecksgnomen, Schraten und ein paar Ogern. Gnaash schrie vor Wut und erhob seine Keule in die Höhe. Ich rechnete fast mit einem Befreiungsschlag, doch bevor er diesen ausführen konnte, packte ihn von hinten ein Oger. Ein mir sehr gut bekannter Oger. Er hatte früher Arulapadura das Feuerholz gebracht und danach mir selbst, bis zum Tag, an dem er mir aufs Maul geschlagen und damit die finstere Krone vom Schädel gerissen hatte. Es war der Feuerholz-Oger, dessen Namen ich bis heute nicht kannte. Gnaash brüllte nun noch lauter und seine Wut kochte über, aber dann geschah das Unfassbare. Der ungehorsame Feuerholzträger riss kurzerhand den kompletten Arm inklusiv der

Keule, an der er weiterhin festhielt, aus Gnaashs Torso heraus. Blut schoss aus der gewaltigen Wunde hervor und troff auf den Platz. Kurz drehte sich mein treuer Gefolgsmann im Kreis. Mit weit aufgerissenen Augen starrte er mich ungläubig an. Aus den Wutschreien wurde erst ein zweifelhaftes Stöhnen und als dieser fette Oger nun den Schädel meines treuen Begleiters zwischen seine wuchtigen Pranken schob, verstummte das Ächzen. Entsetzliche Laute, die ich gar nicht in Worte fassen kann, entfleuchten den zusammengepressten Lippen des Grottenschrates. Kurz nachdem nur noch ein klägliches Wimmern zu vernehmen war, ließ ein widerliches Knackgeräusch Gnaash für alle Tage verstummen. Diese wilde Bestie hatte ihm einfach den Schädel zerquetscht. Wir waren wie gelähmt. Der Feuerholzoger hohnlächelte mich mit einem lüsternen Grinsen an und fuhr mit seiner dreckigen Zunge provokativ über seine Schnauze. Ich wollte mich auf ihn stürzen und ihn in tausend Stücke hacken, ihn büßen lassen für diesen bestialischen Mord, doch noch im selben Moment packten die Orks zu und legten uns in Ketten. Die restlichen Fetische wurden von den Drecksgnomen aus einem Hinterhalt heraus mit Fackeln in Brand gesetzt. Sie loderten wie trockenes Stroh. Ihre unvorteilhafte Kleidung bot den Flammen genug Nahrung, um deren unersättlichen Appetit für kurze Zeit zu stillen. Die kleinen treuen Baströcke schrien mit unerträglichen Lauten ihr Leben aus ihren glühenden Leibern heraus. Ke war der Einzige, der in diesem Tumult fliehen konnte. Ich sah ihn zwischen ein paar Fässern im Hafen hervorgucken. Unsere Blicke kreuzten sich ein letztes Mal und ich nickte ihm zu. Er wendete sich ab und verschwand. Ich glaube, er ist ein gebrochener Häuptling ohne Volk. Ein Mann, der wusste, wann er besiegt war. Die Übermacht, die uns eingekreist hatte, war unbezwingbar. Ich mache ihm keine Vorwürfe.

Ohne den kleinen tapferen Stammesführer wäre ich niemals so weit gekommen. Ich wünschte ihm, dass er es zurück nach Travinkal schaffte und dort eine neue Sippschaft aufbauen konnte. In mir brodelte der Wahnsinn. Diese von Schattenmantel ausgelegte Schlinge hatte mich zwei meiner besten Männer gekostet. Gnaash brutal zu Tode gequetscht und zerrissen und Ke, ein Wesen, das nie zu Verzweifeln schien in den Gram getrieben. Mir blieb keine Zeit lange darüber zu trauern. Ich wurde von Shrolock getrennt und man sperrte mich in einen eisernen Käfig, der auf einem Karren stand. Zwei Ochsen zogen das Konstrukt durch die Gassen Grauschlunds und die bunte Bevölkerung, die aus Menschen, Orks, Ogern, Gnomen, Goblins, Zwergen und Kobolden, sowie Elben bestand, bewarfen mich mit allem, was sie finden konnten. Von harten Steinen, über faules Gemüse, bis hin zu Fäkalien musste ich jegliches erdulden und dennoch verharrte ich in aufrechter Haltung in diesem Käfig. Rechtschaffen wie ein König stehen würde. Grundanständig wie ein ehrbarer Mann stehen würde. Wacker wie ein Fels in der Brandung. Die ganze Zeit über, schritt der Oger, der Gnaash auf diese bestialische Weise getötet hatte, neben mir her. Sie nannten ihn Horrogard und er schaute mich mit einem dauerhaft diabolischen Grinsen an, obwohl es ihm zu missfallen schien, dass ich weiter aufrecht in diesem Zwinger stand. Dann befahl er anzuhalten. Wir waren am Marktplatz der Hafenstadt angekommen. Ein paar Schergen öffneten meinen Käfig und zogen mich brutal heraus. Horrogard zeigte auf den Pranger, der mitten auf dem Basar mahnend thronte. Er troff von einer undefinierbaren Flüssigkeit, verfaultem Fleisch und vergammelten Überresten einer Kreatur, die man offenbar dort eingespannt und vergessen hatte. Mir wurde mulmig zu Mute. Was, wenn sie mich an jener Stelle ebenfalls hineinzwängten und ausgemacht ebenda hängen ließen, bis ich elendig zugrunde gehen würde. Ein dicker Klops kroch schmerzhaft in meiner Kehle empor. Kein kleiner Klos wie gebackene Koboldknödel, die ich sehr mag. Nein, mein Mund war so trocken wie die Wüste Asumerads und ich brachte kein Wort hervor, nur ein heiseres Krächzen, zeugte von der Desillusionierung, die mich befallen hatte. Horrogard grinste noch dreckiger, als mich ein Ork unsanft in die Vorrichtung zwängte. Natürlich ließ sich der Oger es sich nicht nehmen, das folgende Procedere selbst zu zelebrieren. Er grunzte widerlich, zog eine Peitsche aus seinem Gürtel und bestellte mir mit dem ersten Hieb auf den Kopf die besten Grüße von Schmatz Schattenmantel, meinem neuen Herrn und unangefochtener Herrscher über Guernica. Ich schrie auf, das Blut lief mir in die Augen, als er mit einem weiteren brutalen Hieb nachsetzte. Dann folgten unzählige Schläge, vielleicht waren es auch nur drei, bis ich mit einem abrupt endenden Schrei in die gnädige Umarmung einer Bewusstlosigkeit fiel. Die mildtätige Besinnungslosigkeit wollte mich nicht länger liebkosen und gab mich wieder frei, um die Realität zu erblicken. Ich stand erneut in dem Käfig auf dem Karren. Es gab keinen Platz zum Liegen, dafür war dieses Konstrukt selbst für einen wie mich zu klein. Wir polterten über die steinigen Wege nach Barad Guul. So würde ich also zurückkehren zu meinem Volk. In Ketten gelegt, geschunden und gedemütigt. Der Grompf der König sein wollte und von einem Nachtschattengnom, dessen Banner eine faule Tomate ziert, zum Narren gehalten wurde. War ich denn wirklich ein niemand? Sollte es etwa so enden? Das durfte einfach nicht wahr sein.

Als wir auf den Hof der Mansio fuhren, standen dort weitere Wachen bereit, um mich in Empfang zu nehmen. Sie zerrten mich erneut aus dem Gestell. Der hinterhältige Oger trat mir in die Kniekehlen und lachte lauthals los, als er sich daran aufgeilte, wie ich zu Boden ging. Dann verabschiedete er sich mit einem völlig misslungenen Kussmund und wünschte mir einen grausamen Tod. Diesen Wunsch gab ich an dieses Scheusal nur allzu gerne zurück, was mir ein blutiges Ohr bescherte. Dieser Drecksack zog an meinem blaublütigen Ohrläppchen, bis es abzureißen drohte. Na ja, eingerissen war es und wieder hatte mein kostbarer Lebenssaft eine weitere Öffnung gefunden, durch die er mich verlassen konnte. Ich schwor mir, wenn ich die Gelegenheit erhalten sollte, mich an dieser Drecksau rächen zu können, dann würde ich ihn leiden lassen. Grausamer und brutaler wie Gnaash würde er den Übergang in die ewige Finsternis beschreiten. Ich war mir sicher, dass es für ihn dort nicht das große, niemals enden wollende Gelage geben konnte, sondern nur ein schwarzes, allumfassendes Nichts auf ihn wartete. Mit diesem Gedanken führten mich die Wachen hinein. Mit einem dröhnenden Knarren öffnete sich die Pforte und schloss sich hinter mir genauso lautstark. Ich war zu Hause, doch es fühlte sich anders an. Die Veränderung Barad Guuls war überall, spür- und sichtbar. Die Banner des Despoten hingen an den Wänden. Die Krone, die zur Warnung am Eingang in einem Käfig ausgestellt wurde, war entfernt worden. Ein Geruch, den ich nicht zuordnen konnte, lag in der Luft. Sie trieben mich weiter und öffneten die Tür zum Herrensaal. Dort wo ich Jahrhunderte dem Meister gedient hatte, war alles verändert. Nichts war mehr da, was an die Herrschaft Arulapaduras erinnerte. Es schmerzte mich, den staubigen Knochensessel und den Arbeitsplatz des Nekromanten nicht mehr zu sehen. Stattdessen hatte sich dieser wahnsinnige Nachtschattengnom eine Pyramide aus Gold gießen lassen, die beinahe bis unters Dach reichte. In dem Moment, als ich da hinaufblickte, erkannte ich Schmatz Schattenmantel, wie er dort oben auf einer Plattform aus purem Gold thronte. Der grausame Despoten-Gnom starrte mich mit kalten, durchdringenden Augen an. Sein Gesicht verzerrte sich zu einem hämischen Grinsen, das die finsterste Boshaftigkeit seiner Seele widerspiegelte. Mit einer arroganten Geste deutete er auf mich. »*Hier präsentiere ich Euch nun Tornwart den Grompf, der sich selbst Tornwart den I. und rechtmäßiger Regent von Guernica nennt. Schaut ihn Euch genau an, diese dreckige kleine Made will König sein. Doch jeder klardenkende Bürger in meinem Reich zweifelt an der Legitimität seines Begehrs. Wer will auch schon einen so kleingeistigen Narren zum Landesoberhaupt, der ausgezogen ist, um ein Kleeblatt mit fünf Stielen zu suchen? Niemand ist so blöd wie Du Grompf!*« Die umstehenden Gestalten brüllten vor Lachen, als sie dies vernommen hatten. Ich schwieg, stand aber aufrecht wie der König, der ich einmal sein wollte, und hörte weiter zu. Er machte sich über die in mir vorherrschende Dünngeistigkeit lustig und nannte mich einen Bachscheißer. (Woher er das wusste, weiß ich nicht.) Er würde sich nicht von mir in seinen Bach scheißen lassen, verdeutlichte er mir mit diesen unfeinen Worten. Wieder johlten die Anwesenden im Chor. Sein Blick war von Verachtung und sadistischem Vergnügen erfüllt, als er begann meine angeblichen Verfehlungen aufzuzählen.

»Dem Aufschneider und Landesfeind Nummer eins, Tornwart, Grompf und oberster Lakai des Nekromanten Arulapadura, wird im Folgenden vorgeworfen:

1. Störung des öffentlichen Friedens
2. Schwerer Diebstahl am Eigentum des Schmatz Schattenmantel

3. Beschimpfung und Beleidigung in diversen Fällen
4. Urkundenfälschung
5. Zanksucht
6. Eidbruch
7. Häresie und Hexerei
8. Bettelei
9. Grabfrevel
10. Ketzerei und Gotteslästerung
11. Simonie
12. Geiselnahme
13. Kindesaussetzung
14. Verstümmelung
15. Körperverletzung
16. Sodomie
17. Tötung eines unersetzbaren Tieres
18. Inzest
19. Sachbeschädigung in mindestens siebenundsechzig Fällen
20. Anmaßung eines Titels, der dem Beschuldigten in keiner Weise zusteht.
21. Arglistige Schädigung
22. Felonie
23. Falschmünzerei
24. Frauenraub und Vergewaltigung
25. Brandstiftung in künftigen Ländereien des Königreichs Guernica
26. heimtückischer Mord an einem Untertanen der Krone Guernicas, mit Namen Kruulk
27. Anstiftung zum Selbstmord
28. Gewalttätigkeiten in hohem Ausmaß
29. Hochverrat an dem einzig wahren König Schmatz Schattenmantel. ...«

Nach geraumer Zeit hörte ich nicht mehr zu, da dieser ganze Mist an den Haaren herbeigezogen war. Nun ja, das meiste zumindest. Der Despoten-Gnom verzog sein Gesicht zu einer bösartigen Grimasse, als er mit der Aufzählung meiner schier unendlichen Verfehlungen zum Ende kam. Seine schmalen, kalten Augen blitzen in einer verstörenden Genugtuung auf, während ein hämisches Grinsen seine Zähne entblößte. Seine ganze Mimik wirkte auf mich absolut widerlich und verstärkte seine abartig brutale Boshaftigkeit. Mit einer abfälligen Handbewegung gab er den Wachen ein Zeichen. Aus den Schatten heraus zerrten sie Shrolock vor den ehemaligen Zeremonienmeister, der nun König über Guernica war. Ob es mir gefiel oder nicht. Er war der Herrscher. Entsetzt beobachtete ich die Szene. Die Finger von Schmatz Schattenmantel krümmten sich zu knochigen Klauen und er blickte mich hämisch aus den Augenwinkeln an. In seiner vermaledeiten Gestik erkannte ich die krankhafte Lust, die er an der Unterwerfung und Demütigung empfand. Sein Gesichtsausdruck und seine Körperhaltung strahlten pure Arroganz und die Gewissheit der Überlegenheit aus. Er thronte hoch über allen, so als ob er ein gottgleiches Wesen sei, auf dieser irrsinnigen Pyramide aus Gold. Seine ganze Erscheinung war geprägt von einer abstoßenden Aura der Machtgier und der blanken Boshaftigkeit. Allein dieser Anblick hinterließ bestimmt nicht nur bei mir einen bitteren Nachgeschmack und weckte tiefe Abscheu und Abneigung in meinem Herzen. Ich blickte mich um und sah, dass viele der Anwesenden wohl zusammengetrieben worden waren, um diesem barbarischen Schauspiel beizuwohnen. Ich konnte die Angst, der vermeintlichen Schaulustigen und angeblich treuen Anhänger des Tyrannen, förmlich riechen. So gut wie keiner war freiwillig hier. Sie mussten die Strafen jenes Wahnsinnigen fürchten, die sie bei Ungehorsam ereilen würden. Dann erhob der Despot seine knorrige Hand und zeigte von oben auf mich herab. »*Nun Tornwart, König der Narren, was sagst Du zu Deiner Verteidigung. Ich, der großzügige Herrscher, bin so frei und erlaube Dir, dass Wort an mich zu richten. Bin ich nicht gnädig mein liebes Volk?*«, schloss er und die Öffentlichkeit jubelte ihm mehr oder weniger enthusiastisch zu. Tiefe Befriedigung legte sich dabei über die boshafte Visage dieses Scheusals. Die Wachen drückten Shrolock mit roher Gewalt mit dem Kopf voran auf die Knie vor den König. Ich konnte meine vorlaute Klappe nicht halten und provozierte ihn. »*Du angeblicher Gottkönig, könntest Du mir das alles bitte aufschreiben. Ich konnte Deiner undeutlichen Aussprache nicht folgen und mein Advokat würde gerne die Anklageschrift zur Prüfung nach Eulenpfuhl geschickt bekommen. Ich soll Dir ausrichten, dass die Anhörung leider um vier Monde verschoben werden muss. So viel Zeit muss sein, um Deine lügenbehaftete Anklage auch auf deren Wahrheitsgehalt prüfen zu können. So will es das Gesetz. Ich für meinen Teil plädiere in allen Punkten auf NICHT SCHULDIG!*« Ich wedelte theatralisch mit den Händen und täuschte einen schlecht imitierten Hofknicks vor. Erbost schaute er auf mich herab. Er trat angesichts seiner geringen Körpergröße auf einen goldenen Schemel und riss Shrolocks rechten Arm in die Höhe, während der Schrat von den Häschern weiter nach unten gedrückt wurde. Schattenmantel nuschelte irgendeinen Befehl und ein weiterer Diener brachte ihm einen übergroßen Opferdolch. Dieses absurde Bild, will mir nicht mehr aus dem Kopf. Sein Antlitz überlief eine grausame Lust, die sich in jedem Detail seines Gesichtes widerspiegelte. Shrolock drehte sein Haupt und blickte mir in die Augen. Er lächelte und nickte mir knapp zu, so als wolle er sich bedanken. Ich schrie auf: »*Neiiiiiiiiin!*«, doch es war vergebens. Schmatz holte aus und rammte mit voller Wucht die krude, gezackte Klinge direkt unterhalb der Achselhöhle seitlich in Shrolocks Brust. Dessen Lächeln erlosch innerhalb eines Atemzugs, genauso wie der Glanz in seinen Augen für immer von einem starren toten Blick abgelöst wurde. Ich brüllte wie von Sinnen weiter und das grausame Lachen dieser kleinen bösartigen Kreatur dort oben begleitete meine ungläubigen Schreie. Die Muskeln in Schattenmantels Gesicht zogen sich zu einer böswilligen Maske zusammen, während runzlige Falten tief in seine Haut einschnitten. Die Mundwinkel dehnten sich ebenfalls nach oben und bildeten ein unnatürlich breites Grinsen, das nur an die allergrässlichste Fratze eines Geistesgestörten erinnerte. Seine Zunge huschte um seine spröden Lippen und leckte über seine Nase. Seine Zähne, scharf geschliffen und gefährlich wie die eines Raubtiers, wurden für einen kurzen Moment entblößt. Seine Augenbrauen zogen sich zu einem grimmigen Knäuel zusammen, so dass sich seine Augen zu schmalen Schlitzen verengten. Die Pupillen selbst brannten vor einer dunklen und bösartigen Freude. In ihnen spiegelte sich eine perverse Befriedigung wider, während er den toten Shrolock beäugte. Jede Faser seines Gesichts schien den grausamen Genuss widerzuspiegeln, den er aus diesem Todesurteil und meiner Bestrafung und Demütigung zog. Die Verzerrung des anormalen Gesichtsausdrucks war so entstellend und beängstigend, dass man sich nur schwer vorstellen kann, dass dies das Antlitz eines Wesens sein sollte, das einst ein geachteter Zeremonienmeister besaß. Ich schaute mich um und nahm wahr, dass auch alle anderen um mich herum in seine kalten Augen blickten und das widerliche Grinsen auf seinen Lippen sahen. Ich spürte eine eisige Gänsehaut aufsteigen und erkannte die wahre Verdorbenheit, die in diesem tyrannischen Geschöpf schlummerte. Er ließ nun seine boshafte und unbarmherzige Essenz in voller Pracht zum Vorschein kommen. Mit einem höhnischen Lächeln wendete er sich mir zu und spuckte verachtungsvolle Worte auf mich herunter:

»*Ha! Du armseliger Wicht, glaubtest Du ernsthaft, Du könntest mich, den Herrscher über Leben und Tod, besiegen? Du bist nicht mehr als ein lächerlicher Fliegenschiss, der mir die Stiefel besudelt. Dein Griff nach meiner Krone ist nichts als ein verzweifelter Akt Deiner unübertroffenen Schwäche, der nur die Überlegenheit meiner Natur unterstreicht. Hast Du gesehen, wie ich Deinen lausigen Lakaien meiner Gottheit geopfert habe? Hast Du es Dir ganz genau betrachtet? Natürlich hast Du es verfolgt und Dich dabei eingeschissen, weil Du Dich fragst, was ich wohl mit Dir anstellen werde? Zurecht hast Du Angst. Aber ich bin ein gnädiger und wohlwollender Herrscher, auch wenn Du es jetzt noch nicht erkennen willst. Ich biete Dir ein Dasein unter meiner Herrschaft. Ja, so bin ich. Wenn Du mich zum Buch des Arulapadura führst und mir zeigst, wo sich die geheime Bibliothek befindet, dann werde ich Dich zum obersten Jaucher machen. Du wirst leben und für den Rest Deines jämmerlichen Seins die Kloaken in meinem Königreich inspizieren und über die Gülle regieren. Besser als der Tod, denkst Du nicht?*« Seine Stimme klang durchdringend und voller Verachtung, während er mich mit kalten Augen fixierte. Jedes Wort sprühte vor Gift und Hohn. »*Du bist ein Nichts, ein armseliger Versager, der dazu verdammt ist, in der finsteren Welt von Schmatz Schattenmantel zu verrotten. Die von Dir ausgehenden verzweifelten Versuche, mich zu stürzen, sind nur ein weiterer Beweis dafür, wie machtlos Du bist.*« Da trat ein Sendboten-Gnom ein. Er schien unsicher, den Herrscher in seiner Urteilsrede über mich zu unterbrechen, dennoch musste er eine so wichtige Botschaft bei sich tragen, dass er sich schließlich ein Herz fasste und vor die Pyramide schritt. Er räusperte sich und zog das Banner des Schattenmantels hervor. »*Eure allumfassende Herrlichkeit verzeiht, wenn ich Euch störe, aber dringende Angelegenheiten bedürfen Eures königlichen Gehörs.*«, begann er und seine Stimme bebte dabei vor Aufregung. Schmatz lupfte die rechte Augenbraue und schien irritiert davon, dass ein Bote ihn einfach so unterbrach. Man sah, wie es in ihm brodelte, als er gerade wohl seinem Zorn Luft machen wollte, fuhr der Gnom fort. »*Sie sind bereits über unsere Grenzen eingefallen. Der Widerstand der Grenztruppen wurde innerhalb weniger Stunden gebrochen. Sie haben uns überrannt und marschieren jetzt auf Barad Guul. Es bleibt keine Zeit mehr, eure Majestät, ihr müsst die Mauern bemannen und Verstärkung aus den umliegenden Dörfern und Städten anfordern.*« Der Despot wurde bleich und brüllte den Sendboten an: »*Wovon schwafelst Du da? Wer kommt? Wer wagt es, in mein Reich vorzudringen? Rede schon Du einfältiger Sohn einer unglückseligen Gülleschlepperin!*« Erschrocken fuhr dieser fort »*Die Elben, es sind die Elben! Das ist aber noch nicht alles. Wir haben Meldung erhalten, dass unsere Grenzbefestigungen nach Laruuz niedergebrannt wurden. Alle stationierten Kräfte sind ausgelöscht!*« Das Gesicht des Tyrannen verzog sich zu einer ungläubigen Fratze. »*Von was redest Du da? Die Dunkel-Elben aus Flatula fallen hier ein? Die habe ich doch versklavt und den Rest von Ihnen hingerichtet. Wie konnte es diesem Pack gelingen, sich neu zu formieren?*« Aufgeregt setzte der Bote seinen Bericht fort. »*Es sind nicht die Dunkel-Elben, es sind die Elben aus den Wäldern von Wuurtang. Sie marschieren mit einer riesigen Armee auf uns, so etwas hat ganz Erabadul seit unzähligen Umläufen nicht mehr gesehen.«* »*Was sabbelst Du da? Bist du verrückt geworden? Ich werde Dir gleich unzählige Einläufe verpassen lassen, wenn du nicht sofort Klartext sprichst!*«, erboste sich der Monarch. Der Bote brabbelte weiter. »*Nein, es ist wahr. Sie kommen, um Barad Guul einzunehmen. Sie wollen das Buch des Meisters! Aber schlimmer noch ist, dass der verheerende Brand an unseren Grenzfesten von einem Drachen verursacht wurde. Der gefürchtete Pestdrache von Laruuz scheint uns grundlos anzugreifen. Der einzige Überlebende dieses Infernos berichtete von sengender Hitze und einem Hauch der Verderbnis, der allen, die sich dem Odem des Untiers entgegenstellten, todbringend entgegenschlug. Er konnte einen Reiter auf dem Drachen ausmachen. In einer seltsamen Rüstung gewandet, schrie er wie besessen Befehle dem Ungeheuer ins Ohr. Er wäre nicht größer als ein Drecksgnom gewesen.*« Schmatz schüttelte fassungslos den Kopf. »*Bist Du von Sinnen? Ein Drecksgnom reitet den berüchtigten Drachen von Laruuz? Seit Anbeginn der Zeit ist es niemandem gelungen, diese Bestie zu zähmen oder gar auf ihr zu reiten und ihr auch noch Befehle zu erteilen! Hast Du zu lange Deine Kehle mit einem dreckigen Tropfen aus den schimmeligen Fässern aus meinem Keller befeuchtet? Ich werde Dich hier und gleich zu zwanzig Peitschenhieben verurteilen!*«, er wedelte seinen Lakaien zu, die den Boten packten und ihm den Wams vom Leibe streiften. Ein Ork mit einer Peitsche trat vor und wollte seines Amtes walten, doch mitten in dieses Chaos hinein erklangen mehrere Hörner. Es waren die Alarmhörner von Barad Guul und die Kriegshörner der Elben. Schmatz Schattenmantel geriet außer sich. Seine Augen glühten vor Zorn und sein Gesicht verzerrte sich von unkontrolliertem Hass getrieben. Er schleuderte alles, was ihm in die Finger kam, mit brutaler Gewalt zu Boden und zertrümmerte Gegenstände in wildester Raserei. Seine Hände ballten sich zu Fäusten, während er seine Zähne knirschen ließ. Sein Atem ging schwer und unregelmäßig, als er durch den Raum tobte und wahllos Möbel, Gefäße und Dekorationen zerschmetterte. Seine Muskeln spannten sich an, und seine Adern traten auf seinem vor Wut angespannten Gesicht hervor. Mit jedem Schlag, den er austeilte, entfesselte er seine geballte Wut auf die Welt um ihn herum. Das Klirren von zerbrochenem Porzellan und das Krachen von Holz erfüllten die Luft, derweil der Raum in einem Chaos aus Trümmern und Scherben versank. Die Gewalt und Zerstörung, die der Despoten Gnom herauf beschwor, waren ein Spiegelbild seines inneren Unheils und seiner zerstörerischen Natur. Seine Augen, voller finsterer Entschlossenheit, funkelten vor Zorn. Schweißperlen bildeten sich auf seiner Stirn. Seine Lippen kräuselten sich zu einem zynischen Lächeln, das mehr Verachtung als Freude ausdrückte. Keiner wagte es, sich ihm in diesem Moment zu nähern, denn seine bloße Präsenz strahlte eine bedrohliche und zerstörerische Aura aus. Die Umstehenden, die Zeugen seines Wutausbruchs wurden, schauten erstarrt in Angst und Furcht zu, wie er sein eigenes Reich der Dunkelheit und Verwüstung zerschlug. Dann, mit einem wilden und zynischen Lächeln auf den Lippen, sprach der Nachtschatten-Gnom mit einer Stimme voller Verachtung: »*Schlechte Nachrichten, sagst Du? Wie passend für diese elende Welt! Doch glaube ja nicht, dass mich das im Geringsten berührt. Ich werde diesen einfältigen Elben zeigen, was es bedeutet, sich mit mir anzulegen. Sie werden die unsterbliche Macht und meinen unstillbaren Durst nach Vergeltung kennenlernen! Den Drachen werde ich vom Himmel fegen und mir seine Flügel mit Wurzelgemüse in Asselpampe schmecken lassen.*« Er ließ ein spöttisches Lachen erschallen, das mit einer Mischung aus Bitterkeit und Wahnsinn durch den Raum hallte. Seine Augen glühten vor sadistischer Freude über das Leid seiner eigenen verbrannten Truppen, während er diese Nachrichten der Niederlage scheinbar mit einer kranken Genugtuung aufnahm. Der Sendbote, von der Reaktion seines Herrn überrascht und entsetzt, erwiderte mit zitternder Stimme: »*A-aber mein Herr, die Lage ist ernst. Wir brauchen Eure starke Führung und Eure Entschlossenheit, um das Reich zu verteidigen!*« Der vermeintliche König winkte mit einer verächtlichen Geste ab und gab mit seiner nun heiseren Stimme zurück: »*Führung? Entschlossenheit? Das sind Worte für Schwächlinge! Ich habe keine Zeit für solche Belanglosigkeiten. Lasst die Feinde kommen, ich werde sie mit eigenen Händen zerschmettern und ihnen eine Lektion in Schrecken erteilen, die sie nie vergessen werden!*« Der Sendbote, von der Arroganz und Ignoranz des Herrschers entmutigt, verbeugte sich gehorsam, raffte seinen Wams auf und verließ den Raum, um die Nachrichten weiterzuleiten. In meinem Herzen blieb die Gewissheit, dass der Despot Schmatz Schattenmantel nichts von den tatsächlichen Gefahren und der Verantwortung verstand, die auf seinen Schultern lastete. Es war ein entsetzlicher Anblick, wie er im Wahn die Kontrolle über seine eigenen Emotionen verlor. Die Verzerrung seines Gesichtes, die stechenden Pupillen und das hämische Grinsen waren ein untrügliches Zeichen für seine grausame und unberechenbare Natur. Aber in mir tobte ein Wechselbad der Gefühle. Während ich immer noch den brutalen Tod Shrolocks, meinem wohl treuesten Gefährten und vielleicht war er sogar mein bester Freund gewesen, vor Augen hatte, ließ die andere Nachricht mich mit neuer Hoffnung zurück. War es dem kleinen Drecksgnom Langfingerus letztendlich doch gelungen, den Pestdrachen zu zähmen, zu bestechen, um in meinem Heer zu dienen? Alles klang danach. Während in mir dieser grausame Kampf tobte, bekam ich nicht mit, dass Schmatz sich mir näherte. Er stieß mich zu Boden. Zwei seiner Leibwächter packten mich an den Armen und zogen mich davon. Er lief voraus und forderte von mir ihm den Weg zur geheimen Bibliothek des Meisters Arulapadura, dem Nekromanten zu zeigen. Ich überlegte nicht lange und beschloss, ihn genau dorthin zu führen. Auf unserem Weg vernahm ich, dass die elbische Armee bereits Stellung um das Anwesen bezogen hatte und ein Teil ihrer Krieger schon in der Mansio eingedrungen sein musste. Als wir die Küche passierten, erblickte ich etwas, was ich besser nicht gesehen hätte. Die Tür stand offen und auf dem großen Küchentisch lag sie. Ihr der ich das Allerschlimmste zugetraut hatte, nämlich den Verrat an mir, lag von einem elbischen Dolch durchstochen, der noch aus ihrem Bauch aufragte, reglos in ihrem Blut. In diesem Moment wurde mir eines klar vor Augen geführt. Jetzt wo sie Tod war, konnte ich erst erkennen, wie sehr sie mich doch geliebt haben musste. Ihre mannigfaltigen Rügen und Mahnungen zu meinem Verhalten, das waren keine Maßregelungen, um mir das Leben schwer zu machen. Nein, Windrisha wollte mich nur vor meiner eigenen Einfältigkeit und Überheblichkeit beschützen. Wie konnte ich dies jemals anzweifeln? Eine letzte Träne suchte ihren Weg über die Wange, während mich die Schinder des Tyrannen mitleidlos weiterschoben. Mehr blieb mir nicht für sie zu tun. Die allgegenwärtigen Kampf- und Schmerzschreie sagten mir, dass die übrig gebliebenen Streitkräfte erbittert gegen die Eindringlinge kämpften. Unser Weg führte uns tiefer und tiefer hinein in die Mansio Barad Guul. Durch die verschlungenen Gänge und durch verborgene Türen, leitete ich meinen verhasstesten Feind seinem Schicksal entgegen. Als wir in der geheimen

Bibliothek eintrafen, war der irre König nicht mehr aufzuhalten. Unterwegs hatte ich ihm mitgeteilt, dass die Schrift nach der alle suchten, auf einem Podest in der Mitte des Raumes ruhen würde und sie stets eine schimmernde Aura umgab.

Heute -Der Meister

Plötzlich vernahm der Meister ein Röcheln. Sein Blick fiel auf den Tisch, auf dem langsam wieder Leben in seine Sklavin einkehrte. Verzweifelt sog sie nach Luft und hustete dabei ununterbrochen. Dies gipfelte darin, dass sie sich aufbäumte, und einen pechschwarzen zähen, schleimigen Klumpen auf den Boden spie. Interessiert schaute der Nekromant dem Schauspiel zu. Nachdem sie neuerlich tief nach Luft gerungen hatte, stieß sie eine pestgrüne Atemwolke hervor und kippte wieder um. Unsanft landete sie mit dem Kopf auf der harten Tischplatte. Langsam erhob sich Arulapadura, legte das Buch zurück auf den Stuhl und näherte sich Windrisha mit lautlosen Schritten. Er beugte sich über die Geschundene und setzte ein sehr seltenes fast warmherziges Lächeln auf. Die Sklavin öffnete sanft die Augen und griff sich mit der rechten Hand gegen den Kopf. Der Nekromant musterte sie genau und ihm fiel scheinbar das erste Mal in all den Jahren Ihrer Knechtschaft auf, wie schön sie war. Sie war eine stolze Orkin von bezaubernder Anmut und wilder Schönheit. Ihre dunkle Haut war wie polierter Obsidian, durchzogen von goldenen Schimmerlinien, die ihr Gesicht wie ein filigranes Muster umrahmten. Die feine Zeichnung verlieh ihren markanten Zügen einen geheimnisvollen Charme. Ihre Augen, groß und mandelförmig, glänzten in einem fesselnden Grünton, der wie Smaragde im Mondlicht leuchtete. Doch hinter dieser Faszination lag eine Tiefe, die von jahrhundertelanger Weisheit und Stärke zeugte. Es waren Augen, die Geschichten von einem entbehrungsreichen Leben, einem unerfüllten Glück und einer nicht stillbaren Sehnsucht zu erzählen schienen. Doch diese vermeintlichen Schläge des Schicksals hatten sie nicht brechen können, sondern aus ihre eine harte Frau geformt. Ein Eisen geschmiedet aus bittersten Erfahrungen, Bestrafungen, Verlust von Freiheit und der Bürde zu dienen, hatte sie zu dem Weib werden lassen, was nun vor ihm lag. Er ließ weiter seinen Blick über ihren Körper gleiten und er stellte fest, dass ihre kräftige, aber dennoch grazile Gestalt von einer Aura aus kraftvoller Eleganz umgeben war. Ihre langen, muskulösen Gliedmaßen zeugten von ungewöhnlicher Agilität und Beweglichkeit, während die geschmeidigen Linien ihrer Form eine Anziehungskraft hatten, die Unwiderstehlichkeit in sich trug. Ihre Mähne, die wie flüssiges Onyxhaar über ihre Schultern fiel, war kunstvoll geflochten. Jede Haarsträhne wirkte wie ein sorgsam komponiertes Kunstwerk, das ihre natürliche Wildheit und ihre liebevolle Pflege widerspiegelte. Das konnte auch das Blut, welches sie besudelt hatte, nicht verbergen. Ein Stolz lag in ihrer Haltung, der ihre edlen Wurzeln nicht zu leugnen vermochte. Auf ihrer Haut trug sie würdevoll die tiefen Narben vergangener Schlachten, die zeigten, dass sie nicht nur eine hübsche Fassade hatte. Nein, sie war einst eine Kriegerin von unvergleichlicher Tapferkeit und Entschlossenheit. Windrisha war eine Erinnerung daran, dass Schönheit nicht nur in der äußeren Erscheinung liegt, sondern auch in der Kraft, die von innen kommt. Sie war ein zum Glück noch lebendes Porträt von Mut und Stolz, ein Wesen von wilder Anziehungskraft und fesselnder Grazie, das die Herzen derjenigen, die ihr begegneten, für immer veränderte. Überkam es den Meister, als sie endlich die Augenlider anheben konnte. Geschwächt und von dem kargen Licht der Fackeln geblendet, schien sie aus einem langen, fiebrigen Schlaf zu erwachen. Der Nekromant reichte ihr einen Becher mit Wasser, den sie dankbar annahm und half ihr dabei, sich aufzusetzen. Ihre Lippen waren mindestens so trocken wie ihre Kehle. Er mahnte sie fast fürsorglich, ruhig und langsam zu trinken. Daran hielt sie sich, denn sie schien nicht das erste Mal aus einem solchen oder ähnlichem Zustand wiederzukehren. Sie blinzelte und ein für den Meister zumindest unerwartetes Lächeln in Windrishas Gesicht, zeugte von Freude. Gefallen daran, ihn wiederzusehen. »*Meister!*«, sprach sie schwach und ein zartes Leuchten trat in ihre Augen. »*Ihr seid wieder da. Ihr seid zurück. Gott sei gepriesen.*« Arulapadura war irritiert und wusste nicht, wie er auf die Worte reagieren sollte, denn sie waren ehrlich und aufrichtig gemeint. Das konnte er spüren und er wusste es auch, dank seiner Fertigkeit in den Gedanken anderer lesen zu können. Verlegen gab er in einem nicht so strammen Ton, wie er es beabsichtigt hatte zurück. »*Ich bin auch froh, wieder zu Hause zu sein, aber mit Gott hat das rein gar nichts zu tun!*« Er ärgerte sich noch im selben Moment über diese plumpe Antwort. Damit hatte er einen fast magischen Augenblick zerstört, so fühlte sich der Meister zumindest. Er trug keine Gefühle oder Begierden in sich, die er Windrisha entgegenbringen konnte oder wollte und erwartete auch nicht, dass sie über solche Empfindungen für ihn verfügte. Dennoch war es dieser Moment der Freude in ihrem Erkennen, welcher tief irgendwo in seiner dunklen Seele etwas berührt hatte. War es Dankbarkeit? Wer hatte ihm zuletzt Dankbarkeit entgegengebracht? Er tat so einiges, was ihm diese vielleicht sogar hätte einbringen müssen, doch er war der Nekromant. In dieser und vermutlich auch in anderen Welten verdienen Totenbeschwörer nun einmal keinen Dank. Doch jetzt war er sich sicher, dass es sich genau darum bei Windrisha handelte: Dankbarkeit und Erleichterung. Etwas Schweres schien von ihr abzufallen. Etwas, dass selbst so eine starke Frau wie sie kaum schultern konnte. Eine Bürde wich von ihr, dies wurde ihm im gleichen Moment bewusst, als sich ihre Blicke trafen. »*Ich wusste, dass Ihr wieder zurückkommt und uns nicht im Stich lassen würdet.*« Fuhr sie fort. Sie war sich über die Ironie ihrer Worte nicht im Klaren. Ihr war nicht bekannt, dass es ein »*uns*« nicht mehr gab. Arulapadura sah vor seinem inneren Auge, die unzähligen gefallenen Minenarbeiter, Diener und Krieger, die für Barad Guul eingestanden waren. Ein Gefühl des kläglichen Versagens machte sich in ihm breit. Er hätte es kommen sehen müssen. Wie hatte er damals seinem Lakaien, der nicht nur der Faulheit, sondern auch der Dämelei frönte, diese Verantwortung in dessen unreife Hände legen können? Es war eine notwendig gewordene Verzweiflungstat, musste er wohl oder übel einräumen. Eine andere, größere Sache hatte seiner ganzen Aufmerksamkeit bedurft, da war das Schicksal Barad Guuls zur reinen Nebensächlichkeit verkommen. Windrisha lächelte weiterhin und freute sich ihren alten boshaften und schwarzmagischen Herren wieder zusehen. Arulapadura fing sich langsam. Zuviel war geschehen, zu viele Gefühle auf einmal waren über ihn hereingebrochen. Er musste sich sortieren und verschaffte sich etwas Zeit dazu, indem er Windrisha das Wort übergab. Er forderte sie auf zu erzählen, was hier passiert war. »*Natürlich mein Gebieter, ich werde Euch berichten, was ich weiß.*«, fing sie an und ihre Miene verdüsterte sich. »*Verzeiht mir, wenn ich als erstes Eure Entscheidung anzweifele, Tornwart die Herrschaft über die Mansio über-*

tragen zu haben. Ich selbst hatte keine Ahnung, dass es so ausarten würde. Ich hatte damit gerechnet, dass er seiner Lieblingsbeschäftigung nachgehen würde und sich nun zu Recht den Titel oberster Anbeter der Faulheit verdienen würde. Allerdings war er dem Faulenzer Dasein, sehr schnell überdrüssig. Ich weiß auch nicht, was ihn da geritten hat. Er sah in sich auf einmal einen mächtigen Herrscher, ein König für Guernica, ein König für ganz Erabadul. Diese Machtansprüche sind ihm enorm zu Kopf gestiegen und es hätte nicht viel gefehlt, dass er sich mit der verbotenen Krone des Lichkönigs selbst gekrönt hätte. Der Zeremonienmeister, der uns mit einem klugen Schachzug davor zu bewahren schien, dass Tornwart zu einer echten Gefahr für Barad Guul werden konnte, erwies sich zu guter Letzt als eine viel größere Katastrophe, einem Fiasko wie Tornwart niemals hätte eines sein können. Der Nachtschattengnom Schmatz Schattenmantel griff für sich nach der Macht und Ihr könnt Euch nicht das Ausmaß seiner Unbarmherzigkeit vorstellen, mit der er dies tat. Welch grausige Taten er an den altgedienten Goblins, Schraten und Orks begangen hat, ist ohne Gleichen. Er ist verrückt geworden, vollkommen wahnsinnig.«
Windrisha überkam die Erinnerung und Tränen schossen ihr in die Augen. Auch das hatte der Nekromant nie zuvor beobachten können. Windrisha war stark, sehr stark und Tränenflüssigkeit hatte sie keine vergossen, zumindest nie im Beisein von anderen. Er wusste bereits aus dem Tagebuch, welch gnadenlose Regentschaft dieser elende Zeremonienmeister geführt hat. Die Hinrichtung der vermeintlichen Aufrührer, die Selektion der Alten und Schwachen, sowie der Kinder. Dieser ehrlose Bastard hatte dem Meister schon während der Lektüre des Journals seines fehlgeleiteten Dieners zu immer neuen Wutausbrüchen verholfen. Ehe er sich versah, strich er ihr zärtlich, wie ein lie-

bender Vater seiner Tochter, über das schwarze Haar. »*Wann hatte er zuletzt jemandem Trost gespendet?*«, schoss es ihm zugleich in den Sinn und erschrocken im Angesicht dieser vertrauensvollen Geste zog er seine dürre alte Hand schnell wieder zurück. Er räusperte sich, um über den Moment der Verlegenheit hinwegzukommen. »*Hör zu Windrisha, ich habe ein Tagebuch gefunden, ein Buch, welches der Grompf selbst geführt haben muss. Ich habe schon einiges lesen können und das, was der kleine Bastard an Eidbruch und Verrat begangen hat, ist mehr als nur eine Woche Pranger auf dem Marktplatz wert. Ich habe auch über Schmatz Schattenmantel und seine schändlichen Taten gelesen. Doch ich weiß nicht ganz präzise, warum Elben hier in mein Reich eingedrungen sind und was mit Dir geschehen ist. Ich muss Dir sagen, du warst fast tot, als ich die Mansio betrat und nur mittels eines starken Lebenszaubers konnte ich Deine Gesundheit wiederherstellen. Erinnerst Du Dich daran, was passiert ist?*«, fragte er jetzt fordernder. Windrisha fiel es schwer, ihre Erinnerungen zusammenzufügen. Dies betraf insbesondere das Erinnerungsstück an den gewaltsamen Überfall in Ihrer Küche. Doch nach und nach kam das Memento, ein Rückblick auf etwas, was sie lieber wieder ganz schnell vergessen würde. Der Meister sah, wie ihr dies schon fast physische Schmerzen verursachte. Er konnte es fühlen, was ihm bei anderen meist eine Genugtuung bescherte, machte ihm bei Windrisha selbst schwer zu schaffen. Was war nur los? Hatte sein Gewissen einen Weg gefunden sich, nach all diesen Jahrhunderten der Leere und der Empathielosigkeit, bei ihm zu melden? Er wusste es nicht und richtete seine Aufmerksamkeit abermals Windrisha zu, die begann zu berichten. »*Ich hatte mitbekommen, dass eine brutale Schlacht um Barad Guul entbrannt war. Ich half die Verwundeten zu versorgen und zu verbinden. Irgendwann ging der Hochprozentige zur Neige. Die vielen tiefen Schnittwunden durch die garstigen Elbenschwerter mussten gereinigt werden und was würde sich besser dafür eignen als mein Selbstgebrannter? Ich ging in die Küche, dort bewahre ich für alle Fälle immer ein paar Flaschen auf, wie Ihr ja wisst.*« Arulapadura grinste kundig, denn er hatte ein ums andere Mal davon profitiert. »*Als ich danach suchte, stürmten mehrere Elben herein und schlugen mich brutal nieder. Ich verlor kurz die Besinnung und als ich wieder erwachte, lag ich auf dem Küchentisch. Ich blickte mich um und sah, dass nur noch einer von diesen Grünlingen vor mir stand und sich an meinem Unterrock zu schaffen machte. Er wollte es einer orkischen Hure wie mir, schon immer mal so richtig besorgen, keuchte er aufgeregt hervor. Mir wurde im selben Moment klar, dass diese elbischen Bastarde nicht die Heiligen sind, von denen sie stets behaupten, es zu sein. Alles Märchen für kleine Kinder, um die Welt einfach zu halten. Diese Widerlinge sollen dabei die Guten sein, aber ich bin alt genug, um zu wissen, dass es nicht nur Schwarz und Weiß gibt. Unvorteilhafterweise für diesen Jüngling, haben sie mich auf meinen eigenen Tisch gelegt und ich Sorge aus Gewohnheit dafür, dass alle Messer zu jeder Zeit geschärft und an den entscheidenden Stellen auch greifbar sind.*« »*Gutes Mädchen.*«, dachte der Meister nicht ohne Stolz. »*Noch bevor sich diese Lustkröte über mich beugen konnte, habe ich ihn Bekanntschaft mit einem Kartoffelmesser schließen lassen, welches ich unter dem Tisch befestigt habe. Doch er Begriff verblüffend schnell, was ihm angetan worden war. Das Leben strömte am Halse aus ihm heraus. Mit seinen letzten Kräften verpasste er mir einen Faustschlag ins Gesicht. Dann rammte er mir seinen verfluchten Dolch in die Eingeweide. Ich verlor in einer melodiösen Untermalung, nämlich den gurgelnden, stetig schwächer werdenden Verwünschungen, dieses dummgeilen Idioten, erneut das Bewusstsein. Finstere Träume suchten mich heim und allumfassende Schwärze griff nach mir, dann fuhr etwas noch viel Dunkleres in mich hinein. Ich spürte, wie ein unseliger Kampf mein Innerstes zu zerreißen drohte. Solch Qual hatte ich nie zuvor erdulden müssen. Irgendwann ließ diese elende Pein nach und ich schien weich gebettet und sicher zu ruhen. Dann erwachte ich und sah Euch.*« Damit schloss die Sklavin Ihren Bericht und lächelte sanft ihren Retter an. Nachdenklich blickte der Nekromant aus einem der Fenster in der Küche. Die Aussagen von Windrisha hatten ihm bisher nicht viel neue Erkenntnisse gebracht. Er musste nachfragen, gezielt in den Erinnerungen der Orkin wühlen, konnte aber aufgrund ihres geschwächten Zustandes, keinen faulen Zauber anwenden. »*Hast Du irgendetwas davon mitbekommen, wie es zu diesem Überfall der Elben kam?*«. Forderte er, von ihr zu wissen. Der Befragten war die Anstrengung ins Gesicht geschrieben, sie suchte in ihrem hämmernden Schädel nach den geforderten Antworten. Sie konnte von einer weiteren Erinnerung berichten. »*Ein verwundeter Ork, hat mich bei der Versorgung an der Hand gepackt, ich dachte, erst er würde im Fieber sprechen, aber dann als die nachfolgenden Verletzten eintrafen, wusste ich, dass er bei Verstand war.*« »*Was hat er gesagt? Nun sprich doch!*«, gierte der aufgewühlte Nekromant, zu wissen. »*Er erzählte von einem übermächtigen Wesen. Er stammelte ständig Kash Bhug, was so viel wie glühende dämonische Kraft heißt. Dann fuhr er fort und wurde noch aufgebrachter. Er schrie `dagh groankror`, was nicht weniger bedeutet als ...*« »*Der unreine Drache.*«, ergänzte Arulapadura mit einem ungläubigen Kopfschütteln. »*Ja, das stimmt. Ich versuchte, ihn zu beruhigen, doch es kamen immer mehr Opfer. Goblins, Schrate,*

Oger und alle brabbelten mit weit aufgerissenen Augen in ihren Sprachen durcheinander. Sie sagten aber das Gleiche. DRACHE! Manche erzählten noch von einem bösartigen Drachenreiter, der die Bestie beherrschen würde. Dieser Reiter sei ein garstiger Drecksgnom, der aus den tiefsten Abgründen Erabaduls aufgestiegen sei, um vollkommenes Verderben über die Oberwelt zu bringen. Ich konnte das nicht glauben und dachte, dass die Schlacht so unerbittlich war, dass sich kollektive Traumen und Halluzinationen bei den Schwerverletzten zeigten. Dann aber zog ein Schatten am Fenster vorbei. Ein riesiger Schemen. Er war schnell und ich rannte zur Fensteröffnung, während die ganzen Verstümmelten erneut in Panik gerieten und völlig verstört ihre Angst hinaus brüllten. Es war tatsächlich ein Drache. Schwarz wie die Nacht, majestätisch wie der Mond. Ich sah seinen Steigflug. Er flog eine Schleife und ich konnte beobachten, wie er zum Sturzflug ansetzte. Ein imposantes Wesen der Vernichtung. Ein Reiter war aber nicht auszumachen. Wenn es wahrhaftig ein Drecksgnom gewesen war, dann kein Wunder. Die kann man oftmals nicht einmal erkennen, wenn sie direkt vor einem stehen. Klein wie sie sind, können sie bequem unterm Teppich laufen. Dann aber geschah etwas, womit ich nicht gerechnet hatte. Der Drache stieß auf den Waldrand nieder und aus seinem aufgerissenen Maul, schoss eine schwarze Wolke der Verdammnis hervor, die alles, was sie einhüllte, verdarb. Ich sah, wie die Körper von Elben, Goblins, Orks und Ogern einfach zerschmolzen. Es war, als hätte man ihnen Säure über gegossen. Ich war entsetzt, doch dann fuhren unzählige brennende Pfeile auf das Ungetüm herab, als es sich erneut in den Steigflug begeben wollte. Der Drache fing Feuer. Er brannte in loderndem Grün. Die Elben hatten die Pfeile in irgendeinem Sud getränkt und diesen entzündet, bevor sie das imposante

Geschöpf damit beschossen. Dies besiegelte das Ende des Ungeheuers. Er flog in den kleinen See hinein, wohl ein verzweifelter Versuch das abartige Feuer zu löschen, doch als er wieder auftauchte, stand er immer noch lichterloh in Flammen. Unter qualvollen Schreien, Lauten die ich mein Lebtag nicht vernehmen musste, taumelte, strauchelte das Ungetüm und fegte schließlich wie ein Stein ungebremst auf den Boden vor dem Waldrand. Den Einschlag konnte man bis hierher spüren. Einige Fenster gingen dabei zu Bruch. Falls jemand auf seinem Rücken gesessen haben sollte, so war der nach einem solchen Aufprall mehr als mausetot oder war den gierigen grünen Lohen zum Opfer gefallen. Ich konnte dieses Schimmern noch lange beobachten, das von dem Kadaver ausging.«, schloss die Sklavin ihren Bericht und sah erwartungsvoll zu Arulapadura. Dieser schüttelte weiterhin unmerklich mit seinem Kopf. »*Der Pestdrache von Laruuz. Der Drecksgnom hat es geschafft. Tornwarts Vertrauen in ihn war wohl doch gerechtfertigt. Windrisha, ich muss Dir leider sagen, dass ich bei meiner Ankunft hier außer Dir bisher keine lebende Seele mehr angetroffen habe. Diese Schlacht war mehr als verheerend. Bereits als ich über die Ebenen Guernicas ritt, lagen überall Tote. Hier in Barad Guul noch mehr. Niemand hat dieses Massaker überlebt. Keine Sterbensseele!*«, schloss er. »*Und Tornwart? Ist er auch tot?*«, fragte Windrisha mit dem Entsetzen, das bei ihr wie ein schleichendes Gift Einkehr hielt. »*Ich weiß es nicht. Ich konnte noch nicht alles lesen, was er aufgezeichnet hat. Weißt Du, mehr über die Elben, die hier wüteten und wie es zu diesem sinnlosen Blutbad gekommen ist?*«, hakte er eilig nach. »*Ich habe einmal ein Gespräch belauscht, da ging es darum, dass die Spione des Nachtschatten-Gnoms, Schmatz Schattenmantel, herausgefunden hatten, dass sich eine Armee der Elben auf Barad Guul zubewegte. Der* *herrschsüchtige Zeremonienmeister war der Überzeugung, dass sie ihn wollten, den neuen mächtigen Tyrannen über Guernica. `Natürlich`, sagte er, es kann gar nicht anders sein. Sie fürchten sich vor einer starken Hand, die nicht so nachsichtig mit ihnen sein wird, wie der alte Nekromant dies war. Doch ein Spion belehrte ihn eines Besseren. Er behauptete, die Elben unter der Führung Mandirs hätten es einzig und allein auf das Grimoire des dunklen Meisters abgesehen. Das hatte unserem neuen Herrn nicht geschmeckt und er ließ den Spitzel umgehend an Ort und Stelle hinrichten. Dieser grausame Despot, ich hasste ihn von dem Tag an, als er nach der Macht gegriffen hatte.*«, beendete Windrisha mit einem seufzenden Laut ihren Bericht. »*Und dennoch bist Du geblieben. Du hast dich liebevoll um Herrn Pasouso gekümmert, ich konnte es sehen. Er hat diesen Wahnsinn überlebt. Ich weiß, dass Du Dich um die verbliebenen schwachen Geschöpfe in Barad Guul bemüht hast. Ich rechne Dir das hoch an Sklavin und Dich zu retten, war das Mindeste, was ich für eine ergebene Dienerin, nein… für meine treueste Dienerin tun konnte. Wäre ich nur einen Tag früher zurückgekehrt. Viele wertvolle Seelen wären noch am Leben. Ich wollte, dass nicht für …*«, ein Horn erklang, und unterbrach Arulapadura. Beim Klang dieses erbärmlichen Lautes richteten sich seine Ohren auf, wie die eines Warges der ein herannahendes Unwetter spürt. Es war ein elbisches Signalhorn. »*Noch mehr von diesen spitzohrigen Spaltenschlüpfern?*« Er ging zum Fenster und erblickte gut an die hundert Elben, die eine Nachhut bildeten, um Mandirs Sturm auf Barad Guul zu Ende zu bringen. »*Warte hier Windrisha, ruhe Dich aus.*«, sagte der Meister in einem ruhigen Ton. Er spreizte seine knochigen Griffel vor ihrem Kopf und die Hand sah fast so aus, wie die Klaue eines Greifs. Er zog sie zurück und ein kaum sichtbarer, schwach violetter Nebel, der aus Windrishas Schädel zu kommen schien, folgte den gekrümmten Fingern. Die Orkin schloss abrupt die Augen und sackte in tiefem Schlaf zusammen. »*Erhole Dich Tochter der Uruks.*« Fügte er mit einem mildtätigen Lächeln hinzu. Er wendete sich ab und im selben Moment nahm sein faltiges Gesicht die grausamen Züge eines Mannes an, der dabei war, erbarmungslos seine Rachetaten zu vollführen. Er zog seine Kapuze über den fast kahlen Schädel und eilte mit einer Geschwindigkeit, die man ihm nicht zugetraut hätte, den Ostturm hinauf. Als er ins Freie trat und sich auf den Zinnen postiert hatte, fiel sein hasserfüllter Blick auf die herannahenden Truppen. Es war Tag und die Sonne wollte zwischen den Wolken hervorkommen, doch Arulapadura brauchte für das, was er vorhatte kein Tageslicht. Er hob seine Arme gen Himmel und begann in einer grauenhaften Sprache mit der Anbetung des Äthers. Es bedurfte nur wenige der boshaften Worte, bevor sich die Absicht des Meisters zeigte. Dunkle, schwere Dunstschleier zogen auf und verdeckten zügig das Licht der Sonne. Er murmelte weiter und es kam ein leichter Wind auf, der sich schnell zu einem tosenden Sturm entwickelte. Ein schwarzer Regen gesellte sich dem unnatürlich, starkem Unwetter hinzu. Es schien, als würde die Hölle selbst beginnen zu weinen. Die düsteren Wolken changierten in ihren fahlen Farben. Anfänglich ein blasses Violett, darauf folgte ein morbides Grün, bevor alles rabenschwarz wurde. Die ersten weitentfernten Schreie der Angreifer wahren zu vernehmen. Der verdorbene Niederschlag prasselte auf die Elben nieder und verursachte schwache, aber schmerzhafte Verätzungen. Sie hoben Ihre Schilde über ihre überwiegend blondmähnigen teilweise behelmten Köpfe und setzten ihren Angriff mit beschleunigten Schritten fort. Der Nekromant stand ungerührt auf dem Turm und murmelte eine weitere

Beschwörungsformel. Mit voller Konzentration wob er den Zauber, den er zur Vollendung seiner Rache angedacht hatte. Die ersten Pfeile schossen an ihm vorbei. Sie waren in Schussweite, mit ihren ekelhaften Schnörkeln verzierten Bögen. Der Meister blieb beherrscht und beendete in aller Ruhe sein blasphemisches Werk. Direkt neben ihm bildete sich in der düsteren Luft ein schwarzer Fleck. Er verschluckte die Umgebung, schien aus ihr zu zehren und wuchs schleunig heran, bis er die Größe einer ovalen Tür erreicht hatte. Selbst unter dem gewaltigen Donnergrollen, welches gegenwärtig den gesamten Zorn des Unwetters verkündete, hörte man ein stetig anschwellendes Geräusch. Ein unerträgliches Summen. Ein ekelhafter, knisternder Tumult. Ein millionenfaches Surren von Fliegenflügel, das imstande war, eine jede gefestigte Kreatur um den Verstand zu bringen. Dieses unausstehliche Requiem bildete die verdorbene musikalische Begleitung seiner unausweichlichen Vergeltung. Abrupt war es mit einem Mal still. Sogar der Himmel schien mit seinem Zorn kurz innezuhalten. Kein Wind, kein Donnergrollen, kein Niederschlag. Die Zeit war für wenige Augenblicke paralysiert. Die Elben blieben mitten in ihrer Vorwärtsbewegung stehen, obwohl sie fast die Eingangspforte zum Hof von Barad Guul erreicht hatten. In dem Moment stob es aus der schwarzmagischen Öffnung hervor. In einer nicht enden wollenden schwarzen Wolke strömten sie aus dem Portal. Ein gigantischer Schwarm. Ihr Ziel aber waren nicht die Angreifer, nein sie flogen zielstrebig zu den Kadavern der Gefallenen. Es waren geflügelte Insekten unterschiedlichster Art Stelzmücken, Schnaken, Gallmücken, Stechmücken, Bremsen, Raubfliegen, Dickkopffliegen und vor allem grünlich schimmernde Schmeiß- und Dungfliegen. Sie jagten bevorzugt in die offenstehenden Mäuler der Niedergemetzelten und legten ihre unfromme

Saat auf deren Zungen ab. Beharrlich fanden sie ihren Weg in Nasen, Ohren und in die tödlichen Wunden der Verblichenen. Dort verbreiteten sie das, was sie aus dem grauenvollen Portal mitgebracht hatten. Die Angreifer standen still und beobachteten eingeschüchtert diesen unerwarteten Akt des absoluten Ekels, während ein letzter Spruch Arulapaduras Werk vollendete: »*URHE WAPSHUK RAVANCHU!*«. Nachdem er diese Worte ausgesprochen hatte, schrie er: »*Nehmt Rache Brüder, Euer Tod soll nicht Euer Ende sein, steht auf und vernichtet die Brut des Waldes. Zeigt keine Gnade, kein Erbarmen, kein Mitleid! Sie waren es, die Eure Kinder, Geschwister und Eltern getötet haben. Sie haben nur den allergrausamsten Tod verdient.*«

Die benannte blondmähnige Brut hatte bereits einen Kreis der Verteidigung gebildet und beäugte mit der Ungläubigkeit der Entsetzten, was um sie herum geschah. Goblins, Oger, Orks und Gnome erhoben sich, ja selbst gefallene Elben rafften sich auf und griffen nach ihren Waffen. Sie wirkten gräulich und blass. Ihre starren Augen schienen etwas zu sehen, was den Lebenden verborgen blieb. Mit geschmeidigen Bewegungen, die man von solch verstümmelten Wesen nie erwartet hätte, strömten sie auf die Ringformation der Verteidiger zu. Der Anführer der Spitzohren schrie an seine Truppe gewandt: »*Es ist der Nekromant! Ihr müsst ihn töten, sonst sind wir wahrlich alle verdammt.*« Mit seinem glänzenden aufwendig geschmiedeten Schwert deutete er auf den Turm. Dort stand in wehender Kutte, einen weißen knorrigen Stab in der Hand, boshaft grinsend der Meister. Er erkannte den Befehlshaber, auch wenn er ihm nie zuvor begegnet war. Es war Celebrian, der Elb aus Tornwarts Tagebuch. Er wusste es, als er ihm in die Augen und damit in seinen Geist geblickt hatte. Mit einem verächtlichen Grinsen drang er in dessen Kopf und seine Stimme hallte in dem Elben wider, als stünde er in den tiefen, pompösen Hallen der Zwerge von Ashnoch. »*Du hast es erfasst Celebrian. Töte den Nekromanten und Du wirst den Sieg davontragen. Ich wünsche Dir viel Erfolg bei diesem nicht anspruchslosen Vorhaben.*« Dann zog er sich, so schnell wie er gekommen war wieder aus dem Geist des Elben zurück. Dieser sackte zusammen. Ein bestialischer Schmerz schoss durch seinen Schädel, seine Muskeln versagten für einen Moment, er ließ sein Schwert fallen und griff sich mit beiden Händen an die Schläfen. Der Meister lachte gehässig auf und stieg gelassen von seinem Turm herab, während die Armee der Gefallenen auf die vorderen Reihen der Elben unbarmherzig eindrosch. Ein wiedergängiger Goblin, den es übel erwischt hatte, sein halber Leib war aufgeschlitzt und seine verfaulenden, stinkenden Gedärme hingen anklagend hervor, schaffte es, den ersten Elben zu töten. Das Opfer hatte sich auf die Abwehr einer schweren Attacke, eines auferstandenen Ogers konzentriert. Die Sicht nach unten, war ihm durch sein eigenes Schild genommen und während er den mächtigen Keulenhieb seines Angreifers zwar ausweichen konnte, rammte der Goblin ihm seinen rostigen, dennoch spitzen, langen Dolch zwischen die Beine. Ungläubig schlug er den vermeintlich unbedeutenden Aggressor mit seinem Schild nieder, dies verschaffte der Keule des Ogers nun freie Bahn. Sie fand ihr Ziel im selben Moment, als der Goblin auf dem Boden aufschlug und zermatschte den Kopf des Verteidigers. Seine Kameraden schlossen ihre Reihen und der verblichene Elb fiel vornüber in den Pulk der angreifenden Wiedergänger. Ein Hobgoblin beugte sich sofort über den Verstorbenen. Er riss dessen blutende Lippen auseinander und der gebrochene Kiefer verzerrte das Gesicht des Toten zu einer abstoßenden Grimasse. Dann presste das kümmerliche untote Geschöpf sein zerschnittenes und halbverfaultes Maul auf den Mundrand des deformierten Spitzohres. Folgend spuckte er etwas in die offenstehende Höhle hinein, bevor er wieder von ihm abließ. Nicht ohne dem Gefallenen noch einen Tritt in den Leib zu verpassen, wendete sich der Goblin dem Kampf zu. Seine Augen leuchteten blassgrünlich und er hob seine schmächtige Axt, um diese in den Stiefel eines anderen Elben hineinzutreiben. Die Verteidiger schrien vor Entsetzen auf, als sie sahen, dass sich ihr erster toter Kamerad wieder erhob. Das entstellte Gesicht erinnerte nicht mehr viel an die Herkunft seines Trägers, dennoch erkannte man an der Kleidung, dass er vor einem Augenblick noch für die eigene Seite gekämpft hatte. Celebrian hatte diese Wandlung mit größter Verzweiflung beobachtet und stammelte nur: »*Das kann nicht sein… Nein, das darf nicht sein!*«, dann besann er sich und brüllte im tosenden Schlachtenlärm: »*Kämpft Brüder, wie Ihr nie zuvor einen Kampf geführt habt, es geht nicht um weniger als Eure Seelen. Wir dürfen nicht nachgeben. Tötet diese Höllenbrut. Vernichtet sie!*« Die erhoffte Euphorie blieb aus. Zu groß war der Schrecken, den die uralte Magie über die elbischen Krieger gebracht hatte. Mit dem Mut der Verzweiflung wehrten sich die Elben jedoch mit all ihrer Kraft, als der Nekromant das Schlachtfeld betrat. Er stapfte mit seinen knochigen Stiefeln über den blutgetränkten staubigen Untergrund. Unzählige Krieger seiner wiederbeseelten Armee hatten die Elben eingekesselt und jedes Mal, wenn einer der Untoten erschlagen wurde, ersetzten mindestens zwei neue Wiedergänger die entstandene Lücke. Arulapadura marschierte weiter und ohne, dass er hätte etwas sagen müssen öffnete sich für ihn eine Gasse, die zum Zentrum des elbischen Widerstandes den Weg ebnete. Mit einem staubigen arkanen Geschoss, welches er in seinen Händen geformt hatte, durchschlug er den Verteidigungsring der Elben. Seine verderbten Mannen brandeten in die Öffnung und schlugen erbarmungslos auf die zerborstene Formation ein. In der Mitte des zerfallenden Kreises stand Celebrian und zog ein weiteres Schwert aus seiner Rückenscheide. Mit den beiden Waffen überkreuzt, schritt er entschlossen auf Arulapadura zu. »*Ich werde Dich töten alter Mann. Deine Zeit und Deine niederträchtige Magie enden jetzt und hier.*« Mit einem Satz war er bei dem Nekromanten und stieß mit einem der Hiebwaffen nach dem Rumpf des Meisters. Der vermeintlich altersschwache Kauz schlug die Klinge mit dem ihm eigenen Knochenstab mühelos zur Seite und brachte damit den Elben ins Straucheln. Das andere Schwert, welches Celebrian gerne von oben auf des Magiers Kopf hätte niedergehen lassen, verfehlte deutlich sein Ziel. Es diente nur noch dazu, den Sturz zu vermeiden, den ihn ohne diese Waffe zweifelsohne ereilt hätte. Er rollte sich dennoch über den Staub und kam geschickt wieder auf die Beine. Arulapadura musterte ihn mit seinen durchdringenden Augen. Seinen Stab hielt er dabei vor seinem Körper schräg in Abwehrhaltung. Langsam, aber sicher ging er in einem Bogen auf seinen Gegner zu. Dieser wollte mit einer neuerlichen Attacke, dem Nekromanten keine Ruhepause gönnen. Dieses Mal schoss eine der Schneiden flink neben das linke Ohr, um dadurch eine Ausweichbewegung zu provozieren, damit der Magier seinen Leib nach rechts bewegte, wo die andere Klinge zeitgleich hinfuhr. Mit Entsetzen sah Celebrian, dass dieser maliziöse Hexenmeister einfach stehen geblieben war, ohne auch nur mit der Wimper zu zucken. Beide seiner Angriffe gingen ins Leere. Seine Waffen gierten nun nach dem Kopf des Meisters und er zog sie synchron zusammen, so dass sie den Schädel des verhassten Zauberers mit Leichtigkeit hätten abtrennen müssen. Doch Arulapadura war längst darunter hinweg getaucht und noch bevor Celebrian die Schwerter zurückziehen konnte, folgte eine kaum wahrnehmbare aber umso wuchtigere Bewegung des scheinbar harmlosen Steckens. Dieser Hieb führte zu einem schmerzhaften Einschlag zwischen den Beinen des Elben. »*Ein atemberaubender Schlag findet Ihr nicht?*«, forderte der Meister erheitert die Zustimmung des Gepeinigten ein. Diesem blieb augenscheinlich die Luft weg und außer einem würgenden Husten brachte er nichts hervor. Noch bevor er sich mit einer Rolle rückwärts aus der Affäre ziehen konnte, ereilte ihn ein weiterer quälender Treffer. Ein gnadenloser Schmerz explodierte in seinem rechten Handgelenk, denn dort hatte der Nekromant seine unscheinbare Waffe hingelenkt. Ein hässliches Knacken verriet, dass der Einschlag eine Fraktur verursacht hatte und die zu Boden fallende Klinge, bestätigte dies. Auch die Rückwärtsbewegung des Elbs wurde gestört und statt des versuchten Saltos kam es zu einer Unterbrechung des Vorhabens. Da der Stock von oben herab sauste und den Elb unsanft aus der Luft auf den harten Untergrund schlug. Vollkommen überrumpelt von dem Angriff, konnte Celebrian den Fall nicht kontrollieren und er kam ungebremst auf seiner rechten Schulter auf. Erneut zeugte ein knarzendes Geräusch von einem Bruch. Mit einem unterdrückten Schrei beendete der Elb seinen misslungenen Ausweichversuch. Mit hängendem Arm und gebrochenen Handgelenk konnte er seine starke Seite nicht mehr zum Attackieren nutzen. Arulapadura trat unbeeindruckt näher heran. Den Stock hielt er nun linksseitig geschultert. »*Was seid Ihr nur für ein schwächlicher Elb. Ein armer alter gebeugter Mann, verdrischt Euch mit einem mindestens ebenso altersschwachen Stück Knochen.*« Er schüttelte abfällig den Kopf. Der Angesprochene biss die Zähne zusammen und ging zur nächsten Attacke über. Er versuchte in einer für ihn schmerzhaften Haltung, mit seinem langgestreckten Bein, den Nekromanten von den Füßen zu holen. Die Drehbewegung, die er dabei durchführen musste, endete in einem qualvollen Abschlag. Er hatte sich mit der kaputten Hand abstützen wollen. Sein Hirn hatte noch nicht wahrgenommen, dass diese ab sofort unbrauchbar war. Er landete auf dem Gesicht und durch den Aufschrei, der folgte, wirbelte sein ausströmender Atem den staubigen Boden auf. Schwer schnaubend drehte er sich auf den Rücken und starrte wütend in die kleinen gierigen Augen des Meisters, der von diesem Fehlversuch überhaupt nicht beeindruckt war, da er völlig ins Leere lief. Der alte Mann mit dem Stock fuhr sich mit seiner gräulichen Zunge über die spröden Lippen und fiel Gefallen daran zu finden, was er vor sich sah. Unbarmherzig ließ er wieder den Knochenstab auf den Elben niedergehen. Jetzt zertrümmerte er die rechte Kniescheibe seines unterlegenen Gegners. Celebrian hielt den Schmerz nicht länger aus und konnte ihn nicht mehr zurückhalten. Qualvolles Schreien übertönte den Lärm der Schlacht, die weiterhin um sie herumtobte. Als Arulapadura mit neugierigen Blicken um den Schreienden herumlief, ließ er beiläufig erneut den Stab durch die Luft wirbeln. Ein Elb war herbeigeeilt und wollte seinem Hauptmann beistehen. Mit übereilter Hast schwang er sein Schwert nach dem unbarmherzigen Magier. Das Stabende sah er zu spät kommen und damit war er auf dem ersten Auge blind. In einer blitzartigen Bewegung hatte der Nekromant den Stock gewendet und genauso schnell, das andere Ende seiner Waffe zielgenau und mit unglaublicher Wucht in den noch sehenden Augapfel gerammt. Bitterlich schrie jetzt auch dieses Spitzohr, hielt sich die Hände vor die Augen und sackte auf die Knie. Der Meister beachtete ihn nicht weiter und widmete seine Aufmerksamkeit wieder Celebrian.

Dieser fummelte mit seiner linken Hand umständlich an seinem Gürtel und versuchte, einen Dolch hervorzuziehen. »*Ihr wollt wohl immer noch nicht aufgeben?*« Mit einem Mal hatte der Nekromant keinen Knochenstab mehr in Händen, sondern einen Bambus Stock. Er schlug diesen kraftvoll neben dem Elben auf den steinigen Boden, mit dem Ergebnis, dass die Spitze splitterte und viele feine lange Sprossen das Ende der Waffe ausmachten. Dann zog er das Pein bringende Werkzeug in einer hastigen Bewegung durch das Gesicht des Spitzohrs. Jämmerlich schrie dieser wieder auf und tiefrotes Blut rann aus den neu hinzugewonnenen, schmerzhaften Striemen. Es sah aus, als wäre eine krallenbewährte Klaue durch seine Visage gefahren. Fast gleichzeitig drehte der Nekromant seine Waffe und das intakte Ende fuhr auf die linke Hand, welche nach dem Dolch griff, nieder. Da er die kurze Klinge am Heft bereits gepackt hatte, flog diese im hohen Bogen aus seinen Fingern und fand ihr Ziel im Rücken eines seiner eigenen Männer. Von dem Schmerz im Kreuz kurzfristig abgelenkt, wandt sich der Verletzte um und das nutzte ein Ork, um seine schartige Schneide tief in den Hals des Elben zu treiben. Noch im Moment des Todes zog der Uruk sein Opfer an sich heran und gab ihm einen brutalen Kuss der seelenlosen Wiederauferstehung. »*Tötet mich endlich Ihr Scheusal!*«, schrie Celebrian vollkommen aufgelöst und wutentbrannt. Der Nekromant schmunzelte amüsiert. »*Euch töten? ... diesen Gefallen kann ich Euch leider nicht erweisen. Ich bin noch lange nicht fertig Elb!*« Auf dem Rücken liegend und rückwärts kriechend, wollte der schwerverletzte Anführer weiteren Schmerzen entgehen. Arulapadura lief seelenruhig hinterher, es sah fast so aus, als wäre ein Wanderer auf einem gemütlichen Spaziergang durch den Wald. Ab und an ließ er andere kämpfende Elben, die ihm zu nahe kamen,

Bekanntschaft mit seiner Waffe machen. Er runzelte die Stirn, auf der sich eine Landkarte der Weisheit bildete. Als er sprach, war es mit der festen Stimme eines Mannes, der keinen Widerspruch duldete: »*Ihr werdet mir jetzt sagen, was Ihr hier sucht! Das ist mein Land. Elbischer Abschaum ist hier unerwünscht! Wusstet Ihr das nicht? Eure Urahnen machten klugerweise schon immer einen großen Bogen um Guernica. Doch Euch scheint es an diesem Verstand mehr, als nur zu mangeln. Wie konntet Ihr es wagen, diese Grenze zu überschreiten? Sprecht endlich, eingebildeter Fatzke!*«, forderte er zu wissen und drückte das Stockende auf Celebrians Bauch, damit dieser nicht weiter vor ihm davon kriechen konnte. »*Das fragt Ihr noch?... Ihr fragt mich, was ich hier suche?*«, völlig ungläubig schaute der elbische Hauptmann seinen Peiniger an. »*Ihr seid der Totbringer. Ihr werdet mit Euren Machenschaften ganz Erabadul in den Abgrund stürzen. Bevor ein größenwahnsinnig gewordener Graf De Momiray oder der gewissenlose Vushnatz Euer Grimoire in die Finger bekommt, müssen wir dieses unselige Buch ein für alle Mal vernichten.*«, meinte der Elb den Meister erhellen zu dürfen. Dieser nahm die versuchte Maßregelung scheinbar gleichgültig hin und zuckte provokativ mit den Schultern. Doch in seinem Inneren kochte es. Er erhöhte den Druck auf den Stab und unter dem Gejaule Celebrians schrie er seinen Zorn heraus: »*Das ist alles? Ihr glaubt ernsthaft, ich sei nicht in der Lage mein Grimoire vor den klebrigen Fingern dieser beiden Witzfiguren zu schützen?*« Ein abgrundtief boshaftes Lachen kam über die Lippen des Meisters und es übertönte den ringsum tosenden Lärm um ein Vielfaches. Selbst die herbeigerufenen toten Krieger und die immer weniger werdenden Elben hielten kurz in ihrem Kampf inne, als sie dieses unsagbar böse Gelächter vernahmen. Die Erkenntnis, die der Nekromant gewann, erzürnte ihn zutiefst. Nur wegen dieser Schrift sind unzählige Unschuldige gestorben. Nur weil irgendwelche selbsternannten Trottel glaubten, dass sie etwas vernichten müssen, was überhaupt nicht zerstört werden musste oder besser gesagt, gar nicht vernichtet werden konnte. Ein kehliger unerträglicher Laut entwich seiner knotigen Kehle, als er seinen Blick über Barad Guul schweifen ließ. Celebrian hielt sich die Ohren zu und nutzte die Gelegenheit, mehr Abstand zwischen sich und den Wahnsinnigen zu bringen, da dieser seinen Stab von ihm genommen hatte. Seine Elben bildeten eine Keilformation und durchstießen die Ostflanke mit einem beachtlichen Manöver. Zwei seiner Gehilfen schnappten ihren Anführer und entzogen ihn damit dem unmittelbaren Zugriff des Nekromanten. Die erweckten Goblins, Schrate, Orks und Oger blieben einfach stehen und ihre glasigen Augen beobachteten den mehr oder weniger geordneten Rückzug der stark dezimierten Angreifer Truppe. Sie liefen zum Waldrand, dort wo die Grenze zu Flatula verlief. Der Meister sog schwer nach Luft, streifte seine Kapuze ab und richtete seinen Blick in den schwarzen Himmel. Er rief fast sanft »*Varher Pivur*« und einen Lidschlag später kam eine Krähe herbeigeflogen. Sie schien direkt aus einer düsteren Wolke hervorzufliegen. Sie setzte sich auf den ausgestreckten Arm Arulapaduras. Er schob mit den ihm eigenen knochigen Fingern den Schnabel des Tieres weit auf und öffnete seinen Mund. Hunderte grüne Fliegen ergossen sich aus seinem Schlund und suchten ihren Weg in den Vogel hinein. Kurze Zeit darauf war er wieder in der Luft und flog über der flüchtigen Gruppe der Spitzohren. Der Meister blickte ihm hinterher und sah, wie er vor dem Waldrand niederging. »*Sie folgen uns nicht Herr Celebrian. Wir könnten es schaffen, Verstärkungen zu holen und uns neu zu formieren. Dann werden wir unser eigenes Grauen über Barad Guul brin-*

gen.«, wollte einer der engen Begleiter den Anführer aufheitern. Doch eine Rückkehr würde nicht mehr stattfinden, denn im selben Augenblick erschallte ein wütendes Fauchen, welches in einem grauenvollen Brüllen endete. Sie hatten die ersten Ausläufer des trügerischen Waldrandes erreicht, als sich direkt vor Ihnen etwas erhob, was niemals sein durfte. Celebrian starrte in die riesigen dunkelrot glühenden Augen eines toten skelettierten Drachen, der sich wider allen Gesetzen der Natur emporgestreckt hatte. Seine abhandengekommene Haut hinderte ihn kein bisschen daran, sich geschmeidig zu bewegen. Unzählige Insekten bildeten die Flügel der Bestie nach und erlaubten dieser zu fliegen. Das Letzte, was der verbliebene Elbentrupp sah, war das weit aufgerissene Maul des auferstandenen Pestdrachen von Laruuz und den daraus hervorströmenden todbringenden Nebel der Verdammnis. Eine elendes Crescendo der endgültigen Erstickungsqualen erreichte den Nekromanten. Als das Röcheln und die hustenden Sterbelaute ein Ende fanden, wandte er sich ab, ohne eine Miene zu verziehen. Arulapadura lief zurück zur Küche, wo er das Tagebuch seines ungehorsamen Dieners zurückgelassen hatte. Er musste weiterlesen, erfahren, was aus Tornwart geworden war, da er ihn immer noch nicht unter all den Toten hatte ausmachen können. Vielleicht lebte die zu kurz geratene Kanaille noch und es gab mehr zu ergründen, von dem er bisher nichts wusste. Die Untoten, die sich auf Befehl des Nekromanten erhoben hatten, sackten in sich zusammen. Ein paar Fliegen verließen die geschundenen Körper, nicht ohne Ihre eigene Brut der Verdammnis darin gesät zu haben.

Letzter Eintrag

Entschlossen schritt Schmatz Schattenmantel in die Mitte der Bibliothek und griff nach dem violett schimmernden Einband des uralten Werks, das wie versprochen auf einem Podest auf ihn gewartet hatte. Als er gierig mit schwitzigen Händen das Buch öffnete, strömte ihm ein eiskaltes smaragdgrünes Licht entgegen. Er konnte sicherlich spüren, wie seine Augen sich nach der ersten Blendung an die Schrift gewöhnten und begann zu lesen. Die Worte auf den Seiten waren in einer Sprache geschrieben, die der Zeremonienmeister bestimmt nie zuvor gehört hatte. Er stammelte vor sich hin. Doch als er las, schien es, als ob sein Verstand von alleine übersetzte. Seine Aussprache wurde stetig flüssiger. Er tauchte immer tiefer in die Welt des Folianten ein und bald fand er sich inmitten einer schauerlichen Vision wieder. Ein Kampf gegen die Herrschaft des Wahnsinns stand bevor und der Macht besessene Schmatz Schattenmantel wusste wohl instinktiv: Nur wenn er alle seine Kräfte bündelte - auch jene aus diesem finsteren uralten Werk - würde es ihm gelingen, den Wahn zu vertreiben. Das rief er zumindest aus. Doch dann fingen seine Augen furchtbar an zu brennen. Er rieb mit seinen Handrücken darin, versuchte, etwas Unsichtbares wegzuwischen. Gleißender Schmerz musste ihm durch die Pupillen mitten in sein kärgliches machtbesessenes Hirn geschossen sein. Er schrie qualvoll aus, dass sein Schädel zerquetscht werde. Ich setzte ein hinterhältiges Grinsen auf und fing langsam an in ein gehässiges Lachen zu verfallen, ich lachte und lachte. »*Du kleiner Narr! Du hast hier das verbotene Buch vor Dir und nicht wie von Dir angenommen das Grimoire des Meisters. Niemand hat je dieses grauenvolle und vor allem das finsterste unter sämtlichen schwarzmagischen Schriften bis zu Ende lesen können. Das verteufelte Buch lässt nicht in sich lesen, es liest selbst in seinem Studenten und erkennt sehr schnell, wer es da wagt, einen Blick in seine düstersten Abgründe zu werfen. In Dir hat es wohl keinen besonders tauglichen Diener gesehen, weshalb es Dir hastig den Zutritt verwehrt hat. Die Strafe für deine Anmaßung erhältst Du in diesem Augenblick. Wie konntest Du mir blind vertrauen? Ich bin Tornwart der I., der Grompf der nach der ihm rechtmäßig zustehenden Krone strebte. Dachtest Du, ich würde sie einem Nachtschattengnom überlassen, dessen Banner eine verfaulte Tomate ziert? Wieso sollte ich ausgerechnet einem dreckigen schleimigen Wurm, wie Dir, der mich verraten hat, zu einer solch unvorstellbaren Macht verhelfen?«* Das Lachen wurde immer boshafter und der Zeremonienmeister schrie vor allergrößter Pein. Die Augen des Unglückseligen wurden größer und größer. Das Weiße darin verschwand und wurde von einem düsteren Ton ersetzt, der dem von geronnenem Blut glich. Der Druck auf den Glupschern musste das maximal Erträgliche erreicht haben. Mit ploppenden Geräuschen explodierten die angeschwollenen Augäpfel annähernd zeitgleich im Schädel des Nachtschattengnoms. Seine Hände, die er vor Schmerz von außen gegen seine Ohren gedrückt hatte, sanken schlaff und kraftlos an ihm herab. Seine Knie gaben nach, er sackte zusammen und stürzte mit seinem halbweggerissenen Antlitz voran, vor dem Podest zu Boden. Lediglich sein Körper gab noch ein paar letzte unkontrollierte Zuckungen von sich. Die beiden Wächter, die mich bedroht hatten, wurden von der nackten Angst gepackt, als sie sahen, dass ihr vermeintlich unbesiegbare Anführer einfach so von einem Buch besiegt worden war. Panisch beobachteten sie, wie das grünrötliche Blut sich seinen Weg aus den Augenhöhlen ihres vergangenen Meisters suchte und den Boden der Bibliothek besudelte. Sie warfen ihre Waffen angsterfüllt weg, machten kehrt und rannten schreiend davon. Ich überlegte kurz, wie der Nekromant in diesem furchtbaren Werk lesen konnte. Er musste unzählige Schutzzauber auf sich anwenden, um es so weit geschafft zu haben. Ein blutrotes Bändchen, dass bereits bis zu mehr als zur Hälfte in den noch immer unheilvoll schimmernden Seiten hervorlugte, kündete zumindest von seinem Lesefortschritt. Ich wendete hastig meinen Blick ab, um nicht selbst in den Bann dieser tödlichen Boshaftigkeit zu gelangen. Ich hatte vor diese Bibliothek schleunigst zu verlassen. Wie ich schonmal zu Beginn hier niedergeschrieben habe, hatte ich den Gedanken die schwarzmagischen Mächte zu nutzen, um den grompfischen Herrschaftsanspruch durchzusetzen, sehr hastig verworfen. Oft genug hatte ich gesehen, welchen Preis der Nekromant zahlte, um seine finstere Magie wirken zu können. Ich drehte mich um und lief geradewegs dem zornigen Elben Mandir in die Arme. Er riss mich unsanft zu Boden. Trat mir mit seinem Stiefel auf den Kopf, bückte sich und zog erbarmungslos an meinem Ohr. »*Du widerwärtige Ratte wirst mir jetzt sagen, wo das richtige Grimoire Deines Meisters ist! Weigerst Du Dich, so werde ich Dir nicht nur Dein verrunzeltes Ohr abreißen, Du wertlose Kreatur der Finsternis.*« Natürlich schrie ich wie am Spieß, auch wenn der Schmerz noch einigermaßen erträglich war, aber eine Lektion, die ich in meinem langen Leben gelernt hatte, war es zu übertreiben. Dem Elben gefiel das scheinbar, und er wähnte wohl ein schwächliches Wesen vor sich zu haben. Gut so! Sein Zug ließ etwas nach und er wiederholte eindringlich sein Anliegen. Dies gab mir kurz Zeit, um nachzudenken. Was sollte ich ihm erzählen? Er würde kaum demselben Trick zum Opfer fallen, wie der gierige Nachtschattengnom. Mandir musste uns beobachtet, und geduldig in den finsteren Ecken gelauert haben, bis sich eine Gelegenheit für ihn dargeboten hatte. Ich sagte ihm, dass ich erschöpft sei. Die lange Reise und die Schlacht um Arulapaduras Anwesen hätten mich geradezu überstrapaziert. Um ihn dorthin zu bringen, wo er dem Grimoire des Meisters habhaft werden konnte, würde ich eine angemessene Erholungspause benötigen, um nicht auf halbem Weg zusammenzubrechen. Angewidert schaute er auf mich herab, ohne den Fuß von meinem Backen zu nehmen. »*Gnade Dir Dein lausiger Goblin-Gott, wenn Du nur Zeit schinden willst! Ich führe Dich zu einem elbischen Heiler, der wird dir einen Trank geben und danach wirst Du wieder stark genug sein, um Deinen allerletzten Weg zu beschreiten.*« Schön, dass diese Elben stets versuchen das Gute in allen Kreaturen zu sehen. Ein Schwachpunkt dieser Trottel, vielleicht sogar der Einzige. Ich bat darum, in meiner Zelle auf der abgeranzten Strohmatte etwas ausruhen zu können, bis der Heiler gefunden sei. Man könne mich auch einsperren. Dagegen hatte der Elb nichts und zog mich am Ohr hinter sich her. Wir überwältigten die unzähligen Treppen nur langsam, da ich mich betont schwach und unpässlich gab. Als wir dann in der Grompf-Kemenate angekommen waren, durchsuchte Mandir die erbärmlich verlauste Stube nach Waffen und versteckten Fluchtwegen. Nachdem er die Strohmatte durch den Raum geschmissen hatte, nickte er und deutete mir mich hier auf den Boden zu legen. Notdürftig stopfte ich das Stroh wieder in die Matte, legte sie zurecht und bettete mich darauf. Mit einem elbischen Schließzauber versiegelte er von außen den von mir selbst gewählten Kerker.

Ich bin nun allein und schreibe die vermutlich letzten Zeilen in mein königliches Tagebuch. Da ich nicht den geringsten Funken an Zeit für Gefühlsduselei habe, trauere ich nicht der Krone hinterher. Diese hätte ich besser niemals angestrebt. Vielmehr bedaure ich, dass dieses großartige Abenteuer so zu Ende gehen muss, aber ich sehe keinen anderen Ausweg aus dem Schlamassel. Denk jetzt nicht, wer auch immer du sein magst, der in meinen Aufzeichnungen stöbert, dass ich dem elbischen Abschaum das Buch des Meisters aushändigen werde. Nimmerdar würde ich das tun! Vielleicht doch, wenn ich denn wüsste, wo es überhaupt zu finden wäre. Nein, die goblinischen Instinkte in mir sagten, dass ich keine weiteren Trümpfe in Händen hielt, um der Überzahl an Elben zu entkommen. Meine Verbündeten und Gefährten waren alle tot oder geflohen. Selbst Windrisha war von einem dieser spitzohrigen Bestien aufgeschlitzt worden. Diese Erkenntnis macht mich außerordentlich traurig, wütend und abgrundtief zornig. Es wird mir eine Freude sein, diese Narren in ihren Untergang zu führen. »*Das Buch muss vernichtet werden. Es wird Unheil über ganz Erabadul bringen, wenn es nicht dem heiligen Loch des Waldes übergeben wird.*«, hörte ich sie bereits in Hallot flüstern. Heiliges Loch, welch elbischer Schwachsinn. Ein heiliges Loch? Ich fragte mich damals schon, was das sein soll, und musste an den Darmausgang des sonnenanbetenden Arschlochs in der Dschungelpagode denken. Mit einem letzten wissenden Grinsen im Gesicht schreibe ich mein Vorhaben hier nieder. Wer auch immer diese Erlebnisschrift findet, soll verstehen, dass ich mit all meiner Kraft und all den Opfern, die ich zu bringen bereit war, dafür gesorgt habe, dass die Mansio rein bleibt. Ferner sollt ihr wissen, dass diese elbischen Hurensöhne ihrem gerechten Schicksal von mir zugeführt wurden. Mandir wird mit einem Trupp seiner übrig gebliebenen Elben sicherlich mir dahin folgen, von wo niemand jemals wiederkehrte. Einmal hinein, führt kein Weg wieder heraus. Ich werde sie hinab in die Minen des Meisters führen. In der ewigen Finsternis werde ich keinen Fluchtversuch mehr unternehmen, ich geleite sie geradewegs in den Abgrund. Hinein in das Herz einer nicht enden wollenden Dunkelheit, dort wo sogar der Nekromant es nicht wagt, zu wandeln. Hinunter in die tiefsten Klüfte unserer Welt und der Weg dorthin führt durch einen Minenschacht. Schacht 8a!

Ich höre leichtfüßige Schritte nahen. Der Elbendrecksack ist zurück. Ich schließe hiermit und jeder der dies liest, soll wissen, dass er mir nicht folgen sollte. Mein Schicksal habe ich besiegelt und darauf bin ich stolz, ich werde als freier Grompf sterben und denen nachfolgen die mir tapfer und loyal zur Seite standen. Es ist vorbei, ...

Mythen und bittere Wahrheiten

XXII. Spektorius 668 n.Plmdr. – Heute –

Arulapadura wurde kreidebleich, als er die letzten vollgekritzelten Seiten in der krakeligen Handschrift seines Dieners gelesen hatte. Ein beklemmendes Gefühl überkam ihn, ein Empfinden, welches er seit Jahrhunderten nicht mehr verspürt hatte. Die eiskalte Hand der Furcht griff nach dem düsteren Herzen des Meisters. Warum nur war der Grompf in einem allerletzten Akt der Verzweiflung in die immerwährende Finsternis des Schachtes 8a hinabgestiegen? Der Nekromant hatte seit mehr als zehn Dekaden eine Legende von einem Grauen ohne Namen gewoben, welches sich in dieser allumfassenden Dunkelheit verborgen hielt. Nicht einmal der kühnste unter seinen Sklaven, Dienern und Kämpfern hatte es jemals erwogen, dorthinein zu marschieren. Er war sich absolut sicher gewesen, dass der von ihm erschaffene grauenerregende Mythos, für alle Zeiten, neugierige und abenteuerlustige Gesellen davon abhielt, dahinein zu spazieren. Er ließ ab und an ungehorsame Leibeigene dort hineintreiben, um der Mär stets frische Nahrung zu geben. Wenn es dazu kam, wies er sämtliche Sklavengoblins, Schrate, Orks, Oger und Trolle an dabei zu zusehen. Ihnen sollten sich die verzweifelten und qualvollen Schreie, die bei diesem Vorfall aus der Finsternis drangen, für alle Ewigkeit in die Gehörgänge eingebrannt werden. Bisher führte das auch zum gewünschten Erfolg. Neue Sklaven wurden sofort über das Grauen in Schacht 8a unterrichtet. Der Fantasie der altgedienten Knechte entsprangen im Zuge dessen Brutalitäten, die teilweise die Gräuel, die der Meister in seinen Berichten über den Albtraum Stollen verbreitete, um ein Vielfaches überflügelten. Sein Alter und seine Weisheit hätten ihm allerdings eines Besseren belehren müssen. Es gab immer den Einen, der das Undenkbare wagt. Den Einen, der aller Vernunft trotzt. Den Einen, der sich über jede Logik hinwegsetzt! Einer, der nicht durchschaubar oder berechenbar ist. So einen gibt es zu allen Zeiten! Wie konnte er das leugnen? Er konnte es nicht! Nur das dieser Eine sein eigener fauler Diener war, das wollte dem Nekromanten nicht in den Kopf. Ungeachtet dessen sah er diesen kleinen Aufschneider nun, nachdem er seine Schmierereien gelesen hatte, in einem vollkommen anderen Licht. Es hatte sich bestätigt, was die Weisen vor tausenden Umläufen in den alten staubigen Chroniken Erabaduls niedergeschrieben hatten. »*Keine Kreatur vermag zu sagen, was sie kann, bevor sie es nicht versucht hat.*«, oder »*Wer behauptet nie einen Fehler begangen zu haben, der hat noch nie etwas absolut Neues ausprobiert.*« Der Grompf war an seiner, sich selbst auferlegten Mission gewachsen. Selbst wenn die Ursprungsmotive alles andere als rühmlich gewesen waren, hatte er eine Reife erlangt, die der Meister nie für möglich gehalten hätte. Wieder schweiften seine Gedanken zu der allumfassenden Schwärze des Schachtes. Nur er wusste, was in dieser immerwährenden Düsternis hauste. Das Artefakt, das in der ewigen Nacht dort in Ewigkeit hätte, verborgen bleiben sollen, ließ ihn erneut frösteln. Ein grausam endloses Unbehagen dröhnte lauter und lauter in seinem Hirn. »*Konnte der Grompf der Schlüssel sein? Derjenige, der etwas entfesselte, was sich kein sterblicher je vorstellen konnte?*« Das durfte nicht sein, doch eine Gewissheit gab es nicht. Im Gegenteil, nur der Meister selbst wusste noch, wer Tornwart war und wo er herkam. Aus seinen Nährern erschaffen, hatte der Grompf auch ein Leben vor seinem Dienerdasein bei Arulapadura geführt. Eine Vita an die er sich aber, dank der dunklen Magie des Nekromanten, nicht mehr erinnern konnte. In des Schwarzmagiers Kopf zeichnete sich ein Bild, dass ihm das Blut in den Adern gefrieren ließ. Er sah Tornwart, tief im Schachtinneren. Mit einem Ausdruck von faszinierender Entzückung auf seiner Visage hielt er in seinen schmierigen Fingern das Artefakt. Der Meister hörte sich selbst schallend sagen: »*Nein Grompf, tu das nicht! Leg es nieder, Du weißt nicht, welch Unheil Du heraufbeschwörst!*« Doch in seinem Kopf sah er, dass der Grompf längst nicht mehr Herr seines Tuns war und das ein schwarzer Schatten sich bereits seiner Seele bemächtigt hatte. Wiederholt forderte der Nekromant in Gedanken seinen Diener auf, von dem alten Relikt abzulassen, doch dieser schien wie in Trance und begann in einer finsteren uralten Sprache die schlimmste aller Beschwörungsformeln zu murmeln. Eine aus grauer Vorzeit stammende boshafte Energie entfesselte sich aus dem unheiligen Objekt, und der Schacht erbebte. Der Meister wischte die Vision aus seinem Geiste fort und eilte hinab in seine Mine. Vielleicht war es bereits zu spät. Dennoch lag es, an ihm das zu verhindern, was verflucht nochmal nicht sein durfte. Während er sich in die tobenden Fluten der Dunkelheit stürzte, spürte er im Inneren eine Mischung aus Schuld und Entschlossenheit. Er wusste, dass dies sein letzter Kampf sein würde, und die Konsequenzen, die für seine dunkle verlorene Seele drohten, sollte er auf alle Ewigkeit in der Verdammnis zu tragen haben. Er hatte sein Leben der Beherrschung der schattenhaften Künste gewidmet und war nun bereit, es zu opfern, um Erabadul damit zu retten. Er eilte mit einem markerschütternden Schrei, dem Schachtende entgegen, dort wo eine schwere, beschlagene und mit magischen Symbolen verzierte, eiserne Tür etwas verbarg, was sich nicht verbergen lassen wollte. Er war sich sicher, dass ihm sein letzter, aber auch größter Kampf bevorstand.

Epilog

Ein eisiger Wind durchfuhr die düstere Mine unter Barad Guul. Ein unscheinbarer Pergamentfetzen segelte, von dem kalten Hauch ergriffen, aus einem Schacht heraus. Es war, als würde er sich, von einer unsichtbaren Hand getragen, immer weiter durch die nicht enden wollenden Gänge und Stollen einem vorbestimmten Ziel nähern. Vorbei an den abgenutzten Werkzeugen, die bis vor kurzem noch der harten Arbeit unter Tage dienten. Verwaist schienen sie darauf zu warten, dass jemand sie ergriff und den Bergbau wieder aufnahm. Der Luftstrom nahm zu und trug das Dokument gegen jede Regel der Gravitation zu den Stufen, die hinauf in die Mansio führten. Haarscharf vorbei an einer lodernden Fackel, entging es der Vernichtung und segelte weiter hoch. Die Reise ging voran an den Verliesen, den Schmieden und dem berüchtigten Verhörkeller des Nekromanten vorüber zu den oberen Ebenen. Eine schwarze Katze, die hinter einem Mauervorsprung auf Beute lauerte, blickte dem fliegenden Papier aufmerksam hinterher. Mit einem anklagenden Maunzen rief der Kater dem Schriftstück zu. Unbeeindruckt davon schwebte es weiter, am Herrensaal vorbei und als sich eine Türe knarrend öffnete, war der Wind im selben Augenblick verschwunden und das Pergament fiel zu Boden. Es fand seine endgültige Position vor ein paar Füßen, die gerade aus dem aus grauer Vorzeit zu stammenden Saal hervorgetreten waren. Windrisha beugte sich hinab und ergriff den Fetzen. Es war Tornwarts Sauklaue, dachte sie im ersten Moment. Erleichtert etwas Vertrautes entdeckt zu haben, fühlte sie sich nicht mehr ganz so einsam in dem vom Tode gezeichneten Gemäuer. Sie hatte den Herrensaal gereinigt und eine beträchtliche Anzahl an Leichen in den Hof von Barad Guul gezogen, um eine notwendige Feuerbestattung vorzubereiten. Alle waren verschwunden oder tot als sie aus ihrem traumlosen Schlaf auf dem Tisch erwachte. Auch der Meister war, wie vom Erdboden verschluckt. Sie ging zurück in die Küche und zündete ein paar Kerzen an. In dem schemenhaften Licht unternahm sie die Anstrengung, das Dokument zu lesen. Ihre Stirn verzog sich und Falten der Besorgnis zierten diese fortan. Dann veränderte sich ihre Mine, sie erhellte sich, bis die Orkin schließlich lauthals auflachte und in die leeren Hallen Barad Guuls hinein schrie. »*Du kleiner Scheißer, Du elender Aufschneider, man kann eben aus einer Ratte keinen Drachen machen. Jauche bleibt Jauche, auch wenn man sie in goldenes Papier einwickelt.*« Sie reckte sich empor, packte ihr Bündel, steckte sich einen geschärften Dolch in ihren Gürtel und öffnete die Eingangspforte. Sie trat erhobenen Hauptes, in eine wolkenverhangene finstere Nacht hinaus. Hier gab es nichts mehr für sie zu tun. Ob Barad Guul jemals wieder auferstehen würde, stand nicht in ihrer Macht. Mit festem Schritt schlug sie den Gang Richtung Osten ein. Den Weg nach Bagrunk Badul, dem gewaltigen Reich der Orks.

Das Pergament aber fuhr mit seiner Reise fort. Ein erneuter Hauch trug es vom Küchentisch herab und es segelte vor Herrn Pasousos Pfoten. Er warf einen uninteressierten Blick über das Gekrakel, machte hastig kehrt. Schleunigst setzte er mit einer gewissen Genugtuung einen übelriechenden Strahl der Markierung auf das Schreiben und tapste geruhsam in die Dunkelheit der Verliese hinab. Ein schwarzgefiederter Vogel flog durch die offenstehende Pforte herein, fand seinen Platz neben dem besudelten Pergament und las die Worte des fehlgeleiteten Dieners:»*Es war grauenvoll. Ich habe sie zum Schacht geführt und es war weitaus schrecklicher wie in meinen Albträumen. Alle Haare stellten sich mir zu Berge, als wir mit Fackeln, deren Licht von dieser grausamen Finsternis schlichtweg verschluckt zu werden schien, ein paar Schritte in dieses nicht enden wollende Schwarz hineintraten. Mandir musste es ebenfalls spüren, er forderte mich deutlich verunsichert auf, voranzugehen, obwohl ich in dieser Düsternis nicht mehr zu sehen war. Ich spürte `Es`, bevor Es da war. Eine Angst legte sich um meine sterbliche Seele, wie ich sie nie erlebt hatte. Mandir versuchte, seine Stimme zu festigen, gleichermaßen schwand ihm der Mut ebenso wie seine Mannen. Kehlig verlangte er erneut, ich solle weiter vorgehen. Da fasste ich mir ein Herz und rollte mich nach hinten ab, schlug Rückwärtsrolle um Rückwärtsrolle, wieder und wieder. Geradewegs zwischen Mandirs Beinen hindurch. Ein verflucht harter Felsblock, der vor dem Schachteingang thronte, brachte meinen glorreichen Abgang zum Stillstand. Kurz hörte ich ein aufgebrachtes Stimmenwirrwarr, untermauert von elbischen Flüchen, die aus einer anderen Dimension zu stammen schienen. Folgend vernahm ich unüberhörbar, die abscheulichen Todesschreie Mandirs und die seiner Begleiter. Das Blut gefror mir in den Adern und ich war wie gelähmt. So etwas habe ich nie zuvor gehört. Die brutalsten Verhöre des Meisters hatten nie solche qualvollen Laute verursacht. Das Unaussprechliche war gekommen und es holte sich, was ihm zustand. Mir ist entfallen, wie ich es vollbracht habe, aus dieser Paralyse auszubrechen. Ich verwarf das majestätische Vorhaben der Selbstaufopferung. Ja ganz recht, ich habe den königlichen Schwanz eingezogen! Ja, bin ich denn blöd? Sollen diese* *machtgierigen Vollidioten machen, was sie wollen. Ich, für meinen Teil, begebe mich ohne Umschweife auf den einzig wahren Pfad… den Pfad der Liebe. Hier hält den Grompf, der Regent sein wollte, nichts mehr. Ich gehe nach Skraath und werde meiner unstrittigen Königin die ewige Treue schwören. Sie wird mich von vorne bis hinten verwöhnen dürfen. Mir das Essen kochen, das Feuerholz bringen und die Stube reinlich halten. Unser Nest soll behaglich sein, denn ich belasse die Zudecke stets überm Leib schlummernd, während ich auf weichgepolsterten Betten und ehrwürdigen Sesseln gewärmt ruhe. Ihre Wiedersehensfreude wird formidabel sein und sie wird vor mir auf die Knie gehen. Da ich ihr die allergrößte Ehre zu Teil werden lasse. Sie wird das Weib eines unvergleichlich mutigen, beachtenswert schönen und beneidenswert starken Abenteuerfürsten sein dürfen. Oder was denkt Ihr, die Ihr meine allergeheimsten Notizen studieren durftet? Ingrid erwartet mich und die Zeit drängt. Bevor ich gehe, werde ich mir ein paar dieser feingefertigten leeren Bücher des Nekromanten einpacken, man weiß ja nie!«*

Der Rabe, der nichts Geringeres war, als die sehenden Augen Arulapaduras, stieß ein Krächzen hervor, in dem die ganze Missgunst und Verachtung des Meisters zu liegen schien. Er breitete seine Schwingen aus und flog hinab in die Düsternis der Minen Barad Guuls.

-ENDE-

Danksagung

Dieses Buch wäre nicht möglich gewesen ohne die Unterstützung, die ich von großartigen Menschen erhalten habe. Ich möchte die Gelegenheit nutzen, mich bei diesen besonderen Menschen zu bedanken:

Meiner Familie, die immer an mich geglaubt und mich in all meinen literarischen Abenteuern unterstützt hat. Eure Liebe und Ermutigung bedeuten mir mehr, als Worte ausdrücken können. Für meine Frau, die trotz Ihrer Vorlieben für Thriller und zeitgenössische Literatur, dieses fantasievolle Werk Korrektur gelesen hat, einen dicken liebevollen Kuss von mir. Du bist einmalig. Ich liebe Dich.

Den vielen Autoren und Schriftstellern, die mich durch ihre Werke inspiriert haben. Eure Worte haben meine Leidenschaft für das Schreiben am Leben erhalten. Namentlich möchte ich Olaf Raack hervorheben. Die Idee, ein eigenes Buch zu schreiben, kam mir nicht zuletzt wegen ihm. Er hat mir durch sein Werk gezeigt, dass man seinen Traum einfach leben und verwirklichen kann, und das trotz Familie und Fulltime-Job. Nebenbei bemerkt schreibt er auch fantastische Bücher, die Euch gefallen werden. Ihr kennt ihn noch nicht? Schaut auf Instagram unter @olaf_raack_autor vorbei. Es lohnt sich.

Besonders möchte ich Melanie Steinke für die unkomplizierte und brillante Covergestaltung ganz herzlich danken.

Nur wenige Worte und ein von mir stümperhaft ausgearbeiteter Entwurf waren nötig, damit Melanie gekonnt diesem Buch, sein in allen Belangen stimmiges Gesicht geben konnte. Ganz lieben Dank. Ihr erreicht sie unter @khs_illustrations auf Instagram.

Euch Lesern, die die Welt meiner Geschichten betreten und mir die Ehre erweisen, ihre Zeit in meinen Worten zu verbringen. Ihr seid der Grund, warum ich schreibe, und ich hoffe, dass dieses Buch Eure Erwartungen erfüllt.

Last but not least, meiner Muse, die mich immer wieder dazu anspornt, meine kreativen Grenzen zu erkunden und neue Welten zu erschaffen.

Vielen Dank an Euch alle für Eure Liebe, Unterstützung und Inspiration. Möge dieses Buch Euch genauso viel Freude bereiten, wie das Schreiben daran mir schenkte.

In tiefer Dankbarkeit,

Bernhard Grendel-Grim

Leseprobe »Der Pfad des Meisters«

Sein steinharter Blick streifte suchend durch den trostlosen Saal. Ihm war heute absolut nicht danach seinen müßiggängerischen Diener durch seine uralte Mansio zu scheuchen. Seit ein paar Tagen spürte er, dass sich die Dinge änderten, finstere Mächte schienen am Werk und die Veränderungen, die damit einhergingen, drohten das Gleichgewicht in Erabadul zu zerstören. Er brauchte Gewissheit. Den Entschluss seinen besten Informanten und Spion her zu zitieren, war ihm nicht leichtgefallen, denn dieser steckte mitten in einer Intrige, die er auf Arulapaduras Befehl voranbringen sollte. Seine boshaften Augen verharrten auf einem überdimensional großen Spinnennetz, welches sich über eines, mit schweren Staub beladenen Bücherregal, ausbreitete. Darin fanden sich unzählige unaufmerksame Opfer des Arachniden, der sich just bemühte, eines dieser unvorsichtigen Insekten zu vertilgen. Der Anblick faszinierte den Nekromanten, der von seinem Knochensessel aus eine hervorragende Sicht auf das Geschehnis hatte. Für einen flüchtigen Moment verließ ihn die Unruhe, die er seit kurzer Zeit verspürte. Noch bevor er den Aufschlag des dämonischen Türringes an seiner Eingangspforte vernahm, wusste er, dass sein bestinformierter Lakai, eingetroffen war. Wie zu erwarten, musste dieser einige Male den schweren Ring betätigen. Der stinkfaule Diener-Grompf hatte es noch nie für nötig erachtet, auf ein einfaches Klopfen zu reagieren. Arulapadura malte sich aus, wie sein unbrauchbarer Leibeigener durch die langgezogenen Gänge der Mansio schlurfte, in einem Tempo, welches sogar einem betagten Grottenolm zu denken gegeben hätte. Der Zorn, der in ihm aufloderte, verschwand ohne, dass er ihn ausleben konnte. Er vernahm, rascher als erwartet, wie unter einem grausigen Knarren und Knarzen die schweren Beschläge des Tores ihren Dienst verrichteten und die Pforte zu seinem finsteren Reich geöffnet wurde. Kurz darauf hörte er die tapsigen Schritte des obersten Grompfs und Leibdiener auf dem scheißkalten steinigen Boden herbeieilen. Unter einem nicht minderen Ächzen öffnete sich folgend die gewaltige Tür zum Herrensaal. Übertrieben gebückt schlich sein missglücktes Experiment, so nannte er Tornwart häufiger, herein. Die Fackeln in den Wänden schienen sein Eintreffen mit Missfallen zur Kenntnis zu nehmen. In den Lohen bildeten sich hämische Fratzen, die üble Grimassen schnitten. Der Bückling räusperte sich und erhob sein Haupt, um seinem Meister zu berichten »*Eure allerungnädigste Verkommenheit, ein verhüllter Bote aus fernem Land ist eingetroffen und drängt darauf zu Euch vorgelassen zu werden. Sein Name sei Leolehon oder Schareon… oder möglicherweise auch Jeaque.*« Er kratzte sich am Schädel und fuhr unbeirrt von seiner stümperhaften Ankündigung, fort. »*Möchtet Ihr diesen finsteren Gesellen empfangen? Ich kann ihn auch sehr gerne in den Verhörkeller bringen, wenn dies mehr in Eurem Sinne wäre, Eure lauernde Ungeduld?*« Der Nekromant, den zumeist die tranigen Sprüche seines Dieners zur Weißglut trieben, ignorierte die Provokationen und kam gleich zur Sache. »*Lass ihn sofort herein und enthalte Dich dieser Spielchen Tornwart. Ich möchte daraufhin weisen, dass ich immer ein glühendes Eisen im Feuer habe, besser gesagt eine heißblütige Zange. Du lässt den Kerl eiligst vortreten und begibst Dich direkt im Anschluss daran zu den Stallungen.*« Der Grompf fuhr sichtlich nervös bei dem Wort »Stallungen« zusammen. »*Was bitte schön soll ich denn dort, großer Meister der unvorhergesehenen Aufträge?*«, brachte er jetzt nicht mehr ganz so selbstsicher hervor. »*Du wirst Schattenpest satteln und für eine längere Reise bereitmachen lassen!*« Dem Diener zog ein eiskalter Hauch über den ungewaschenen Nacken. »*Scha..ttenp…est?*«, stammelte er ängstlich. »*Ja, Du kleiner Narr, Schattenpest, mein über alles geliebter prächtiger Hengst. Du bist für sein Wohl verantwortlich, Du erinnerst Dich doch, Du dreckige kümmerliche Schabe?*« Verlegen schaute der Leibdiener zu Boden, brachte aber nun mit fester Stimme hervor, »*Natürlich Eure unumschweifende Gaulschaft!*«, dabei ging ihm aber etwas ganz anderes durch den Kopf. »Schattenpest« Wenn er vor jemandem Angst in dieser nekromantischen Festung des Wahnsinns hatte, dann war es nicht der boshafte Meister, den er fürchtete. Nein, ... der dürre Klepper des Herren jagte ihm einen weitaus größeren und höllischeren Schrecken ein. Er konnte sich gar nicht mehr daran erinnern, wann er das letzte Mal bei den Stallungen gewesen war. Es musste mindestens ein Jahrhundert her sein. Er erschrak bei diesem Gedanken, denn er war verantwortlich dafür, dass die Stelle des Stallmeisters regelmäßig nachbesetzt wurde. Nicht alle auf Barad Guul waren mit solch ungewöhnlich nicht enden wollendem Leben, wie er und sein Meister gesegnet worden. »*Na dann los jetzt, Du faules Stück Dreck. Wie lange soll mein Gast denn noch warten?*«, zischte Arulapadura außer sich vor Wut. »*Jawohl, Eure unbefleckte Empfängnis. Ich lasse Euren Besucher hurtig vortreten*«, stob der Grompf auf und davon. Während er dem Neuankömmling die Tür nur einen Spalt öffnete und ihn hereinfuchtelte, schlug ein mickriger, aber ausgesprochen spitzer Knochenpfeil in seinen Allerwertesten ein. Mit einem weibischen Aufschrei fuhr er herum und blickte in die seelenlosen Augen seines Herren. Dieser brauchte kein

Wort mehr an ihn zu verschwenden, denn seine flackernden Pupillen gaben ihm das Versprechen, einer qualvollen Tortur, sollte er nicht sofort spuren. Mit großem Bedauern darüber, dass er das Gespräch des Meisters nicht belauschen konnte und einer gehörigen Portion Angst in den alten Gliedern, machte sich der Grompf auf in Richtung Stallungen.

Ein in Lumpen gehüllter Kerl, schritt aus den Schatten des Herrensaals vor den Nekromanten. In seiner Gestalt ähnelte er sehr dem unfähigen Diener Arulapaduras. Sein Antlitz war von einer Kapuze verhüllt. Er trat noch zwei Schritte vor und fiel auf die Knie. »*Meister, es ehrt mich, Euch bedeutsame Informationen zu überbringen. Ich bin Eurem Ruf unverzüglich gefolgt.*« Gab er mit fester Stimme und geneigtem Haupt zur Begrüßung seines Gastgebers wieder. Arulapadura musterte den Ankömmling mit immenser Ungeduld. »*Leg Deine Haube ab Schackholeon, damit ich Dich sehen kann!*«, befahl er der schmächtigen Gestalt, die vor ihm im Staub kniete. Der Angesprochene reagierte prompt und entblößte seinen Kopf. »*Verzeiht Herr, in der Eile vergaß ich ...*« Der Meister erhob seine Hand »*Schweige er still.*« Entzückt darüber was er zu sehen bekam, musterte er Schackholeon intensiv mit seinen stahlgrauen durchdringenden Augen. »*Es ist erstaunlich, wie Du ihm ähnelst. Nur ... Deine knallharte Effizienz überflügelt Deinen Bruder um ein Tausendfaches. Ihr gleicht Euch bis aufs Haar.*«, stellte er einmal mehr verdutzt fest. »Aber nun berichte mir von den Ereignissen, die sich jüngst in den Ländereien der De Momiray zugetragen haben!«, forderte er seinen Informanten auf, ihm vorzutragen.

Arulapadura kehrt 2024 zurück in: »Erabadul Der Pfad des Meisters«

Anhänge

0.1 Stichwortverzeichnis und Namen

1. Addrag: orkischer Hauptmann
2. Arlon: Land in Erabadul, Standort der Dschungel-Pagode
3. Arrag-Gebirge: Bergkette vor den Nordlanden, unweit von Crathorie
4. Artosh: Ork eines Kommandotrupps in Arlon
5. Arulapadura: der Nekromant auch Meister genannt.
6. Ashnoch: Grenzland zu Moffrat
7. Asselpampe: Grundnahrungsmittel in Barad Guul
8. Asumerad: Wüstenstaat im Südwesten Erabaduls
9. Baap: Sumpfland in der Nähe von Crathorie
10. Bagrunk Badul: Heimatland der Orks
11. Barabass: tyrannischer Drecksgnom in Hallot
12. Barad Guul: Die Mansio und Festung des Nekromanten Arulapadura in Guernica.
13. Baronesse De Rochefort: Herrin über Crathorie und Verbündete des Grafen De Momiray.
14. Bazuur: orkischer Schinder in den Diensten Addrags

15. Beilsteingasse: verfluchte Gasse in Hallot
16. Bernhard Grendel-Grim: Autor dieses Pamphlets
17. Celebrian: elbischer Krieger unter Mandir
18. Cloris Dred: schwarzmagische Hexe und Anhängerin des Moffrat Kultes
19. Crathorie: Schloss der Baronesse de Rochefort
20. De Gallimar: Adjutant des Grafen De Momiray
21. De Momiray: Mächtiger Herrscher und Graf über die Ländereien der De Momiray
22. Die Hexe von Arlon: Siehe unter Cloris Dred
23. Drecksgnom: schmuddelige kleine Wesen, die in der Dienerschaft von dunklen Gestalten stehen.
24. Duskara: Eine der obersten Kultisten des Moffrat-Kultes
25. Ed: sadistisch, psychopathischer Kobold in Dienste Barabbas
26. Elara: Insel-Staat in Erabadul
27. Ettin: Riese mit mindestens zwei Köpfen
28. Ewald von Untreu: Betrüger, Bordellbesitzer und Aufschneider
29. feuchte Lisiphys: verheerende Geschlechtskrankheit.
30. Finnigan Lowbottom: einfältiger Matrose auf Tornwarts Flaggschiff

31. Flatula: Nachbarland von Guernica. Heimatland der Dunkelelben
32. Fredericus von Knappus: Inhaber des Bankhauses Knappus in Grauschlund
33. Friedwart: Ein Grompf
34. Frido...: Beutelschneider in Guernica.
35. Frohlich von Thur: Herr über das Landgut Ungemach und Vetter des Königs v. Thur
36. Gisbert: rothaariger Jammerlappen und Bewohner der Dschungelpagode.
37. Gnaash: Grottenschrat, oberster Foltermeister v. Arulapadura, Gefährte Tornwarts
38. Goblina: Insel in Erabadul. Heimat der Goblins.
39. Grauschlund: Hafenstadt in Guernica
40. Grimoire: Zauberbuch des Arulapadura
41. Grullock: Grottenschrat und Vater von Shrolock
42. Grünfliegenmus: Delikatesse der Orks u. Goblins
43. Hallot: Stadt in Scinera. Einstmals blühende Handelsmetropole.
44. Hella: verblichene Frau aus Schwarzacker.
45. Hobgoblin-Schneider: In der Nähkunst bewanderter Goblin in Barad Guul.
46. Horrogard: Feuerholzoger und Sadist
47. Ingrid: Tochter des Ullav aus den Landen der Muorai.

48. Jaucher: Beruf, Gülleträger, Kloakenreiniger, Gossenhygieniker

49. Ke: Häuptling der Fetische

50. Keiler: Veranstalter illegaler Kämpfe in Grauschlund

51. Ki: Spion und Hauptmann der Fetische

52. Kloster Du Destin: Enklave im Land der Muorai. Gehört zu den Ländereien der De Momirays. Sitz des Abtes Robert De Prizac.

53. Kodex Abnormis: Foliant über unzählige Abartigkeiten in Erabadul.

54. Kothgar: Bekannt als Verderber der Kloaken. Sagengestalt.

55. Kruulk: einarmiger Höhlentroll im Dienste Tornwarts.

56. Laruuz: Grenzland zu Guernica. Sitz des Pestdrachen.

57. Langfingerus: Drecksgnom im Dienste Tornwarts

58. Lichkönig: Finstere Sagengestalt, die verderben über die Bevölkerung bringt.

59. Luki: Stümper-Kobold in den Minen Arulapaduras

60. Mandir: Elbischer Hauptmann

61. Marrowan: Gott der Aufschneider, Betrüger, Halunken, Glückspieler, Falschspieler,Würfelspiel-Süchtigen. Gott der Laster, der entehrten Jungfrauen und der Herr über alle gezinkten Spielkarten.

62. Moffrat: Land in Erabadul nach dem grauenvollen Dämon benannt.
63. Moffrat-Schatten: beschworener Dämonendiener.
64. Muorai: Volk aus den Nordlanden
65. Nagaronk: Grenzland zu Crathorie
66. Necro-Opal: schwarzer boshafter Edelstein
67. Nikodemus: Champion der Arena in Grauschlund
68. Pasouso, Herr: Kater des Nekromanten
69. Pauli: Münzprägegoblin in Barad Guul.
70. Paxus: Minen-Sklave im Dienste des Arulapadura. Dunkelgnom.
71. Resista: nördliches Nachbarland von Scinera
72. Rhakhattash: Ork eines Kommandotrupps in Arlon
73. Robert De Prizac: Abt des Klosters Du Destin. Verbündeter des Grafen De Momiray.
74. Schattenwürger: dämonisches Monster, welches seine Opfer zu Tode würgt.
75. Schliwaner, Giacomo: Fasssitzer in Thur. Schwerenöter und Weiberheld.
76. Schmatz Schattenmantel: Zeremonienmeister der Nachtschattengnome.
77. Schreiberschrat: gebildeter Grottenschrat, der des Lesens und Schreibens mächtig ist.
78. Schwarzacker: Bauerndorf in Guernica.
79. Scinera: Nachbarland von Thur.

80. Shrolock: Grottenschrat. Vertrauter Tornwarts. Sohn v. Trishallock und Grullock
81. Sizzler: sprechende Ratte in den Verliesen Barad Guuls.
82. Skraath: Hauptstadt der Muorai
83. Smirnsheimen: siehe Landgut Ungemach. Sitz des Frohlich von Thur.
84. Srebnak: goblinischer Bildhauer in Barad Guul.
85. Tornwart der Grompf: Protagonist. Diener des Arulapadura. Ambitionierter Aufschneider aus Barad Guul.
86. Travinkal: Verborgene Dschungelstadt in Arlon.
87. Trishallock: Grottenschratin und Mutter von Shrolock
88. Thug`naff: Ork eines Kommandotrupps in Arlon
89. Ucharak: Ork eines Kommandotrupps in Arlon
90. Ulkus: heiliger Prophet und Religionsbegründer
91. Ullav: Ein Jarl der Muorai und Ingrids Vater
92. Vushnatz: oberster Häuptling der Orks.
93. Warge: wolfsartige monströse Bestien
94. Windrisha: orkische Sklavin und oberste Wirtschafterin Barad Guuls.
95. Wuurtang: Land in Erabadul. Heimat der Elben.

0.2 Ausschnitt aus Schliwaners Landkarte

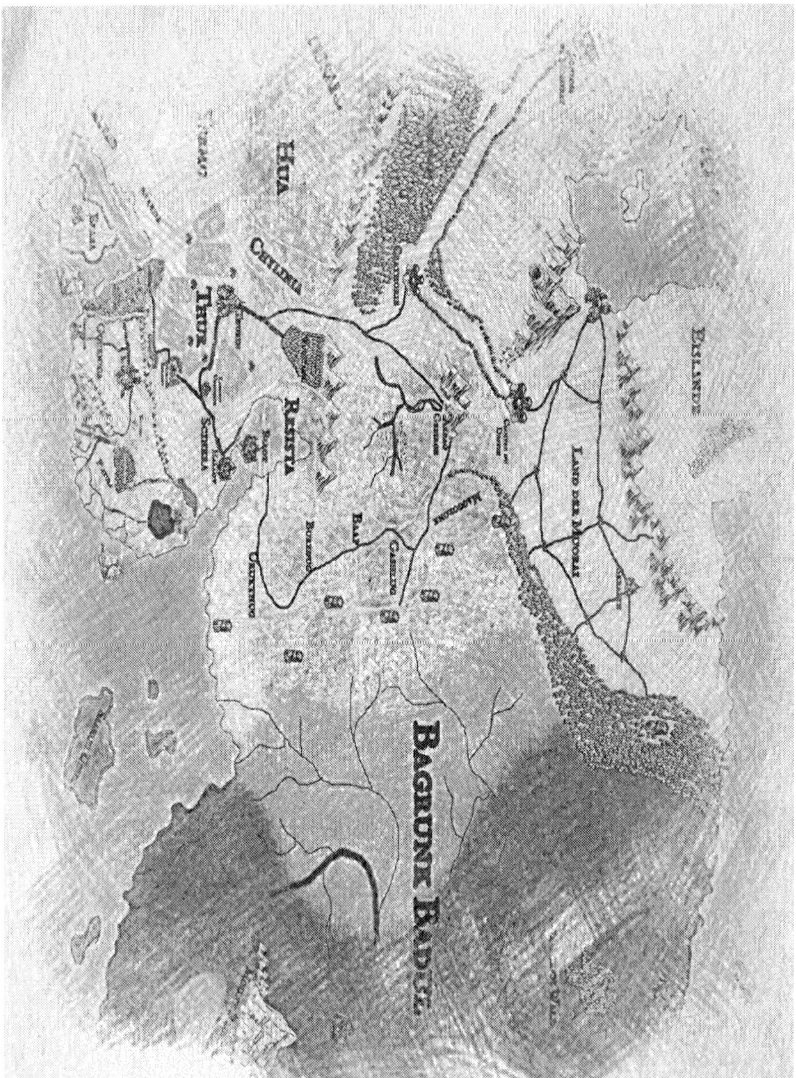

Printed in Poland
by Amazon Fulfillment
Poland Sp. z o.o., Wrocław

40623312R00240